EVERWEARD PUBLISHING

Harriet R. Burrell

# Everweard Castle

# –

# Mit Rosen bedacht

Erstes Buch der Everweard Castle Trilogie

EVERWEARD PUBLISHING

Everweard Media & Publishing
Frédéric R. Bürthel
Friedrich-Naumann-Allee 29, 19288 Ludwigslust
www.everweard-publishing.com
kontakt@everweard.com

Everweard Publishing ist ein Imprint
von Everweard Media & Publishing

Satz, Layout, Umschlaggestaltung: FRB
Abbildungen und Elemente auf dem Umschlag:
iStock by Getty Images (Galina Trushina, ChrisGorgio, Leyla Ozcan)
Printed in Europe

ISBN: 978-3-911352-20-8
1. Auflage

# Teil I

## Die ›Hochzeitsreise‹

# Kapitel 1

Gare du Nord, Paris

»Wann geht es endlich weiter?«, seufzte Liliana.

Seit einer Ewigkeit saßen sie in dem Zug Paris-Calais und warteten auf die Abfahrt. Nicht einen einzigen Schritt hatte Liliana vor den Bahnhof treten dürfen. Großmutter hatte es untersagt. Der Gare du Nord war ein Käfig aus hohen Pfeilern und einem spitzen Dach. Ein langer Mittelstreifen aus Glas sollte Tageslicht hereinlassen, war aber so verrußt, dass er die Halle noch mehr verdüsterte. Tauben stolzierten auf den Bahnsteigen unbekümmert zwischen den Beinen der Reisenden. Nur die Spatzen schienen sie zu stören, eine räuberische Bande, die im Sturzflug vom Metallgerüst herunterkam und ihnen die Beute an Brotkrumen und Essensresten abjagte. Dann flogen sie wieder hinauf zu den Querträgern direkt unter dem fahlen Streifen Licht, den die Glasscheiben gefangen hielten.

Hoch oben auf einem Querträger entdeckte Liliana einen kleinen gelben Fleck. Ein Maler hatte ihn hingetupft, wohl aus Protest gegen das vorherrschende Grau.

Großmutter schlief und schnarchte mit offenem Mund. Gina ließ sich dadurch nicht stören und las in aller Seelenruhe einen Liebesroman. Einen ganzen Koffer voll hatte sie davon mitgenommen. Liliana dachte an die prächtigen Boulevards, die Brücken über die Seine, den Jardin du Luxembourg, den Louvre und die Buchhandlungen mit ihren verborgenen Schätzen und an die eleganten Damen und Herren, die das alles genießen konnten, während sie in diesem tristen Bahnhof gefangen war.

»Ist das Buch spannend?«

Gina nickte.

»Woher nimmst du nur die Ruhe, jetzt zu lesen? Ist dir nicht bewusst, dass wir in Paris sind?«

»Das lässt sich nicht leugnen«, antwortete Gina. »Es steht auch auf dem Schild dort draußen.«

»Ist das nicht eine ziemlich freche Antwort für eine Zofe?«

»Es ist nur eine Tatsachenfeststellung, Contessina Liliana di Salamandra. Muss ich jedem Satz die Anrede Contessina Liliana hinzufügen? Du weißt doch, wer du bist. Oder nicht?«

»Darum geht es nicht. Sollte aber jemand zuhören, darf ihm nicht vorenthalten werden, dass ich etwas Besseres bin. Wir müssen uns streng an die Etikette halten, Zofe Gina. Wir wollen doch nicht riskieren, wieder nach Hause geschickt zu werden.«

»Mich würde man wegschicken, nicht dich«, sagte Gina.

»Das ist wahr. Siehst du jetzt ein, wie wichtig das ist?«

»Darf ich daran erinnern, dass wir inkognito reisen, Signorina Rossi? Da du jetzt keine Contessina bist, bin ich auch keine Zofe.«

»Was Großmutter sich da wieder ausgedacht hat!«

»Lass mich endlich weiterlesen! Er wird sie jetzt küssen.«

»Was hat das arme Mädchen verbrochen?«

»Wie kannst du nur so unromantisch sein, Liliana!«

»Für mich gibt es keine Romantik. Das übergehe ich und heirate gleich. Ist das nicht zeitsparender?«

Gina seufzte:

»Du willst es ja so. Vielleicht hast du Glück und der Duke ist ein Traummann.«

»Eher ein Albtraummann. Der Duke ist fast ein Greis. Aber ich will deine Illusionen nicht zerstören, du unschuldiges Kind. Mögest du eines Tages deinen Romeo finden oder besser, noch eine Schiffsladung voller Romeos.«

»Mit Romeo nahm es kein gutes Ende«, sagte Gina.

»Lass dir das eine Warnung sein!«

»Wenn ich jetzt in Ruhe weiterlesen dürfte, Signorina Rossi?«

Das Schnarchen hörte auf. Großmutter schlug die Augen auf.

»Ist er schon da?«

»Wer denn, Großmutter?«, sagte Liliana. »Wartest du auch auf deinen Romeo?«

»Hast du wieder eine deiner Stimmungen, Enkelin?«

»Ich bin in ausgezeichneter Stimmung. Besonders da du mir verboten hast, auch nur einen einzigen Blick auf Paris zu werfen, von dem ich annehme, dass es sich jenseits dieser Gefängnismauern erstreckt.«

»Wir sind mitten in Paris«, sagte Großmutter.

»Meinen Enkelkindern werde ich erzählen können, wie verrußt, stickig und laut Paris ist – und wie klein, nicht größer als ein Eisenbahnabteil.«

»Wenn du die Duchess of Everweard bist, kannst du mit deinem Gatten, sooft du willst, nach Paris reisen.«

»Bist du sicher?«

»Warum nicht?«

»Vielleicht weil mein Gatte seinen vertrauten Schaukelstuhl am Kamin nicht verlassen möchte?«

»Endlich!«, sagte Großmutter. »Dann hast du dir also Gedanken gemacht. Gut! Bist du endlich zur Vernunft gekommen?«

»Da wir schon einmal hier sind, hätte ich gern die Stadt gesehen, über die ich so viel gelesen habe.«

»Wir haben eine Vereinbarung, dickköpfige Enkelin. Solange du noch nicht rechtskräftig verheiratet bist, bestimme ich, wo es lang geht.«

Liliana nickte. Großmutter fuhr fort:

»Ich wiederhole es dir gern. Niemand darf Wind davon bekommen, was wir vorhaben. Es könnte unsere Mission gefährden.«

»Wer sollte mich schon erkennen? Man würde mich für eine Bettlerin halten, so blass wie ich aussehe, und mir eine Münze in die Hand drücken.«

»Wenn du dich dazu entschlossen haben solltest, deinen heldenhaften Opfergang abzublasen, bin ich sofort bereit, mich mit dir in den Sündenpfuhl Paris zu stürzen. Nichts wäre mir lieber!«

Liliana schob die Fensterscheibe herunter. Sie lehnte sich hinaus und blickte hinauf zu dem gelben Fleck auf dem Eisenträger. Jetzt sah sie, dass es ein Kanarienvogel war. Er würde hier kläglich umkommen. Sie streckte die Arme nach oben und öffnete die Hände.

»Komm, du verirrter Vogel, komm!«, rief sie hinauf.

Jetzt erst schienen die Spatzen den exotischen Eindringling in ihrem Reich zu bemerken. Mit schrillem Geschrei flog ein Schwarm hinauf zu dem Eisenpfeiler.

»Lasst ihn in Ruhe!«

Die Spatzen drehten ab und schimpften. Da löste sich der gelbe Fleck und schwebte herunter in Lilianas Hände. Vorsichtig setzte sie ihn auf der Sitzbank ab. Dann schloss sie das Fenster. Sie holte die Thermosflasche und goss Wasser auf ihre Handinnenfläche. Der Vogel trank. Dann flatterte er hinauf zur Gepäckablage und setzte sich auf Lilianas sonnengelben Strohhut, sodass er kaum noch zu erkennen war.

»Jetzt hast du einen Kanarienvogel«, sagte Großmutter.

»Wenn wir draußen sind auf dem Land, wenn wir Bäume sehen und die Sonne scheint, wenn ein milder Wind weht und die Welt still und friedlich ist, dann werde ich ihn wieder freilassen. Denn frei wollen wir alle sein, nicht wahr?«

»Das ist ein Kanarienvogel«, sagte Großmutter. »Kanarienvögel sind die Freiheit nicht gewohnt. Sie werden gezüchtet, um in Käfigen zu leben und dann und wann im Zimmer herumzuflattern. Ihre Aufgabe ist es, die Menschen zu erfreuen mit ihrem Aussehen und ihrem Gesang. Er wird draußen umkommen.«

Liliana seufzte. »Ich habe doch gleich gefühlt, dass unser Schicksal verwoben ist. Ein Leben im Käfig, immer schön sein, artig süße Melodien singen und die Körner picken, die ein gnädiger Herr in die Futterschale füllt – und ab und zu darf ich herumflattern, auf einem Ball oder einem Festdiner, – aber immer nur bei geschlossenen Fenstern.«

Großmutter lachte.

»Ja, ja, so kann es kommen. Aber es gibt keine Gitter und keine verschlossenen Türen. Es sei denn, du bringst sie selbst an.«

»Du hast mich gerade auf eine Idee gebracht, Großmutter. Daran hatte ich noch nicht gedacht, nämlich meine Türen zu verschließen.«

»Vielleicht wirst du sie gern öffnen.«

»Vielleicht sollte ich mich gleich einmauern.«

»Schluss jetzt mit all den Vielleichts! Wir erwarten noch einen Mitreisenden.«

»Wer ist das?«

»Er heißt Salvatore Brava. Der Duke bat ihn, uns nach Everweard Castle zu begleiten.«

»Befürchtet er, dass wir es ohne männliche Hilfe nicht finden?«, sagte Liliana.

»Das werden wir von dem jungen Mann erfahren.«

Gina legte das Buch mit einem Seufzer zur Seite. Die erste Kussszene ging ihr jedes Mal unter die Haut. Mitleidig sah sie zu Liliana hinüber, die solchen Gefühlsregungen nichts abgewinnen konnte. Wie verschieden sie doch waren! Vor siebzehn Jahren waren sie am selben Tag zur selben Zeit zur Welt gekommen, Liliana als die Contessina und sie als niemand.

»Marchesa«, sagte Gina, »viel Zeit hat der junge Mann nicht mehr. Der Schaffner gibt schon das erste Signal zum Einsteigen.«

Liliana sah in den Spiegel über der Sitzbank.

»Ich sehe ja schrecklich aus! Gina, könntest du meine Haare ...?«

Die Tür ging auf. Liliana drehte sich um. Ein junger Mann trat in das Abteil. Ihre Augen trafen sich und hielten sich fest. In diesem Augenblick gab es sonst nichts mehr auf der Welt, keine anderen Menschen, keine Eisenbahn, kein Paris, kein Lärm, keine Gerüche, keine Vergangenheit und keine Zukunft, nichts außer dem schmerzlich süßen Erkennen zweier Seelen.

Liliana fiel in Ohnmacht.

*

Außer Atem erreichte Salvatore Brava das Abteil mit der Ziffer 7.

Die Nacht hatte er damit verbracht, seine Koffer abwechselnd zu packen und wieder auszupacken. Florence hatte gedroht, ihn zu verlassen, wenn er abreise, oder sich umzubringen, wenn er sie nicht auf der Stelle heirate. Die Koffer wurden ausgepackt. Florence hatte gesagt, dass es ihr gar nichts ausmache, wenn er für Monate, vielleicht für Jahre weg sei, es könne auch gut für immer sein. Die Koffer wurden wieder gepackt. Außerdem habe sie einen wahren Gentleman kennengelernt, der sei nicht so knauserig wie er. Solch eine Chance bekomme man nur einmal im Leben und jünger würden wir alle nicht. Das war das. An diesem Morgen hatte er endgültig dem ha! zarten Geschlecht den Rücken gekehrt. Es war schlichtweg unmöglich zu verstehen, was im Kopf einer Frau vorging.

Jetzt stand eine lange Reise mit drei italienischen Damen bevor. Ein hartes Los! Aber er hatte es dem Duke versprochen. Es handelte sich also um eine Ehrenpflicht.

Er öffnete die Tür.

Und da stand sie: zierlich, blasses Gesicht, tiefrote Lippen und schwarze Augen, ein Mädchen, eine junge Frau, eine Fee. Ein Blick und alles war entschieden, der Verlauf seines ganzen Lebens bis zum Tod und darüber hinaus. Er hörte das laute Schlagen seines Herzens, spürte das Brennen seines Magens und fühlte, wie ihm Tränen in die Augen traten. Wenn ich jetzt nicht sterbe, bin ich für immer verloren!

Das Mädchen sank zu Boden.

*

»Liliana, mein Kind, wache auf!«

Großmutter klopfte Liliana auf die Wange.

»Kann ich helfen, Marchesa Montecorno? Darf ich mich vorstellen? Mein Name ist Salvatore Brava.«

»Das ist alles zu viel für meine Enkelin, der Lärm und die stickige Luft.«

Salvatore half der Marchesa, Liliana vom Boden zu heben und auf die Bank zu setzen.

»Gina, besorge Wasser! Beeile dich!«, sagte Großmutter.

Ein Gepäckträger brachte einen großen und zwei kleine Koffer herein, die er mit Seelenruhe auf der Gepäckablage verstaute und dabei ständig nach der ohnmächtigen Mademoiselle schaute. Salvatore drückte dem neugierigen Burschen eine Münze in die Hand und schob ihn die Tür hinaus.

Da kam auch schon Gina zurück mit einer Flasche Mineralwasser.

»Marchesa, hören Sie? Wir fahren gleich ab!«

Eine Pfeife gab das Signal zur Abfahrt. Mit einem Ruck setzte sich der Zug in Bewegung. Rauchschwaden verdunkelten den Blick nach draußen. Der Zug verließ den Bahnhof.

Liliana verschluckte sich an dem Wasser, das Großmutter ihr einflößte. Sie hustete. Ihr erster Blick fiel auf den jungen Mann, dem sie für alles die Schuld gab. Niemals hatte sie eine dieser verzärtelten Damen werden wollen, die bei jeder Gelegenheit in Ohnmacht fielen. Sie richtete sich energisch auf.

»Es geht wieder.«

»Du musst mehr trinken«, sagte Großmutter. »Dein Hals ist trocken von der schlechten Luft.«

»Danke, danke, danke! Lasst mich jetzt bitte in Ruhe! Ich will wenigstens noch einen Zipfel von Paris sehen, bevor es für immer verschwindet.«

* * *

Der Zug fuhr jetzt übers freie Land. Weite Felder waren zu sehen, vereinzelt Gehöfte und Wäldchen. Die Sonne schien von einem wolkenlos blauen Himmel herab – fast wie zu Hause. Aber Lilianas ›Zuhause‹

war kein Zuhause mehr und ein neues gab es noch nicht. Sie sah verstohlen zu dem jungen Mann hinüber, der so tat, als lese er ein wahnsinnig interessantes Buch, in Wirklichkeit aber sie betrachtete, wenn er glaubte, sie bemerke es nicht. Jetzt hatte auch ihr Herz keine Heimat mehr. Entschlossen sprach sie ihn an.

»Signor Brava, Sie kennen meinen zukünftigen Ehegatten. Machen Sie uns doch die Freude und erzählen Sie uns von ihm. Ich habe so gar keine Vorstellung, was mich erwartet.«

»Ja«, sagte Großmutter, »und verraten Sie uns auch, wer Sie sind und wie Sie mit dem Duke in Verbindung stehen. Aber vorweg möchte ich Sie bitten, uns nicht mit unserem Titel anzusprechen. Wir reisen inkognito und nennen uns Rossi.«

Salvatore nickte. Er schloss das Buch und legte es zur Seite. Was sollte er diesem lieblichen Wesen erzählen, das niemandem auf der Welt gehören sollte außer ihm? Jedes Mal, wenn er Liliana anschaute, raste sein Herz wie wild oder setzte für einen Moment aus. Er hatte Angst, plötzlich in Tränen auszubrechen oder sich auf sie zu stürzen. Dabei war alles so hoffnungslos! Sie wird einen Duke heiraten. Aber andererseits ... noch war das nicht geschehen.

»Mein Name ist Salvatore Brava. Wie Sie, meine Damen, stamme ich aus der Toskana. Zur Welt kam ich in San Gimignano, aufgewachsen bin ich in Florenz.«

»Brava aus San Gimignano?«, sagte die Marchesa. »Der Name ist mir nicht unbekannt. Ist ihr Vater nicht der Meister der Bauhütte des Doms Santa Maria del Fiore in Florenz?«

»Ja, Leopoldo Brava ist mein Vater.«

Großmutter strahlte. Jetzt war sie beruhigt.

»Als mein Gatte verstarb, hatte ich von einem Tag zum anderen die Verwaltung des gesamten Immobilien-Erbes unserer beiden Familien auf dem Hals. Ja, es gab zuverlässige Verwalter, an denen nichts auszusetzen war. Dafür hatte mein Gatte gesorgt. Aber blindes Vertrauen ist nicht meine Sache. Also machte ich mir selbst ein Bild vom Zustand der Objekte. Erstens musste ich allen klarmachen, dass ich jetzt das Sagen hatte, und zweitens sehe ich Dinge nun einmal anders als andere. Der Zustand einer traditionsreichen Villa in Florenz missfiel mir sehr. Nicht dass sie vor dem Verfall stand, beileibe nicht, es war eher des Guten zu viel gemacht worden. Meine Nachfragen ergaben, dass Architekten und Handwerker das getan hatten, was der Stand der Technik war. Sie kannten es nicht anders. Deshalb wandte ich mich an Ihren Vater und bat ihn, mir Handwerker zu nennen, die noch die alten Techniken beherrschten. Er war von meinem Vorhaben sehr angetan und schickte mir nicht nur fähige Leute, sondern gab ihnen auch Anweisungen, wie die eine oder andere Arbeit auszuführen sei. Da ich Ihrem Vater selbstverständlich keine Vergütung anbieten konnte, werde ich die Gelegenheit nutzen und seinen Sohn in meine wohlwollende Obhut nehmen.«

Sie sah den jungen Mann an und kniff die Augen zusammen.

»Aber, das muss ich doch sagen, Sie sehen Ihrem Vater kein bisschen ähnlich.«

Obwohl es nur eine einfache Feststellung war, empfand es Salvatore als einen Vorwurf.

»Das haben schon viele gesagt, Signora Rossi. Meiner Mutter sehe ich auch nicht ähnlich. Ich bin wohl vollkommen aus der Art geschlagen.«

»Um so mehr können Sie Sie selbst sein, junger Mann!«, sagte die Marchesa schnell. Ihr war nicht entgangen, dass sie einen wunden Punkt berührt hatte. »Ich habe das auch bloß gesagt, weil mir Ihr Vater wieder so lebendig vor Augen trat. Aber erzählen Sie doch weiter!«

»Mein Vater hat mir schon früh alles beigebracht, was in meinen Schädel passte. Er war nie streng zu mir. Er drängte mich nicht und ließ mir alle Freiheit, die ich brauchte. Was aber die Arbeit betraf, da duldete er keine Schlamperei. Nicht dass er mich tadelte, nein, ich musste alles so oft wiederholen, bis es in seinen Augen vollkommen war. Dann wurde ich auch ausgiebig gelobt. Manches Mal gab es sogar eine kleine Feier. Er freute sich aufrichtig über jeden noch so kleinen Fortschritt, den ich machte. Und ich, ich war immer bemüht, seine Anerkennung zu erhalten.«

Diese Idylle gefiel Liliana ganz und gar nicht. Sie sagte:

»Ist das nicht schrecklich, wenn die Liebe des Vaters davon abhängt, ob man eine vollkommene Leistung erbringt? Wobei ich bezweifle, dass etwas wirklich vollkommen sein kann.«

Die Marchesa lächelte. Das war wieder typisch Liliana.

»Signorina Liliana, ich bin überzeugt, dass mein Vater mich auch geliebt hätte, wenn ich ein Versager gewesen wäre.«

Während er das sagte, wurde er nachdenklich.

»Andererseits war ich immer bemüht, alles richtig zu machen – und ich habe immer alles richtig gemacht. Deshalb wurde unsere Beziehung nie auf die Probe gestellt. Ich kann nur sagen, es war eine glückliche Zeit.« Trotzig fügte er hinzu: »Für die ich dankbar bin – ohne wenn und aber!«

Die Marchesa warf ihrer Enkelin einen vielsagenden Blick zu und wandte sich an den jungen Mann.

»Signor Brava, wenn ich das richtig verstanden habe, sind Sie bei Ihrem Vater in die Lehre gegangen.«

»Eigentlich nicht! Genau genommen bin ich in der Bauhütte aufgewachsen und habe mir mehr spielerisch alle Kenntnisse und Arbeitstechniken angeeignet. Mein Talent war früh zu erkennen und mein Vater förderte es auf jegliche Weise. Als es dann ernsthaft darum ging, dass ich einen Beruf erlernte, ermutigte er mich, hinaus in die Welt zu gehen. In Rom, Wien, Berlin, London und zuletzt in Paris studierte ich Architektur und Kunst. Um meinen Vater zu überraschen, habe ich zusätzlich bei Maître Soumain meinen Meister als Restaurator gemacht. Deshalb darf ich mich Maître Brava nennen, worauf ich besonders stolz bin.«

»Dann will ich Sie auch Maître Brava nennen«, sagte die Marchesa. »Sie können sicher verstehen, dass uns vor allem interessiert, wie Sie mit dem Duke of Everweard in Verbindung stehen.«

»Spezialisiert habe ich mich auf frühe Kultstätten und sakrale Gegenstände, vorwiegend der Kelten. Auf diesem Gebiet habe ich mir einen hervorragenden Ruf erworben, auch durch Artikel, die ich in internationalen Fachzeitschriften veröffentlichte. Durch sie wurde der Duke of Everweard auf mich aufmerksam.« Salvatore war im Grunde ein bescheidener Mensch. Jetzt aber wollte er das Herz einer jungen Dame erobern und ihre Wertschätzung. »Auf seinem Schloss sind bei Reparaturarbeiten Artefakte aus keltischer Zeit freigelegt worden, die er wiederherstellen möchte. Er telegrafierte seinem Freund Konsul Visconte Mercurio, der sich auf einer Europareise befand. Dieser schickte mir seinen Sekretär, um mich für die Sache zu begeistern. Deshalb sitze ich in diesem Zug und genieße die Gesellschaft dreier liebreizender Damen.«

Großmutter schmunzelte. »In Paris haben Sie offensichtlich nicht nur das Restaurieren alter Reliquien erlernt.« An Liliana gewandt sagte sie: »Auf dieser Europareise, meine Liebe, sah der Konsul wohl auch dein Bild. Sie müssen wissen, Signor Brava, unsere Liliana stand Modell für den berühmten Maler Marcello Siveranola. Der ist Ihnen doch sicher bekannt?«

»Leider nein, Signora Rossi. Zur modernen Kunst konnte ich noch keinen Zugang finden. Ich habe mich auch nicht besonders darum bemüht, muss ich zugeben.«

»Die Werke Marcello Siveranolas dürften auch Ihrer Zustimmung sicher sein. Er genießt hohes Ansehen, im Stil der alten Meister der Renaissance zu malen. Was sagen Sie dazu? Er restauriert keine Antiquitäten, er stellt sie gleich selbst her.«

»Ein Auge für das Schöne hat er bewiesen, indem er Signorina Liliana malte«, sagte Salvatore und wagte dabei nicht, Liliana anzuschauen.

»Ja, das hat er. Eigentlich befand er sich nur auf der Durchreise. Es war ein heißer Sommertag, müssen Sie wissen. Der Kutscher war so unvernünftig, die Pferde ohne Rast über die staubigen Landstraßen zu hetzen. Völlig erschöpft kamen sie in Capirosso an. Während die Pferde an der Tränke standen und meine Knechte Decken über sie legten, spazierte der Meister durch meine Gartenanlage. Ich begleitete ihn. Er hatte wahrlich ein Auge für Schönheit. Dort war es eine Madonnen-Lilie, die seine Begeisterung erweckte, dort der bläuliche Schatten unter dem Holunderstrauch. Ein Dichter würde sagen, er taumelte von einem optischen Hochgenuss zum andern. Wie sollte es auch anders sein? In aller Bescheidenheit, die Gärten sind Schöpfungen meines erlesenen Geschmacks und – das wollen wir nicht vergessen – jahrelanger harter Arbeit. Ich habe mit meinen eigenen Händen ...«

»Großmutter«, sagte Liliana, »du solltest den großen Künstler nicht unbeaufsichtigt im Garten stehen lassen.«

»Wie?« Die Marchesa strich sich mit dem Ringfinger über die Nasenwurzel. »Teuerste Enkelin, ich muss doch unserem Gast einen Eindruck vermitteln von der Pracht meiner Gärten.«

»Unser Gast interessiert sich für nichts Lebendiges, nur für Fossilien, die weder ihre Form verändern, noch Düfte aussondern, seien sie lieblicher oder unlieblicher Art.«

Ehe Maître Brava protestieren konnte, fuhr die Marchesa fort:

»Auch damit kann ich dienen. Wir spazierten also durch den Garten, Meister Siveranola und ich. Plötzlich blieb er stehen, als habe ihn der Donner gerührt.«

»Ist das eine gängige Formulierung, Großmutter? Vom Donner gerührt?«

»Unterbrich mich nicht ständig! Ich unterhalte mich mit Maître Brava, nicht mit dir, du vorlaute Göre. Also, Meister Siveranola erstarrte. Neben dem Brunnen steht ein Kruzifix aus Stein. Es ist schon ziemlich alt. Die Gesichtszüge des Erlösers sind jedenfalls nicht mehr zu erkennen. Maria Magdalena kniet davor, als wolle sie sich jeden Augenblick in Staub auflösen. Daneben stand aber aus Fleisch und Blut Contessina Liliana. Der Ausdruck in ihrem Gesicht ließ vielerlei Deutungen zu. Meister Marcello Siveranola kam zu seiner eigenen. ›Sie ist eine Madonna!‹, rief er. ›Diese Unschuld, diese Frömmigkeit!‹ Der große Künstler wusste nicht, dass die Madonna einer Katze auflauerte, die sich hinter dem Kreuz versteckt hielt. Sie hegte dabei alles andere als fromme Gedanken. Die Contessina durfte sich nicht bewegen. Der Meister warf hurtig ein paar Striche in seinen Zeichenblock, dann machte er sich auch schon wieder auf den Weg. Das Gemälde wurde in einer Galerie in Rom ausgestellt, später in Berlin, Wien, Paris, Brüssel und London. Es ist ein Meisterwerk, sagten die Kunstkritiker. Der Duke of Everweard fand das wohl auch. Ihm gefiel aber das Modell mehr als das Gemälde. So kam es, dass eines Tages Dottore Emiliano Scaltroni, der Sekretär des Konsuls, zu uns kam und im Namen des Duke um die Hand der Contessina anhielt. Der Konsul ist wohl zu vornehm, um solche Trivialitäten selbst zu erledigen. Wie dem auch sei, ist das nicht eine herrliche Zukunft für unsere Madonna? Sie wird die Duchess of Everweard!«

Liliana sah ihre Großmutter bewundernd an. Diese Variante der Geschichte war bis jetzt die phantasievollste. Verstohlen blickte sie zu Salvatore hinüber. Er schien beeindruckt zu sein.

»Sie kennen den Duke persönlich, Maître Brava?«, fragte Liliana.

Für den Duke interessierte sie sich im Augenblick herzlich wenig. Salvatore hatte dunkelbraune Augen mit kleinen hellen Flecken wie Goldstaub. Wie kam es, dass die Welt nur noch bestand aus dem rätselhaften Flackern in den Augen eines jungen Mannes? Sah sie ihn an, blickte er schnell zur Seite, als habe sie ihn bei sündhaften Gedanken ertappt. Wie konnte er ihr das nur antun? Sie musste doch wissen, was in ihm vorging, ob er wie sie verwundbar war von einem bloßen Lächeln. Liliana vertraute ihren Gefühlen, brauchte aber die Bestätigung ihres Verstandes. Das waren alles vergebliche Gedanken. Sie konnte nicht über sich verfügen. Ihr Schicksal war ein Duke im fernen England. Das war wie ›hinter den sieben Bergen‹. Nicht nur Märchen sind grausam.

»Ist er alt und hässlich? Ist er ein Tyrann und Menschenschinder? Hat er einen langen grauen Bart? Geht er an einem Stock mit einem Elfenbeinknauf? Schaut er ständig auf die goldene Taschenuhr, in deren Deckel das Porträt seiner Mutter oder seiner letzten Gemahlin eingelassen ist und murmelt kopfschüttelnd: ›Oh, dear, oh dear! I shall be too late!‹?«

»Halt! Halt!«, Salvatore musste lachen. »Ich kenne den Duke nicht persönlich, aber ich kann Sie beruhigen. Er soll ein sehr kultivierter Mann sein. Ich nehme an, er ist zwei oder drei Jahrzehnte älter als Sie. Aber sein Alter kennt niemand so genau. Der Konsul bestätigte mir aber, dass der Duke sich bester Gesundheit erfreue. Der Gedanke an seine bevorstehende Hochzeit habe ihn geradezu verjüngt. Es bleibt Ihnen überlassen, dies zu bestätigen.«

»Danke, Maître Brava, mehr will ich nicht wissen. Ich werde den Duke noch früh genug kennenlernen. Jetzt wollen wir ihn alle gemeinsam vergessen. Diese Reise soll uns allein gehören. Ich möchte nur in der Gegenwart leben und keine Sekunde davon versäumen.«

»Das klingt, als wollten Sie Abschied nehmen«, sagte Salvatore.

»Maître Brava«, sagte die Marchesa. »Jeder Augenblick ist ein Abschied vom vergangenen Augenblick. Unser Gehirn pickt sich aus all diesen Abschieden einzelne heraus und webt daraus eine zusammenhängende Geschichte, die wir unser Leben nennen.«

»Marchesa!«, platzte Gina heraus. »Bitte, bitte, was soll das bedeuten?«

Großmutter drückte Ginas Hand.

»Für unsere Liliana beginnt bald ein völlig neuer Lebensabschnitt. Er wird ihr nicht nur Privilegien und Annehmlichkeiten bringen, sondern auch Verpflichtungen. Niemand kann voraussagen, was auf sie zukommen wird. Aber eines ist sicher, die unbeschwerten Jahre der Kindheit und Jugend werden für immer vorbei sein.«

»Was ist mit Romantik, Leidenschaft und Liebe?«, sagte Gina. Das stand doch alles in den Romanen und: ›Sie lebten glücklich bis ans Ende ihrer Tage‹.

Großmutter seufzte. Für einen Augenblick wurde ihr Blick traurig. Dann lachte sie.

»Liebe, warum nicht? Wir werden uns den Duke genau anschauen, meine Damen. Für die Strapazen, die er uns zumutet, verlangen wir zumindest galante Komplimente und Ständchen im Mondschein.«

* * *

Großmutter schnarchte. Gina lag mit dem Oberkörper auf der Sitzbank und schlief fest. Salvatore saß am äußersten Ende, eingequetscht zwischen Wand und Ginas Kopf.

Liliana hatte die gegenüberliegende Sitzbank für sich allein. Sie saß direkt am Fenster. Sie sah hinaus und sah doch nichts. Am linken Ohr hing eine Perle, mit der sie spielte. Sie war durchsichtig wie eine Träne. Um die Schultern lag ein blassgelber Schal, von dem in unregelmäßigen Abständen verschieden lange Fransen herunterhingen und der auch sonst schwer der Vorstellung eines Schals entsprach. Liliana hatte ihn selbst gestrickt – und Stricken war auf keinen Fall eine ihrer Stärken. Stricken war für sie das unbarmherzige Bewusstwerden ihrer Unfähigkeit, ebenmäßig geometrische Muster herzustellen und zugleich über die Frage nachzudenken, ob die Welt ein Traum ist, und wenn sie ein Traum ist, ob jeder seinen eigenen Traum träumt oder ob wir alle gemeinsam denselben Traum träumen oder wir von jemand anderem geträumt werden. Solche Gedanken können das Einfädeln von Wolle ganz schön durcheinanderbringen. Aber da die Welt nicht vollkommen ist, warum sollte ausgerechnet ihr Schal vollkommen sein?

»Sie haben da einen besonders schönen Schal.«

Erschrocken sah sie hinüber zu Salvatore. Der hatte sich nach vorn gebeugt und sah überhaupt nicht nach dem Schal, sondern geradewegs in ihre Augen. In seinen Augen, da war ein Leuchten, ein Fieber, das sie nicht loslassen wollte, ein Fieber, das zu ihr übersprang, ihr Herz entflammte und es schmerzhaft auflodern ließ. Ach, Salvatore!

»Ich glaube, sie ist aus Glas. Großmutter schenkte sie mir, als ich dreizehn wurde.«

»Meine Mutter besaß auch so einen Schal, der war allerdings weinrot und aus Seide.«

»Sie lag in einem Mahagonikästchen.« Liliana kicherte. »Ich wusste erst gar nicht, wie ich es öffnen sollte.«

»Sie trug ihn allerdings nie, weil er nicht züchtig genug war. Ja, meine Mutter ist eine fromme, fromme Frau.«

»Aber ich habe es doch herausgefunden. Man musste nur mit beiden Daumen links und rechts in eine klitzekleine Ausbuchtung drücken, dann sprang der Deckel auf mit einem leichten Seufzer.«

»Seufzer? Der Sage nach weben die Nornen die Schicksale aller Menschen in einen Schal, – was rede ich nur für einen Unsinn! – in einen Teppich. Der ist natürlich nicht so schön wie dein Schal ... Ihr Schal.«

»Eingeschlagen war sie in dunkelblauem Samt. Das war gut so, denn sie hatte schon damals keine richtige Farbe. Wahrscheinlich hätte ich sie nicht bemerkt, wenn sie auf weißer Seide gelegen hätte.«

»Er verdeckt leider Ihren eleganten Hals. Der so weiß ist wie diese zarten Hände.«

Dabei hielt er ihre Hände in den seinen. Wie kam es, dass er ihre Hände hielt und plötzlich neben ihr saß? Sie hatte ihn doch keinen Augenblick aus den Augen gelassen. Oder hatte er sie mit seinem Blick hypnotisiert, sodass sie nichts anderes wahrnehmen konnte als seine Augen?

»Als ich sie aus dem Kästchen herausnahm, war sie so leicht auf meiner Hand wie eine Feder, wie der Gedanke einer Feder.«

»Federleicht muss der Schal auf Ihren Schultern ruhen.«

»Großmutter ließ sie einfassen. Und jetzt habe ich einen Ohrring«, Liliana lachte, »obwohl ich doch zwei Ohren habe. Aber da er kaum etwas wiegt, brauche ich den Kopf nur ganz minimal auf der linken Seite anzuheben, damit er gerade ist.«

Er schwieg. Sie schwieg.

Schwiegen sie wirklich? Ihre Blicke und die Berührung ihrer Hände waren längst über die Barriere des gesprochenen Wortes hinaus und sprachen miteinander in einer Sprache, die sie gerade erst erfunden hatten und nur die ihre war.

*Erst jetzt wurde Liliana klar, dass sie von zwei völlig verschiedenen Dingen sprachen.*

*Sie von ihrem Ohrring, er von ihrem Schal...*

## Kapitel 2

Calais

Sie kamen kurz vor Mitternacht in Calais an. Eine Droschke brachte sie vom Bahnhof an hell erleuchteten Prachtvillen vorbei in eine finstere Nebenstraße. Eine einsame Straßenlampe warf gerade so viel Licht, dass sie den Eingang eines Hotels erkennen konnten.

Die Marchesa wollte ihre Enkelin möglichst unbemerkt nach England bringen. Von Beginn der Reise an hatte sie darauf geachtet, den Eindruck einer gewöhnlichen Reisegruppe zu erwecken, einer zwar etwas exzentrischen, – das ließ sich nicht vermeiden, – aber einer durch und durch bürgerlichen. Eine ältere Dame begleitet zwei Mädchen in die Ferien. So hatte sie es sich gedacht.

Es war ein Hotel unbestimmter Klasse, das vorwiegend von Geschäftsreisenden frequentiert wurde. In den Luxushotels hätten sie damit rechnen müssen, erkannt zu werden.

Salvatore öffnete die Tür und ging hinein. In der Eingangshalle war niemand. Auf der Rezeption stand eine einsame Lampe. Mehr Licht gab es nicht. Der Droschkenkutscher brachte das Gepäck herein. Er beeilte sich, denn er wollte so rasch wie möglich wieder verschwinden, um dem Einflussbereich dieses herrischen Weibes zu entrinnen. Sie hatte darauf bestanden, sämtliche Koffer in die Droschke zu laden, obwohl er immer wieder betont hatte, dies sei unmöglich, er müsse mindestens zweimal fahren. Ja, ja, sie hatte recht behalten. Dafür soll sie die Nacht auf der Straße verbringen, wusste er doch, dass das Hotel heute geschlossen hatte.

Das Hotel schien menschenleer. Salvatore machte sich auf den Weg, jemanden aufzutreiben, der für das Hotel verantwortlich war.

Im Foyer standen schwere plüschbezogene Sessel. Die Marchesa ließ sich in einem Sessel nieder und streckte die Beine aus. Liliana und Gina setzten sich neben sie. Die Fahrt war anstrengend gewesen, besonders das letzte Stück, als der Speisewagen wegen eines Feuers in der Küche geschlossen werden musste. So hatten sich die Damen mit einer großzügig von Maître Brava zur Verfügung gestellten Tafel Schokolade begnügen müssen.

»Kinder, mir ist ja so übel«, sagte die Marchesa. »Ich weiß nicht, wie ich morgen die Fahrt über die stürmische See überleben soll.«

»Die See«, sagte Liliana, »haben wir nicht gesehen und wir wissen schon gar nicht, in welchem Erregungszustand sie sich befindet.«

»Trotzdem habe ich ein mulmiges Gefühl«, sagte die Marchesa. »Das rät mir dringend, die See zu meiden und zurückzukehren in das wohltätige Klima der Toskana. Auf mein Bauchgefühl konnte ich mich immer verlassen.«

Liliana wusste, dass die Marchesa nur gute Miene zum bösen Spiel machte und auf eine Gelegenheit wartete, die Reise abbrechen zu können.

»Wenn das so ist, Großmutter, müssen Gina und ich allein weiterreisen. Vielleicht sehen wir uns eines fernen Tages wieder. Man kann nie wissen, das Leben erlaubt sich ja die putzigsten Kapriolen.«

Salvatore kam zurück in Begleitung eines älteren Herrn, der hastig in den zweiten Ärmel seiner Livreejacke schlüpfte.

»Es tut mir leid, meine Damen! Wir haben eine Hochzeit im Haus.«

»Sollen ich Ihnen helfen?«, sagte die Marchesa. »Sie werden staunen, wie schnell ich die alle aus dem Haus gejagt habe!«

Der ältere Herr starrte die Marchesa entgeistert an. Sie sprach fließend Französisch. Bei Ausländern musste man aber darauf gefasst sein, dass sie fließend Unsinn sprachen, ohne sich dessen bewusst zu sein. Dann musste er grinsen.

»Das würde Ihnen nicht gelingen. Mein Gegenvorschlag, feiern Sie mit uns! Es ist nämlich unser Chef, der geheiratet hat.«

»Ob das Ihrem Chef recht ist?«

»Er ist mein Schwiegersohn.«

»Ich nehme an, die Küche ist geschlossen?«, fragte die Marchesa.

»Das ganze Hotel ist geschlossen. Da wir aber Ihre Buchung nicht rechtzeitig stornieren konnten, sind Sie unsere einzigen Gäste.«

Zwei junge Männer im Sonntagsanzug kamen herein. Der ältere Herr zeigte auf das Gepäck. Sie trugen es nach oben.

»Lassen Sie mir etwas Essbares aufs Zimmer bringen!« Der ältere Herr nickte. »Gina«, fuhr die Marchesa in Italienisch fort, »du kommst mit mir. Liliana, du vertrittst mich. Die liebenswürdige Einladung können wir nicht ablehnen. Wir sind ja keine unzivilisierten Barbaren. Außerdem ist das die letzte Gelegenheit, kontinentales Essen zu genießen. Maître Brava, Sie sorgen dafür, dass alles sittsam vor sich geht!«

* * *

Der ältere Herr hieß Gaston. Liliana und Salvatore folgten ihm und der feinen Duftwolke von Anis, die ihn begleitete. Im Speisesaal brannte nur eine Kerze an einem hinteren Tisch. Dort war ein Pärchen intensiv mit sich selbst beschäftigt. Gaston beschleunigte die Schritte und führte seine jungen Gäste hinaus in die Nacht.

Sterne funkelten am Himmel. Die Luft war mild und roch nach der See. Tanzmusik war zu hören. Sie kam aus einem großen Zelt, das unten am Strand errichtet war. Rote und blaue Lampions wiegten sich im Wind. Romantischer konnte es nicht sein. Liliana war das gar nicht recht. Ihr Magen war vom unzufriedenen Knurren zu aggressiven Krämpfen übergegangen. Dann war da noch die Sache mit dem jungen Mann, die hier und jetzt ein Ende finden musste.

Lautes Lachen, dann Klatschen und Johlen drangen aus dem Zelt.

»Sehr gut, die Feier kommt endlich in Schwung«, sagte Gaston und strahlte, als wäre dies sein Verdienst.

»Monsieur Gaston«, sagte Liliana, »ist es möglich, etwas zu essen zu bekommen, bevor die nächste Flut uns alle ertränkt?«

»Keine Sorge, Signorina Rossi, die See kommt nie so weit an den Strand, höchstens bei Sturm. Und Sturm haben wir heute nicht.«

»Sie verstehen es, einen zu beruhigen.«

Salvatore legte die Hand auf Lilianas Arm.

»Ich werde Sie beschützen.«

Als sie das Zelt betraten, kamen sie nicht weiter. Der Frohsinn war an einem Höhepunkt angelangt. Männlein und Weiblein hielten sich an den Händen. Sie bildeten eine Kette und zogen um die Bänke wie eine Riesenschlange, die vergeblich den Ausgang sucht. Eine Dreimannband, Klavier, Gitarre, Akkordeon, spielte dazu einen Marsch, einen Hochzeitsmarsch genauer gesagt, das Brautpaar musste ja lernen, im gleichen Schritt zu marschieren.

Die Braut löste sich aus der Kette und kam strahlend auf Liliana zu. Sie war eine nicht mehr taufrische Brünette. Die Rose in ihrem Haar ließ pathetisch den Kopf hängen.

»Ein Gast aus dem sonnigen Italien, welch eine Ehre! Seien Sie willkommen!«

»Ich möchte Sie nicht stören«, sagte Liliana. »Um ehrlich zu sein, bin ich nur hier in der Hoffnung, etwas zu essen zu bekommen. Würde es Sie stören, wenn mein Begleiter und ich uns in eine unbenutzte Ecke zurückziehen, um eine Scheibe Brot und ein Glas Wasser zu uns zu nehmen, welche sie uns allerdings gütigerweise zur Verfügung stellen müssten.«

Die Braut zog die Augenbrauen hoch. Wollte sie dieses blasse Persönchen auf den Arm nehmen? Sie war Lehrerin von Beruf. Ein Tadel lag ihr auf den Lippen, aber der verzweifelte Blick in den Augen der Signorina war zugleich rührend und komisch.

»Oh, wie müssen Sie gelitten haben, Mademoiselle, dass Sie sich mit Sträflingsnahrung zufriedengeben wollen! Oder handelt es sich um eine Diät?«

Lilianas Stimmung hellte sich sofort auf. Sie liebte nichts mehr als Menschen mit Humor – und ein kleines Wortgefecht.

»Darf ich Ihren Namen erfahren, den neuen?«

»Ich heiße ab heute Pilot, Jeanne Pilot«, antwortete die Braut mit Stolz in der Stimme.

»Madame Pilot ...«

»Sagen Sie Jeanne zu mir, Mademoiselle, bitte!«

Gaston und Salvatore waren bereits auf der Suche nach einem Tisch. Liliana hatte ihren nahen Hungertod vergessen und plauderte unbeschwert mit der Braut.

»Meine Bitte um Wasser und Brot, Jeanne, entsprang nicht dem Wunsch nach Askese und der Überwindung alles Irdischem, sondern der mir angeborenen Bescheidenheit, die aber nur metaphorisch aufgefasst werden darf. Gerade die Fülle der Genüsse, die Reizung aller Sinne bis zum Exzess vermag zur Klarheit des Geistes führen.«

»Warum haben Sie das nicht gleich gesagt?«

»Mein Zenmeister pflegt zu sagen ...«, begann Liliana.

»Ihr Zenmeister?«

»Nun, ja, wenn ich einen Zenmeister hätte, würde er zu sagen pflegen: Gib den Menschen die Chance, dir etwas Gutes zu tun! Wenn ich nun einen saftigen Braten und ein kühles Bier verlangt hätte und Sie es mir als perfekte Gastgeberin gegeben hätten, dann wäre das selbstverständlich gewesen und nicht der Rede wert. Aber wenn Sie Wasser und Brot noch eine Scheibe Wurst hinzufügen, werde ich von soviel

Freundlichkeit überwältigt sein und Sie werden sich heute Nacht mit einem wohligen Gefühl ins Bett legen, weil Sie Großherzigkeit zeigten, wo es nicht verlangt worden war.«

Die frischgebackene Madame Pilot starrte Liliana an, dann brach sie in schallendes Gelächter aus.

»Entschuldigen Sie, Mademoiselle! Dieser Satz ist mein schönstes Hochzeitsgeschenk. Ich verspreche Ihnen, Sie werden nicht verhungern.«

Salvatore hatte einen Tisch gefunden. Er winkte Liliana zu. Madame Pilot führte sie zu ihm.

»Jeanne«, sagte Liliana, »der junge Mann nennt sich Maître Brava. Er hat mir versprochen, mich heute Abend zu beschützen. Sonst weiß ich nichts über ihn.«

Salvatore erhob sich, gab der Braut einen galanten Handkuss und gratulierte zur Vermählung. Zwei junge Frauen stellten Teller, Besteck und Gläser auf den Tisch. Gaston schob einen Servierwagen heran.

»Bon appétit!«, sagte Jeanne. »Ich muss meinen Göttergatten im Auge behalten, damit er heute Nacht noch zu gebrauchen ist. Darf ich Ihnen meinen Hubert vorstellen, Mademoiselle?«

»Wo habe ich nur meinen Kopf! Ich hatte ganz vergessen, dass zu einer Hochzeit auch ein Ehemann gehört«, sagte Liliana.

»Mein Hubert ist wirklich süß.«

»Davon werde ich mich später überzeugen. Nach dem Dessert?«

»Er wird Ihnen gefallen, Comtesse«, sagte Jeanne mit einem Glitzern in den Augen und verließ den Tisch.

Gaston servierte. Eine klare Gemüsesuppe gab es als Vorspeise, gegrilltes Entrecôte mit kräftiger Soße, Bratkartoffeln und Feldsalat als Hauptspeise. Dazu wurde ein leichter Roséwein serviert, den Liliana ablehnte und ein Glas Wasser verlangte.

»Guten Appetit, Contessina Liliana!«, sagte Salvatore. »Da wir jetzt unter uns sind, wäre es nicht einfacher, wir duzen uns?«

»Das ist völlig unnötig. Während des Essens werde ich kein Wort sprechen und nach dem Dessert begebe ich mich schnurstracks auf mein Zimmer und werde mit Sicherheit sofort einschlafen.«

»Sie haben vergessen, dass Sie den süßen Bräutigam in Augenschein nehmen wollten.«

Braut und Bräutigam waren nirgends zu sehen. Es wurde immer noch getanzt. Die Paare tanzten dicht an ihrem Tisch vorbei. Dass eine junge Dame aus dem fernen Italien zugegen war, hatte sich schnell herumgesprochen. Jeder wollte nur einen unauffälligen Blick auf sie werfen, denn sie durfte auf keinen Fall beim Essen gestört werden, hatte ihnen Gaston eingeschärft. Aber es gab nicht viel zu sehen. Die Signorina war ein unscheinbares Mädchen mit blassem Gesicht und großen unergründlichen Augen. Das schlichte schwarze Kleid war auch nicht das, was man von einer Italienerin erwartete. Schnell hatte man sich an ihr sattgesehen und ließ sie in Ruhe.

Schweigend aßen Liliana und Salvatore die Suppe.

Liliana seufzte. Da ihr Magen zufrieden war und sich auf die Fortsetzung freute, wich ihre Anspannung. Der Braten war ebenfalls vorzüglich. Alles war vorzüglich, die Suppe, der Braten, der Salat, die Musik und der junge Mann gegenüber. Er hatte die feinen Hände eines Künstlers. Als er zum zweiten Mal beinahe das Weinglas umstieß und sie dabei melancholisch verzweifelt ansah, wurde sie milder gestimmt und sagte:

»Es ist das erste Mal in meinem Leben, dass ich mit jemandem ausgehe – und das noch ohne den strengen Blick einer sogenannten Vertrauensperson.«

»Sie vergessen, dass ich zur Vertrauensperson ernannt worden bin.«

»Gut, dass Sie mich daran erinnern, Maître Brava! Dann gilt das nicht und ich nehme meine Aussage zurück.«

Gaston brachte das Dessert.

»Es ist nur noch Crème Caramel da. Wir hatten heute besonders gefräßige Gäste. Ich hoffe, Sie mögen Crème Caramel?«

»Mit Crème Caramel machen Sie mir eine große Freude, Gaston.«

»Sie werden nicht enttäuscht sein, Signorina.«

Gaston servierte jedem eine extragroße Portion.

»Möchten Sie noch einen Wein, Maître? Oder wie wär es mit einer Flasche Champagner? Sie sind unsere Gäste. Feiern Sie mit uns!«

Salvatore blickte Liliana fragend an.

»Ich bleibe bei Wasser«, sagte sie.

»Dann bringen Sie uns bitte eine Flasche Wasser, Gaston«, sagte Salvatore. »Ich möchte zu gern wissen, was die Signorina daran findet.«

Schweigend aßen sie die Nachspeise.

Gaston brachte das Wasser und ging.

Die Musiker machten eine Pause. Die Gäste verließen das Zelt.

»Wollen wir auch hinausgehen?«, sagte Salvatore. »Es ist sicher draußen sehr romantisch. Außerdem ist dort die Luft besser.«

Liliana gab keine Antwort. In ihrem Kopf, in dem es so viele Worte gab und vernünftige Gedanken, hatte sie sich vorgenommen, diesen jungen Mann, der plötzlich in ihre Welt eingebrochen war, wieder daraus zu verbannen. Sie hatte dafür auch ein passendes Wort gefunden. Sie wollte sich entlieben. Dass sie in ihn verliebt war, das hatte auch ihr analytischer Verstand nicht leugnen können. Es war eine Tatsache, die akzeptiert werden musste. Das bedeutete aber nicht, dass eine Tatsache nur eine einzige Folgerung zuließe. Man kann eine Tatsache anerkennen, sie hinnehmen und nicht weiter beachten. So wie man überrascht feststellt, dass man sich am Arm verletzt hat, den Ärmel drüber zieht und nicht mehr daran denkt. Liliana hatte sich eine Menge Strategien ausgedacht. Kälte, Abweisung, Verhöhnung, Herablassung, Demütigung, das musste doch einer Contessina di Salamandra im Blut liegen. Aber das waren nur Gedankenspiele gewesen, auch das Entlieben. Denn es war nicht so, dass auf der einen Seite ihr Herz stand, das sich nach Erfüllung dieser Liebe sehnte, nein, auch ihr Kopf wünschte sich das. Liebe wider alle Vernunft, das war die Herausforderung, vor der sie stand. Die Lösung müsste natürlich eine vernünftige sein.

»Es war gar keine so schlechte Idee mit dem Du«, sagte sie.

Salvatores Gesicht hellte sich auf, keine Spur mehr von Melancholie.

»Ich heiße Salvatore.«

»Noch genauso wie heute Morgen!«

»Machst du dich lustig über mich, Contessina?«

»Liliana!«

»Nur Liliana, nicht Liliana Antonia Marcella Frederica Maria Gabriela Daniela Lorena Alina?«

»Nur Liliana. Alle anderen Mädchennamen waren bereits an meine sechs Schwestern vergeben.«

»Du hast sechs Schwestern? Ich bin ein Einzelkind«, sagte Salvatore.

»Ich habe sechs ältere Schwestern. Können wir das Thema wechseln?«

»Es ist sicher sehr schön, viele Geschwister zu haben.«

»So? Das wusste ich nicht.«

Salvatore nahm die Flasche Wasser.

»Darf ich dir nachfüllen?«

»Mein Glas ist voll.«

Er füllte trotzdem nach. Das Glas lief über. Nun stand es in einer Pfütze.

»Reicht das, Liliana?«

»Du hast mich überreichlich beschenkt. Das war sehr nett von dir.«

»Ich ...« Jetzt bemerkte er, was er angerichtet hatte. »Ich benehme mich wie ein Idiot.«

»Und ich wie eine eingebildete Gans. Wir sollten den Abend beenden.«

»Das sollten wir«, sagte Salvatore zerknirscht. »Andererseits könnten wir uns auch zusammennehmen.«

»Das dürfte dir nicht schwerfallen. Du hast sicher reichlich Erfahrung, wie man Gänse rupft und schlachtet. Während ich ... ach!«

Sie stand auf

– und setzte sich wieder.

»Also gut, ich habe sechs Schwestern. Die Zwillinge sind drei Jahre älter als ich, Maria, das ist die Älteste, sieben Jahre. Meine Schwestern konnten mit mir nichts anfangen und ich nichts mit ihnen. Ausgerechnet heute Nacht an sie zu denken, ich kann mir nichts Trostloseres vorstellen!«

»Warum ausgerechnet heute Nacht?«

»Du hast recht. Warum sollten wir nicht über Banalitäten sprechen? Schließlich ist es eine Nacht wie jede andere.«

»Es ist keine Nacht wie jede andere«, sagte Salvatore. »Du willst wirklich den Duke heiraten?«

»Ich werde den Duke of Everweard heiraten. Wenn dir kein interessantes Thema einfällt, könnten wir über das Wetter sprechen oder über die Crème Caramel. War sie nicht köstlich?«

»Der Duke ist zu alt für dich. Du kennst ihn nicht einmal.«

»Ich werde Gaston fragen, ob ich noch eine Portion haben kann«, sagte Liliana. »Möchtest du auch noch eine Portion? Wenn ich ihn frage, kann ich gleich für dich mitfragen. Das macht mir nichts aus. Ich ersetze in meiner Bitte das Ich durch Wir. Das ist ganz einfach und macht mir nicht die geringste Mühe.«

Die Zelttür wurde zurückgeschlagen. Frische Luft wehte herein.

Eine Melodie ertönte. Es war ein beliebter Gassenhauer, zugleich traurig und heiter.

»Wie heißt dieses Lied, Salvatore?«

»Ich weiß es nicht. Das heißt, ich wusste es, aber es will mir im Augenblick nicht einfallen. Ist es wichtig?«

»Was sollte heute Nacht schon wichtig sein?« Liliana stand auf. Sie schob den Stuhl unter den Tisch. »Wahrscheinlich bin ich übermüdet, denn es gelingt mir nicht, Unwichtiges zu ertragen. Ich finde den Weg allein zurück. Bis morgen, Salvatore!«

»Mir ist nur eins wichtig, Liliana. Dass du bei mir bist!«

Die Hochzeitsgäste strömten zurück ins Zelt. Die drei Musiker nahmen Platz, spielten aber nicht. Die Braut führte einen jungen Mann an Lilianas Tisch. Er hatte die gleiche leicht nach unten geneigte Nase wie sie. Man hätte ihn für ihren Sohn halten können.

»Madame, das ist er, mein Hubert.«

Hubert stützte sich mit beiden Händen auf den Tisch und grinste. Jeanne schob ihm einen Stuhl in die Kniekehlen. Er setzte sich.

»Er braucht nur einen starken Kaffee, Madame. Ich bin gleich wieder zurück.«

Jeanne verschwand. Liliana blieb nichts übrig, als sich wieder zu setzen.

»Monsieur Pilot«, sagte sie, »ist es eine angenehme Erfahrung zu heiraten?« Hubert grinste. »Sie schweigen. Daraus entnehme ich, dass es nichts dazu zu sagen gibt. Es wird viel Aufhebens darum gemacht. Dabei ist es das Ödeste, was sich die Menschheit ausgedacht hat. Um dies zu vertuschen, wird großes Tamtam darum gemacht. Sogar der liebe Gott muss herhalten, um dieser inhaltslosen Farce Bedeutung zu geben.«

»Liliana …«, sagte Salvatore.

»Du bist besser still! Für dich bin ich gar nicht mehr da. Ich plaudere mit dem süßen Ehemann.«

Jeanne kam und stellte eine Tasse Kaffee vor Hubert. Dann holte sie einen Stuhl und setzte sich an den Tisch. Während sie ihrem Mann den Kaffee einflößte, sah sie Liliana erwartungsfroh an.

»Du möchtest jetzt von mir hören, Madame Pilot, dass du die richtige Wahl getroffen hast. Besteht die Aussicht, dass er aufhört zu grinsen?«

»Der Kaffee ist stark und bitter.«

Jeanne wartete immer noch auf ein Kompliment. Liliana ließ sich nicht darauf ein.

»Du bist sicher der Auffassung, es ist das Wichtigste im Leben einer Frau zu heiraten?«

»Den Richtigen zu heiraten und Kinder zu bekommen, Madame!«

»Jetzt gerät unser Gespräch ins Esoterische. Was soll denn das sein, der Richtige?«

»Ein Mann fürs Leben!«

»Das klingt nach einer unheilbaren Krankheit.«

Jeanne hörte Bitterkeit in Lilianas Stimme.

»Madame, auch Sie werden eines Tages den Richtigen finden.«

»Ich befinde mich auf meiner Hochzeitsreise.«

Jeanne warf einen Blick auf Salvatore. Er sah nicht wie ein glücklicher Ehegatte aus.

»Darf ich gratulieren?«

»Die Hochzeit hat noch nicht stattgefunden«, sagte Liliana. »Ich bin auf der Reise dorthin. Deshalb sprach ich von meiner Hochzeitsreise. Ich bin heute voller Schalk.«

Hubert hatte sein Grinsen verloren. Dafür schnarchte er mit offenem Mund. Jeanne winkte Gaston herbei. Zu zweit hoben sie ihn vom Stuhl.

»Ich wünsche Ihnen alles Glück der Welt, Mademoiselle!«

»Danke, Jeanne! Ich hoffe, du hast es bereits gefunden.«

»Das habe ich, auch wenn es nicht danach aussieht.«

Jeanne und Gaston führten Hubert hinaus.

Die Dreimannband begann zu spielen. Es war eine schlichte Melodie aus sich ständig wiederholenden Akkorden, die man nach einiger Zeit nicht mehr wahrnahm. Zwei Paare tanzten.

»Jetzt habe ich doch vergessen«, sagte Liliana, »Gaston nach der Créme Caramel zu fragen. Macht nichts, ich werde mich jetzt sowieso zurückziehen.«

Aber sie stand nicht auf.

»Liliana, ich werde aus dir nicht schlau. Du ahnst, dass ich etwas für dich empfinde?«

»Ich soll nun erraten, was dieses Etwas sein könnte, das du so schwach empfindest, dass du ihm nicht einmal einen Namen geben kannst?«

»Empfindest du nichts für mich?«

»Mit nichts meinst du etwas?«

»Ich spreche von Gefühlen«, sagte Salvatore.

»Etwas ist nicht gerade viel.«

»Ich wäre auch mit wenig zufrieden.«

»Maître Salvatore Brava, deine Begriffe sind wie Irrlichter, die immer tiefer in den Sumpf der Unverständlichkeit führen. Ich brauche festen Boden unter den Füßen. Und der besteht nicht aus Wörtern, sondern aus Taten.«

»Was ist mit Gefühlen?«

»Gefühle sind … Darüber muss ich mit Großmutter diskutieren. Ich gebe jetzt nur eine vorläufige Definition. Gefühle sind Interpretationen des Körpers von Situationen, Beziehungen, Ereignissen und Zuständen. Diese Interpretationen sind weder wahr noch falsch. Im Gegenteil, man muss ihnen gegenüber sehr kritisch sein. Gefühle sind verwandt mit Aberglaube und Mystik.«

»Was ist, wenn man traurig ist?«, fragte Salvatore.

»Wenn jemand traurig ist, beurteilt er den Verlust oder das Fehlen einer Sache als Mangel.«

»Was ist daran schlecht?«

»Darum geht es doch nicht, ob Gefühle zu haben schlecht ist. Gefühle machen uns zu Menschen. Was ich sagen will: Gefühlen ist nicht zu trauen. Sie können reine Einbildung sein, ohne jegliche Beziehung zur Wirklichkeit.«

Die Band spielte wieder den Gassenhauer.

Liliana stand auf.

»Tanzen wir! Du kannst doch tanzen?«

Salvatore sprang auf. Er nahm Lilianas Hand und führte sie zur Tanzfläche.

»Jetzt weiß ich wieder, wie das Lied heißt: Vole, ma chouette! Es wird in Paris in allen Kneipen gespielt.«

»Du bist auch Kneipenexperte?«

»Ich musste mir doch die Zeit vertreiben, bis ich dich fand.«

Salvatore legte die Hände um Lilianas Taille. Sie legte ihre Hände auf seine Schultern. Wann nun das eigentliche Tanzen begann, konnte man von außen nicht feststellen, da sie sich keinen Zentimeter bewegten.

## Kapitel 3

Ärmelkanal

Die See war ruhig. Jedenfalls behaupteten das die Seeleute. Marchesa Montecorno und Gina standen auf dem Oberdeck der Dampffähre ›Prince of Wales‹ und blickten hinaus auf das endlose Wasser. Calais und die französische Küste waren längst nicht mehr zu sehen.

»Gina, stell dir Folgendes vor: James Cook und seine Mannen haben ihre Heimat verlassen«, sagte die Marchesa. »Seit Monaten befinden sie sich auf dem offenen Meer. Ringsum gibt es nur Wasser von einem Horizont zum andern. Sie beginnen zu zweifeln, ob es das Land, das sie suchen, wirklich gibt. Aber dann zieht James Cook aus seiner schmucken Kapitänsjacke, so wie ich jetzt aus meiner Manteltasche, eine Karte der Schifffahrtslinie Calais-Dover hervor.« Die Marchesa fuhr mit dem Finger eine Linie in dem Prospekt nach. »Da sieht er, dass er nur einer roten Linie zu folgen braucht, so wie Theseus und die Argonauten Ariadnes Faden folgten, und schon ist er am Ziel. Das Einzige, was mich beunruhigt, meine gute Gina, ich kann beim besten Willen dort draußen keinen roten Faden erkennen!«

Gina lachte. Die Marchesa hatte einen eigenen Humor.

»Marchesa, ich habe es einfacher. Ich brauche nur Ihnen zu folgen, denn ich bin sicher, dass Sie mich nie in die Irre führen werden.«

»Damit hast du recht. Ich weiß immer, wo es langgeht. Wenn nicht, dann wirst du mich nie dabei erwischen, dass ich es zugebe.«

Aber so leer war die See gar nicht. Ein dicker Frachtkahn zog eine langgezogene dunkelgraue Fahne aus Dampf und Ruß hinter sich her. Von Kuttern aus warfen Fischer ein riesiges Netz in die See. Bunte Korken tanzten im Wasser. Darüber kreisten schreiend silbern schimmernde Möwen.

»Die arme Contessina«, sagte Gina, »jetzt muss sie unter Deck bleiben. Dabei hatte sie sich so sehr auf das Meer gefreut.«

»Das geht vorüber. Ein bisschen Übelkeit, Beine wie Gummi, die Welt dreht sich ein wenig schneller um einen herum. Bah! das ist nichts! Das sollte man nicht einmal Seekrankheit nennen. Es ist höchstens eine Malaise, ein Seewehwehchen. Du wirst sehen, die Neugierde wird sie bald wieder auf Deck treiben.«

»Wenn sie nicht etwas Anderes für interessanter hält.«

»So interessant kann es nicht sein, sonst wären wir zurück nach Paris gefahren«, sagte die Marchesa. »Ich hatte bereits Hoffnung geschöpft, dass uns diese makabre Hochzeit erspart bleibe. Aber nein, Jugend ist vernarrt ins Märtyrertum.«

»Sie haben es also auch bemerkt, Marchesa?«

»Die wahre Liebe, die Liebe auf den ersten Blick, zwei Menschen, die sich gefunden haben, zwei Seelen, die zusammengehören – ich weiß, ich weiß! Und weiter?«

Gina dachte, das sei selbstverständlich und sagte:

»Wie groß auch die Hindernisse und Gefahren, die Liebe siegt.«

»Ja, natürlich, das hatte ich vergessen. Und wenn sie nicht siegt, dann war sie nicht stark genug, die Liebe. Das mag ja alles sein, aber verlassen kann man sich nicht darauf. Hör zu, Gina! Wir müssen pragmatisch denken.«

»Pragmatisch? Bedeutet das unromantisch?«

Manchmal hatte Gina Mühe, der Marchesa zu folgen. Immer wenn sie etwas Wichtiges sagen wollte, verwendete sie schwierige Wörter.

»Wir dürfen uns nicht davon leiten lassen, wie wir es gern hätten, sondern müssen den Tatsachen ins Auge sehen und entsprechend handeln. Das heißt nicht, dass wir sie als schicksalhaft akzeptieren, nein, wir werden alles daran setzen, sie in unserem Sinne zu verändern.«

Die Marchesa war eine Philosophin. Es war oft schwer zu erkennen, ob sie vom Universum sprach und den ewigen Gesetzen, die allem zu Grunde lagen, oder von einem konkreten Ereignis. Gina fragte lieber nach:

»Sie sprechen von der Hochzeit?«

»Nicht die Hochzeit ist das Problem, Gina. Da ist das letzte Wort noch nicht gesprochen. Was kommt danach? Wir haben nicht die geringste Ahnung, was Liliana in Everweard erwartet. Die ganzen Begleitumstände waren nicht dazu angetan, Vertrauen zu erwecken, im Gegenteil.«

Auch Gina hatte ein beklemmendes Gefühl, wenn sie an die Hochzeit dachte. Es war, als würde eine eiskalte Hand nach Liliana greifen, die Hand eines Skeletts, eines Geistes, ja, des Teufels. Tagelang hatte sie auf Liliana eingeredet, mit Engelszungen und mit Wutausbrüchen. Doch es war alles vergebens gewesen. Die Contessina hatte sich dazu entschlossen, nach sachlicher Abwägung der Gründe, die dafür und die dagegen sprachen, den mysteriösen Duke im Norden Englands zu heiraten. Liliana war ja so vernünftig, dass es schon wieder unvernünftig war. Einen Funken Hoffnung hatte Gina noch.

»Marchesa, dieser junge Mann, sie hat sich doch in ihn verliebt.«

»Das war auch meine Hoffnung. Reines Wunschdenken! Aber es sollte uns nicht wundern. Wenn sie sich einmal etwas in den Kopf gesetzt hat, ist sie nicht mehr davon abzubringen. Es sei denn ... das ist unsere Chance, Gina ... es sei denn, sie erkennt, dass sie getäuscht wurde oder sich selbst getäuscht hat.«

Gina war nicht überzeugt. Sie kannte Liliana doch etwas besser als die Marchesa.

»Diesmal geht es ihr um etwas, was über sie hinausgeht. Sie tut es für andere. Wenn sie sich auf so etwas eingelassen hat, hilft alle Vernunft nicht mehr.«

»Sie will doch nicht etwa eine Heilige werden?«

»Begreifen Sie doch, Marchesa! Sie will nichts für sich.«

Die Marchesa sah, wie erregt Gina war und wie verzweifelt hilflos. Sie nahm ihre Hand und drückte sie fest.

»Um so wichtiger ist es, dass wir beide einen klaren Kopf behalten.«

»Ach, wenn ich das nur könnte!«, sagte Gina.

»Du musst! Ich verlasse mich auf dich.«

Die Marchesa ließ Ginas Hand los. Sie verließen die Reling und setzten sich auf eine Bank. Sie waren die einzigen Passagiere an Deck. Die See war jetzt doch nicht mehr so friedlich. In regelmäßigen Abständen schwappte Wasser vor ihre Füße.

»Ich will dir sagen, was ich von dir erwarte, Gina. Du bist Lilianas Zofe und ...«

»Aber Marchesa, ich weiß doch gar nicht, was eine Zofe ist.«

»Ich dachte, ich hätte dir das erklärt.«

»Dann hatte ich bestimmt nicht zugehört und war mit meinen Gedanken woanders.«

Die Marchesa nickte.

»Eine Zofe ist die Dienerin ihrer Herrin ...«

»Eine Dienerin? Was ist das?«

»Gina, sei nicht albern und konzentriere dich! In Salamandra gibt es eine Menge Personal, Köchinnen, Stubenmädchen, Zimmermädchen, Gärtner und so weiter. Sie werden dafür bezahlt, für den Conte und seine Familie Arbeiten zu verrichten, also ihnen zu dienen. Eine adlige Frau hat eine Zofe oder mehrere, die nur für sie da sind. Sie nehmen ihr alle niederen Dienste ab, wie Haare kämmen, die Wäsche wegbringen, Frühstück ans Bett bringen, die Kleider richten und so weiter. Die Zofe führt Besuch zu ihrer Herrin oder weist ihn in ihrem Auftrag ab. Die persönliche Zofe der Herrin gibt anderen Zofen und Dienern Anweisungen. Kurzum, sie sorgt dafür, dass ihre Herrin immer als Herrin wahrgenommen wird. Warum erzähle ich dir das eigentlich? Du musst das doch wissen! Du liest doch massenweise diese Romane.«

»Ah! Jetzt weiß ich, was Sie meinen, Marchesa. Liliana braucht bestimmt keine Zofe.«

»Als Contessina di Salamandra oder gar als Duchess of Everweard muss sie eine Zofe haben. Diese Zofe nennt man in England ›Lady's Maid‹.«

»Ist es wirklich so wie in den Romanen?«, fragte Gina ungläubig.

»Ich bin zwar keine Expertin, was diese Art Literatur betrifft«, sagte die Marchesa. »Hin und wieder lese ich einen Roman, um mich zu entspannen, aber wenn du dich daran hältst, was dort beschrieben wird, kann dir keine wahrhaftige Zofe das Wasser reichen.«

Gina war nicht davon überzeugt.

»Lernen muss man es trotzdem. Ich werde Fehler machen.«

»Das wirst du. Man lernt, indem man Fehler macht.«

»Ich möchte nicht, dass man über Liliana lacht.«

»Warum bist du dann überhaupt mitgekommen?«, sagte die Marchesa gereizt. »Du hättest in Capirosso bleiben können.«

»Ach, Marchesa, das hätte ich nicht ertragen. Das wissen Sie. Ich werde alles tun, was von mir verlangt wird. Aber diese unglückliche Liebesgeschichte hat mich traurig gemacht, wütend und hilflos. Ich hatte schon Hoffnung geschöpft.«

Die Helden in den Romanen hätten Liliana auf der Stelle entführt und die Bösewichte im Duell für ihre Niedertracht büßen lassen.

»Ein Gutes hat die Sache«, sagte die Marchesa. »Wir sind exotische Fremde aus dem fernen Italien. Von denen weiß man ja, dass sie die merkwürdigsten Sachen machen. Du würdest sie sogar enttäuschen, wenn du alles richtig machtest. Also, Kopf hoch, Gina! Wir machen uns sicher unnötig Sorgen und werden bald darüber den Kopf schütteln, welche Angsthasen wir waren. Was mir nicht passt, ist unsere Unwissenheit. Wir wissen nicht, was auf uns zukommt. Wer ist dieser Duke, von dem wir noch nie gehört haben? Was sind seine wahren Motive, ausgerechnet diese Contessina di Salamandra zu heiraten und nicht eine ihrer Schwestern? Auswahl gibt es ja genug. Wie kommt er überhaupt auf Salamandra? Dann die andere Geschichte, über die ich nicht sprechen möchte, sonst kommt mir die Galle hoch, das passt alles nicht zusammen. Oder doch? Das müssen wir herausfinden, Gina. Und dazu brauche ich dich.«

»Was soll ich tun?«

»Das, was eine kluge Zofe schon immer getan hat, Augen und Ohren offenhalten. Wir müssen Fakten sammeln. Dann kann ich handeln. Und handeln werde ich, wenn es nötig ist, darauf kannst du dich verlassen!«

»Auch wenn Liliana es nicht will?«

»Ich werde niemals gegen ihren Willen handeln. Zu meinen ehernen philosophischen Prinzipien gehört der freie Wille. Aber um ihn herum gibt es viele Möglichkeiten, auf indirektem Weg den freien Willen in eine andere Richtung zu lenken.«

Gina hatte kein Wort verstanden. Aber sie hatte herausgehört, dass die Marchesa bereit war zu kämpfen. Das gab ihr neue Zuversicht.

* * *

Liliana schöpfte langsam Hoffnung, nicht sterben zu müssen. Ihr Magen hatte sich inzwischen beruhigt. Nur von Zeit zu Zeit wollte er in einem Anfall von Panik den Körper verlassen. Die wilde Achterbahnfahrt in ihrem Kopf hatte sich in eine gleichmäßige Drehung verwandelt. Sie war sich gewiss, wenn Salvatore nicht ihre Hand hielte, würde sie orientierungslos im Raum schweben. Seit Stunden saß er an ihrem Bett. Es sah nicht aus, als ob er sie auslache. Liliana wusste nicht, ob sie Angst haben sollte oder sich schämen müsste. Wieder solch eine weibliche Schwäche! Dabei hatte sie sich so stark gefühlt!

In der Zwischenzeit hatte Salvatore sein gesamtes Leben erzählt. Davon war nicht viel in ihrem Bewusstsein angekommen. Das meiste hatte sie wahrgenommen wie ein fernes Murmeln. Dann gab es Passagen, die waren so laut, als hätte er sie angeschrien.

»Florence ... Wer ist Florence?«

Salvatore zuckte zusammen. Hatte er eben von Florence erzählt?

»Du hörst mir ja doch zu!«, sagte er erschrocken.

»Lenk nicht ab! Ich habe keine Ahnung mehr von dem, was du die ganze Zeit gesprochen hast. Aber das habe ich ganz deutlich gehört: Florence und ich lieben uns über alles. Alle anderen Frauen sind für mich nur willkommene Gelegenheiten, auf angenehme Weise die Langeweile zu vertreiben, welche die Beschäftigung mit totem Gestein und – Gott sei Dank – längst untergegangenen Kulturen notwendigerweise mit sich bringt.«

»Das habe ich niemals gesagt!«

»Ich habe das ganz deutlich gehört. Noch jetzt dröhnt mir der Schädel vom Widerhall deiner Worte.« Mühsam richtete sie sich auf. »Meinst du, du könntest mir einen klitzekleinen Kuss geben, um das wiedergutzumachen?«

»Seit wann küssen wir uns, Contessina?«

»Lass mich überlegen ... in meinen Gedanken seit Paris, in der Praxis seit jener Nacht in Calais. Es geschah nach dem berauschenden Fest in dieser heruntergekommenen Bar Tabac, namens ... Hm? Sie hatte einen eigenartigen Namen. Jetzt weiß ich es wieder. Sie hieß ›Vole, ma chouette!‹ Der völlig unmusikalische Akkordeonspieler hatte gerade seine letzten quietschenden Akkorde gequietscht, die betrunkenen Paare hatten sich im Halbdunkel zurück auf ihre Plätze geschlichen, der Patron sah mit verschränkten Armen in die Runde – es sollte keiner wagen, nichts mehr zu bestellen – und die dicke Köchin mit dem bedrohlichen Lächeln brachte uns einen Teller mit irgendetwas Leblosem, Fisch, wenn ich mich recht erinnere. Den Teller knallte sie auf den Tisch. Sie drehte sich um. Du sahst ihr Panorama-Hinterteil. Das muss dich erregt haben, denn, ich weiß nicht wie, aus heiterem Himmel fielst du über mich her und wolltest mich auffressen. Aber wir Frauen aus der Toskana, wir wissen uns zu wehren. Uns küsst niemand, ohne dass wir ihn ebenfalls küssen!«

»Was du dir nur für haarsträubende Geschichten ausdenkst! Du weißt also inzwischen, dass ich dich liebe?«, sagte Salvatore.

»Liebe hin, Liebe her, ich will jetzt meinen Kuss!«

Aus dem Kuss wurde aber nichts. Lilianas Magen wollte unbedingt etwas loswerden, was schon lange nicht mehr in ihm war. Ein Glas Wasser half.

»Genug jetzt!«, sagte Liliana und setzte sich auf die Bettkante, die Füße fest auf den Schiffsboden gepresst. »Maître Brava, geleiten Sie mich an Deck! Ich stamme aus dem edlen Geschlecht Salamandra. Ich werde dem düsteren Land, dem wir uns unerbittlich nähern, mit tapferem Herzen entgegentreten, wenn auch mein Magen noch Widerstand leistet.«

Salvatore zog Liliana vom Bett hoch, sodass sie direkt vor ihm stand, Auge in Auge – Mund an Mund.

* * *

Liliana klammerte sich an der Reling fest. Ganz vorn am Bug stand sie, so konnte sie sich einbilden, das Schiff zu lenken. Ein schneidender Wind ließ ihre Haare flattern. Hätte sie nur von Anfang an die Herrschaft übernommen, sie die Windsbraut, die Stürme ritt wie wilde Mustangs, niemals hätte sie diese erbärmliche Schwäche gezeigt und sich im Bauch des Schiffs verkrochen.

Großmutter und Gina saßen weiter weg auf einer Bank. Sie taten so, als würden sie das junge Paar nicht bemerken.

Salvatore legte eine Hand über Lilianas Hand.

»Du brauchst dich nicht zu schämen. Die meisten werden seekrank, wenn sie zum ersten Mal auf See sind.«

»Du warst schon öfter auf See?«, fragte Liliana.

»Nur auf dieser Strecke. Ich habe in London studiert.«

»Dann bist du also ein alter Seehase?«

»Du meinst sicher, ein alter Seebär. Ein Seehase ist ein Fisch, aus dessen Rogen die Deutschen einen Kaviarersatz herstellen«, sagte Salvatore belehrend.

»Wenn das so ist, dann hatte ich doch Seehase gemeint.«

»Du hältst mich nicht für echt?«

»Noch hast du zu wenig Substanz. Du könntest genauso gut der Klabautermann sein, der seinen Schabernack mit einer allzu vertrauensseligen Landratte treibt.«

»Wie konntest du mich so schnell durchschauen? Das ist mir noch nie passiert«, sagte Salvatore.

»Du hast dich selbst verraten.«

»So?«

»Da ist zunächst einmal deine Hand, sie ist kalt. Es fehlt ihr jegliche menschliche Wärme. Weiter! Du stehst zwar neben mir, aber eigentlich doch nicht. Der Abstand zwischen uns soll verhindern, dass ich deine Körperlosigkeit entdecke. Gerade deine übergroße Vorsicht hat dich verraten.«

»Wäre es denkbar, dass diese Distanz notwendig ist, um Ihren Ruf nicht zu kompromittieren, Contessina?«

»Nein.«

»Nein? Die Marchesa sitzt dahinten und passt auf, dass ich dir ja nicht zu nahe komme.«

»Woher willst du wissen, was Großmutter denkt? Die Marchesa ist eine moderne aufgeschlossene Frau. Im Augenblick, das sehe ich ihren Augen an, entrüstet sie sich darüber, welches Unrecht Seehasen zugefügt wird, deren ehrlicher Rogen in verlogenen Kaviar umgewandelt wird.«

»Es liegt mir viel daran, nicht den leichtesten Schatten auf deinen Ruf fallen zu lassen«, sagte Salvatore.

»Du meinst, die Möwen könnten Anstoß nehmen? Sonst sehe ich nämlich weit und breit niemanden.«

»Was ist mit der Marchesa und deiner Zofe?«

»Sie werden sich genauso wundern über dich wie ich«, sagte Liliana.

»Ich möchte nicht riskieren, über Bord geworfen zu werfen.«

»Weil das Schiff sinkt, wenn der Klabautermann es verlässt?«

»Wir könnten wieder in deine Kabine zurückgehen«, sagte Salvatore.

»Dort war ich ja so hilflos! Nein, so etwas wird mir nicht noch einmal passieren. Ich stelle eine rein hypothetische Frage. Nehmen wir an, ich eliminiere durch einen Überraschungsangriff die Distanz zwischen uns. Würdest du mich vor Entrüstung ins Meer stoßen oder dich als der Klabautermann, der du bist, in Luft auflösen?«

»Du willst mich in die Enge treiben.«

»Vor dir die tosende See, neben dir das tobende Weib, wahrlich, Salvatore Brava, deine Lage ist aussichtslos. Wäre es nicht besser, dich in dein Schicksal zu ergeben?«

»Du kennst mein Schicksal?«

»Ja!«, sagte sie, als sie den sicheren Halt an der Reling aufgab und die Arme um ihn schlang.

## Kapitel 4

England

Liliana in dem schwarzen Kleid, – warum trug sie Schwarz? Sie konnte Schwarz nicht ausstehen. Ging sie zu einer Beerdigung, trug sie Trauer? Dabei war sie auf dem Weg zu ihrer Hochzeit. Das Schwarz hatte die Marchesa verordnet, um sie unsichtbar zu machen vor neugierigen Blicken. Das war völlig unnötig, denn wer sollte sie erkennen? Sie war nur selten über Salamandra und Montecorno hinausgekommen und dann nicht weiter als nach Florenz. In den Kreisen, die sich für eine Contessina di Salamandra interessieren könnten, war sie unbekannt. Die Marchesa aber, das war ein ganz anderes Thema. Die Marchesa Montecorno war eine nur zu bekannte Berühmtheit. Eine Frau als Philosophin, unfassbar! Nicht nur das, sie nahm kein Blatt vor den Mund und sagte offen ihre Meinung. Ihre Enkelin war unauffällig gekleidet, sie selber aber trug Rot in allen Abstufungen, was alle Blicke auf sich zog. Sie war stolz darauf, wie gut sie sich getarnt hatte. Die Schärfe ihres philosophischen Verstandes richtete sich nie auf sie selbst. Gina trug die typische Kleidung einer Magd. Das passte zu ihrer etwas pummeligen Figur und den rosigen Wangen. Da sie immer dabei war, einen Liebesroman zu lesen, zweifelte niemand an der Schlichtheit ihres Verstandes.

Andererseits gab Schwarz Lilianas Stimmung wieder. Auf dem Schiff hatte sie sich noch allem gewachsen gefühlt. Jetzt aber war sie wieder in einem Zug eingesperrt. Das Abteil war eng, die Luft stickig. Das Fenster ließ man besser geschlossen, denn seit Dover regnete es ununterbrochen. Es war ein kalter, unfreundlicher Regen. *›Denn der Regen, der regnet jeglichen Tag‹*, ging es Liliana durch den Kopf. Das war von Shakespeare. Und bei Shakespeare musste sie an Macbeths drei Hexen denken: *›Wann kommen wir drei uns wieder entgegen? In Blitzen, im Donner oder im Regen?‹* Sie hatte sich nie romantischen Ideen hingegeben und hatte die Welt so akzeptiert, wie sie war. Das hatte ihr ermöglicht, nach außen die Person zu sein, die erwartet wurde, und zugleich ihre eigene Person zu retten. Aber schräg gegenüber saß dieser junge Mann, über den sie nichts wusste, was ihr helfen konnte, eine klare, fundierte Aussage zu machen. Er war eine unbekannte Größe, eine Null oder ein Unendlich, dennoch hatte er die Festungsmauer, die sie mit viel List und Energie um sich errichtet hatte, mit einem einzigen

Blick zum Einsturz gebracht. Nackt und hilflos kam sie sich vor. Sie fing an zu frieren. Es war eine Kälte, die aus dem Innern kam. Es war die Kälte, die übrigbleibt, wenn aus Gegenwart und Zukunft alle Farben verschwunden waren. Gina brachte ihr unaufgefordert eine warme Decke. Dem kleinen, gelben Vogel gefiel das. Er ließ sich auf der Decke nieder und putzte sein Gefieder. Es hatte sich herausgestellt, dass es unmöglich war, den Vogel von Liliana zu trennen. Jeder Versuch, ihn zum Flug in die Freiheit zu bewegen, endete auf Lilianas sonnengelbem Strohhut. Schließlich hatte sich Liliana entschlossen, ihn zu adoptieren und gab ihm den Namen Paglierino.

Während Liliana trüben Gedanken nachhing, unterhielt sich die Marchesa mit Maître Brava. Sie sprach von der Vergänglichkeit aller Dinge und ermahnte ihn, sich eine liebe Frau zu suchen und eine Familie zu gründen. So etwas hatte sie noch niemandem geraten. Das erweckte Lilianas Aufmerksamkeit und sie wandte sich dem Gespräch zu. Die Marchesa sagte gerade:

»... Die Zeit vergeht ja so schnell. Ich spreche aus bitterer Erfahrung. Gestern war ich noch ein junges Ding, heute bin ich eine alte Frau, die mit Wehmut zurückdenkt an die Zeiten, die ich vergeudete mit vergeblichen Hoffnungen.«

»Marchesa, ich werde Ihre Worte befolgen«, sagte Salvatore. »Wann weiß man, ob eine Hoffnung vergeblich ist?«

»Man weiß es eben nicht. Deshalb sollte man auch seine Zeit nicht damit verschwenden!«

* * *

Die Tür ging auf. Ein fremder Mann sah in das Abteil. Er trug einen schmalen, dezenten Moustache, der ihm zugleich das Aussehen gab eines Charmeurs und eines Gauners. Ein Blick zur Marchesa, – »Pardon, falsches Abteil!«, – dann war er schon wieder verschwunden. Liliana war nicht entgangen, dass Großmutter kurz genickt hatte.

»Kennst du den Mann?«, fragte Liliana.

»Nein! Wie kommst du darauf?«

»Ach, nur so. Mir war er in Dover aufgefallen. Plötzlich stand er neben dir. Ich dachte schon, er wollte dir die Geldbörse klauen.«

»Was hättest du dann gemacht?«

»Es wäre auf seine Geschicklichkeit angekommen.«

»Also?«, sagte die Marchesa.

»Meisterliche Fingerfertigkeit hätte ich anerkennend bewundert. Stümperei hätte ich natürlich nicht dulden können.«

»Auch bei einer eindeutig moralisch verwerflichen und strafbaren Handlung?«

»Jetzt bringst du mich in Verlegenheit, Großmutter. Wie sollte ich das unterscheiden können, ethisch – unethisch bei allem, was mir angetan wird?«

Salvatore hatte nichts verstanden. Er glaubte, Großmutter und Enkelin stritten sich. Deshalb wollte er Frieden stiften.

»Haben Sie keine Angst, meine Damen! Ich werde Sie beschützen.«

Dabei machte er ein ernstes und entschlossenes Gesicht. Liliana drehte den Kopf zur Seite und hielt sich die Hand vor den Mund. Die Marchesa lächelte milde.

»Das ist sehr liebenswürdig, Maître Brava. Es war uns immer gelungen, mit Diplomatie und weiblichem Charme gefährliche Situationen zu entschärfen. Das wollen wir auch in Zukunft so handhaben. Außerdem täte es uns leid, wenn Sie zu Schaden kämen.«

Salvatore hörte den mütterlichen Ton heraus, den Sohn von einer unüberlegten Handlung abzubringen.

»Das kann mir nicht so schnell passieren, Marchesa Montecorno. Ich bin sehr sportlich. In Paris habe ich mir Fechten, Boxen und Ringen beigebracht.«

Jetzt hatte er doch einen roten Kopf bekommen. Angeben lag ihm nicht, aber es galt immer noch, Liliana zu erobern.

Dieses Thema interessierte Gina sehr. Die Helden in den Liebesromanen waren immer tollkühn und verwegen, wenn es galt, die Ehre einer Dame zu schützen. Sie betrachtete den jungen Mann eingehend. Nein, es gab nicht die geringste Ähnlichkeit mit den Helden ihrer Phantasie. Er war nicht gerade muskulös und breitschultrig, eher schlank und gewöhnlich. Sein Körper sah aus, als sei er am besten zum Weglaufen geeignet. Trotzdem, vielleicht hatte sie sich falsche Vorstellungen gemacht?

»Maître Brava«, sagte sie, »dass Sie uns beschützen würden, sagen Sie sicher nicht so daher. Sie hatten gewiss Gelegenheit, ihre Kräfte zu erproben. Wir würden gern mehr darüber hören.«

›*Das kommt, wenn man den Mund zu sehr aufreißt*‹, dachte Salvatore. Liliana hatte ein maliziöses Funkeln in den Augen und wartete amüsiert darauf, wie er reagieren würde. Denn es war klar, dass er aufgefordert worden war, frühere Techtelmechtel zu enthüllen.

»Ich wollte nur meine Hilfe anbieten und darauf hinweisen, dass ich dazu auch befähigt bin«, sagte er ausweichend.

Damit konnte sich Gina nicht zufriedengeben. In ihrer Phantasie hatte sie sich Salvatore bereits in den tollkühnsten Abenteuern vorzustellen versucht, was ihr einfach nicht gelingen wollte.

»Sie sind zu bescheiden, Maître Brava«, sagte sie. »Bescheidenheit kann aber auch als Schwäche gesehen werden.«

Salvatore sah hilfesuchend zu Liliana. Sie war die Contessina, Gina nur ihre Zofe. Durfte sie überhaupt solche Äußerungen machen?

Gina ließ nicht locker:

»Fechten haben Sie auf der Universität gelernt. Das ist so üblich. Aber Boxen und Ringen? Dafür muss es doch einen Anlass gegeben haben.«

Salvatore nickte.

»Ja, ich hatte meine Gründe.«

Es sah nicht aus, als wollte er mehr sagen.

Die Damen schwiegen. Sie waren offensichtlich enttäuscht.

Schließlich sagte er:

»Also gut, ich erzähle.«

Salvatore erzählt:

Als ich nach Paris kam, um Kunst und Architektur zu studieren, sprach ich bereits fließend Französisch, aber leider mit einem Florentiner Akzent. Die Damen fanden das reizend, die Herren weniger. Wenn ich Konstruktionspläne erläuterte oder mathematische Formeln zur Statik eines Gebäudes vortrug, klang das erheblich lockerer als der Vortrag meiner Kommilitonen. Es hörte sich so an, als sei damit überhaupt keine Mühe verbunden. Die Statik einer Kathedrale klang wie die von allen Naturgesetzen enthobene Struktur eines Luftschlosses. Meine Zahlen wurden angezweifelt, aber Nachrechnungen bestätigten immer ihre Richtigkeit. Das war nicht gut! Der Stolz der Kommilitonen lechzte nach meiner Demütigung. Da sie mir im Fachlichen nichts anhaben konnten, suchten sie einen anderen Weg. Ich muss das präzisieren. Den meisten Studenten ist egal, was im Unterricht geschieht und wer was wie sagt sowieso. Aber es gibt immer welche, die unangefochten im Mittelpunkt stehen wollen. Meistens haben sie eine kleine Schar Getreuer um sich gesammelt und treten als Heerführer auf. Man erkennt sie an ihrer Lautstärke und daran, dass sie grundsätzlich alles wissen und alles können. Mein persönlicher Feind war der Spross einer Adelsfamilie. Er hieß Victor de Frémure. Er hatte diesen überlegenen Blick, den man nicht erlernen kann. Zeichen seiner privilegierten Herkunft war der Degen mit dem goldenen Knauf, den er immer trug. Ob er der Sohn eines Conte war oder eines Marquis oder gar eines Prinzen, hat mich nie interessiert. Ich wollte lernen und es in meinem Fach zu etwas bringen. Er hatte Kameraden, ich keine. Kommilitonen gingen mir aus dem Weg. Da war nichts zu machen. Dafür hatte ich schnell eine große Anhängerschaft unter den Studentinnen. Beides war nicht angenehm. Denn ich war sehr ehrgeizig und wollte mich nicht ablenken lassen.

Ich wohnte im Haus eines Bekannten meines Vaters. Er war Professor für Gesteinskunde und hatte eine attraktive Frau und drei reizende Töchter im heiratsfähigen Alter. Die Frau des Professors war eine Deutsche. Sie war gastfreundlich, duldete aber keinen Schlendrian. Da lief alles wie am Schnürchen. Toskanisches Dolcefarniente oder französisches Laisser-faire fegte ihr eiserner Willen hinweg. Dafür war ich ihr sehr dankbar, denn sonst wäre ich den drei Töchtern nicht gewachsen gewesen. Im Haus gab es mehrere Mieter, denn das Gehalt des Professors reichte bei weitem nicht. Wie sollte es auch bei drei lebenslustigen Töchtern?

Direkt unter mir bewohnte ein Ballettmeister mit seiner spanischen Gefährtin mehrere Zimmer. Wir freundeten uns an. Ich brachte Ordnung in seine chaotische Buchführung, sodass er sie selbst verstehen konnte. Als Gegenleistung gab er mir Stunden. Das waren aber keine Ballettstunden, wie ich angenommen hatte, sondern Fechtstunden. Fechten sei eine Form des Tanzes. Das bewies er mir eindrucksvoll. Ja, das gefiel mir. Fechten war bei ihm kein Wettkampf, sondern Tanz, an dem beide Partner ihre Freude hatten. Die Töchter des Hauses ließen es sich nicht nehmen, uns zuzuschauen. Dabei bemühte sich jede, die andere mit anzüglichen Kommentaren zu überflügeln. Bei dem Lehrmeister war es kein Wunder, dass ich schnell Fechten lernte, auf eine unkonventionelle Weise, die mir später oft von Nutzen sein sollte.

Wie üblich blieb ich nach einer Fechtstunde noch, um das gerade

Gelernte noch einmal zu üben. Cécile kam zurück. Sie war die Älteste der Töchter. Sie war ihrer Mutter am ähnlichsten, auch was die blonden Haare betraf. Sie setzte sich und sah mir zu. Als ich fertig war, sagte sie, sie müsse mit mir über etwas sprechen, das ihr am Herzen liege. Ich gestehe, ich war so eitel anzunehmen, sie wolle mir gestehen, dass ich ihr gefalle. Deshalb ließ ich mich nur zögernd auf ein Gespräch ein. Sie sagte auch gleich, dass ich einen guten Eindruck auf sie mache. Ich sei ernst und fleißig. Das schätze sie an einem Mann, denn es zeige, dass ich mehr Verstand habe als das Gros der Jünglinge, die sich vor allem durch Imponiergehabe und Frechheit auszeichneten. Dann kam sie zu ihrem Anliegen. Es war ihre jüngste Schwester, die ihr Sorgen bereitete.

»Minouche hat einen neuen Verehrer«, sagte sie. »Sie ist eine kleine Herzensbrecherin. Eine Liebe ihres Lebens folgt der andern. Diesmal aber ist sie nicht wiederzuerkennen. Glücklich sieht sie nicht aus, eher als leide sie an einer rätselhaften Krankheit. Der junge Mann sei von Adel. Das mag sein, aber er ist mit Sicherheit nicht von Herzensadel. Das habe ich gleich durchschaut. Aber Minouche lässt sich nichts sagen. Ich sei ja nur eifersüchtig. Eigentlich ist es das übliche Spiel. Er macht ihr Geschenke, nichts Besonderes, Blumen, Pralinen und Firlefanz. Ich denke dabei an die Glasperlen, die man den Eingeborenen gab, um ihnen wertvolle Schätze abzuluchsen. Minouche und der junge Mann treffen sich heimlich. Es ist ein großes Geheimnis und doch weiß die ganze Welt davon. Die Geschichte ist so romantisch wie die Klischees eines Kitschromans. Einen einzigen Wermutstropfen gibt es in der Idylle: Minouches Verehrer fragt häufig nach einem gewissen Salvatore Brava und möchte über alles informiert werden, was er treibt.«

»Hoppla!«, sagte ich. »Heißt Minouches Verehrer Victor de Frémure?«

Als sie das bestätigte, sagte ich, dass wir Kommilitonen seien, aber keine Freunde.

»So etwas habe ich mir gedacht«, sagte Cécile. »Wie soll das weitergehen? Meine kleine, liebestolle Schwester ist dem nicht gewachsen. Auf mich hören will sie nicht.«

Wir versuchten, uns aus der Sache einen Reim zu machen, kamen aber zu keinem Ergebnis. Einig waren wir uns nur, dass mir geschadet werden sollte. Aber was hatte Victor vor? Cécile bat mich, noch einmal meine Beziehung zu ihm darzulegen, diesmal mit allen Einzelheiten. Das tat ich. Danach schwieg sie lange. Dann sagte sie:

»Minouche ist heute Abend auf ein Fest eingeladen. Der Gastgeber ist Victor. Gefeiert wird im Hotel Trois Chemins, in einem Chambre séparée. Es gibt Champagner, Kaviar, Austern, Süßspeisen und Musik, kurzum das ganze Repertoire. Ich wollte sie zur Vernunft bringen. Aber nein, sie muss dorthin. Es gehe um das Glück ihres Lebens. Er werde ihr sicher einen Heiratsantrag machen. Wie kann man nur so naiv sein? Ich befürchte, es wird für Minouche nicht das Glück des Lebens, sondern ihr Unglück. Aber verraten Sie mir, Salvatore, wie kann das Ihnen schaden? Ich sehe keinen Zusammenhang.«

Leider konnte ich es mir allzu gut vorstellen. Mir fiel nämlich ein, dass ich in letzter Zeit öfter Prahlereien von Kommilitonen gehört hatte, die ich nicht weiter beachtet hatte, weil die Prahler zum Umfeld Victors gehörten.

»Wenn Ihr Schwesterlein genügend Champagner getrunken hat«, sagte ich, »und eines Tages gewisse Zeichen ihres Körpers nicht mehr leugnen kann, dann wird man ihr anbieten, die Angelegenheit zu ihrem Vorteil zu regeln. Wenn ...«

»... wenn«, fuhr Cécile fort, »Minouche einen gewissen Salvatore Brava als den Missetäter nennt, der ja unter demselben Dach wohnt.«

Ich nickte. Obwohl mich keine Schuld traf, fühlte ich mich verantwortlich. Aber was konnte ich tun? Ich hatte keine Freunde in Paris und war auf mich allein gestellt. Das Stelldichein sollte bereits an diesem Abend stattfinden, deshalb hatte ich kein Zeit, ausgefeilte Pläne zu schmieden. Ich musste sofort handeln.

»Cécile«, sagte ich, »seien Sie unbesorgt! Ich werde in das Hotel gehen und dem Stelldichein ein Ende bereiten, indem ich den infamen Burschen entlarve und ihn zum Duell herausfordere. Minouche werde ich wohlbehalten nach Hause bringen.«

Cécile sah mich mit großen Augen an. Ich nahm an, aus Bewunderung.

Am Abend zog ich meinen Sonntagsanzug an, band den Degen um und setzte den Hut auf mit der breiten Krempe. Vornehm sah ich aus wie ein Mann von Welt.

Im Hotel Trois Chemins herrschte ausgelassener Trubel. Ein großes Fest wurde gefeiert. Leute strömten hinein, andere torkelten hinaus. Kellner und Rausschmeißer hatten alle Hände voll zu tun. Es war nicht schwer, das gewisse Chambre séparée zu finden. Ein Kellner gab mir bereitwillig Auskunft, nachdem ich ihm einen Schein in die Hand gedrückt hatte. Es ging eine breite Treppe hoch, links einen langen Gang entlang und die letzte Tür, das war es.

Die Tür war verschlossen. Da ich vermeinte, drinnen Hilfeschreie zu hören, nahm ich einen Anlauf, um mich mit voller Wucht gegen die Tür zu werfen. Die Tür wurde aber im letzten Moment geöffnet und ich segelte unaufhaltsam in die Arme von Victors Spießgesellen, die darauf gewartet hatten. Zwei hielten meine Arme nach hinten, ein anderer legte den Arm um meinen Hals und drückte mir die Kehle zu. Minouche hielt sich Victor mit einer Fleischgabel vom Leibe. Er grinste und kam gemächlich auf mich zu. Minouche hatte wenigstens soviel Verstand, schleunigst den Raum zu verlassen. An meinen Degen konnte ich nicht heran. Ich war völlig wehrlos. Victor ließ sich Zeit. Er blieb vor mir stehen, sagte nichts und rührte sich nicht. Dann legte er los. Die Einzelheiten will ich Ihnen ersparen, meine Damen. Die Zeitungen würden es so formulieren: Ich wurde zusammengeschlagen. Victors Augen hatten dabei einen starren, fast teilnahmslosen Blick. Der will mich umbringen, dachte ich. Das wäre ihm auch gelungen, wenn nicht plötzlich ein Wirbelwind hereingeweht wäre und mit Fäusten und Füßen die ganze Bande außer Gefecht gesetzt hätte. Mein Retter war niemand anders als mein Ballettmeister. Ich sah ziemlich erbärmlich aus. Mein Kleidung war voller Blut und ... Genug davon! Er schleppte mich aus dem Hotel. Eine Kutsche wartete auf uns und fuhr uns nach Hause. Um meinen Zustand zu beschreiben, genügt ein Vergleich. So trug man im alten Rom die Verlierer aus der Arena.

Cécile hatte dem Ballettmeister erzählt, was ich vorhatte. Mein Plan, sagte er mir später, sei heldenhaft gewesen, tollkühn, durchaus bewundernswert – aber auf der ganzen Linie bescheuert. Natürlich hatte er recht. Ich hatte wie ein Ehrenmann gedacht und wie ein Ehrenmann gehandelt – und mich gründlich blamiert. Nicht ganz! Minouche konnte sich retten. Der Ballettmeister sagte:

»Das war eine wichtige Lektion für dich, mein junger Freund. Im wirklichen Leben werden Schlachten ohne Regeln geschlagen. Da gibt es keine Battuta, Cavation, Filo, Finte, Ligade oder Riposte. Da geht es nur ums Überleben.« Das hatte ich begriffen. »Also«, fuhr er fort, »werden unsere Trainingsstunden von jetzt an ganz anders aussehen.«

Statt Ballett mit Degen, Florett und Säbel gab es Boxen, Ringen und Sportarten, für die es keine zivilisierten Namen gibt. Er brachte ein paar wilde Burschen mit, dann ging es erst richtig los. Ich kann Ihnen sagen, ich habe jeden schmutzigen Trick gelernt, den Gegner kampfunfähig zu machen und wenn nötig auch ... Hoffen wir, dass es niemals dazu kommen wird! Eine wichtige Erkenntnis habe ich aus dieser beschämenden Geschichte gewonnen: Rechne nie mit einem fairen Kampf!

*

»Und Victor und seine Freunde, wie ging das weiter?«, fragte Gina.

»Sie hatten erreicht, was sie wollten: meine Demütigung, ihre Revanche. An ihrem Verhalten änderte sich nichts. Im nächsten Semester waren sie nicht mehr da. Ich habe sie nicht vermisst.«

Gina war noch nicht zufrieden.

»Die Art und Weise, wie man Ihnen eine schändliche Tat unterschieben wollte, diese Geschichte klingt nicht sehr logisch.«

»Sie haben recht, Gina. Im Nachhinein ist mir das auch klar geworden. Damals wusste ich nur, dass ich handeln musste. Letztendlich ging es nur darum, mich in eine Falle zu locken. In die ich auch prompt getappt bin.«

* * *

Dieser Gasthof war die letzte Station ihrer Reise. Die drei Frauen übernachteten in einem Zimmer. Draußen heulte der Wind. Kalter Wind, Regen und Nebel hatten sie begleitet von Dover über London, Manchester, Lancaster bis hierher zu einer kleinen Ortschaft, die zusammengekauert unter einer steilen Felswand lag. Sie hatte sicher einen Namen. Aber den wollte sich Liliana nicht merken. Es würde bedeuten: In dem Ort mit dem Namen Sowieso endeten mein Glück und meine Hoffnung. Besser, das alles noch im Ungewissen zu lassen. Hinter den sieben Bergen gab es schließlich auch – nach schweren Zeiten – ein Happy End.

Die letzte Nacht!

Liliana stand auf. Sie schlüpfte in die Hausschuhe und warf die rote Baumwolldecke um die Schultern. Großmutter knipste ein Licht an.

»Liliana, weißt du, was du tust?«

»Ja, Großmutter!«

Großmutter machte das Licht wieder aus.

Vorsichtig verließ Liliana das Zimmer. Sie wollte auf keinen Fall auch noch Gina wecken.

»Marchesa, es bricht mir das Herz, das alles mit ansehen zu müssen. Was ist denn mit dem lieben Gott, mit Maria und allen Heiligen? Sind die in Rom geblieben und haben uns die Reise allein machen lassen?«, sagte Gina.

Großmutter schaltete das Licht wieder an.

»Komm her zu mir! Das Bett ist groß genug.«

Gina stand auf und schlüpfte zu Großmutter ins Bett. Jetzt war sie nicht mehr allein. Als sie noch ein Kind war, hatte das geholfen. Man glaubte, dass Mutter oder Großmutter einem vor allem Bösen in der Welt schützen können. Sie sah die Tränen. Es war Großmutter, die allein war und jemanden brauchte, der sie beschützt vor dem, was für Kinder ein böser Traum ist, für Erwachsene aber die Wirklichkeit.

Die Tür war nicht verschlossen. Liliana betrat das Zimmer und schob den Riegel zu. Sie ging zum Fenster und schloss es. Die Baumwolldecke hängte sie an die Türklinke. Dann trat sie an das Bett. Sie hob die Decke hoch und schlüpfte hinein. Den Kopf legte sie auf Salvatores Brust. Sein Herz schlug laut. Es erinnerte sie daran, wie sie damals Evangelinas Baby halten durfte. Wie laut das kleine Herz gepocht hatte und so schnell!

»An was denkst du, Liliana?«

»An Anselmo.«

»So?«

»Das ist das Baby einer meiner Cousinen – und jetzt vollkommen irrelevant.«

»Ich nehme die Frage zurück.«

»Angemessener wäre es, wenn du deine Arme ganz eng um mich legst und mich festhältst!«

Er drückte sie an sich und gab ihr einen Kuss auf das Haar.

Der Wind rüttelte an das Fenster. Dielen knarrten. In der Ferne heulte ein Hund – oder war es ein Wolf? Plötzlich prasselte Regen gegen die Scheiben, als wäre die Sintflut ausgebrochen. Aber das machte ihr gar nichts aus. Sie fühlte sich geborgen in seinen Armen. Liebe ist Frieden, Liebe ist ein Nachhausekommen.

»Darf ich mich bewegen?«, fragte Salvatore. Für ihn war Liebe noch etwas anderes.

»Nein!«

»Wird die Marchesa jeden Augenblick die Tür aufbrechen lassen?«

»Ach!« Liliana setzte sich auf. »Großmutter weiß alles. Ich glaube, sie hat es von Anfang an gewusst. Wir waren gar nicht so schlau, wie wir dachten. Jeder weiß es. Großmutter, Gina, der Zugschaffner, der Lokomotivführer, der Kapitän, die Matrosen, der Briefträger, der Kutscher, die Milchfrau, der Pfarrer, der ...«

»Pst!« Salvatore legte den Finger auf ihre Lippen. »Die Nacht geht schnell vorüber.«

Sie biss in seinen Finger, zärtlich, und sagte:

»Nicht nur die Nacht.«

»Ja, auch das.«

Liliana drückte ein Kissen gegen das Kopfende des Bettes und setzte sich mit dem Rücken dagegen.

»Diese Nacht wird nichts passieren.«

»Nein?«

»Nein!«

Salvatore legte den Kopf auf ihren Schoß und schaute zu ihr hoch. In seinen dunkelbraunen Augen glitzerten helle Flecke wie Mondstaub. Das schwarze Haar war zerzaust. Sie strich es glatt.

»Salvatore, mein Liebster, es geht darum, dass ich jetzt nicht weine und darum, dass du nicht um mich weinen wirst, wenn wir auseinandergehen müssen.«

»... müssen?«

»Müssen!«

»Küssen?«

»Mach es mir nicht so schwer!«

Er gab ihr einen Kuss auf das Nachthemd, direkt über dem Nabel.

»Das kitzelt!«

»Das soll es doch auch.«

Ach, es war viel schwerer, als sie erwartet hatte. Sie hatte sich alles genau zurechtgelegt, jedes Wort, jede Geste. Jetzt wurde ihr bewusst, dass sie nicht nur gegen ihn, sondern auch gegen ihre eigenen Gefühle kämpfen musste.

»Wenn du mir noch etwas beichten möchtest, zum Beispiel über eine gewisse Florence, hast du jetzt die letzte Gelegenheit. Danach will ich nichts mehr davon wissen.«

»Vergiss Florence!«

»Aber niemals Florenz! Bin ich nicht witzig heute Nacht? Mir ist ja auch so heiter zumute!«

Jetzt brach es aus ihr hervor. Die Tränen flossen die Wangen hinunter. Da lag sie auch schon an seiner Brust und weinte hemmungslos. Er drückte sie an sich und versuchte, tapfer zu sein. Allmählich beruhigte sie sich. Ihr Schluchzen ließ nach, ihr Atmen wurde ruhiger – und sie schlief ein.

Er hielt sie fest. Sie war ein Teil von ihm geworden, ohne den er nicht würde leben können. Jetzt, in diesem Augenblick, ist sie mein. Niemand wird mir dies jemals wegnehmen können. Er war glücklich – obwohl er unglücklich war.

Ein greller Blitz erhellte das Zimmer. Gleich darauf ertönte ein lauter Donnerschlag.

Liliana schlug die Augen auf.

»Hallo!«

»Hallo!«

In der Ferne schrie ein Baby.

Er roch gut, nach was konnte sie nicht sagen. Es war sein Geruch.

»Das Haus Salamandra«, sagte Liliana, »ist ein altes Adelsgeschlecht. Wir haben viele Ländereien, Weinberge, Schlösser und auch einigen Grundbesitz in Florenz und vieles mehr. So genau weiß ich das nicht. Ich habe keinen Bruder, aber sechs ältere Schwestern, die alle noch nicht verheiratet sind.«

»Warum sind sie noch nicht verheiratet?«

»Mein Vater ist ein schwacher Mensch. Weißt du, es war viel zu einfach für ihn. Er hat alles geerbt, ohne je einen Finger dafür rühren zu müssen. Und seine Finger wollte er sich auf keinen Fall schmutzig machen, jedenfalls nicht mit Landwirtschaft, Weinbau oder sonstiger ehrlicher Arbeit. Es gibt da ein Spiel für Männer. Es heißt Börse. Alles dreht sich um Papiere, um Aktien, Devisen, Fonds und was weiß ich noch. Ein guter Freund flüsterte ihm ins Ohr, wo er Geld hineinstecken und wo er es herausholen sollte. Er hatte immer recht. Es war direkt unheimlich. Es war, als sei der Teufel mit ihm im Bunde. Eines Tages gab er meinem Vater einen todsicheren Tipp, mit dem er auf einen Schlag zu einem der reichsten Männer Europas werden könnte. Der Einsatz war im Vergleich dazu lächerlich gering: nämlich alles, was er besaß. Da gab es natürlich nicht viel zu überlegen. Außerdem musste man sich schnell entscheiden, solch ein Geschäft kommt nur einmal im Leben. Du ahnst, was geschah? Falsch! Es klappte! Mein Vater war von einem Tag zum andern einer der reichsten Männer.«

Irgendwo schrie ein weiteres Baby. Wenn das eine aufhörte, fing das zweite an.

»Dann kam die Polizei. Unser gesamter Besitz wurde beschlagnahmt, mein Vater verhaftet. Das Ganze war ein groß angelegter Betrug gewesen, bei dem Tausende von Anleger ihr Geld verloren hatten. Da mein Vater der Hauptnutznießer war, wurde ihm dieses Verbrechen zur Last gelegt. Er beteuerte seine Unschuld. Er habe die Informationen von einem Herrn mit dem Namen Nero Borden, der ihn in der Vergangenheit immer gut beraten habe. Schade nur, dass dieser Herr Borden nirgends zu finden war. Es gab keine Spur von ihm. Man nahm an, dass es ihn auch nie gegeben hatte und nur eine raffinierte Taktik meines Vaters war, von seiner Schuld abzulenken. Meine Mutter, wir sieben Töchter, Gina, Pächter, Bedienstete, Arbeiter mit ihren Familien, Hunderte von Menschen sahen dem Ende ihrer Existenz entgegen.«

Liliana machte eine Pause. Sie hörte dem Gewitter zu, das so gut zu ihrer Geschichte passte.

»Doch es kam anders. Ein Wohltäter erschien. Er habe Beweise für Vaters Unschuld. Diese wolle er uns übergeben.«

»Ein gewisser Duke of Everweard?«

»Für all seine Mühe und Großmut verlangte er nur eine winzige Kleinigkeit.«

Liliana schwieg.

»Was verlangte er?«

»Mich.«

»Deine Familie hat natürlich sofort abgelehnt. Mein Gott, wir sind moderne Menschen. Wir leben doch nicht mehr im Mittelalter! Schließlich gab es die Aufklärung und ›Die Aristokraten an die Laterne!‹«

Liliana nahm seine Hände in ihre.

»Morgen bin ich auf Everweard Castle. In wenigen Wochen werde ich die Frau des Duke. Bei den Aristokraten, die man nicht aufgehängt hat, ist das keine große Sache. Frauen sind traditionell dazu da, Besitz zu erhalten oder zu vermehren. Sieh mal, was ich winzige Person für meine Familie tun werde: Ich werde meinen Vater aus dem Gefängnis befreien, meine Mutter vor dem Kloster oder dem Armenhaus bewahren, meinen Schwestern ermöglichen, doch noch reiche Ehemänner zu heiraten, Hunderten den Arbeitsplatz erhalten und den guten Ruf des angesehenen Geschlechts Salamandra wiederherstellen. Habe ich etwas vergessen? Das ist doch eine ganze Menge! Findest du nicht auch?«

»Ich verstehe das nicht. Steckt der Duke hinter dem mysteriösen Herrn Borden? Hatte das alles nur den Zweck, dich zur Frau zu bekommen? Das will mir nicht in den Kopf. Wenn ich das täte, wäre das natürlich verständlich, denn ich liebe dich. Aber der Duke? Hat er dich je gesehen? Gibt es dieses Gemälde, von dem deine Großmutter sprach?«

»Nein! Es war aber eine schöne Geschichte. Keine deiner Fragen kann ich beantworten. Ich wusste nur, dass mir keine andere Wahl blieb, als das Angebot des Duke anzunehmen.« Liliana legte den Kopf an Salvatores Wange. »Ich erzähle dir das alles nur, weil ich dich liebe. Ich möchte nicht, dass du denkst, ich hätte dich zurückgewiesen oder du wärst nicht gut genug für mich. Wenn man es genau nimmt, hat der Duke mich gekauft. Ich gehöre mir nicht einmal selbst.«

Salvatore legte den Arm um ihre Schulter und drückte sie fest an sich.

»Ich bin vollkommen ratlos, Liliana. Mein Kopf ist leer. Ich kann nicht mehr klar denken. Deine Geschichte hat so viele Lücken und Unwahrscheinlichkeiten, dass ich auf Anhieb keine Logik darin finden kann. Aber eines weiß ich: Du wirst meine Frau und nicht die irgendeines anderen, selbst wenn es der Teufel persönlich ist.«

»Ach, Salvatore, versprich mir nichts! Halte mich nur fest!«

## Kapitel 5

Everweard Castle

Schwarze Wolken hingen über der Felswand. Die vier Reisenden froren in der prächtigen Kutsche mit den karmesinroten Polstern und den matt glänzenden Paneelen. Sie schwiegen. Alles, was sie zu sagen hatten, sagten der eisige Wind und der Regen, der in Schüben herunterprasselte. In engen Kurven ging es ein langes schmales Tal steil hinauf, als seien die Gewitterwolken das Ziel ihrer Fahrt. Zwischen den Bäumen blitzte immer wieder der Bach auf, der sich wütend und gefräßig in die Tiefe stürzte. Die Bäume standen immer enger beieinander. Sie hatten glatte nackte Stämme. Hoch oben bildete das Laubwerk ein dichtes Dach, das kein Licht durchließ. Das Rattern der Räder, der Hufschlag der Pferde und das Knallen der Peitsche klangen gedämpft und unwirklich.

Sie erreichten den Gipfel. Der Wald trat zurück und mit ihm die Dunkelheit. Strahlender Sonnenschein lag vor ihnen. Ein liebliches Tal erstreckte sich unter einem wolkenlosen Himmel bis zum Horizont. Eine von Birken umsäumte Straße führte durch grüne Wiesen, blühende Obstgärten und weite Felder, in denen hoch das Getreide stand. Weiter ging es an Bauernhöfen vorbei mit weiß gekalkten Mauern und überwuchernden Blumensimsen vor den Fenstern. Liliana öffnete das Fenster der Kutsche. Die Sonne schien so hell und warm, als habe der Sommer erst begonnen. Ein leichter Wind wehte den Geruch von Gras, Erde und Blumen herein. Nach tagelangem Regen und Kälte war es, als seien die Reisenden zurückgekehrt unter den Himmel ihrer geliebten Toskana, der sie wieder unter seine sanften Fittiche nahm und ihnen das Gefühl gab, wohlbehalten in der Heimat angekommen zu sein.

Die Kutsche hielt vor einer Brücke. Auf der anderen Seite führte die Straße hinauf zum Schloss. Auf allen vier Türmen wehten Flaggen. Ein rotbraunes Pferd, das in der Sonne glänzte wie ein Feuerross, kam den Hügel herunter in gestrecktem Galopp. Auf seinem Rücken der Reiter, nur in langer schwarzer Hose und einem weißen Hemd, stand in den Steigbügeln. Das dunkelrote Band um die Stirn hielt lockiges Haar in Zaum und gab ihm das Aussehen eines verwegenen Abenteurers. Liliana stieg aus. Fasziniert verfolgte sie den wilden Ritt über die Straße, durch Wiesen, über Felder, hinweg über Gatter und Mauern.

Dann hielt er vor ihr. Das Pferd schnaubte, Schweiß glänzte auf seinem Fell. Der Reiter ließ die Zügel los und beugte sich herab. Mit beiden Armen hob er Liliana vor sich auf den Sattel. Er schnalzte mit der Zunge und schon setzte sich das Pferd wieder in Bewegung, den Weg zurück hinauf ins Schloss. Das war alles so schnell gegangen. Liliana hatte keine Gelegenheit, sich zu wehren.

Das war also der Duke, der rätselhafte Wohltäter und der Zerstörer ihres Glücks. Er hatte grüne Augen, blondes Haar, volle, fast weibliche Lippen, muskulöse Arme und – sie fühlte es wie die Wärme seines Körpers – einen unbändigen Willen zum Leben. Das war kein alter Mann, wie sie erwartet hatte. Seine Nähe erweckte in ihr ein Verlangen, das sie so unerwartet überfiel wie eine plötzlich ausbrechende Krankheit.

Durch einen Torbogen gelangten sie in die Wehranlage. Die Hufe hallten laut von den Mauern zurück. Zinnen verdeckten die Sonne und warfen einen leichten Schatten. Liliana wurde bewusst, dass sie beide in diesem Augenblick allein waren. Sie drehte sich um und sah dem Duke in die Augen. Dahinter lag ihr Schicksal. Er hatte das strahlendste Lächeln, das sie je gesehen hatte. Es lag um seine Lippen. Seine Augen aber waren ausdruckslos wie erloschene Vulkane.

Sie ritten durch das Turmportal. Der Schlosshof war voller Menschen. Jäger in dunkelgrünen Uniformen bliesen ein Halali auf Waldhörnern. Jagdhunde zerrten an den Leinen. Vor der zweiflügeligen Treppe zum Haupteingang standen Mädchen in weißen Kleidchen in zwei Reihen aufgestellt wie eine Ehrenkompanie Soldaten. Auf das Zeichen einer grauhaarigen Dame begannen sie zu singen. »And did this feet in ancient times …« war noch deutlich zu vernehmen, der Rest ging unter in Hundekläffen, das den Gesang der Mädchen aus dem Takt brachte. Jede sang nun für sich allein. Nur die Stelle mit »my chariot of fire« gelang noch einmal im Gleichklang. Eine rote Katze sprang vom Arm eines Mädchens in der hinteren Reihe und flitzte dicht an der Hundemeute vorbei die Treppe hoch ins Schloss.

Männer und Frauen strömten herbei und umringten das Pferd des Duke. Alle strahlten und lachten. »Willkommen, Lady!«, riefen sie.

Ein kleines rotbäckiges Mädchen mit kurzen Zöpfen zog an Lilianas Rock, als wollte sie sich vergewissern, dass sie echt war.

Die Hunde rissen sich los und tobten durch den Schlosshof. Ein großer schwarzer Hund packte Lilianas Fuß und versuchte, sie vom Pferd zu ziehen. Ein Jäger blies mit einem Signal die Hunde zurück. Kaum waren die Hunde an der Leine, kam eine Ziegenherde um die Ecke. Mädchen rannten zu ihnen und hielten sie fest.

Der Duke sprang vom Pferd. Er hob Liliana herunter und gab ihr einen Handkuss.

»Willkommen auf Everweard Castle!«

Liliana hatte sich wieder gefasst. »Euer Gnaden, Duke of Everweard?«

»Contessina Liliana«, sagte er mit einer eleganten Verbeugung und dem bereits erwähnten strahlenden Lächeln. »Everweard Castle, mein Herz und das all seiner Bewohner liegen Ihnen zu Füßen.«

Jetzt erst kam die Kutsche herangepoltert.

Salvatore sprang heraus. Einen Augenblick sah es so aus, als wolle er Liliana aus den Fängen eines Ungeheuers befreien. Dann blieb er stehen, drehte sich um und half der Marchesa aus dem Wagen. Der Kutscher begann, das Gepäck abzuladen. Bedienstete des Schlosses eilten herbei und trugen alles ins Haus.

Der Duke hakte Liliana unter und schritt mit ihr zur Marchesa.

»Herzlich willkommen auf Everweard Castle, Marchesa Montecorno di Capirosso! Ich danke Ihnen, dass Sie die beschwerliche Reise auf sich genommen haben.«

Die Marchesa war angenehm überrascht, in dem Duke einen höflichen, jugendlich wirkenden und überaus hübschen Mann vorzufinden. Lächelnd reichte sie ihm die Hand.

»Das Glück meiner Enkelin geht mir über alles.«

Der Duke verbeugte sich zu einem Handkuss. Dann sprach er zu Gina.

»Signorina Gina, ich freue mich, dass meine künftige Gattin eine junge Frau aus ihrer Heimat zur Seite haben wird. Ich hoffe, auch Ihnen wird es bei uns gefallen.«

Gina machte verlegen einen Hofknicks.

»Maître Brava«, wandte sich der Duke zuletzt an Salvatore. »Ihnen bin ich in besonderem Maße verpflichtet, da sie sich an meiner statt der drei Damen angenommen haben. Heute noch werde ich Ihnen zeigen, auf welche archäologische Sensation wir gestoßen sind.«

Immer noch bei Liliana untergehakt, nahm er die Marchesa auf die andere Seite. Zusammen schritten sie die Stufen hinauf zum Schloss.

Im Schloss warteten noch mehr Menschen. Einige klatschten, als Liliana an ihnen vorüberging. Der Duke führte seine Gäste in den Speisesalon. Diener öffneten Türen, rückten Stühle zurecht, schenkten Wasser ein und waren so dienstbeflissen, dass einer den anderen behinderte. Als eine große Kristallkaraffe zu Boden fiel, warf der Duke alle hinaus.

Auf dem ovalen Mahagonitisch standen Schalen voller Äpfel, Birnen, Trauben und Beeren aller Art. Terrinen verströmten den Duft herzhafter Soßen. Auf einer langen Porzellanschüssel lag knuspriger, warm dampfender Braten. In hohen Glasschalen gab es Salate in allen Farben, Gurkensalat, Karottensalat, Feldsalat, Kopfsalat und gemischte Salate. In Bastkörben lagen geschnittenes Weißbrot und Roggenbrot, dazu Brötchen und sogar französische Croissants. Auf der Anrichte warteten bereits Puddings, Cremespeisen und bunte Eiskugeln.

Den Gästen zu Ehren gab es roten Wein aus der Toskana. Die Reisenden sprachen kein Wort. So sehr nahm das köstliche Mahl all ihre Sinne in Anspruch. Der Hauptgenuss waren für Liliana die warmen Puddings, besonders der Karamellpudding mit Mandelsplittern und Vanillesoße.

Während des Essens öffnete sich immer wieder die Tür einen Spalt. Wenn der Duke sich umdrehte, wurde sie schnell wieder geschlossen.

»Sie müssen mein Gesinde entschuldigen. Mit mir freuen sie sich, dass es bald eine Duchess auf Everweard Castle gibt. Contessina, wie Sie sehen, machen Sie nicht nur mich zum glücklichsten Mann der Welt, nein, ein ganzes County wird durch Ihr Kommen zu neuem Leben erweckt.«

Liliana hatte sich vorgenommen, alles einfach auf sich zukommen zu lassen. Heute Nacht wollte sie sich Gedanken über das machen, was sie bis dahin erlebt hatte. Sie lächelte also nur unverbindlich und drückte das Glas Rotwein an die Lippen. Das Glas war noch voll, denn sie trank keinen Alkohol.

»Sie sind müde von der Reise. Das kann ich gut verstehen«, sagte der Duke.

Eine Dame betrat den Raum. Sie trug ein langes schwarzes Kleid.

Ihre Haare wurden von einem Knoten straff zusammengehalten. Sie warf einen kurzen uninteressierten Blick auf die Gäste. Der Duke stand auf.

»Miss Heather ist der gute Geist des Hauses. Wenn Sie Wünsche haben, wenden Sie sich an sie. Miss Heather, geleiten Sie doch bitte unsere Gäste auf ihre Zimmer. Wir werden uns alle heute Abend wiedersehen. Ich wünsche Ihnen einen erholsamen Nachmittag.«

Der Duke machte eine leichte Verbeugung zu Liliana.

»Es ist schön, Sie auf Everweard Castle zu wissen, Contessina Liliana.«

Er verließ den Raum.

Großmutters und Lilianas Gemächer befanden sich im Westflügel. Liliana hatte einen großen Salon, ein Schlafzimmer, ein Studierzimmer und ein Badezimmer. Die Kammer für die Zofe lag neben dem Schlafzimmer. Großmutters Räume waren genauso aufgeteilt. Eine Schiebetür verband die beiden Salons. Die Gemächer waren überraschend hell und freundlich. Die Sonne schien durch hohe Fenster auf goldene viktorianische Velourstapeten, zierliche Möbel aus hellem, rötlich glänzendem Holz und Intarsienböden aus Eiche und Mahagoni.

Liliana trat hinaus auf den Balkon. Links am Schloss vorbei floss ein breiter Fluss. Über eine Brücke aus Stein führte ein Weg zu einem Birkenhain und verschwand hinter dem Hügel, der direkt Lilianas Räumen gegenüberlag. Auf seinem Gipfel stand eine kleine Kapelle mit einem achteckigen Turm. Schafe und Ziegen grasten am Hügel. Die Luft war mild. Vögel sangen. Grillen zirpten.

Gina trat neben sie.

»Na, Zofe, wie war das Essen?«

Gina hatte natürlich nicht mit den Herrschaften speisen dürfen.

»Vorzüglich. Danke für die Anteilnahme, großmütige Herrin!«

»Nicht der Rede wert! Ich möchte ja nicht, dass du aus den Latschen kippst. Halte bitte fest, dass ich noch zum Scherzen imstande bin. Wer weiß, wie lange dieser begnadete Zustand anhalten wird.«

»Wir sind nicht so beliebt, wie man uns glauben machen will«, sagte Gina.

»Es kann sich nur um Vorurteile halten. Noch kennt niemand unser wahres Wesen.«

»Was ist unser wahres Wesen?«

»Den Umständen angemessen.«
»Wir sind also von wankelmütiger Natur, Contessina?«
»Wankelmütig sind wir nicht, sondern anpassungsfähig, lernfähig und ... Kurzum, wir sind, wer wir jeweils sein wollen.«
»Sprichst du auch von mir oder nur von dir?«
»Das musst du selbst entscheiden«, sagte Liliana.
»Für einen Augenblick dachte ich, du wolltest eine allgemeinphilosophische Aussage machen. Die Frage bleibt, wer sind wir?«
»Ich habe eine Vermutung. Mal sehen, ob ich recht behalte.«
»Was vermutest du?«, sagte Gina.
»Ich will mich jetzt noch nicht festlegen.«
»Wenn du doch bereits eine Vermutung hast, kannst du sie mir auch mitteilen.«
»Gerade deine Unwissenheit soll die Richtschnur sein, an der ich Veränderungen messen werde.«
»Du hast also keine Ahnung, Contessina?«
»Der Karamellpudding war köstlich. Hast du auch welchen bekommen?«
»Den mit den Mandelsplittern und der Vanillesoße?«
»Und? Was sagst du dazu?«
»Floriana heißt die Köchin. Bei ihr hast du ein Stein im Brett. Du seist die erste, die ihr Essen zu würdigen wisse.«
»Ich bin eben ein Schleckermäulchen. Den Pudding mag ich süß, die Orangen saftig und meine Ehemänner gut abgehangen.«
Der gelbe Vogel setzte sich auf Lilianas Schulter.
»Paglierino, siehst du diese idyllische Landschaft? Ich schenke sie dir. Gib dir einen Ruck und fliege in die Freiheit!«
Der Vogel flog zurück ins Zimmer und setzte sich auf Lilianas Sonnenhut, der auf einem Sessel lag.
»Ihm geht es wie mir, Contessina, ich bin auch lieber bei dir.«
»Das liegt nur daran, dass du keine Flügel hast.«
»Aber Beine, sie können sehr schnell rennen, wenn ich will«, sagte Gina.
»Du bleibst nur bei mir, weil du ...«
»Pst, Liliana! Mach darüber keine Scherze!«
»Wie könnte ich das alles ohne dich ertragen?«
»Soll ich die Koffer auspacken?«

»Hilf Großmutter! Meinen Koffer kann ich auch allein auspacken. Wir haben ja nur das Notwendigste mitgenommen – wie Flüchtlinge, wie Verbannte.«

»Die übrigen Koffer müssen in ein, zwei Tagen eintreffen. Kann ich dich allein lassen? Gut, dann werde ich nach der Marchesa sehen.«

Liliana ging ins Schlafzimmer. Sie ließ sich nach hinten auf das Bett fallen. Sie breitete weit die Arme aus und schaute hinauf zu einem pfefferminzgrünen Betthimmel. Pfefferminzgrün? War er nicht eher brennnesselgrün? Sie schloss die Augen. Da sah sie Salvatore vor sich und sah die Verzweiflung in seinen Augen, als der Duke sie auf das Pferd hob. Seit diesem Augenblick hatte sie nicht mehr an ihn gedacht. Ich werde jetzt über alles nachdenken, dachte sie – und schlief ein.

»Gina, haben wir uns umsonst Sorgen gemacht?«

Die Marchesa genoss es, sich in der Badewanne zu räkeln. Eine Haube schützte ihr Haar. Sie sah damit aus wie die Großmutter in dem Märchen von Rotkäppchen ... und dem bösen Wolf. Gina musste bei dem Gedanken grinsen. Dann lief es ihr eiskalt den Rücken hinunter.

»Marchesa, wir wissen nichts! Vielleicht ist das alles Illusion. Wir befinden uns in einem verwunschenen Schloss. Wo wir Schönheit sehen, ist in Wirklichkeit Moder und Verfall. Der Duke und das viel zu freundliche Personal, das sind Vampire, die darauf lauern, uns das Blut aus den Adern zu saugen.«

Die Marchesa schlug mit der Hand auf das Wasser, dass es spritzte.

»Schluss damit! Vergiss deine Romane! Benutze deine Augen und Ohren – und deinen gesunden Menschenverstand! Alles hängt von uns ab. Wir müssen objektiv bleiben. Aber ...«, die Marchesa griff zum Badetuch, »... du hast recht, wenn du sagst, dass wir nichts wissen. Das müssen wir ändern.«

* * *

Salvatore trat ans Fenster. Eine Schafherde und vereinzelte Ziegen weideten auf dem Hügel gegenüber. Weiter weg stand eine kleine Kapelle mit einem achteckigen Turm. Ein Falke schwebte am Fenster vorbei und verschwand auf der anderen Seite des Turms. Es war sehr ruhig hier oben unterm Dach. Das riesige Studierzimmer war wohl als Atelier genutzt worden. In einer Ecke stand noch eine alte Staffelei. Es gab noch ein Badezimmer und ein nicht sehr geräumiges Schlafzimmer, ausreichend für einen Junggesellen.

Salvatore setzte sich an den breiten Arbeitstisch aus massiver Eiche. Er ließ die Finger die Maserung entlanggleiten. Seine Finger erinnerten sich an etwas. Er legte den Kopf auf die Tischplatte und schloss die Augen. Da sah er Liliana, wie sie in den Armen des Duke davonritt und aus seinem Leben verschwand. Seitdem war er müde, unendlich müde, so als wüsste sein Herz nicht mehr, warum es schlagen soll. Sein Kopf war leer. Gedanken tauchten auf und blieben stehen. Sie hatten vergessen, was sie wollten.

Die Sonne brannte auf seinen Nacken. Eine Eiseskälte erfasste seine Knochen und breitete sich über den ganzen Körper aus. Er begann zu zittern und merkte es nicht.

Es klopfte an der Tür. Miss Heather trat ein.

»Maître Brava, der Duke bittet Sie … Mein Gott, ist Ihnen nicht gut?«

Sie legte die Hand auf seine Stirn.

»Sie haben ja Fieber! Sie müssen ins Bett!«

Salvatore nickte und stand auf. Seine Beine waren schwach und knickten leicht ein. Er musste sich an der Stuhllehne festhalten.

»Geht es? Ich werde sofort Doktor Winslow zu Ihnen schicken«, sagte Miss Heather im Hinausgehen.

Salvatore überlegte, ob er sich die Mühe machen sollte, ins Bett zu gehen oder gleich an Ort und Stelle sterben sollte. Ein warmes Bett war sicher der bequemere Platz dafür. Mühsam schleppte er sich ins Schlafzimmer und fiel auf das Bett. Beide Arme breitete er aus und schaute hinauf zu einer weiß gekalkten Decke und schlief ein.

Gina saß an Salvatores Bett und las. Als er die Augen aufschlug, reichte sie ihm ein Glas Wasser.

»Danke, Gina!«

»Contessina Liliana macht sich große Sorgen um Sie, Maître Brava. Sie ließ keine Ruhe, bis der Duke zuließ, dass ich mich um Sie kümmere. Sie wollte nichts wissen von irgenwelchem Hauspersonal.«

»Die Contessina interessiert es, wie es mir geht?«

»Ach, wie kann man nur so dumm sein? Nichts verstehst du!«

Das Du war ihr so herausgerutscht, so aufgewühlt war sie. Männer! Sie machten sich lustig über ihre Lektüre. Dabei wäre es dringend notwendig, dass sie diese Liebesromane läsen. Dann könnten sie – vielleicht – nachempfinden, wie eine Frau fühlt, und es gäbe all diese Komplikationen nicht.

# Kapitel 6

Der Wintergarten sah aus wie ein stillgelegtes Gewächshaus, in das man in aller Eile ein paar Möbelstücke gestellt hatte. Auf dem Boden streckten die Felle erlegter Löwen und Tiger alle Viere von sich. Palmen in Kübeln grenzten einen Bereich ab, indem sich Stühle und Tische aus Rattan zusammendrängten. Der größere Teil des Raums war vollkommen leer.

Liliana, in ihrem schwarzen Samtkleid mit den weißen Rüschenborden, sah heute Morgen besonders blass aus. Mit beiden Händen hielt sie die Tasse Kaffee, um sich zu wärmen. Großmutter aß in aller Ruhe ihren Toast mit Butter und Marmelade. Das Rührei mit Speck fasste sie nicht an. Der Duke saß ihnen gegenüber. Er war mit dem Frühstück schon längst zu Ende. Ungeduldig klopfte er mit dem Kaffeelöffel gegen die Tasse. Großmutter sah ihn kurz an.

»Entschuldigen Sie, Marchesa!« Er legte den Löffel weg, um gleich anschließend mit den Fingern auf den Tisch zu klopfen.

»Duke«, sagte Großmutter. »Sagen Sie, was Sie auf dem Herzen haben. Es wird uns schon nicht den Appetit verderben!«

»Gut!« Der Duke seufzte erleichtert. »Der Tag ist viel zu kurz. Ich habe mir erlaubt, meine Damen, Ihren ganzen Tag zu verplanen. Denn heute Abend ...« Er stand auf und ging hinaus.

Aus einem gemeinsamen Abendessen war gestern nichts geworden. Liliana war am späten Nachmittag eingeschlafen und hatte die ganze Nacht durchgeschlafen. Weder Gina noch die Marchesa hatten es übers Herz gebracht, sie zu wecken.

Der Duke kam mit einem Kästchen zurück. Es war in weinroter Seide eingeschlagen.

»Contessina Liliana, das ist für Sie!«

Liliana schlug die Seide zurück und öffnete ein Kästchen aus glänzendem Ebenholz. Drinnen lag ein Perlencollier. Die Perlen schimmerten fahlbläulich. Der Verschluss hatte die Form einer sich selbst verschlingenden Schlange. In der Mitte der Perlen hing ein dunkelroter Rubin.

Der Duke ging um den Tisch und trat hinter Liliana.

»Lassen Sie mir die Freude!«

Er holte das Collier aus dem Kästchen. Feierlich legte er es Liliana um den Hals.

»Seit Generationen ist dies das kostbarste Kleinod unserer Familie. Es steht Ihnen, als sei es nur für Sie angefertigt worden. Nicht wahr, Marchesa?«

Großmutter sah einen schneeweißen Hals, an dem ein blutroter Stein hing wie eine klaffende Wunde. Instinktiv legte sie die Hand darüber.

»Nehmen Sie den Schmuck bitte wieder ab! Dieses Kollier verlangt einen festlichen Rahmen, ein prachtvolles Kleid, eine kunstvolle Frisur, einen Ballsaal und viel, viel Licht.«

»Das ist, was ich die ganze Zeit sagen wollte«, der Duke löste die Kette wieder und legte sie in das Ebenholzkästchen zurück. »Wir haben heute Abend Gäste. Everweard Castle gibt sich die Ehre, für Contessina Liliana di Salamandra, die zukünftige Duchess of Everweard, einen prunkvollen, rauschenden und hoffentlich berauschenden Begrüßungsball zu veranstalten.«

Miss Heather kam herein. Der Knoten auf ihrem Hinterkopf schien nicht nur die Haare stramm zu ziehen, sondern auch die Stirn. So waren die Augenbrauen nach oben gerichtet, als missbilligten sie, dass die junge Contessina immer noch nicht mit dem Frühstück zu Ende war.

»Euer Gnaden, Miss Wedgeworth ist angekommen.«

»Danke, Miss Heather! Contessina Liliana, ich habe mir erlaubt, eine Schneiderin für Sie zu engagieren. Ich weiß doch, wie wichtig Garderobe und Toilette für eine hübsche junge Frau sind. Es soll Ihnen an nichts mangeln. Frühstücken Sie in Ruhe weiter. Wir sehen uns heute Abend.«

Mit einer leichten Verbeugung zu Liliana und der Marchesa verließ er mit Miss Heather den Raum.

Liliana schloss das schwarzglänzende Kästchen mit dem Schmuck.

»Was heißt das? Das ist für Sie!« Liliana wickelte das Kästchen wieder in die Seide ein. »Ist es ein Geschenk? Kann ich nach London fahren und es bei Sotheby's versteigern? Oder darf ich es solange tragen, bis die nächste Duchess of Everweard den Hals dafür hergibt?«

Großmutter hatte jetzt auch keinen Appetit mehr.

»Das ist so: Es gehört dir, aber es muss in der Familie bleiben.«

Wilde Rosen kletterten die Scheiben hoch. Direkt vor Liliana drückte eine junge Ziege neugierig die Schnauze gegen das Glas. Sie denkt wohl, da drinnen ist der Käfig eines Menschenzoos. Mal sehen, welche neuen Tiere angeschafft worden sind. Sie streckte der Ziege die Zunge heraus.

»Benimm dich!« Großmutter gab ihr einen Stoß mit dem Ellenbogen.

»Sehr wohl, Marchesa. Aber ich musste meinen Standpunkt vertreten.«

Am anderen Ende des Raums saß neben der Tür ein Mädchen. Sie hatte feuerrotes Haar. Ihren wachsamen Augen entging nichts. Ruth hieß sie und war Lilianas Zimmermädchen und zweite Zofe. Der Duke hatte sie, sehr charmant zugegebenermaßen, in ihr toskanisches Nest gesetzt, ein Kuckucksei, das in dem Zimmer in Großmutters Gemächern untergebracht worden war.

»Meinst du, diese Spionin wird alles gleich weitererzählen?«

Großmutter seufzte. »Der Duke sagte, sie sei nur für uns da. Er ist sehr fürsorglich. Wir haben uns wohl alle in ihm getäuscht.«

»Ich habe mich nicht getäuscht«, sagte Liliana und streckte der Ziege noch einmal die Zunge heraus, »weil ich mir überhaupt keine Vorstellungen gemacht habe. Ich kann mir nicht helfen, ich fühle mich wie in einer Commedia dell'Arte. Sie wird nicht in einem Komödientheater aufgeführt, sondern in einem Freilichttheater, genauer gesagt auf einem Schloss mit dem Namen ›Immer-Wacht‹ oder ›Ewig-Wacht‹. Wenn das kein Name aus einer Komödie ist!«

»Warum bist du dann nicht fröhlich?«

»Du weißt, warum, Großmutter.«

In diesem Augenblick kam das Warum herein, gefolgt von einer besorgten Gina. Sie schob Salvatore einen Stuhl zurecht. Dann ließ sie sich neben ihm auf den Stuhl fallen.

»Ist noch Kaffee da?«

»Gina, Gina!«, sagte Großmutter kopfschüttelnd. »Du kannst dich doch nicht an unseren Tisch setzen! Du bist eine Zofe.«

»Gina ist meine Pflegerin«, sagte Salvatore. »Ich brauche ihre Hilfe.«

»Na! Ich weiß nicht …« Großmutter klopfte mit den Fingern auf die Tischplatte. »Liliana brachte den Vergleich mit dem Theater. Wollen wir einmal darauf eingehen. In der Commedia dell'Arte sind die Rollen seit Generationen festgelegt. Das Publikum würde uns lynchen, sollten wir auch nur eine Handbreit davon abweichen. Gina, du setzt dich dahinten zu Ruth. Wenn Maître Brava deine Hilfe braucht, wird er es dir durch ein stummes Zeichen zu erkennen geben.«

Gina stand auf.

»Maître Brava, zögern Sie nicht, mich zu rufen.«

Ein Mädchen brachte Salvatore ein Gedeck. Kaffee und Croissants, Brötchen, Butter und Marmelade standen noch auf dem Tisch.

Liliana betrachtete Salvatore. Er sah blass und elend aus. Nein, das Stück, in dem sie gezwungen waren mitzuspielen, war wahrlich keine Komödie.

»Wie geht es dir?«, fragte sie.

»Ich weiß es nicht.«

»Ach, Salvatore!«

»Nein! Nein! Nein!«, sagte Großmutter. »Maître Brava, ich bitte Sie inständig, auch Sie müssen Ihre Rolle spielen! Die Contessina ist für Sie unerreichbar. Sie ist tabu. Machen Sie es ihr nicht noch schwerer. Ich sehe nur einen Weg. Reisen Sie ab!«

»So einfach ist das nicht, verehrte Marchesa. Der Duke hat einen Auftrag für mich. Ich bin der einzige Experte, der ihm helfen kann. Ich verspreche Ihnen, ich werde Ihre Enkelin in keiner Weise kompromittieren. Niemand wird auch nur den geringsten Verdacht hegen, ich könnte mehr als Hochachtung für die Contessina empfinden. Aber sollte sie mich brauchen, werde ich da sein.«

Großmutter nahm Salvatores Hand.

»Verstehen Sie denn nicht, dass ich Sie gern habe wie einen eigenen Sohn?«

»Großmutter«, sagte Liliana, »wie ich das sehe, wird das alles ganz einfach. Während wir uns ins Vergnügen stürzen, wird Maître Brava Frondienste für den Duke verrichten. Ich würde mich wundern, wenn wir uns je wiederbegegneten. Aber zu wissen, dass er in der Nähe ist, lässt mich das Ganze überhaupt erst ertragen.«

»Meine armen verlorenen Kinder! Ich werde für euch beten«, sagte Großmutter, die niemals betete.

* * *

Miss Wedgeworth hatte beide Hände auf Lilianas Schultern gelegt und betrachtete sie kritisch von oben bis unten. Wie eine Schneiderpuppe drehte sie die Contessina mal in die eine, mal in die andere Richtung. Es wollte ihr einfach nichts einfallen, was zu diesem, – anders konnte sie es nicht ausdrücken, – was zu diesem Kind passte. Etwas sträubte sich in ihr, sie in ein Ballkleid für Erwachsene zu sperren. Aber wen interessierte es schon, was eine unbedeutende Schneiderin dachte? Es waren Augenblicke wie diese, an denen sie gern ihren Beruf an den Nagel gehängt hätte. Lange war es her, als sie noch die Illusion hatte, Schneiderei habe etwas mit Kreativität zu tun. Jetzt wusste sie, ihre Aufgabe bestand darin, eine Frau so zu kleiden wie jede andere, nur ein klein wenig anders. Auch diese Contessina aus Italien würde nichts anderes von ihr erwarten.

»Ja! Ja!«, murmelte sie. »Kommt alle her!«

Miss Wedgeworth war eine rundliche Dame. Ihr großzügiges Dekolleté hüpfte auf und ab, denn sie war ständig in Bewegung. Drei Schneiderinnen und sechs Näherinnen kamen herbei, drei Friseusen und Lydia. Lydia war Mädchen für alles. Eine Schneiderin nahm Lilianas Maße, eine zweite notierte die Zahlen.

»Contessina, ich gratuliere, Sie haben eine vollendete Figur, lange Beine, Hüften mit den richtigen Rundungen, einen schlanken Schwanenhals, feine Ohrläppchen, schöne große Augen und einen sinnlichen, nicht zu großen Mund. Am Busen müssen wir noch etwas arbeiten. Andererseits soll es Männer geben, denen gerade das gefällt.« Sie machte eine nachdenkliche Pause. »Wir machen Sie zu einer Königin! Lydia, meine Liebe, was meinst du? Violett oder Zartgrün?«

Lydia war hochgewachsen und klapperdürr. Durch ihre Brille sah sie auf Liliana herab wie ein Insektenforscher auf einen seltenen Käfer.

»Miss Wedgeworth, wo hast du nur deine Augen! Schau doch, wie blass das Kind ist. Weiße Haut, schwarze Augen, schwarzes Haar, da müssen kräftige Farben her. Tiefblau, Dunkelrot oder ein leuchtendes Gelb!«

Die anderen Mädchen nickten zustimmend.

»Lydia, was täte ich nur ohne dich! Haben wir denn etwas da, von dem wir ausgehen können? Oder müssen wir alles neu machen?«

»Mal sehen«, Lydia ging in Lilianas Schlafzimmer. Auf dem Bett lagen stapelweise Kleider, Röcke, Blusen, Unterröcke und feine Stoffe. Auf dem Boden türmten sich Schachteln mit Schuhen und Hüten. Sie trug sorgfältig den Stapel Kleid für Kleid ab.

»Da ist es!«

Lydia zog ein nachtblaues Kleid hervor mit einer engen Taille.

»Contessina, probieren Sie doch bitte das Kleid an. Danke!« Sie legte das Kleid über die Stuhllehne. »In der Zwischenzeit kümmern wir uns um die Marchesa.«

Der ganze Tross zog hinüber in Großmutters Salon.

Gina hatte in der Ecke gesessen und alles staunend beobachtet. Sie stand auf und half Liliana in das Kleid.

»Wo ist diese Ruth?«, fragte Liliana leise.

»Die Marchesa lässt sie das Silber putzen.«

»Hör zu, Gina! Ich habe die dunkle Ahnung, dass ich bald keinen Augenblick mehr allein sein werde. Deshalb musst du dich um Salvatore kümmern. Ich möchte immer wissen, wo er ist und wie es ihm geht. Du bist meine Spionin. Willst du das für mich tun?«

»Wie soll ich das machen?«

»Diese englischen Schlösser wurden von italienischen Architekten entworfen. Auf Castello Salamandra kennst du dich ja bestens aus. Wir spielten ja oft zusammen Verstecken. Suche die geheimen Gänge, die verlorenen Zimmer, die Schleichwege und Dienstbotengänge! Das hat dir doch immer solchen Spaß gemacht.«

Gina drückte Lilianas Hand.

»Meine Augen werden für dich sehen und meine Ohren für dich hören.«

## Kapitel 7

Salvatore stand am Fenster der Bibliothek und schaute hinauf zu der kleinen Kapelle auf dem Hügel. Ob dort die Trauung stattfinden wird? Oder gibt es noch eine andere Kapelle im Schloss? Er spürte immer noch die Kälte in den Knochen. Es war eine große Anstrengung für ihn, auf den Beinen zu sein und so zu tun, als sei er wieder völlig gesund.

Die Bibliothek war die größte Privatbibliothek, die er je gesehen hatte. Sie war mit den wichtigen Werken aller Fachgebiete ausgestattet. Dazu gab es einen hervorragend sortierten Katalog. Alle Bücher standen staubgeschützt hinter Glas. Zwischen den langen, hohen Regalreihen gab es Tische mit Leselampen. Es war friedlich hier wie in einem Kloster.

Noch vor wenigen Wochen wäre das für ihn das Paradies gewesen. Er hätte keine Sekunde gezögert, einen Tisch vollzuladen mit Büchern und Nachschlagewerken. Dort in die kleine Nische am unteren Ende hätte er sich gesetzt und feierlich eine Lampe angeknipst. Langsam hätte er ein Buch aufgeschlagen, so wie man zum ersten Mal die Bettdecke lüftet, in der eine wunderschöne Frau wartet …

Und jetzt? Was sollte ihn jetzt noch interessieren!

Die Tür öffnete sich. Es gab ein kurzes dumpfes Geräusch, als entweiche Luft aus einem Behälter. Der Duke trat ein. Sofort war er Mittelpunkt des Raums. Er strahlte eine Überlegenheit aus, vor der sich die übrige Welt bereitwillig zurückzog. Salvatore kam sich klein und mittelmäßig vor – und krank.

»Ah, Maître Brava, es tut mir leid, dass Sie warten mussten. Verzeihen Sie mir! Dabei ist die Angelegenheit, mit der ich Sie betrauen möchte, die allerwichtigste.« Der Duke gab Salvatore die Hand. »Sie waren krank? Sind Sie wieder in Ordnung?«

»Es war nur eine kleine Schwäche nach der langen anstrengenden Reise. Ich stehe Ihnen voll und ganz zur Verfügung.«

»Wunderbar! Wunderbar! Sie werden sehen, was ich Ihnen zeigen werde, wird Sie weltberühmt machen. Bald werden Sie sich Professor Brava nennen können.«

Ruhm, eine Professur, es war gar nicht so lange her, als dies das Ziel all seiner Wünsche war. ... ›Und wüsste alle Geheimnisse und alle Erkenntnis‹, Wie ging es weiter? Ach, ja ... ›und hätte der Liebe nicht, so wäre ich nichts‹.

»Aber setzen wir uns doch einen Augenblick ans Fenster. Sie sind noch ein bisschen blass um die Nase. Ich werde Doktor Winslow dazu bewegen, Ihnen ein paar von seinen geheimen Wunderpillen zu geben.«

Sie setzten sich ans Fenster. Die Sonne ließ den Mahagonitisch funkeln. Man hörte Hundebellen. Ein Schwarm Spatzen flog über die Mauern den Hügel hinauf und verschwand im Laubwerk eines kleinen Wäldchens.

»Wird die Kapelle noch genutzt?«

Der Duke blickte irritiert in Richtung Kapelle.

»Die Kapelle? Nein, nein! Ich glaube, sie war immer nur Dekoration. Es macht sich eben gut, so ein Kirchlein auf dem Hügel stehen zu haben. Man sieht schon von Weitem, dass da fromme Leute wohnen. Keiner guckt dann mehr so genau hinter die Mauern ... Und hinter den Mauern, da haben wir etwas gefunden, was wahrscheinlich älter ist als die Religion, mit der diese Kapelle da oben zu tun hat.«

»Mein Spezialgebiet sind die Kelten.«

»Vergessen Sie die Kelten! Was ich Ihnen zeigen werde, muss noch älter sein.« Der Duke stand abrupt auf. »Was hilft alles Reden? Kommen Sie mit! Sie müssen es mit eigenen Augen sehen.«

Der Duke öffnete eine Tapetentür. Sie führte in den Turmanbau. Die Stufen der Wendeltreppe waren ausgetreten. Spinnfäden hingen von den Decken. Durch schmale Schießscharten kam gedämpftes Licht in das Treppenhaus.

Sie gelangten auf einen Treppenabsatz. Der Duke blieb stehen und wartete, bis Salvatore neben ihm war. Vor ihnen stand eine leere Wand. Hier ging es nicht weiter. Der Duke sagte nichts.

Salvatore trat an die Wand und klopfte einige Stellen ab. Halt! Hier klang es hohl. Dann sah er auch den feinen Riss in der Mauer. Er tastete ihn entlang, bis er auf Widerstand stieß. Die winzige Feder knackte. Eine Tür öffnete sich.

»Sie sind so gut, wie man mir gesagt hatte. Bravo, Maître Brava! Nehmen Sie eine Lampe, dann geht es hinein in das Mysterium von Everweard Castle!«

Salvatore hob die Lampe hoch über den Kopf. Als das Licht von der Decke und den Wänden zurückfiel, verbreitete sich kurz ein intensiv süßlicher Geruch von Rosen. Für einen Augenblick, dann war er verschwunden, so wie aus einer geöffneten Grabkammer die Luft entweicht. Der Raum war eine grotesk vergrößerte Rosenlaube, die Decke ein Gewölbe aus Rosenblüten, die Wände ein Geflecht aus Blättern und Zweigen. Salvatore fing an zu zittern. Er spürte wieder die Kälte, die sich in seine Knochen eingefressen hatte wie ein schleichendes Gift. Die Rosen waren weiß, weiß wie Blumen aus der Welt der Toten. Aber sie waren nicht tot, sie warteten darauf, das Blut der Lebenden zu trinken.

»Euer Gnaden, entschuldigen Sie! Ich glaube, ich bin doch noch nicht ganz in Ordnung. Das ist ein Fiebertraum. Die merkwürdigsten Gedanken kreisen in meinem Kopf. Ich muss mich einen Moment setzen.«

Der Duke fasste Salvatore am Arm und führte ihn hinaus. Dort bat er ihn, auf einem Treppenabsatz Platz zu nehmen.

»Maître Brava, dieser Raum übt auf jeden eine andere Wirkung aus. Die Eindrücke, die das Auge wahrnimmt und nicht sofort einordnen kann, formt das Gehirn zu einem Bild, das seiner gewohnten Erfahrung am nächsten kommt. Außerdem sind Sie durch die lange Reise und Ihre Krankheit geschwächt. Deshalb reagieren Sie besonders empfindsam auf solche Reize.«

Salvatore stand wieder auf. Er wollte dem Duke gegenüber keine Blöße zeigen.

»Was hätte ich sehen müssen?«

Der Duke legte die Hände auf Salvatores Schultern und sah ihn eindringlich an.

»Maître Brava! Der Raum hat die Form eines Gewölbes. Die Ecken sind rund. Es gibt keinen rechten Winkel, alles bildet ein organisch Ganzes. Was Sie dort sehen, ist das Meisterwerk alter Baumeister. Decke und Wände bestehen aus weißem Stuck, geformt nach Mustern aus der Pflanzenwelt. Das ist alles sehr beeindruckend. Aber den wahren Schatz haben Sie noch nicht entdeckt. Ich beschwöre Sie, fassen Sie sich! Ich brauche Ihre Hilfe.«

»Ich bin bereit.«

Salvatore gab sich einen Ruck und ging als erster zurück in den Raum. Er richtete die Lampe gegen die Wände und betrachtete kritisch die Stuckarbeiten. Sie waren tatsächlich von außerordentlicher Meisterschaft. Sie wirkten weich und geschmeidig wie echte Rosenblüten. Er berührte mit den Fingerspitzen ein Blatt. Für einen Moment hatte er den Eindruck, seine Finger blieben an der Wand kleben. Was bin ich nur für ein nervöses Wrack! Schnell zog er die Hand zurück.

Der Duke entzündete Petroleumlampen und stellte sie den Wänden entlang auf. Alles Licht fiel jetzt in die Mitte des Raumes.

Die hochgewölbte Decke war der Himmel über einem Bett aus Rosenzweigen und Ästen, gefüllt mit Tausenden von Rosenblättern. Um das Bett herum gab es eine Auswölbung auf dem Boden. Salvatore trat näher heran. Es war eine Schlange, ebenfalls aus weißem Stuck. Filigrane Schuppenmuster ließen sie lebendig erscheinen. Am Fuß des Bettes verschlang der Kopf der Schlange den eigenen Schwanz. Die Augen waren blind.

»Eine Schlange liegt unter einer Dornenhecke und bewacht ein Bett, indem sie es mit ihrem Leib umschlingt«, sagte Salvatore. »Die Schlange Ouroboros ist das Symbol der ewigen Wiederkehr. Sie frisst sich selbst auf, um sich immer wieder aufs Neue wiederzugebären. Das Bett ist die Welt, die nur durch das ständige Opfer der Schlange existieren kann.«

Der Duke klatschte in die Hände.

»Bravo! Sie sind der richtige Mann für diese Aufgabe.«

»Es scheint mir alles perfekt zu sein, so wie es ist.«

Der Duke kniete vor dem Kopf der Schlange. Er streichelte ihn.

»Ja, es ist alles perfekt ... wenn man die Ästhetik eines Friedhofs schätzt. An ihrer heftigen Reaktion vorhin habe ich gesehen, dass dies ihr erster Eindruck war. Diese Schlange ist zur Hälfte golden, zur andern schwarz. Die Blütenblätter sind rot, von zartrosa bis dunkelrot, die Zweige grün, die Äste braun. Ich möchte diesem Kunstwerk seine Farben zurückgeben. Das ist Ihre Aufgabe, Maître Brava. Ich fand alte Zeichnungen. Die stelle ich Ihnen zur Verfügung, dazu Farben, Werkzeuge und alles, was Sie sonst noch brauchen.«

»Euer Gnaden, das ist eine Aufgabe für ein ganzes Leben. Das kann ich nicht auf mich nehmen.«

Der Duke stand auf.

»Ich verstehe das vollkommen, Maître Brava. So habe ich es auch nicht gemeint. Ich möchte, dass Sie dieses Projekt in Gang bringen.

Sie haben die nötigen Fachkenntnisse. Schulen Sie Leute heran, welche die handwerklichen Arbeiten ausführen können. Mischen Sie die Pigmente für die Farben, geben Sie Anweisungen zur Ausführung aller Arbeiten. Ich sehe das so. Sie schreiben eine wissenschaftliche Abhandlung über das Ouroboros-Zimmer auf Everweard Castle. Sie fertigen detailgetreue Skizzen, beschreiben Herkunft, Beschaffenheit, Zweck oder was Sie für wichtig erachten dieses Raumes und fügen ein Handbuch hinzu, das die Mittel und Wege zu seiner Wiederherstellung beschreibt. Was sagen Sie dazu?«

»Das klingt verlockend.«

»Mit dem Honorar, das ich Ihnen dafür zur Verfügung stelle, können Sie eine eigene Familie gründen. Davon abgesehen, es reizt Sie doch sicher, dies alles eines Tages so sehen zu können, wie es einmal ursprünglich war?«

»Ich bin einverstanden, euer Gnaden.«

»Wunderbar! Ich habe da nur noch eine winzig kleine Bitte.« Er legte einen Arm um Salvatores Schultern. »Es ist, muss ich gestehen, kindlicher Besitzerstolz. Ich möchte Contessina Liliana zur Hochzeit meine Schatzkammer zeigen. Deshalb bitte ich Sie, einen kleinen Teil dieses Raumes zu restaurieren. Wenn diese Schlange wieder golden und schwarz glänzt in den ursprünglichen kräftigen Farben, das muss doch auf sie einen gewaltigen Eindruck machen. Außerdem könnte sie daran ermessen, wie prachtvoll der fertige Raum aussehen wird.«

»Wann ist die Hochzeit?«

Der Duke begann, die Lampen einzusammeln.

»Die Hochzeit findet in zwei Wochen statt. Sie bekommen so viele Helfer, wie Sie benötigen. Kann ich mit Ihnen rechnen, Maître Brava?«

Zwei Wochen, dachte Salvatore, was kann ich in zwei Wochen erledigen? Kann ich in dieser Zeit auch die Schlange bezwingen, die mir mein Liebstes rauben will?

»Ja, Sie können auf mich zählen.«

## Kapitel 8

»Autsch!«

Das war wieder die Blonde, die ständig die Augen zusammenkniff. Sie braucht gewiss eine Brille, dachte Liliana. Den ganzen Nachmittag wurde sie von flinken Händen gepikt, herumgeschoben und behandelt wie eine Puppe. Es ging ja auch nicht um sie, sondern um ein dunkelblaues Seidenkleid mit pastellblauer Tüllstickereispitze und Satinschleifen. Dazu kamen ein Unterrock, eine Tournüre und ein Korsett (das musste sein!), außerdem lange Spitzenhandschuhe, Strümpfe und ein Paar Schuhe, die drückten, das würde sich aber geben, wenn sie erst einmal eingetanzt waren.

Liliana ließ alles mit sich geschehen. Sie hatte beschlossen, die Person, die ihren Namen trug, aus der Entfernung zu beobachten wie eine Doppelgängerin. Das war sie gewohnt. Sie fühlte sich zurückversetzt in vergangene Zeiten und erinnerte sich an ihre Heimat Salamandra.

*Salamandra ...*

*Jeder Abend war ein prunkvolles Fest. Kutschen fuhren vor und luden Damen aus in prachtvollen Gewändern und Herren mit hohen Zylindern und Handschuhen aus weichem Leder. Da gab es einen Ball für Maria, einen Ball für Donna, einen Ball für Anna, einen Ball für Sara, einen Ball für Gloria, einen Ball für Alice, das waren ihre Schwestern, um dann wieder von vorn zu beginnen. Keinen Ball für Liliana, der war erst für ihren achtzehnten Geburtstag vorgesehen. Sie musste aber immer dabei sein. Schließlich war sie ja die glücksbringende Nummer Sieben, die man voller Stolz vorführte.*

*Oh, wie sie das alles hasste! Stunden musste sie verschwenden mit Sichhübschmachen, Stillsitzen, Bravsein, immer Lächeln und einem Knicks da und Küsschen links und Küsschen rechts, – während draußen der Wind durch die Weinberge wehte und den Duft fremder Länder mitbrachte, die nach Zimt und Kardamom rochen. Vögel sangen ihre Freude triumphierend hinauf zum Himmel, der voller funkelnder Sterne war, die unzählige Geschichten zu erzählen hatten. Gina saß sicher am Bach, die Füße im Wasser, während ihr Hund Fra Diavolo herumplanschte und alles jagte, was Federn hatte.*

*Nur Großmutter konnte sie von Zeit zu Zeit vor all dem bewahren.*

*Dann durfte sie bei ihr wohnen. Sie machten lange Wanderungen oder fuhren nach Florenz. Dort hatte Großmutter ein Haus mitten in der Stadt, mit Blick auf den Arno. Bis spät in die Nacht lag sie dann am Fenster und lauschte hinaus in die Stadt, die immer etwas zu erzählen hatte.*

*Eines Tages besuchten sie ein berühmtes Puppentheater. Die Besucher waren so kostbar gekleidet, als gingen sie zu einer richtigen Opernaufführung. Marchesa Montecorno und ihre Enkelin hatten einen Logenplatz und schauten von oben herab auf das bunte Spektakel auf der Bühne und im Zuschauerraum. Liliana durfte Großmutters Opernglas benutzen.*

*Langsam erloschen die Lichter. Der Vorhang hob sich. Das Spiel begann, eine Tragödie voller Leidenschaften, Eifersucht und Intrigen, mit Duellen, hinterhältigen Morden und viel Wehklagen. Jeder Satz war bedeutungsschwer und wurde mit lautem Tremolo vorgetragen. Alle Puppen trugen prächtige Kostüme. Hoch über allem blickte Liliana herunter auf ein Schauspiel, das sie mit zusammengekniffenen Augen glauben ließ, sie schaue hinab auf ihre Schwestern, die Eltern und die Besucher der Abendgesellschaften. Gebannt verfolgte sie das Geschehen auf der Bühne. Wann würde es dem Theaterdirektor auffallen, dass die siebte Contessina fehlte und das Spiel anhalten und ihr befehlen, herunterzukommen, um die Rolle einzunehmen, die ihr bestimmt war?*

*Eine Tür wurde geöffnet für einen verspäteten Zuschauer. Ein Lichtstrahl fiel auf die Bühne. Für einen kurzen Augenblick sah Liliana die Fäden, an denen die Figuren hingen. Der Bann, den ihr Herz immer fester zugeschnürt hatte wie ein eisernes Band, zerbrach mit einem schallenden Lachen, das aus ihr hervorbrach und sich nicht mehr beruhigen wollte. Großmutter war gezwungen, sie hinauszuführen, damit die Vorstellung weitergehen konnte.*

*Von nun an sah sie ihre Familie mit anderen Augen. Auf den langweiligen Bällen kniff sie die Augen zusammen und sah über die Köpfe der Tänzer und Tänzerinnen. Obwohl sie die Fäden nicht sehen konnte, wusste sie, dass sie vorhanden waren. Sie konnte die Gesellschaften nur ertragen, wenn sie sich vorstellte, sie sitze oben in der Loge und schaue herab auf eine Bühne, auf der eine Marionette spielte, die Contessina Liliana hieß, mit ihr aber nicht das Geringste zu tun hatte.*

*

In Everweard Castle schien es so weiterzugehen wie auf Castello Salamandra.

Musik war zu hören. Der Ball hatte schon begonnen. Liliana war aber noch nicht fertig. Auch der letzte Versuch dreier verzweifelter Friseusen, Lilianas üppiges Haar in eine streng protestantische Ordnung zu zwingen, misslang.

Da schritt die Marchesa ein.

»Meine Damen, es reicht! Sie haben Wunder vollbracht in der kurzen Zeit, die ihnen zur Verfügung stand. Meine Hochachtung! Gina wird sich um die Frisur der Contessina kümmern. Sie ist die Einzige, die je damit zurechtkam.«

Gina ließ sich nicht extra auffordern. Kurz entschlossen entfernte sie alle Spangen, Drähte, Blumengebinde und Kämme. Das nun frei über die Schultern fließende Haar atmete auf und glänzte im Schein der Lampen. Gina bürstete es glatt.

»Aber ...« sagte Lydia. So schnell wollte sie das Zepter nicht aus der Hand geben. »... eine Orchidee über dem linken Ohr ...« Sie holte ein Bouquet und wählte eine tiefblaue Blüte aus. Diese steckte sie Liliana ins Haar. »Ja, das ist perfekt! So passt alles harmonisch zusammen. Findest du das nicht auch, Miss Wedgeworth?«

»Ja, ja, meine Liebe. Und noch etwas Rouge auf die Wangen ...«

»Finito!«, sagte die Marchesa energisch. »Wenn wir so weitermachen, wird die Contessina nur noch den Schluss ihres Balls erleben.«

»Sie haben ja recht, verehrte Marchesa. Packt alles ein, Kinder! Marchesa Montecorno, Contessina Liliana, wir sehen uns morgen!«

Dann verschwand der Tross.

Der Raum war auf einmal friedlich wie nach einem Sturm. Großmutter ließ sich in den Sessel fallen und legte die Füße auf den Schemel. Sie seufzte.

»Wir sollten jetzt wirklich zu deinem großen Empfang gehen, Liliana«, sagte sie, ohne auch nur die geringsten Anstalten zu machen aufzubrechen. »Du siehst wirklich bezaubernd aus, mein Liebling.«

»Danke, Großmutter! Es ist aber nicht mein Verdienst. Vierzehn Personen und mehrere Stunden intensiver Arbeit waren nötig, um dieses Ergebnis zu erreichen. Du siehst, ich bin grundhässlich. Was ist mit diesem unheimlichen Halsband?«

»Das wäre zu viel des Guten. Das heben wir uns auf für einen besonderen Anlass.«

»Für meine Beerdigung?«

Großmutter sprang auf. »Nicht diese Stimmung! Du sollst dich heute amüsieren. Auf in den Kampf!« Sie zog die Handschuhe hinauf bis über die Ellbogen.

Ruth erschien in der Tür und sah vorwurfsvoll in die Runde.

»Du kommst wie gerufen. Führe uns zur Quelle dieser nicht schönen, aber lauten Musik!«

Im Hinausgehen sagte Liliana leise zu Gina:

»Jetzt ist die beste Gelegenheit!«

* * *

Der Duke of Everweard war ein schöner Mann. Sein Gesicht erstrahlte, als er sie kommen sah. Seine Augen, so grün, leuchteten wie Smaragde, so wird es wohl in den Romanen stehen, die Gina liest, dachte Liliana. Wenn ich wirklich hier wäre und nicht auf meinem Logenplatz dort oben säße, dann käme ich möglicherweise in Gefahr, seinem Charme zu erliegen.

»Ah, Contessina, Sie sind die schönste Blume unter Albions Himmel! Marchesa, Sie sind …«

»… eine Distel! Lassen Sie es gut sein, Duke. Eure englische Sprache hat rein gar nichts Elegantes an sich, so sehr ihr euch auch bemüht, meistens in endlosen Balladen mit gequälten Metaphern, etwas Poesie aus ihr herauszuquetschen wie aus einer verdorrten Zitrone.«

Der Duke war sprachlos. Einer Frau wie der Marchesa war er noch nie begegnet. Er kannte nur die englischen Ladies. Die sprachen von Mode, von Moral und vor allem von sich selbst.

»Ich nehme an«, sagte die Marchesa, »dass Sie die Contessina jetzt den Gästen vorstellen wollen. Erklären Sie kurz, welche Rolle sie dabei spielen soll: die kühle Duchess, die sich des Rangunterschieds zu den übrigen Gästen bewusst ist oder das Mädchen aus der Fremde, das in bedingungsloser Anbetung den Blick nicht von ihrem zukünftigen Gatten abwenden kann.«

»Sie soll sein, wie sie ist!«, sagte der Duke schroff.

»Aber, Duke of Everweard, wer sind wir? Und vor allem: Wer sind Sie?«

Die Marchesa nahm Lilianas Hand. Zusammen schritten sie in den Saal.

Die Musik brach ab.

Es waren bestimmt hundert Gäste im Saal. Damen in prächtigen Kleidern und Herren im eleganten offenen Frack sahen erwartungsvoll in ihre Richtung. Zurzeit waren Pastellfarben der letzte Schrei, alle Kleider waren zartrosa, blassgrün oder fliederblau. Da musste Lilianas Dunkelblau wie eine Provokation wirken.

Der Duke trat vor.

»Liebe Freunde, ich danke euch, dass ihr heute gekommen seid, meine zukünftige Gattin, Contessina Liliana di Salamandra, und ihre Großmutter, die Marchesa Montecorno di Capirosso, zu begrüßen. Ich bitte das Orchester, das Fest mit einem Walzer zu eröffnen.«

Das Orchester saß auf einer kleinen Empore am anderen Ende des Saales. Der Duke führte Liliana in die Mitte des Raumes. Nach einer kurzen Verbeugung ergriff er ihre Hand, die linke Hand legte er auf ihre Schulter. Der Walzer begann, der ›Italienische Walzer‹ von Johann Strauß, Sohn. Und schon wurde Liliana kräftig im Kreise gedreht. Es dauerte nicht lange, trotzdem wurde ihr schwindlig. Sie hatte alle Tänze erlernt, die in der feinen Gesellschaft getanzt wurden. Was sie aber liebte, waren die Tänze der Bauern und einfachen Leute, vor allem die Tarantella, in der man seine Lebensfreude so gut ausdrücken konnte.

Wieder fühlte sie sich behandelt wie eine Puppe ohne Seele und eigenen Willen. Dem Duke schien es Freude zu machen. Er lächelte sie zufrieden an. Er hatte die ebenmäßige Nase eines griechischen Gottes. Das blonde Haar glänzte im Schein des Kronleuchters. Es ließ Liliana an Apollo denken, den sie auf einem Gemälde in Florenz gesehen hatte. Damals hatte sie sich gefragt, ob diese schönen Jünglinge jemals jemand anderen lieben können als sich selbst.

»Contessina Liliana«, sagte der Duke, während einer nicht endenwollenden Drehung, »ich wusste sofort, dass wir füreinander bestimmt sind. Mit einem einzigen Blick haben Sie mein Herz lichterloh in Flammen gesetzt. Ich werde Sie auf Händen tragen. Jeden Wunsch will ich Ihnen von den Lippen ablesen. Ich werde Sie zur glücklichsten Frau auf dieser Erde machen.«

Liliana sagte nichts. Sie hoffte, dass dieser Tanz bald zu Ende ging.

Wo waren hier eigentlich die Toiletten? Mein Gott, wenn ich das nicht mehr rechtzeitig schaffe!

Dann kam der rettende Schlussakkord. Sie löste sich aus der Umarmung des Duke und verließ würdevoll, so schnell sie konnte, den Raum. Vor der Tür stand Ruth. Na, zu etwas musste sie ja gut sein. Sie ließ sich von ihr zur Damentoilette führen.

Liliana betrachtete sich in einem Spiegel mit goldverziertem Rahmen. Das Drehen im Kopf ließ langsam nach. Auch ihr Magen beruhigte sich allmählich. Wie blass sie war, so jung, so klein, so hilflos! Du verdammter Salvatore, wie konntest du mir das nur antun! Warum hast du mich nicht entführt? Gleich auf dem Bahnhof in Paris. Ja, das war die beste Gelegenheit. Damals, als du unser Abteil betratest, hättest du mich sofort über die Schulter werfen sollen wie eine Jagdbeute, um mit mir im Dschungel der Großstadt Paris zu verschwinden. Bei dieser Vorstellung musste sie doch lachen.

»Geht es wieder?«

Ruth stand hinter ihr und sah sie tadelnd an.

Großmutter kam herein.

»Alles in Ordnung? Ruth, lass uns allein!«

Ruth drehte sich brüsk um und ging hinaus.

Liliana setzte sich auf einen Polstersessel.

»Großmutter, du weißt, wie sehr ich das alles verabscheue, diese Puppenkleider und leeren Worte, diese gierige Horde von Nichtstuern, die auf Kosten anderer lebt. Kann ich nicht gleich Witwe sein wie du? Dann bräuchte mich das alles nicht mehr zu kümmern.«

»Reiß dich zusammen, Contessina Liliana di Salamandra! Dein Weg hat dich nach Everweard Castle geführt. Schau dich um mit offenen Augen und lerne daraus! Niemand kennt die Zukunft. Sie liegt, so sagt man, nicht in unserer Hand. Aber für die Gegenwart sind wir schon verantwortlich. Es liegt an dir, das Beste daraus zu machen.«

Liliana klatschte in die Hände.

»Bravo, Marchesa! Du bist eine Philosophin. Ich dagegen ... ich bin ein verängstigtes Kaninchen, das gelähmt der Schlange in die Augen schaut, die sie auffressen will.«

»Die Schlange will dich heiraten.«

»Ich weiß, ich weiß!« Liliana stand auf. »Ich bin auch kein Kaninchen, verehrteste Marchesa, das war nur ein Gleichnis. Das möchte ich dir zur Erläuterung nur einmal gesagt haben. Aber ob die Schlange wirklich ein Duke ist und keine Schlange, daran habe ich meine Zweifel. Wir beide wissen, dass ich gar keine Wahl habe. Du siehst, das Schicksal in die eigene Hand nehmen, das kommt für mich gar nicht in Frage.«

Großmutter legte die Arme um Liliana und gab ihr einen Kuss auf die Stirn.

»Du weißt, dass ich eine unverbesserliche Atheistin bin. In deinem Fall aber mache ich eine Ausnahme. Ich erlaube es dem da oben und allen seinen Engeln, sich einzumischen.«

»Wollen wir das wirklich, Marchesa, dass jemand da oben unsere Fäden zieht?«

Leider war es mit diesem einen Walzer nicht getan. Der Abend wurde schließlich zu einem einzigen Walzeralbtraum. Es gab so viele gut aussehende, wohlhabende und geistreiche junge und ältere Herren, die der Contessina die Ehre gaben, mit ihr zu tanzen. Die Gespräche waren immer dieselben, die steifen Krägen mit den traurig verkümmerten Schleifen sahen alle gleich aus. In ihrem Kopf drehte sich alles wie damals auf der Überfahrt nach England.

Stunden mussten vergangen sein, dann geschah, woran sie schon nicht mehr zu glauben gewagt hatte. Das Fest war zu Ende.

»Sie tanzen wie eine Göttin!«

»Mit Ihnen, Contessina, ist die Sonne des Südens über unserem grauen Himmel aufgegangen!«

»Donnerwetter! Der Duke ist ein verdammter Glückspilz!«

... und so weiter.

Aber das Schlimmste war:

»Wir sehen uns morgen wieder auf Monleirdon!«

## Kapitel 9

Gina fand Salvatore in der Bibliothek.

Es war dunkel, bis auf eine kleine Insel des Lichts am Ende des Raums. Salvatore betrachtete konzentriert eine Zeichnung. Er erschrak, als Gina plötzlich neben ihm stand.

»Maître Brava, Sie sehen aus wie ein Gespenst.«

»Gina! Ich habe Sie gar nicht kommen gehört.«

Sie setzte sich ihm gegenüber. Er sah noch blasser aus als damals, als sie ihn das letzte Mal gesehen hatte. Seine Haare waren zerzaust. Das Hemd war falsch geknöpft, sodass ein Zipfel des Kragens gegen das Kinn drückte. Sein Blick schien von weit weg zurückzukommen.

»Wie alt sind Sie, Maître Brava?«

»Ich erblickte vor vierundzwanzig Jahren in San Gimignano das Licht der Welt. Auf dem Namensschild an meinem rechten großen Zeh stand der Name ›Salvatore Brava‹. So blieb meinen Eltern nichts anderes übrig, als sich meiner anzunehmen. Das taten sie sicher nur aus reinem Mitleid, denn ich war damals nur sooo groß und konnte weder lesen noch schreiben. Sie gingen das Risiko ein, in mich zu investieren – mit Zeit, in der sie sich mit mir beschäftigten und mich beschäftigten sowie mit Geld, das sie für Kleider, Nahrung, Bücher, Schulen und so weiter ausgaben, ohne die geringste Gewissheit, dass sich das alles einmal auszahlen würde. Aber wie Sie soeben erkannt haben, ist doch etwas aus mir geworden: das Gespenst von Everweard Castle. Wenn ich Ketten hätte, würde ich mit ihnen rasseln. Und wenn ich einen Kopf hätte, würde ich ihn von den Schultern nehmen und vor Ihnen auf den Tisch legen, um mich auszuruhen.«

Gina nahm die Zeichnung, die vor Salvatore lag. Sie enthielt detailgetreue Darstellungen von Schlangenschuppen. Jede Schuppe hatte einen eigenen Farbverlauf. Im Schein der kleinen Schreibtischlampe sah es aus, als bewegten sie sich. Unter jeder Schuppe standen Symbole und Anmerkungen in einer feinen Schrift, die man nicht ohne Lupe entziffern konnte. Das Blatt hatte die Seitennummer 107a.

»Wie viele Blätter gibt es davon?«

»Es geht bis Seite 119.«

»Das ist bestimmt interessant.«

»Es gibt Zeichnungen von Seite 105 bis 119. Wo sind aber die ersten

104 Seiten? Ich bin sicher, dass darin Dinge stehen, die ich unbedingt wissen müsste.«

»Haben Sie den Duke danach gefragt?«

»Er behauptet, dies sei alles, was er habe.«

Gina bemerkte in der unteren linken Ecke des Blattes eine unregelmäßige Trübung in der Maserung des Papiers. Sie hielt es gegen die Lampe.

»Schauen Sie, Maître Brava! Da ist etwas.«

Salvatore nahm ihr das Blatt aus der Hand und betrachtete die Stelle aufmerksam. Es war Ouroboros, die sich selbst verschlingende Schlange. Das sagte er aber nicht.

»Es ist ein Wasserzeichen. Wertvolle Dokumente erhalten damit ein Prüfsiegel. Es bestätigt ihre Echtheit und ist zugleich so etwas wie die Unterschrift des Verfassers oder Urhebers. Damit haben Sie eine wichtige Entdeckung gemacht. Ich erkläre Sie hiermit zu meiner Chefassistentin!«

»Haben Sie denn schon nach den fehlenden Seiten gesucht?«

»Ich habe Stunden damit verbracht, aber ohne Erfolg.«

Wie gern wäre Gina mit auf den Ball gegangen! Liliana zuzusehen in dem neuen Kleid, wie sie durch den Saal gewirbelt wird, getragen von den Wogen perlender Musik, wie ihr junge Gentlemen mit strahlenden Augen verliebte Komplimente machen oder verwegene Zärtlichkeiten ins Ohr flüstern, das wäre so gewesen, als tanzte sie an ihrer Stelle und sei Mittelpunkt des Abends. Aber auf Everweard Castle war sie ja die Zofe. Nicht einmal aus der Ferne durfte sie daran teilnehmen. Es war, als habe sie eine Zwillingsschwester verloren. Wie eine Zwillingsschwester, dachte sie, will ich für sie dort sein, wo sie nicht sein kann. Dieser Salvatore, wer ist das? Warum hat sie sich ausgerechnet in den verliebt? Was sieht sie in ihm?

Salvatore ahnte, dass sie mit ihren Gedanken woanders war.

»Wie geht es der Contessina?«

»Der Duke of Everweard gibt einen großen Ball zu ihren Ehren. Sie trägt ein dunkelblaues Kleid, feine Schuhe und Glacéhandschuhe. Sie ist wunderschön und wird jedem Mann im Saal den Kopf verdrehen. Der Duke wird mächtig stolz auf sie sein. Ist es das, was Sie hören wollen?«

»Nein!«

Gina stand auf.

»Wo haben Sie gesucht?«

Salvatore machte eine weitausladende Handbewegung.

»Überall.«

»Wie bedeutend sind diese Aufzeichnungen?«

»Wie soll ich das erklären ...« Salvatore rieb sich den Hals hinter dem Hemdkragen. »Es ist geradezu lächerlich ... Es gibt keinen vernünftigen Grund für meine Reaktion. Es ist, als müsste ich von einem sumpfigen Stück Boden, das mit Moos und Farnen bedeckt ist, einen großen flachen Stein aufheben. Unter anderen Umständen hätte ich mich schon längst bei Nacht und Nebel aus dem Staub gemacht.«

»Und die wissenschaftliche Neugier?«

»Es gibt Dinge, die ein geistig gesunder Mensch nicht wissen will.«

»Sie haben mir nicht alles gesagt, Maître Brava.«

»Nein.«

Die Bibliothek lag im Dunkeln. Die Schreibtischlampe ließ Bücherregale schemenhaft erscheinen. Die Musik des Ballsaals kam aus weiter Ferne wie das Flüstern des Windes.

Gina kannte sich in Schlössern und alten Gebäuden aus. Als Kinder waren Liliana und sie auf Entdeckungsreisen gegangen in Kellergewölben, in verlassenen Zimmern, die seit Jahrzehnten niemand mehr betreten hatte, auf Speichern, in verfallenen Ruinen und unterirdischen Tunneln. Gina hatte die Gemäuer mit Personen gefüllt, mit unglücklich Liebenden, eifersüchtigen Ehemännern, Räubern und Mördern, mit Gespenstern und Vampiren. Liliana dagegen hatte die Architektur interessiert. Sie wollte alles vermessen und legte Pläne an. Oft war sie kopfschüttelnd vor einer Wand stehen geblieben, die eigentlich nicht an dieser Stelle hätte sein dürfen. So waren sie früh hinter das Geheimnis dieser Bauwerke gekommen, wo der erste Augenschein in die Irre führen sollte.

»Wir brauchen Licht«, sagte Gina.

»Es gibt hier mehr Licht als in einer Fabrik.« Salvatore kippte neben der Eingangstür mehrere Schalter um. An den Decken hingen riesige Kronleuchter. Einer nach dem anderen erstrahlten sie und erhellten Reihe für Reihe Bücherregale, die bis zur Decke reichten. »Wenn ich konzentriert nachdenken will, ziehe ich Dunkelheit vor.«

»Vermögen hat er, Bildung und gutes Benehmen!«, sagte Gina, »Mal sehen, welches Geheimnis der Duke vor uns verbergen möchte.«

Sie stellte sich in die Mitte des Raumes. Langsam drehte sie sich um die eigene Achse und suchte aufmerksam mit den Augen jede Wand und jeden Winkel ab.

»Was Sie hier sehen, Maître Brava, ist das Werk des berühmten italienischen Architekten Luigi Crimencini. Liliana und ich kennen ihn sehr gut, nicht persönlich, er ist schon einige Zeit bei seinen Vorahnen, aber seine Arbeiten. Er entwarf unter anderem auch die Bibliothek in Castello Salamandra. Er hatte uns so manche harte Nuss zum Knacken gegeben. Aber immer waren wir ihm hinter seine Schliche gekommen.«

Salvatore sah ein zufriedenes Lächeln auf Ginas Gesicht. Sie trug die Kleidung eines Dienstmädchens. Ihre Haltung aber, die Art sich auszudrücken, ihr Benehmen ihm und anderen Personen von Stand gegenüber, die Selbstverständlichkeit, mit der sie Dinge in die eigene Hand nahm, das hatte nicht das Geringste mit dem Verhalten eines Dienstmädchens zu tun.

»Gina, sind Sie wirklich nur Lilianas Zofe?«

»Ja!«, seufzte Gina. Genau genommen war sie noch nicht einmal eine Zofe. Sie war niemand. »Kommen Sie mit!«

Zielstrebig ging sie zur linken Wandseite der Bibliothek. Dort war ein offener Kamin eingelassen. Auf dem Marmorsims standen Gipsbüsten von Lord Byron und Mary Shelley. Der Kamin war innen gekachelt. Dicke Holzscheite lagen bereit, angezündet zu werden.

Gina bückte sich und betrat den Kamin. Es gab ein kurzes Klicken, dann war sie weg.

»Kommen Sie schon!«, ertönte gedämpft ihre Stimme.

Salvatore betrat geduckt den Kamin. Auf der linken Seite fand er eine offene Tür. Über eine Treppe gelangte er in eine Kammer.

Gina hatte die Beleuchtung eingeschaltet. An der Decke hing eine einzelne Birne. Der Raum war nicht sehr groß. Bücherregale bedeckten die Wände. Sie waren vollgestopft mit Büchern verschiedener Größe, einige lagen aufeinander, andere waren mit dem Buchrücken nach oben eingeschoben, weil sie zu hoch waren. Neben der Tür stand ein Schrank aus dunklem Eichenholz mit vielen Schubladen. Auf dem Schreibtisch lagen ungeordnet Manuskripte, Schriftrollen, ein großes

Tintenfass aus Kristallglas mit einem goldglänzenden Metallverschluss, Bleistifte und ein Füllhalter mit einer breiten Goldfeder.

»Es riecht nach Flieder«, sagte Salvatore.

»Das bin ich. Diese verrückten Weiber wollten mir etwas Gutes tun.«

In der kleinen Kammer standen sie dicht nebeneinander. Jeder bemühte sich, den andern nicht zufällig zu berühren. Auf den ersten Blick war Gina keine Schönheit. Ihr Gesicht war zu breit, die Nase ein wenig zu lang und ihr Körper hatte etwas Schweres. Sie war eben ein Bauernmädchen. Aber sie verströmte eine erdhafte Wärme, die von innen kam, und Geborgenheit und selbstlose Liebe versprach. Ihr klarer, direkter Blick machte ihn verlegen. Unbewusst griff er an seinen Hemdkragen.

»Setzen Sie sich, Maître, das kann ich nicht mehr länger mit ansehen!«

Salvatore setzte sich auf den Schreibtischstuhl. Gina öffnete ohne viel Federlesens den obersten Knopf seines Hemdkragens, dann die Knöpfe nach unten, bis sie an die Stelle kam, wo Salvatore aus der Reihe gekommen war. Loch für Loch knöpfte sie das Hemd nach oben wieder zu. Den Kragenknopf ließ sie offen.

»Den dürfen Sie offenlassen. Atmen Sie richtig durch, damit Sie wieder etwas Farbe bekommen!«

»Danke, Gina!« Der Vorgang hatte Salvatore sehr gerührt. »Sagen Sie doch Salvatore zu mir. Bitte!«

»Salvatore, ich danke dir. Ich frage mich, wer bist du? Was geht in deinem Kopf vor und in deinem Herzen? Wie konnte sich Liliana in dich verlieben? Ich sehe vor mir einen blassen jungen Mann, unbeholfen und viel zu ernst für sein Alter, aber hübsch und intelligent. Und ich sehe noch etwas: den Mann, den meine Liliana liebt – und der dabei ist, den Kampf um sie aufzugeben.«

Salvatore sprang auf und packte Gina an den Schultern.

»Was kann ich denn machen? Die Karten sind gezinkt. Das Spiel war schon entschieden, bevor es begann. Ich kann es nicht ertragen, Liliana zu verlieren. Es lähmt mich. Es macht mich krank, todeskrank.«

Gina schob Salvatore zurück auf den Stuhl. Sanft strich sie ihm eine Haarsträhne aus der Stirn.

»Nicht nur du verlierst Liliana. Ich verliere sie, die Marchesa verliert sie und, was das Schlimmste ist, Liliana verliert sich selbst. Ich gebe zu, dass die Situation aussichtslos scheint. Aber was bleibt uns anderes übrig als zu kämpfen? Wenn wir schon verloren haben, wie du denkst, dann können wir auch nichts mehr verlieren. Wir können nur noch gewinnen – und wenn es nur die Gewissheit ist, alles unternommen zu haben.«

»Woher nimmst du nur deine Zuversicht, Gina?«

»Es geht darum, sich selbst treu zu bleiben. Wenn man nicht der Liebe folgt, die das größte aller Wunder ist, wem sollte man sonst folgen?«

Salvatore nahm Ginas Hand und drückte sie fest.

»Es tut gut, mit dir zu sprechen. Danke! Dieser Auftrag des Duke, weißt du, er belastet mein Gemüt. Er führt mich Schritt für Schritt tiefer in einen Abgrund. Das Tageslicht, die Sonne und die herrliche Welt da draußen verblassen in meinem Herzen. Jede Faser meines Körpers fleht mich an, auf der Stelle zu fliehen.«

Gina schob Papiere zur Seite und setzte sich auf den Schreibtisch.

»Salvatore, ich habe einen Auftrag bekommen von Contessina Liliana di Salamandra. ›Ich möchte immer wissen, wo Salvatore ist und was er tut‹, sagte sie zu mir. ›Sei meine Augen und meine Ohren!‹«

Salvatore legte eine Hand über die Stirn. Tränen waren ihm in die Augen getreten. So weit ist es gekommen, dachte er, dass ich heule, wenn ich ein liebes Wort von ihr höre.

»Aber ich will mehr tun als das. Ich werde ihr Ausgrabungen bringen aus der Tiefe deines Herzens. Und ich werde Sonnenstrahlen einfangen, die meine Liliana geworfen hat, und sie zu dir tragen in deine finstere Grotte, damit du nicht den Weg verlierst zurück ans Sonnenlicht.«

»Wie soll das geschehen?«

»Ich werde dir ein Geschenk machen. Ich schenke dir von meinen Erinnerungen an Liliana, gemeinsame Erinnerungen. Es sind meine, deshalb darf ich sie hergeben. Andere muss sie dir selbst geben. Und ich werde sofort damit anfangen.«

Salvatore schloss die Augen. Ginas sanfte, lebendige Stimme verwandelte den engen Raum, der auf den kleinen Kegel Licht der Schreibtischlampe eingeschränkt war, in den Platz vor dem Kamin, wo Vater Märchen erzählte oder nur plauderte von diesem oder jenem Verwandten, den Salvatore noch nie gesehen hatte und deshalb so aufregend war wie der Held erfundener Geschichten.

Gina erzählt.

Es war unser sechster Geburtstag. Ich wartete am Teich. Blumenkränze hatte ich geflochten. Die trieben im Wasser. Eine Entenfamilie lag am Ufer, die Köpfe ins Gefieder gesteckt. Es war heiß. Kein Lüftchen wehte. Mir fielen die Augen zu und ich träumte. Ich träumte, ich hätte einen weißen Blütenkranz im Haar und schwebte unter Wasser in einem verzauberten Garten mit Bäumen, Sträuchern und schwimmenden Schlingpflanzen aus funkelndem Glas. Ich sah das alles und die silbernen Fische, die meine Wangen berührten, obwohl meine Augen geschlossen waren. Dann berührten meine Füße den Boden. Ich blickte erschrocken um mich. Dunkelgrauer Staub stob auf und verbreitete sich über den Garten wie Lavaasche. Auf einmal fiel mir ein, dass ich im Wasser gar nicht atmen konnte. Ich versuchte, mich nach oben abzustoßen, vermochte aber nur, mich auf die Zehen zu stellen und meine Hände dem fernen Sonnenlicht entgegenzustrecken. Das ist also der Tod, dachte ich, wie seltsam! Das Wasser wurde immer trüber. Ich fühlte, dass ganz in der Nähe ein schwarzer Schatten lauerte. Er griff nach meinem Herzen. Verzweifelt wollte ich fliehen, aber ich war gelähmt. Ich konnte mich nicht bewegen, ich konnte nicht schreien. Auf einmal wurde ich an den Händen gepackt und hinaufgezogen, an Land, in den Sonnenschein unter den blühenden Apfelbaum. Vor mir stand – wie ein Engel in einem weißen Kleid mit weißen Lackschuhen und weißen Spitzenhandschuhen, eine feuerrote Blüte im Haar, – Liliana, die mich weiterzog, den Hügel hinauf.

›Komm‹, sagte sie, ›dieser Tag gehört uns! Wir laufen und laufen, bis wir zu Großmutter kommen. Dort bleiben wir so lange, bis sie die Kutsche anspannt und uns über die Hügel fährt und durch die Täler bis zum Meer. Dort stehlen wir ein Boot. Dann wollen wir mal sehen, wer uns dann noch aufhalten kann, bis ans Ende der Welt zu segeln!‹

Außer Atem blieb ich stehen. Ich sah sie an.

›Ich war gestorben‹, sagte ich.

›Ich weiß‹, antwortete sie, ›aber das lasse ich nicht zu!‹ Sie kniff ernst die Lippen zusammen. Dann lachte sie: ›Es ist unser Geburtstag. Da machen wir, was wir wollen!‹

Sie gab mir einen Kuss. Da wusste ich, dass ich ihr überallhin folgen würde, ja bis ans Ende der Welt, wenn sie es wollte.

Wir schafften es nicht, zur Marchesa zu kommen. Das lag daran, wir blieben nicht auf den Wegen. Wir kletterten Bäume hoch. Wir sammelten Steine und errichteten kleine Pyramiden, die Wanderern Rätsel aufgeben sollten. Wir waren Wölfe und fielen schreiend in Schafherden ein. Wenn wir eine glatte Strecke Sand fanden, malten wir Zeichen, die so geheimnisvoll waren, dass wir sie selbst nicht deuten konnten. So manchen Abhang ließen wir uns hinunterrollen wie Lawinen. Bald war Lilianas weißes Kleid grasgrün und erdbraun. Die Schuhe hatten keine Absätze mehr. Die Handschuhe trug ein Ochse auf seinen Hörnern. Nur die Blume, die war noch in ihrem Haar.

›Schau, wie ich aussehe!‹, rief sie. ›So wollen sie mich bestimmt nicht wiederhaben. Ich bin frei, frei, frei!‹

Dann schlug sie ein Rad, setzte sich auf einen Stein und weinte. Ich legte den Arm um sie und sagte:

›Was werden wir essen?‹

›Ah!‹ rief sie und sprang auf. ›Ich habe alles genau geplant. Wir werden uns nehmen, was wir brauchen. Es soll ja niemand wagen, sich uns in den Weg zu stellen!‹

So zogen wir weiter. Bald stand die Sonne direkt über uns. In einem kleinen Wäldchen setzten wir uns an den Stamm eines knorrigen Baumes. Es war eigentlich schon Herbst. Aber zu unserem Geburtstag war der Sommer ein letztes Mal zurückgekehrt. Die Blätter raschelten sanft über uns. Vögel zwitscherten, Grillen zirpten. Wir schliefen ein.

Als wir die Augen aufschlugen, lag in einigen Metern Entfernung ein Hund. Seinen Kopf hatte er auf die Vorderpfoten gelegt, die Ohren waren nach oben gerichtet. Er sah uns amüsiert an. In seinen Augen war so ein Funkeln, ein Zwinkern, das sagte, ich bin viel schlauer als ihr, aber ich glaube, wir könnten viel Spaß miteinander haben.

›Komm her, Hundchen!‹, rief ich. ›Liliana, wir müssen seinen Namen herausfinden. Dann muss er uns gehorchen!‹

›Bello!‹, rief Liliana, ›Tom!‹, rief ich. Es ging weiter mit Raphael, Giulio, Giuseppe, Anselmo, den Namen aller Heiligen – und ich glaube sogar mit Salvatore. Der Hund blieb ungerührt liegen, ja er gähnte gelangweilt.

›Schau ihn dir an‹, sagte Liliana. ›Sein Fell ist schmutzig und struppig. An dem linken Ohr fehlt ein Stück. Dieser große schwarze Streifen vom rechten Ohr den Rücken hinunter zum Schwanz sieht aus, als habe den jemand eingebrannt. Ich glaube, er ist von zu Hause weggerannt – wie wir. Er streunt durchs Land auf der Suche nach Abenteuern. Eins ist dabei ganz sicher, das sehe ich auf den ersten Blick, er ist nicht katholisch. Das ist ein Bruder Liederlich!‹

Sie stand auf, riss einen Büschel Gras aus der Erde und stellte sich vor den Hund, der demonstrativ in eine andere Richtung blickte. Sie verstreute die Grashalme auf seinem Rücken und sagte mit erhobener Stimme:

›Ich taufe dich auf den Namen Fra Diavolo. Steh auf, Fra Diavolo, und folge mir!‹

Ohne sich nach ihm umzudrehen, ging sie den Hang hinauf. Der Hund stand auf und folgte ihr. Und ich folgte ihm. Jetzt waren wir zu dritt.

Es war tatsächlich ein Rüde und der hässlichste Hund auf der Welt. Er war so groß wie ein Schäferhund, sandbraunes Fell, mit diesem schwarzen Streifen über dem Rücken, ziemlich abgemagert, sodass man jede einzelne Rippe sehen konnte. Das linke hintere Bein wollte von Zeit zu Zeit in eine andere Richtung als der Rest des Hundes. Kurzum, es war eine traurige Kreatur, wie ein klappriger Gaul auf dem Weg ins Schlachthaus. Aber da waren seine Augen … Wie soll ich es ausdrücken? Manchmal dachte ich, das ist gar kein Hund, das ist ein alter listiger Zauberer, der die Gestalt eines Hundes angenommen hatte, um unser Leben durcheinanderzubringen. Was er auch tat!

Während wir weitergingen, warfen wir Stöckchen. Fra Diavolo brachte sie brav zurück. Er tat es sicher nur uns zuliebe, nicht dass er einen besonderen Sinn darin sah. Wir rannten mit ihm über die Felder, Hügel hinauf und hinunter. Einmal jagten wir ihn, dann trieb er uns bellend vor sich her. Auf den Weg achteten wir gar nicht mehr, bis uns ein kalter Windhauch zum Stehen brachte. Ich wusste nicht, wo wir waren, noch in welcher Richtung unser Ziel lag, geschweige denn den Weg zurück. Es zogen Wolken auf, die der Wind immer schneller über den Himmel blies. Ich begann zu frieren, hatte Hunger und Durst, die Füße taten mir weh und es überfiel mich die Angst, meine Welt zu verlieren, weggewischt zu werden wie ein falschgeschriebenes Wort auf einer Schiefertafel. Fra Diavolo ließ sich auf den

Boden fallen. Ich kniete mich neben ihn und legte die Arme um seinen Hals. Er drehte den Kopf und leckte meine Nase. Wir waren bereits dicke Freunde geworden in der kurzen Zeit.

Liliana stand mitten auf dem Weg, die Arme ausgebreitet und drehte sich im Kreis.

›Ah, ist das herrlich!‹ rief sie. ›Der Wind! Der weite Himmel! Das ist die Freiheit!‹

Die ersten Regentropfen fielen.

›Es kommt ein Gewitter‹, sagte ich.

Sie sah mich prüfend an.

›Wir werden vom Blitz erschlagen‹, fügte ich trotzig hinzu. ›Wir werden ertrinken oder weggeblasen, wenn wir vorher nicht verhungern!‹

Fra Diavolo hörte auf, mich zu lecken, und stand auf.

›Wir wissen nicht einmal, wo wir sind.‹

›Ich weiß es‹, sagte Liliana. Der Regen wurde heftiger. ›Wir müssen über diesen Hügel, dann kommen wir zu einem leerstehenden Haus. Dort können wir uns unterstellen.‹

Ich fragte sie nicht, woher sie das wissen konnte, sondern lief gleich los. Liliana und Fra Diavolo folgten mir. Auf dem Gipfel angekommen, sah ich im Tal unter mir ein Wäldchen, darin einen verwilderten Garten um ein Steinhaus mit einem großen Dach.

Wir rannten hinunter. Den Kopf hielten wir gesenkt, um die Augen vor dem Regen zu schützen, den der Wind immer heftiger in unser Gesicht blies. So sahen wir nur einen kleinen verengten Ausschnitt direkt vor unseren Füßen. Wir schauten weder rechts noch links. Fra Diavolo begann zu knurren. Doch das beachtete ich nicht, denn ich war ganz darauf konzentriert, das Haus zu erreichen. Ich öffnete die Tür. Wir rannten hinein. Die Tür schlug hinter uns zu. Draußen jaulte Fra Diavolo.

Liliana und ich blieben in der Mitte eines großen Raumes stehen. Als ich wieder etwas zu Atem gekommen war, bemerkte ich, dass das Dach ein riesiges Loch hatte, durch das der Regen ungehindert herein prasselte. Dort wo einmal die hintere Wand gestanden hatte, war jetzt eine Wand aus Wasser. Eine tiefe Hoffnungslosigkeit ergriff mich. Ich war nass bis auf die Knochen und fror. Es gab keinen Schutz, kein Entrinnen, keine Zukunft. Ich fühlte mich wieder in diesem Traum gefangen, in dem ich beinahe ertrunken wäre. Ich kam in Panik und glaubte keine Luft mehr zu bekommen und müsste ersticken.

Da legte Liliana die Arme um meinen Hals und gab mir einen Kuss mitten auf die Nase. Das kitzelte. Ich musste lachen.

In diesem Augenblick wurde der Raum hell. Von draußen ertönte Musik, Drehorgelmusik und Trommelwirbel. Wir fassten uns an den Händen und liefen hinaus in den Regen, der ein klein wenig nachgelassen hatte. Am Ende eines kleinen Pfades stand ein buntes Zirkuszelt. Rote, gelbe und blaue Lampen umrahmten den Eingang, über den in großen Buchstaben stand: Circo Fantasmagoria. Über dem Zelt flatterten viele rote Wimpel. Auf der Spitze drehte sich ein Wetterhahn, dessen Quietschen trotz der Musik zu hören war.

Aus dem Zelt trat ein Affe in der Livree eines Hotelportiers oder Ähnlichem. Auf dem Kopf trug er ein kegelförmiges Hütchen mit einer immens hohen Pfauenfeder. Die Knöpfe an der Uniform funkelten. Seine gefletschten Zähne strahlten weiß und furchteinflößend.

Ich blieb stehen. Aber Liliana zog mich weiter.

›Es ist unser Geburtstag, Gina. Da wollen wir Spaß haben!‹

Der Affe verbeugte sich und ging voraus in das Zelt.

Dort war eine Manege, gefüllt mit Sägespänen, Sitzreihen, die kreisförmig nach oben führten, eine Empore über dem ManeGeneingang, in der eine alte Dame saß, die ich zunächst für eine Mumie hielt, so regungslos war sie. Über die Manege war ein Seil gespannt. Im Halbdunkel stand ein Junge und drehte die Kurbel einer Drehorgel. Der Affe führte uns zu einem Platz in der ersten Reihe. Es waren die einzigen Sitze, die mit Polster bedeckt waren. Wir setzten uns.

Der Affe brachte uns ein Silbertablett, auf dem ein Stapel köstlich duftender Waffeln lag, dazu zwei zierliche, goldumrandete Tässchen und eine große Kanne heiße Schokolade. Während wir das alles mit Heißhunger hinunterschlangen, spielte der Junge auf der anderen Seite der Manege traurige Melodien auf einem Akkordeon. Dabei schaute er mich so sehnsuchtsvoll an, dass ich ganz verlegen wurde. Der Affe holte das Tablett wieder ab und überreichte uns mit einem Knicks Stöckchen mit Zuckerwatte. Jetzt war ich wieder versöhnt mit der Welt.

Dann brach das Chaos los.

Wie soll ich es beschreiben? Alles geschah fast gleichzeitig und in einem ungeheuren Tempo. Der Zirkusdirektor fuhr auf einem Einrad herein, nahm seinen übergroßen Hut ab, aus dem Dutzende weiße

Kaninchen sprangen, die alle über den Manegenring hüpften, die Sitzreihen hinauf hoppelten und wieder verschwanden. Dann klatschte er in die Hände. Tauben flogen aus seinen weiten Ärmeln und flogen hinauf zur Zirkuskuppel. Während ich den Tauben nachsah, war ein Schimmel hereingekommen und trabte jetzt in wildem Galopp im Kreis. Auf seinem Rücken balancierte eine Ballerina in rosafarbenem Tutu und hielt dabei einen Sonnenschirm in die Höhe, als wäre er der Halt, der verhinderte, dass sie herunterfiel. In der Mitte der Manege stand auf einmal ein kräftiger dunkelgebräunter Bursche mit mächtigem Schnurrbart, der eine Fackel in den Mund steckte und lodernde Flammen in die Höhe blies. Auf der Empore stand jetzt eine Dame im Zigeunerkostüm und sang neapolitanische Volkslieder aus voller Kehle und in ziemlich hohen Tonlagen. Der Direktor fuhr eine sich drehende Scheibe herein, an die eine junge Dame in engem violett fluoreszierendem Kostüm an Händen und Füßen festgeschnallt war. Der Direktor zog ein Arsenal langer Messer aus seinem Umhang und warf eins nach dem andern im Stakkatotempo auf die Drehscheibe. Jedes Mal, wenn ein Messer sie ganz knapp verfehlte, kicherte die Dame. Zu alldem hieb der Junge auf eine Trommel in einem Rhythmus, der, wie soll ich es ausdrücken, kontrapunktisch zu den Bewegungen in der Manege war. Ach ja, der Affe, der Affe übernahm nun das Einrad und fuhr kreuz und quer durch die Manege, wobei er immer wieder den Messerwerfer anstieß, dann den Feuerspeier und das galoppierende Pferd, als wollte er ein Unglück herbeiführen.

Dann ertönte ein einzelnes Händeklatschen auf der Empore. Die Alte stand dort oben wie ein böser Geist. Das Pferd mit seiner Reiterin lief hinaus. Der Feuerspucker, der versucht hatte, ein langes Messer zu schlucken, es aber immer wieder aus der Kehle herauszog, trottete hinaus zusammen mit dem Direktor, der die Drehscheibe vor sich her rollte, auf der noch immer eine kichernde Dame angeschnallt war. Die Sängerin hörte auf zu singen und der Junge auf zu trommeln. Der Affe ließ das Einrad in der Manege liegen und kletterte die Empore hoch. Es war auf einmal ganz still, nichts bewegte sich. Das Zirkuszelt war leer bis auf die Alte. Ihr Blick war starr auf Liliana gerichtet.

Liliana erhob sich und ging wie eine Schlafwandlerin auf eine der Zeltstangen zu. Ich war wie erstarrt, als ich sah, dass sie eine schmale

Leiter hinaufkletterte. Erst als sie hoch oben in der Kuppel stand, konnte ich mich fassen.

›Liliana!‹, rief ich. ›Liliana!‹

Die Alte hielt einen Finger vor den Mund und zischte: ›Pst!‹

Bedächtig trat Liliana auf das Seil, erst einen Fuß, dann den anderen. Schließlich hatte sie keinen Kontakt mehr mit der Zeltstange. Sie ging frei auf dem Seil. Die Arme streckte sie nach beiden Seiten aus wie Flügel. Auf ihrem Gesicht lag das Lächeln eines Engels.

Ich konnte nicht mehr anders, ich schlug die Hände vor die Augen und weinte. Sie wollte mir das Herz brechen, sie wollte mich verlassen, sie wollte alle verlassen, ihre Familie, der sie ach so gleichgültig war und diese Welt. Das dachte ich, da ich doch glaubte, sie zu kennen wie niemand anderer auf der Welt. Eine Schnauze schob sich unter meine Hände. Fra Diavolo hatte uns gefunden. Ich legte die Hände um ihn wie um einen Rettungsanker, während er freudig mein Gesicht abschleckte.

In meine Verzweiflung drang ein Geräusch wie das sachte Schlagen eines Vogelflügels oder das Wehen des Abendwindes in der Krone einer Weide. Ich schaute auf. Liliana schwebte hernieder, herab vom Seil unter der Zirkuskuppel, geradewegs auf mich zu, mit ausgebreiteten Armen und einem Funkeln in den Augen. Dann stand sie vor mir, nahm meine Hände und riss mich hoch. Sie sagte:

›Jetzt gehen wir nach Hause!‹

Ich wusste nicht, was wirklich geschehen war. Ich war ja erst sechs Jahre alt. Heute denke ich, dass man ihr ein Sicherungsseil umgeschnallt hatte. Wie hätte sie sonst unverletzt von dort oben herunterkommen können?

*

»Also, Salvatore, das ist, was ich dir schenken möchte. Ein Bild: Liliana, die wie ein Engel zu dir herabschwebt, deine Hände ergreift und dich hinaufzieht ins Licht.«

Salvatore hatte sich alles so lebendig vorstellen können, dass er Zeit brauchte, um zurückzukommen in die geheime Kammer in der großen Bibliothek von Everweard Castle. Die Lebendigkeit, mit der Gina erzählt hatte, machte es ihm fast unmöglich, sich von den Bildern in seinem Kopf zu lösen. Dann aber setzte sein akademisch geschulter, analytischer Verstand wieder ein.

»Gina, Gina! Warum erzählst du mir nur solche Märchen? So schön und faszinierend das auch alles war, ich kann kein einziges Wort glauben. Warum tust du das?«

Gina lächelte geheimnisvoll. Sie ging zur Tür.

»Wir sehen uns wieder, Salvatore. Ciao!«

Und schon war sie verschwunden. Salvatore blieb nachdenklich sitzen. Ich bin ohne Weiteres bereit, an dunkle Kräfte zu glauben, daran, dass der Duke mit dem Bösen im Bunde steht, aber es ist mir unmöglich, an das Gute zu glauben. Dabei ist mir doch das Schöne, das Edle, ja, die Liebe begegnet in der Gestalt von Contessina Liliana di Salamandra. Aber, – jetzt hatte er den Bezug zur Realität wiedergefunden, – Liliana und Gina sind siebzehn, also eigentlich noch keine erwachsenen Frauen, da schwirren noch wirre Fantasien in den Köpfen herum.

Damit war die Sache für ihn erledigt. Er begann, sorgfältig das Zimmer nach den Dokumenten zu durchsuchen.

# Kapitel 10

Liliana lag ausgestreckt auf dem Bett. Paglierino pickte Körner aus ihrer Hand. Das prächtige Ballkleid hatte sie noch nicht ausgezogen, nur die Schuhe, die mussten irgendwo auf dem Weg von der Tür hierher verloren gegangen sein. Auf Everweard Castle hatte der Vogel noch nicht ein einziges Mal gesungen. Obwohl die Tür seines Käfigs immer offen stand, kam er nur herbeigeflogen, wenn Liliana allein war oder in Gesellschaft Ginas oder der Marchesa. Auf dem Käfig hatte die strenge Miss Heather bestanden. Noch war sie die Gebieterin auf Everweard Castle.

»Strohgelber Paglierino«, sagte Liliana. »Du bist ein Stern, der vom Himmel gefallen ist, um nur für mich zu leuchten, mir den Weg zu zeigen in finsterer Nacht, ein einsamer Sonnenstrahl, der mein Herz davor bewahrt zu erfrieren.« Sie musste lachen. »Eine pathetisch sentimentale Gans bin ich geworden! Du bist ein winziges Vögelein, sonst nichts – und ich habe dich trotzdem lieb.«

Die Tür ging auf. Herein kam Gina. Sie ließ sich rückwärts neben Liliana aufs Bett fallen.

»Das war ganz schön anstrengend. Dein Salvatore, ich weiß nicht ... Ich weiß nicht. Was findest du eigentlich an ihm?«

Paglierino flatterte hinauf zum Betthimmel und putzte sein Gefieder.

Liliana drehte sich herum und strich die Locken zur Seite, die Gina ins Gesicht gefallen waren. Mit dem Zeigefinger fuhr sie die Stirn hinunter, über die etwas zu breite Nase, über die Lippen hinab zum Kinn. Darauf klopfte sie dreimal.

»Ich liebe ihn! Das erklärt doch alles.«

Gina richtete sich auf.

»Was soll das erklären? Das erklärt gar nichts! Wir kennen ihn überhaupt nicht. Du kennst ihn nicht, du bildest dir ein, ihn zu kennen. Nichts weißt du! Nichts!«

Liliana legte beide Arme um Ginas Hals und gab ihr einen Kuss mitten auf den Mund.

»So wie ich weiß, dass ich dich liebe, weiß ich, dass ich Salvatore liebe. Das ist so! Das ist ein unerschütterliches Naturgesetz. Da gibt es eine mathematische Formel, die heißt: Liliana plus Salvatore ist gleich Liebe.«

»Aber wir beide, wir kennen uns schon seit Beginn der Welt. Dieser Salvatore Brava, der ... der ist, ohne anzuklopfen, erst vor ein paar Tagen in unser Leben hineingeplatzt. Wie kannst du da so sicher sein?«

»Gina, Gina! Hör dir einmal selbst zu. Was du redest, das klingt überhaupt nicht nach dir. Wo sind Herzklopfen, heimliche Küsse, Treueschwüre unter Mondenschein und all die romantischen Gefühle, von denen du mir ständig erzählst? Sind das alles Lügen? Soll das für die Wirklichkeit nicht gelten – oder nur nicht für mich?«

Gina schloss die Augen und seufzte. Dann sah sie in Lilianas schwarze Augen, die in diesem Gesicht, das so weiß war, wie man sich die Unschuld vorstellt, funkelten, als sei Schwarz die strahlendste aller Farben. Ach, wie sie sie liebte!

»Ich will dir von ihm erzählen. Er sitzt in der Bibliothek, nur eine Schreibtischlampe hat er angeschaltet und brütet über alten Büchern und rätselhaften Zeichnungen. Er ist blass wie der Tod und hat eine Heidenangst davor, etwas zu unternehmen. Er glaubt fest, dass der Duke das Spiel schon gewonnen hat. Das zehrt an ihm, das macht ihn fertig. Wenn das so weitergeht, wird er sich selbst verlieren. Er tut mir leid. Aber wenn er dich wirklich liebt, wie du sagst, dann muss er, verdammt noch mal, sich zusammenreißen und sein universitär geschultes Gehirn dazu benutzen, einen Ausweg zu finden. Denn Liebe, meine verehrte Contessina, ist nicht nur Gefühl, das ist vor allem Handeln!«

»Was können wir nur tun?«

»Das werde ich euch sagen!«

Die Marchesa war ins Zimmer getreten und hatte alles mitangehört. Sie setzte sich auf das Bett und ließ sich langsam nach hinten sinken. So lagen sie schließlich alle drei auf dem großen Bett und schauten hinauf zu dem pfefferminzgrünen Betthimmel. Dort oben saß immer noch Paglierino und hatte den Kopf in das Gefieder gesteckt. Sein Gelb war eine natürliche lebendige Farbe, sie ließ das Pfefferminzgrün verblassen zu einer Farbe des Verfalls.

»Wir müssen realistisch sein«, sagte Großmutter.

»Auf keinen Fall!«, sagten Liliana und Gina gleichzeitig. Sie sahen sich an und mussten lachen.

»Kinder, Kinder! Werdet doch endlich erwachsen! Die Welt ist nicht so eingerichtet wie in den Romanen, die du liest, Gina. Sie ist grausam und ungerecht. Sie kennt kein Erbarmen, nur der Starke gewinnt. Im Grunde sind unsere Gefühle vollkommen überflüssig. Sie stören den reibungslosen Ablauf der Gesellschaft. Sie dienen dazu, die Art zu erhalten, damit zwei Menschen für kurze Zeit den Verstand verlieren und für Nachkommen sorgen. Das ist alles. Ansonsten sind sie nur hinderlich. Seht das doch endlich ein!«

»Du hast ja so recht, weise Marchesa Montecorno!«, sagte Liliana. »Deshalb bitte ich dich, uns zu helfen, die Welt zu ändern.«

»Das kann niemand!«

»Auch nicht der freie Wille, die Selbstbestimmung des Menschen, Neugierde, Wissensdrang, Mitgefühl, Liebe, Ehrfurcht, Hoffnung …«

»Worte, Worte! Das sind alles nur leere Worte, bestens geeignet für schwerverdauliche philosophische Abhandlungen und Priesterseminare. Sie haben keinerlei Bedeutung und dienen nur dazu, den Leuten das Geld aus der Tasche zu ziehen und sie zu Handlungen zu verleiten, die sie sonst unter keinen Umständen begehen würden, wie – nur ein Beispiel – in den Krieg zu ziehen.« Großmutter setzte sich auf und schaute auf die beiden Mädchen herab. »Wenn ihr die Welt nicht so akzeptiert, wie sie ist, dann haben wir ein Problem.«

»Wir brauchen einen Kriegsplan«, sagte Gina.

»Liliana«, sagte Großmutter, »es geht um dich und deine Zukunft. Du bist nicht gezwungen worden, den Duke zu heiraten, du bist aus freien Stücken hier. Hast du deine Meinung geändert? Diesen Salvatore, den müsstest du nicht verlieren, wenn du Duchess von Everweard geworden bist. Wenn du weißt, was ich meine – und ich bin sicher, dass du weißt, was ich meine. Was willst du?«

»Ich will … Salvatore! Ich will Salvatore Brava heiraten und nicht den Duke of Everweard. Das ist, was ich will – und was ich nicht kann, weil ich an meine Mutter denken muss, an meine Schwestern, meinen Vater und all die Leute, die doch alle zu uns gehören, die Bauern, Winzer, Wäscherinnen, Köchinnen, Schmiede und ihre Kinder. Ich bin ihre einzige Hoffnung. Ich möchte sie alle retten und nebenbei noch mich selbst und mein ganz persönliches Glück. Ich möchte vernünftig sein – aber ich kann es nicht!«

»Außerdem«, Gina sprang auf und schaute Großmutter trotzig an, »hier ist etwas oberfaul! Dieser Duke, dieses Schloss, diese Leute, ja, die ganze Geschichte … das ist ein einziger Albtraum. Schaut euch nur einmal Salvatore an, der geht vor die Hunde. Der Duke zieht ihn in etwas hinein, das ist unheimlich und ungesund. Es ist eine böse Macht am Werk, die will uns vernichten.«

Sie legten sich wieder hin und starrten in den Betthimmel hinauf.

Es klopfte an der Tür.

»Wer ist da?«, rief die Marchesa.

»Ich bin's, Ruth. Der Duke möchte Contessina Liliana sprechen.«

»Um diese Uhrzeit?«

»Es ist der Wille des Duke.«

»Wir werden in Kürze kommen«, sagte Großmutter.

»Von Ihnen, Marchesa, hat er nichts gesagt.«

»Das mag wohl so sein. Er hat sicher vergessen, dass die Contessina unter meiner Obhut steht. Selbstverständlich werde ich sie begleiten.«

»Muss ich da hin, Großmutter?«

»Das ist eine gute Gelegenheit, etwas mehr über den Duke zu erfahren.«

Liliana musste ihre Schuhe erst suchen. Diesmal brauchte sie länger, ihre Füße hineinzuzwängen.

Gina brachte ihr einen dunklen Kapuzenumhang.

»Es ist kalt draußen in den Gängen.«

»Danke, Gina! Warte auf mich.«

»Ich warte.«

Draußen war es nicht nur kalt, sondern auch totenstill. Die einzigen Geräusche kamen von ihren Schritten, die in den leeren Gängen widerhallten, als seien sie etwas Unanständiges.

Ruths rotes Haar glühte im Schein der Laterne, die sie trug wie eine Fackel. Der mussten Liliana und Großmutter zügig folgen, um nicht den Weg zu verlieren.

Der Kaiserwalzer geleitete sie in das Arbeitszimmer des Duke. Neben der Tür standen ein Koffer und eine Aktentasche. Der Duke ging unruhig auf und ab. Als Liliana eintrat, trat er gleich auf sie zu.

»Königin einer berauschenden Ballnacht, anbetungswürdige Contessina Liliana! Erlauben Sie einem vor Bewunderung dahinschmelzenden Herzen, Sie noch einmal vor seiner Abreise in die Arme nehmen zu dürfen zu einem Tanz, der nur uns gehört und nicht unter den neidischen Blicken so vieler Menschen ...«

»Ich sehe alles«, sagte die Marchesa, die hinter Liliana den Raum betrat. »Sie wollen uns verlassen?«

Der Duke hatte offensichtlich nicht mit der Marchesa gerechnet. Er presste kurz die Lippen zusammen. Schon hatte er sich wieder gefasst und gab ihr einen Handkuss.

Er schaltete das Grammophon aus.

»Darüber wollte ich mit Ihnen sprechen. Aber setzen wir uns doch, meine Damen.«

Er führte sie zu einem runden Tisch, auf dem zwei Gedecke und eine Teekanne auf einem Stövchen standen.

»Sie trinken keinen Tee?«, fragte die Marchesa unschuldig.

»Ich hatte ...«

Ruth kam herein und stellte ein weiteres Gedeck auf den Tisch. Wortlos verschwand sie wieder.

»Ihnen sind die Koffer nicht entgangen. Ja, ich muss nach London. Peter kam gerade von dort zurück.«

»Peter? Sollten wir ihn kennen?«

»Ich werde Ihnen Peter vorstellen, sobald ich zurückkomme. Er verwaltet die Finanzen Everweards und erledigt für mich alles Geschäftliche. Von ihm will ich aber heute Abend nicht sprechen, Marchesa Montecorno, Wichtigeres liegt mir am Herzen.« Er wandte sich an Liliana. »Obwohl es mir das Herz bricht, meine bezaubernde Braut auch nur für eine Sekunde allein zu lassen, ruft mich doch die Pflicht, für ein paar Tage in die Metropole des britischen Empires zu reisen, um nichtaufschiebbare Angelegenheiten zu erledigen. Ich hoffe, Sie können mir verzeihen.« Er fasste Lilianas Hand. »Es dauert nicht mehr lange, dann sind wir vor Gott und der Welt Mann und Frau.«

Genauso hatte ich vorhin mit Paglierino gesprochen, dachte Liliana.

»Halten Sie ein, hochmächtiger Herrscher über Everweard Castle und das umgrenzende Land!« Sie zog mit einem Ruck die Hand aus der seinen. »Nur eine Frage. Können Sie auch sprechen wie ein normaler Mensch? Wollen Sie mir imponieren oder haben Sie in Wirklichkeit nichts zu sagen? Müssen Sie alles in wortreiche Phrasen fassen, um die Hohlheit ihrer Gedanken und Empfindungen zu vertuschen? Ich kann ja vieles ertragen, aber wenn ich mir vorstelle, das ein Leben lang anhören zu müssen, dann springe ich lieber gleich schreiend aus dem Fenster.«

Dem Duke schoss das Blut ins Gesicht. Äderchen bildeten sich an den Schläfen. Für einen Augenblick sah es aus, als wollte er Liliana schlagen. Dann quälte sich ein dünnes Lächeln um seine Lippen.

»Ach, die Jugend, wie hat sie es doch immer so eilig! Kurze Sätze, schnelles Geld, ständig neue Vergnügungen und am besten jede Woche neue Kleider, wie sie gerade in Mode sind! Ich vergaß, kleine Contessina, Sie sind noch sehr jung. Ich werde mich bemühen, in Zukunft so zu sprechen, dass sie den Worten ihres lebenserfahrenen Gatten folgen können. Ich verspreche es!«

Liliana blickte zur Marchesa hinüber, die ihr zunickte.

»Danke!«

»Wie ich schon sagte, muss ich für ein paar Tage fort. In dieser Zeit sind sie Gast bei Lord und Lady Monleirdon. Sie haben eine Tochter in Ihrem Alter. Sicher werden sie sich gut mit ihr verstehen.«

Der Duke stand auf und holte einen in Leder gebundenen Kalender vom Schreibtisch.

»Ich werde die Gelegenheit ergreifen und in London die letzten Vorbereitungen für unsere Vermählung treffen. Unter anderem wird ein wichtiger Gast aus Übersee eintreffen. Außerdem habe ich Künstler aus ihrer Heimat engagiert. Ich will dafür sorgen, dass es keine Probleme bei der Einreise gibt. Leider muss ich gleich aufbrechen. Es gibt da eine Sache, die mein sofortiges Eingreifen erfordert. Deshalb möchte ich noch vor meiner Abreise den Hochzeitstermin festlegen.« Er schlug den Kalender auf. »Heute ist der Dritte. Wir werden am Neunzehnten heiraten, Contessina. Das ist ein Samstag und wird der glücklichste Tag meines Lebens ...« Nach einer kleinen Pause fügte er hinzu: »... unseres Lebens.«

Erwartungsvoll schaute er Liliana an.

»Ohne meine Cassone werde ich überhaupt nicht heiraten.«

»Cassone? Was ist das jetzt wieder für eine Marotte?«

»Duke«, sagte die Marchesa, »wenn ich Ihnen das erklären darf. Eine Braut aus gutem Hause bringt ihre Cassone, das heißt ihre Brauttruhe, mit in die Ehe. So will es die Tradition. Darin befindet sich ihre Aussteuer, darunter Kleidungsstücke und Schmuckstücke, die von Generation zu Generation weitergegeben werden. Die Brauttruhe ist das Zeichen, dass die Braut eigenes Vermögen hat und – wenn es das Schicksal so will – aus eigenen Mitteln ihren Lebensunterhalt bestreiten kann.«

»Das ist nicht nötig! Ich werde für immer und in jeder Beziehung für Sie sorgen, Contessina.«

Die Marchesa stand auf und stellte sich neben den Kamin. Es wurde doch sehr kalt in diesen englischen Schlössern.

»Sie haben nicht verstanden. Das ist eine Sache der Ehre. Darüber lässt sich nicht verhandeln.«

»Ehre, ha!« Der Duke lachte höhnisch. »Das Haus Salamandra ...«

»Halt!«, sagte die Marchesa scharf. »Bevor Sie etwas sagen, was nicht wiedergutzumachen ist, möchte ich Ihnen etwas erläutern. Contessina Liliana di Salamandra ist meine Enkelin. Ich, Sophia Emilia Marchesa Montecorno di Capirosso, habe ein sehr großes Vermögen, deren einzige Erbin Liliana sein wird. Die Contessina ist finanziell vollkommen unabhängig von der Familie Salamandra, deren Lage uns ja wohl hierhergeführt hat. Gibt es sonst noch etwas, was Sie uns mitteilen möchten, Duke?«

Der Duke erhob sich zögernd. Man sah ihm an, dass er diese Wendung nicht erwartet hatte.

»Wo ist diese Brauttruhe jetzt?«

»Sie ist unterwegs. Wenn Sie schon beim Zoll in London sind, könnten Sie ja nachfragen, sollten Sie die Zeit dazu finden.« Die Marchesa reichte dem Duke die Hand zum Handkuss. »Wenn sie nicht verloren gegangen ist, müsste sie rechtzeitig eintreffen.«

»Ich werde mich persönlich darum kümmern. Contessina Liliana, zwar werde ich nur für ein paar Tage fort sein, dennoch weiß ich jetzt schon, Sie werden mir fehlen, sobald die Kutsche das Schloss verlässt. Leben Sie wohl, Contessina! Es war mir eine Ehre, Marchesa.«

Vor der Tür wartete Ruth. Sie hielt die Laterne in der Hand und lächelte boshaft.

Großmutter ging auf sie zu und zog sie an den Ohren.

»Ich habe jetzt genug von deinen Unverschämtheiten. Schalte sofort das Licht an! Oder soll ich mit dem Duke sprechen?«

Das Schloss wirkte gleich freundlicher und wärmer bei voller Beleuchtung. Der Weg zu ihren Zimmern schien auch kürzer zu sein.

Dort hielt Gina bereits die Tür auf.

»Ist alles in Ordnung?«, fragte sie ängstlich. »Ich habe mir Sorgen gemacht.«

»Da will mich jemand heiraten. Das ist doch an sich nicht beängstigend – und das am Samstag, dem Neunzehnten dieses Monats. Uns bleiben also sechzehn Tage.«

Sie setzten sich alle drei um den Kamin in Lilianas Zimmer und hielten die Hände vor das Feuer.

»Wie könnte ich so jemanden heiraten!«, sagte Liliana leise. »Wie kann ich so jemanden nicht heiraten?«

Gina umarmte sie. Liliana legte den Kopf auf Ginas Schulter. Die Tränen kamen, ohne dass sie es bemerkte. Sie war auf einmal so erschöpft und wollte an nichts mehr denken.

»Jetzt haben wir erst einmal ein paar Tage Ruhe«, flüsterte Liliana.

»Die müssen wir nutzen!« Die Marchesa sprang auf und lief im Zimmer auf und ab. Das machte sie immer, wenn sie intensiv über ein Problem nachdachte. Der Körper muss sich bewegen, wenn der Geist sich bewegen soll!, war eine ihrer Lebensweisheiten. Ihr Schatten lief mit. Er war viel größer als sie, ein Dschinn, der darauf wartete, die Wünsche seiner Herrin zu erfüllen – oder sie bei einem Fehler zu erwischen, um sie vernichten zu können.

»Wir müssen die Zeit nutzen«, wiederholte sie. »Gina, der Duke muss für ein paar Tage nach London. Wir werden in dieser Zeit Gast auf Monleirdon sein. Das heißt, wir werden uns, möglicherweise, auf neutralem Boden befinden. Unsere Aufgabe wird es sein, so viel wie möglich über den Duke herauszufinden, seine Herkunft, seine Affären, seine Geschäfte, ja auch allen Tratsch. In der Praxis bedeutet das, wir müssen mit möglichst vielen Leuten sprechen. Sicher gibt es Chroniken, Bilder, Zeitungsartikel und was weiß ich noch was, das uns weiterhelfen kann. Die Leute reden gern. Wahrscheinlich sind die Briten nicht so mitteilungsfreudig wie wir Italiener. Aber dem Charme der Contessina, der unschuldigen Neugierde einer Zofe und der Hartnäckigkeit einer Großmutter, die nur das Beste für ihr Enkelkind will, wird niemand widerstehen können.«

»Salvatore bleibt hier ganz allein zurück«, sagte Liliana leise. »Ich muss ihn vorher noch einmal sehen.«

»Monleirdon ist nicht weit weg. Vom Hügel da oben kann man es sehen, jedenfalls bei schönem Wetter.«

»Trotzdem!«

»Liliana, du wirst nichts in dieser Richtung unternehmen!«, sagte die Marchesa streng. »Lass mich das machen. Gina, mit dir muss ich auch ein ernstes Wort sprechen. Ich sage es dir jetzt in großen Druckbuchstaben. DU BIST DIE ZOFE! Benimm dich wie eine Zofe, sei unterwürfig, zurückhaltend und dienstbeflissen. Du hast keine eigenen Gedanken und kein anderes Lebensziel, als es deinen Herrschaften recht zu machen. Ist das klar?«

»Ja, Marchesa.«

»Gut, wenn es so ist. Ich will dir das aber auch gerne noch einmal erklären. Eine Zofe ist unsichtbar. Dienstpersonal nimmt man nicht wahr, diese Leute sind Luft. Deshalb müssen sie sofort da sein, wenn man sie braucht. Du bist die wichtigste Person in unserem Komplott. Du kommst hin, wo wir nicht hinkommen, und kannst mit Leuten reden, die wir gar nicht bemerken dürfen. Und was die alles zu sagen haben über die hohen Herrschaften!«

Großmutter streichelte Liliana die Tränen von den Wangen.

»Es gibt keinen Grund, Trübsal zu blasen. Wir wollen das Ganze als Abenteuer sehen, das unseren vollen Einsatz erfordert. Je größer die Schwierigkeiten, desto süßer der Sieg!«

## Kapitel 11

Liliana rührte lustlos in dem Kaffee. Sie hatte schlecht geschlafen, immer wieder hatte sie an Salvatore denken müssen. Plötzlich hatte sie die Angst befallen, sie könnte sein Gesicht vergessen, seine Hände, seine Stimme, ja, sogar dieses Gefühl für ihn in ihrem Herzen. Je mehr sie sich darauf konzentriert hatte, ihn sich vorzustellen, desto weniger gelang es. Der Duke hatte sich jedes Mal vorgedrängt mit einem triumphierenden Grinsen. Es war wie ein Fluch. Erst als sie erschöpft aufgegeben hatte, war ihr Salvatore so nahe, als wäre er bei ihr. Vielleicht geht es ihm genauso, dachte sie.

Sie frühstückten wieder im Wintergarten. Durch die großen Fensterscheiben sahen sie den grünen Hügel, der hinaufführte zu der kleinen Kapelle. Die Sonne schien schon recht warm an diesem frühen Morgen. Es versprach, ein heißer Tag zu werden.

Die Marchesa sah auch nicht besonders ausgeruht aus. Sie gab sogar Zucker in den Kaffee, ohne es zu bemerken. Die Marchesa trank ihren Kaffee immer schwarz, erst dann konnte er seine Magie richtig entfalten.

Ruth saß am anderen Ende des Raumes und ließ sie nicht aus den Augen. Angeblich war sie da, um jederzeit ihre Wünsche erfüllen zu können. Zofe Gina musste ihr Frühstück in der Gesindeküche einnehmen.

Die Marchesa zuckte zusammen. Ein Schatten hatte sich vor das Fenster geschoben. Miss Heather war unbemerkt an den Tisch getreten.

»Guten Morgen, Marchesa Montecorno! Ich hoffe, Sie haben gut geschlafen. Contessina Liliana!«

»Guten Morgen, Miss Heather! Bringen Sie uns den Stundenplan?« Die Marchesa nippte kurz an dem Kaffee. Verwundert stellte sie die Tasse wieder zurück.

»Sie haben Humor, Marchesa. Ja, so könnte man es nennen, Ihren Stundenplan. Nennen wir es lieber einen Ferienplan. Der Duke hat mir aufgetragen, alles zu tun, was in meinen Kräften steht, Ihnen die Zeit bis zu seiner Rückkehr so angenehm wie möglich zu gestalten.«

»Dann machen Sie uns doch bitte die Freude und nehmen Sie Platz!«

Miss Heather setzte sich. Sie hatte ein dickes Notizbuch dabei. Das legte sie vor sich auf den Tisch und legte beide Hände darauf wie auf eine Bibel.

»Der Duke wird es Ihnen ja schon gesagt haben. Lady Monleirdon bat um die Ehre, Sie als Gäste begrüßen zu dürfen. Es wird Ihnen dort gefallen, Contessina Liliana. Die Tochter des Hauses, Miss Fitzgerald, ist in Ihrem Alter.«

Sie sah Liliana erwartungsvoll an. Aber Liliana weigerte sich grundsätzlich, auf Stichworte zu antworten und durch Höflichkeitsfloskeln dem Gesprächspartner zuzustimmen.

»In einer Stunde wird eine Kutsche Sie abholen. Das ist schon alles, was ich Ihnen mitteilen wollte. Ich wünsche Ihnen einen schönen Aufenthalt auf Monleirdon.«

»Sie kennen den Duke schon lange?«, fragte die Marchesa.

»Solange ich denken kann.« Miss Heather stand auf. »Was vorher war, ist vollkommen unbedeutend. Verzeihen Sie, meine Damen! Gibt es noch etwas zu besprechen? Ich muss mich wieder meinen Aufgaben widmen.«

»Wir danken Ihnen!«, sagte die Marchesa. »Auf keinen Fall möchten wir Sie von Ihren Pflichten abhalten. Sie könnten aber doch eine Kleinigkeit für mich tun. Ich möchte vor der Abreise unseren Landsmann sprechen, Maître Salvatore Brava.«

Miss Heather sah die Marchesa nachdenklich an. Sie brauchte eine kleine Weile, bis sie mit dem Finger schnipste und rief:

»Ruth, bitte Maître Salvatore Brava, hierher in den Wintergarten zu kommen!« Mit einem kleinen Kopfnicken zur Marchesa und zu Liliana verabschiedete sie sich. »Ich wünsche Ihnen noch einen schönen Tag!«

»Wir haben Ihnen zu danken, Miss Heather. Auf Wiedersehen!«

»Warum hierher, Großmutter?«

»Wir dürfen nicht den leisesten Verdacht aufkommen lassen. Deshalb können wir ihn nur in aller Öffentlichkeit sehen.« Die Marchesa seufzte und nahm Lilianas Hand. »Du darfst nicht aus der Rolle fallen, Liliana. Ist dir das klar?«

»Ach ja, Großmutter, wie schwer das doch alles ist!« Nach einer kleinen Pause sagte sie: »Ob er mich wiedererkennt?«

»Das werden wir bald feststellen. Es wird aber schwierig für ihn, wenn du solch ein trübsinniges Gesicht machst.«

»Ja, ja!« Liliana stand auf und ging zu den großen Glasfenstern. Da draußen schienen sich alle Schafen und Ziegen versammelt zu haben. Sogleich liefen sie in ihre Richtung. Eine Ziege leckte direkt vor ihr die Scheibe ab. Liliana legte dorthin ihre Hand.

»So eine Ziege, Großmutter, und ein Ziegenbock, wenn die sich mögen, da gibt es doch nichts, was sie aufhalten könnte.«

»Glaub das ja nicht! Ziegen, Schafe, Pferde, das sind Herdentiere. Da gibt es eine strenge Hierarchie. Das Recht ist ausschließlich auf der Seite des Stärkeren. Aber letztendlich kommt es auf die Weibchen an. Und in der Natur ist das ganz praktisch, die Weibchen wollen nur die Männchen, die eine gute Position in der Rangordnung haben. Komm, setz dich wieder zu mir, du Ziege! Wir Frauen haben noch ein wenig mehr Möglichkeiten als das Vieh da draußen.«

Liliana setzte sich wieder.

»Wo bleibt er nur?«

»Die Wege im Schloss sind weit, ungeduldige Enkelin. Vielleicht muss Ruth auch einige Umwege machen oder sie will ihn gar nicht finden. Wer weiß? Dann werden wir ihn persönlich aufsuchen. Ich kann es nicht zulassen, dass man sich meinen Anordnungen widersetzt. Das ist auch eine Lehre für dich. Solltest du Herrin dieses Schlosses – oder Gattin eines Künstlers – werden, es darf niemals auch nur der geringste Zweifel aufkommen, dass du die Oberziege bist.«

»Mäh!«

Außer Atem erschien Salvatore am anderen Ende des Wintergartens. Er blieb einen Moment stehen, dann kam er in gemessenen Schritten an den Tisch. Liliana wäre am liebsten aufgesprungen und hätte ihm die wirren Haare glatt gestrichen und mit den Fingerspitzen die Schweißperlen von der Stirn gewischt. Aber er sah sie gar nicht an. Er stand nur da und sagte kein Wort.

»Maître Brava«, sagte Großmutter. Sie stand auf, fasste ihn am Arm und schob ihn auf einen Stuhl. »Wir sind froh, dass Sie sich ein wenig Zeit nehmen, um uns vor der Abreise ein wenig Gesellschaft zu leisten.«

»Abreise?« Salvatore sprang sofort wieder auf und sah Liliana entsetzt an.

»Ruth!«, rief Großmutter. »Bringen Sie bitte ein Frühstücksgedeck für unseren Gast.«

Ruth stand zögernd auf. Dann ging sie hinaus.

»Salvatore, amore mio!«, sagte Liliana. »Ich …«

»Pst!«, flüsterte Großmutter.

Schritte näherten sich. Miss Heather erschien in der Tür. Sie blickte kurz zu ihnen herüber, dann trat sie beiseite und ließ Miss Wedgeworth und Lydia herein.

»Es wird Ihnen gleich serviert werden. Ruth ist ja recht flink, wenn sie sich einmal dazu entschlossen hat.«

Sie kam herüber zum Tisch der Marchesa.

»Maître Brava, fehlt Ihnen etwas? Sie sehen nicht gut aus.«

»Danke für die Anteilnahme, Miss Heather! Wenn ich etwas blass aussehe, dann bin ich selbst schuld daran. Meine Arbeit hält mich so gefangen, dass ich alles um mich herum vergesse. Ich weiß gar nicht, wann ich zuletzt draußen an der frischen Luft und unter freiem Himmel war. Ich muss auch mal eine Ruhepause einlegen. Danke!«

»Dann will ich Sie nicht weiter stören. Marchesa! Contessina! Maître!«

Sie drehte sich um und verließ den Wintergarten. Miss Wedgeworth und ihre Assistentin nahmen ein paar Tische entfernt Platz. Sie grüßten kurz herüber und flüsterten miteinander. Unter der hohen Glaskuppel verstärkte sich jedes Geräusch wie unter einer Glocke. Man konnte jedes Wort hören, das hier gesprochen wurde.

»Schau mal, wie bleich dieser Jüngling ist, Lydia!«

»Die Contessina ist genauso blass. Ich hatte mir diese Italiener anders vorgestellt, mit dunklem Teint und einem heiteren Gemüt.«

»Vielleicht liegt es an unserem Klima, meine Liebe. Hier muss man schon von härterer Natur sein. Wir kennen weder dolce vita noch Dolcefarniente.«

Ruth kam herein mit zwei Dienstmädchen. Sie stellte das Gedeck für Salvatore auf den Tisch. Sie strich noch die Tischdecke gerade, bevor sie hinüberging zu Miss Wedgeworth und Lydia. Die beiden Mädchen hatten dort schon den Tisch gedeckt. Ruth schenkte den Tee ein.

»Meine liebe Ruth«, sagte Miss Wegeworth, »verraten Sie uns doch, wie lange seine Gnaden in London sein wird. Wir müssten schon wissen, wann unsere Dienste wieder benötigt werden.«

»Ich würde Ihnen ja gern Auskunft geben, Miss Wedgeworth. Aber wenn Ihnen Miss Heather nichts gesagt hat, dann weiß ich es auch nicht.«

Da saßen sie sich nun gegenüber, konnten sich nicht berühren und konnten keines der schweren und doch so süßen Worte sagen, die sie so gern sagen wollten, ja, sagen mussten. Nur ansehen konnten sie sich.

Deine Augen sind wie die See, unaufhaltsam zieht mich dein Gesang hinein. Ich habe keinen eigenen Willen mehr. Rette mich!

So sprachen sie kein Wort, weil sie kein einziges gewöhnliches Wort sagen wollten. Ihre Augen glänzten. Sie waren gefangen in einem Fiebertraum.

»Wie lang ist das doch her«, seufzte die Marchesa.

Sie wusste, dass sich niemand für ihre Geschichten interessierte, doch irgendetwas musste ja gesagt werden, sonst würden die Spione um sie herum misstrauisch werden. Sie sprach Italienisch. So konnte sie auch viel besser erzählen als in dem schwerfälligen Englisch.

»Ich war gerade beim Marmelade Einkochen, Zitronenmarmelade, es war ein besonders heißer Tag ... aber das ist nebensächlich. Es hilft nichts, ich muss es ohne Umschweife sagen. Da kam dieser Brief. Was sage ich nur! Der kam nicht allein, ein junger Bursche in Marineuniform, mit diesem ausdruckslosen stählernen Blick, den man wohl zum Arschkriechen und Töten braucht, überreichte er mir einen Brief von der hohen Admiralität. Man sah ihm schon von außen an, dem Brief, dass nichts Gutes drin stehen konnte. So war es denn auch. Man teilte mir mit, dass Marchese Emilio di Capirosso, Admiral und – wenn er dazu etwas Zeit übrig hatte – mein Ehegatte, für das Vaterland gefallen war. Das brachte meine Vorratsplanung durcheinander. Ich musste also alles stehen und liegen lassen. Der junge Offizier begleitete mich nach Florenz. Dort war gerade der Sarg meines Mannes angekommen. Nach langer Zeit sah ich ihn wieder. Er hatte schließlich den idealen Grad an Steifheit erreicht, den er sein Leben lang angestrebt hatte. Es waren Papiere zu erledigen, Arrangements zu treffen, Notare zu besuchen und der Dinge mehr, kurzum, ich war fast einen Monat in Florenz festgebunden, bevor ich wieder in die Stille meines eigenen Reichs zurückkehren konnte. Damals hatte ich auch das Häuschen am Arno gekauft, das du ja kennst, Liliana.«

Liliana sah vor ihren Augen das Fenster mit dem Blick auf den Arno und die Brücke, aber sie glaubte auch, auf der Brücke Salvatore zu sehen, der ihr zuwinkte.

»Als ich wieder zu Hause war, fand ich eine Herde verschreckter Nonnen vor, die sich in dem kleinen Wäldchen neben dem Wegkreuz nach Stilisino versteckt hielten. Sie warfen sich weinend und flehend vor meine Füße, als wäre das Jüngste Gericht angebrochen und wolle nun durch meine Person die ewige Verdammnis verkünden. Da ich Atheistin bin, tat ich nichts dergleichen, sondern lud sie zum Essen ein. Eine der Nonnen war mir auf Anhieb sympathisch. Sie hatte diesen amüsiert wissenden Blick einer Intellektuellen, der mich sofort reizt, in ein Streitgespräch einzutreten. Das war die Chefin, Badessa Felicia, eine Frau in meinem Alter und viel hübscher als ich.«

Die Marchesa blickte ihre Zuhörer oder Weghörer an, aber es kam keine Reaktion. Sie hätte jetzt gern einen Einwand gehört in Bezug auf Schönheit. Wie alle nichteitlen Menschen hörte sie gern Komplimente.

»Ich hatte genug Zimmer, die leer standen. Ein paar ließ ich herrichten, um es den Gästen bequem zu machen. Dabei war ich bestrebt, sie mit so viel Luxus zu verwöhnen, wie ich in der kurzen Zeit arrangieren konnte. Es war ein bisschen Niedertracht dabei, ich gebe es zu. Ist mir doch alles Religiöse, vor allem alles Klerikale in höchstem Maße zuwider. Während die Nonnen in Tränen ausbrachen, als man ihnen die weichen Daunendecken und parfümierten Kissen in ihren Zimmern zeigte, die zierlichen Nachttischchen und das Toilettengeschirr aus feinstem Porzellan, übrigens mit Rokoko-Motiven, ihr wisst schon, Schäferspiele und so. Nur die Äbtissin lächelte mild und gab jeder ihrer Schwestern in Christo den Befehl, gut zu schlafen. Wir beide setzten uns in die Bibliothek. Vor dem großen Kamin saßen wir in den großen Ohrensesseln, die seit Generationen von Admiralsfamilie zu Admiralsfamilie weitervererbt wurden wie Flaggschiffe im Strom der Zeit, – das war doch jetzt eine besonders gelungene Metapher, nicht wahr?«

Keine Reaktion.

»Wir tranken einen Punsch. Irgendwann fing die Äbtissin an zu erzählen. Ihr jungen Leute wisst das alles nicht, aber es gab damals eine Zeit, da sah es aus, als ob das Risorgimento wiederkäme.. Bei solchen

Spätgeburten gibt es immer Komplikationen, manchmal kommen auch Totgeburten dabei heraus. Kurzum in Italien ging es ziemlich wild her. Da gab es ausländische Interessengruppen, herumstreunende Befreiungsbanden, royalistisches Säbelrasseln und proletarische Schützenfeste. Irgendeine politische Gruppierung hatte die Ursache allen Übels ausgemacht: Es war die katholische Kirche. Und da sie gerade so feuchtfröhlich zusammensaßen und sonst nichts anderes vorhatten, beschlossen sie, die Welt von den ortsansässigen Übeltätern zu befreien. Deren Hort stand ganz in der Nähe, nur einen Fackelzug den Hügel hinauf. Oben angekommen brannte die Fackel noch und konnte als Wurfgeschoß dienen, um das Kloster der Heiligen Soundso in Brand zu stecken. Die Nonnen konnten sich dank eiserner Disziplin, die ihnen die Äbtissin eingebläut hatte, in Sicherheit bringen. Sie waren schon eine Woche auf der Flucht, als ich sie fand. Ich sagte, dass der Vatikan ihnen doch helfen werde. Die Äbtissin gestand, dass es verschiedene Auffassungen gäbe in der Auslegung einiger Textstellen der Heiligen Schrift und deshalb der Papst gerade erwäge, den gesamten Orden aufzulösen. Die Einäscherung ihres Klosters musste ihm da wie ein Wink des Himmels erscheinen.«

Liliana sah ein brennendes Kloster. Rauch verdunkelte die Sterne. Sie war eine der Nonnen. Beim Sprung aus einem brennenden Zimmer hatte sie sich den Fuß verstaucht. Sie konnte sich nicht mehr bewegen. Die Flammen kamen gierig näher. Da wurde sie hochgerissen, zwei starke Arme trugen sie ins Freie. Selbst nachdem sie schon lange in Sicherheit war, ließen sie die Arme nicht los. Gerade als sie die tränenden Augen zu ihrem Retter aufschlagen wollte, senkte er den Kopf und küsste sie. Das war ein Kuss voller Leidenschaft. Jetzt konnte sie es schmecken. Als sie ihm in die Augen schaute, hatte sie die Gewissheit, es war ihr Salvatore ...

»Am nächsten Tag führte ich die Äbtissin zum alten Schloss. Mein guter Salvatore, du kennst es nicht, deshalb will ich es dir etwas näher beschreiben. Das ist eine Festung, zwei Stockwerke, ein riesiger Ballsaal, zwei Bibliotheken, bestimmt hundert Zimmer von der kleinen Kammer bis zu dem großen Salon mit den acht Fenstern und dem großen Balkon, Küche, Gesinderäume, Waschräume und so weiter – und einer kleinen Kapelle, extra für die hohen Herrschaften Capirosso. Drumherum gibt es Gärten, Wiesen, einen kleinen Teich und, um die Sache abzurunden, eine hohe Mauer, die das Ganze vor dem Rest der Welt schützt – oder umgekehrt. Ich lebte da schon lange nicht mehr, die kleine Villa war mir viel lieber. Dort war alles überschaubar und auf menschliche Dimensionen reduziert. Ich machte Felicia das Angebot, damals sagte ich noch Äbtissin zu ihr, mit ihrem gesamten Hühnerstall dort einzuziehen und sich ein neues Gehege zu bauen. Wo ist der Pferdefuß? fragte Felicia, die meinen leichten Schwefelgeruch sofort erkannt hatte. Ich sagte es ihr. Dafür möchte ich, dass ihr bis in alle Ewigkeit härteste Frondienste leistet und nicht eher ins Bett geht, bis ihr todmüde hineinfallt. Sie war einverstanden.«

Liliana kannte die Äbtissin. Das war eine tolle Frau. Gab es Probleme, ließ sie sich jeden Standpunkt vortragen, dachte darüber in aller Ruhe nach, dann teilte sie ihre Entscheidung mit, die dann genauso durchgeführt werden musste, ohne wenn und aber. Das wäre die Richtige, mich und Salvatore zu trauen! Darf eine Äbtissin oder was sie auch immer ist, eine Trauung vollziehen? Ich in einem enganliegenden schneeweißen Hochzeitskleid mit einer endlosen Schleife, einer Schleife, die den ganzen Weg hinuntergeht oder hinauf bis in die Wolken – und Salvatore im schwarzen Anzug …

»Wie schon erwähnt, bin ich eine Ungläubige, ich habe aber eine Mission. Um die zu verwirklichen, kamen mir diese frommen Schwestern gerade recht. Ihr müsst wissen, solche Leute, die lechzen danach, dem Leben einen Sinn zu geben. Und den gab ich ihnen! Teile des unteren Stockwerks wurden zu einer Schule umgebaut, später wurde noch erweitert zu einem Internat. In der Schule wurden Buben und Mädchen gemeinsam unterrichtet, das Internat war nur für Mädchen. Ich bin nämlich nicht für Gleichberechtigung. Männer sind mir ziemlich egal, die haben schon genug angerichtet. In den Mädchen sah ich die Zukunft, da konnte man noch etwas bewirken. Ich ritt persönlich von Dorf zu Dorf, von Hof zu Hof und machte den Leuten eine Heidenangst, welche schrecklichen Strafen ich auf sie herabdonnern würde, wenn sie nicht ihre Kinder in die Schule schickten, egal, wie alt sie waren. Lesen und schreiben konnte damals so gut wie keiner. Schuld daran war natürlich mein Schwiegersohn, der sich nur um seine politische Karriere kümmerte und nicht um das Wohlergehen der Leute, die von ihm abhängig waren. – Jetzt habe ich es, Liliana: Wir lassen ihn die Suppe, die er sich eingebrockt hat, selber auslöffeln! Was hältst du davon?«

Liliana war auf einmal ganz ruhig. Der vertraute Klang von Großmutters Stimme, wenn sie weitschweifig ihre Geschichten erzählte, hatte sie in einen Kokon der Geborgenheit eingewoben. Sie sah die Äbtissin wieder vor sich. Sie nahm Großmutters Hand.

»Ich erinnere mich noch genau«, sagte Liliana. »Ich kam, so oft ich konnte, in diese Schule, in der alle die Kinder waren, mit denen ich auf keinen Fall verkehren durfte. Sie waren schmutzig, frech, unerzogen, hinterhältig, gewalttätig, laut und sooo lebendig. Eine Contessina bleibt unter ihresgleichen, hatte mich Mutter immer ermahnt. Meinesgleichen waren nur meine hirnlosen Schwestern, mit denen ich nun wirklich nichts zu tun haben wollte. Die anderen Kinder, die wussten mit mir, dem verwöhnten Contesschen, wie sie mich einschätzten, auch nichts anzufangen, – außer Gina natürlich. Aber ich hatte ein Ziel. Ich wollte so werden wie du, Großmutter, unabhängig und genauso gescheit. Eine Frau wie dich gab es weit und breit nicht mehr. Außer der Äbtissin vielleicht, die aber immer wieder betonte, dass sie nicht frei sei, sondern ihr Leben dem Heiland gewidmet habe, was sie noch freier mache. Wer immer das auch verstehen mag!«

Salvatore seufzte erleichtert auf, als Miss Wedgeworth und Lydia nach einem kurzen Gruß den Wintergarten verließen.

»Es war der Tag nach meinem sechsten Geburtstag. Ich hatte jetzt einen Hund, den ich mit Gina teilte. Der war uns zugelaufen. Es war ein hässliches Tier. Der breite schwarze Streifen vom rechten Ohr den Rücken hinunter zum Schwanz sah aus, als habe ihn jemand eingebrannt. Fra Diavolo hieß er und hatte es fertiggebracht, innerhalb eines Tages alle das Fürchten zu lehren, die mit ihm in Berührung kamen. Nicht dass er jemand gebissen hätte oder so, nein, er war mehr wie ein Naturereignis, eines, auf das man gern verzichtet hätte. So kam er mit mir in die Küche, die Zunge hing aus seinem Maul, er hechelte, als sei er kurz vor einem Herzinfarkt – dann auf einmal fing sein Schwanz an zu wedeln, er hob den Kopf, die Augen gingen hin und her und die Nase richtete sich interessiert nach oben. Als wir beide die Küche wieder verließen, musste eine verzweifelte Köchin den hohen Herrschaften mitteilen, dass das vorgesehene Festmahl leider ausfallen müsse und wenn Wert darauf gelegt würde, in Zukunft regelmäßig Mahlzeiten zu sich zu nehmen, dann müssten neue Anschaffungen an Vorräten und Geschirr gemacht werden. Das war aber nur die Küche, es gab noch den Hühnerstall, die Kleiderkammer, den Blumengarten, die Erdbeerbeete und so weiter. Conte Adriano di Salamandra persönlich erkannte ihm – nach der Umwandlung der Todesstrafe auf Bitten des jüngsten Familienmitglieds – jegliche Bürgerrechte ab und befahl, ihn in die Verbannung zu schicken. Ich wollte nun bei den frommen Schwestern Asyl für ihn erbitten. Aber diese Absicht schien von vornherein zum Scheitern verurteilt zu sein. Als die Kinder diese traurige Kreatur sahen, die dahergehinkt kam wie ein klappriger Gaul auf dem Weg ins Schlachthaus, lachten sie zuerst, dann pfiffen sie, schließlich warfen sie unter Gegröle Steine nach ihm. Die Äbtissin und einige Schwestern standen oben auf der Treppe und taten nichts. Gina lief die Treppe hoch, um sie um Hilfe zu bitten. ›Das ist Fra Diavolo‹, rief ich laut, ›es ist unser Hund. Er wird jeden von uns und euch alle beschützen. Lasst euch nicht täuschen von seinem Äußeren‹. Das höhnische Lachen wich einem Kichern. ›Aber sollte irgendeiner von euch noch einen einzigen Stein werfen oder ihn sonst schlecht behandeln, den werde ich mit diesen meinen Händen verprügeln, dass er es sein Leben lang nicht vergisst!‹ Da trat ein kräftiger Junge vor, so einer, dessen Körper proportional viel zu groß ist für den Kopf. Er stellte sich vor mich, schaute verächtlich auf mich herunter und hob langsam den Arm. In der Hand hielt er einen Stein. Da passierten zwei Dinge gleichzeitig. Der Arm des Knaben befand sich fest umklammert in der Schnauze des Hundes und die Nase hatte durch einen blitzartigen Schlag meiner rechten Faust ihre Form verändert. Das war so schnell geschehen, dass der Junge einige Zeit brauchte, bis er bemerkte, dass ihm Blut in den offenen Mund lief. Dann aber kippte er um. Ab diesem Augenblick war ich in den wilden Haufen der Kinder aufgenommen und Fra Diavolo hatte eine Heimstatt gefunden. Was der Äbtissin nämlich am meisten imponiert hatte, Fra Diavolo hatte nicht zugebissen.«

Salvatores Blick war milder geworden, ja, ein kleines Lächeln spielte um seine Mundwinkel.

»Marchesa, Contessina, es ist soweit! Die Kutsche ist vorgefahren.« Gina stand am Tisch. »Geht es Ihnen gut, Maître Brava?«

»Gina!«

»Maître Brava«, sagte die Marchesa und stand auf. »Der Duke ist für ein paar Tage nach London abgereist. Wir werden in dieser Zeit Gäste auf Monleirdon sein. Vergessen Sie uns nicht ganz, aber vor allem, passen Sie gut auf sich auf!«

»Verehrte Marchesa, ich wünsche Ihnen einen angenehmen Aufenthalt.« Salvatore gab der Marchesa einen Handkuss. »Contessina Liliana«, er nahm ganz sacht ihre Hand und küsste sie – nicht nach der Etikette. »Liliana!«, hauchte er. Mehr brauchte er nicht zu sagen. Alles, was er zu sagen hatte, konnte sie in seinen Augen lesen und spüren in der Wärme seiner Hand.

Nachdem er den Raum verlassen hatte, stand sie energisch auf. Die Zeit des Abwartens war vorbei. Sie hatte sich entschlossen, wieder Herrin ihres Schicksals zu werden.

Großmutter sah die Veränderung in Lilianas Haltung. Da war sie wieder, ihre eigensinnige, geliebte Liliana.

# Teil II

## Der Gestaltwandler und die Schlange

# Kapitel 1

Everweard Castle

Salvatore lehnte sich aus dem Fenster der Bibliothek und sah nach links hinunter zum Fluss. Für Kutschen und Wagen gab es keinen direkten Weg ins Schloss. Lilianas Kutsche musste also, wenn sie den Schlosshof verlassen hatte, durch das Dorf fahren, die Straße hinter dem Hügel entlang, bis sie zur Brücke kam, von dort aus führte der Weg nach Monleirdon.

Die Kutsche fuhr auf die Brücke und blieb stehen. Eine Schafherde blockierte den Weg. Der Kutscher schrie und ließ die Peitsche knallen, aber die Schafe wichen nicht von der Stelle. Liliana stieg aus. Sie trug ein luftiges gelbes Kleid und einen breiten Strohhut. Dem vordersten Schaf kraulte sie das Fell hinter den Ohren und lachte fröhlich. Die Schafe räumten den Weg, die Kutsche konnte weiterfahren. Bald konnte Salvatore sie nicht mehr sehen.

Er war so konzentriert auf die Kutsche, dass er nicht sagen konnte, woher die vier Reiter gekommen waren, die jetzt auf der Brücke standen und der Kutsche im Abstand folgten, als sie nicht mehr zu sehen war.

»Maître Brava, zu Diensten!«

Salvatore drehte sich um. Er hatte niemanden hereinkommen gehört. Es war Peter, des Dukes Mann für alles. So hatte er es jedenfalls verstanden, als der Duke ihn gestern am späten Abend vorstellte. Peter musste so um die vierzig sein, war hochgewachsen und hatte breite athletische Schultern. Der kurze Haarschnitt, die Lederstiefel mit Eisenbeschlägen, Bewegung und Haltung ergaben einen Menschen, der sich ständig unter Kontrolle hielt, als müsse er eine tollwütige Bestie in Zaum halten.

»Ich habe die Liste zusammengestellt, Peter. Möchten Sie, dass ich Sie über meine Arbeit informiere oder wissen Sie Bescheid?«

»Der Duke hat mir so viel gesagt, wie ich zu wissen brauche. Ansonsten folge ich nur Ihren Anweisungen.«

»Trefflich!«, sagte Salvatore. Er ging zum Schreibtisch. Aus der Schublade holte er einen Zettel. »Das brauche ich für die Herstellung der Farben.«

Peter nahm den Zettel, faltete ihn einmal und steckte ihn in die Jackentasche.

»Ich werde das sofort erledigen.«

Salvatore ging hinunter in die Küche. Dort war es ruhiger als sonst, waren doch heute keine großen Diners vorzubereiten. Die große Tür zum Hof mit den Hühnerställen und dem Brunnen stand weit offen. Ein frischer Duft von Blumen, Gras und Heu mischte sich unter den schweren Geruch von Braten, Suppen und gebackenem Brot. Einige Küchenmägde liefen gleich auf ihn zu.

»Ah, Maître Brava! Das müssen Sie sehen. Das wird Ihnen gefallen.«

Sie schoben Salvatore unter viel Kichern und einem mahnenden Pst! hinaus in den Hof. Dort stand die Alleinherrscherin über Töpfe und Terrinen in einem gelben Kleid mit zartrosa Blumenmuster. Auf dem Kopf trug sie einen Strohhut, dessen Rand so breit war, dass ihr strenges Gesicht im Schatten lag. In der Hand hielt sie einen Sonnenschirm mit chinesischem Drachenmuster. Sie drehte sich im Kreise zu Musik, die nur sie hören konnte.

Dann sah sie Salvatore und die Horde kichernder Gören. Über sich selbst lachend, klappte sie den Sonnenschirm zu. Sie hakte sich bei Salvatore unter und führte ihn zu der Bank, die unter einer mit Efeu bewachsenen Laube stand. Behutsam nahm sie den Strohhut vom Kopf und legte ihn fast zärtlich neben sich auf die Bank.

»Die Contessina meinte, das müsse mir stehen. Sie war ganz versessen darauf, aus mir eine italienische Schönheit zu machen. Ich heiße zwar Floriana und irgendwann in grauer Vorzeit muss einer meiner Vorfahren sich in der Richtung geirrt haben und ganz unerwartet im trüben Norden gelandet sein, aber dass ich etwas Heiteres, Südländisches an mir habe, darauf konnte nur diese verrückte Person kommen. Aber es hat mir doch Spaß gemacht – auch wenn mich alle auslachen.«

»Aber wir lachen Sie doch nicht aus!«, riefen die Mädchen. »Haben wir doch auch unsere Freude daran. Das kommt so gut wie nie vor in diesem finsteren Haus. Aber jetzt, wo der Duke ein paar Tage weg ist …«

»Genug!«, sagte die Küchenchefin. »Wir sind alle dankbar, hier arbeiten zu dürfen. Aber jetzt gönnt uns Erwachsenen ein wenig Ruhe.

Sucht euch Arbeit oder geht spazieren. Ich sage euch schon, wenn ich euch wieder brauche.«

Lachend verließen die Mädchen den Hof.

»Aber die Contessina hat nicht unrecht«, sagte Salvatore. »Die freundlichen Farben machen aus Ihnen gleich eine andere Person.«

Floriana war die Küchenchefin auf Everweard Castle. Aber sie war viel mehr. Wenn sie ein Abendessen zubereitete, dann war das kein gewöhnliches Essen, sie schuf einen einmaligen Gaumen- und Augenschmaus. Jedes ihrer Diners war die Schöpfung einer genialen Künstlerin. Als Mann hätte sie in London ohne weiteres ein Gourmet-Restaurant eröffnen können. Hier auf Everweard Castle wurde ihre Kunst nicht nur nicht geschätzt, sondern überhaupt nicht wahrgenommen. Es sei denn, es kamen Gäste wie diese Toskaner. Ja, die verstanden es noch, eine gelungene Kreation aus Fleisch, Kartoffeln, Gemüse, Salaten, Kräutern und Soßen zu schätzen. Vor allem der Contessina konnte sie ansehen, wie sie auf einmal heiterer und gelöster wurde, während sie jeden Bissen langsam auf der Zunge zergehen ließ. Wenn sie dann zu den Nachspeisen kam, konnten ihr bei einer Mandel-Vanille-Crème schon einmal Tränen in die Augen kommen. Floriana hatte beschlossen, nur noch für die Contessina zu kochen. Endlich hatte sie die Bestätigung ihrer Kunst gefunden.

»Martin hieß er«, sagte Floriana unvermittelt, »Lavendel war die Farbe seiner Augen. Sein goldenes Haar war so weich wie das eines Babys. Ach, wie wir uns liebten! Unsere Abschiede nahmen kein Ende, keiner wollte die Hand des andern loslassen. Er war der einzige Sohn von Lord Monleirdon. Monleirdon liegt über dem Fluss, nicht weit weg von hier, aber unerreichbar. Die Contessina wird dort einige Tage verbringen, aber meinen Martin wird sie dort nicht finden. Wer bin ich schon? Die Tochter eines Schullehrers und einer Schneiderin, rechtschaffene Leute, denen man dankbar die Hand drückt, weil sie so viel für die Gemeinschaft getan haben, aber das sind doch keine Menschen, mit denen man verwandt sein möchte. Martin wollte alles aufgeben, sein Erbe, seine hochwohlgeborenen Eltern und seine bereits bis in alle Einzelheiten geplante, glorreiche Zukunft. Aber sein Herz gehörte mir, nur mir.«

Ihre Hände zitterten. Sie drückte fest den Griff des Sonnenschirms, bis sie wieder ruhig waren.

»Schon als Kind kam er nahe an unser Haus geschlichen, wenn Vater auf dem Harmonium spielte. Musik zog ihn magisch an, so etwas durfte auf Monleirdon nicht gespielt werden, sogar Kirchenmusik war verpönt, die war dem sonntäglichen Gottesdienst vorbehalten. Ich freute mich immer, ihn zu sehen, denn ich hatte keine Geschwister. Martin war mein Sonnenschein. Wenn ich seine blonden Haare sah hinter der Holunderhecke oder in dem kleinen Birkenwäldchen hinter unserem Haus, da ging in meinem Herzen die Sonne auf. Irgendwann begnügte ich mich nicht mehr damit, ihm heimliche Zeichen der Verschwiegenheit zu geben. Ich war schon draußen, wenn Vater zu spielen begann. Wenn Martin auf leisen Sohlen daherkam, nahm ich seine Hand und führte ihn zu einer Bank, von der aus man die Musik hören, aber uns nicht sehen konnte. So begann die Liebe meines Lebens. Sein Herz gehörte mir. Der Sinn seines Lebens aber, das, was ihn so in Bann schlug, dass alles andere verblasste, war die Musik. Singen wollte er, Gesang studieren und auf den großen Bühnen der Welt stehen und die großen Opern singen von Verdi, Händel und Mozart. Das kam natürlich nicht in Frage für einen Monleirdon. Von mir wussten sie nichts. Es war ja eine heimliche Liebe. Gegen seinen herrischen Vater kam er nicht an, der liebte niemanden außer seinem Bankkonto. So geschah es, dass mein Martin eines Abends nicht mehr zu unserm Rendezvous kam und am folgenden Tag nicht und nie, nie mehr.«

»Wie lange ist das her?«

»Fünf Jahre.«

Mit einem Ruck stand Floriana auf. Sie ging zum Brunnen. Dort angekommen, wusste sie nicht, was sie dort wollte. So kam sie zurück und setzte sich wieder neben Salvatore, ohne ihn anzusehen.

»Ich habe das noch niemandem erzählt, Maître, selbst meine Eltern wissen davon nichts. Es ist die Contessina. Sie hat die Wunde in meinem Herzen wieder geöffnet, die ich all die Jahre so gut versteckt hatte. Martin kam nicht zurück. Ich wusste nicht, was geschehen war. Keiner sprach mehr von dem einzigen männlichen Erben von Monleirdon, als habe es ihn nie gegeben. Mein Leben musste weitergehen. Was heißt schon Leben? Was ist ein Leben, dem man die Seele entrissen hat? Lavendel war die Farbe seiner Augen. Ich suchte Lavendel und fand ihn in der Natur, daneben Erika und Thymian und all die

Kräuter, Blumen und stummen Pflanzen, die leiden, ohne zu klagen. Köchin wurde ich. Weil ich alles, was in mir weinte, in die Arbeit hineinlegte, wurde ich eine Meisterköchin. Jede große Kunst, sagt man, verlangt einen Preis, ein Opfer. Verzichten muss man, um Höheres zu gewinnen.«

Jetzt sah sie Salvatore direkt in die Augen.

»Das ist alles Quatsch! Niemand und nichts kann die Liebe ersetzen. Alle Schätze der Welt, alle genialen Taten und Schöpfungen bedeuten gar nichts, wenn das Herz leer ist und wehtut und nicht mehr sein möchte.«

Nach einer kleinen Pause richtete sie sich gerade auf. Mit beiden Händen ergriff sie den Sonnenschirm, als wollte sie ihn in die Erde pflanzen. Floriana kehrte in die Gegenwart zurück.

»Dieses Schloss, mein verehrter Maître, wird in seine ursprüngliche Düsternis zurückfallen, je länger die Contessina fort ist. Was wird aber sein, wenn sie für immer hier sein wird? Wird sich das Schloss verändern – und der Duke? Oder wird sich die Contessina verändern? Ich sage Ihnen jetzt geradeheraus: Die Contessina gehört nicht hierher! Es ist eine Sünde, sie mit diesem ... Menschen zu verheiraten!«

Floriana sah Salvatore wütend an, als sei überhaupt nur er daran schuld und dass es nun seine verdammte Pflicht und Schuldigkeit sei, dagegen etwas zu unternehmen. Salvatore wusste nicht, wie er reagieren sollte. Seine wahren Gefühle konnte er doch nicht zeigen. So stotterte er.

»Der Duke hat mir einen Auftrag gegeben.«

»Als wenn man nicht sehen könnte, Maître, dass Sie die Contessina lieben! Da muss man schon gar kein Gefühl mehr in den Adern haben, wenn einem das nicht mit einem Blick auffällt. Aber es geht mich ja nichts an. Es sollte mich nicht kümmern. Ich sollte, so wie Sie, meine Arbeit machen. Mein Los ist bestimmt, mein Platz festgelegt.«

Floriana setzte den Hut wieder auf. Dabei lächelte sie.

»Floriana, sagte sie zu mir, so wie du mit ein wenig Safran hier und einem Tropfen Angostura dort ein langweiliges Essen zu einem Erlebnis werden lässt, kann man mit etwas Farbe hier, ein wenig Musik dort und mit einem Lachen die ganze Welt verändern. Was sagen Sie dazu, junger Mann? Ist das nicht die reinste Tollheit? Dabei ist die

Contessina noch so jung, fast noch ein Kind. Und sagt das zu mir und kennt mich doch gar nicht! Aber das stimmt nicht. Ich glaube, wir kennen uns schon seit aller Ewigkeit. Nur mir dummen Person ist das jetzt erst aufgefallen.«

Salvatore seufzte, war es ihm denn anders gegangen? Er spürte, wie ihm Tränen in die Augen schießen wollten.

»Es ist nicht so einfach.«

»Ah! Wusste ich es doch! Ich sage Ihnen noch etwas, Maître, auch ich habe mich in die Contessina verliebt. Niemand soll es wagen, ihr etwas Böses anzutun. Ich kenne noch andere Zutaten für Braten und Suppen, Duke of Everweard!«

Floriana stand auf und sah auf Salvatore herab. Der breite Strohhut warf einen Schatten über sein Gesicht.

»Ich weiß nicht, aus welchem Holz Sie geschnitzt sind, Maître. Aber da die Contessina sie offensichtlich liebt, biete ich Ihnen meine Hilfe an. Sehen Sie in mir eine Verbündete! Ich habe mir nämlich vorgenommen, Farbe in dieses Leben zu bringen.«

»Danke!« Mehr konnte er nicht sagen. Gab es denn wirklich eine Hoffnung?

Das Gespräch mit der Köchin hatte Salvatore zuversichtlicher gemacht. Mit leichten Schritten stieg er die Treppen hinauf und betrat die Bibliothek. Selbst sie wirkte heiterer. Die Sonnenstrahlen fielen schräg durch die Fenster und spiegelten sich in den Buchrücken. Er durchquerte den langen Mittelgang. Beide Fensterflügel öffnete er und ließ frische Luft herein, die er jetzt dringend brauchte.

Gerade als er sich umdrehen wollte, sah er einen bunten Wagen die Brücke überqueren, einen wie ihn Spielleute, Gaukler oder Zirkusleute fahren, mit flatternden Fähnchen in allen Farben, mit klapperndem Geschirr, Windrädchen, Girlanden und einem bärtigen Kutscher. Er trug eine Pfeife im Mund und ließ die Peitsche über die Köpfe der Pferde hinweg knallen. Dahinter folgten zwei weitere Wagen. Auf dem letzten bedeckte eine Plane wahrscheinlich einen Käfig. Er konnte das aus der Entfernung nicht mit Sicherheit erkennen. Die Wagen verschwanden hinter dem Hügel. Dort führte die Landstraße hinunter zum Dorf.

Salvatore ging in seine Arbeitsecke, seine ›Buchhütte‹, wie er sie nannte. Der Mahagonischreibtisch war vollgeladen mit Büchern und Dokumenten. Es gab nur noch eine kleine Fläche zum Arbeiten. Zuerst musste er Farbstifte, Bleistifte, Lineale und Radiergummis zur Seite schieben, um darauf ein kleines Büchlein zu legen. Es hatte einen goldenen Rand und roch leicht nach Graphit. Das war angemessen, denn es behandelte die Alchemie der Verwandlung niederer Elemente in Gold. Das Buch sollte ihm eine Mahnung sein, nicht alles, was in diesen Ehrfurcht einflößenden alten Folianten stand, für bare Münze zu halten. Die übrigen Bücher behandelten Architektur, Kunstgeschichte, Heraldik und Ikonographie.

Oben auf dem höchsten Bücherstapel stand eine kleine Vase mit einer Ringelblume. Die hatte sicher Lilianas sogenannte Zofe hingestellt. Die Calendula officinalis war ein Symbol für treue Liebe, außerdem verwendeten sie Bauernmädchen, um die ewige Frage zu lösen: Er liebt mich – er liebt mich nicht.

Er blätterte in dem Büchlein, ohne zu lesen. Seine Gedanken waren weit weg. Er dachte an Ouroboros, die mystische, sich selbst verschlingende Schlange. Vor seinem geistigen Auge wand sie sich vom tiefen Schwarz ihrer Schwanzspitze in nuancenreichen Farbübergängen bis zum reinsten Gold des Kopfes um ein Bett aus Rosen und Dornen. Zu welchem Zweck? Das war keine bloße Dekoration. War das Lilianas Hochzeitsbett? Was sollte es ihr bringen außer dem tödlichen Gift einer Schlange?

Für einen Augenblick überfiel ihn wieder eiskalte Verzweiflung. Alles in ihm verlangte danach, so schnell wie möglich Everweard Castle zu fliehen. Da aber eine viel stärkere Macht ihn davon zurückhielt, fühlte er sich hilflos und in seinem Handeln und Denken gelähmt. Er liebt mich – er liebt mich nicht, diese Frage war schon lange beantwortet. Aber dieser Er, der da liebt, war er es wert, geliebt zu werden?

Salvatore ging zur linken Wandseite der Bibliothek. Durch den Kamin hindurch betrat er die geheime Kammer des Duke. Er zündete zwei Kerzen an und stellte sie links und rechts auf den Schreibtisch. Unter der Schreibtischauflage zog er eine Mappe hervor, die er das letzte Mal entdeckt, aber noch nicht gelesen hatte. Er setzte sich auf den Stuhl und legte die Beine hoch. Auf dem Deckblatt der Mappe stand in großen Buchstaben:

Nach und nach holte er die einzelnen Blätter hervor. Es waren Abschriften seiner Zeugnisse und Diplome, die Abhandlungen, die er in wissenschaftlichen Fachzeitschriften veröffentlicht hatte, Gutachten über seine Arbeiten, ein von der Stadt Paris ausgestelltes polizeiliches Führungszeugnis, mehrere Seiten detaillierter Angaben über alle seine Bekannten beiderlei Geschlechts, zusammengestellt von einem Detektivbüro in Saint-Germain-des-Prés. Seine Kreditwürdigkeit wurde von der Bank Crédit Lyonnais bestätigt mit Angaben über sämtliche Einnahmen und Ausgaben der letzten fünf Jahre.

Das letzte Blatt war eine Kopie seiner Geburtsurkunde. Er blickte flüchtig darüber und wollte es wieder in die Mappe zurücklegen, da fiel ihm eine handschriftliche Notiz auf neben der Zeile:

Vater: Leopoldo Brava.

Dort stand in roter Farbe:

leiblicher Vater: N. B.!!

Was sollte das bedeuten? War N. B. die Abkürzung für Nota bene, ›wohlgemerkt!‹ ›beachte!‹? Oder waren es die Anfangsbuchstaben eines Namens? War die Tatsache, dass Leopoldo Brava sein Vater war, besonders bemerkenswert? Was sollte dann der Vermerk ›leiblicher Vater‹? Dieser ließ nur den Schluss zu, dass Leopoldo Brava nicht sein Vater war.

Das Zimmer begann sich zu drehen, immer schneller und schneller. Im linken Ohr erklang ein schrilles Pfeifen, das blitzschnell den ganzen Kopf ausfüllte. Übelkeit stieg vom Magen hoch. Es gab kein Links und Rechts mehr, kein Oben und Unten.

Als Salvatore wieder zu sich kam, lag er auf dem Boden. Er hatte Brechreiz und heftige Kopfschmerzen. Der linke Ellbogen schmerzte. Er musste sich am Stuhl hochziehen, um wieder aufstehen zu können. Seine Beine knickten ein, die Hände zitterten. Das Pfeifen in den Ohren war leiser geworden, verschwand aber nicht. Die Papiere aus der Mappe lagen verstreut auf dem Boden. Er hatte keine Kraft mehr, sie aufzuheben. Er setzte sich und schloss die Augen.

*San Gimignano mit seinen Türmen aus grauem Stein, umgeben von einer mittelalterlichen Stadtmauer mit fünf Stadttoren, das war seine Heimat gewesen. Dort war er aufgewachsen als einziges Kind von Leopoldo Brava und seiner Frau Malvina Brava aus dem Geschlecht der Rilloni. Seine Mutter trug nur Schwarz. Wie oft war er erschrocken, wenn sie plötzlich aus dem Schatten auftauchte, während er selbstvergessen im Sand Linien zeichnete oder Murmeln rollen ließ über den gefliesten Küchenboden. Wie ein düsterer Geist hatte sie über seiner Kindheit geschwebt, ein unnachgiebiger Richter und Racheengel. Es gab nichts, überhaupt nichts, was er tat, das jemals ihre Zustimmung oder wenigstens ihre Duldung erfahren hätte. Alles, was er tat, war böse, nicht gottgefällig und musste bestraft werden. Aber sich selbst bestrafte sie am meisten. Sie arbeitete vom Aufstehen bis zum Schlafengehen. Sie putzte und schrubbte, wusch und scheuerte ohne Unterlass. Die einzigen Pausen, die sie sich gönnte, waren der Gang in den Gottesdienst und die täglichen Beichten.*

*Dann kam der Tag, von dem an sich alles ändern sollte.*

*Der Sommer war unausweichlich seinem Ende entgegengegangen. Salvatore hatte mit Gino und Leo einen Drachen gebaut aus leichtem Balsaholz und glänzend rotem Papier. Der Schwanz bestand aus bunten Stofffetzen. Sie rannten einen Hügel hinunter. Der Drachen an der langen Leine stieg immer höher in den Himmel. Wenn sie hinaufschauten zu ihm, glaubten die Jungen, mit ihm zu fliegen, weit weg in ein herrliches Land voller Abenteuer und unbegrenzter Horizonte. Ein kräftiger Schlag aufs Ohr riss Salvatore aus seinen Träumen. Er stürzte zu Boden und schlug mit dem Kopf auf einen Stein. Blut strömte ihm über die Stirn in die Augen. »Habe ich dir nicht verboten, einen Drachen zu bauen? Das ist Sünde! Der Himmel gehört nur Gott und seinen Engeln!« Mutter zerrte ihn nach Hause, ohne sich um die Wunde zu kümmern. Am Abend konnte Vater die Verletzung sehen. Als er hörte, was geschehen war, sagte er kein einziges Wort. Vom nächsten Tag an nahm Leopoldo Brava seinen Sohn mit in die Bauhütte des Dom Santa Maria del Fiore, dessen Baumeister er war. Von hier aus standen Salvatore alle Gassen von Florenz offen. Dort gab es viele Buben und Mädchen, mit denen er spielen und Unsinn machen konnte. Durch seinen Vater lernte er eine andere Welt kennen, die der Kunst und der Wissenschaften. In ihr fand er die Freude, Neues zu erforschen und auszuprobieren. Ein aufregendes Leben begann, ein Leben, das lebendig war. Der Mann, der ihm das mit viel Geduld beibrachte, ihn förderte und ihm schließlich ermöglichte, hinaus in die Welt zu gehen, nach Rom, nach London, nach Berlin, nach Paris und wohin er auch wollte, das war Leopoldo Brava. Leopoldo Brava war sein Vater – und niemand sonst!*

Nachdem er dieses Problem so befriedigend gelöst hatte, gab es nur noch diese Winzigkeit, Liliana aus den Klauen des Duke zu befreien. Salvatore verschränkte die Arme hinter dem Nacken und ließ den Blick über die Bücherregale schweifen. Irgendwo musste doch ein Anhaltspunkt zu finden sein in einem dieser Bücher oder in einer der Schubladen. Er schloss die Augen und hoffte, auf wundersame Weise eine Eingebung aus seinem Innern zu erhalten, von dieser Stimme, die sich bisher nur warnend zu Wort gemeldet hatte.

Er hörte Schritte draußen in der Bibliothek, bald entfernten sie sich wieder, eine Tür schlug zu.

Die Schwierigkeit bestand darin, dass Salvatore das Ouroboros-Zimmer zeitlich nicht einordnen konnte. Es war auf keinen Fall so alt, wie der Duke behauptete, es war höchstens hundert Jahre alt. Das verrieten die verwendeten Materialien. Trotzdem wirkte es uralt. Es war wie die Schlafkammer eines übermenschlichen Wesens, das jederzeit wieder zurückkehren würde. Es konnte der Nachbau eines sehr alten Raumes sein. In welchem Jahrhundert sollte er seine Suche beginnen, im achtzehnten Jahrhundert oder in mystischen Vorzeiten?

Seine Gedanken drehten sich im Kreise. Das leichte Schwindelgefühl im Kopf und die schwere Luft in dem engen Raum ließen ihn einnicken.

Mit einem Ruck wachte er auf. Etwas hatte ihn gekitzelt. Auf seiner Brust saß eine kleine Maus. Sie schnupperte an seinem Hals und machte keinerlei Anzeichen, ihren Platz wieder zu räumen.

»Buh!«, sagte Salvatore und blies ihr in die Tasthaare. Die Maus stellte sich auf die Hinterpfoten und legte die Vorderpfoten auf sein Kinn. Ihre kleinen Äuglein sahen ihn eindringlich an. Dann drehte sie sich langsam herum, lief gemächlich über seine Brust, den Unterleib und die Beine hoch auf den Schreibtisch. Sie drehte den Kopf noch einmal kurz um zu ihm, dann verschwand sie hinter einem Stapel Papieren.

Wohin war sie verschwunden? Salvatore stand auf und schob den Stapel Dokumente beiseite. Da gab es nichts.

Doch!

Der unterste Teil der Tapete hing etwas lose herunter. Er hob das Tapetenende an. Dahinter war eine Öffnung in der Wand. In einer kleinen Nische lagen Bücher und Notizbücher.

Er wollte schon hineinfassen und diesen Schatz herausholen, als ihm einfiel, dass der Duke sofort bemerken würde, wenn die Bücher nicht mehr in derselben Anordnung an ihrem Platz waren. Er stellte eine Kerze vor die Nische, dann holte er seinen Notizblock und zeichnete bis ins kleinste Detail, was er sah. Das war eine der Hauptaufgaben, mit denen ihn damals sein Vater in der Bauhütte des Florentiner Doms beschäftigt hatte, naturgetreue Abbildungen zu machen von Steinfiguren, alten Vasen, kunstvollen Fresken, Wasserspeiern und Schrifttafeln. Salvatore hatte darin bald eine solche Meisterschaft erreicht, dass er später in Rom, Berlin, London und Paris allein mit der Ausübung dieser Fähigkeit spielend sein Studium finanzieren konnte.

Vorsichtig hob er das oberste Buch von dem Stapel und legte es vor sich auf den Schreibtisch. Der Einband bestand aus schwarzem Leder, die Seiten waren leicht gelblich, die Ränder mit einem Goldrand versehen. Der Text war in Lateinisch. ›Cosmographia‹ war der Titel, der Autor nannte sich Mysteriorum Conscius, also einer, der die Geheimlehren kannte. Salvatore überlegte nicht lange, erstens war der Duke für einige Tage weg und zweitens musste er auch Risiken eingehen, wenn er sein Ziel erreichen wollte. Sorgfältig schlug er das schmale Buch in einen Bogen Papier und steckte es in die Jackeninnentasche. Er blies die Kerze aus, verließ die Kammer und betrat durch den Kamin wieder die Bibliothek.

## Kapitel 2

Auf seinem Zimmer angekommen, legte sich Salvatore aufs Bett. Wer war N. B., wenn es wirklich ein Name war?

Es klopfte.

»Maître Brava, sind Sie da?«

Salvatore stand auf und öffnete die Tür.

Miss Heather rang nach Atem.

»Sie müssen mir helfen! Diese Leute, diese Leute!«

»Was kann ich für Sie tun?«

»Sie sind doch auch Italiener, Maître. Da sind Leute gekommen. Ich verstehe sie nicht, außerdem sprechen sie alle gleichzeitig und so laut, dass man meint, sie würden mit jemanden reden, der in einen Brunnenschacht gefallen ist.«

»Handelt es sich dabei um dieses fahrende Volk, das ich vom Fenster aus gesehen hatte?«

»Ja, ja! Aber was wollen sie hier? Finden Sie das doch heraus, damit wir sie wieder auf die Reise schicken können.«

Es herrschte der Trubel eines Jahrmarktes. Wohin Salvatore blickte, überall sah er fröhliche und ausgelassene Menschen. In ihrer Mitte bildeten drei Zirkuswagen eine Wagenburg. Davor saß ein junger Mann und spielte Akkordeon. Tanzende Paare drehten sich vor ihm im Kreise wie ein Malstrom in einem Meer von Menschen.

Immer mehr Leute kamen. Eine Gruppe von Musikanten stellte sich auf. Mit den Schuhen stampften sie einen schnellen Rhythmus vor. Dann spielten zwei Fiedeln, zwei Gitarren und eine Trommel einen Bauerntanz, der sofort seine Tänzer und Tänzerinnen fand, erst ein Paar, dann immer mehr. Der Schlosshof war voller tanzender und lachender Menschen. Zwei kräftige Burschen rollten ein Fass Bier herbei, andere stellten Bänke auf, Tischplatten wurden auf Böcke gelegt. Junge Frauen trugen Bierkrüge und Gläser. Das Bier wurde gezapft und großzügig verteilt. Am anderen Ende des Hofes wurden Würstchen gegrillt und Braten. Sogar die Alten vergaß man nicht. Sie wurden zu den Bänken geführt, wo man ihnen sogleich etwas zu trinken und zu essen gab. Auch die Soldaten der Schlosswache verließen ihre Pfosten auf den Türmen und an den Toren des Schlosses. Sie wollten nichts versäumen.

Zwei Küchenmädchen nahmen Salvatore in die Mitte und zogen ihn hinunter in das bunte Treiben.

»Das ganze Dorf ist da. Die Nachbardörfer sind auch schon benachrichtigt worden. Alle werden kommen.«

»Sie müssen mit uns tanzen!«, sagte die zweite Magd. Ihr Gesicht war voller Sommersprossen, aus denen zwei blaue Augen hervorlachten. »Ich bin Sophie, das da ist Lizzy. Wir können uns gut leiden. Aber heute will ich Sie, Maître, mit niemandem teilen!«

»Nichts da, ihr Gören!« Miss Heather trat zu ihnen. »Sucht euch ein anderes Opfer! Der Maître hat für solche Kindereien keine Zeit.«

Schmollend verschwanden die Mädchen in der Menge. Miss Heather war kreidebleich. Man sah ihr an, dass sie nicht weiter wusste. Zum ersten Mal war sie nicht Herr des Geschehens.

»Maître, ich flehe Sie an, finden Sie heraus, was das für Leute sind und was sie hier wollen! Wenn es sein muss, bieten Sie ihnen Geld, damit sie weiterziehen. Ich kann nicht dulden, was hier geschieht.«

Eine Flamme loderte zum Himmel und erlosch. Vor einem der Wagen stand ein Riese von einem Mann. Er hielt eine Fackel vor den Mund, dann blies er eine Flamme nach oben. Die Leute klatschten begeistert.

»Das geht zu weit! Maître, unternehmen Sie etwas!«

»Dazu muss ich erst den Chef der Truppe finden.«

»Ja, ja, beeilen Sie sich!«

Miss Heather drehte sich um und lief mit schnellen Schritten zurück ins Schloss.

Die beiden Küchenmädchen hatten darauf gewartet.

»Maître, Maître! Kommen Sie! Da vorn wird getanzt!«

Salvatore ließ sich von den beiden entführen. Doch als er gerade zum Tanz die Arme um Sophie legen wollte, trat eine junge Frau zu ihnen. Sie trug ein rotes Kleid, hatte eine rote Schleife ins schwarze Haar gebunden und kleine Glöckchen um die Knöchel. Sie warf den Mädchen einen verächtlichen Blick zu. Der üppige Busen wogte bei jeder ihrer Bewegungen. Sie umfasste Salvatores Hals mit beiden Händen und drehte sich mit ihm an Ort und Stelle. Ihre Hüften bewegten sich im Rhythmus, wobei die Musik aus ihrem Körper hervorzuströmen schien. Salvatore war wie hypnotisiert, bis die Fremde ihm einen Kuss mitten auf den Mund gab und ihm dabei leicht in die Unterlippe biss.

»Salvatore Brava, zum Tanzen haben wir keine Zeit. La Vecchia will dich sehen.« Sie fasste seine Hand und zog ihn mit sich fort.

Sie konnte nicht viel älter sein als er. Aber so richtig denken konnte Salvatore im Augenblick nicht. Sie duftete nach Rosen, nach einer ganzen Rosenhecke. Ihre schwarzen Augen waren so kalt, dass kein Mann es wagen würde, ihr zu widersprechen.

Vor einem Wagen blieb sie stehen.

»Du wartest hier!«

Sie stieg die Stufen hinauf und verschwand im Innern.

Nach kurzer Zeit kam sie zurück.

»Sie will dich allein sehen!«

Es war düster im Innern des Wagens. Überall stapelten sich unausgepackte Kisten. Dazwischen verlief ein schmaler Gang. Salvatore zwängte sich durch zu einer Nische am anderen Ende des Wagens. Kissen und Polster gruppierten sich um einen kleinen runden Tisch. Eine abgedunkelte Tischlampe warf schwaches Licht auf eine alte Frau, die in einem hohen Korbsessel saß. Sie war bis zum Hals in Schwarz gekleidet. Ihr bleiches Gesicht schwebte darüber wie der Kopf eines Geistes ohne Körper.

»Signora!«

»Setz dich, ragazzo! Sag kein Wort, ich will mir erst einmal in Ruhe anschauen, wen uns das Schicksal vor die Tür geweht hat.«

Salvatore setzte sich auf ein Polster, das unter seinem Gewicht nachgab, sodass er fast auf dem Boden saß. So sah die Alte auf ihn herab wie auf eine Maus in der Falle, die sich nun in ihrer Gewalt befand. Ihr Blick war starr und hielt ihn fest in ihrem Bann. Er verlor das Gefühl für Ort und Zeit, er war nicht mehr Herr seines Körpers und seines Geistes.

»Gib mir deine linke Hand!«

Willenlos streckte er die Hand aus. Die Alte fuhr mit dem Zeigefinger die Handlinien nach.

»Du kannst wieder gehen!«, sagte sie in scharfem Befehlston.

Salvatore stand auf.

Er drehte sich um.

In diesem Augenblick fiel der Bann von ihm ab. Wie ein unartiges Kind setzte er sich wieder und verschränkte die Arme im Trotz.

»Ich will Antworten!«

»Ah!« Die Alte zog einen Dolch hervor und legte ihn vor sich auf den Tisch. »Antworten sind das Geringste, mein Junge, ausschlaggebend sind die Fragen. Wenn du die entscheidende Frage gefunden hast, kannst du die Antwort bereits mit den Fingerspitzen berühren.«

»Und doch entschwindet sie oft.«

»Das ist so, weil die Frage noch nicht das Wesentliche ist. Die Frage muss wehtun. Sie ist eine eifersüchtige Göttin, sie verlangt, dass du alles für sie opferst. Nur, wenn du bereit bist, dein Leben für sie herzugeben, muss sie sich dir hingeben.«

»Ist das nicht reichlich übertrieben?«

»Für kleine Fragen, für Lächerlichkeiten, für Selbstverständliches, für die Laune des Augenblicks – da ist das alles übertrieben. Aber auch diese Antworten verlangen ihren Preis.«

»Ich weiß nicht, warum ich mit Ihnen darüber rede. Wir kennen uns nicht.«

»Diese Frage, über die wir nicht reden werden, verlangt noch viel mehr von dir. Du musst als Erstes erkennen, wer die Frage stellt, das bedeutet, wer du selbst bist. Und du musst darauf gefasst sein, dass dich die Antwort vernichten wird.«

Die Alte hob den Dolch nach oben. Sie hielt die Klinge zwischen den Fingern. Der Griff war mit roten Steinen besetzt. Sie funkelten im Schein der Lampe.

»Das ist Il Vendicatore. Er hat natürlich eine Geschichte. Sie braucht dich nicht zu kümmern. Für kurze Zeit wird er dein Begleiter sein und der Einzige, der dir in höchster Not helfen kann. Trage ihn immer bei dir! Solltest du erkennen, wer du wirklich bist, dann wirst du ihn weise verwenden.«

Sie schob ihm den Dolch zu. Dann stand sie auf und trat hinter den Vorhang. Nach kurzer Zeit kam sie mit einem unscheinbaren Futteral zurück.

»Steck ihn hier hinein! Niemand wird ihn darin erkennen.«

Salvatore steckte den Dolch mit dem unheilvoll klingenden Namen Rächer in die Scheide. Mit Waffen hatte er sich nie beschäftigt. Er stand auf.

Die Alte war verschwunden.

Sophie und Lizzy erwarteten ihn. Sie saßen auf der Treppe des Wagens und sprangen gleich auf, als sie ihn sahen.

»Maître, Sie haben uns einen Tanz versprochen.«

»Es ist mir eine Ehre, meine Damen.«

Die beiden Mädchen hakten sich links und rechts bei ihm unter. So schritten sie durch die Menge, bis sie zu dem Akkordeonspieler kamen, vor dem die jungen Paare tanzten. Ein Affe saß neben ihm. Der flache Hut saß schief auf dem Kopf. Er klatschte in die breiten behaarten Hände. Dabei zeigte er seine weißen Zähne.

Salvatore tanzte zuerst mit Sophie eine Polka, dann mit Lizzy eine Mazurka. Dabei vergaß er seine schweren Gedanken.

Der Akkordeonspieler war ein schmächtiger junger Mann. Er sah die Tanzenden nicht an. Sein Blick war nur auf das Instrument gerichtet. Trotz der heiteren Musik wirkte er traurig.

Der Affe nahm den Hut vom Kopf. Er setzte ihn auf den erhobenen Zeigefinger und drehte ihn im Kreis. Auf dem breiten weißen Hutband stand in tiefblauen Lettern:

Circo Fantasmagoria

Mit einem lauten Knall flog die Tür eines Zirkuswagens auf. Heraus trat der Zirkusdirektor. Wie der Bug eines Eisbrechers erschien zuerst der Bauch. Dann folgte der imposante Schnurrbart. Auf dem Kopf trug er einen Zylinder. Die dunkelrote Jacke war mit goldenen Knöpfen und Borden besetzt. Er trat hinaus in die Welt – und die Welt war seine Bühne. Ein Blick über die Menge genügte ihm. Die Vorstellung war ausverkauft, das Publikum zufrieden. Unter dem Wagen kroch ein hässlicher schwarzer Hund hervor. Der Direktor kraulte ihn hinter den Ohren, dann setzte er sich auf den Korbsessel neben dem Lagerfeuer. Die Beine legte er übereinander. Die schwarzpolierten Stiefel warfen die Flammen zurück und blendeten die Tänzer.

Circo Fantasmagoria, war das nicht der Name des Zirkus, von dem Gina erzählt hatte?

Salvatore ging kurz entschlossen auf den Direktor zu. Die Mädchen folgten ihm, hielten sich aber in sicherem Abstand zu dem nicht gerade Vertrauen erweckenden Hund.

»Direttore?«

»Lorenzo, il misterioso, das bin ich – und Direktor der besten Zirkustruppe, die je auf dem Erdkreis ihre unnachahmlichen Kunststücke einem begeisterten Publikum darbot. Mit wem habe ich die Ehre? Hoffentlich mit jemandem, der der schönsten Sprache der Menschheit mächtig ist!«

»Ich bin Maître Brava und zur Zeit in Diensten des Duke of Everweard.«

»So, so! Maître, das ist französisch, nicht wahr?«

»Kennen Sie Contessina Liliana?«

»Wegen der Contessina Liliana sind wir hier, junger Mann. Der Duke hat uns engagiert, für die Unterhaltung der Hochzeitsgäste zu sorgen und die zukünftige Duchess mit italienischer Kultur zu erfreuen.«

»Der Duke hat wohl vergessen, seine Wirtschafterin, Miss Heather, zu informieren.«

»Ah, das haben wir gleich!« Lorenzo zog aus der Innentasche seiner prachtvollen Jacke ein zerknittertes Dokument.

»Sehen Sie, hier haben wir es noch einmal schriftlich. Hier steht Auftrag und hier unten steht die lächerlich großzügige Summe, die der Duke uns dafür bezahlen möchte. Zufrieden?«

»Ich werde Miss Heather informieren. Ob Sie hierbleiben können oder woanders ihr Quartier aufschlagen müssen, darüber wird sie bestimmen.«

»Uns gefällt es hier!«

»Direttore, bitte! Miss Heather hat hier das Sagen. Sie müssen ihr Wohlwollen gewinnen. Bis zur Hochzeit vergehen noch einige Tage.«

Der Zirkusdirektor nickte.

»Und wer sind diese bezaubernden Damen?« Er zwinkerte den beiden Mädchen zu. Sie kicherten und drückten sich näher an Salvatore.

»Darf ich vorstellen? Miss Sophie und Miss Lizzy. Ich glaube, sie würden gern einmal mit einem echten Zirkusdirektor tanzen. «

»Junger Freund, Sie wissen gar nicht, in welches Unglück sie mich stürzen würden, wenn ich ihrem wohlgemeinten Wunsch nachkäme. Meine Gattin, die normalerweise sanft ist wie ein Täubchen, würde mir heißes Öl übergießen und meine Tochter, ein Lämmchen mit der Seele eines Engels und mit der Sie freundlicherweise vor kurzem tanzten, würde eine brennende Fackel auf mich werfen. Aber ich habe einen vorzüglichen Ersatz. Kommen Sie mit!«

Eine Gruppe Neugieriger drängte sich um einen muskulösen Mann, dessen nackter Oberkörper ölig glänzte. Mit bloßen Händen verbog er eine schwere Eisenstange.

»Dino, il vigoroso, das ist mein Schwager. Er ist die Seele von einem Mann – bis man ihn reizt. Warten Sie hier!«

Der Direktor ging auf seinen Schwager zu und sprach leise mit ihm. Dino schaute zu den Mädchen herüber. Ein Lächeln ging über sein Gesicht. Er kam auf Sophie und Lizzy zu und gab ihnen einen galanten Handkuss. Diese warfen Salvatore noch einen sehnsüchtigen Blick zu, dann verschwanden all drei unter der immer größer werdenden Schar tanzender Pärchen.

»Ich dachte, der Circo Fantasmagoria existiert nur in der Einbildung kleiner Mädchen, Direttore. Um so mehr bin ich überrascht, Sie hier leibhaftig vorzufinden. Ist es wirklich derselbe Zirkus?«

Lorenzo, der Rätselhafte, sah Salvatore nachdenklich an. Er zwirbelte seinen Bart, dann nahm er den Zylinder vom Kopf und schaute hinein. Es kam kein weißes Kaninchen heraus und auch keine Antwort.

»Grüßen Sie Miss Heather! Wir werden selbstverständlich ihren Anordnungen Folge leisten. Und Ihnen, Maître, wünsche ich noch einen schönen Tag!«

Mit diesen Worten drehte er sich um und verschwand in der Menge.

Nachdenklich ging Salvatore zurück ins Schloss. Er hatte keine einzige Antwort bekommen, nur neue Rätsel.

## Kapitel 3

Die Cosmographia lag auf dem Nachttisch. Die ersten Sonnenstrahlen fielen durch das Fenster und ließen die goldene Titelprägung auf dem Einband grell aufleuchten. Salvatore hatte das Buch schnell gelesen, aber den Rest der Nacht verbracht, über seinen Inhalt nachzudenken.

Die Bettdecke war übersät mit Notizen, Zusammenfassungen, wörtlichen Übersetzungen schwieriger Stellen, Graphiken und einem Glossar der Namen.

Es ergab alles keinen Sinn.

Salvatore schloss die Augen und ließ sich auf das Kissen sinken. Von den Zehenspitzen anfangend entspannte er jede Muskelfaser seines Körpers, bis er das Gefühl hatte, federleicht zu sein und über einem Teich der vollkommenen Stille zu schweben. Die Wasseroberfläche zitterte leicht unter einem Wind, der so warm und sanft war wie der Atem der Liebe. Dies war der Ort seiner inneren Kraft, den er nur finden konnte, wenn es ihm gelang, alle Gedanken, Fragen, Ängste und Sehnsüchte fahren zu lassen und die äußere Welt aufzugeben und sich der inneren Welt anzuvertrauen. Nur hier war er bei sich selbst und spürte, es gab etwas Höheres, das über die Wahrnehmungen unserer Sinne hinausging.

Allmählich stiegen Götter, Helden und Bösewichte empor und spielten vor seinem geistigen Auge ihre Geschichte, so wie sie in der Cosmographia erzählt wurde.

### Cosmographia

Die Welt war geschaffen. Zufrieden betrachtete z'Za sein Werk. Wohin er schaute, sah er endlose Sandwüsten, aus denen in regelmäßigen Abständen hohe Felskegel hervorragten. Wasser floss tief unten in der Erde. Der Wind bewegte sich gleichmäßig und sanft im Rhythmus seines Atmens.

z'Za legte sich in den Schoß einer Sanddüne und schloss die Augen. Ewige Ruhe, ewige Stille, ewiger Frieden und Freiheit, er hatte es vollbracht! Glücklich schloss er die Augen, um sich seiner Lieblingsbeschäftigung hinzugeben, dem Nichtstun.

Ich werde alles vergessen, nicht mehr denken, nicht mehr fühlen, nur sein! dachte er in froher Erwartung, diesem Ziel jetzt so nahe zu sein. Er begann hinüberzugleiten in einen endlosen Schlaf. Doch in die grenzenlose Stille seines Traums drang ein Lachen, ein spöttisches Lachen, ein Lachen, das ihn zwang, die Augen zu öffnen.

Da stand sie vor ihm, Sie, deren Namen so sehr in seinem Herzen brannte, dass er ihn nicht mehr erinnern konnte. Schwarze Augen, schwarzes Haar und ein Körper, dunkel wie die Felsen eines Vulkans, dessen Feuer man nicht sieht, aber sich daran verbrennt.

»Hier sollen unsere Kinder leben?«, fragte sie.

Geschmeidig ließ sie sich neben ihm nieder. Sacht ergriff sie seine Hand und lächelte wie die Morgenröte nach einer stürmischen Nacht. Sie roch nach Süßem, Wildem, nach etwas, das noch nicht geboren war. Sein Herz begann schneller zu schlagen. Für einen Augenblick dachte er daran zu fliehen und sich am anderen Ende des Universums eine neue Welt zu schaffen. Doch er wusste, er hatte schon verloren, als er den Kuss spürte, den sie in sein Ohrläppchen biss.

Das Spiel ihrer Körper war leidenschaftlich, als wollten sie ein einziger Körper werden, dann immer zärtlicher, keiner konnte genug haben von dem anderen, gerade weil er anders war. Dann gab es nur noch das Gefühl der glückseligen Erschöpfung. Aber auch ihre Seelen hatten sich vereint. So träumten sie gemeinsam von Flüssen, die Felsen hinabsprangen, sich durch Wälder und Ebenen schlängelten, immer breiter wurden, um sich schließlich einem Ozean hinzugeben, der alle Flüsse verschmolz. Sie sahen Vögel über den Wipfeln der Bäume, Tiere im Unterholz und in den Savannen, Fische in Bächen und Bienen über blühenden Wiesen. Sie spürten den Wind, der von den Bergen herabfiel in die Ebenen, der Halme bog, die Weiden zittern ließ und die Wogen der Meere hochpeitschte. Sie fühlten die Hitze der glühenden Vulkane, die Kälte der Eismassen an den Polen und die Wärme der Sonne über weiten Stränden aus glitzernden Sandkörnern, über die Möwen spazierten und kleine rote Krebse fingen.

So wurde die Welt neu erschaffen – in einem Traum der Liebe.

Sie, die keinen Namen hat, brachte drei Knaben zur Welt.

z'Lar mit den großen Augen nahm einen Stein in die Hand, heraus flog eine Taube. Er zeigte auf die Taube und sie verwandelte sich in eine Wolke. Er klatschte in die Hände, es donnerte und ein Blitz fuhr aus der Wolke.

z'Veel mit dem schmalen Mund pfiff und verwandelte sich in einen Wolf, in ein Pferd, in eine Schlange, in einen Menschen, einen Baum, in z'Veel.

z'Gom mit der gebogenen Nase nahm einen Stein, nichts geschah. Er pfiff, er verwandelte sich nicht. Er legte Steine übereinander und hatte ein Haus. Er legte einen Baumstamm über einen Bach und hatte einen Steg.

Die Brüder zogen in die Welt hinaus. Der erste ging nach Norden, der zweite in den Süden, der dritte nach Westen und Osten. Überall fanden sie die Menschen.

z'Lar mit den großen Augen überquerte einen vereisten Fluss. Er schritt durch das Tor in eine Siedlung aus Holzhütten und hohen Palisaden, deren Spitzen scharf waren wie Krallen. Es war dunkel und kalt. In der Mitte brannte ein Feuer. Als er sich ihm näherte, stürzten aus den Hütten Menschen heraus. Sie trugen Bärenfelle, in den Händen hielten sie Keulen und Speere. Mit einer Handbewegung z'Lars fielen die Waffen zur Erde. Sogleich warfen sich alle zu Boden und blieben mit dem Gesicht nach unten liegen.

»Bringt mir Wein und Fleisch!«

Zwei Menschen brachten ihm mit zitternden Händen einen Krug mit schwerem, süßem Wein und ein Stück dampfenden Braten. Da sah er eine verstohlene Bewegung im Schatten einer Hütte. Ein Blitz fuhr hernieder, ein Mensch schrie auf, ein Häufchen Asche blieb zurück.

»Bei euch werde ich mich niederlassen. Nennt mich Zauberer und tut alles, was ich euch sage. Dann werden wir prächtig miteinander auskommen.«

z'Veel mit dem schmalen Mund verwandelte sich in einen Fisch und schwamm durch das große Meer. Am anderen Ufer angekommen, nahm er die Gestalt eines Adlers an und flog über weite Ebenen und Wüsten, über Buschwerk und Dschungel, bis er an einen stillen See kam. Dort hatten Menschen Häuser auf Pfählen in das Wasser gebaut.

Auf Schilfbooten ruderten die Männer hinaus, warfen Netze aus und zogen silberne und goldene Fische in das Boot. z'Veel verwandelte sich in einen Hecht mit blauen Schuppen und messerscharfen Zähnen. Er zerbiss die Netze und vertrieb die Fische. In der Nacht war er ein Tiger mit glühenden Augen. Er brüllte in die Nacht, weder Tier noch Mensch konnten Ruhe finden.

Am nächsten Tag trat er unter sie. Es waren friedliche Menschen und hatten Augen so unschuldig wie Kinder.

»Bringt mir Schnaps und Fisch!«

Zwei Mädchen brachten ihm eine Schale Schnaps und einen geräucherten Fisch. Sie lächelten freundlich.

»Bei euch werde ich mich niederlassen. Nennt mich Gestaltwandler und tut alles, was ich euch sage. Dann werden wir prächtig miteinander auskommen.«

z'Gom mit der gebogenen Nase kam an einen breiten Fluss. Dort traf er auf Menschen. Sie hatten Rinder in einem Pferch zusammengetrieben. Vor einem Lagerfeuer berieten sie, wie sie den Fluss überqueren könnten. Sie hießen den Fremdling willkommen und gaben ihm ein Glas Wasser und einen Laib Brot. z'Gom bedankte sich. Dann ging er den Hügel hinauf und blickte über fruchtbare Weiden und schattige Birkenhaine. Amseln flogen herbei und eine freche Schar Spatzen. Er fütterte sie mit Brotkrumen, die sie aus seiner Hand pickten. Es war ein stiller, friedlicher Ort.

z'Gom ging zurück zu den Menschen.

»Nennt mich Vater! Ich werde bei euch bleiben. Gemeinsam werden wir den Weg zum Licht gehen.«

Da lachte einer von ihnen, einer mit verschlagenem Blick und schwitzenden Händen. Er nahm seinen Dolch und stieß ihn z'Gom ins Herz. Ein Schrei des Entsetzens ging durch die Männer und Frauen und endete in einem erstaunten Flüstern. z'Gom zog den Dolch ohne einen Tropfen Blut aus seiner Brust. Er gab ihn dem Angreifer zurück mit den Worten:

»Du sollst von nun an immer bei mir bleiben. Ich nenne dich Zweifler. Deine Zweifel möchte ich hören und mich an ihnen messen.«

Dann sagte er mit lauter Stimme:

»Dies ist ein schöner Ort. Hier werden wir bleiben, eine Siedlung bauen, Vieh züchten, Äcker bestellen und Gärten anlegen. Dann werden wir eine Brücke errichten über den Fluss. Er soll keine Grenze mehr sein.«

Sie, die keinen Namen hat, war eines Tages verschwunden, ohne Lebewohl und ohne das Versprechen zurückzukommen. z'Za sah das leere Bett. Er fühlte ihre Abwesenheit wie eine blutende Wunde in seinem Herzen. Diesen Schmerz kannte er und hatte ihn nie aushalten können. Jetzt füllte er sein Inneres wie Feuer, das ihn von innen auffraß. Er konnte es nicht noch einmal ertragen. z'Za brüllte, dass die Berge bebten, die Ozeane über die Ufer traten, Vögel vom Himmel fielen und die Sonne sich verfinsterte.

Seine Söhne kamen herbeigeeilt. Sie wussten nicht, was sie tun konnten, um ihn zu beruhigen. Schließlich brach er zusammen. Er lag auf dem Boden, seine Glieder zitterten und seine Augen waren voller Tränen.

»Ihr müsst mich töten! Werft mein Herz in den Vulkan, gebt meine Augen dem Condor und meine Zunge der Schlange. Meinen Körper müsst ihr verbrennen und in alle Winde verstreuen.«

So geschah es, dass drei Söhne ihren Vater töteten.

Als seine Seele alle Fesseln hinter sich ließ, überlappten sich für einen Augenblick die Myriaden von Welten, die ihr Vater erschaffen hatte. Verwundert sahen die Brüder, dass die Welt, die sie für die einzige gehalten hatten, nur ein winziges Sandkorn war in einem Ozean von Welten.

Die anderen Welten traten zurück. z'Za war tot.

z'Lar mit den großen Augen rief einen Condor herbei. Ihm gab er die Augen seines Vaters. z'Veel mit dem schmalen Mund verwandelte sich in eine Schlange und fraß die Zunge seines Vaters. An Ort und Stelle legten sie den Körper auf einen Scheiterhaufen und verbrannten ihn. Die Asche überließen sie einem starken Wind, den z'Lar herbeigerufen hatte. z'Gom legte das Herz in einen Tonkrug, den er sich auf den Rücken band. Dann trat er die Reise an, das Herz seines Vaters in einen Vulkan zu werfen.

*

Hier endete die Cosmographia.

## Kapitel 4

In der Küche zu frühstücken, war für Salvatore ein kostbares Vergnügen. Er saß ganz allein an einem kleinen Tisch, vor sich eine einfache Kaffeetasse ohne Goldrand und Ornamente, ein Teller und ein Küchenmesser. Floriana stand am Herd und verteilte die glänzenden Kupferkessel auf die Herdplatten. Sie trug ein sonnengelbes Band im Haar und sah dann und wann mit einem zufriedenen Lächeln zu ihm herüber. Sophie und Lizzy brachten ihm das Frühstück, frische Brötchen, Butter und Käse, füllten seine Tasse mit heißem Kaffee und gaben einen kleinen Schuss Sahne hinzu. Keiner sprach. Es war eine heilige Zeit, diese Stunde, bevor das Schloss erwachte. Nur die Vögel sangen ihr Morgenlied. Nach und nach kamen die anderen Küchenmädchen. Sie nickten Salvatore zu und setzten sich an einen langen Tisch. Jede hatte ihren festen Platz. Das Geschirr klapperte, Stühle wurden gerückt, aber es wurde nicht gesprochen. Es roch nach Kaffee – und nach Frau. Jede hatte ihr eigenes Parfüm, von süß bis schwer, ein verwirrendes Duftgemisch wie auf einer Blumenwiese in der heißen Sommerzeit.

Salvatore genoss diese weibliche Atmosphäre, hatte er doch nie eine Mutter gehabt wie die anderen Kinder. Das Weibliche war ihm immer ein Geheimnis gewesen, etwas, das ihm Furcht einflößte. In Florianas Reich aber fühlte er sich geborgen.

Die Tür wurde aufgerissen. Ein kalter Schatten fiel in den Raum. Peter trat an Salvatores Tisch. Mit Missbilligung in der Stimme sagte er:

»Hier finde ich Sie?«

»Guten Morgen, Peter!«, sagte Salvatore, ohne sich aus der Ruhe bringen zu lassen. »Sie haben die Sachen besorgen können?«

»Ja, Maître, sie stehen unten. Sie können sich also gleich ans Werk machen.«

»Ich danke Ihnen, Peter. Sollte ich noch etwas brauchen, werde ich es Sie wissen lassen.«

Er nahm die Tasse in beide Hände. In Paris hatte er den Kaffee aus großen Schalen getrunken. Das Frühstück war eine feierliche Handlung. Das war die Zeit, in der er sich selbst wiederfand und nach der Nacht wieder in seine Haut schlüpfte, um hinauszugehen in den Tag.

Peter räusperte sich. Wollte er noch etwas sagen, eine Bemerkung machen?

Salvatore betrachtete den Kaffee. Welch eine seltsame Geschichte hatte er doch heute Nacht gelesen. An was einfache Menschen doch alles zu glauben in der Lage waren! Die einzig sichere Methode, den Geheimnissen dieser Welt auf die Schliche zu kommen, war die Wissenschaft – und die hatte Salvatore gründlich studiert. Zauberer und Gestaltwandler, das war schon lange bewiesen, so etwas gab es nicht.

»Wenn Sie mich brauchen«, sagte Peter, »stehe ich Ihnen jederzeit zur Verfügung.«

»Danke, Peter!«

Peter verließ den Raum. Die Mädchen flüsterten aufgeregt. Floriana stellte mit lautem Knall einen Topf auf die Herdplatte. Sie ging zur Tür, die hinaus auf den Hof führte, und öffnete sie weit. Kühle Morgenluft wehte herein. Mit ihr kamen ein paar neugierige Hühner.

Salvatore stand auf.

»Meine Damen, ich wünsche Ihnen einen wunderschönen Tag!«

Die Mädchen kicherten. Floriana sagte:

»Sie sind uns jederzeit willkommen, Maître!«

Salvatore verließ die Behaglichkeit der Küche und betrat das Treppenhaus des Schlosses. Es war ein Schritt in eine andere Welt. Die hohen Decken, die schweren dunkelblauen Tapeten mit ihren ausgebleichten lila Blumenmustern, der dunkelglänzende Holzboden, auf dem ein langer Teppichläufer zu der Marmortreppe führte, deren Aufstieg links und rechts von fahlgoldenen Sphinxen bewacht wurde, all diese überfrachtete Ornamentik konnte nicht darüber hinwegtäuschen, dass es in dem Schloss kein Leben gab, kein Lachen und keine Wärme. Kein Geräusch war zu hören. Salvatores Schritte störten eine Grabesruhe.

Einem Impuls folgend ging Salvatore hinauf auf sein Zimmer. Unter der Matratze holte er den Dolch hervor, den ihm die Alte vom Circo Fantasmagoria gegeben hatte. Il. Vendicatore steckte in dem Futteral. Er befestigte es an seinem Gürtel.

Mit der Cosmographia in der Hand ging er durch die Bibliothek in die geheime Kammer. Der nächste Band in dem Versteck war ein dickleibiges Werk mit dem Titel:

Legenden und Mythen der Urzeit, eine kritische Analyse
auf den neuesten Stand der Forschung gebracht von
Prof. Dr. Dr. Hans-Frieder von Schonzenick
Berlin 1837, 23. Auflage

Salvatore setzte sich und schlug das Buch in der Mitte auf. Zwischen den Seiten lag ein dünnes Goldband als Lesezeichen. Dort begann ein neues Kapitel. Am Rand hatte jemand, wahrscheinlich der Duke, drei Fragezeichen eingefügt.

**Kleiner Falke z'Fla**

Die folgende Legende ist die unwahrscheinlichste unter all den Phantastereien unserer abergläubischen Vorahnen, die noch nicht unter dem hellen Licht der Aufklärung und den Segnungen unserer wissenschaftlichen Erfolge leben durften. Wie wir schon mehrfach ausgeführt haben, müssen wir diese Legenden und Mythen als die ersten Versuche einer Menschheit verstehen, die sich sozusagen noch im Säuglingsalter der zivilisatorischen Entwicklung befand, einer ihr unverständlichen Welt Sinn zu verleihen und somit ihrem eigenen Leben. Dabei sind oft sehr poetische Werke entstanden. Das wollen wir anerkennen, aber zugleich deutlich davor warnen, irgendeinen Realitätsbezug hineindeuten zu wollen. Vor der nachfolgenden Geschichte möchten wir ausdrücklich warnen. Sie stellt nichts anderes dar als den dreisten Versuch, der lächerlichen Idee eines Matriarchats Legitimität zu verschaffen. Es ist mit absoluter Gewissheit anzunehmen, dass dieses mythologisch verbrämte Hirngespinst zu einem viel späteren Zeitpunkt als die restlichen in diesem Band vorgestellten Werke entstanden ist. Nur der Vollständigkeit halber folgt nun dieses Machwerk mit dem verharmlosenden Titel:

**Kleiner Falke z'Fla**

Nachdem ihre drei Söhne in die Welt hinausgegangen waren, zog sich Sie, die keinen Namen hat, auf eine einsame Hütte in den Bergen zurück. Zwei Ziegen und eine Herde Schafe waren ihre einzigen Gefährten, sonst ließ sie niemanden zu sich.

Zu z'Za sagte sie: »Über dies und das will ich nachdenken. Da kann ich dich nicht gebrauchen. Geh hinaus und schau dir deine Welt an!«

»Viel lieber würde ich zu deinen Füßen liegen und dir beim Denken zuschauen.«

»Du weißt, dass ich dich liebe«, sagte sie, gab ihm einen Kuss auf die Stirn und schob ihn die Tür hinaus, »und jetzt geh!«

Nachdem z'Za gegangen war, legte sie einen unsichtbaren Schleier über sich und den Berg, den kein Unsterblicher durchdringen konnte. Die Menschen konnten sie aber sehen als eine alte Frau, die Kräuter sammelte, Krähenfedern, seltsam geformte Steine und andere sonderbare Dinge und die von Dorf zu Dorf ging, um den Menschen Tee und Salben zu verkaufen, die Kranke wieder gesund machten. Die Alte vom Berge wurde sie genannt mit Dankbarkeit und Ehrfurcht.

In einer kalten Winternacht geschah, worauf sie gewartet hatte. Eine verzweifelte Frau war auf dem Weg zu ihr.

Die Zeit war gekommen!

Sie, die keinen Namen hat, brachte in dieser Nacht eine Tochter zur Welt. Sie wickelte das Kind in ein Seidentuch mit roten Drachenmustern.

»z'Fla! Das ist dein Name, mein kleiner Falke.«

Während sie das Kind in ihren Armen wärmte, waren ihre Gedanken bei dieser anderen Frau. Lisette hieß sie und hatte schon viel Leid erfahren in ihrem jungen Leben. Ihr geliebter Gatte war ermordet worden und sein Kind, das sie unter dem Herz trug, war soeben gestorben.

›Ach, wie kalt ist diese Welt!‹

Ein eisiger Wind peitschte Lisette zu Boden. Sie versank im Schnee. Er leuchtete fahl unter dem Mond, dem sie gefolgt war in dieser siebten Nacht ihrer Verbannung. Das Kind unter ihrem Herzen war kalt wie Eis.

Sie wusste nicht, woher die Kraft kam, die sie wieder aufstehen ließ. Der Mond war hinter dunklen Wolken verschwunden. Alles war finster. Sie war ganz allein auf der Welt. In dem Augenblick, als sie David erschlagen hatten, war auch ihr Leben zu Ende gegangen. Aber das Kind, sein Kind, das musste leben!

Sie ging Schritt für Schritt weiter in der Dunkelheit. Beide Hände streckte sie aus, um sofort ein Hindernis erkennen zu können.

Ganz in der Nähe blökte ein Schaf, dann noch eins und noch eins.

In der Schwärze der Nacht ging eine Tür auf. Lisette konnte ein helles Zimmer sehen und Feuer im Kamin. Sie taumelte darauf zu, obwohl sie wusste, dass es nur ein Traum sein konnte, ein Fiebertraum. Sie glaubte nun, die Gewissheit zu haben, am Ende ihres Weges angekommen zu sein, am Ende aller Hoffnungen. Sie sank zu Boden, mit ihr versank die Welt.

Es roch nach Kräutern. Ein Säugling schrie.

Ein Säugling schrie!

Sie wollte aus dem Bett springen, aber eine Hand hielt sie zurück.

»Bleib liegen! Ich bringe dir dein Kind.«

Lisette gelang es, sich aufzurichten. Eine alte Frau ging zu einer Wiege und holte einen Säugling heraus. Er war in ein Seidentuch gehüllt, das mit roten Drachenmustern bestickt war.

»Es ist ein Mädchen«, sagte die Alte und legte ihr den Säugling in die Arme.

Das Mädchen hatte schwarze Augen. David hatte auch schwarze Augen. Lisette kamen die Tränen. Sie drückte das Gesicht an die Wange des Kindes, sodass es bald aussah, als würden beide weinen vor Schmerz und vor Glück. Zufrieden schlief sie ein.

»Ich will deine Geschichte nicht hören«, sagte die Alte, als sie ein paar Tage später vor der Hütte auf einer Bank saßen und den Schafen zusahen, die sich darum stritten, wer das kleine Wesen als nächster abschlecken durfte, das in dem Weidenkorb lag, der am Ast einer Birke schaukelte. »Zuviel habe ich schon gehört von der Dummheit und Engherzigkeit der Menschen. Vergiss alles, was war! Beginne ein neues Leben!«

»Aber wo? Und wie?«

»Natürlich hier! Ich verstehe alles von Kräutern, Salben, Tinkturen und Mixturen. Man nennt mich Die Alte vom Berge und achtet mich. Das werde ich dir beibringen, während deine Tochter heranwächst. Und wenn ich eines Tages keine Lust mehr habe zu leben, dann wirst du meine Nachfolgerin. Wir haben hier oben alles, was wir brauchen, die Milch der Ziegen und der Schafe, Salat und Kräuter aus dem Garten, Obst von den Bäumen dort drüben und Wasser direkt aus dem Felsen.«

Sie sah Lisette fragend an. Die war aber in der warmen Mittagssonne eingeschlafen und hatte ein zufriedenes Lächeln auf den Lippen. Die Alte nahm eine Decke und legte sie ihr um die Schultern. Sie stand auf und ging hinauf auf den Gipfel. Dort stand eine große knorrige Eiche. In der Vergabelung zweier mächtiger Äste hing ein Bienennest. Bienen flogen ein und aus.

Ein Adler kam herbeigeflogen. Er setzte sich auf einen Ast. Die Alte holte ein verschnürtes Bündel unter einer der großen Wurzeln des Baumes hervor. Sie hauchte ihm ihren Odem ein.

»Beeile dich!«

Der Adler sprang hernieder, ergriff das Bündel mit seinen Krallen und flog davon.

Als sie zurückkam, wachte Lisette auf. Sie hielt die Hand vor die Augen. Die Sonne blendete hier oben mehr als unten im Tal.

»Für einen Augenblick dachte ich, du trägst eine Flammenkrone.«

»Nein, danke! Davon bekommt man nur Kopfschmerzen.«

Sie setzte sich neben die junge Frau.

»Hast du dir schon überlegt, wie deine Tochter heißen soll?«

»Sara!«

»Gut! Komm, wir wollen es ihr gleich sagen.«

Die beiden Frauen gingen zur Birke. Lisette nahm das Mädchen heraus und nahm es in den Arm. Zärtlich streichelte sie ihr die Wange.

»Meine süße, kleine Sara!«

Die Alte gab dem Mädchen einen Kuss auf das Stupsnäschen. Sie legte zwei Finger auf seine Stirn und sagte feierlich:

»Dein Name ist Sara! Niemand weiß, was dir das Leben bringen wird. Aber eins wird immer gewiss bleiben: Wir lieben dich!«

Sara lachte und streckte die Hände den beiden Frauen entgegen.

*

Salvatore legte das Buch zurück, ebenso die Cosmographia, wobei er darauf achtete, die ursprüngliche Anordnung wiederherzustellen.

Wieso interessierte sich der Duke, der doch ein höchst intelligenter Mann zu sein schien, für diese seltsamen Schöpfungsmythen und Göttersagen? Gab es eine Geheimlehre oder gar einen Geheimbund wie die Freimaurer oder Rosenkreuzer, denen der Duke angehörte?

Der Duke hielt die Bücher offensichtlich für so wichtig, dass er für sie einen Aufbewahrungsort ausgesucht hatte, wo sie niemand ohne Weiteres finden konnte.

## Kapitel 5

Der Weg nach unten, wie Salvatore es nannte, fiel ihm von Tag zu Tag schwerer. Er blieb jedes Mal ein paar Minuten länger vor der Tür stehen, bevor er sie öffnete. Der Raum hielt die Luft an, dann begann er zu flüstern und zu raunen. Salvatores Ohrengeräusche wurden schlagartig so laut, dass ihm schwindlig wurde. Es gab kein Fenster, nur die eine Tür, die nicht ins Freie, sondern in das enge Treppenhaus führte. Die Luft war abgestanden und drückend.

Nachdem er die Lampen im Raum verteilt hatte, begann er damit, die Restauration der Schlange fortzusetzen. Den Teil der Schlange, der rein schwarz war, hatte er beendet. Von jetzt an erforderte die Arbeit hohe Konzentration, denn von Schuppe zu Schuppe musste er nun dem Schwarz in kleinsten Schritten Goldanteile hinzugeben, bis zu dem Kopf, der den eigenen Schwanz verschlang, er sollte aus reinstem Gold bestehen. Es galt, diesen Übergang von reinem Schwarz zu reinem Gold in kleinsten Nuancen wiederzugeben, sodass er so natürlich wirkte wie bei einem lebendigen Tier. Das konnte nur ein wahrer Meister seines Fachs.

Ein Bett aus Rosenzweigen, gefüllt mit Rosenblättern, darüber als Himmel eine Rosenlaube, alles in Weiß, das war Salvatores erster Eindruck gewesen. In Wirklichkeit bestand das ganze Gebilde aus Gips und hätte genauso gut auf einem Jahrmarkt stehen können oder auf einer Theaterbühne. Die Schlange, die sich um das Bett wand, war auch nur Attrappe, ebenso wie die Wände und das Deckengewölbe, die wie eine riesige Rosenhecke wirkten. Alles ein einziges Gaukelspiel, eine Täuschung der Sinne! Ja, Salvatore hätte schwören können, dass ein süßlicher Rosenduft in der Luft lag und sich hin und wieder die Rosenblätter bewegten wie in einem leichten Frühlingswind. Es war aber die Travestie eines Frühlings, denn es gab in diesem Raum nichts Heiteres, Luftiges oder Hoffnungsvolles, nur das bleiche Antlitz des Todes, das sich zum Hohn schminken ließ, um die Lebenden verlachen zu können.

Salvatore tauchte den Pinsel in Farbe ein.

Ein brennender Schmerz ließ ihn auf seine rechte Hand blicken.

Auf dem Handrücken bemerkte er einen kleinen Fleck, schwarz glänzend, in der Form einer Schuppe. Er dachte zuerst, es sei ein Klecks Farbe. Aber daneben bildete sich eine zweite Schuppe, eine dritte, vierte ... Immer schneller breitete sich ein Geflecht schwarzer Schuppen aus. Er legte die andere Hand darüber, als könnte er damit alles ungeschehen machen. Die rechte Hand fühlte sich kalt und glatt an – wie Schlangenhaut. Aber der Prozess war noch nicht zu Ende. Das Schuppengeflecht wuchs den Unterarm hoch, dann den Oberarm bis zur Schulter. Der Arm fühlte sich nicht wie ein Fremdkörper an, eher, als habe er seine wahre Gestalt gefunden. Als sich schwarz glänzende Schuppen auf der linken Hand zu bilden begann, verlor Salvatore das Bewusstsein.

Salvatore kam wieder zu sich und blickte in das Gesicht eines jungen Mannes, der sich über ihn beugte und ihm ein nasses Tuch auf die Stirn legte.

»Maître Brava! Geht es wieder?«

Salvatore betrachtete seine Hände. Alles war, wie es sein sollte.

Den jungen Mann hatte er schon einmal gesehen. Der traurige Blick in den Augen brachte die Erinnerung zurück. Es war der Akkordeonspieler des Circo Fantasmagoria.

»Kommen Sie, Maître, Sie müssen an die frische Luft!«

Ohne eine Antwort abzuwarten, fasste der junge Mann Salvatore unterm Arm und führte ihn hinaus ins Treppenhaus. Er ließ ihn auch nicht los, als sie die engen Treppen hochstiegen, erst als sie hinaustraten in den Schlossgarten.

»Ich danke Ihnen!«

»Mein Name ist Domenico.«

»Danke, Domenico! Wie kommt es, dass Sie gerade zum richtigen Zeitpunkt in einem Raum waren, von dessen Existenz niemand weiß außer dem Duke und mir?«

»Kommen Sie, Maître, Sie müssen etwas Kräftiges essen!«

Domenico führte Salvatore durch das Schlosstor. Neben der Straße zum Dorf hatte der Zirkus sein Lager aufgeschlagen. Ein rotbraunes Pferd kam auf sie zugelaufen. Domenico streichelte ihm den Hals, dann schwang er sich auf seinen Rücken und ritt in das Lager.

Salvatore überlegte, ob er nicht besser umkehren sollte. La Famiglia

Fantasmagoria war ihm nicht geheuer. Aber vielleicht bekam er diesmal eine Antwort.

Ein langer Tisch war gedeckt für einen Festschmaus. Terrinen mit Braten und Nudeln, Krüge mit Wasser und Karaffen, gefüllt mit rotem Wein standen neben Schüsseln mit Salaten und Schalen voller Trauben. Geschnittenes Brot lag in Körbchen. Eine Vase mit Feldblumen stand in der Mitte des Tischs. Darüber hingen Girlanden, die im sanften Wind flatterten.

»Maître Brava!« Lorenzo, il misterioso, beleibter Zirkusdirektor mit Moustache und schwarz pomadisiertem Haar, klopfte Salvatore auf die Schulter. »Es ist uns eine Ehre, einen solch hohen Gast an unserer bescheidenen Tafel begrüßen zu dürfen. Was Sie hier sehen, ist der Ausdruck der Dankbarkeit, den uns die einfachen Menschen dieser abgeschiedenen Region unseres herrlichen Erdballs beschert haben. So lässt es sich leben! Nehmen Sie hier am Kopf der Tafel Platz. Schließlich sind Sie unser Ehrengast. Es soll Ihnen an nichts mangeln …«

Er hätte wohl noch endlos weitergeredet, wenn nicht die anderen Mitglieder der Familie gekommen wären. Das waren: Domenico, Fernanda, die Gattin des Direktors, und ihre Tochter Antonella, die so gut tanzen konnte, und Dino, der Feuerschlucker, außerdem der Affe, der sich wie selbstverständlich auf den Ehrenplatz schwang, sodass Salvatore neben Antonella zu sitzen kam. Alle waren festlich gekleidet. Die Damen trugen lange wallende Röcke über raschelnden Unterröcken und weiße Rüschenblusen. Die Herren trugen enganliegende Jacken aus dunkelblauem Samt.

»Du siehst aus wie ein Gespenst.« Antonella kniff Salvatore in die Wange. »Dabei ist es noch gar nicht Mitternacht.«

»Antonella! Benimm dich!« Fernanda saß Salvatore gegenüber. »Darf ich Ihnen dieses schöne Stück Braten geben?«

Salvatore nickte. Überrascht stellte er fest, dass er Hunger hatte.

Er nahm sich noch Salat auf den Teller und eine Scheibe Brot.

»Wein?«

»Nein, lieber nicht! Ich muss einen klaren Kopf behalten.«

»Wie Sie wünschen, Maître.«

Nach dem Essen zog Lorenzo die Pfeife aus der Jackentasche. Er stopfte sie mit dem Daumen und zündete sie an mit einem Fidibus.

Rauchringe stiegen auf. Der Affe versuchte sie einzufangen. Domenico hatte inzwischen das Akkordeon auf den Schoß gelegt und spielte leise traurige Melodien.

Welch eine Idylle! dachte Salvatore – und dabei habe ich gerade meinen Verstand verloren. Was soll Liliana mit einem Verrückten anfangen?

»Sie werden sich wundern, was es bei uns zu feiern gibt.« Fernandas sonnengebräuntes Gesicht mit dem breiten Mund und den freundlichen Augen strahlte Mütterlichkeit aus. »Nichts gibt es zu feiern und doch so viel. Wir feiern jede Mahlzeit, die wir gemeinsam einnehmen, und feiern jede Stunde und jeden Tag, den wir zusammen sein können. Ganz besonders freut es uns, einen Gast zu haben, der ein gutes Essen zu schätzen weiß.«

»Kennen Sie Floriana, die Küchenchefin auf Everweard Castle?«

»Sie ist ein Genie!«, rief Lorenzo. »Wir sollten sie entführen, Maître Brava. Was halten Sie davon? Hier verkümmert sie nur.«

»Hat sie nicht schon genug erlitten?«

»Ah! Was erwarten Sie vom Leben, junger Mann? Sonnenschein ohne Regen, Liebe ohne Schmerz, Licht ohne Schatten? Nur weil es das Dunkel gibt, können wir das Licht erkennen!«

»Sie sind ein Philosoph, direttore, deshalb halten Sie die Leiden von uns gewöhnlichen Menschen für gering. Während Sie die Welt auflösen und in allgemeine Begriffe und in Kategorien einteilen, wie der Pathologe die Organe des Körpers mit Etiketten versieht, geht diese Welt zugrunde. Leere Phrasen lassen sich auch so viel leichter finden als Mitgefühl und tatkräftige Hilfe!«

Salvatore war aufgestanden und zitterte vor Erregung.

Alle sahen ihn verwundert an. Seine Reaktion war vollkommen unverständlich.

Lorenzo räusperte sich.

»Ich entschuldige mich, wenn ich Ihre Gefühle verletzt haben sollte. Das war auf keinen Fall meine Absicht. Im Gegenteil, ich wollte Sie trösten. Das ist ja wohl vollständig daneben gegangen. Entschuldigen Sie!«

Lorenzo trat auf Salvatore zu und hielt ihm die Hand entgegen. Salvatore drückte sie. Die Berührung beruhigte ihn. Er setzte sich wieder mit einem Seufzer.

»Ich weiß nicht, was in mich gefahren ist. Ich bitte alle um Entschuldigung! Ich sollte mich menschlicher Gesellschaft fernhalten, bis ich mein Leben wieder unter Kontrolle habe.«

Antonella stand auf und machte Platz für La Vecchia.

»Lasst uns allein!«, sagte die Alte.

Alle standen auf und gingen wortlos in die Wagen, sogar der Affe gehorchte.

»Was geschieht mit mir?«

»Was geschieht, willst du wissen? Es gibt keinen Stillstand, nur Bewegung. Wer glaubt, heute noch der zu sein, der er gestern war, belügt sich selbst.«

»Ach, das ist mir alles zu hoch! Ich bin verwirrt, verzweifelt und unglücklich. Nicht einmal den Augenblick verstehe ich, nichts verstehe ich. Ich habe den Verstand verloren.«

»Du musst den Verstand verlieren, um verstehen zu können.«

»Können Sie es nicht so ausdrücken, dass es ein einfacher Mensch wie ich begreifen kann, der an den besten Universitäten studiert hat?«

Die Alte ergriff Salvatores Hand und fuhr mit dem Finger die Handlinien nach, wie sie es schon einmal getan hatte.

»Ich will dir noch einmal die entscheidende Frage stellen. Salvatore Brava, wer bist du? Finde das heraus, ohne irgendetwas als gegeben vorauszusetzen. Das ist der einzige Weg für dich.«

»Noch vor kurzem hätte ich diese Frage mit absoluter Gewissheit beantworten können. Das kann ich jetzt nicht mehr. Wissen Sie, wer ich bin?«

»Ja.«

»Dann sagen Sie es mir um Himmelswillen!«

»Das würde dir nichts nützen. Du selbst musst es herausfinden und noch mehr: Du musst dich selbst bestimmen!«

»Bin ich ein Mensch? Bin ich ein Monster?«

Die Alte ließ seine Hand los und stand auf.

»Werde, der du bist!«

## Kapitel 6

»Warten Sie, Maître!«

Salvatore blieb stehen. Domenico sprang von dem rotbraunen Pferd. Er gab ihm einen Klaps und es lief zurück ins Lager.

»Sehen Sie, was ich mitgebracht habe.« Domenico hob eine Gitarre in die Höhe. Die roten, gelben und blauen Bänder flatterten im Wind »Damit läuft die Arbeit noch einmal so schnell.«

»Ich kann zwar recht gut Gitarre spielen, aber wenn ich arbeite, habe ich dafür keine Hand frei.«

»Deshalb werde ich Sie begleiten, Maître, und in Ihrer Nähe bleiben, Musik machen oder mucksmäuschenstill sein, wie immer Sie es wünschen.«

Salvatore zögerte. Domenico war ihm nicht geheuer.

»Es wird dem Duke nicht recht sein, wenn ein Fremder in sein strenggehütetes Heiligtum einbricht.«

»Er ist nicht da.«

»Er wird es erfahren!«

»Sie sind der Maître, auf den er nicht verzichten kann.«

»Also gut, probieren wir es aus. Wenn Sie mir auf die Nerven fallen, Domenico, müssen Sie wieder gehen.«

»Versprochen!«

Sie gingen schweigend weiter.

In der Eingangshalle des Schlosses wartete Peter. Man sah es ihm an, er war wütend. Miss Heather lief ungeduldig vor der Treppe auf und ab. Als sie Salvatore und Domenico kommen sah, entfernte sie sich wortlos. Peter wollte auf Salvatore losstürzen, erinnerte sich aber noch rechtzeitig der Würde seines Amtes und blieb stehen.

»Wir hatten uns Sorgen um Sie gemacht, Maître Brava.«

Dabei presste er die Lippen zusammen. Es klang wie das Zischen einer Schlange.

»So?«

»Überall hatte ich Sie gesucht!«

»Gibt es etwas Dringendes?«

»Ihre Arbeit für den Duke!«, brach es aus ihm hervor.

Salvatore ging an ihm vorbei. Vor der Treppe, die nach unten führte, drehte er sich noch einmal um.

»Damit Sie es gleich wissen, dieser junge Mann hier wird mich bei meiner Arbeit unterstützen. Einen schönen Tag noch!«

»Das ist völlig undenkbar! Der Duke ...« Peter wurde rot vor Zorn.

»Es sei denn, Peter, Sie möchten meine Arbeit fortsetzen? Dann werde ich sofort abreisen. Das böte mir die Möglichkeit, den Lehrstuhl an der Sorbonne anzunehmen, den man mir angeboten hat. Geben Sie mir bitte sogleich Bescheid, wenn Sie es sich überlegt haben. Sie wissen ja, wo ich zu finden bin.«

Ohne eine Reaktion abzuwarten, ging Salvatore die Treppe hinunter. Domenico folgte ihm lächelnd, nein, nicht lächelnd, eher mit einem etwas milderen Ausdruck von Traurigkeit.

Sie stellten die Lampen auf. Das Licht wischte nach und nach das Dunkel des Raums weg. Wände und Bett tauchten auf mit der fahlen Gesichtsfarbe Todkranker. Unwillkürlich erinnerte sich Salvatore an einen Abend im pathologischen Institut der Pariser Universität und an den jungen Doktor Henri Petri.

### *Ein Abend in der Pathologie*

*Henri Petri hatte gerade seinen Doktor in Medizin gemacht und bezog seit wenigen Wochen als Dozent ein bescheidenes Gehalt. Aber sein Fach war ihm nicht genug, er strebte nach Höherem. Deshalb besuchte er ein Seminar auf der Kunstakademie. Er war nicht eingeschrieben, aber er hatte Beziehungen. Techniken kann man lernen, aber Kunst, die bringt man mit auf die Welt. Wenn sie nicht in einem steckt wie rote Blutkörperchen oder eine unheilbare Erbkrankheit, dann bekommt man sie auch nicht. Henri Petri gab sich sehr viel Mühe. Dann und wann gelang ihm die getreue Wiedergabe eines Griffelkastens oder einer Schreibfeder. Wenn er sah, was die anderen in dieser Zeit aus dem Papier hervorzauberten, – Hände, die nur für diesen einen Augenblick in ihrer Bewegung innehielten, bunte Feldblumen, deren süßen Duft man zu riechen vermeinte und weibliche Körper, die atmeten, – dann fühlte er sich als Versager. Vor allem glaubte er, dass man ihn hinter seinem Rücken auslachte. Aber er, Dr. med. Henri Petri, war auf dem Weg, Professor zu werden, die anderen, das waren doch nur Studenten. Er beschloss, es denen zu zeigen.*

*Er behauptete, das sei ja alles ganz schön, was sie da aufs Papier brachten, aber, – das würde jeder Mediziner mit einem flüchtigen Blick erkennen, – von der menschlichen Anatomie hätten sie ja nun überhaupt keine Ahnung. Da er sich unter ihnen so gut aufgenommen fühle, wolle er sich erkenntlich zeigen und sie in jene strenggeheime und für alle Nichtmediziner verbotene Kammer führen, wo der Körper des Menschen wie sonst nirgendwo enthüllt und ungeschminkt zu sehen sei. Das klang so morbid, dass keiner der Studenten widerstehen konnte, auch Salvatore nicht.*

*In der nächsten Nacht trafen sie sich vor dem Gebäude der Pathologie. Die Türen waren normalerweise verschlossen, nicht aber an diesem Abend. So schlichen sie sich durch die dunklen Gänge, eine Treppe hinunter in das Kellergeschoss. Sie betraten einen Raum, der so kalt war wie eine Kühlkammer. Ein Buckliger im weißen Kittel hatte dort gewartet. Er schaltete die Gasbeleuchtung Lampe für Lampe an. In der Mitte des weiß gefliesten Raums stand ein Tisch. Unter einem weißen Tuch konnten sie die Konturen eines menschlichen Körpers erkennen. Es roch nach Äther, Chlor und Verwesung. Die Studenten und Studentinnen der Kunstakademie stellten sich um den Tisch herum. Jetzt begann der große Auftritt des Dr. Henri Petri. Mit einem blitzschnellen Ruck zog er – wie der Zauberer im Varieté – das Laken von der Leiche. Prompt fielen zwei der anwesenden Studentinnen in Ohnmacht. Der große Doktor nahm es mit Befriedigung zur Kenntnis. Durchdringend sah er jedem reihum in die Augen, dann begann er seinen Vortrag.*

*Salvatore hatte noch niemals einen Leichnam gesehen, das heißt, in seiner nacktesten Nacktheit, ohne Kleidung und ohne dass die Theaterkunst eines Bestatters ihn wie einen Schlafenden aussehen ließ.*

*Es war eine sehr junge Frau, die sich aus Liebeskummer vergiftet hatte. Dr. med. Henri Petri dozierte nun mit sadistischer Freude über alle unappetitlichen Einzelheiten der menschlichen Anatomie, wobei er seine Ausführungen noch anschaulicher machte, indem er das Seziermesser mit einer Fingerfertigkeit einsetzte, wie man sie sonst nur von einem Spitzenkoch oder einem geübten Metzgermeister erwartet.*

*Salvatore hörte bereits nach kurzer Zeit nicht mehr zu. Er war wie betäubt von dem Schock, in den ihn der Anblick des Mädchens versetzt hatte. Er konnte weder Mitleid mit ihrem Schicksal empfinden, noch sich vorstellen, dass in diesem Ding auf dem Seziertisch jemals eine menschliche Seele gewohnt hatte. Wie der Schnitt des Seziermessers traf ihn die Erkenntnis, dass auch auf ihn der Tod wartete. Natürlich wusste er, dass er sterblich war wie alle Menschen. Das war aber abstrakt, eine philosophische und theologische Frage, weit weg und nicht wirklich wirklich. Jetzt aber fragte er sich: Bleibt nichts übrig, nur ein Haufen Knochen, Muskeln, Haut und Gedärme, die verfaulen und von Würmern gefressen werden? Bewohnt die Seele den Körper wie eine äußere Hülle und verlässt sie ihn beim Tode? Oder sind Körper und Seele eins und vergehen gemeinsam? Der Anblick des toten Mädchens ließ nur einen Schluss zu.*

*

Das Bett in der Mitte des Ouroboros Zimmers erinnerte Salvatore an den Seziertisch in der Pathologie.

Und der Leichnam, das tote Mädchen ...

Die Ohrengeräusche nahmen zu. Ihm wurde schwindlig. Der Raum begann, sich zu drehen ...

... Musik!

Domenico saß auf einer umgekippten Holzkiste. Seine Hände glitten über die Saiten der Gitarre wie in Trance. Sein Blick war der eines Blinden, er war nicht hier, sondern weit weg in einer anderen Welt, die nur er sehen konnte.

Salvatore fand sich auf dem Boden wieder.

Die grauen Wände und das bleiche Gewölbe über ihm bildeten eine erstarrte Rosenhecke, die im flatternden Licht der Lampen sich zuckend zusammenzog und wieder ausdehnte wie ein aus dem Körper gerissenes Herz, das nicht begriff, dass es tot war. Kälte, Tod, das Nichts, eine Ewigkeit Leere, ohne Links und Rechts, ohne Oben und Unten, ohne Zeit, ohne Gefühle, nein, auch ohne Kälte, ohne Wärme, Nichts, horror vacui, die Angst vor der Leere... Alles geht zu Ende, nichts hat einen Sinn, am Ende steht der Abgrund, ein schwarzer Schlund, in den wir geworfen werden. Wir fallen immer tiefer und tiefer in völlige Finsternis, ohne jemals anzukommen.

Salvatore sah teilnahmslos auf seine Arme, auf denen sich wieder

Schlangenschuppen ausbreiteten, von den Händen, über die Arme und – er fühlte es – die Schultern hoch, den Oberkörper erfassend, hinunter über den Unterleib, die Beine und die Füße. Er sprang auf. Sein Körper war elastisch und kraftvoll. Eben war er noch erstarrt gewesen bis in sein Innerstes, jetzt fühlte er, es gibt nur eine Wahrheit: das Jetzt. Er legte die schwarzschimmernde Hand über die Saiten von Domenicos Gitarre.

»Was siehst du?«

Domenicos Augen kehrten zurück in die Gegenwart.

Ohne Überraschung sah er Salvatore an.

»Was soll sein? Du bist ein Veel'zi, ein Gestaltwandler.«

»Was bedeutet das? Heißt das, ich bin verrückt, ich habe Halluzinationen und gehöre zu meiner eigenen Sicherheit hinter dicken Mauern eingesperrt?«

Statt einer Antwort legte Domenico den rechten Arm an die Wand. In Sekundenschnelle war er zu einem weiteren Ast der Rosenhecke geworden, mit kleinen Zweigen und Dornen, genauso blutleer und bleich. Dann verbreitete sich das Dornengeflecht über Domenicos gesamten Körper. Er löste sich auf in der Wand, sodass Salvatore seine Gestalt nicht mehr erkennen konnte.

»Domenico, komm zurück! Ich brauche Antworten, keine neuen Rätsel.«

Ein dunkelgrauer Schatten löste sich aus der Wand und formte sich zu einem Bären. Er stand auf den Hinterpfoten. Mit einer mächtigen Vorderpranke schlug er nach Salvatore. Doch Salvatore wich mühelos aus, die zweite Pranke traf ihn aber. Ein glühender Schmerz lähmte seine linke Schulter. Zorn stieg in ihm auf. Blitzschnell schoss sein Kopf nach vorne und wollte dem Bären in den Hals beißen. Der Bär war nicht mehr da. Salvatore betastete seinen Kopf. Es war der Kopf einer Schlange, der sich wieder zurückformte in seinen eigenen Kopf.

Domenico saß auf der Holzkiste.

»Maître Salvatore Brava, es gibt keinen Zweifel. Sie sind ein Veel'zi!«

»Veel'zi? Wo habe ich das nur gelesen? Ach ja, in der Cosmographia war die Rede von z'Veel, dem mit dem schmalen Mund. Das war eine mythische Göttergestalt, ein Märchen aus grauer Vorzeit. Was die Leute sich halt so ausspinnen, wenn sie nichts zu tun haben.«

»Maître, ich wusste gleich, dass Sie es auf die harte Tour lernen müssen. Sie gehören zu denen, die nur an das glauben, was sie mit eigenen Augen sehen und selbst dann noch daran zweifeln, weil sie ihren Augen nicht trauen, wenn sie etwas sehen, das nicht mit ihrer vorgefertigten Weltsicht übereinstimmt. Begreifen Sie doch, Sie sind so viel mehr als ein gewöhnlicher Mensch!«

»Wenn das alles stimmt … Im Augenblick wäre ich überglücklich, ein ganz hundsgewöhnlicher Mensch zu sein. Wie kann ich je wieder durch diese Tür gehen und mich unter den Leuten im Schloss zeigen? Was würde …«

»Beruhigen Sie sich! Gestaltwandler, das bedeutet: Verwandlung der eigenen Gestalt. Sie haben die Fähigkeit, sich in jede Gestalt zu verwandeln – und natürlich auch jederzeit in die Gestalt, die Sie als ihre eigene ansehen.«

»Ich habe keine Ahnung, wie ich das machen sollte.«

»Welche Aufgabe hat Ihnen die Alte gegeben?«

»Erkenne, wer du wirklich bist!«

»Also!«

»Ich erkenne, dass ich mich selbst nicht wiedererkenne.« Salvatore seufzte. Liliana braucht mich! »Was muss ich tun?«

»Nichts müssen Sie tun – nur sein! In jedem Lebewesen stecken alle Lebewesen der Welt. Sie liegen in jeder Zelle wie Erinnerungen oder Baupläne. Dass Sie sich in eine schlangenähnliche Gestalt verwandelt haben, liegt an dem Ding da unten, dieser Ouroboros-Schlange. Sie hat Erinnerungen in Ihnen wachgerufen, Assoziationen, Schattenbilder, wie immer Sie das auch nennen möchten. Das war reiner Zufall. Es zeigt nur, dass Sie ein Veel'zi sind. Jetzt müssen Sie nur noch werden, wer Sie sind.«

»Du redest wie die Alte in Rätseln, die mich zur Verzweiflung bringen. Ich frage dich noch einmal. Wie bekomme ich wieder meine natürliche Gestalt?«

»Indem Sie sie annehmen!«

»Du willst mir nicht helfen.«

»Ich habe Ihnen bereits mehr gesagt, als mir die Alte erlaubt. Sie meint nämlich, Sie müssten alles von allein herausfinden.«

Domenico setzte sich wieder. Er nahm die Gitarre und begann zu spielen.

»Das ist die Transkription einer Sonate von Domenico Scarlatti«, sagte Salvatore. »Du siehst, ich bin ein Mensch, ein gebildeter Mensch und kein ... Unmensch!«

»Maître, Sie müssen sich der Situation stellen.«

Dieser junge Bursche, was gibt der mir Ratschläge? Was weiß der schon? Ich bin doch älter, mindestens ... Oder doch nicht?

»Wie alt bist du, Domenico?«

»Ach, Maître! Das hilft Ihnen jetzt nicht weiter. Fragen Sie die Alte! Vielleicht gibt Sie Ihnen Auskunft. Aber ist da nicht noch eine Schlange zu bemalen und eine Hochzeit vorzubereiten? Und müssen wir nicht zwischendrin etwas essen und uns unter die Leute begeben?«

Erkenne, wer du wirklich bist! Das hat sie gesagt, dachte Salvatore, sie, die es ganz genau weiß und es mir hätte einfach sagen können. Aber hätte ich es geglaubt? Nein, ich hätte sie ausgelacht! Aber Erkenntnis allein hilft mir auch nicht weiter. Ich soll werden, wer ich bin. Wie macht man so etwas?

Salvatore betrachtete den schwarz schillernden Körper, der dem alten Körper so animalisch überlegen war. Vielleicht möchte ich unbewusst nicht mehr zurück in diesen Salvatore, der nie besonders kräftig und gelenkig war?

Liliana! Es geht nicht um mich, es geht um Liliana.

Die Liebe zu Liliana, das war nicht nur die Liebe zweier Seelen, es war auch die Liebe zweier Körper, zweier menschlicher Körper. Ein Verlangen stieg in ihm auf, ein heißes körperliches Verlangen. In seiner Sehnsucht, in seiner Liebe zu Liliana war er ein Mann, ein Mensch. Das war der Schlüssel. Dieses fleischliche Verlangen war er selbst. Dies war sein Mittelpunkt. Dahin kehrte er zurück. Von einem Augenblick zum andern besaß er wieder seine menschliche Gestalt.

Er griff zu dem Pinsel und setzte die Arbeit an der Ouroboros-Schlange fort. Domenico spielte Gitarre. Salvatore konzentrierte sich auf die Arbeit, er wollte an nichts anderes denken.

## Kapitel 7

Die geheime Kammer in der Bibliothek besaß zwar eine Deckenbeleuchtung, Salvatore zog es aber vor, Kerzen anzuzünden. Er wollte auf keinen Fall entdeckt werden. Die Füße legte er auf den Tisch, auf dem Schoß hielt er das nächste Buch aus dem Versteck. Die Maus saß auf einem Stapel alter Papiere und beobachtete ihn. ›*Sie wartet wohl darauf, dass ich ihr ein Stückchen Käse gebe oder Speck – oder sie wartet darauf, dass ich wieder das Bewusstsein verliere und sie mich in Ruhe verspeisen kann. Sicher hat sie eine Familie zu ernähren.*‹

Mit einem Seufzer wandte sich Salvatore wieder seiner Aufgabe zu. Bisher hatte er die Nachforschungen betrieben, wie er es an der Universität und von seinem alten Meister gelernt hatte, nämlich mit der klinischen Neugierde, eine Wissenslücke zu füllen. Dabei war es wichtig, emotionale Distanz zu wahren, um subjektive Einschätzungen so weit wie möglich auszuschalten. Von nun an aber würde jede neue Erkenntnis ihn dazu zwingen, in den Abgrund zu blicken, der sich direkt vor seinen Füßen auftat und vor dem er die Augen verschlossen hatte. Wer will denn wirklich ein Gestaltwandler sein, ein Werwolf, ein Zauberer oder gar ein Engel? Im Grunde will ein Mensch nur ein Mensch sein, sein Glück bei einem anderen Menschen finden und verstanden werden, geliebt werden von Wesen, die genauso empfinden wie er. Natürlich will jeder etwas Besonderes sein. Aber um dieses Besondere zu erkennen, bedarf es anderer, die irgendwie alle besonders sind und doch gleich. Um zu erkennen, dass einer unter ihnen ein genialer Musiker ist, müssen alle das Organ zur Musik besitzen. Ein Mensch, der eine Fähigkeit besitzt, die sonst kein Mensch – und sei es ansatzweise – besitzt, gehört nicht mehr zur Gemeinschaft der Menschen.

Du musst deinen Verstand verlieren, um verstehen zu können! Das hatte die Alte gesagt. ›*All diese Philosophen, Hohepriester, Wahrsager, Hellseher, Gurus, Brahmanen und tiefgründigen Besserwisser, die machen mich fertig. Woher haben sie ihre überlegenen Weisheiten? Aus dem Kaffeesatz und aus schweren Träumen, die sie hatten, weil sie sich mit zu viel Kaffeetrinken den Magen verdorben haben. Die einzig sichere Erkenntnisquelle sind die exakten Wissenschaften. Nur was man sehen, anfassen und messen kann, hat Realität. Alles andere sind Phantastereien kranker Gehirne.‹*

Diese Überlegungen hatten Salvatore in zornigen Trotz versetzt. Wütend schlug er das Buch auf. Noch eine Märchensammlung, stöhnte er. Hat der Duke nichts Besseres zu tun? Zwischen den Seiten lag ein Lesezeichen. Wenigstens brauchte er nicht alles zu lesen. Ein neues Kapitel begann.

## Die drei Brüder

Es waren einmal drei Brüder, die zogen in die weite Welt hinaus, um ihr Glück zu suchen.

Eule hieß der erste. Er hatte scharfe Augen. Sein Blick konnte selbst die tückischste und giftigste Kobra niederzwingen. Nichts und niemand durfte sich ihm in den Weg stellen. War dort ein Berg, wo er gerade gehen wollte, eine Handbewegung, und der Berg fiel weit weg ins Meer oder tauchte mitten in der Wüste aus dem Sand empor. Da war eine Stadt voller Menschen, die sangen und lachten. Er wollte aber gerade seine Ruhe haben. Eine flüchtige Bewegung mit dem kleinen Finger, alles erstarrte zu Stein. Nachdem er lange in der Welt herumgewandert war, wollte er sich ausruhen. Auf den Gipfel des höchsten Berges zauberte er sich ein schneeweißes Schloss mit vielen Zinnen. Der Wind durfte nur noch sanft wehen. Das konnte er an den Hunderten von Fahnen überprüfen, die ihm jeden Lufthauch anzeigten. Die schönsten Frauen aus den vier Richtungen des Windes sorgten für sein Wohlbefinden. Könige, Prinzen und edle Ritter kamen herbei, um ihm zu dienen. Im Laufe der Zeit fand er immer mehr Spaß an den kleinen Zaubereien. Einen schönen Jüngling, der ein Auge auf eine junge Maid geworfen hatte, verwandelte er in einen hässlichen Frosch. Er verteilte Goldstücke, die sich nach einiger Zeit in Pflaumenkerne verwandelten. Reißende Flüsse ließ er Brücken einstürzen, Heuschrecken Ernten vernichten, Feuer Wälder niederbrennen, all das waren nichts weiter als kleine Vergnügungen, die ihm die Langeweile vertreiben sollten. Immer mehr Anhänger strömten herbei, um ihm Opfer zu bringen und ihn anzubeten. Er wiegelte sie gegeneinander auf, um zu sehen, wie sie sich an Hinterhältigkeit überboten. Eines Tages aber hatte er alles gesehen, nichts mehr konnte ihm Freude machen. Er umhüllte die Burg mit einer schwarzen Wolke, die sich bald wie ein bleierner Schatten über das Land ausdehnte.

Schlange hieß der zweite Bruder. Er hatte den schmalen Mund einer Viper und flinke Augen, denen nichts entging. Schneller war er als ein Wiesel, glitschiger als ein Aal und heimtückischer als eine Tarantel. Nichts konnte er ernst nehmen. Er nahm jede Gestalt an, die ihm gerade in den Sinn kam und trieb damit seinen Schabernack. Am allerliebsten täuschte er die Frauen. So manche Hochzeitsnacht verlief nicht im Sinne des Bräutigams, der sich unvermittelt auf einem Misthaufen oder in einer Gefängniszelle wiederfand, während seine junge Ehefrau ihn für den größten Liebhaber aller Zeiten hielt. Es kam der Tag, da hatte er alles gesehen und jede Gestalt angenommen, die es gab. Er zog sich in ein abgelegenes Sumpfgebiet zurück. Dort legte er sich in eine Hängematte aus geflochtenen Haaren und begann einen langen, langen Schlaf.

Maus hieß der dritte. Er hatte eine gebogene Nase, deshalb hielt er immer den Kopf nach oben gerichtet und schaute auf alle herab. Er war ein großer Redner, von Gehorsam sprach er, vom Zorn Gottes und ewiger Verdammnis. Mit seinen Händen war er geschickt. Er baute Brücken und legte breite Straßen an, auf denen zwei Fuhrwerke nebeneinander fahren konnten. Er zog Wassergräben durch Äcker und Felder. Die Menschen strömten von überall herbei, alle wollten in seiner Nähe sein und mitarbeiten an der Errichtung des Gelobten Landes, in dem Milch und Honig fließen und niemand zu hungern braucht. Alle hieß er willkommen. Jedem Neuankömmling legte er einen Blumenkranz um den Hals und gab ihm einen Kuss auf die Stirn. Jeden Abend mussten sie ihm zuhören, wenn er endlose Reden darüber hielt, wie er sich die Welt vorstellte, wie die Menschen sich verhalten sollten und was ihnen alles passieren würde, wenn sie sich nicht an seine Anweisungen hielten. Sehr schnell fanden sich Männer, junge wie alte, die voller Begeisterung in die Welt gingen, um seine Reden zu verkünden. Es gab Männer, junge wie alte, die es sich zur Aufgabe machten, darüber zu wachen, dass sich alle an seine Anweisungen hielten und gegebenenfalls für die fürchterlichen Strafen zu sorgen, die er angedeutet hatte. Maus war erfüllt von seiner Vision, keinen Tag der Ruhe wollte er sich gönnen.

Eines Tages verfinsterte sich der Himmel. Die Sonne schien nicht, der Mond nicht und kein Stern war zu sehen. Kein Feuer konnte angezündet werden, kein Wind wehte. Da wussten die drei Brüder, dass ihr Vater im Sterben lag. Eule zerriss die schwarze Wolke, die seine Burg umhüllte, und flog davon. Schlange sprang aus der Hängematte und verschwand als silberner Fisch im Wasser. Maus verstummte mitten in seiner Rede über Sünde und Buße und ging von dannen.

Auf dem höchsten der Berge fanden sie ihren Vater. Er war alt und grau. Sein Gewand war zerrissen. Zähne waren ihm ausgefallen, seine Augen blind vom Weinen.

»Ich habe genug von diesem Leben, meine Söhne. Seit Sie, die keinen Namen hat, mich verließ, finde ich keine Freude mehr und keinen Frieden. Ihr müsst mich töten!«

So kam es, dass Eule, Schlange und Maus ihren Vater töteten.

Als die Seele ihres Vaters den Körper verließ, sahen sie voller Verwunderung, wie sich für einen Augenblick Tausende von Welten öffneten, Welten, die noch breiter und tiefer waren als diese Welt.

Nach einer angemessenen Trauerzeit trafen sich heimlich Eule und Schlange. Ihrem Bruder hatten sie die Totenwache überlassen. Sie wollten darüber nachdenken, wie sie in die anderen Welten gelangen konnten, ohne die Tür zu dieser Welt zuzuschlagen.

»Wir treffen uns in hundert Jahren wieder, um unserem Vater die Ehre zu erweisen«, sagten sie zu Maus.

Eule errichtete ein Portal. Es war an keinen Ort und an keine Zeit gebunden und nicht sichtbar.

Schlange stellte ein gewaltiges Heer zusammen, ausgerüstet mit den modernsten Waffen, den besten Pferden und Wagen sowie einem Tross von Köchen, Schmieden, Zimmerleuten, Architekten, Ärzten und Krankenschwestern, Marketendern und Marketenderinnen, Musikern und Tänzerinnen.

Nach neunundneunzig Jahren trafen sich Eule und Schlange am vereinbarten Ort. Es gab viel zu besprechen. Das Heer lagerte in den Wäldern rings um den Berg. Eule erzählte von dem Portal, das er erschaffen hatte. Schlange brauchte etwas Zeit, bis er verstand, wie es funktionierte.

»Aber da sind wir ja auf jemanden angewiesen, der hierbleibt!«

»Ja, das Portal kann nur von dieser Welt aus geöffnet werden, denn hier ist sein Ursprung, hier ist es verankert.«

»Wie kommen wir dann wieder zurück?«

»Es muss von hier geöffnet werden. Deshalb lassen wir eine Gruppe unserer Anhänger zurück. Wir werden mit ihnen in Kontakt bleiben – durch Träume.«

»Die Lebenszeit der Menschen ist doch ziemlich kurz. Darauf möchte ich mich nicht verlassen.«

»Hör gut zu, Schlange! Wir werden einigen wenigen die Gabe der Unsterblichkeit geben. Dafür werden sie alles für uns tun.«

»Unsterblichkeit?«

»Du weißt, was ich meine, Unsterblichkeit, solange sie uns nützlich sind.«

»Ich war doch etwas beunruhigt, großer Zauberer«, lachte Schlange.

»Dann sind wir uns einig?«

»Wir sind uns einig!«

»Du hast verstanden, wie das Portal aktiviert wird? Es ist ein Menschenopfer nötig. Es funktioniert nicht mit einem gewöhnlichen Sterblichen, es muss schon ein besonderer Mensch sein, ein Mensch, dessen Verschwinden einen großen Verlust für diese Welt bedeutet. Um den zu suchen und seinen Tod vorzubereiten, brauchen wir intelligente skrupellose Personen, die mit Leidenschaft auf unserer Seite sind.«

»Das ist kein Problem, Eule. Ich weiß auch schon genau, wer dafür geeignet ist. Und wenn wir sie unsterblich machen, dann sind sie nicht mehr zu bremsen.«

Eule und Schlange sahen sich lange an. Jetzt war der Punkt zu besprechen, um den sie sich gedrückt hatten.

Eule begann: »Wir müssen eine gewaltige Masse an Menschen und Materialien durch das Portal bringen.«

»Wir brauchen jetzt ein ganz besonderes Opfer?«

»Ziemlich besonders, mein lieber Bruder!«

»Es müsste also schon mindestens ein Gott sein?«

»Ja, ja, das wäre nicht schlecht.«

»Da lässt sich doch etwas machen – oder nicht?«

»Wir würden in diesem Fall sogar etwas Gutes tun.«

»Gewiss, gewiss!«

Ein Jahr später erschien Maus, bekleidet in einer braunen Kutte mit einem Hirtenstab in der Hand. Er trug einen langen grauen Bart und Sandalen an den Füßen.

»Meine Brüder! Ich bin gekommen, um unseren Vater zu ehren. Aber vor allem bin ich gekommen, um euch einzuladen, mit mir gemeinsam eine Welt aufzubauen, in der alle gleich sind und in Harmonie und Frieden zusammenleben können.«

Eule und Schlange zögerten keinen Augenblick. Sie erstachen ihren Bruder mit einem Dolch, den sie für diesen Zweck geschmiedet hatten. Seinen Körper verbrannten sie, die Asche zerstreuten sie in alle Winde.

In dem Augenblick, als Eule den Hirtenstab zerbrach, öffnete sich das Portal zu den anderen Welten.

*

Salvatore blätterte in dem Buch vor und zurück. Es gab keine Anmerkungen, Fußnoten oder Erläuterungen, es war nur eine Sammlung unzusammenhängender Erzählungen. Die nächste Geschichte handelte von einem Jungen, der Hirsebrei kochte und vergaß, das Feuer im Herd zu löschen.

Aber die Geschichte von den drei Brüdern war ihm schon einmal begegnet. In der Cosmographia hieß Eule – z'Lar mit den großen Augen, Schlange – z'Veel mit dem schmalen Mund und Maus – z'Gom mit der gebogenen Nase. Sie, die keinen Namen hat, war der einzige Name, der gleich war. Der Vater dürfte wohl z'Za sein. Von z'Fla, der angeblichen Schwester der Brüder, war keine Rede.

Dass eine Geschichte öfter erzählt wird, macht sie nicht deshalb wahr. Salvatore wandte sich an die Maus, die sich nicht vom Fleck gerührt hatte. Sie musste jetzt die Rolle des Zuhörers übernehmen.

»Herr oder Frau Maus, mus musculus, um präzise zu sein, fassen wir einmal zusammen, was wir bisher erfahren haben.

Erstens: Ein Gott und eine Göttin haben sich zusammengetan, unsere Welt erschaffen und nebenbei noch drei Söhne auf die Welt gesetzt, die man ebenfalls als Götter bezeichnen muss.

Zweitens: Die drei Brüder waren ziemlich üble Gesellen, es gelang ihnen aber, Anhänger zu finden.

Drittens: Gott ließ sich von seinen Söhnen umbringen, weil die Göttin sich aus dem Staub gemacht hatte.

Viertens: Während des Vatermords öffneten sich für kurze Zeit andere Welten, was immer das auch zu bedeuten hat.

Fünftens: Zwei der Brüder erschlugen den dritten, um durch seinen Tod Zugang zu diesen anderen Welten zu erhalten.

Sechstens: Um in diese anderen Welten gelangen zu können, hatten sie zuvor ein mysteriöses Portal geschaffen. Um wieder zurückkehren zu können, verliehen sie skrupellosen Gesellen Unsterblichkeit. Diese hatten die Aufgabe, einen Menschen zu opfern, um das Portal zu aktivieren, wenn die Brüder Heimweh bekommen sollten. Der Kontakt zwischen den beiden Göttern und ihren Helfershelfern soll durch Träume geschehen.

Wie ist die Situation jetzt? Man kann nur sagen: gottlos! Alle Götter sind weg, entweder erschlagen oder in fremden Welten, von denen sie nur mit Hilfe aus unserer Welt wieder zurückkehren können. Bleibt noch eine geheimnisvolle Tochter. Gibt es sie wirklich? Das wird ja wohl angezweifelt.

Was rede ich nur! Verzeihen Sie, Frau oder Herr Maus, jetzt müssen Sie an meinen geistigen Fähigkeiten zu zweifeln beginnen. Das sind alles nur Mythen, Märchen, kurzum Blabla! Kein Körnchen Wahrheit wollen wir da hineingeheimnissen. Wir reden also über die innere Logik einer Fiktion.«

Salvatore hielt inne.

›Toll habe ich das gemacht. Mit ein wenig vernünftigem Denken habe ich alle Probleme hinweg argumentiert.‹

»Ach, Mäuserich oder Mausine, ich weiß nicht mehr weiter! Bin ich einer von denen, den Gestaltwandlern, den üblen Burschen und Halunken?«

Nachdenklich betrachtete er die Maus.

»Am Ende bist du auch solch ein Gestaltwandler, der den Auftrag hat, mich zu beobachten und dem Duke oder sonst einem Schurken alles über mich zu berichten. Domenico ist einer von denen ... der gesamte Circo Fantasmagoria sicher auch. Vielleicht gibt es überhaupt keine Menschen mehr, nur Monster, die in menschlicher Gestalt umherwandeln. Und jetzt, verehrtes Auditorium, kommen wir zum folgerichtigen Fazit unserer Ausführungen:

Siebtens: Salvatore Brava, der sich Maître nennt, ist ein Gestaltwandler oder wahnsinnig oder beides.

Ich danke für Ihre Aufmerksamkeit!«

# Kapitel 8

Mit der Dämmerung rückte der Hügel näher heran an das Schloss. In manchen Nächten wohnte der Mond in der kleinen Kapelle, bis der Wind ihn hinausblies. Und über dem Hügel, so weit weg, in einem Reich der Schatten, ein zierlich blasses Gesicht, tiefrote Lippen und schwarze Augen, ein Mädchen, eine junge Frau, eine Fee – dachte sie an ihn? Die Nächte waren kalt, kalt bis in die Tiefe der Seele, dort wo es kein Licht gab und keine Hoffnung.

Seit Liliana fort war, hatte das Schloss sich verändert. Vom Ouroboros Zimmer aus hatte sich – nicht sichtbar – die Dornenhecke ausgebreitet. Salvatore fühlte ihren eisigen Hauch in den Wänden und Decken, in den Tapeten und Böden. Es war, als ob das Schloss gestorben wäre.

Nur eine kleine Insel der Wärme gab es, Florianas Küche. Seit Tagen blieb die Tür zum Hauptgebäude geschlossen, die Tür zum Hof aber stand immer offen. Floriana vertrieb weder Hunde, noch Hühner oder freche Spatzen aus ihrem Reich. Ja, sie lachte und war entzückt über alles, was sich zu ihr verirrte.

Besonders erfreut war sie, wenn Salvatore in die Küche hereinstolperte wie jemand, der aus einem tiefen Keller hinaustritt in das helle Licht des Tages. Seine Augen begannen zu sehen, sein Rücken sich aufzurichten und – manchmal – erschien ein kleines, kindliches Lächeln auf seinen Lippen. Solch ein hübscher Junge, dachte sie, und so ernst! Ich möchte ihn hier in meine Schürzentasche stecken, den ganzen Tag mit mir herumtragen und schon aufpassen, dass ihm niemand etwas Böses tut.

»Guten Morgen, Miss Floriana!«

»Guten Morgen, Maître! Sie sind der Erste heute Morgen. Meine Mädchen kommen von Tag zu Tag später. Eines Tages werden sie überhaupt nicht mehr kommen, egal, was der Duke ihnen auch bezahlt. Setzen Sie sich nur, ich werde Sie bedienen.«

Salvatore wurde verlegen. »Miss Floriana …«

»Bitte, sagen Sie Floriana zu mir! Das würde mir viel bedeuten.«

»Gut, dann müssen Sie mich aber auch Salvatore nennen.«

»Danke! Salvatore, setz dich! Ich habe schon alles vorbereitet. Der Kaffee ist heiß, die Muffins warm und der Speck gebraten.«

Salvatore setzte sich an den kleinen Tisch vor der offenen Tür zum Hof. Eine neue Tischdecke lag darauf, Teller, Tasse, Löffel, Gabel, Messer und eine kleine Vase mit einer einzelnen, leuchtend gelben Blume. Sie hatte einen zarten süßen Duft. Die Sonne schien. Ein kühler Wind trieb Blätter und Blüten herein.

»Wird es denn schon Herbst, Floriana?«

»Nein, es ist etwas anderes.«

»Ich weiß.«

Der Kaffee war heiß, schwarz und bitter.

»Sag mir, Floriana, wo sind all die Menschen geblieben? Als wir in Everweard Castle ankamen, war hier ein Leben wie auf dem Jahrmarkt. Jetzt erinnert es eher an eine Ruine.«

»Wenige halten es hier lange aus. Dass der Duke nicht da ist, nutzen sie, um ganz wegzubleiben. Ich koche nur für dich, Salvatore, und für Miss Heather, Ruth und Peter. Manchmal kommen auch die Zirkusleute herein. Ich weiß nicht, was ich von denen halten soll. Sie langen aber kräftig zu.«

»Hast du etwas von Contessina Liliana gehört?«

Floriana schob einen Stuhl herbei und setzte sich zu ihm.

»Ich erfahre recht wenig. Die Mädchen reden und tuscheln. Wenn ich Näheres erfahren will, weiß keine etwas. Es scheint aber so zu sein, Monleirdon ist nicht mehr der Hafen der Ruhe und des Friedens, den es vorgab zu sein. Man könnte auch sagen, die Fenster wurden geöffnet, Keller und Speicher entrümpelt. Das Personal verkriecht sich in den hintersten Winkeln, um nicht gesehen zu werden. Die hohe Herrschaft, Lord und Lady Monleirdon, wünscht sich, sie wäre auf den Orkney Inseln, wo sie es nur mit der gnadenlosen See und eisigen Stürmen zu tun hätte.«

»Liliana?« Salvatore konnte sich nicht vorstellen, dass dieses zarte Geschöpf die Ursache sein sollte.

»Liliana! Die Marchesa ist auch nicht zu unterschätzen. Aber wie gesagt, die Einzelheiten kenne ich nicht, nur die Gesamtdiagnose.«

Durch die offene Tür schwebte ein kleiner gelber Vogel. Er setzte sich auf Salvatores Teller und pickte an seinem Brot.

»Das ist doch …«

»Ja«, sagte Floriana, »es ist Paglierino. Er kommt mich ab und zu besuchen.«

»Hat er keine Angst vor Raubvögeln?«

»Aber nein, sie machen einen weiten Bogen um ihn. Manchmal sieht es so aus, als wollten sie ihn beschützen. Das ist natürlich Unsinn. Aber ich bin trotzdem davon überzeugt. Schau, da ist ein kleiner Zettel um das Bein gebunden. Der ist sicher für dich, Salvatore.«

Der Vogel ließ sich geduldig den Zettel abnehmen. Salvatore öffnete ihn. In winziger Schrift stand da:

Vole, ma chouette!

Das war zu viel. Salvatore brach zusammen und weinte.

Floriana legte den Arm um ihn und fuhr ihm über das Haar.

»Es wird alles gut! Es wird alles gut!«, flüsterte sie. »Was bedeutet das? Flieg, meine Eule!«

»So hieß das Lied, das sie in Calais spielten. Dort tanzten wir zum ersten Mal. Niemand weiß davon, nur Liliana und ich.«

»Schreib schnell einen Zettel, bevor der unberechenbare Vogel wieder davonfliegt!«

Sie holte Papier und einen Füllfederhalter. Salvatore überlegte. Es war gar nicht so einfach, etwas zu schreiben, was nur für Liliana verständlich war. Er schrieb:

Gare du Nord

»Dort sahen wir uns zum ersten Mal.«

Floriana band den Zettel an einem Bein des Vogels fest. Er flog sogleich die Tür hinaus.

»Ich weiß nicht, was mit mir los ist.«, sagte Salvatore. »In letzter Zeit habe ich schon mehrfach meine Haltung verloren. Ich muss mich mehr zusammenreißen.«

»Möchtest du ein Stein sein oder ein Stück Holz? Salvatore, bleib, wie du bist! So gefällst du mir – und was noch wichtiger ist, so gefällst du Liliana.« Floriana sah auf. »Ah, da kommt der traurige junge Mann vom Zirkus.«

Domenico hatte heute das Akkordeon dabei.

»Möchten Sie etwas essen, junger Mann?«

»Danke, ich habe schon gefrühstückt.«

Durch die Tür zum Hof kamen zwei Mädchen. Bald folgten die anderen.

Salvatore stand auf.

»Meine Damen, ich wünsche Ihnen einen angenehmen Tag!«

Sophie und Lizzy stellten sich ihm in den Weg.

»Maître, bleiben Sie noch! Wir sehen Sie gar nicht mehr. Kommen Sie wenigstens heute Abend zum Tanz.«

»Wie gern würde ich das tun, meine Damen. Aber die Arbeit für den Duke lässt mir keine Zeit. Leider!«

»Ja, der Duke ...« Sophies Gesicht verfinsterte sich. »Vergessen Sie uns nicht!«

»Sophie, Lizzy!«, rief Floriana. »Lasst den armen Maître an seine Arbeit. Ich gehe mit euch zum Tanz, wenn ihr wollt. Was haltet ihr davon?«

Sogleich drehten sich die beiden um und liefen zu ihr.

»Miss Floriana, wirklich? Das wird toll!«

* * *

Domenico spielte Akkordeon, sanft wiegende Melodien, gedämpft melancholisch, denen man anmerkte, dass sie normalerweise flotter und fröhlicher gespielt wurden. Salvatore bemalte die Ouroboros-Schlange. Über die Hälfte war fertig, der Rest würde mehr Zeit in Anspruch nehmen.

»Du kennst Gina?«, fragte Salvatore. »Die Zofe der Contessina di Salamandra?«

Domenico schwieg.

»Sie hat mir eine Geschichte erzählt. Es war an ihrem sechsten Geburtstag. Bei einem Spaziergang mit Contessina Liliana di Salamandra stieß sie auf einen Circo Fantasmagoria. Das war in der Toskana. Erinnerst du dich daran?«

Domenico schwieg.

»Es gab ein Hochseil. Die Contessina soll ... Du hörst mir überhaupt nicht zu!«

Salvatore legte den Pinsel weg und ging zu Domenico. Er setzte sich neben ihn auf den Boden.

»Wenn du hier bist, Domenico, dann kann ich es nicht ertragen, wenn du nicht mit mir redest. Ich bin nämlich davon überzeugt, dass du mir eine Menge Dinge erzählen könntest, die ich unbedingt wissen müsste, zum Beispiel über die Familie Fantasmagoria, die Alte, die

Familie Salamandra, den Duke und über Gestaltwandler im Allgemeinen und im Besonderen.«

Domenico war nicht ansprechbar. Seine Hände drückten und zogen das Akkordeon wie von selbst, sein Blick ging ins Leere.

Salvatore stand auf.

Die Wände flimmerten. Die Äste der Rosenhecke bewegten sich sanft in einem Wind, der nicht in diesem Raum war. Salvatore sah durch die Hecke in eine in Nebel gehüllte Landschaft. Schatten lagen auf dem Boden wie eine ruhende Viehherde, stumm und drohend. Wenn das Akkordeon eine Pause machte, verblasste das Bild, tauchte aber sogleich wieder auf, wenn die Musik erklang.

Ein Schatten stand auf, drehte sich um, wurde langsam größer, trat in den Raum und war doch nicht da. Der Schatten zog den Umhang etwas zur Seite, sodass man das Gesicht sehen konnte. Es war eine junge Frau. Sie hatte grünbraune Augen und eine Haut so weiß wie Schnee.

»Hallo, Salvatore!«, sagte sie mit rauchiger Stimme. »Begrüße deine Schwester!«

»Ich habe keine Schwester.«

»Wie kommt es dann, dass du mein Bruder bist?«

Sie lächelte ein bezauberndes Lächeln. Sie lächelte einen kleinen Sonnenaufgang.

»Mein Name ist Salvatore Brava. Meine Mutter heißt Malvina Brava, geborene Rilloni, mein Vater ist Leopoldo Brava. Ich bin geboren in San Giminiano – und habe keine Schwester.«

»Du bist ein Veel'zi wie ich und unser Vater.«

»Es ist möglich, dass ich ein Gestaltwandler bin, aber …«

»Dein Vater nicht, wolltest du sagen. Nicht wahr?«

»Ja!«

»Siehst du!«

Salvatore wollte die junge Frau am Ärmel packen. Da war aber nichts, er griff ins Leere.

»Wo bist du? Wer bist du?«

Die junge Frau zog die Hände aus ihrem Umhang. Sie führte sie zum Kopf und schob die Kapuze ganz nach hinten. Schwarzes glänzendes Haar fiel ihr über die Schultern.

»Ich bin in einer anderen Welt. Domenicos Musik und deine Arbeit an der Schlange haben so etwas wie ein Fenster geschaffen, durch das wir jetzt miteinander reden. Wer ich bin, habe ich dir schon gesagt. Ich bin deine Schwester, wenn du kleinlich sein willst, deine Halbschwester. Ich heiße Bianca und nenne mich Blanche.«

»Bianca …«

»Blanche!«

»Na gut, Blanche, sag mir doch einfach, wer dein Vater ist. Dann haben wir das Missverständnis gleich beseitigt.«

»Mein Vater, ungläubiger Bruder, ist natürlich Der Fürst!«

»Ha, siehst du, ich kenne keinen Fürsten! Wo lebt der eigentlich, in deiner Welt dort oder wo?«

»Beruhige dich, kleiner Bruder! Der Fürst lebt in deiner Welt. Er hatte im Laufe der Zeit viele Namen. Jetzt nennt er sich Nero Borden. Vielleicht sagt dir dieser Name mehr.«

Salvatore spürte ein Brennen im Magen, sein Herz pochte schmerzhaft. Nero Borden – N. B. Das kann nicht sein!

»Also doch!«, sagte Blanche mit Genugtuung.

»Das kann nicht sein! Nein! Leopoldo Brava ist mein Vater, niemand anders!«

Er hatte es laut herausgeschrien.

Die Musik brach abrupt ab. Domenico erwachte aus der Trance.

Blanche war verschwunden.

Domenico nahm das Akkordeon wieder auf den Schoß. Die schwarzen Tasten hatten ihren Glanz verloren, sie waren matt und abgegriffen.

»Nein, es ist genug!«

Domenico stellte das Akkordeon wieder neben sich auf den Boden.

»Ich weiß nicht mehr, wie alt ich damals war«, sagte Salvatore, »sechs oder sieben? Ich war nun in Florenz, in der Bauhütte meines berühmten Vaters, der hohe mächtige Dom war mein Zuhause. Der erdrückende Schatten meiner Mutter hatte Platz gemacht für eine mir unbekannten Freiheit. Die Gesellen und Lehrlinge waren nett zu mir. Ich besaß sogar eine kleine Werkbank. Dort konnte ich malen, Steine behauen, sägen, feilen, alles, wonach mir der Sinn stand. Vater beobachtete alles aus dem Hintergrund und lenkte mich behutsam und spielerisch, sodass am Ende meiner unbeholfenen Versuche doch immer etwas herauskam, worauf ich stolz sein konnte. Zum ersten Mal fühlte ich, dass ich etwas richtig machte. Ich begann, mich selbst neu zu sehen. Und Vater hatte Freude an mir. Mein Vater, mein Meister, er war mir immer beides zugleich. Das Wissen, das er mir gab, und die Forderungen, die er an mich stellte, ich empfand sie immer als Ausdruck seiner Liebe, seiner immer verzeihenden, niemals ungeduldig werdenden und mir alles opfernden Liebe. Leopoldo Brava ist mein Vater. Ich liebe ihn wie sonst keinen Menschen.«

Salvatore stand auf.

»Domenico, jetzt trennen sich unsere Wege. Ich danke dir, dass du mir Gesellschaft geleistet hast. Aber ich weiß nicht, wer du bist. Bist du mein Freund, bist du mein Feind? Ich kann kein Risiko eingehen.«

Domenico nahm das Akkordeon und stand auf. Er hing es sich quer über den Rücken.

»Maître, das werden Sie noch bereuen!«

»Woher soll ich das wissen? Gabst du mir je einen Grund, in dir einen Freund zu sehen? Und eins kann ich dir gleich sagen«, Salvatore wurde wütend, »geheimnisvolle Andeutungen, Rätsel und mysteriöse Anspielungen sind keine Hilfe. Davon wird mir speiübel! Wer etwas zu sagen hat, der sage es direkt und ohne Nebengedanken!«

»Wir sind Brüder.«

»Das hast du sehr schön gesagt, Domenico. Jetzt bitte ich dich ganz freundlich: Mach, dass du rauskommst!«

Domenico schaute Salvatore an, als wolle er noch etwas sagen. Dann blickte er weg. Er zuckte kurz mit der Schulter und ging hinaus.

»Bruder! Schwester!«, sagte Salvatore zur Wand. »Wenn ich das schon höre! Wo kommen die alle plötzlich her? Der Zirkusdirektor ist mein Onkel, seine Frau meine Patin, die Tochter meine Cousine oder Schwester oder Halbschwester oder Dreiviertelschwester, der Affe mein Erbonkel und der Duke ist ein Gevatter dritten Grades mütterlicherseits oder Stiefgevatter väterlicherseits. Wer kann da schon durchblicken bei diesen unordentlichen Familienverhältnissen? Alles Phantastereien, alles Zirkus, alles Fantasmagoria!«

## Kapitel 9

Die kleine Kapelle auf dem Hügel vor Everweard Castle war eine Ruine. Sie stand nach allen Seiten offen. Der eisige Wind blies durch die hohen scheibenlosen Fenster und die Eingangspforte, in der es schon lange keine Tür mehr gab. Auf dem achteckigen Turm schlug eine scheppernde Glocke im Takt des Windes wie zur eigenen Beerdigung. Es wuchsen Gras, Disteln und Unkraut im Innern, wo einzelne morsche Bänke daran erinnerten, dass hier einmal Gottesdienste stattfanden. Die Wände wurden überwuchert von wildem Wein, der in der Dunkelheit zu atmen schien wie ein schlafendes Tier.

Salvatore zog den Mantel fester um den Körper. Schwarze Wolken bedeckten den Himmel. Der Mond war nicht zu sehen und keine Sterne. Unten im Schloss war ein einziges Zimmer erleuchtet. Dort hatte Salvatore eine Lampe ins Fenster gestellt, damit er sich orientieren konnte. Aber sein Blick ging in die andere Richtung. In der Ferne flackerten ab und zu Lichter auf, weit, weit weg. Eine Abendgesellschaft, ein festlicher Ball oder fröhliche Spiele zu Ehren der Gäste auf Monleirdon. Dort wird Liliana tanzen in einem prachtvollen Kleid. Sie wird sich im Rhythmus drehen, charmant plaudern, Komplimente erhalten, aus einem Glas aus Kristall roten Wein trinken, der auf ihren Lippen aufleuchtet wie ein Lächeln. Sie tanzt jeden Abend, seit wir hier sind, niemals mit mir. Vole, ma chouette! Wie lange ist das her! Der erste Kuss, das Erkennen der Liebe! Das geschah anderen Menschen, naiven Kindern, die glaubten, ihre Liebe sei schon die ganze Welt und mehr bedürfe es nicht.

Liliana, du hast dich verliebt in den jungen Mann, der ich zu sein glaubte. Es gibt ihn nicht mehr. Wenn du zurückkommst, musst du dich erneut verlieben in ein Monster. La Belle et la Bête, wird unsere Geschichte ein glückliches Ende finden?

Erkenne, wer du wirklich bist!, hatte die Alte gesagt. Das war schon seit den alten Griechen ein abgedroschener Satz. Es kommt natürlich nicht nur darauf an, wer man ist, sondern viel mehr darauf, wer man sein will, wohin man sich entwickeln möchte. Wer man ist, das ist nur die Ausgangsbasis, das Mindeste, das, was man geschenkt bekommen hat. Was mache ich daraus, muss die Frage lauten. Wenn ich Gestaltwandler bin, was mache ich daraus? Wie kann das mir und Liliana helfen?

Es begann zu regnen. Bald konnte Salvatore nicht mehr die fernen Lichter von Monleirdon sehen. Er zog den Mantel über den Kopf und bewegte sich vorsichtig den glitschigen Hügel hinunter. Unten rauschte der Fluss. Salvatore betrat die Brücke. Der Regen hörte auf, die Wolkendecke riss, der Mond schwamm in den Fluten. Salvatore verließ die Brücke und ging unterhalb des Schlosses einen schmalen Trampelpfad entlang. Links ragte düster die Mauer hoch hinauf, rechts gewährten Hecken, Sträucher und Weiden nur ab und zu einen Blick auf den Fluss. Salvatore kam nur langsam vorwärts. Immer wieder war der Weg überschwemmt, sodass er sich dicht an der Schlossmauer vorbei tasten musste. Er hatte sich in eine Sackgasse manövriert und wollte umkehren. Aber dann sah er, nur wenige Meter weiter wurde der Weg breiter. Dort stand eine Bank. Salvatore sprang über die letzte Überspülung. Von der Bank aus hatte er einen freien Blick auf den Fluss. Er war breit an dieser Stelle. Das andere Ufer konnte er nur undeutlich erkennen. Das Wasser strömte tosend hinunter zur Brücke, wo es in der Nacht verschwand. Äste und Zweige trieben vorüber.

Ein Schatten im Fluss kam näher und wurde größer. Eine dunkle Gestalt trat ans Ufer. Es war ein schwarzes Pferd. Es schüttelte die Mähne. Kalte Tropfen spritzten Salvatore ins Gesicht. Er wischte sie sich aus den Augen.

Vor ihm stand Antonella, la gazzella, Tänzerin des Circo Fantasmagoria. Ihre nasse Haut glitzerte im Schein des Mondes. Ohne ein Wort zu sagen, holte sie unter der Bank ein Kleid hervor. Das zog sie sich über.

»Gehen wir etwas spazieren, Maître!« Sie ergriff Salvatores Hand. »Wenn wir hier weitergehen, kommen wir zu unserem Lager. Dort könnten wir einen kalten Braten essen, ein Glas Champagner trinken, einen Walzer tanzen oder andere Sachen machen. Was sagen Sie dazu, Maître?«

»Salvatore!«

»Gut, Salvatore! Du kannst Antonella zu mir sagen, meine Gazelle oder anbetungswürdige Göttin meines Herzens, ganz wie du willst!« Dabei legte sie den Arm um seine Hüfte.

Es begann wieder zu regnen. Salvatore zog den Mantel aus und legte ihn über ihre beiden Köpfe. Antonellas Körper war warm und roch nach Gras, nach Laub, nach Heidekraut, nach nassem Leder …

»Antonella, das war beeindruckend!«

»Wenn du willst, dann ziehe ich mein Kleid wieder aus. Es ist sowieso feucht. Schau, man kann alles sehen!«

Salvatore konnte alles sehen.

»Du bist eine Gestaltwandlerin.«

»Eine Veel'zi – wie du.«

»Ich bin ein Mensch.«

»Wir sind Menschen, aber noch etwas mehr.«

»Genügt das nicht, ein Mensch zu sein?«

»Du weißt genau, Salvatore, dass jeder Mensch mehr sein möchte. Die Ärmsten! Wir aber sind es. Das ist unser Erbe. Du bist ein Veel'zi!«

»Nur, dass ich nicht weiß, wie man das macht, Gestaltwandeln.«

»Hast du es denn schon einmal versucht?«

»Es kam über mich, ohne dass ich wusste, was mit mir geschah. Ich dachte, ich verliere den Verstand.«

Antonella hatte schwarze Augen, ihre Lippen waren blutrot, ihre Brüste fest. Die Bewegungen ihrer Hüften fingen an, Salvatore zu beunruhigen. Er überließ ihr den Mantel und lief im strömenden Regen neben ihr her.

»Hier hast du deinen Mantel wieder!« Antonella gab ihm den Mantel. »Ich brauche ihn nicht!«

Salvatore hob den Mantel vom Boden – und ein Kleid. Neben ihm scharrte das schwarze Pferd mit den Vorderhufen und senkte den Kopf. Er sprang auf den Rücken und hielt sich an der Mähne fest.

Sie trotteten weiter den Fluss entlang. Am Ende der Schlossmauer führte ein schmaler Pfad hinauf in die Parkanlage vor dem Schloss.

Die Wagen waren unbeleuchtet. Auf der Wiese dahinter ragte das Zirkuszelt empor. Der Regen trommelte gegen die Leinwand. Die Fahne hatte sich klitschnass um die Stange gewickelt.

Sie ritten in das Zelt. Auf der Empore brannte eine Laterne. Sie erleuchtete das Gesicht der Alten. Die Manege, die Zuschauerbänke, alles lag im Dunkeln. Salvatore sprang vom Pferd. Sofort verwandelte sich Antonella zurück. Sie griff wortlos nach ihrem Kleid und zog es sich über.

Der Schein der Laterne führte die Alte herunter in die Manege. Dort stand ein Stuhl. Sie setzte sich darauf und stellte die Laterne neben sich auf den Boden.

Salvatore fror. Er zog den Mantel an. Das half nicht viel, denn er war durch und durch nass. Er begann zu zittern.

»Du möchtest frieren?«, lachte Antonella. »Welch ein Dummkopf!«

Die Alte sagte nichts. Sie sah Salvatore abwartend an.

»Guten Abend, Signora! Was ich auch unternehme, alle meine Wege führen mich zu Ihnen.«

»Antonella hat dich etwas gefragt.«

»Ob ich frieren möchte? Sie macht sich lustig über mich.«

»Die Frage ist berechtigt.«

Salvatore hatte genug. Er drehte sich um und ging in Richtung Ausgang. Plötzlich warf ihn ein schweres Gewicht von hinten zu Boden. Er fühlte heißen Atem im Nacken. Langsam drehte er sich auf den Rücken und sah in den weit aufgerissenen Rachen eines Tigers. Der Tiger rollte zur Seite. Salvatore stand auf.

»Antonella, lass mich gehen!«

Der Tiger sprang und biss ihm in die Schulter.

Der Knochen zersplitterte, Blut quoll hervor. Ein unerträglicher Schmerz durchzuckte seinen Körper, der ihn in die Dunkelheit gnädigen Vergessens treiben wollte. Aber er hatte schon zu viel erdulden müssen. Der Zorn, Spielball unbekannter Mächte zu sein, hilflos mitansehen zu müssen, wie ihm das Liebste entrissen wurde, all die verdrängten Aggressionen explodierten in ihm. Er wand seinen kräftigen Leib um den Tiger, immer enger presste er ihn zusammen. Dann holte er aus, um ihm seine Giftzähne in den Hals zu stoßen. Doch da war kein Tiger mehr, ein Käfer verschwand im Sand der Arena. Salvatore glitt auf die Alte zu. Langsam richtete er sich auf als eine Königskobra.

»Genug!«, sagte die Alte.

Salvatore war wieder er selbst. Er saß auf dem Boden. Der Schmerz in der Schulter war unerträglich. Noch immer trat Blut aus der Wunde. Er war nackt, seine Kleider lagen zerfetzt im Sand. Antonella warf ihm eine Decke zu. Er legte sie sich um die Hüften.

»Das hätte dein Tod sein können.« Die Alte sah ihn ausdruckslos an. »Uralte Instinkte haben dich gerettet.«

»Bin ich nicht mehr Herr meines Körpers?«

»Er ist ein Teil von dir. Dein Körper bist du!«

»Wie kann ich ihn beherrschen?«

»Du kannst es nicht.«

»Nein?«

»Begreife doch, Geist und Körper, sie sind eins!«

Der Regen hatte aufgehört. Durch die Zeltspitze warf der Mond fahles Licht.

Salvatore betrachtete seine Hände. Die blasse Menschenhaut mit den geschwollenen Äderchen verwandelte sich in schwarzglänzende Schlangenhaut und wieder zurück. Dies setzte sich wellenförmig über seinen ganzen Körper fort. Es war wie ein nervöses Zucken. Je mehr er sich anstrengte, den Vorgang aufzuhalten, desto unmöglicher wurde es ihm. Das ist der tiefste Punkt in meinem Leben, dachte er, meinen Verstand habe ich verloren, jetzt verliere ich meinen Körper. Die Geräusche in den Ohren wurden unerträglich laut und schrill. Sein Magen brannte wie Säure, ihm wurde schwindlig, alles drehte sich um ihn. Er sank zu Boden.

Es gibt kein Licht, es hat nie Licht gegeben. Kälte kriecht aus dem Mark der Knochen. Dort, wo sie sich ausbreitet, lässt ihr eisiger Griff die Nerven aufschreien vor Schmerz. Gleich werden alle Empfindungen taub und absterben.

Möchtest du frieren?

Ein Raum, ein Tisch, kaltes Licht, ein nackter Körper, ein junges Mädchen, ohne Leben – eine leere Hülle, die zerfallen wird.

Lippen, die über Lippen gleiten und ein Feuer entfachen … ein Feuer, das niemals erlöschen wird.

Er öffnete die Augen. Nichts hatte sich verändert. Die Alte saß unbeweglich auf dem Stuhl. Salvatores Haut wechselte von Sekunde zu Sekunde. Er stand auf und warf die Decke von sich. Nackt stand er im Schein des Mondes. Die Schulter hatte aufgehört zu bluten. Er streckte die Arme in die Höhe. Dann ging er in die Knie – und sprang. Ein mächtiger Adler mit weiten flimmernden Flügeln schwebte hinauf zum Zirkuszelt und flog majestätisch im Kreise. Er glitt in einer Spirale langsam nach unten. Kaum hatten die Krallen den Boden berührt, verwandelte er sich zurück in Salvatore Brava, bleich und nackt, wie nur ein Mensch sein kann.

Antonella klatschte in die Hände.

Die Alte nickte.

»Ich habe mich nicht in dir getäuscht, Salvatore.«

»Verrate uns doch«, sagte Antonella, »was hat dich dazu gebracht? Was ging in deinem Kopf vor? Ich glaubte schon, du hättest dich aufgegeben.«

Die Schulter veränderte sich. Die Knochen wuchsen zusammen. Die Wunde verschwand. Eine Schlangenhaut legte sich über Salvatores Körper.

»Ich wollte nicht frieren.«

»Du willst es nicht verraten?«

Salvatore drehte sich herum und rannte im Kreis um die Manege. Er sprang weite Strecken über den Boden, machte Purzelbäume und drehte sich um die eigene Achse wie ein Wirbelsturm, dann stand er wieder am Ausgangspunkt.

»Ich wollte nicht frieren! Als ich am Ende war und voller panischer Verzweiflung, keinen Ausweg mehr wusste und fühlte, dass ich mich für immer verlor, da hörte ich wieder deine Frage, Antonella. Möchtest du frieren? Nein! Ich wollte nicht frieren, nicht sterben, nicht auf einem Tisch liegen in der Pathologie, nein, ich wollte leben, Wärme ausstrahlen, brennen wollte ich, eine Fackel sein in der Finsternis. Aber dort, wo ich mich befand, wo meine Seele verängstigt kauerte, da hatte ich auch meinen Körper verloren. Ich war nur Gedanke, Geist ... Und der Geist hatte nichts mehr zu verlieren, er hatte alles verloren, er konnte nur noch aufwärtsstreben, neu geboren werden. Der Geist braucht einen Körper, weil es sein glühendstes Begehren ist, sich mit einem anderen Körper zu vereinen. So habe ich mich selbst neu geschaffen.«

Salvatore sah der Alten direkt in die Augen.

»Und ich weiß immer noch nicht, welches Spiel hier gespielt wird, Signora!«

Die Alte stand auf.

»Komm, Antonella, hilf einer alten Frau ins Bett!«

Antonella hakte sich bei der Alten unter und führte sie, wie man alte Leute führt, die nicht mehr ohne Hilfe gehen können.

»Wieder Komödie?«, rief Salvatore ihnen nach.

»Gute Nacht, Salvatore, vergiss nicht den Dolch!«

## Kapitel 10

»Du hast dich verändert«, sagte Floriana. Sie setzte sich zu Salvatore an den Frühstückstisch. Die Vase mit der gelben Blume schob sie zur Seite, damit sie ihn besser sehen konnte. »Wie soll ich es ausdrücken? Du siehst aus, als hättest du eine Entscheidung getroffen und seist bereit, sie in die Tat umzusetzen.«

»Ja, meine Stiefel habe ich blank geputzt, den Gürtel mit der großen Schnalle angezogen und die fesche Mütze, die du nicht sehen kannst, sitzt schief und keck auf meinem Kopfe. Dazu pfeife ich stumm ein munteres Liedchen.«

Floriana lachte und gab noch einen Löffel Zucker in seinen Kaffee.

»Hast du einen Weg gefunden?«, fragte sie leise.

»Nein! Aber wenn ich ihn nicht lösen kann, werde ich wie Alexander der Große den Gordischen Knoten mit dem Schwert zerschneiden. In diesem Spiel werde ich kein Bauer sein, den man für eine höhere Idee opfert. Wenn es darauf ankommt, werde ich die Hand sein, die alle Figuren vom Schachbrett fegt, um die Dame zu retten.«

»Gut, gut! Kann ich dir helfen?«

»Ach, Floriana! Du weißt gar nicht, wie sehr du mir geholfen hast. Die Zeit in deiner Küche, die für mich eine Insel des Lichts ist, unsere Gespräche und deine Wärme haben mich davor bewahrt, mich selbst zu verlieren.« Er nahm Florianas Hand. »Ich bitte dich, behalte mich auch weiterhin im Auge und sage mir sofort, wenn du eine Veränderung an mir bemerkst. Du sollst mein Kompass sein.«

»Und Contessina Liliana?«

»Sie ist der Magnetpol, auf den die Nadel zeigt.«

»Ich verspreche es!«

Floriana drückte fest Salvatores Hand.

»Ich werde weggehen, Salvatore. Nach der Hochzeit werde ich meinen Martin suchen, selbst wenn ich von einem Ende der Welt zum andern gehen muss. Auch ich habe mich verändert, seit eine gewisse Person aus dem fernen Italien in mein Leben getreten ist. Salvatore, wir wollen uns hier und jetzt schwören wie Bruder und Schwester: Niemals werden wir aufgeben! Wir werden immer Herr unseres Schicksals sein. Schwöre es!«

»Ich schwöre ... Schwester!«

Schritte näherten sich draußen.

Floriana drückte noch einmal Salvatores Hand, dann stand sie auf und öffnete die Tür zum Hof. Sophie und Lizzy traten ein.

»Guten Morgen, Maître!«

»Buon giorno, bellezzas!«

»Ich weiß zwar nicht, was er gesagt hat, Chefin«, sagte Sophie, »aber es klingt verdammt gut.«

Salvatore ging hinunter ins Ouroboros Zimmer. Den Dolch hatte er diesmal nicht vergessen. Welchen geheimnisvollen Zweck er auch haben sollte, er wollte nicht unvorbereitet sein.

Das Zimmer empfing ihn wieder mit Flüstern und Raunen.

Die Lampen waren schnell aufgestellt.

Salvatore betrachtete den Stand seiner Arbeit. Von der Schwanzspitze im Maul der Schlange, um die eine Seite des Bettes herum bis zur Hälfte der anderen Seite war die farbliche Gestaltung fertig. Die noch auszuführende halbe Seite war die schwierigste, weil dort höchste Konzentration und ein scharfes Auge für Nuancen notwendig waren, um den Verlauf der zunehmenden Goldanteile exakt ausführen zu können.

Die Schlange, das Bett, die Wände, die Decke, das war kein billiger Jahrmarktszauber. Wie hatte er je so etwas annehmen können! Es bestand auch nicht aus Gips, es war ein völlig unbekanntes Material, so etwas wie die verhärtete Haut eines uralten Reptils, ein Fossil, das wir nur bewundern können, aber niemals begreifen, aus welcher Zeit und welcher Welt es stammt.

Es klopfte an der Tür.

Draußen stand Domenico mit dem Akkordeon über der Schulter.

»Tritt ein, du ungebetener Gast!«, sagte Salvatore.

»Bald kommt der Duke zurück. Er wird als erstes seine junge Braut von Monleirdon abholen.«

»Will der Herr Graf den Tanz mit wir wagen, mag er's nur sagen, ich spiele ihm auf ...«, sang Salvatore aus voller Kehle.

»Sie sind ja bester Laune, Maître.«

»Ich habe allen Grund dazu. Die Arbeit geht zügig voran. Die Hochzeit rückt immer näher. Es wartet ein großer Batzen Geld auf mich. Dann heißt es Arrivederci, trauriges England! und Ciao, bella Italia! oder noch besser Bonjour, Paris!«

Er hatte schon geahnt, dass ihn die Alte nicht unbeobachtet lassen würde.

»Ans Werk, ans Werk!«

Salvatore setzte die Arbeit an der Schlange fort. Domenico nahm wieder auf der umgedrehten Holzkiste Platz. Er begann, eine traurige Ballade zu spielen, und schloss dabei die Augen.

»Du hast dir vorgenommen, mich in den Selbstmord zu treiben.«

»Maître?«

»Spiel, was du abends zum Tanz spielst! Dann fliegt mein Pinsel noch einmal so beschwingt über diese farbenprächtige Schlange. Du kannst ja weghören, wenn es dir nicht gefällt.«

»Ich muss mich schon wundern über Sie, Maître. So kenne ich Sie gar nicht.«

Domenico spielte einen Walzer, nicht gerade spritzig, aber immerhin, es war ein Fortschritt.

»Domenico, ich kenne dich nur als traurigen Jüngling. Gibt es einen Grund für deinen Weltschmerz?«

»Ich weiß, dass mich ein schweres Schicksal erwartet.«

»Seit wann?«

»Eine Wahrsagerin hat es meiner Mutter vorhergesagt.«

»Wie lange ist das her?«

»Darauf darf ich keine Antwort geben.«

»Wie alt bist du?«

»Maître, bitte!«

»Weißt du, Domenico, da gibt es doch tatsächlich Leute, die finden ein schreckliches Ende. Davor haben sie aber sorglos gelebt, gelacht, gegessen, getrunken und geliebt. War es nicht besser, dass sie das Leben genossen haben?«

»Sie machen sich lustig über mich.«

»Nein, ich vermute aber, dass jemand ein böses Spiel mit dir treibt. Glaubst du nicht, dass wir ein winzig bisschen für unser Schicksal selbst verantwortlich sind?«

»So einfach ist das nicht.«

»Natürlich nicht! Wenn man es aber erst gar nicht versucht ...«

*

Je mehr Salvatore die Ouroboros-Schlange Schuppe für Schuppe restaurierte, desto größer wurde seine Abscheu vor ihr. Er ließ etwas wiedererstehen, was für alle Zeiten verborgen bleiben müsste. Aber das war nur ein Gefühl, es gab keinen vernünftigen Grund, so zu denken.

Domenicos Musik veränderte sich. Es gab keine Melodie mehr, nur Akkorde, die sich lauter und leiser werdend hinzogen, als wollten sie kein Ende nehmen.

Der Raum wurde kälter. Es fiel Schnee. Nein, es fiel Schnee an einem Ort, der sich über das Ouroboros Zimmer gelegt hatte. Salvatore hörte in der Ferne das Donnern von Kanonen, Schwerter, die aufeinanderschlugen, Kriegsgeheul, Schreie des Entsetzens und darüber ein Brüllen, das aus der Kehle eines gigantischen Tieres zu kommen schien oder aus der Kehle Tausender von Bestien. Der Schnee fiel dicht, nichts war zu sehen. Ein hellgrauer Schatten hob sich vom Weiß ab, wurde dunkelgrau und wurde zu einer Gestalt in einer langen schwarzen Kutte. Sie trat dicht an Salvatore heran.

Dürre Hände schlugen die Kapuze zurück.

Blanche hatte sich sehr verändert. Ihre Wangen waren eingefallen. Im linken Mundwinkel war ein Zucken. Mit zitternder Hand versuchte sie, die blutende Wunde über dem linken Auge zu verbergen. Tränen liefen die Wange hinunter. Ihre Augen waren unbeweglich und starr wie die einer Blinden. Sie öffnete den Mund zum Sprechen, aber sie hatte keine Zunge mehr.

Sie schlug den Umhang zurück. Um den Hals trug sie ein breites Metallband, wie es früher Sklaven trugen. Ein dünnes Hemdchen war alles, was sie anhatte. Ihr Körper war abgemagert. An mehreren Stellen war das Hemd rot getränkt mit Blut. Blanche sank nach vorn und wollte sich an ihm festklammern, aber ihre Hände konnten ihn nicht fassen. Sie löste sich auf in Nebel.

Stille stürzte herab wie ein tödlicher Eiszapfen von einer Felswand.

»Blanche! Geliebte Schwester!«

Salvatore traten Tränen in die Augen. Er musste weinen und wusste nicht, warum.

# Teil III

## Turbulenzen auf Monleirdon

## Kapitel 1

Monleirdon

Die Kutsche blieb mitten auf der Brücke stehen. Eine Schafherde versperrte den Weg. Der Kutscher fluchte und ließ die Peitsche knallen, aber die Schafe wichen nicht von der Stelle. Liliana stieg aus. Sie legte den Arm um den Kopf des Leitschafs und kraulte ihn hinter den Ohren.

Sie sah hinauf zum Schloss. Salvatore stand am Fenster der Bibliothek.

›*Aus den Augen, aus dem Sinn! Was ist, wenn wir über dem Fluss sind, wenn ich ihn nicht mehr sehe und er mich nicht mehr sieht? Werde ich sagen: Einen Salvatore, ja, den habe ich einmal gekannt, aber das ist schon lange her.*‹ Von dieser Vorstellung tief erschüttert seufzte sie, um dann gleich laut zu lachen. ›*So schnell wirst du mich nicht los, Salvatore Brava!*‹

Die Schafe räumten den Weg. Liliana stieg hinauf auf den Kutschbock und setzte sich neben den Kutscher. Den breitrandigen Strohhut nahm sie auf den Schoß, sodass ihre langen Haare frei im Wind flattern konnten.

Sie fuhren weiter, über die Brücke, hinein in eine weite Acker- und Wiesenlandschaft. In der Ferne lag ein kleines Wäldchen, aus dem die Schornsteine von Monleirdon hervorragten.

Die Schafe und Ziegen folgten der Kutsche.

Die Fahrt ging über holprige Pfade, die in weiten Serpentinen an niedrigen Steinwällen und dichtgewachsenen Hecken vorbeiführten. Kaum glaubte Liliana, ihrem Ziel näher gekommen zu sein, bog der Weg um einen Acker herum oder einen Bewässerungsgraben entlang, der plötzlich sichtbar geworden war, und führte fast dieselbe Strecke zurück. Monleirdon erschien wie ein verwunschenes Schloss, das – je näher man ihm kam – umso weiter entfernt schien.

Die Sonne stand hoch am Himmel, als die Kutsche vor dem Haupteingang Monleirdons hielt. Große griechische Säulen stützten einen lächerlich schmalen Balkon über der Freitreppe, die ins Haus führte. Monleirdon war kein Schloss, wie Ruth ungefragt erläuterte, sondern ein Country House, ein Landhaus oder Landsitz, also nichts

Besonderes, außer dass es genauso prächtig und riesig war wie ein richtiges Schloss. Es fehlten nur die Fahnen und die Wachtürme.

Das drei Mann hohe Portal öffnete sich. Heraus traten eine Dame mittleren Alters in einem dunkelblauen Kleid mit hellweißem Spitzenkragen, ein Mädchen mit blassem Gesicht, übersät mit Sommersprossen wie Masern, und eine ältere Dame in enganliegendem schwarzen Kostüm. Dahinter hörte man das Geschnatter des Dienstpersonals, das darauf wartete, aus dem Dämmerlicht hervortreten zu dürfen, um die exotischen Gäste mit eigenen Augen bestaunen zu können.

Die Dame im schwarzen Kostüm kam die Treppe herunter.

»Marchesa Montecorno di Capirosso, Contessina Liliana, ich darf Sie herzlich auf Monleirdon begrüßen. Wenn Sie mir folgen, werde ich Ihnen Lady Monleirdon und ihre Tochter vorstellen.«

Liliana und Großmutter folgten ihr.

* * *

Ein Dienstmädchen führte Gina und Ruth um das Haus herum. Dort gab es ein kleineres Portal. Es war mit wildem Wein umrankt und sah wesentlich freundlicher aus als der Haupteingang. In einer gemütlichen Küche bekamen sie sogleich eine Tasse Tee und Gebäck. Das Küchenpersonal ließ alle Arbeit fallen und eilte herbei, die Italienerin zu bestaunen. Ob sie wohl Englisch sprach? Ob sie wusste, wie man Tee trinkt? Ruth kannten sie, niemand konnte sie leiden. Aber diese Gina, – es hatte sich schon längst herumgesprochen, wer die Gäste waren, wie sie hießen, woher sie kamen und welch bedeutende Leute sie waren, – diese Gina musste doch so sein wie sie, ein einfaches Dienstmädchen. Oder nicht?

Ein junger Mann trug einen Eimer Wasser herein. Der Eimer war bis zum Rand gefüllt, weil der junge Mann sich vorgenommen hatte, in allem, was er tat, von Tag zu Tag vollkommener zu werden. So konzentrierte er sich nur darauf, den Eimer zu tragen, ohne einen Tropfen zu vergießen. Etwas ließ ihn aufblicken, ein Geruch, ein neuer süßer Geruch. Und er sah direkt in Ginas grüne Augen, die in der Sonne kurz auffunkelten wie Irrlichter. Vor Schreck glitt ihm der Eimer aus der Hand. Das Wasser schwappte über Ginas Füße und durchnässte ihre Strümpfe und den Saum des Kleides.

Der junge Mann wurde leichenblass. Er erstarrte. Sein Blick war so voller Entsetzen, dass Gina lachte und ihn anlächelte.

»Das ist ja bei euch wie bei den alten Christen! Die wuschen einem Gast auch zuerst die Füße. Ich fühle mich geehrt.«

Jetzt waren alle erleichtert. Die Spannung im Raum löste sich. Die Mädchen kamen herbei. Die eine trocknete Ginas Füße mit einem Frotteehandtuch, eine zweite trug die Schuhe hinaus in die Sonne und eine dritte bestand darauf, dass Gina unbedingt noch eine Tasse Tee trank, diesmal mit gehörig viel Zucker.

Der junge Mann aber, der stand immer noch da und konnte sich nicht rühren. Die dicke Köchin nahm ihn am Arm und zog ihn die Tür hinaus.

»Mein guter Simon, wir brauchen Wasser. Sei so gut, hol Wasser!«

Simon rannte davon. Alle Mädchen lachten ihm hinterher.

»Du hast eine Eroberung gemacht, Miss Gina!«, sagte die Köchin. »Also, ich bin Helmi und stamme auch nicht von hier. Ich komme aus dem hohen Norden, wie man an meinen blonden Zöpfen leicht erkennen kann.« Sie gab Gina die Hand.

»Helmi, sei gegrüßt. Ich bin Gina, nicht Miss Gina. Ich komme vom Mittelmeer, was man an meinen nassen Füßen leicht erkennen kann.«

Jetzt konnte sich keiner mehr zurückhalten. Die Mädchen lachten und kicherten. Sie fielen Gina um den Hals und küssten sie ganz unenglisch links und rechts auf die Wange. Der Privatlehrer der Tochter des Hauses hatte ihnen erzählt, dass das bei den Wilden im Süden so üblich sei. Gina wurde sofort aufgenommen in die Gemeinschaft des Dienstpersonals, nicht nur formal, sondern auch in ihren Herzen.

Ruth sah es mit Missfallen.

* * *

Lady Monleirdon warf einen missbilligenden Blick auf Lilianas Strohhut, der herausfordernd schief auf dem wilden Haarschopf saß.

»Marchesa Montecorno, Contessina Liliana, ich freue mich, dass Sie meine Einladung angenommen haben. Es ist uns eine große Ehre!«

»Lady Monleirdon, wir haben zu danken«, sagte Großmutter. »Wir hoffen, dass wir Ihren Haushalt nicht allzu sehr durcheinanderbringen.«

»Wie?« Lady Monleirdon verstand nicht. »Ich habe einen kleinen

Begrüßungsimbiss vorbereiten lassen. Darf ich vorstellen, das ist meine Tochter Rosemary. Sie ist in Ihrem Alter, Contessina, und hat sogar ein wenig Italienisch gelernt, das sie an Ihnen ausprobieren möchte.«

Rosemary blickte auf ihre weißen Spitzenhandschuhe. Sie spitzte den Mund und flötete:

»Bong schorno!«

»Perfekt!«, sagte Liliana.

Lady Monleirdon war irritiert. Sie hatte mehr erwartet.

»Hm, also der Imbiss, meine Damen … Gehen wir in den Rosa Salon!«

Sie gingen zum Rosa Salon. Das war ein weiter Weg, der durch lange Säulenhallen führte, um einige mit Säulen verzierte Ecken und Winkel herum, um schließlich in einem Raum zu enden, der aus einer anderen Zeit zu stammen schien. Er war tatsächlich rosa. So ziemlich alles war rosa von den gerippten Tapeten bis zu den Bommeln der Stuhlkissen aus Samt. Kein Möbelstück hatte eine gerade Kante, alles war verschnörkelt und kunstvoll verrenkt. Das Rokoko war hier wieder auferstanden und zwar so, wie es sich jemand vorstellte, der niemals ein authentisches Stück aus der Zeit gesehen, es sich aber in Fieberträumen ausgesonnen hatte. Auf den gebrechlichen Möbelimitaten und den Marmorsimsen standen kleine Vasen, goldene Putten, Porzellanschäferinnen und eine Invasion von putzigen rosa Porzellanschäfchen, die sich bei jedem Blick zu vermehren schienen, denn auf einmal konnte man sie unmöglich alle erfassen.

Torten und Gebäck standen auf dem Tisch. Mädchen schenkten den Tee ein. Sie trugen Schürzen und Häubchen wie in einem Wiener Kaffeehaus. Der Raum war süßlich erstickend. So musste man sich unter einer Tortenhaube fühlen.

»Bong appeteito!«

»Das haben Sie schön gesagt, Miss Fitzgerald«, sagte Liliana.

»Aber, Kinder, Kinder!«, sagte die besorgte Mutter. »Ihr braucht euch doch nicht zu siezen. Ihr könntet Schwestern sein. Meinen Sie nicht auch, Marchesa Montecorno?«

Die Marchesa versuchte, die Süße der Torte von ihren empfindlichen Zahnspitzen wegzudrücken. Sie nickte.

»Liliana!«, sagte Liliana und hielt Miss Fitzgerald huldvoll die Hand entgegen. Diese berührte sie nur mit den Spitzen ihrer Handschuhe.

»Rosemary!«

»Gut, dann ist das auch geklärt!« Lady Monleirdon war erleichtert. Von nun an konnte nichts mehr schiefgehen. Mit dem europäischen Adel kannte sie sich nicht aus, stellte sich aber vor, dass man beim Umgang mit ihnen ständig damit rechnen musste, auf eine Tellermine zu treten. Die Herrin des Hauses nippte nur leicht am Tee. Sie pikte mehrmals vorsichtig die Torte an, als habe sie die Befürchtung, sie sei lebendig. Schließlich legte sie die Kuchengabel neben den Teller und wischte sich mit der Serviette den Mund ab.

»Monleirdon hat mir auf Anhieb gefallen«, sagte die Marchesa, der die Nervosität ihrer Gastgeberin nicht entgangen war. »Man sieht sofort, das Haus wurde mit sehr viel Kunstverstand und Liebe eingerichtet. Das muss doch viel Arbeit machen?«

»Ja, ja!«, nickte Lady Monleirdon erleichtert. Das Haus war ihr ganzer Stolz und der eigentliche Inhalt ihres Lebens. »Am schwierigsten war es, tüchtiges Personal zu bekommen.«

»Dazu könnte ich Ihnen so manche Geschichte erzählen«, sagte die Marchesa. »Das ist wohl überall das Gleiche.«

»Es hat zwar etwas gedauert, jetzt aber läuft alles, wie ich es wünsche. Man muss leider hart durchgreifen. Milde und Nachsicht werden nur als Schwäche ausgelegt.«

»Da haben Sie, Lady Monleirdon, eine wertvolle Beobachtung gemacht. Diese Leute sind auf dem geistigen Stand von Kindern und wollen wie Kinder geführt werden, mal mit Lob und Anerkennung, aber auch, wenn es sein muss, mit Tadel und Härte. Wenn man das einmal erkannt hat, ist man wirklich die Herrin seines eigenen Hauses. Jetzt verraten Sie mir doch bitte, wer diese erlesene Inneneinrichtung entworfen hat und woher Sie all diese herrlichen Sachen bekommen.«

Lady Monleirdon strahlte. Jetzt war sie auf sicherem Terrain. Hier kannte sie sich bestens aus.

»Meine Damen, ich verrate Ihnen ein Geheimnis. Ich selbst habe das Haus nach meinen Vorstellungen eingerichtet. Mein Gatte ist ja so gut wie nie zu Hause. Geschäfte, wichtige Geschäfte! So kann ich mit Stolz sagen: Ich bin die Schöpferin von Monleirdon.«

Sie senkte kurz den Blick auf ihre rosa polierten Fingernägel. Als sie der Meinung war, ihre schwerwiegende Enthüllung war nun vollständig von den Gästen erfasst worden, blickte sie triumphierend der Marchesa direkt in die Augen.

Die Marchesa musste lächeln. Sie war gerührt.

»Ich bin überwältigt. Das hätte ich wirklich nicht erwartet, hier im hohen Norden eine solche profunde Kennerin kontinentaleuropäischer Kultur anzutreffen. Jetzt freue ich mich noch einmal so sehr, die nächsten Tage bei Ihnen verbringen zu dürfen. Sie müssen mir einfach alles zeigen!«

Das Töchterchen hatte sich die ganze Zeit nicht gerührt. Sie saß da wie versteinert, immer in der Angst, etwas gefragt zu werden, auf das sie keine Antwort wusste, oder dass sie etwas Falsches sagen oder sich versprechen könnte. Rosemary hatte Riesenrespekt vor diesen redegewandten adeligen Damen, wusste sie doch, dass die Monleirdons nur Emporkömmlinge waren.

Liliana starrte auf die Porzellanschäfchen und führte einen harten inneren Kampf mit sich, nicht aufzustehen und alle Figuren zu zertrümmern.

»Contessina Liliana, wie gefällt Ihnen Everweard Castle und unser schönes Everweard?«, fragte die Hausherrin. Sie war doch sehr neugierig auf die kleine Person, die der mächtige Duke zur Gemahlin erwählt hatte.

»Ich habe einen gelben Kanarienvogel mitgebracht. Paglierino heißt er. Hoffentlich haben Sie nichts dagegen. Er verlässt auch so gut wie nie seinen Käfig. Singen tut er auch nicht.« Liliana sah Rosemary mit unschuldiger Miene an. »Magst du Vögel?«

Rosemary riss entsetzt die Augen auf. Jetzt sah sie erst recht wie ein verängstigtes Mädchen aus.

»Vater erlaubt keine Tiere im Haus.«

»Dann werden wir wohl wieder abreisen müssen.« Liliana stand auf. Großmutter schüttelte den Kopf. Liliana setzte sich wieder. »Oder wir lassen ihn zurück nach Everweard Castle bringen. Er wird sicher vor Kummer weder essen noch trinken, wenn ich nicht da bin. Das ist ja dann ganz allein seine Schuld.«

»Das ist nicht notwendig«, sagte Lady Monleirdon. »Sie sagten ja, dass er immer auf ihrem Zimmer bleibt. Außerdem weiß ich nicht, ob mein Gatte diese Woche überhaupt Zeit hat. Manchmal sehen wir ihn wochenlang nicht. Er ist eben eine bedeutende Persönlichkeit. Das muss die Familie respektieren und ihn unterstützen.«

Die Dame im enganliegenden schwarzen Kostüm kam herein. Lady Monleirdon war erleichtert.

»Martha! Ich habe dich noch gar nicht vorgestellt. Marchesa Montecorno, Contessina Liliana, das ist Martha, meine rechte Hand!«

»Meine Damen, wenn Sie möchten, zeige ich Ihnen Ihre Zimmer.«

Sofort sprangen alle auf.

»Lady Monleirdon, die Torte war einfach sündhaft!«, sagte die Marchesa.

»Es freut mich, wenn es Ihnen geschmeckt hat! Wir sehen uns zum Abendessen wieder. Martha wird Sie abholen.«

* * *

Die Gästezimmer stammten aus einer anderen Kunstepoche, aus welcher, konnte Liliana nicht erkennen. Die vorherrschende Farbe war Dunkelbraun. Stühle und Tische gab es in Überfülle. Hier konnten sich eine Menge Leute aufhalten – wenn sie sich nicht unterhalten wollten, denn fast jede Sitzgelegenheit zeigte in eine andere Richtung. In Lilianas Schlafzimmer stand ein schmales Bett, mehr eine Chaiselongue, aber immerhin mit einem goldenen Amor, der an einer weinroten Kordel darüber schwebte. Großmutter hatte mehr Glück, ihr Bett bot Platz für zwei befreundete Ehepaare. Es gab auch eine winzige Kammer für die Zofe, eine zweite Zofe war nicht vorgesehen. Wenigstens ein Vorteil!

»Miss Martha,« sagte Liliana. »Dieses Ding …« dabei zeigte sie auf das schmale Bett, »das muss weg! Ich habe einen sehr unruhigen Schlaf. Sie wollen doch nicht, dass ich da herausfalle und mir die Knochen breche?«

»Das müssen wir auf jeden Fall verhindern, Contessina Liliana. Ich lasse Ihnen ein erdbebensicheres Bett bringen.«

Martha verließ den Raum. Gina kam herein.

»Was sind das für Leute, Großmutter?«, fragte Liliana.

»Monleirdon ist erst seit kurzem Baron. Den Titel erhielt er für Verdienste um die Wirtschaft des Königreichs. Sein Familienname ist

Fitzgerald. Deshalb wird die Tochter mit Miss Fitzgerald angesprochen. Die Monleirdons, das sind nouveaux riches.«

»Du meinst Neureiche!«

»Habe ich doch gesagt!«

Es klopfte an der Tür.

»Ihr Gepäck, Marchesa Montocorno, Contessina Liliana!«

Ein junger Mann trug eine Kiste auf der Schulter. Sie zuckte leicht, wenn Gina in seine Nähe kam.

»Stellen Sie die Sachen hierher, junger Mann!«

Mit gesenktem Blick stellte sich der junge Mann vor:

»Simon, Madame!«

»Das heißt Marchesa! Eine Madame ist unter Umständen etwas anderes.«

Simon wurde rot. Verstohlen sah er nach Gina, ob sie ihn auslachte.

»Wie alt sind Sie, Simon?«

»Einundzwanzig, Marchesa.«

»Sie sind Kammerdiener?«

Gina horchte interessiert auf.

»Nein, ich bin Student. Während der Semesterferien verdiene ich mir das Geld für das Studium. Mein Vater ist Pfarrer.«

»Dann studieren Sie Theologie, Simon?«

»Nein, nein! Ich studiere Medizin.«

»Das ist sehr kostspielig.«

»Ja, Marchesa. Aber ich werde es schaffen.«

»Davon bin ich überzeugt. Vorläufig danke ich Ihnen, junger Mann. Wir werden bestimmt noch Gelegenheit haben, miteinander zu plaudern.«

»Gern, Marchesa, danke!«

Simon holte das übrige Gepäck und den Käfig mit Paglierino.

»Zofe Gina«, sagte Großmutter, »dahinten gibt es eine bescheidene Kammer. Dort kannst du deine Sachen unterbringen. Ruth, hat man für deine Unterkunft gesorgt?«

»Ja, Marchesa Montecorno. Am Ende des Gangs ist ein Zimmer für mich … mit einem sehr schönen Balkon.«

»Gut! Dann wollen wir uns jetzt frisch machen und ein wenig ruhen bis zum Abendessen.«

Ruth ging hinaus.

»Wieso hat die einen Balkon?«, fragte Liliana.

»Dafür hat sie keinen fliegenden Amor, der ihren Schlaf bewacht.«

»Wer weiß?«

Großmutter wandte sich an Gina.

»Diesen jungen Mann hast du ganz schön aus dem Gleichgewicht gebracht. Er dich auch?«

»Ach, wo! Ich finde ihn nur drollig.«

»Dann ist es ja gut! Andererseits ...«

»Ich weiß, was Sie meinen, Marchesa. Es wird mir eine Freude sein, ihn auszuquetschen wie eine Zitrone.«

»Zu rein wissenschaftlichen Zwecken natürlich!«

»Natürlich!«

Es klopfte an der Tür.

Vier stämmige Männer schleppten ein breites stabiles Bett aus Eichenholz.

»Wo soll das hin, meine Damen?«

»Das edle Möbelstück hier muss raus, dann könnt ihr diesen Koloss dort hinstellen.«

Zwei Männer trugen die Chaiselongue hinaus.

Das neue Bett musste schiefgestellt werden, damit es durch den Türrahmen passte. Schließlich stand es unter dem fliegenden Amor, der jetzt weniger bedrohlich wirkte.

Gina kam aus ihrer Kammer zurück.

»Mach nicht so ein Gesicht«, sagte Liliana. »Du schläfst bei mir. Hier ist Platz genug.«

Die Marchesa wollte dazu etwas sagen.

»Großmütterchen, in einem solch großen Bett, über dem der Racheengel schwebt, da bekäme ich nur Albträume. Das möchtest du doch nicht riskieren?«

»Du könntest bei mir schlafen.«

»Du schnarchst!«

»Ach, macht, was ihr wollt! Weiber!« Großmutter verließ das Zimmer und ging in das Badezimmer.

»Soll ich Ihnen Wasser einlassen, Marchesa?«, rief ›Zofe‹ Gina.

»Das kann ich auch allein. So verkalkt bin ich noch nicht. Mir geht das alles auf die Nerven. Marchesa, hier, Marchesa, dort! Geruhen Marchesa noch ein Würfelchen Zucker zu nehmen? Kann ich diese

Treppenstufe schnell noch kehren, damit Sie nicht Ihr zartes Füßchen beschmutzen? Ich möchte nach Hause! Da kann ich machen, was ich will und fluchen wie ein Stallknecht und brauche mich nicht darum zu scheren, ob ein Staubkörnchen meinen zarten Alabaster-Teint verunziert!«

Liliana und Gina lachten.

»Noblesse oblige!«, rief Liliana.

Sie gingen zum Fenster.

»Wenigstens bleibt uns der Anblick von Everweard Castle erspart«, sagte Gina und legte den Arm um Lilianas Hüfte. »Schau mal, da drüben!« Sie zeigte auf die Wiese vor dem kleinen Wäldchen. »Sind das nicht deine Schafe?«

»Meine Schafe?«

»Die Schafe, die dir hierher gefolgt sind. Man will sie offensichtlich vertreiben.«

Ein Gärtner und zwei Jagdhunde versuchten, die Schafe und Ziegen wegzuscheuchen.

»Ich muss mich wohl darum kümmern.«

»Ich komme mit!«

Die Schafe und Ziegen kamen sofort auf Liliana zugelaufen. Gina nahm den Gärtner zur Seite.

»Sie wissen, dass das die Tiere des Duke of Everweard sind?«

»Hm«, der Gärtner rieb sich die Stirn. »Sie haben hier nichts verloren.«

»Der Duke ist ein rätselhafter Mensch, finden Sie nicht auch?«

»Hm!«

»Und seine zukünftige Gattin erst ... Sie wissen schon!«

»So was habe ich noch nie gesehen!«

Die Schafe umringten Liliana wie eine undurchdringliche Mauer. Eine Ziege leckte ihr die Hand, eine andere schnappte nach dem gelben Strohhut auf ihrem Kopf.

»Sagen Sie uns einfach, guter Mann, wo wir die Tiere unterbringen können. Wir nehmen sie auch ganz bestimmt wieder mit, wenn wir zurück nach Everweard Castle gehen.«

»Da muss ich Lady Monleirdon fragen ...«

»Tun sie das! Wir warten.«

Der Gärtner pfiff nach den Hunden, die das merkwürdige Verhalten der Schafe auch nicht verstanden. Sie kamen sofort herbei. Dann trotteten sie zum Haus.

Gina gelang es nicht, die Schafe dazu zu bewegen, sie zu Liliana durchzulassen.

»Liliana, das ist lächerlich!«

»Sind sie nicht süß?«

»Sie stinken!«

»Ach, was bist du vornehm geworden, Gina! Zu Hause hättest du so etwas nicht gesagt.«

»Ich bin jetzt auch etwas Besseres, ich bin die Zofe einer Contessina, der zukünftigen Duchess of Everweard.«

»Zofe Gina, das heißt am Hofe Lady-in-Waiting! Jetzt musst du eben warten, bis ich mich von meinen Freunden und Freundinnen verabschiedet habe. Ehrlich gesagt, verstehe ich es auch nicht. Es sollte mir unheimlich sein. In Wirklichkeit kommt es mir selbstverständlich vor. Jetzt weißt du's! Du kannst mich ruhig für verrückt halten. Darauf kommt es jetzt auch nicht mehr an.«

»Du bist nicht verrückt, etwas exzentrisch vielleicht, wie es einer Blaublütigen zusteht. Ah, da kommt die hohe Herrschaft.«

Die hohe Herrschaft wusste nicht, was sie sagen sollte.

»Wo können die Tiere weiden, Lady Monleirdon?«

»Äh ...« Sie drehte sich zu ihrem Gärtner um. »Kümmere dich darum, Lewis!«

Mit diesen Worten schritt sie zurück ins Haus.

»Somit wären wir wieder am Ausgangspunkt unseres Gesprächs«, sagte Gina.

Der Gärtner rieb sich die Stirn.

»Dort unten ... am Bach ... dort ist die alte Pferdekoppel ...«

»Sehr gut! Wir folgen Ihnen.«

Liliana führte die Schafe und Ziegen zu der Koppel. Sie blieben aber erst dort, nachdem sie ein paar Worte mit ihnen gewechselt hatte.

»So etwas habe ich noch nie gesehen. Das glaubt mir kein Mensch!«

»Dann würde ich es auch keinem Menschen erzählen«, sagte Gina. »Das wäre doch wirklich das Klügste. Meinen Sie nicht auch, guter Mann?«

Lewis schüttelte den Kopf. Er nickte, dann spuckte er auf den Boden.

»Ausländer!«

## Kapitel 2

Das kleine Esszimmer war kreisrund. Eine Kuppeldecke machte es zum sakralen Raum. Aus den dunkelvioletten Wänden traten in regelmäßigen Abständen Marmorsäulen hervor. Vitrinen waren in die Wand eingelassen. In ihnen standen wie in einem Museum Vasen, Gläser und Geschirr aus schwerem dunkelblauem Glas. Der Mahagonitisch war ebenfalls rund. Auf der weißen Tischdecke stand im exakt gleichen Abstand vor jedem Stuhl dasselbe Arrangement von Teller, Unterteller, Glas und Besteck. Ein gewaltiger Strauß Lilien quoll aus einer Vase hervor, die in der Mitte des Tisches stand.

»Nehmen Sie doch Platz«, sagte die Hausherrin. Die Gäste standen ehrfürchtig an der Tür. Keiner wagte, dieses Heiligtum zu entweihen.

»Lady Monleirdon, Sie sind eine wahre Künstlerin!« Die Marchesa gab sich einen Ruck und nahm als erste Platz. Sie setzte sich an das andere Ende des Tischs, um die Tür im Auge behalten zu können.

Nachdem alle saßen, hob die Gastgeberin ein silbernes Glöckchen und läutete. Mädchen fuhren einen Wagen herein mit Schüsseln, Terrinen, Schalen mit Obst, Körbchen mit Brot und Karaffen mit Wein.

»Ich habe Herrn O'Donnesey gebeten, heute ausnahmsweise mit uns zu speisen. Er ist Rosemarys Privatlehrer. Er spricht fließend Italienisch. Er kann jederzeit dolmetschen, wenn es notwendig wird.«

Herr O'Donnesey war noch ein junger Mann. Das Bemerkenswerteste an ihm waren die abstehenden Ohren. Er sagte etwas, das wie »Bong Tschorno, Singnoritas!« klang.

Auf einmal war der Marchesa alles zu viel, das Laienspiel, auf das sie sich gezwungenermaßen eingelassen hatte, der ›small talk‹, der darüber hinwegtäuschen sollte, dass man sich nichts zu sagen hatte und sich im Grunde nicht für den anderen interessierte. Sie musste an die Kutschenfahrt denken, die sie in Gewitter und Regen nach Everweard geführt hatte. Die steile, finstere Felswand lag immer noch bedrohlich über ihrem Gemüt. Verdammt noch mal, es ging um das Schicksal ihrer geliebten Enkelin! Das einzige Ventil, das ihr blieb, war Sarkasmus. Der entlud sich nun auf den unschuldigen jungen Mann, nicht ganz zufällig, denn die Spezies Schullehrer war für sie, was für andere Sodbrennen war.

»In welcher Region Italiens haben Sie unsere Sprache erlernt, junger Mann?«, fragte die Marchesa.

»Region?«

»Ich gebe Ihnen eine kleine Auswahl,« sagte die Marchesa, »Sizilien, Rom, Latium, Lombardei, Piemont, Sardinien. Toskana kann ich ja ausschließen, von dort kommen wir nämlich. Wir hätten unsere Muttersprache sofort wiedererkannt, nicht wahr, Contessina?«

Liliana hatte gerade nach dem ersten Bissen die Gabel wieder hingelegt. Floriana hat mich in so kurzer Zeit zu einem Gourmet gemacht, dachte sie, oder zu einer Gourmette. Den Rehbraten, den man hier vorgesetzt hatte, war dagegen nur totes Fleisch. Sie trank einen Schluck Wasser nach. Den Wein hatte sie energisch abgelehnt, obwohl er aus dem sonnigen Italien stammen sollte.

»Marchesa Montecorno die Capirosso«, sagte Liliana, die Großmutters Stimmung aufgefangen hatte, »wenn Sie sich gelegentlich unter das gewöhnliche Volk mischen würden, dann wüssten Sie, dass dort ganz anders gesprochen wird. Es ist mir absolut unverständlich, wie diese Leute einander verstehen können. Oft erscheint es mir, als spräche jeder Bauer, jeder Stallbursche und jede Gänsemagd seine, beziehungsweise ihre eigene Sprache.«

Miss Fitzgerald starrte Liliana entsetzt an. Mit dieser eingebildeten Gans soll sie die nächsten Tage zusammen sein? Das Festmahl schien ihr auch nicht zu schmecken.

Privatlehrer O'Donnesey blickte verschämt unter sich und blieb die Antwort schuldig.

»Sie müssen wissen, junger Mann«, sagte die Marchesa, »ein wenig neugierig bin ich schon. Ich freue mich über jeden, der sich für unsere schöne Sprache interessiert.«

»Ich habe Italienisch in Galway gelernt.«

»Das liegt in der italienischen Provinz Irland?«

»Ich bin Ire!« Seine Augen blitzten trotzig. »Meine Großmutter stammt aus Italien. Sie hat mir etwas italienisch beigebracht.«

»Mister O'Donnesey«, sagte die Marchesa, die ihren Ausbruch bereits bereut hatte, »hiermit lade ich Sie ein, Capirosso zu besuchen. Das liegt in der Toskana. Das gilt natürlich auch für Sie, Miss Fitzgerald, wenn Sie einen kleinen Bildungsurlaub einplanen möchten. Florenz muss man gesehen haben, Lady Monleirdon. Sie Kunstkennerin bekämen dort viele Anregungen.«

»Das ist freundlich von Ihnen, Marchesa Montecorno. Ich werde sehen, ob das machbar ist. Danke für die Einladung!«

Der Rest des Essens verlief schweigend. Nach dem Rehbraten gab es noch Pudding.

»Jetzt müssen Sie uns aber auch verraten, Marchesa Montecorno«, sagte Lady Monleirdon, »wo Sie ein solch hervorragendes Englisch gelernt haben.«

»Das ist eine längere Geschichte.«

»Dann gehen wir in den kleinen Salon. Dort können wir bequem parlieren.«

Der kleine Salon war gleich nebenan. Er war vollgepfropft mit Sesseln und Möbelstücken, deren Zweck sich auf den ersten Blick nicht erschloss. Das Feuer im Kamin schuf einen hellen und freundlichen Bereich um sich. Dort nahmen alle Platz.

Ein Mädchen brachte ein Tablett mit Gläsern und einer Karaffe.

Nachdem jeder sein Glas Brandy in der Hand hielt außer Liliana, die Wasser trank, sagte die Hausherrin:

»Herzlich willkommen in Monleirdon!«

»Prosit!«

»Jetzt müssen Sie uns aber erzählen, Marchesa Montecorno, wo Sie unsere Sprache erlernt haben! Bitte!«

Die Marchesa stellte ihr Glas auf ein Gebilde aus verschnörkeltem Zedernholz, dessen einziger Zweck es war, schmale Likörgläschen aufzunehmen. Sie schaute nachdenklich in die Flammen. Nachdem sie alle Erinnerungen in sich aufgerufen hatte, war sie bereit, diese zu einer Geschichte zu formen.

»Er nannte sich Byron.«

»Byron, Lord Byron?«, rief der junge Lehrer entsetzt.

»Mister O'Donnesey«, sagte Liliana, »wenn die Marchesa erzählt, müssen ihr alle zuhören, ohne sie zu unterbrechen. Wenn sie fertig ist, dürfen Sie Fragen stellen. Aus Erfahrung kann ich Ihnen aber versichern, dass alle Fragen bereits während des Erzählens geklärt werden. Sollten Sie dazu nicht in der Lage sein, muss ich Sie bitten, den Raum zu verlassen.«

»Entschuldigen Sie! Ich war nur völlig überrascht.«

»Außerdem«, fügte Liliana hinzu, die gegen alles Schulmeisterliche allergisch war, »können Sie sich dabei darin üben, auf die exakte Wortwahl, die Tonlage, die Zwischentöne und auf das Nichtgesagte zu achten. So hatte sie nicht gesagt: ›Es war Lord Byron‹, sondern ›Er nannte sich Byron‹. Die Marchesa ist eine große Dichterin und Philosophin. Nicht viele haben das Vorrecht, ihr zuhören zu dürfen.«

Die Marchesa hielt sich die Hand vor den Mund. Ernst fuhr sie mit ihrer Erzählung fort.

»Er nannte sich Byron. Er kam zu uns hereingeweht mit dem ersten Frühlingswind. Ich weiß es noch genau, denn ich war gerade dabei, Fra Diavolo, Lilianas süßem Hündchen, eine gelbe Schleife um den Hals zu binden, aus Freude darüber, dass der lange kalte Winter endlich vorüber war, als ich auf zwei schmutzige Schuhe hinabblickte. Diese Schuhe gehörten, als ich langsam nach oben schaute, zu einem langen spindeldürren Burschen mit roten Haaren und einem frechen Grinsen im Gesicht.

›Sie vermieten Zimmer?‹, fragte er.

›Da müssen Sie auf den Hügel hinauf zu den Nonnen. Die sammeln verirrte Wanderer auf, wie ich gehört habe‹, sagte ich.

›Verirrt? Kann schon sein, dass ich mich verirrt habe. Ins Kloster wollte ich aber nicht‹, gab er mir zur Antwort.

›Na, gut! Ich stand auf. Komm, Fra Diavolo, bringen wir den Fremden auf den rechten Weg!‹

Er zögerte. Ich wusste, was er dachte: Wo bin ich da nur hingeraten! Aber andererseits bin ich Manns genug, es mit einem Nonnenkloster aufzunehmen. Er ahnte nicht, dass er es wohl mit einem ganzen Nonnenkloster aufnehmen konnte, aber nicht mit einer einzelnen Nonne. Diese Nonne war die Äbtissin, die meine beste Freundin geworden war, seit ich ihrem Orden ein großes Gebäude mit weitläufigem Grundstück vermietet hatte, – aus steuerlichen Gründen natürlich, Lady Monleirdon.

Ich merke, dass ich zu weit aushole. Schließlich sind wir in England, wo man kurze schmucklose Aussagen liebt. Wahrscheinlich befürchtet der Engländer, dass in der weitschweifigen Erzählweise die katholische Sinneslust lauert, die ihn schleichend und heimtückisch in die ewige Verdammnis führt.«

Lady Monleirdon saß da wie erstarrt. Miss Fitzgerald kaute an den Fingernägeln. Der Privatlehrer aus Galway hätte gern etwas gesagt. Er hatte viel zu sagen, schließlich hatte er studiert. Die Gläser wurden gefüllt, der Brandy hinuntergekippt.

»Marchesa, wir haben nie vorgegeben, etwas anderes zu sein, als wir sind.« Liliana blickte versonnen in die Flammen. Dann wandte sie sich an Lady Monleirdon. »Wir sind heidnische Barbaren, das ist wohl wahr. Aber ich habe auch gehört, dass die Engländer ein tolerantes und weltoffenes Volk sind. Sie sind so sehr an fremden Kulturen interessiert, dass sie sogar die Mühe auf sich nehmen, in alle Welt zu ziehen, um sie vor Ort kennenzulernen. Nicht wahr, Mister O'Donnesey?«

Mister O'Donnesey nickte eifrig, um sogleich darüber zu erschrecken, dass er genickt hatte.

Miss Fitzgerald fasste den Entschluss, diese Person zu hassen mit ihren unschuldigen Augen. Außerdem, Leute, die nur Wasser trinken, mit denen stimmt doch etwas nicht!

»Ich werde die Geschichte kürzer fassen. Ich führte also den jungen Mann hinauf ins Kloster. Es war eigentlich kein Kloster, aber um Sie nicht zu verwirren, bleiben wir dabei, ich brachte ihn zum Kloster. Der junge Mann sah die Äbtissin und verliebte sich augenblicklich in sie.« Die Marchesa schnippte mit den Fingern. »Es war ein colpo di fulmine, ein Blitzschlag aus heiterem Himmel. Und aus dem Himmel, da kommen bekanntlich alle Blitzschläge, die realen und die anderen. Die Äbtissin ist in meinem Alter, also gut zwanzig Jahre älter als er. Das hätte er sehen können, wenn er in der Lage gewesen wäre, klar zu denken. Felicia, so heißt die Äbtissin, hatte natürlich ihr Leben dem da oben geweiht, da konnte kein anderer Mann mithalten. Zudem hatte sie eine harte Schule hinter sich, allen fleischlichen Genüssen und Begierden zu entsagen. Da hat man Übung darin, sofort alle Schotten dichtzumachen, entschuldigen Sie, Lady Monleirdon, sich abzuschotten, wenn einem etwas widerfährt, was einem Spaß machen könnte. Jahrelange Übung, nächtelange Meditationen und Kasteiungen ...« die Marchesa legte eine bedeutungsvolle Pause ein, »... versagten!«

Lady Monleirdon wurde blass. Ihre Tochter kaute die Nägel der anderen Hand. Der Privatlehrer hätte nun auf jeden Fall etwas sagen wollen.

»Sie hatte sich ebenfalls verliebt, in dieses dürre Gerippe von Mann, mit den roten Haaren, von dem wir nichts wussten, nicht einmal den Namen. Den erfuhren wir jetzt aber – beinahe. Er sagte nämlich: ›Ich nenne mich Byron. Ich bin ein junger Dichter. Erst wenn ich einen eigenen Stil gefunden habe, werde ich meinen wahren Namen annehmen.‹ Das war schon rührend, irgendwie, finden Sie nicht auch, Lady Monleirdon?«

Lady Monleirdon überlegte, ob sie die jungen Leute aus dem Zimmer schicken sollte, denn sie ahnte, dass diese Geschichte unaufhaltsam in einen Sumpf der Unmoral führte und auf keinen Fall geeignet war, die Tugend ihrer Tochter zu stärken. Was würde Floyd dazu sagen? Er hätte diese Gäste schon längst zurückgeschickt, Duke hin, Duke her.

»Ich weiß genau, was Sie denken!«, sagte die Marchesa. »Sie denken, Gottes Wege sind unergründlich. Wenn er gewollt hatte, dass sich diese beiden Erdenkinder ineinander verlieben, dann hatte er damit eine höhere Absicht, die sich uns in Konventionen verhafteten Menschen nicht ohne Weiteres offenbart. Ich bin Ihnen dankbar, dass Sie das so auffassen, Lady Monleirdon. Die Toleranz gerade des englischen Adels ist nicht ohne Grund weltweit bekannt.«

Lady Monleirdon nickte. Vielleicht wird es doch nicht so schlimm. Toleranz des englischen Adels, das klang gut. Daran wollte sie sich orientieren. Aber was ist Toleranz? Sie wusste nur, was Floyd dazu sagte. Toleranz ist angebracht, wenn man ein gutes Geschäft machen will.

»Die Nonnen hatten eine Schule eingerichtet und boten nebenbei Wanderern eine Unterkunft. Sie verstanden es, den Dienst am Nächsten mit der Aufbesserung ihrer Kasse zu verbinden. Was ein Wesensmerkmal jeder Religion ist. Das nur nebenbei. Unser Byron wurde also dort einquartiert für ein oder zwei Nächte, wie er meinte. Er wohnt aber jetzt noch immer dort, zwar nicht in demselben Zimmer, aber, in einem topographisch erweiterten Rahmen gesehen, am selben Ort. Nach und nach erfuhren wir Byrons Geschichte. Er war der Sohn eines reichen Barons, der keinerlei Verständnis für Dichtkunst aufbrachte und schon gar nicht, wenn sie vom eigenen Sprössling stammte, der besser das Zählen von Banknoten lernen sollte. So hatte sich Byron eines Nachts heimlich davongemacht, ohne jemandem etwas zu sagen, selbst seiner geliebten Mutter nicht.«

Lady Monleirdon schluchzte. Jetzt hatte die Geschichte sie doch gepackt, und zwar dort, wo es wehtut.

»Er war auf Lord Byrons Spuren durch Griechenland und Italien gezogen. Am Ende seiner finanziellen Mittel angelangt, war er in Capirosso gestrandet. Er konnte weder Unterkunft noch Essen bezahlen. Was seine praktischen Fähigkeiten betraf, wie Ställe ausmisten, Geschirr spülen oder gar einen Nagel in die Wand schlagen, kann man nur sagen, es wäre erheiternd gewesen, wenn er sich nicht solch vergebliche Mühe gegeben hätte. Es lag also in unserer aller Interesse, ihn von handwerklichen Tätigkeiten fernzuhalten. So bot er an, Englisch zu unterrichten. Da er das nicht gelernt hatte, wollte er es zuerst an einer einzelnen Person ausprobieren, an der Äbtissin. Ihr war das recht. So begann die ›Englische Epoche‹ auf Capirosso. Ich habe von Byron bisher nur einen oberflächlichen Eindruck vermittelt. Das will ich jetzt korrigieren. Er war tatsächlich nicht gerade eine Schönheit, eher ein zu früh in die Höhe geschossener Lausbub. Aber, was soll ich sagen, alle Frauenherzen flogen ihm zu. Ob jung oder alt, alle waren in ihn verknallt – und er merkte es nicht. Er war ganz erfüllt von seiner, wie er glaubte, unglücklichen Liebe zu Äbtissin Felicia. Alle Dichter brauchen ihre unglückliche Liebe, sonst könnten sie nicht diese traurigen Werke schreiben, die man für Kunst hält, nur weil sie kein glückliches Ende haben. Jedenfalls gelang es ihm nicht, eine einzige Englischstunde nur mit der Äbtissin allein zu halten. Kaum hatte er ein Englischbuch oder irgendein Buch in der Hand, heftete sich eine wachsende Zahl weiblicher Wesen jeglichen Alters an seine Fersen, bis er schließlich – im Klassenzimmer angekommen – sich damit abfinden musste, den Unterricht vor einer großen Schar ihn anhimmelnder Gören zu halten. Ich will nicht verschweigen, dass unter dieser Schar auch ich mich befand und die Contessina Liliana und ihre Zofe Gina. Da er das Unterrichten nicht gelernt hatte, gab es für ihn keine Schranken, die ihn auf einen Lehrplan festgelegt hätten, den sich greise Beamte in staubigen Amtszimmern ausgedacht hatten. Er hatte nur eine Quelle, aus der er schöpfen konnte: sich selbst. Er selbst, das war vor allem die Liebe zur Sprache, die für ihn mehr war als die Art und Weise, wie Leute miteinander reden. Sprache war für ihn ein Ausdruck des Göttlichen in uns, eine Kraft in unserm Innern, die es uns ermöglicht, die Welt zu benennen und zu verändern. Er hatte dankbare Schüler. So ging er ganz in dieser Arbeit auf. Die Äbtissin besorgte ihm jedes Buch, das er haben wollte. Bald hatten wir eine umfangreiche englische Bibliothek, die eifrig benutzt wurde. Auf diese Weise haben wir Englisch gelernt. Es war aber weniger die englische Sprache, die uns so begeistert hatte, es war die Sprache unseres Byron, der von Anfang an unsere Herzen erobert hatte.«

Die Geschichte war wohl zu Ende. Lady Monleirdon war erleichtert. Wenn man von einigen kontinentalen Untiefen absah, war sie doch recht ehrenhaft.

Aber die Marchesa war noch nicht fertig.

»Jetzt wollen Sie sicher alle wissen, was aus dieser unglücklichen Liebe geworden ist.«

Lady Monleirdon sackte in sich zusammen. Miss Fitzgerald bekam einen roten Kopf. Der junge Lehrer wusste inzwischen mit Sicherheit, dass er diesen Byron nicht ausstehen konnte.

»Ich mache es kurz. Wenn sie genau zugehört haben, wissen Sie, dass es gar keine unglückliche Liebe war, sondern eine sehr glückliche, die bis auf den heutigen Tag anhält. Sie dürfen Liebe nicht mit körperlicher Liebe gleichsetzen. Die Äbtissin war eine Äbtissin und hatte das Gelöbnis der Keuschheit abgelegt. Aber alle anderen Formen der Liebe standen ihr offen. Die Beziehung zweier Menschen besteht aus unendlich vielen Dingen, die genauso wichtig sind. Da gibt es die Freude, in der Nähe des andern zu sein, mit ihm diesen Augenblick zu teilen, der Austausch von Gedanken, Ängsten und Hoffnungen und vieles mehr, und in diesem Fall die Gewissheit, für alle Ewigkeit zueinander zu gehören. Ja, es ist eine glückliche Liebe. Die einzige, die ich kenne.«

Lady Monleirdon schwieg. Sie wusste nicht, wie sie diese Geschichte einordnen sollte. War sie moralisch oder auf eine sublime italienische Weise unmoralisch?

»Danke, Marchesa Montecorno!«, sagte Liliana, nachdem niemand etwas gesagt hatte. »Ich höre diese Geschichte immer wieder gern. Nur das mit dem gelben Band für Fra Diavolo, das war mir neu. So viel ich weiß, sind Hunde farbenblind. Er wird nicht viel Freude daran gehabt haben.«

»Das gelbe Band war dafür gedacht, dass ich seinen Anblick besser ertragen konnte.«

* * *

»Er nannte sich Byron ...«

Liliana und Gina waren noch wach. Das Fenster stand offen. Sie lagen im Bett und betrachteten den Amor, der bei jedem Luftzug den Versuch machte, davonzufliegen.

Liliana berichtete Wort für Wort, was Großmutter erzählt hatte.

»... dass ich seinen Anblick besser ertragen konnte.«

»Das ist gut, Liliana! Diese Monleirdons wissen doch nicht, dass Frau Diavolo der hässlichste Köter der Welt war. Das waren schöne Zeiten damals, da waren wir noch jung!«

Sie schwiegen. Sie fühlten ihre Nähe, die schon so alt war und eine lange, lange Reihe gemeinsamer Erinnerungen umfasste.

Sie lauschten in die Nacht.

»Jemand hat eine Tür zugeschlagen.«

»Ein Glas ist auf den Boden gefallen.«

»Ein Mann lacht.«

»Eine Matratze quietscht verdächtig.«

»Wasser läuft durch ein Rohr.«

»Ein Fensterladen wird geschlossen.«

»Da schnarcht jemand.«

»Das zählt nicht! Es ist Großmutter.«

»Na gut, ein Sessel wird verschoben.«

»Ein Sektkorken knallt.«

Liliana und Gina lauschten mit geschlossenen Augen. Wenn es in Everweard Castle Nacht wurde, war es, als würde ein Sargdeckel geschlossen. So still wurde es dort. Hier in Monleirdon war die Nacht voller Geräusche, ja, sie hatte ein eigenes Leben, geheimnisvoll, aber menschlich.

»Wie das Leben so spielt! Du wolltest immer weg von deiner Familie, Liliana. Aber dass uns das Schicksal hierher verschlägt, das hättest du dir sicher nicht gedacht.«

»Hast du Heimweh?«, fragte Liliana.

»Du weißt doch, ich fühle mich dort zu Hause, wo du bist.«

Liliana fuhr mit dem Zeigefinger Ginas Nase hinunter zu ihren Lippen. Dann gab sie ihr einen Kuss und legte die Wange an Ginas Wange. Sie war feucht.

»Meine geliebte Gina, wir werden immer zusammenbleiben. Das verspreche ich dir!«

»Und der Duke? Und Salvatore? Und die ganze Welt?«

»Sie haben nichts mit uns zu tun! Wir beide sind eine eigene Welt, von Anbeginn bis ans Ende der Zeit!«

Gina seufzte. Sie drehte sich zur Seite. Liliana schmiegte sich fest an sie und legte den Arm um sie.

»Gute Nacht, cara Gina!«

»Gute Nacht, Liliana!«

Großmutter kam herein. Mit einem Plumps ließ sie sich auf das Bett fallen. Ihr Haar war zerzaust.

»Ich muss mit euch sprechen.«

Der Amor war ganz schön in Schwingungen gekommen. Großmutter musste ihn mit der Hand bremsen.

»So spät in der Nacht?«

»Verschwörer treffen sich immer heimlich in der Nacht.«

»Ja, im Bett«, lachte Liliana, »wo es gemütlich ist. Da lassen sich vortrefflich finstere Pläne spinnen.«

»Erinnerst du dich noch an das letzte Gespräch mit dem Duke?«

»Erinnere mich ja nicht daran, Großmutter! Ich bin heilfroh, dass ich ihn einige Zeit nicht zu sehen brauche und mir einbilden kann, es gäbe ihn überhaupt nicht.«

»Ich habe ihm nicht ganz die Wahrheit gesagt«, sagte Großmutter. »Liliana, du bist nicht meine Alleinerbin.«

»Aber, Großmutter, ich will kein Erbe, ich will dich. Alles andere ist mir gleichgültig.«

»Gina, damals, als dein Vater starb und dich mein Schwiegersohn ins Waisenhaus stecken wollte, flehte mich Liliana an, dich aufzunehmen. Das konnte ich nicht aus, nennen wir es einmal so, aus politischen Gründen. Deshalb vertraute ich dich der Obhut Felicias an.«

»Ihr wart alle wundervoll zu mir.«

»Aber ich tat noch etwas anderes.« Großmutter nahm Ginas Hände. »Ich habe dich adoptiert.«

»Was bedeutet das?«

»Das bedeutet, dein Name ist Gina Montecorno und bist die Marchesina Montecorno di Capirosso und kraft Gesetz meine Tochter.«

Gina fiel Großmutter um den Hals und weinte. Liliana legte die Arme um die beiden und weinte mit.

Als die drei Frauen sich ausgeweint hatten, stand Großmutter auf.

»Wir haben das noch nicht gefeiert. Schließlich war und ist es geheim. Aber wir sollten doch darauf anstoßen. Haben wir irgendetwas Trinkbares hier, ohne jemanden wecken zu müssen?«

Gina schlüpfte aus dem Bett und lief in ihre Kammer. Mit einer Flasche kam sie zurück.

»Dieser Rotwein stammt noch von Salamandra.«

Sie tranken den Wein aus Wassergläsern.

»Liliana, das kommt nun überraschend für dich: Gina ist deine Tante, juristisch gesehen. Du bist ihre Nichte.«

»Tante Gina, nett, dich kennenzulernen nach so langer Zeit.«

»Liebe Nichte, ich werde mich wohl um deine Erziehung kümmern müssen.«

»Zu spät! Zu spät! Ich werde einen Menschen heiraten, bei dem ich bestimmt meine gute Erziehung vergessen werde.«

Großmutter räusperte sich. Jetzt war sie etwas verlegen.

»Also, das war das eine. Was nun das Erbe betrifft, also, ich habe ein Testament gemacht. Liliana, du bist nicht die Alleinerbin. Die Salamandras, das heißt, dein Vater, deine Mutter und deine Schwestern, habe ich ausdrücklich vom Erbe ausgeschlossen. Das Erbe geht an euch beide.«

»Das habe ich nicht verdient!«, sagte Gina. Sie hatte sich für eine mittellose Waise gehalten, jetzt war sie von einer Sekunde zur andern Marchesina und eine reiche Erbin obendrein.

»Du hast es gewusst, Großmutter!«, sagte Liliana.

»Was ich habe gewusst, Enkelin?«

»Dass wir uns lieben.«

»Aber ja doch. Das war von Anfang an klar, dass ihr zusammengehört. Felicia sagte immer: Diese beiden verbindet ein Band, das niemand auf der Welt zerreißen kann. Sie behauptet sogar allen Ernstes, ein Engel schwebe über euch. Wie auch immer, mein Wunsch ist, die Frauen, die mir so nah am Herzen liegen, unabhängig und frei zu wissen. Deshalb habe ich auch das große Gebäude mit dem Land drumherum Felicia in einer Schenkung übertragen.«

»Da hast du dir viele Gedanken gemacht.«

»Ich bin noch nicht fertig. Außerdem steht in diesem Testament, dass kein Mann, kein Ehemann, kein Sohn oder sonstiges männliches Wesen jemals über euer Vermögen verfügen kann. Das bedeutet, sollte euch jemand für unmündig erklären oder ihr von diesem Leben genug haben, dann fällt der Besitz an den jeweils andern von euch beiden. Über alle Geschäftsangelegenheiten wacht Felicia und nach ihr die Gemeinschaft ihrer Nonnen. Sie sorgen dafür, dass der Besitz erhalten bleibt und immer in der Lage sein wird, Frauen unserer Linie zu unterstützen.«

»Du bist männerfeindlich!«

»Die Männer haben die Welt so eingerichtet, dass wir Frauen immer von ihrer Gnade abhängig sind. Das muss sich ändern.«

»Warum hast du nicht mich auch noch adoptiert, wenn du schon dabei warst?« sagte Liliana.

»Habe ich doch! Hier in meinem Herzen!«

»Großmutter, ich liebe dich!«

## Kapitel 3

Rosemary konnte die ganze Nacht nicht schlafen. Ständig ging ihr diese eingebildete Contessina im Kopf herum. Ab morgen sollte sie sich um sie kümmern und ihren Aufenthalt in Monleirdon so angenehm wie möglich gestalten. Niemand fragte danach, was ihr angenehm wäre. Unter angenehm stellte sie sich etwas völlig Anderes vor. Der italienischen Gans den Hals umzudrehen, das käme dem schon wesentlich näher. Sie müsse endlich lernen, ihre gesellschaftlichen Pflichten ernst zu nehmen, war Mutters strenge Maßregelung, auch ihr falle es nicht leicht, mit den Fremden warm zu werden. Vater sei aber dem Duke verpflichtet. Sie durften ihn nicht enttäuschen. Damit war die Diskussion beendet. Es war eigentlich keine Diskussion, so etwas gab es im Haus Monleirdon nicht, es war eher das schüchterne Heben des Fingers. Sagen durfte sie schon, was sie dachte, es war aber auch gewiss, dass es unbeachtet blieb. So wie die Mutter einem Baby nach dem Essen erlaubt, ein Bäuerchen zu machen, durfte die Tochter ihre Meinung sagen. ›Hast du jetzt Luft abgelassen? Geht es wieder? Jetzt will ich kein Wort mehr hören. Gemacht wird, was ich sage.‹ Es war zum Verzweifeln! Contessina Liliana war dagegen so selbstsicher und gescheit. *›Wenn sie mich von oben herab behandelt, laufe ich weg, egal, was Mutter sagt.‹* Mit diesem Gedanken war sie doch noch eingeschlafen.

Ann schenkte Tee ein. Sie war wieder so ungeschickt! Der Tee schwappte über die Tassen und füllte die Untertassen. Wieso musste sie ein solches Nervenwrack zur Zofe haben? Sagen ließ sie sich auch nichts von ihr. Wieso sollte es dem Personal entgehen, dass die Tochter des Hauses völlig unbedeutend war?

»Ann, pass doch auf!«

»Das kann doch einmal passieren, Miss Fitzgerald. Nebenbei bemerkt, es ist nur Tee.«

»Lass uns allein!«

Ann stapfte beleidigt aus dem Zimmer. Die Klinke rutschte ihr aus der Hand, die Tür fiel mit einem lauten Knall zu.

Jetzt war Rosemary mit ihrem Gast allein. Hätte sie Ann nicht fortschicken sollen? Aber noch mehr blamiert werden wollte sie auch nicht. Die Contessina tat so, als habe sie die Demütigung nicht bemerkt. Welch eine falsche Schlange sie doch war! Gesagt hat sie auch noch nichts. Sie lauert darauf, dass ich eine ungeschickte Bemerkung mache. Es half nichts, sie war die Gastgeberin und musste das Gespräch beginnen.

»Ist deine Zofe auch so ungeschickt?«

»Zofe?«

»Heißt das anders bei euch in Italien?«

»Nein, Zofe ist schon richtig. War das deine Zofe? Ich dachte, es sei ein Zimmermädchen.«

»Es ist nicht wichtig. Warst du schon einmal in England?«

»Dieses harte Schicksal war mir bisher erspart geblieben. Jetzt hat es mich eingeholt.«

»Gefällt es dir hier nicht?«

»Auf der Fahrt nach Everweard hatte es nur geregnet. Viel sehen konnte ich nicht.«

»Es ist schön in Everweard.«

»Wenn du es sagst. Ich dachte, wir befinden uns in Monleirdon.«

»Monleirdon ist ein Teil Everweards. Wieso das so ist, weiß ich nicht genau. Liliana, ist der Name sehr verbreitet in Italien?«

»Merkwürdiger Gedanke! Ich hielt mich für einmalig.«

Da war sie wieder, die aufgeplusterte Pute. Auf was bildete die sich eigentlich so viel ein? Darauf, dass sie sich den reichen Duke geangelt hat?

»Ich wollte dir nicht zu nahetreten.«

»Das bist du nicht, Rosemary. Ich habe nur noch nie darüber nachgedacht. Du musst wissen, ich bin nicht sehr geübt in Konversation.«

»Du hältst mich für geistig minderbemittelt?«

»Du hältst mich für eingebildet?«

Jetzt wäre der Augenblick gekommen wegzulaufen, dachte Rosemary.

»Miss Fitzgerald, ich habe keine Meinung über Sie. Wenn Sie mich für eingebildet halten, kann ich es nicht ändern. Vielleicht bin ich eingebildet. Es täte mir leid, wenn es so ist. Es ist nämlich ganz und gar nicht meine Absicht.«

»Sie sind sicher sehr stolz darauf, die Duchess of Everweard zu werden.«

»Das wird es wohl sein, Miss Fitzgerald.«
Liliana stand auf und ging zum Fenster.

Es war früher Morgen. Draußen schien die Sonne, Vögel sangen, Hunde bellten und tausend lebendige Dinge geschahen. Aber in Rosemarys Zimmer war es Dämmerstunde, die Jalousien waren herabgelassen, die Fenster verschlossen. Es roch muffig. Der Tee duftete wie warme ... Ach, es war zum Verzweifeln!

In einer Ecke stand ein Schaukelpferd, rot lackiert, Mähne und Schwanz aus echtem Rosshaar, die Steigbügel glänzten golden. Es wartete darauf, dass sich jemand auf seinen Ledersattel schwingt und mit ihm davonreitet über alle Zäune und Mauern in die Welt hinaus.

»Es sieht aus, als würde es einen überall hinbringen, wohin man möchte«, sagte Liliana.

»Von was redest du?«

»Von deinem Schaukelpferd.«

»Das ist nicht mein Schaukelpferd.«

»Nein?«

»Es gehört meinem Bruder.«

»Du hast einen Bruder? Das wusste ich nicht.«

Rosemary wollte nicht über ihren Bruder sprechen, schon gar nicht mit dieser Person. Aber über was sollte sie sonst reden?

»Er war eines Tages verschwunden. Ich war zwölf. Niemand hat mir jemals gesagt, was aus ihm geworden ist.«

»Deine Mutter auch nicht?«

»Sie weiß auch nicht, wo Martin ist. Vielleicht ist er tot.«

Rosemary presste die Lippen zusammen. Immer wenn sie an Martin dachte, musste sie mit den Tränen kämpfen, als wäre er eben erst fortgegangen. Dieser Person gegenüber durfte sie sich keine Blöße geben.

»Schmeckt dir der Tee nicht?«

Liliana zog die Jalousien hoch und stieß das Fenster weit auf. Frische Luft wehte herein und heller Sonnenschein.

»Schluss damit!«, sagte sie. »Wir sind keine Präparate in einem naturhistorischen Museum, Rosemary. Lass uns ausreiten!«

Rosemary erstarrte. Ihr war, als habe jemand die Bettdecke weggezogen und man könnte sie nun sehen in all ihrer Mittelmäßigkeit. Jetzt flossen die Tränen doch.

»Ich hasse dich!«, schrie sie. In dem dunkelblauen Samtkleid mit dem schmalen weißen Spitzenkragen sah sie aus wie eine verängstigte Konfirmandin vor der Prüfung. Die Tasse kippte um, der Tee ergoss sich über die Tischdecke aus reiner Seide, die sie extra für diese Gelegenheit ausgesucht hatte.

Der Raum war nun hell. Man konnte all den nutzlosen Plunder sehen, mit dem ihn Mutter vollgepfropft hatte. Es war das Zimmer einer alten Jungfer, die nichts hatte als eine Sammlung von Erinnerungsstücken, an deren Herkunft sie sich nicht mehr erinnern konnte. Nur das Schaukelpferd stand da wie die Aufforderung, dem allem zu entfliehen.

An Martin hatte diese Person sie erinnert, an eine Zeit, wo sie noch die Schönste war, sein Liebling. Aber es hatte sich herausgestellt, dass alles nur Lüge war, dass sie nichts war für ihn als eine hässliche Göre, die sich eingebildet hatte, man könne sie lieben.

Sie presste die Augen zusammen, nichts wollte sie sehen, nichts hören, sie wollte tot sein.

Da legten sich zwei Arme um sie. Sie spürte einen Kuss auf der Wange.

»Cara mia! Weine nicht! Steh auf, ich zeige dir etwas!«

Willenlos ließ sie sich von Liliana an der Hand nehmen und folgte ihr die Treppen hinunter hinaus ins Freie.

Die Schafe und Ziegen kamen sofort herbei, als sie die beiden jungen Frauen sahen. Im Nu waren sie umringt. Ein Lamm versuchte, über ein Schaf zu steigen, in seinem Eifer, in Lilianas Nähe zu sein. Dabei rutschte es ab und fiel in Rosemarys Arme. Rosemary erschrak und wusste nicht, was sie machen sollte. Dann spürte sie das pochende Herz und die Wärme des Tieres. Sie vergaß alles um sich herum und drückte das Lamm an sich. Es fühlte sich so weich an. Schon lange hatte sie niemand mehr in den Armen gehalten. Wieder musste sie weinen. Doch diesmal waren es andere Tränen, Tränen der Erinnerung, der Erlösung.

Auf einmal kam die Herde in Bewegung. Rosemary sah, dass Liliana die Wiese hinunterlief. Schafe und Ziegen folgten ihrem leuchtend gelben Kleid. Rosemary wurde mitgerissen. Schließlich standen alle im Bach. Die dunkelblauen Lackschuhe, die blütenweißen Söckchen und der Saum des Samtkleides waren unter Wasser. Es war kalt, nicht kalt wie Frost und Winter, sondern kalt wie eine Quelle, die aus dem Felsen hervor fließt, wissbegierig darauf, was es so alles zu erleben gibt, da draußen in dieser herrlichen Welt.

Die Hunde standen am Ufer und bellten aufgeregt. Der Gärtner schüttelte den Kopf. Das Personal kam herbeigeeilt und Lady Monleirdon.

Rosemary musste lachen. Liliana lachte mit. Das ergriff auch die Zuschauer am Ufer. Alle lachten. Lady Monleirdon wusste nicht, was sie sagen sollte, da drehte sie sich um und ging zurück ins Haus.

Das raunende Laubwerk der hohen Eiche legte ihren sanften Schatten über sie. Rosemary hatte Schuhe und Strümpfe ausgezogen. Die nackten Füße auf der Bank, so saß sie Liliana gegenüber, die den nassen Saum ihres Kleides hochgerollt und ihre Füße den ihren gegenübergestellt hatte.

Ein gelber Vogel kam herbeigeflogen. Er setze sich auf die Lehne und begann zu zwitschern.

»Paglierino!«, sagte Liliana erstaunt. »Du kannst ja singen. Hör dir das an, ist er nicht ein begnadeter Künstler?«

»Ist das der Kanarienvogel, der sein Zimmer nicht verlässt und niemals singt?«

»Genau der!«

»Er mag wohl Monleirdon auch nicht.«

»Im Gegenteil! Auf Everweard Castle bewegte er sich nicht vom Fleck und gab keinen Ton von sich, erst bei euch scheint er sich wohlzufühlen.«

»Dann ist er der Erste.«

»Vielleicht, weil die Fenster offen sind?«

»Ich hasse dich nicht, Liliana. Ich möchte sein wie du.«

Liliana kitzelte mit der großen Zehe Rosemarys Fußsohlen.

»Du möchtest einen unausstehlichen alten Mann heiraten, der dich in einem finsteren Schloss gefangen hält?«

»Warum heiratest du ihn dann?«

»Das ist ein Geheimnis, das selbst ich nicht ergründen kann – vorläufig nicht. Im Augenblick sitze ich in der Falle.«

»Ich verstehe nicht?«

»Es würde mir helfen, so viel wie möglich über den Duke zu erfahren, über seine Vergangenheit, seinen Ruf und einfach alles, was man über ihn erzählt.«

»Ich werde dir helfen. Ich werde Mutter fragen, den Pfarrer und wen ich sonst noch kenne. Hoffentlich hilft es dir!«

»Danke! Jetzt wollen wir aber den Duke vergessen und diesen schönen Tag genießen. Erzähle mir von Martin!«

Rosemary senkte den Kopf auf ihre Knie.

»Cara Rosa Maria, schenke mir deinen Bruder! Lass ihn da heraus aus dem Verlies in deinem Herzen. Ich will ihn mir mal anschauen.«

Rosemary musste lachen über diese Vorstellung.

»Was du alles sagst, Liliana! Ich komme mir so klein und unbedeutend vor neben dir.«

»Weil du dich versteckst! Ich glaube, selbst du weißt nicht, wer Miss Fitzgerald ist, die Tochter des Barons Lord Monleirdon und seiner Gattin, der Lady Monleirdon. Lass mal das Monleirdon weg, besinne dich nur auf Rosemary! Was will sie? Was macht ihr Spaß? Was ärgert sie? Wen mag sie? Wen mag sie nicht? Gibt es einen Traum, ganz tief drinnen, der schon fast vergessen ist? Viele Fragen – nur du allein kennst die Antworten.«

»Woher weißt du das alles?«

»Ich stelle mir einfach vor, wie die Welt sein sollte.«

Der Privatlehrer mit den abstehenden Ohren kam. Er hielt ein Buch in der Hand.

»Miss Fitzgerald, Ihre Mutter meint, auch wenn Besuch da ist, sollten Ihre Unterrichtsstunden nicht vernachlässigt werden.«

Rosemary sah ihn nachdenklich an.

»Dylan, ich stelle dir eine Frage. Was ärgert mich?«

Dylan warf Liliana einen fragenden Blick zu, als wüsste diese, warum Miss Fitzgerald den Verstand verloren hatte.

»Antworten Sie, wenn Miss Fitzgerald eine Frage stellt, Herr Lehrer!«

»Wenn Ihre Frau Mutter Sie wie ein kleines Kind behandelt!«

»Bravo!« Liliana klatschte in die Hände. »Sagen Sie Lady Monleirdon, diese unmögliche Person aus Italien bestehe darauf, mit ihrer Tochter auszureiten.«

»Nein! Nein!«, sagte Rosemary und sah Dylan dabei entschlossen an. »Sagen Sie meiner Mutter, ich möchte mir mit meiner Freundin einen schönen Tag machen. Genau so sagen Sie es ihr!«

Dylan lächelte. »Ganz wie Sie befehlen, Miss Fitzgerald!«

»Welches Buch haben Sie uns mitgebracht?«, fragte Liliana.

»Eine Empfehlung des Herrn Pfarrer, The Young Lady's Guide To Etiquette. Lady Monleirdon wünscht, dass ich es Ihnen vorstelle und Sie dazu bringe, es gründlich zu lesen.«

»Sie wissen also genau, wie sich eine junge Dame zu benehmen hat, was ihr zusteht, was sie denken und nicht denken darf, auf welche Weise sie den einen Fuß vor den anderen setzen soll, junger Mann?«

»Contessina, immer machen Sie sich über mich lustig!«

»Wie alt sind Sie eigentlich, Dylan?« Rosemary betrachtete ihren Privatlehrer mit neuen Augen. Liliana hatte vollkommen recht. Woher wussten alle anderen, was gut für sie sei – nur sie selber nicht?

»Einundzwanzig.«

»Doch schon so alt.«

»Jetzt spotten auch Sie noch über mich, Miss Fitzgerald.«

»Die Marchesa sagt immer, wer etwas anderes sein möchte, als er ist, macht sich zum Gespött.« Liliana wusste, dass ihr Humor nicht jedermanns Sache war. »Ich würde mir niemals anmaßen, Sie zu verurteilen. Ich kenne Sie nicht. Rosa Maria, was hältst du davon? Wir unternehmen morgen ein Picknick zu dritt. Unterricht im Freien, könnte man es nennen. Und statt uns dumme Gänse belehren zu wollen, Herr O'Donnesey, erzählen Sie von sich, von Ihrer Heimat Irland, Ihrer Familie und Ihrem Leben. Würde Ihnen das gefallen?«

Rosemary nickte, die Idee gefiel ihr. »So machen wir es! Ich bin jetzt auch neugierig geworden. Helmi kann uns einen Picknickkorb richten. Wir gehen hinüber zum Goldfinch Pond. Dort gibt es eine Bank und einen Tisch. Was sagen Sie dazu, Dylan?«

»Ich werde das mit Ihrer Frau Mutter besprechen.«

»Bevor Sie gehen, Dylan«, sagte Rosemary, »gebe ich Ihnen einen Auftrag. Durchstöbern Sie unsere Bibliothek und finden Sie alles heraus, was über den jetzigen Duke of Everweard berichtet wird. Vielleicht können Sie uns schon morgen etwas mitteilen.«

»Ich werde mich sofort an die Arbeit machen.«

In diesem Augenblick setzte Paglierino zu einem lautstarken Konzert an.

Dylan steckte die Finger in die Ohren und eilte davon.

Paglierino erhob sich in die Luft und flog in Richtung Everweard Castle.

»Grüß Floriana von mir!«, rief Liliana ihm nach.

»Wer ist Floriana?«

»Floriana ist die beste Köchin der Welt.«

»Den Namen habe ich schon einmal gehört.«

»Komm, lasst uns reiten!«

»Wolltest du nicht, dass ich von meinem Bruder erzähle?«

»Meine liebe Rosa Maria, du wirst es mir dann erzählen, wenn du wirklich so weit bist. Heute wollen wir den Tag genießen.«

»Ich muss mich noch umkleiden.«

»Miss Fitzgerald nehme ich nicht mit, nur meine cara Rosa Maria.«

Rosemary strahlte.

»Liliana, du musst mir dabei helfen.«

»Versprochen! Jetzt, komm!«

# Kapitel 4

»Gestern Nacht, da war was los auf Everweard Castle!«

»Warst du auch dort?«

»So etwas lasse ich mir doch nicht entgehen. Ben wollte erst nicht, dann hat er die ganze Nacht durchgetanzt.«

»Der Feuerschlucker, das war ein Bild von einem Mann. Diese Muskeln! Mir lief es eiskalt den Rücken hinunter. So etwas habe ich noch nicht gesehen.«

»Wie lange bleiben sie noch?«

»Ich nehme an, dass sie nach der Hochzeit wieder abreisen.«

Gina horchte auf. »Welche Hochzeit? Von was schwatzt ihr eigentlich?«

Gina saß in der Küche und frühstückte. Mit ihren Gedanken war sie bei der Marchesa und Liliana. Sie hatte die Gespräche der Mädchen nur nebenbei wahrgenommen.

»Die Hochzeit des Duke von Everweard mit Contessina Liliana di Salamandra natürlich!«, sagte Helmi. Sie stellte gerade den Arbeitsplan für den Tag zusammen.

»Was ist damit?«

»Ihr wart gestern kaum weg von Everweard Castle, da kam ein Zirkus. Der stellte seine Wagen auf. Es gibt Feuerschlucker, Schwertschlucker, Messerwerfer, einen Clown, eine Tänzerin, eine Sängerin, sogar einen lustigen Affen und Musik. Das sprach sich in Windeseile in den Dörfern herum. Alle gingen hin, denn jedermann weiß, dass der Duke verreist ist.«

»Gut, dass wir rechtzeitig weggekommen sind.«

»Das hätte dir bestimmt auch Spaß gemacht, Gina. Stell dir vor, der Zirkus kommt aus Italien!«

Gina ahnte nichts Gutes. Es gab einen Zirkus, der lange Jahre in all ihren Albträumen auftauchte.

»Wie heißt der Zirkus?«

Darauf hatte keiner geachtet.

Ann setzte sich zu Gina an den Tisch.

»Du hast doch nichts dagegen, wenn ich mich zu dir setze?«

»Du bist Miss Fitzgeralds Zofe?«, sagte Gina.

»Fantasma ... irgendwie, so heißt der Zirkus. Der Name war mir aufgefallen, weil er auf der Mütze des Affen stand, der neben dem traurigen Akkordeonspieler saß.«

Gina fror auf einmal. Ich muss sofort nach Liliana schauen, dachte sie voller Panik, und wollte zu ihr. Sie konnte sich aber nicht vom Fleck bewegen.

»Was hast du, Gina?« Helmi legte den Bleistift zur Seite und kam herüber. Sie setzte sich neben Gina und legte den Arm um sie. Gina fasste sich wieder.

»Fantasmagoria«, sagte Gina, »das ist der Name, Circo Fantasmagoria. Ich kenne ihn aus meiner Kindheit. Es ist keine angenehme Erinnerung.«

»Wenn Ihr ihn kennt, dann will der Duke seiner zukünftigen Gattin bestimmt eine Freude machen. Das ist doch sehr aufmerksam von ihm.«

»Der Duke will niemandem eine Freude machen!«, sagte Gina bestimmt. Sie stand auf. »Entschuldigt mich, ich muss an die frische Luft.«

Neben dem Eingang zur Küche lag eine kleine Laube. Gina setzte sich auf die Bank und dachte nach. Sie beschloss, Liliana nicht unnötig zu beunruhigen. Wenigstens die Tage in Monleirdon sollten so unbeschwert für sie werden wie möglich.

Ann trat vor die Laube.

»Darf ich mich zu dir setzen?«

Gina klopfte auf den Platz neben sich. Ann setzte sich ans äußerste Ende. Sie saß nur halb auf der Bank. Die Beine schlug sie übereinander, die Hände hielten die Knie fest, der Oberkörper war nach vorne gebeugt. Es sah aus, als würde sie jeden Augenblick zu Boden kippen.

Das hellblonde Haar bedeckte in kurzen krausen Locken den kleinen Kopf mit dem blassen Gesicht wie eine Flechte. Die Augen blickten kurz zu Gina, dann auf die Füße, in die Ferne, wieder zu Gina, dabei zuckten die Mundwinkel. Ihre Lippen waren fast weiß, Hautfetzen standen weg wie nach einem Sonnenbrand.

Gina rutschte hinüber zu ihr. Sie legte den Arm um sie, zog sie fest auf die Bank und drückte ihren Rücken gegen die Banklehne. Nachdem sie so für einen sicheren Sitz gesorgt hatte, nahm sie den Arm wieder weg.

»Da war ein junger Mann, der für den Duke arbeitet ...« stieß Ann hervor, »... ein Italiener.«

»Das kann nur Maître Brava sein.«

Ann entdeckte plötzlich ihre Hände. Sie wusste nicht, was sie mit ihnen anfangen sollte und schob sie unter die Oberschenkel.

»Er gefällt mir.«

»Ich möchte wissen, was ihr alle so toll an ihm findet.«

»Schau dir mal die jungen Männer aus der Gegend an!«

»Da hast du auch wieder recht. Soviel ich weiß, Ann, hat Salvatore sein Herz an eine andere verloren.«

»Ich weiß, an Floriana.« Sie presste die Lippen zusammen wie ein trotziges Kind, das seinen Willen nicht bekommt.

»So? Floriana ist es? Das habe ich nicht gewusst.«

»Die Küchenmädchen auf Everweard Castle erzählen, dass sie noch nie so nett zu einem Mann war. Sie macht ihm persönlich das Frühstück.«

»Er wird nach Italien zurückgehen«, sagte Gina.

»Das ist mir gleichgültig. Ich will ja keinen Mann fürs Leben.«

»Was willst du dann mit Salvatore?«

»Ein bisschen Romantik ... und du weißt schon, was.«

»Ah!«

Gina betrachtete sich Ann etwas genauer. Sie war hübsch mit ihrer Stupsnase und dem herausfordernden Blick. Wenn sie nicht so zappelig wäre, hätte sie schon das gewisse Etwas, das Männer anzieht.

»Mein Bruder hat ein Auge auf dich geworfen, Gina!«

»Wer ist dein Bruder?«

»Simon.«

»Der Sohn des Pfarrers?«

»Er wird auch fortgehen«, sagte Ann.

»Er studiert Medizin?«

»Ja, in London. Er wollte weit weg von hier. Aber in den Ferien ist er gezwungen, wieder nach Hause zu kommen. Das geschieht ihm recht. Dann muss er sich mit Vater herumärgern, was ich das ganze Jahr tun muss.«

»Ist euer Vater streng?«

»Er ist Pfarrer. Sagt das nicht alles? Seit Mutters Tod besteht sein ganzer Lebensinhalt darin, uns vor dem Teufel und allen Sünden der

Welt zu bewahren. Dazu hat er ziemlich genaue Vorstellungen. Und die stehen bestimmt nicht in der Bibel!«

»Dann bist du in Monleirdon besser aufgehoben.«

Ann lachte trocken.

»Da bin ich aus der Bratpfanne ins Feuer gehüpft. Miss Fitzgerald ist ein Biest. Nichts kann ich ihr recht machen. Ihre ganze Unzufriedenheit lässt sie an mir aus. Sie schlägt mich sogar, was mein Vater nie tat.«

»Du willst doch etwas von mir, Ann?«

»Ich habe dich sofort bewundert, als du hier ankamst. Man merkt, dass du eine Zofe von Format bist. Du hast Stil und Klasse. Kannst du mir nicht ein wenig helfen, so zu werden wie du? Ich meine: Umgangsformen, Haltung, die richtige Sprache, wie man mit Herrschaften umgeht und solche Sachen.«

Eine Zofe von Format, das war schon lustig. War es doch Gina immer noch ein Rätsel, was eine Zofe eigentlich macht und wie sie auftreten soll. Dazu war sie nicht erzogen worden. Die Marchesa und die Äbtissin hatten ihr im Gegenteil beigebracht, wie man frei und selbstbestimmt lebt. Warum nicht? dachte Gina, dann werde ich ihr das beibringen.

»Einverstanden!«

»Toll! Toll!« Ann sprang von der Bank. »Noch etwas, Gina, diese Ruth, nimm dich vor der in acht! Sie erzählt jedem, dass du ein durch und durch verdorbener Mensch seist, verlogen, hinterhältig, gewalttätig – und dass du stiehlst.«

»Danke, Ann! Diese Ruth hat uns der Duke ins Nest gesetzt. Mehr will ich dazu nicht sagen.«

»Das brauchst du nicht! Keiner kann sie leiden. Sie könnte aber etwas inszenieren. Du weißt, eine wertvolle Brosche verschwindet, die man dann unter deiner Matratze findet.«

»Die Marchesa würde sie eigenhändig in kochendes Öl werfen.«

»Ich wollte dir nur Bescheid sagen.«

Aufgeregter Lärm kam aus der Küche. Die Köchin und die Mädchen stürzten hinaus und liefen die Wiesen hinunter.

Gina und Ann folgten.

Umringt von der Herde Schafe und Ziegen standen Liliana und Rosemary bis zu den Knien im Bach und lachten.

»Gibt es dazu keinen Schäfer und Hirtenhunde?« Ann sprach aus, worüber sich alle auf Monleirdon wunderten.

»Nein«, sagte Gina. »Die Tiere waren nach und nach in Everweard Castle aufgetaucht. Da der Duke keine Anweisung gab, was mit ihnen geschehen soll, ließ man sie in Ruhe. Sie waren ja auch friedlich und fraßen nur Gras. So hatte man sich im Laufe der Zeit an sie gewöhnt und nicht weiter um sie gekümmert. Es ist nämlich so, dass Tiere recht gut ohne uns Menschen auskommen, vielleicht sogar noch besser.«

Als sie Lady Monleirdon kommen sah, ging Gina zurück ins Haus.

Die Marchesa war erst aufgestanden. Ruth half ihr in den Morgenmantel.

»Gina, leistest du nicht der Contessina Gesellschaft?«

»Sie will mit Miss Fitzgerald allein sein. Wahrscheinlich denkt sie auch, dass ich verlogen, hinterhältig und gewalttätig bin und stehle.«

»Warum sollte sie das denken?«

»Weil das eine gewisse Ruth überall herumerzählt.«

Ein Schlag. Ruths Wange färbte sich rot.

»Wenn jemand gewalttätig ist, Ruth, dann bin ich es!«, sagte die Marchesa. »Das war erst der Anfang. Sollte ich noch einmal nur das leichteste Gerücht in dieser Richtung hören, dann drehe ich dir so den Hals herum, dass er sitzt, wie er hingehört.«

»Das ist alles nicht wahr!«

Ein Schlag. Die andere Wange wurde rot.

»Geh mir aus den Augen!«

Ruth rannte aus dem Zimmer und schlug die Tür zu.

»Vielleicht hätte ich besser nichts sagen sollen?«

»Das war schon richtig, Gina. Ich bin keine große Freundin von Diplomatie. Solche Sachen muss man im Keim ersticken, ehe sie einem über den Kopf wachsen. Die Leute sagen, wo Rauch ist, muss auch Feuer sein. So weit darf es nicht kommen.«

»Darf ich Mama zu dir sagen?«

»Setz dich einen Moment zu mir, Gina. Du darfst nicht glauben, es würde sich etwas zwischen uns ändern, nur weil ich mein kleines Geheimnis gelüftet habe.«

»Für mich hat sich eine Menge verändert.«

»Natürlich, das ist auch richtig so. Was ich meine, ist etwas anderes. Ich sage es am besten ohne Umschweife. Ich bin zur Mutter nicht geeignet. Bei meiner leiblichen Tochter habe ich gründlich versagt. Lass dir das ein abschreckendes Beispiel sein. Mehr als ich dir bisher gegeben habe, kann ich dir nicht geben.«

»Du warst immer für mich da. Was sollte ich mehr erwarten?«, sagte Gina.

»Na, wenn ich mir so die Mütter anschaue, dann kommt mir schon das Grausen. Dieses Getue, diese himmelstürmenden Erwartungen und niederschmetternden Enttäuschungen! Mütter sind Wesen ohne Verstand. Sie laufen umher wie Hühner, denen man den Kopf abgeschlagen hat.«

»Du übertreibst!«

»Meinst du? Ich werde das Thema Mutterschaft einer gründlichen Analyse unterziehen und eine Abhandlung darüber schreiben. Davon abgesehen, weißt du, dass ich dir sehr liebhabe, Gina.«

»Das weiß ich und wusste ich immer. Was du auch sagst, du warst für mich die beste Mutter der Welt. Darf ich Mama zu dir sagen?«

»Es würde mich freuen, meine liebe Tochter. Aber wir müssen damit warten, bis wir dieses Schlamassel geklärt haben. Sei mir nicht böse!«

»Ich habe dich lieb, Marchesa. Sind wir denn schon weitergekommen?«

»Dafür sind wir hier. Du mischst dich jetzt wieder unter das Personal und versuchst alles herauszufinden, was du in Erfahrung bringen kannst. Ich werde heute Lady Monleirdon ins Visier nehmen. Erfolgreiche Jagd, Gina!«

Gina öffnete die Tür. Paglierino setzte sich auf ihre Schulter. Sie ging den Flur hinunter und öffnete ein Fenster. Der Vogel flog hinaus, zielstrebig auf eine Bank zu. Dort saßen Liliana und Rosemary.

* * *

Es war ein viel zu schöner Tag, um ihn im Haus zu verbringen. Gina ging durch die Hintertür hinaus. Dort lag ein bunter Küchengarten. In der Mitte stand ein runder Brunnen. Simon zog einen Eimer Wasser nach oben. Der Strohhut auf seinem Kopf sah etwas mitgenommen aus. Um den Hals trug er einen roten Schal mit weißen Punkten. Er pfiff leise vor sich hin.

Also pfeifen kann er nicht, dachte Gina, aber er sieht gut aus, wenn man diese blassen Typen mag.

»Edler Ritter«, sagte sie, wobei sie die Hand schützend vor die Stirn hielt, »geben Sie einer armen Maid einen Schluck Wasser, bevor sie die Hitze dahinrafft!«

Simon drehte sich erschrocken um. Der Eimer kippte vom Brunnenrand. Ein Schwall Wasser ergoss sich über Ginas Beine.

»Ich wollte Wasser trinken, nicht darin baden.«

Der edle Ritter erstarrte, die blauen Augen in dem blassen Gesicht blickten entsetzt.

Gina setzte sich auf die Bank und legte die Beine auf einen Baumstumpf.

»Leisten Sie mir wenigstens ein wenig Gesellschaft.«

Simon kam langsam auf sie zu. Er war krampfhaft bemüht, nicht auf ihre Beine zu schauen, die im Sonnenschein goldbraun schimmerten. Schließlich saß er halb auf dem anderen Ende der Bank. Es sah aus, als erwartete er, jederzeit davonrennen zu müssen.

Diese Fraggles! Simon wie Ann, das sind die reinsten Nervenbündel! Jetzt sitzt er da und sagt kein Wort! Also musste sie den Anfang machen.

»Verzeihen Sie meine Offenheit, aber in Italien sprechen die Leute gelegentlich miteinander. Verraten Sie mir, junger Mann, was ich Ihnen getan habe, dass Sie mich so gar nicht leiden mögen.«

Er wurde rot. Sein Oberkörper beugte sich nach vorne. Er hatte jetzt die ideale Startposition eingenommen. Noch ein kleiner Ruck und dieses empfindliche Bündel männlicher Nerven würde wie ein Pfeil von einem straffgespannten Bogen davonfliegen.

»Ich heiße Gina!«

Er entspannte sich.

»Simon!« Die Stimme war etwas unsicher, aber das hatte sie noch korrekt herausgebracht. »Simon Fraggles – und es tut mir leid!«

»Niemand kann für seinen Namen etwas.«

»Äh ... es tut mir leid, dass ich dich vollgespritzt habe.«

»Lord Simon, Ihnen sei verziehen.«

»Ich bin kein Lord.«

»Weiß ich doch! Habt Ihr denn gar keinen Humor, ihr Engländer?«

Simon schwieg. Er dachte wohl darüber nach oder war überhaupt nicht fähig zu denken.

Das ist ganz schön schwierig, das Unter-die-Leute mischen, dachte Gina.

»Ich ...« stotterte er, »ich habe mich in dich verliebt!«

Er wurde wieder rot. Diesmal sah es mehr nach einem Fieber aus. Jetzt war das Bündel angespannter Nerven nicht mehr zu halten, er sprang auf und lief zum Brunnen. Er ließ den Eimer Wasser nach unten, dann zog er ihn nach oben. Den Eimer trug er zur Bank. Er tauchte einen Zinnbecher hinein und gab ihn bis zum Rand gefüllt Gina. Dabei zitterte seine Hand, Wasser spritzte auf ihr Kleid.

Gina trank. Das Wasser war kalt.

»Sternzeichen Wassermann, habe ich recht?«

»Wie meinst du das?«

»Aquario solltest du heißen!«

Die Mundwinkel zitterten. An den Schläfen standen Adern blau hervor. Wenn ich ihm jetzt einen Kuss gäbe, dachte Gina, dann würde mein Froschkönig zerplatzen.

»Du hast eine hübsche Schwester«, sagte Gina.

»Du meinst Ann?«

»Hast du noch mehr Schwestern?«

»Nein! Ich wollte nur sicher sein, dass du Ann meinst.«

»Das war eine vernünftige Vorsichtsmaßnahme. Also, deine Schwester ist genauso ein Nervenbündel wie du. Steht ihr immer unter Hochspannung?«

Simon traten Tränen in die Augen.

Ich mache auch alles falsch, dachte Gina.

»Arbeitest du gern auf Monleirdon, Simon?«

»In London habe ich ein eigenes Zimmer unterm Dach. Von dort hat man einen schönen Blick über die Themse, wenn kein Nebel ist.«

»Du studierst in London?«

»Ja, ja, Medizin! Ich möchte Arzt werden und in die medizinische Forschung gehen.«

»Erzähle mir davon.«

Simons Gesicht entspannte sich.

»Meine Mutter musste sterben, weil ihr kein Arzt mehr helfen konnte.«

»Was hatte deine Mutter?«

»Ach«, sagte er bitter, »es war zunächst nur eine Erkältung,

Schnupfen, Husten und Kopfschmerzen. Die gingen aber nicht weg. Vater sagte, Beten würde helfen und Vertrauen auf Gott. Wir seien alle in seiner Hand und unser Schicksal bei ihm gut aufgehoben. Der Husten wurde schlimmer, Fieber kam hinzu. Immer öfter bekam sie keinen Atem mehr. Ich dachte, sie erstickt. Schließlich spuckte sie Blut. Da hielt ich es nicht mehr aus und holte einen Arzt. Der schüttelte nur den Kopf, als er die Kranke sah. ›Warum ruft ihr dummes Volk mich immer erst, wenn es zu spät ist!‹ schimpfte er. In derselben Nacht ist sie gestorben. Gott in seiner großen Güte hat sie zu sich genommen, sagte mein Vater mit gefalteten Händen. Was mich noch heute wundert, ist, dass ich ihn nicht in diesem Augenblick erwürgt habe. Daher kommen meine Nervenspannungen, ich muss mich unter Kontrolle halten, diesen Gottesmann nicht vorzeitig zur Hölle zu schicken.«

»Das tut mir leid. Wie lange ist das her?«

»Fünf Jahre, fünf endlos lange Jahre unter demselben Dach mit diesem Mörder.«

»Was ist mit Ann?«

»Sie tut mir fast noch mehr leid. Irgendwann bekam er die Eingebung, unsere Mutter sei so früh verstorben, weil sie sündhaften Gedanken nachhing. Das wollte er bei uns verhindern, besonders bei Ann.«

»Jetzt bist du erwachsen und frei. Ann ist hier auch gut aufgehoben, wenn ich es richtig beurteile.«

»Ja, du hast recht. Trotzdem ist es nicht einfach, alles zu vergessen, alle Demütigungen, Schikanen und diesen ganzen verschrobenen Unsinn, den er uns eingeredet hat von Sünde, Moral und dem Teufel, der überall lauert, wo Menschen lachen und fröhlich sind.«

»Du hast die Chance, deinen eigenen Weg zu gehen.«

»Ich wollte nicht davon sprechen. Ich wollte von uns sprechen.«

»Es musste heraus.« Gina zögerte. »Was uns betrifft, dazu kann ich nichts sagen. Nicht, dass du mir nicht sympathisch bist, aber Zeit brauche ich schon. Ich will ganz ehrlich sein, Simon, Liebe oder so etwas käme mir im Augenblick äußerst ungelegen. Es gibt da einige Probleme, die zu klären sind und meine ganze Kraft erfordern. Ich will dich damit nicht entmutigen. Nur, versprechen kann ich dir nicht, dass ich dasselbe für dich empfinden werde. Deshalb wollen wir Freunde sein und abwarten, ob mehr daraus wird. Einverstanden?«

»Einverstanden! Obwohl ich weiß, dass ich …«

»Pst, Simon! So wollen wir es belassen.«

Gina stand auf.

»Wann sehen wir uns wieder?« Simon sprang von der Bank.

»Was schlägst du vor?«

»Heute Abend?«, sagte Simon.

»Wann und wo?«

»Nach dem Abendessen am Goldfinch Pond.«

»Du weißt, ich bin eine Zofe. Wenn meine Herrschaft mich nicht braucht, werde ich kommen. Genügt dir das?«

»Ich werde auf dich warten, egal, wie lange es dauert.«

Er nahm das rote Halstuch mit den weißen Punkten von seinem Hals und wollte es Gina umlegen. »Damit du an mich denkst!«

Gina drückte ihn weg. »Nein! Ich habe keine Zeit, an dich zu denken. Du hast mich nicht verstanden, Simon Fraggles. Deshalb sage ich es dir noch einmal. Von Liebe kann keine Rede sein!«

»Aber, ich liebe dich doch …« Simon stopfte das Tuch in die Hosentasche.

»Das ist Unsinn! Du kennst mich überhaupt nicht. Da oben in deinem wirren Kopf hast du dir etwas zusammengesponnen, was dir gefallen würde. Ich versichere dir, das hat nichts mit mir zu tun.«

Sie rückte den Strohhut auf seinem Kopf zurecht und lächelte.

»Wir sehen uns heute Abend, Ritter Simon.«

## Kapitel 5

»Ich habe Pfarrer Fraggles zum Tee eingeladen, Marchesa. Sie werden sehen, er ist ein äußerst intelligenter Mann.«

Sie saßen wieder in Rosa Zimmer. Es war für drei gedeckt. Zwei Mädchen lauerten im Hintergrund darauf, den bitteren englischen Tee, den man nur mit viel Zucker und einem durchtrainierten Magen ertragen kann, in die zierlichen Tässchen zu gießen.

»Erzählen Sie mir von ihm!«

»Er hat vor einigen Jahren auf tragische Weise seine Frau verloren. Nur sein bewundernswerter Glaube ließ ihn diesen schweren Schicksalsschlag ertragen. Mit großer Geduld und Güte erzog er auf vorbildliche Weise seine beiden Kinder zu anständigen Menschen. Ann ist Rosemarys Zofe, Simon studiert Medizin und hilft uns ein wenig während der Ferien.«

Martha kam herein. Sie war hochgewachsen und hatte eine schlanke Taille. Dies wurde noch von dem schwarzen enganliegenden Kleid betont. Ihr Auftreten war selbstsicher. Sie hätte man eher für die Baronin gehalten als Lady Monleirdon.

»Der Herr Pfarrer möchte seine Aufwartung machen. Das hat er jedenfalls so gesagt.«

»Wir warten schon sehnsüchtig auf ihn.«

Martha schüttelte missbilligend den Kopf. Sie trat zur Seite und ließ einen breitschultrigen Mann herein. Auf den ersten Blick hätte man ihn für einen Maurer oder Totengräber halten können, wenn da nicht der weiße Stehkragen, der schwarze Pullover und der schlechtsitzende Anzug gewesen wären.

»Lady Monleirdon, ich danke für die Einladung.« Er beugte den Kopf über ihre Hand und deutete einen Handkuss an. Sie errötete wie ein Schulmädchen.

»Lerne ich endlich den berühmten Gast aus dem Land kennen, wo die Zitronen blühen.« Er trat auf die Marchesa zu, die ihm nicht die Hand bot. »Marchesa Montecorno di Capirosso, es ist mir eine Ehre!« Er verbeugte sich kurz. Dann nahm er Platz und legte die Hände gefaltet in den Schoß.

»Herr Pfarrer,« sagte die Marchesa, »ich habe nur Gutes über Sie gehört. Da es aber vollkommene Menschen nicht gibt, verraten Sie mir, was sind Ihre dunklen Seiten?«

Pfarrer Joshua Fraggles war sehr wohl der Meinung, dass es vollkommene Menschen gab. Er hatte aber davon bisher nur einen kennengelernt, sich selbst.

»Unser Schöpfer gab seinen Menschenkindern so viel Verstand und Kraft mit auf den Weg, dass jedes von ihnen ein gottgefälliges Leben führen kann.«

»Stellt sich nur die Frage, wer bestimmt, was gottgefällig ist und was nicht. Da man Sie mir als einen intelligenten Menschen beschrieb, nehme ich an, Sie wissen, dass sich die Vorstellungen von Tugend und Moral im Laufe der Jahrhunderte gewandelt haben und von Kultur zu Kultur jeweils andere sind.«

Ein Mädchen schenkte den Tee ein, die andere stellte eine Schale Gebäck auf den Tisch.

»Ihr könnt gehen«, sagte die Gastgeberin, »bleibt aber in der Nähe, falls wir euch brauchen!«

Die Mädchen machten einen Knicks und verließen das Zimmer. Eine der beiden, die mit dem blauen Band im Haar, warf der Marchesa noch einen bewundernden Blick zu, bevor sie ging.

»Es gibt nur eine Moral, die vor Gott Gefallen findet, das ist die christliche, die anglikanische.« Der Pfarrer belehrte eine Konfirmandin. »Alle anderen sind Wilde, die noch nicht die Gnade hatten, das wahre Evangelium zu vernehmen. Deshalb sind wir in die Welt hinausgezogen, um die reine Lehre Christi bis in die hintersten Winkel dieser Erde zu tragen.«

»Wie eine Brandfackel, die das Ungeziefer verscheucht oder – besser noch – gleich die ganze Hütte niederbrennt!« Die Marchesa beschloss, keinen Tee zu trinken. Sie knabberte an einem Stück hartem Gebäck, legte es aber gleich wieder zurück. »Herr Pfarrer, ich bin kein Kind mehr und Lady Monleirdon auch nicht. Warum reden wir nicht wie Erwachsene miteinander. Oder fühlen Sie sich als Mann uns Frauen gegenüber in der Position des Vaters zu seinen unmündigen Töchtern?«

Der Gottesmann wurde ärgerlich. Die Marchesa hatte genau seine Gefühle wiedergegeben. Er war es gewohnt, von Lady Monleirdon angehimmelt zu werden, ja er war davon überzeugt, dass sie ihm gegenüber eine Backfischverliebtheit verspürte. Das hatte er immer genossen.

»Ich werde die Trauung Ihrer Enkelin mit dem Duke vollziehen.«, sagte er unwirsch.

»Wie stehen Sie zu dieser Hochzeit, Herr Pfarrer? Halten Sie den Duke für einen gottesfürchtigen Mann, der seine junge Frau achten und ehren wird und dafür sorgt, dass ihr kein Leid geschieht, der zu ihr hält, bis dass der Tod sie scheidet?«

War das eine unangenehme Person! Auf einmal fühlte er sich nicht mehr wohl in seiner Haut. Er stand auf.

»Sie wollen uns doch nicht etwa verlassen?« Lady Monleirdon war entsetzt.

»Mir ist siedend heiß eingefallen, dass ich noch einen dringenden Krankenbesuch machen muss. Da hilft nichts! Die Pflicht ruft!« Er verbeugte sich kurz, dann verließ er ziemlich hastig den Raum.

»Marchesa, entschuldigen Sie bitte den Vorfall. Er ist eigentlich freundlich und lieb. So habe ich ihn noch nie erlebt.«

Die Mädchen kamen herein und räumten das Geschirr des Pfarrers auf ein Tablett.

Die Marchesa wandte sich an das Mädchen mit dem blauen Haarband. »Wie heißt du?«

»Beth.«

»Beth, kannst du mir einen starken Kaffee besorgen … wenn Lady Monleirdon nichts dagegen hat?«

»Aber, nein! Beth, geh zu Helmi und bitte sie, der Marchesa einen italienischen Kaffee zu machen. Marchesa, es tut mir leid, es ist Teestunde, da wird eben Tee serviert. Das ist Tradition.«

»Meine Tradition besteht darin, um diese Zeit einen Espresso zu trinken. Sollten aber eines Tages die anglikanischen Moralvorstellungen bis in unsere finstere Toskana vorgedrungen sein, werde ich wohl auch Tee trinken müssen. Nicht wahr?«

»Ich verstehe Sie nicht, Marchesa.«

»Soll ich es Ihnen erklären?«

Lady Monleirdon war ratlos. Glücklicherweise kam Martha herein.

»Der Pfarrer hatte es aber eilig!«

»Er hatte einen dringenden Krankenbesuch vergessen«, sagte die Marchesa.

»Er ist doch kein Arzt. Liegt jemand im Sterben?«

»Martha«, sagte die Marchesa, »der fromme Mann flieht vor dem Teufel.«

Martha zog die Augenbrauen hoch und lächelte. Sie hatte verstanden.

»Elizabeth, hast du noch Anweisungen, was den weiteren Verlauf des Tages betrifft?«

»Marchesa Montecorno«, Lady Monleirdon war verlegen. »Ich habe mich entschlossen, keine Bälle und Gesellschaften zu geben. Wenn der Duke wieder zurück ist, wird es genug Trubel geben. Ich dachte, Sie und die Contessina sind sicher dankbar, sich in Monleirdon entspannen und in aller Ruhe auf das große Ereignis vorbereiten zu können. Hoffentlich war ich damit nicht voreilig?«

»Das ist ganz in unserem Sinn. Ich könnte mir keine einfühlsamere Gastgeberin vorstellen. Martha, setz dich doch einen Augenblick zu uns!«

Martha setzte sich an den Tisch. Sie tat das, als sei das selbstverständlich. Ein Mädchen brachte ihr ein frisches Gedeck.

Es roch nach Kaffee, schon lange, bevor Beth mit einer Kanne den Raum betrat.

»Stell ihn auf den Tisch, Beth, und danke!«, sagte die Marchesa. »Ich nehme mir selbst. Möchtest du auch einen Kaffee, Martha? Und Sie, Lady Monleirdon?«

»Es ist Teestunde!«

Martha schmunzelte. Sie nahm sich eine Tasse Kaffee.

Der Kaffee war stark und köstlich.

»Ah!«, seufzte die Marchesa zufrieden. »Jetzt bin ich bereit, es mit diesem Tag aufzunehmen.«

Martha nickte. Sie fühlte sich sogleich mit der Marchesa verbunden. Sie waren beide Frauen, die mit beiden Füßen auf dem Boden standen.

»Martha, ich habe Lady Monleirdon gebeten, mir das Haus zu zeigen. Ich will alles sehen von der Wetterfahne auf dem Dach bis zu den finsteren Verliesen im Keller. Wirst du uns begleiten?«

»Ich würde nichts lieber tun als das. Aber ich muss der Köchin Anweisungen geben und die Ausführung überprüfen, den Stubenmädchen auf die Finger schauen, den Gärtner von seiner Bierflasche weglocken, die Lieferanten bezahlen, die Betten müssen gemacht werden, die Pferde zum Hufschmied gebracht werden und so weiter. Ich bilde mir ein, alles bricht zusammen, wenn ich mich nur einmal kurz umdrehe. Das ist natürlich Unsinn. Aber so bin ich, ich kann nicht anders.«

»Da haben Sie eine wahre Perle gefunden, Lady Monleirdon! Was sagen Sie, Martha? Kommen Sie mit mir nach Italien! Dort können Sie genau so viel schuften wie hier, haben aber den ganzen Tag herrlichen Sonnenschein. Ist das kein Angebot?«

»Martha!«, schrie Lady Monleirdon entsetzt. »Das kannst du mir nicht antun!«

»Elizabeth, merkst du denn gar nicht, dass die Marchesa scherzt? Aber du kannst das ruhig deinem Gatten erzählen. Ich bin auf seine Unverschämtheiten nicht angewiesen!«

»Martha, Martha!« Lady Monleirdon war kurz davor, in Tränen auszubrechen. »Dann wäre ich ganz allein.«

»Du könntest mitkommen.«

»Meine Damen«, die Marchesa stand auf. »Wir sind keine kleinen Mädchen mehr. Wir haben unser Schicksal selbst in der Hand.«

»Aber ...« Lady Monleirdon war kreidebleich.

»Ein bisschen Mut gehört schon dazu. Natürlich bleibt niemandem erspart, den ersten Schritt zu tun.« Die Marchesa hob den rechten Fuß und betrachtete ihn nachdenklich. »Wo setze ich ihn nur hin? Schwierig, schwierig!«

Martha lachte. »Marchesa Montecorno, man könnte auch springen, hüpfen oder tanzen!«

»Du hast mich verstanden.«

# Kapitel 6

Marchesa Montecorno di Capirosso eilte ins Freie. Dankbar blickte sie über die natürliche Farbenpracht des Küchengartens hinauf in den hellblauen Himmel, an dem einige einsame Wölkchen langsam dahintrieben. Die Welt war doch schön! Sie durfte nur nicht die Augen schließen, sonst stürzte eine gigantische Sturmwelle von Engelchen, Schwänen, Löwen, Bären, Adlern, Sphinxen, Orchideen und Reitergruppen aus Gips, Messing, Gold, Porzellan, Elfenbein, Bernstein und Glas auf sie hernieder.

»Ist Ihnen nicht gut, Marchesa Montecorno?«

»Es geht schon, Lady Monleirdon! Die frische Luft tut mir gut.« Sie setzte sich auf die Bank in der Nähe des Brunnens. »Ihr Haus übertraf alle meine Erwartungen. Ich bin schlichtweg überwältigt und brauche einen Augenblick, um alles zu verarbeiten.«

»Soll ich Ihnen ein Kissen bringen lassen?«

Die Marchesa lächelte. »Lady Monleirdon, Sie sind so fürsorglich. Ich bin geehrt. Wissen Sie ... Setzen Sie sich zu mir! Zieren Sie sich doch nicht so, dem Kleid wird es nichts schaden. Jetzt kommen Sie schon!«

Lady Monleirdon setzte sich so vorsichtig auf die Bank, als müsste sie sich auf einen glühenden Ofen setzen.

»Schauen Sie sich diese Hecke Wildrosen an! Sind sie nicht schöner als all die hochgezüchteten und prämiierten Rosen aus den Gewächshäusern? Und dieser Schmetterling dort, mit seinen blassrosa Flügeln, ist er nicht kostbarer in seiner Zartheit und Lebendigkeit als all die Gebilde aus Gold und Edelsteinen, auf die wir so stolz sind?«

Lady Monleirdon sagte nichts. Sie wollte etwas hören über das Haus und über ihren erlesenen Kunstgeschmack. Sie hatte noch keinen Menschen kennengelernt, der ihr so fremd war wie diese Marchesa.

»Ah, da seid ihr ja!« Martha kam. »Rosemary möchte heute lieber mit ihrem Gast ausreiten, als von diesem Grünschnabel Dylan über Etikette belehrt zu werden.« Bevor Lady Monleirdon protestieren konnte, fuhr sie fort. »Das kann man doch verstehen, Elizabeth, bei dem schönen Wetter!«

Lady Monleirdon sprang auf.

»Entschuldigen Sie mich! Martha, leiste doch bitte Marchesa Montecorno Gesellschaft.«

Sie eilte zurück ins Haus.

Martha setzte sich neben die Marchesa. Sie drückte den Rücken an die Lehne, schüttelte die Schuhe ab und hob die Beine in die Höhe, dabei bewegte sie die Zehen. Sie atmete hörbar durch die Nase ein und ließ die Luft aus dem offenen Mund ausströmen.

»Das tut gut! Es kommt selten vor, dass ich mich entspannen kann. Und wenn die Lady mir dazu den Auftrag gibt ...«

»Der Auftrag lautete, mir Gesellschaft zu leisten. Damit wollte sie dir nicht die Gelegenheit zum Entspannen geben. Im Gegenteil, sie wollte, dass du ihr die schwere Bürde meiner Anwesenheit abnimmst!«

»Sie ist eigentlich ganz in Ordnung. Das alles hier, dieses protzige Gebäude, die feine Gesellschaft und die Forderungen, die ihr Mann an sie stellt, das ist nicht ihre Welt. Und jetzt kommt auch noch leibhaftiger uralter europäischer Adel ins Haus!«

»Ich erlaube mir kein Urteil. Es ist mir auch völlig gleichgültig, wie die Leute ihr Leben einrichten. Wenn sie dabei glücklich sind, dann freue ich mich mit ihnen. Es soll mir nur niemand sagen, wie ich zu leben habe.«

Martha lachte. »Ich kann mir nicht vorstellen, dass das jemand wagen würde.«

»Das ist wahr. Ich gebe auch niemandem Gelegenheit dazu. Werden wir den Herrn über das Ganze auch kennenlernen?«

»Lord Monleirdon wird Ende der Woche eintreffen. Er bringt einen geheimnisvollen Gast mit – und reist hoffentlich sofort wieder ab.«

»Du gehörst offensichtlich nicht zu seinen Verehrerinnen.«

»Er hat keine Freunde, nur Geschäftspartner. Das ist sicher wichtiger in unserer Zeit.«

»Zweifellos! Gönnen wir sie ihm!«

Die Marchesa überlegte. Sie konnte sich immer auf ihren Instinkt verlassen. Also wagte sie es.

»Martha, es ist gut, dass wir allein miteinander reden können. Ich möchte dich nämlich zu Verrat und Revolution anstiften.«

»Nur zu!«

»Meine geliebte Enkelin, Contessina Liliana, fühlt sich verpflichtet, den Duke of Everweard zu heiraten, um ihre Familie vor Armut und Schmach zu bewahren.«

»Ich hatte mich schon gewundert. Die Contessina ist eine solch außergewöhnlich liebenswerte Person und der Duke … Sagen wir es so, es umgibt ihn eine düstere Wolke.«

»Ich bin vermögend, aber das Unheil, in das Conte Adriano di Salamandra seine Familie gestürzt hat, übersteigt meine Möglichkeiten. Außerdem ist er kein Mensch, dem ich irgendwelche Sympathien entgegenbringe. Er ist allein verantwortlich, schiebt aber die Schuld auf einen gewissen Nero Borden, den niemand kennt.«

»Nero Borden ist ein Freund des Duke«, sagte Martha.

»Was sagst du da?«

»Nero Borden geht in Everweard Castle ein und aus. Der Duke nennt ihn Fürst. Ich habe ihn einmal auf Monleirdon gesehen. Das war vor fünf Jahren, kurz bevor Martin spurlos verschwand.«

»Ein uns völlig unbekannter Duke of Everweard ließ Conte Adriano di Salamandra mitteilen, er werde den eindeutigen Beweis für die Unschuld und Ehrenhaftigkeit des Conte liefern – unter einer winzigen Bedingung.«

»Die Contessina?«

»Du bist von flinkem Verstand, Martha. Ich werde dich doch mit nach Italien nehmen.«

»Und die Contessina hat eingewilligt. Sie ist doch noch so jung!«

»Siebzehn Jahre jung und voller Mitleid mit den Eltern und Schwestern, die sie nur schikaniert und ausgelacht hatten. Dabei war Liliana mehr meine Tochter als die ihrer Mutter.«

»Sie suchen eine Erklärung und einen Ausweg?« Martha sah die Marchesa lange an, mit ihren Gedanken war sie aber woanders. Schließlich sagte sie: »Gleich auf den ersten Blick kam mir die Contessina irgendwie bekannt vor. Jetzt fällt mir wieder ein, warum.«

Sie zog die Schuhe an.

»Haben Sie auch die Keller gesehen, Marchesa?«

»Ja!«

»Dort müssen wir noch einmal hin. Und zwar, bevor Elizabeth zurückkommt!«

Eine Gitterwand trennte einen Bereich im hinteren Teil des Kellergewölbes ab. Ein schweres Kettenschloss verwehrte den Zugang.

»Dahinter befindet sich Lord Bartons Kunstsammlung«, sagte

Martha. »Er lebt mit seiner Gattin in bescheidenen Verhältnissen. Da sich während der Hochzeitsfeierlichkeiten Gäste bei ihm einquartieren, bat er darum, in dieser Zeit seine Sammlung auf Monleirdon auslagern zu dürfen.«

Martha entriegelte das Schloss. Sie schaltete die Beleuchtung ein und hielt der Marchesa die Tür auf.

In langen Reihen standen Kisten aufeinandergestapelt bis zur Wand. Sie waren mit Kreidezeichen markiert. Davor lehnten in dicke Leinentücher verpackte Bilderrahmen.

Martha blieb vor einem Rahmen stehen.

»Schreiten wir zur ersten Straftat!«

Sie entfernte die Verpackung. Darunter kam ein Ölgemälde zum Vorschein.

Wie ein bedrohlicher Schatten ragte Everweard Castle über ein festlich gekleidetes Paar, das Hand in Hand über eine Brücke schritt. Es waren unverkennbar der Duke of Everweard und eine junge Frau.

Die Marchesa trat näher an das Bild heran. Jetzt konnte sie die Gesichtszüge der jungen Frau erkennen …

… und fiel in Ohnmacht.

»Fra Diavolo!«, rief jemand.

Was hat dieser verrückte Hund wieder angestellt? Großmutter schlug die Augen auf – und sah in Lilianas grinsendes Gesicht.

»Ich wusste, das bringt dich wieder zu dir! Möchtest du da liegen bleiben?«

»Sei nicht so frech, vorlaute Göre! Hilf einer armen gebrechlichen Frau wieder auf die Beine.«

Liliana fasste die Marchesa an einem Arm, Gina am anderen. Sie halfen ihr hoch und führten sie zu einer Kiste. Martha hielt ihr ein Glas hin.

»Was ist das?«

»Medizin!«

Die Marchesa trank das Glas in einem Zug leer. Der Magen fing Feuer, die Flammen stiegen ihr in die Augen. Sie glühte am ganzen Körper.

»Feuerwasser!«

»Es war notwendig.«

»Ich trinke niemals Hochprozentiges«, sagte die Marchesa empört.

»Großmutter!«

»Nun ja, es sei denn, es ist für die Gesundheit.«

»Dann sind wir uns ja einig.« Martha nahm der Marchesa das Glas aus der Hand und stellte es zur Seite. »Sie haben also Lady Nerissa wiedererkannt?«

»Lady Nerissa?«

»Die junge Dame auf dem Gemälde.«

»Ich finde nicht, dass sie Contessina Liliana ähnlich sieht«, sagte Gina. »Sie hat einen kalten Blick – und ist hässlich!«

Liliana betrachtete das Bild noch einmal. Lady Nerissa erinnerte sie an ihren Vater, die überhebliche Kopfhaltung, die berechnenden Augen, das herablassende Lächeln und die kleinen Ohrläppchen. Das waren die Details, der Gesamteindruck aber, ein flüchtiger erster Blick erinnerte an sie. So hätte sie aussehen können, wenn sie zu der Zeit an dem Ort gewesen wäre, als das Bild gemalt wurde.

»Lady Nerissa ist tot«, sagte Martha.

»Ich hasse sie! Ich habe sie immer gehasst!« Rosemary hielt die Hand über die junge Frau auf dem Bild, sodass man sie nicht mehr sehen konnte.

Liliana zog Rosemarys Hand weg.

»Cara Rosa Maria, was immer auch war, es ist vorbei!«

Rosemary gab Liliana einen Kuss auf die Wange, dann rannte sie hinaus. Die Marchesa stand auf.

»Hüllt sie wieder in ihr Leichentuch! Liliana, Gina – wir müssen miteinander reden.«

»Wo und wann?«

»In einer halben Stunde am Goldfinch Pond.«

* * *

Erleichtert setzte sich die Marchesa auf die Bank. Der Goldfinch Pond war wirklich ein Ort der Ruhe. Große Wasserlilien schwammen im Wasser, eine Weide warf Schatten, Libellen flogen zickzack über die moosbewachsenen Steine und die hohen Farne, die das Ufer emporwuchsen. Ein Vogel schwebte majestätisch über dem Teich, drehte ab und flog in das Geäst der Weide. Dieser Ort war umgeben von hohen

Gräsern, die ihn vom Küchengarten abschirmten, der sich dahinter anschloss. Liliana und Gina setzten sich an den Rand des Teichs und tauchten die Füße ins Wasser, das noch warm war in der Sonne, die sich auf den Weg machte, langsam hinter dem Horizont zu verschwinden.

»Kommt her, ich muss euch etwas erzählen!«

Liliana und Gina setzten sich links und rechts neben die Marchesa und legten den Arm um sie. So saßen sie dicht aneinandergedrückt, eine verschworene Gemeinschaft des Vertrauens und der Liebe.

»Ich hatte gehofft, das niemals erzählen zu müssen.« Die Marchesa schloss die Augen. »Es gibt Geschichten, die werfen einen Schatten auf den, der sie erzählt, obwohl er mit ihnen nichts zu tun hat, einen Schatten der Mitschuld. Es ist, als würde man sie gutheißen, einfach dadurch, dass man sie erzählt.«

In der Ferne schlug eine Glocke die Abendstunde.

»Dein Großvater, Liliana, der alte Conte di Salamandra, war ein wahrer Patriarch, der alle überragte an Haltung, Tugend, Fleiß und Verstand. Er hatte es zu großem Reichtum gebracht, den er geschickt trotz der politischen Wirren der damaligen Zeit, erhalten und vermehren konnte. Seine Ländereien, Werkstätten und Manufakturen waren unter den ertragreichsten in Italien. Von der großen Politik hielt er sich fern, obwohl es ständig Versuche gab, ihn für die eine oder andere Partei zu gewinnen. Seine Frau war leider schon in jungen Jahren gestorben. Er kümmerte sich nur um seinen Besitz und die Familien, die für ihn arbeiteten. Dazu gehörte auch, dass er sich all ihrer Beschwerden und Nöte annahm. Wer zu Salamandra gehörte, von dem wurde viel verlangt, er wurde aber auch niemals im Stich gelassen. Als er starb, ging alles an seinen einzigen Sohn Adriano.«

»Vater!«

»Die Leute glaubten, es ginge alles so weiter, wie sie es gewohnt waren. Sie fühlten sich als Teil der großen Familie Salamandra. So wandte man sich an den Sohn, wenn es Probleme gab. Jetzt kommen wir zur eigentlichen Geschichte. Conte Silvio di Bergaroni war ein Jugendfreund des alten Conte. Seine Frau war nach kurzer schwerer Krankheit verstorben. Das hatte ihn völlig aus der Bahn geworfen, er lebte zurückgezogen und kümmerte sich um nichts mehr. Die Folge war, dass die Ratten und Aasgeier sich hervorwagten und ihm Stück für Stück alles unter dem Hintern wegstahlen, was er besaß. Als man sein Haus pfänden und ihn auf die Straße setzen wollte, beschloss seine junge Tochter in ihrer Verzweiflung, sich an den jetzigen Conte di Salamandra zu wenden. Contessina Maria di Bergaroni war eine Schönheit. Ihre Schönheit war nicht nur äußerlich, sie leuchtete von innen wie eine Madonna von Raffaelo Santi. Es gibt einen Ausdruck für diese Art von Menschen: Sie sind zu gut für diese Welt. Das genaue Gegenteil war dein Vater. Conte Adriano di Salamandra hatte bei seinem Vater nur das Geld gesehen und die Macht, nicht aber die Arbeit, die all dem zu Grunde lag. Er wollte das Leben in vollen Zügen genießen. Und er wollte Macht, Macht über andere Menschen, ihnen seinen Willen aufzwingen und Gott spielen, – wie sich der Teufel Gott vorstellt.«

»Wie alt war er damals?«, fragte Liliana.

»Zwanzig.«

»Das war, als er Mutter heiratete?«

»Dazu kommen wir noch. Das alles habe ich erst Jahre später erfahren. Ich hatte zu jener Zeit meine eigenen Probleme – mit einem langweiligen Gatten und einer Tochter, die ich nicht verstand. Es war die Zeit, in der ich mein Leben neu organisierte.«

»Gut hast du das organisiert!«

»Ja, das stimmt! Danke, Enkelin, das hört man doch gern.«

»Da drüben im Garten schleicht Simon herum«, sagte Gina.

»Dein Vater gab der Contessina Maria Bergaroni zu verstehen«, fuhr die Marchesa fort, »dass er ihrem Vater helfen werde, wenn sie ihm zu Willen sei.«

»Soll das heißen ...?«

»Es bedeutete das Schlimmste, was man einer tugendhaften, unverheirateten Frau antun kann.«

»Er wollte sie auf die Probe stellen!«

»Ach, Liliana, wenn es nur so gewesen wäre! Ich will diese abscheuliche Geschichte nicht weiter ausführen. Viel gäbe es da noch zu erzählen. Conte Bergaroni konnte sein Haus behalten. Seine Tochter aber verlor alles, was sie besaß, ihren Stolz, ihre Würde, ihre Selbstachtung, ihre Unschuld an einen Mann, den sie verabscheute und der sie nicht liebte, nur benutzte wie einen Gegenstand. Sie wurde schwanger und für deinen Vater uninteressant. Er hatte ein neues

Spielfeld entdeckt, die Politik. In Florenz traf er meinen Gatten, Marchese Emilio di Capirosso. Zwei Strohköpfe trafen aufeinander und brüteten etwas ganz Tolles aus: die Verbindung zweier angesehener Adelshäuser zwecks politischer Einflussnahme. Meine Tochter war sofort einverstanden. Sie wollte die große Welt kennenlernen und Mittelpunkt sein von Galas, Bällen und dem ganzen Firlefanz, den ich so verachte. Es wurde der Hochzeitstag bestimmt. Mina und ich, wir hatten nichts gemein. Sie war mir fremd, so wie ich ihr. Ehrlich gesagt, war ich froh, sie loszuwerden. Deshalb hatte ich mich auch nicht näher mit meinem zukünftigen Schwiegersohn beschäftigt. Der Name Salamandra und der Ruf seines Vaters genügten mir.«

»Es gibt Gemälde von der Hochzeit. Sie muss prächtig gewesen sein«, sagte Liliana.

»Es gab da nur noch einen kleinen Fleck, der vor dieser prächtigen Hochzeit entfernt werden musste. Dem alten Conte Bergaroni dämmerte langsam, dass etwas nicht stimmte mit seiner Tochter. Das konnte unangenehm werden. Dein Vater griff zu drastischen Maßen.«

»Ich hielt ihn eigentlich nur für ... wenig intelligent«, sagte Liliana.

»Als es so weit war, brachte man Contessina Maria an einen abgelegenen Ort. Die Entbindung wurde eingeleitet. Der Säugling, ein Mädchen, wurde einer Person übergeben, die es sofort nach England brachte. Dort gab es ein kinderloses Ehepaar, das zu allem bereit war, um an ein Kind zu kommen. Die Mutter aber, Contessina Maria Bergaroni, ließ man an Ort und Stelle verbluten. Als ihr Vater davon erfuhr, schoss er sich eine Kugel in den Kopf. Der schwarze Fleck war damit endlich entfernt von der weißen Weste des Bräutigams. Die Hochzeit konnte mit ausgelassener Fröhlichkeit stattfinden.«

Liliana weinte. Gina weinte.

Die Marchesa presste die Lippen zusammen.

»Das Haus des Conte Bergaroni ging an deinen Vater – wie alle seine Besitztümer zuvor.«

»Du meinst, mein Vater hatte zielstrebig die Familie Bergaroni ruiniert?«

»Genauso wie andere Familien! Ginas Vater könnte ein Lied davon singen. Es gibt Menschen, die bauen nichts auf, die reißen nur an sich, was andere mühsam errichtet haben.«

»Mutter weiß von all dem nichts?«

»Deine Mutter interessiert sich nur für sich. Was ihr nicht in den Kram passt, das gibt es einfach nicht. Ihre Töchter hat sie genauso erzogen, alles Hohlköpfe!«

Gina fasste Lilianas Hand und drückte sie fest.

»Diesen Leuten brauchst du dein Leben nicht zu opfern.«

»Sie sind es nicht wert«, stimmte die Marchesa zu.

»Es geht um Salamandra«, sagte Liliana tonlos, »um die Menschen, die dort leben und arbeiten, Familien, die hungern müssten und vertrieben würden aus ihren Häusern. Etwas hier drinnen sagt mir, Salamandra muss erhalten bleiben. Ich kann es nicht erklären, ich weiß aber, dass dies sehr wichtig ist. Es ist vielleicht Großvater, der aus mir spricht ...«

»Das ist Unsinn! Gut, gehen wir zunächst auf diesem Weg weiter. Wir wollen versuchen, Salamandra zu retten und – darauf bestehe ich! – dich, Liliana. Das ist nämlich noch wichtiger, das sagt MIR eine Stimme da drinnen.«

Gina wischte sich die Tränen ab.

»Diese Lady Nerissa ist das ...?«

»Ich bin überzeugt, dass das Kind der Contessina Maria di Bergaroni niemand anderes ist als Lady Nerissa. Die Ähnlichkeit zu gewissen Leuten der Familie Salamandra ist viel zu groß. Und wenn es so ist, dann haben wir ein neues Problem!«

»Ihr seht aus, als könntet ihr Aufmunterung gebrauchen. Damit kann ich aber nicht dienen, im Gegenteil!«

Liliana drückte Gina ans äußere Ende der Bank, damit sich Martha setzen konnte.

»Rosemary muss die versäumten Unterrichtsstunden nachholen. Sie wird also nicht zum Abendessen zugegen sein.«

»Mütter!«

»Was haben Sie nur mit ihr angestellt, Contessina? Rosemary ist ja nicht wiederzuerkennen. Sogar widersprochen hat sie ihrer Mutter! Das war noch nie geschehen.«

»Ich habe sie vom Stapel gelassen.«

»Wie einen Ozeandampfer?«

»Man könnte eher sagen, ich habe sie ins kalte Wasser geworfen.«

Der Himmel leuchtete bronzen. Ein sanfter kühler Wind raschelte im Schilf. Ein kleiner gelber Vogel setzte sich auf Lilianas Schulter. Er steckte den Kopf ins Gefieder und schien seine Ruhe haben zu wollen.

»Erzähle uns von Lady Nerissa!«

»Sie war eigentlich nicht berechtigt, den Titel Lady zu tragen. Aber so war sie. Sie nannte sich Lady Nerissa. Niemand nahm Anstoß daran. Sie starb vor fünf Jahren auf mysteriöse Weise. Das geschah auf einem Ausritt. Man fand sie mit gebrochenem Hals in einem Wassergraben. Sie war eine hervorragende Reiterin. Niemand konnte sich ihren Tod erklären. Sogar ein Inspektor war da aus der Hauptstadt. Auch er konnte das Rätsel nicht lösen. Es war wohl ein Unfall.«

»Wer war Lady Nerissa?«

»Sie war die einzige Tochter Lord Bartons und seiner Gattin. So steht es in den amtlichen Unterlagen. Zu denken gibt nur, Lady Barton war niemals schwanger, – weil sie keine Kinder bekommen kann.«

»Sie hatten sie adoptiert?«

»Nein! Es wurde nie ein Antrag auf Adoption gestellt. Nerissa wurde von Anfang an als Nerissa Barton registriert. So wurde sie auch getauft und konfirmiert. Als solche hätte sie auch den Duke of Everweard geheiratet.«

»Rätselhafter Beginn, rätselhaftes Ende!«

»Können Sie Licht in den rätselhaften Beginn bringen, Marchesa?«, fragte Martha.

»Vielleicht! Der Duke wollte also Nerissa heiraten?«

»Ja, das war schon merkwürdig. Plötzlich war er da. Wir alle dachten, Everweard Castle sei unbewohnt. Auf einmal gab es wieder einen Duke, der sah genauso aus wie auf den Gemälden in der Ahnengalerie. Und die waren doch schon ziemlich alt. Er hatte sich wohl gut gehalten unter all den Spinnweben und dem Staub. Entschuldigen Sie, Contessina, wenn ich so über Ihren zukünftigen Gatten spreche.«

»Es sei Ihnen verziehen.«

»Das war die Zeit, als dieser Nero Borden auftauchte, der Fürst, wie ihn der Duke nannte.«

»Nero Borden!«, schrie Liliana auf.

»Er war ein enger Freund und Berater des Duke. Selten sah man den Duke allein ausreiten. Gesellschaften gab es nicht auf Everweard Castle, dafür jede Menge Gerüchte von geheimnisvollen Séancen,

Geisterbeschwörungen, schwarzen Künsten, eben all den Aberglauben, den die Leute verbreiten, wenn sie etwas nicht verstehen. Auf einem der Ausritte begegnete der Duke Lady Nerissa. Er entbrannte sofort für sie oder war Feuer und Flamme, wie immer man das ausdrücken will. Von jetzt an gab es Bälle, Konzerte und Teegesellschaften auf Everweard Castle. Personal wurde eingestellt und gut bezahlt. Alles hatte den Zweck, Lady Nerissa zu imponieren. Das Äußere des Duke veränderte sich auch, er wirkte jünger, gesünder und dynamischer. Das war gewiss die Liebe. Es kann aber auch sein, dass er sich endlich um sein Äußeres kümmerte.«

»Lady Nerissa war auch Feuer und Flamme?«, fragte die Marchesa.

»Nein! Lady Nerissa kannte keine Gefühle. Sie war ein eiskaltes Biest, dem es diabolische Freude bereitete, die Herzen junger Männer zu brechen. Das meine ich jetzt nicht bildlich. Sie trieb sie zum Selbstmord, zum Ruin, fachte sie zu tödlichen Duellen an oder brachte sie dazu, ihre Familie zu verlassen und in tropischen Ländern nach Diamanten und Smaragden für sie zu suchen.«

»Wie Martin?«, fragte Liliana.

»Das glaube ich nicht. Sie war hinter Mr. Fitzgerald her wie hinter keinem andern. Der aber interessierte sich nicht für sie. Er war der Einzige, der ihr die kalte Schulter zeigte. Für den Duke war Martin allerdings eine Gefahr.«

»So musste er verschwinden?«

»Niemand weiß etwas. Ich bin mir aber sicher, dass sein eigener Vater etwas damit zu tun hat.«

»Was tat der Duke nach Nerissas Tod?«

»Er zog sich zurück. Das Personal wurde entlassen, die Spinnweben zogen wieder in Everweard Castle ein. So war es bis vor zwei Jahren. Da erschien der Fürst wieder. Everweard Castle wurde neu hergerichtet und jetzt bekommen wir doch noch eine Hochzeit, zwar nicht mit Lady Nerissa …«

»… aber mit einer jungen Frau, die ihr ähnlich sieht!«, ergänzte die Marchesa.

»Das ist nicht der einzige Grund!« Gina stand auf. »Hier ist eine dunkle Macht am Werk. Ich spüre es!«

»Wie es aussieht«, lachte Martha, »sind Zofen auf der ganzen Welt in gleichem Maße abergläubisch.«

Gina merkte, dass sie einen Fehler gemacht hatte.

»Verzeihen Sie, Marchesa! Ich weiß, mich geht das nichts an. Entschuldigen Sie, Contessina!«

»Eine solch abenteuerliche Geschichte muss jeden vom Hocker reißen, Gina.« Die Marchesa erhob sich. »Martha, ich danke dir, dass du uns aufgeklärt hast. Wir müssen darüber nachdenken, was das für die Contessina bedeutet.« Sie wandte sich an Gina. »Sage diesem jungen Mann mit dem lustigen Hut, dass wir dich heute nicht entbehren können. Lauf schon!«

»Simon Fraggles?«, fragte Martha erstaunt.

»Vielleicht möchte er Italienisch lernen«, sagte die Marchesa.

## Kapitel 7

Sie lagen zu dritt in dem riesigen Bett im Zimmer der Marchesa und lauschten Paglierino, der gerade in Laune war, ihnen ein Konzert zu geben. Wenn ein Kanarienvogel singt, dann ist es besser zu schweigen, man müsste sonst schreien. Liliana stand auf und legte ein Tuch über den Käfig. Ein letzter Triller, dann war Ruhe.

»Ach, das habe ich ganz vergessen!« Gina zog Liliana zurück ins Bett. »Kaum waren wir weg, kam ein Zirkus nach Everweard Castle.«

»Der soll sicher Maître Brava bei Laune halten«, lachte die Marchesa.

»Der Zirkus kommt aus Italien.«

»Warum freut mich das nicht?« fragte Liliana.

»Es sind alte Bekannte, es ist der Circo Fantasmagoria.«

Die Marchesa wurde blass. Sie sprang aus dem Bett und ging zum Fenster. Sie atmete einige Male tief ein und aus, dann zog sie die Fensterflügel zu und ließ die schweren Damastgardinen herunter. Sie ging zur Tür und öffnete sie mit einem Ruck. Leise schloss sie sie wieder und drehte den Schlüssel zweimal um.

»Gina, du hattest recht!« Die Marchesa zog einen Schemel an das Bett. Sie setzte sich, beugte sich nach vorn und schaute den Mädchen direkt ins Gesicht. Sie lagen auf dem Bauch und stützten den Kopf mit beiden Armen. »Es sind dunkle Kräfte am Werk!«

»Der Circo Fantasmagoria?«

Die Marchesa nickte. »Unter anderem! Ich wollte es nicht wahrhaben, aber es sind zu viele sonderbare Zufälle zusammengekommen. Das Spiel findet auf einer anderen Ebene statt.«

»Dann können wir ja gehen!«, sagte Gina.

»Nicht mehr! Es gibt kein Entrinnen. Das wurde alles schon vor sehr, sehr langer Zeit vorbereitet. Der Gegner hat alle Figuren aufgestellt – und wir sitzen in der Falle.«

»Es kann dabei doch nicht um mich gehen?«, fragte Liliana.

»Du bist eine siebte Tochter.«

»Achte, wenn man diese Nerissa dazuzählt.«

»Es zählen nur die Töchter deiner Mutter. Du bist nicht nur die siebte Tochter, du bist auch die siebte weibliche Generation nach Magali.«

»Interessant!«

»Ach, Liliana, warum musst du das sein?«

»Ich bin eben ein Glückspilz.«

Gina hörte die Bitterkeit in Lilianas Stimme. Sie gab ihr einen Kuss auf den Hals. »Wer ist diese Magali?«

»Sie ist eine Legende«, sagte Großmutter. »Das dachte ich wenigstens. Vielleicht habe ich unrecht, wer weiß. Ich kann nicht mehr klar denken.«

»Komm wieder ins Bett, Großmutter! Du frierst doch, dann warst du doch nie zu etwas zu gebrauchen.«

Die Marchesa schlüpfte zu ihnen unter die Decke. Sie war eiskalt. Liliana und Gina drückten sich fest an sie. Allmählich wurde es ihr wieder warm.

»Magali ist eine Urahnin. Wenn man die alte Zählweise anwendet, also die Generationen von Mutter zu Tochter zu Tochter und so weiter rechnet, dann bist du die siebte nach Magali. Und Magali war etwas Besonderes. Sie ist eine Heilige, keine von der Kirche, aber unter uns Frauen.«

»Klingt kompliziert!«

»Eine Hochzeit ist der erste Schritt in eine gemeinsame Zukunft. Ein Mann und eine Frau wollen etwas aufbauen, für Nachkommen sorgen und alles besser machen als die Eltern. Es ist die Zeit der Wünsche, der Sehnsüchte, der großen Erwartungen und des grenzenlosen Vertrauens in den andern und sich selbst. Aber was tun wir? Wir beschäftigen uns mit längst Vergessenem. Es scheint, es geht ausschließlich um die Vergangenheit. Das ist keine Hochzeit, Liliana, das ist eine Beerdigung!«

Gina weinte. Sie bebte am ganzen Körper. Die Marchesa strich ihr über das Haar.

»Am besten erzähle ich euch die Legende von Magali.«

Sie konzentrierte sich ein paar Minuten.

»Das ist die Legende von Magali, wie sie von Generation zu Generation von den Frauen der Toskana weitergegeben wird.«

### Die Legende von Magali

Es ist noch gar nicht so lange her, da lebte fern von allen Menschen das schönste Mädchen der Welt auf dem Schloss ihres Vaters, einem großen Zauberer, der eifersüchtig seinen größten Schatz behütete, seine Tochter. Magali, so hieß sie nach ihrer Mutter, die er aus der Camargue mitgebracht hatte, einer Zigeunerprinzessin, die gewohnt war, auf den wilden weißen Pferden durch die Sümpfe zu reiten und die auf dem finsteren Schloss erlosch wie ein gefangener Sonnenstrahl. Das Mädchen wuchs heran hinter dicken Mauern und hohen Rosenhecken, die das Gebäude umgaben wie eine unüberwindliche Festung. Ihre Freunde waren die Vögel, die sich dort gern zum Nisten niederließen, und die Bibliothek ihres Vaters. Die Bücher waren ihr Tor hinaus in die Welt.

Eines Tages geschah das Unglaubliche. Magali hörte das empörte Gezeter der Vögel. Aus der Rosenhecke trat ein junger Jäger mit zerrissenen Kleidern und blutendem Gesicht. Sie nahm ihn mit auf ihre Kammer. Dort wusch sie seine Wunden und flickte seine Kleidung. Er sagte kein Wort, immerzu starrte er sie an. Sie zeigte ihm den Weg zurück und sagte zu ihm: »Wenn dir dein Leben lieb ist, komme niemals wieder!«

Der Jäger kehrte zurück in sein Dorf. Es war, als stünde er unter einem Fluch. Nichts gelang ihm mehr, kein Tier konnte er erlegen, keine Fährte mehr finden. Stundenlang saß er an einem Bach und starrte in das Wasser. Er glaubte, darin ein Gesicht zu sehen. Nach einiger Zeit verschwand auch das und er wusste nicht mehr, ob alles so geschehen war, wie er es in seinen Träumen immer wieder erlebt hatte. Einem Freund erzählte er von der Schönheit im Walde. Dieser erzählte es weiter.

So kam es, dass ER davon erfuhr. In jeder Zeit sucht sich das Böse eine Gestalt, in der es unter uns Menschen wandelt. ER machte sich sofort auf den Weg. Rosenhecken und dicke Mauern waren für ihn keine Hindernisse, auch kein Zauberer, der sich ihm in den Weg stellte. ER drückte ihm mit einer Hand die Kehle zu und warf ihn in die Flammen des Kamins.

»Du wirst meine Braut!«, sagte ER zur Tochter des Zauberers, während er in dem kostbaren Sessel Platz nahm, in dem noch niemand außer ihrem Vater gesessen hatte.

»Bring mir Wein!«

»Heiß und mit vielen Gewürzen«, sagte sie, als sie ihm das Glas brachte und ins Gesicht schüttete, »wie es einem hohen Herrn gebührt.«

Sein rechtes Auge erblindete.

»Das sollst du mir büßen!«

ER schleppte sie in das finsterste Verlies. Dort schlug ER sie in Ketten. Weit oben war ein kleines Fenster, durch das ein einziger Sonnenstrahl hereinfiel.

»Wenn dort oben siebenmal der Mond sein bleiches Licht auf dein Antlitz geworfen hat, werde ich wiederkommen.«

»Was willst du von mir?«

»Du sollst meine Pforte sein – und du wirst sie mir freiwillig öffnen!«

Mit diesen Worten verließ er sie und überließ sie Hunger, Durst und Dunkelheit.

Als in der ersten Nacht der Mond erschien, schlüpfte ein Schatten durch das Fenster. Es war ein kleiner Falke, der sich auf ihren Kopf setzte und das Haar säuberte von Spinnweben, Kalk und Ungeziefer.

»Kleiner Falke«, sagte Magali, »fliege zurück in die Freiheit! Mein Zorn ist so groß und meine Trauer, dass ich nicht weiß, wie ich mich bezwingen kann.«

Der Falke begann, an der Wand Mörtel wegzupicken.

»Warte, ich helfe dir!«, sagte sie und schloss die Augen. Im gesamten Schloss rieselte der Mörtel aus den Steinen der Wände. Es fielen die Ketten von ihr ab, die in der Wand befestigt waren. Mit einer leichten Bewegung drückte sie die schwere Metalltür zu Boden. Dann stieg sie die steilen Stufen hinauf und trat in das Arbeitszimmer ihres Vaters. ER saß in dem hohen Ohrensessel vor dem Kamin und las in einem der goldgeprägten Bücher. Erstaunt drehte ER sich um.

»Du bist bereit?«, sagte ER.

»Ich bin bereit!«, sagte sie.

Magali schloss die Augen.

Das große Fenster fiel in den Raum.

In derselben Sekunde, als ein kleiner Falke hereinschwebte, sie am Kragen packte und hinausflog, stürzte das Schloss zusammen und begrub alles unter sich. Das ging alles so schnell und unerwartet, dass ER nicht in der Lage war, etwas zu unternehmen.

»In sieben Leben sehen wir uns wieder!«, waren die letzten Worte, die sie von ihm hörte.

Magali kam eines Tages in unser Dorf. Sie war so schön! Nach einem jungen Jäger fragte sie. Wir führten sie zu ihm und weinten vor

Glück, als die beiden sich in die Arme fielen und nicht aufhören wollten, sich zu küssen und zu herzen und zu kosen.

Den kleinen Falken hat niemand gesehen. Vielleicht hat es ihn nie gegeben! Der Rest der Geschichte ist die reine Wahrheit. Wäre sie sonst sooft wiedererzählt worden?

*

»Magali war eine Zauberin?«, fragte Liliana.

»Ja ... und das bist du auch!«

»Großmutter, es gibt keine Zauberer und keine Zauberinnen. Das sind Mythen, Legenden, Märchen, eben Geschichten für Kinder.«

»Du hast ja recht, liebe Enkelin. Machen wir ein lustiges Spielchen. Siehst du meinen Kamm dort drüben? Schließ deine Augen und stelle dir vor, du würdest ihn von einer unsichtbaren Hand aufheben und zu mir bringen lassen. Wir sind alle Kinder. Es ist ein Spiel!«

Liliana schloss die Augen, stellte sich den Kamm vor und ließ ihn herüberschweben. Dann öffnete sie die Augen und sagte lachend: »Jetzt siehst du, dass alles Unsinn ist!« und schaute auf den Kamm, den Großmutter in der Hand hielt.

»Gina, hast du ...?«

Gina konnte nichts sagen. Sie sah auf Großmutters Kamm, als hätte sie ihn noch nie gesehen.

»Das werden wir gleich aufklären!« Liliana richtete sich auf und blickte auf die Kommode. Nach und nach kamen Bürste, Puderdose und Servietten herübergeflogen. Sie fing sie mit der Hand auf und legte sie vor sich auf das Bett.

»Es muss dafür eine natürliche Erklärung geben.«

»Natürlich!«, sagte die Marchesa. »Die Erklärung ist ganz einfach. Du bist eine Zauberin. Magali ist deine Urahnin.«

»Das würde bedeuten, dass auch Mutter eine Zauberin ist – und du.«

»Wir haben die Anlage dazu. Nur du hast die Fähigkeiten.«

»Gina, magst du mich jetzt nicht mehr?«

»Ach, Liliana!« Gina fiel Liliana um den Hals und bedeckte ihr Gesicht mit Küssen. »Du bist Du, ob Zauberin oder nicht! Und ... ich liebe dich!«

Liliana sah Großmutter nachdenklich an.

»Das bedeutet, es ist bitterer Ernst?«

»Davon müssen wir ausgehen«, sagte die Marchesa.

»Das mit der Pforte habe ich nicht verstanden. Es sei denn, es ist nur das Übliche damit gemeint.«

»Auch das müssen wir herausfinden. Ich bin sicher, dass es mehr bedeutet. Legenden haben sich nie so abgespielt, sie sind darin wie Märchen. Es liegt ihnen aber ein tatsächliches Ereignis zugrunde. Alles, was wir sagen können, ist, dass Magali einer dunklen Macht den Zugang zu einer Pforte verwehrte, die Symbol für etwas anderes ist.«

»Unsere Lage wird immer komplizierter.«

»Das war sie von Anfang an. Wir wussten es nur nicht.«

Gina sagte: »Aber jetzt können wir uns wehren!«

Liliana wurde nachdenklich. »Das kommt so überraschend. Ich weiß gar nicht, was das bedeutet. Muss man das nicht lernen, das Zaubern? Wird das nicht von einem Meister an seinen Schüler weitergegeben?« Sie lachte. »Ich tue so, als ob es das wirklich gäbe. Dabei gibt es so etwas nicht ... gibt es das doch! Außerdem möchte ich nicht mehr sein, als ich bin.«

»Dann sei die Zauberin, die du bist!« Marchesa streichelte Liliana die Wange. »Mit dem Zaubern, das ist so eine Sache ...« Die Marchesa zögerte. »Es wäre schon besser, wenn das niemand weiß und niemand merkt ...«

»Mist! Ich wollte mich gerade dem Zirkus anschließen und die Welt mit nie gesehenen Zaubertricks in Erstaunen setzen.«

»Du hast mich verstanden?«

»Großmutter, sei beruhigt! Unsere Gegner spielen auch mit verdeckten Karten. Außerdem ist es mein Ziel, Salamandra zu retten. Und jetzt sage ich die ganze Wahrheit: um mich endgültig davon lösen zu können! Meine wahre Heimat war immer Capirosso. Meine Familie seid ihr, Großmutter, Gina und Felicia. Aber es scheint um mehr zu gehen als um Salamandra oder um mich. Wir sind nur Schachfiguren.«

»Wie geht es jetzt weiter?« sagte Gina.

»Wir werden jetzt schlafen«, antwortete die Marchesa. »Liliana muss herausfinden, was es bedeutet Zauberin zu sein – ohne großen Zauber zu machen. Wer ist unser wirklicher Gegner? Das ist die entscheidende Frage. Ist es der Duke, ist es Nero Borden, der geheimnisvolle Fürst, ist es der Circo Fantasmagoria, ist es dieser ER aus der Legende von Magali oder sind es alle zusammen? Dazu brauchen wir nach wie vor alle Informationen, die wir bekommen können. Kurzum, wir machen weiter wie bisher!«

»Amen!«, sagte Liliana.

»Amen!«, sagte Gina.

»Freche Gören!«

## Kapitel 8

Helmi hatte den Picknickkorb mit allen Köstlichkeiten ihrer Küche gefüllt, Butterröllchen, Schinken in feinen Scheiben, in kleine Würfel geschnittenen Schafskäse, dunkles kräftiges Brot, mürbe Hörnchen, Thermoskannen mit Tee, Kaffee oder Kakao, dazu Äpfel, Mirabellen und Pflaumen. Darunter lagen edles Porzellan, Besteck aus Silber und funkelnde Kristallgläser.

Rosemary packte alles auf die hellgrüne Damastdecke, die sie über dem Holztisch ausgebreitet hatte. Auf der Bank saßen Liliana und Dylan und sahen zu, wie sich ein kleiner gelber Vogel auf einer Thermoskanne niederließ.

»Der Vogel kam von Everweard Castle herüber«, sagte Dylan. »Ich beobachte ihn schon eine geraume Zeit. Wenn er nicht aussähe wie ein Kanarienvogel, würde ich sagen, er ist ein Sperber, Habicht oder Falke. Mit Vögeln kenne ich mich aus. Dieser Vogel ist mir aber ein Rätsel.«

»Es ist ein Franzose«, sagte Liliana.

»Die Heimat des Kanarienvogels ist ...« begann Dylan zu dozieren.

»... der Gare du Nord in Paris.«

»Contessina, Sie machen sich schon wieder über mich lustig!«

»Verzeihen Sie, Herr O'Donnesey, habe ich es doch mit meinen eigenen Augen gesehen. Nimmermehr will ich glauben, dass ich mich hätte so irren können! Nein, nein, nein, Sie müssen sich täuschen. Vielleicht sind die Fachbücher, die sie studieren, nicht mehr auf dem neuesten Stand?«

»Aber ...«

»Dylan!« Rosemary knallte ein Messer neben Dylans Teller. »Widersprich unserem Gast nicht! Das ist ein gemütliches Picknick, keine todernste, langweilige Unterrichtsstunde ... wie ich sie von dir gewohnt bin.«

»Aber ...«

Der kleine gelbe Vogel entzog sich weiteren ornithologischen Erörterungen und flog über den Goldfinch Pond davon.

»Liliana, möchtest du Tee, Kaffee oder heiße Schokolade?«

»Kaffee, oh edle Spenderin exotischer Trinkgenüsse.«

»Passend zu deinem schwarzen Haar.«

»Mit Kaffee gelingt es mir, ihre natürliche Schwärze zu erhalten.«

»Aber ...«, sagte Dylan.

»Schön, dass du auch einmal etwas zur Diskussion beiträgst, Dylan. Reich der Contessina bitte die Schale Mirabellen!«

»Danke, Herr O'Donnesey!«, sagte Liliana. »Erzählen Sie uns von ihrer sagenumwobenen Heimat. Sie wissen, wir Weiber sind ganz neugierig darauf zu hören, was in der großen weiten Welt so vor sich geht.«

»Wollen Sie das wirklich wissen oder suchen Sie nur einen Grund, mich zum Narren machen zu können?«

Dylan war erregt. Er wusste, dass er die Grenze überschritten hatte. So durfte er weder mit einer Contessina noch mit der Tochter des Hauses sprechen. Seine Karriere stand auf dem Spiel. Aber es war einfach aus ihm herausgeplatzt wie einem unbeherrschten Knaben.

»Lassen Sie mich überlegen. Ich habe gelesen: The Voyage of Bran und andere irische Mythen, Gulliver's Travels von Jonathan Swift, The Irish Sketch-book von William Makepeace Thackeray, kenne eure herrlichen Balladen, eure Fiddle-Musik, eure Gigs und Jigs, weiß von der großen Hungersnot 1845 bis 1849, den Tausenden von Auswanderern nach Amerika, dem Widerstand gegen England ... Soll ich fortfahren?«

Dylan war sprachlos. Er hatte die Contessina für eine eingebildete, hochnäsige, verwöhnte Adlige gehalten. Jetzt wusste er nicht mehr weiter. Miss Fitzgerald war auch ganz anders. Sie nahm nicht mehr wie früher alles ehrfürchtig und kritiklos hin, was er sagte.

»Ich stamme aus Galway. Mein Vater betreibt ein Pub, meine Mutter macht die Küche und kümmert sich nebenbei um zwölf Kinder, alle gut katholisch erzogen. Es hungert niemand mehr, aber Fleisch gibt es nur an Festtagen. Ich bin dem allem entflohen, habe mich aus dem Staub gemacht, wie man sagt. In Dublin verdiente ich mir mit Hafenarbeiten das Geld für die Überfahrt nach England. In London traf ich einen Freund der Familie, der es zu etwas gebracht hatte, er war Drucker in einem Verlag für Groschenromane. Ich konnte bei ihm und seiner Frau wohnen, da sie kinderlos waren. Ich besuchte ein Lehrerseminar und jetzt bin ich hier.«

Herausfordernd blickte er Contessina Liliana an. Was würde sie jetzt wieder zu lästern haben?

»Sie hatten es wahrlich nicht leicht, Herr O'Donnesey. Ich kann nur bewundern, wie Sie alle Schwierigkeiten gemeistert haben.«

Sie blickte ihn an, als ob sie es ehrlich meinte. Dylan war immer noch misstrauisch.

»Irland habe ich aber im Grunde niemals verlassen. Zwar musste ich in die Fremde, um leben zu können, mein Herz ist aber immer noch dort und wird es immer bleiben.«

»Auch ich habe meine geliebte Toskana nicht aus freien Stücken verlassen. Ich weiß sehr wohl, was Sie fühlen. Aber kommt es im Grunde nicht darauf an, dass jeder er selbst ist, wo immer ihn das Schicksal hinstellt?«

»Ich verstehe nicht ...«

»Dylan, was möchten Sie mit Ihrem Leben anfangen?«

»Ich möchte Miss Fitzgerald ein guter Lehrer sein.«

»Diese Antwort war feige und ist Ihrer unwürdig.«

»Ich habe keine großen Ziele. Eines Tages möchte ich zurück nach Galway, in O'Donnesey's Pub, und möchte auf dem langen Schanktisch einen Beutel ausschütten mit klingenden Goldmünzen, deren Glanz in den Augen meiner Mutter wiederleuchtet. Das ist mein ganzer Ehrgeiz. Klein und niedrig, Contessina?«

»Ja!«, sagte Liliana entschieden. »Ja, das ist klein und niedrig, Dylan. Kehren Sie in O'Donnesey's Pub zurück mit einem Buch, das Sie geschrieben haben, einer Partitur, die Sie komponiert haben, einem Gemälde, das Sie gemalt haben, einem Stuhl, den Sie mit eigenen Händen gezimmert haben, mit einer Frau, die Sie liebt – und natürlich auch mit einem Beutel voller Goldstücke. Die Welt sollte uns nicht nur reicher machen an Münzen.«

»Sie reden wie Ihre Großmutter.«

»Sie hat mich wohl verdorben. Wenn Sie nicht weiter darüber sprechen wollen, dann wenden wir uns doch diesem verlockend gedeckten Tisch zu.«

Liliana trank Kaffee, dazu aß sie dunkles Brot mit Butter.

Rosemary hatte dem Gespräch interessiert zugehört. Sie war zum ersten Mal Zeuge geworden, wie eine Frau einem Mann widersprach und geistig überlegen war. Die Contessina war dabei ruhig, sachlich, liebenswert gewesen und zugleich eine elegante Erscheinung. Sie verkörperte das, was man unter Noblesse versteht. So wollte sie auch werden.

»Dylan«, sagte Rosemary, »hast du schon etwas über den Duke of Everweard herausfinden können?«

»Das ist eine rätselhafte Geschichte. Ich muss noch gründlicher recherchieren. Der Duke müsste eigentlich, – Contessina, entschuldigen Sie, – einhundertundein Jahre alt sein. Wahrscheinlich hieß sein Vater genauso. Die Chroniken haben wohl zwei Personen als ein und dieselbe wiedergegeben. Das kommt schon mal vor. Ich muss noch weitere Chroniken und Dokumente zu Rate ziehen. Sobald ich mehr weiß, werde ich es Ihnen mitteilen.«

»Danke für Ihre Mühe, Herr O'Donnesey! Sagen Sie mir aber alles, wie merkwürdig es Ihnen auch erscheinen mag.«

»Versprochen!«

Gina kam. Sie machte einen Knicks vor Liliana.

»Entschuldigen Sie, Contessina Liliana, dass ich Sie störe! Pfarrer Fraggles hat seine Aufwartung gemacht und möchte die junge Frau kennenlernen, die er demnächst in den Bund der Ehe führen soll.«

»Was will er von mir?«

»Das ist so Brauch«, sagte Dylan. Darin kannte er sich aus.

»Will er mich zur Church of England bekehren?«

»Ich begleite dich!« Rosemary stand entschlossen auf. »Dylan, du packst alles wieder in den Korb. Den bringst du Helmi zurück. Und vergiss nicht, dich bei ihr zu bedanken! Gina kann dir dabei helfen. Wo ist eigentlich Ann?«

»Ihre Zofe, Miss Fitzgerald, leistet dem Herrn Pfarrer Gesellschaft. Er sah so verlassen aus in dem großen Salon.«

Liliana hob eine Augenbraue.

»Das war ein Scherz, Miss Fitzgerald! Ich bitte höflichst um Entschuldigung.«

»Schon gut! Lass Dylan alles allein einpacken. Geh zu Pfarrer Fraggles und teile ihm mit, dass wir ihn empfangen, sobald wir uns ein wenig frisch gemacht haben. Ann soll sofort auf mein Zimmer kommen – und du kümmerst dich um deine Herrin!«

Gina machte einen Knicks. »Wie Sie befehlen, Miss Fitzgerald.«

Die Marchesa saß am Fenster und las in einem Buch.

»Ist das Picknick schon zu Ende?«

»Pfarrer Fraggles möchte die zukünftige Braut kennenlernen«, sagte Liliana.

»Der wird lästig! Soll ich ihn dir vom Halse schaffen?«

»Nicht nötig, Großmutter! Besser, ich schaue ihn mir persönlich an. Schließlich ist er Simons Vater. Und Simon, der hat doch mächtig Eindruck auf unsere Gina gemacht.«

Gina stieß den Ellbogen in Lilianas Seite.

»Wie sprichst du über deine Tante? Die jungen Leute von heute haben keinerlei Respekt mehr.«

»Was ist mit Simon?«, fragte die Marchesa.

»Er ist so weit in Ordnung. Sein Vater ist ein Heuchler, einer von den ganz Frommen. Man sollte sich vor ihm in Acht nehmen.«

»Damit hast du sicher recht. Wir wollen ja nicht, dass sie Liliana als Hexe verbrennen!«

Gina wurde blass. »Nein!«

Die Marchesa lächelte und nahm Gina in den Arm.

»Gina, Töchterlein, da passen wir beide schon darauf auf, dass unserer geliebten Liliana nichts Böses geschieht.«

Liliana wählte das hochgeschlossene, schwarze Kleid mit dem weißen Kragen. Darin sah sie besonders blass aus. Ins Haar band sie ein weißes Band.

»Gehen wir!«

»Meine Damen!« Pfarrer Fraggles stand auf, als Liliana, Gina, Rosemary und Ann den Salon betraten. Unter all den Damen wirkte Contessina Liliana am jüngsten und unschuldigsten. Sie war wahrlich noch ein Kind!

»Herr Pfarrer!«, sagte Liliana mit gesenktem Blick. »Ich bin geschmeichelt, dass Sie sich ein wenig Zeit für mich nehmen.«

»Aber, Contessina! Gibt es einen erfreulicheren Anlass als die Vermählung zweier Seelen vor unserem Herrn? Nehmen wir doch Platz, meine Damen«, sagte der Pfarrer, als wäre er der Herr des Hauses.

»Wollten Sie etwas Bestimmtes mit mir besprechen, Hochwürden?«

»Ich wollte Sie über die Bedeutung des sakralen Aktes der Eheschließung aufklären und die Pflichten einer Ehefrau.«

»Keine Rechte?«

»Pflichten sind Rechte!«

»Das werde ich gleich der Marchesa mitteilen. Sie ist in dieser Beziehung wohl einem Irrtum unterlegen.«

An die Marchesa dachte er nur ungern, der Herr Pfarrer. Vielleicht sollte er versuchen, dieses naive Kind ihrem Einfluss zu entziehen. Wenn sie erst mit dem Duke verheiratet ist, wollte er sich sofort darum kümmern.

»Die Marchesa ist sicher eine belesene Frau ...«

»Sie meinen, es fehlt ihr an wirklicher Erfahrung, die Sie, Herr Pfarrer, in reichem Maße besitzen?«

»Wir, die wir im Dienst des Herrn stehen, müssen tiefer in die Herzen der Menschen schauen. Aber über die Marchesa wollte ich nicht sprechen. Das steht mir nicht zu. Sprechen wir über Sie, Contessina!«

»Was möchten Sie wissen?«

»Sie sind katholisch getauft?«

»... und erzogen, Herr Pfarrer! Ist das ein Hindernisgrund für die Eheschließung?«

»Nein, der Duke of Everweard ist eine hochangesehene Persönlichkeit. Es geht um die Erziehung der Kinder.«

»Welche Kinder?«

»Ihre Kinder!«

»Ich habe keine Kinder.«

»Mein gutes Kind, ich meine die Kinder, die Sie mit ihrem zukünftigen Gatten haben werden.«

»Will der Duke Kinder? Wissen Sie das genau? Haben Sie mit ihm darüber gesprochen?«

»Nein ... Das ist doch der Sinn einer Ehe!«

»Sie meinen, es ist unsere Pflicht, Kinder in die Welt zu setzen?«

»So steht es in der Schrift.«

»Ah! Ich werde darüber nachdenken.«

»Was gibt es darüber nachzudenken?«

»Soll man denn nicht seine Pflichten ernst nehmen? Das muss gründlich überlegt werden. Zuerst muss ich noch herausfinden, wo man die Kinder herbekommt. Oder wissen Sie das?«

Rosemary hielt sich die Hand vor den Mund. Gina verzog keine Miene. Ann schaukelte unruhig auf dem Stuhl.

Pfarrer Joshua Fraggles dämmerte langsam, dass er in die Falle gegangen war.

»Das kann Ihnen die Marchesa besser erklären, von Frau zu Frau.«

»Wo sie doch nur Buchwissen angehäuft hat! Wir sind alle sehr daran interessiert, zu erfahren, wie es in der Wirklichkeit abläuft, die Sie so gut kennen. Nicht wahr, Miss Fitzgerald?«

Rosemary nickte ernst und sagte:

»Herr Pfarrer, auch ich werde mich bald dieser Frage stellen müssen. Ich bitte Sie, uns über diesen Vorgang aufzuklären.«

Die Schuhe drückten wieder. Auch der neue Tweedanzug zwickte in den Rippen. Er war auch viel zu warm angezogen für die Jahreszeit. Pfarrer Joshua Fraggles grub die vergoldete Taschenuhr aus der Westentasche hervor, warf einen kurzen Blick darauf und zog sie in Gedanken auf. Einen trockenen Hals hatte er auch. Noch nicht einmal einen Drink hatten ihm die Damen angeboten! Was wollte er doch gleich sagen?

»Wir sprachen gerade von den Pflichten einer Ehefrau ...«, begann er.

»Hochwürden«, sagte Liliana, »Sie sollten sich schon auf das Gespräch konzentrieren, wenn Sie so wichtige Dinge besprechen möchten. Wir warten darauf, Ihren ausführlichen Bericht zu hören, wie das Wunder geschieht, dessen Ergebnis die Geburt eines Kindes ist. Ich verstehe sehr wohl, Wunder fallen in Ihr Ressort. Deshalb sind nur Sie legitimiert, darüber etwas zu sagen. Das war doch der Zweck Ihres Besuchs. Sie erinnern sich?«

Liliana sah aus wie eine Konfirmandin. Ihre großen Augen waren voller unschuldiger Erwartung.

Pfarrer Joshua Fraggles bekam einen hochroten Kopf. Schweißperlen traten auf seine Stirn und liefen die Wangen hinunter. Seine Hände begannen zu zittern. Er griff sich ans Herz und rang nach Atem.

Liliana stand auf und verließ den Raum. Gina folgte ihr.

»Diese Contessina ...« röchelte der Pfarrer. Langsam beruhigte er sich wieder. Er stand auf.

»Sie wollen uns schon verlassen?«, fragte Rosemary.

»Ich muss den Abendgottesdienst vorbereiten.«

»Schade, dass Sie uns gerade jetzt verlassen müssen.«

»Ich empfehle mich, Miss Fitzgerald! Grüßen Sie Ihre Frau Mutter von mir. Auf Wiedersehen!«

Rosemary sah dem Pfarrer nachdenklich nach. »Ich hoffe, Liliana wird noch recht lange bleiben!«

»Das war ja eine kurze Audienz«, sagte die Marchesa und legte ein Lesezeichen in das Buch. An Ginas Grinsen sah sie, dass etwas vorgefallen sein musste.

»Hast du dir wieder Feinde geschaffen, Liliana?«

»Es ließ sich nicht vermeiden.«

»Du musst unser Hauptziel im Auge behalten. Wir können uns keine Nebengefechte leisten. Was ist geschehen, Gina?«

»Der Herr Pfarrer bezeichnete dich als weltfremd. Da beschloss Liliana, seine Weltkenntnis auf die Probe zu stellen.«

»Wie hat sie das gemacht?«

»Sie fragte mit der unschuldigsten Miene der Welt, woher die Kinder kommen. Das war alles!«

»Und er hat sich gedrückt?«

»Er stand kurz vor einem Herzkollaps. Das wollten wir uns nicht anschauen und sind gegangen.«

»Du findest das gut, Gina?«

»Ja!«, sagte Gina heftig. »Simon hat mir erzählt, was für ein bigotter Haufen Dreck er ist. Er ist schuld am Tod seiner Frau.«

Die Marchesa ging zum Fenster und sah über die Wiesen und Äcker. Sie atmete tief ein und aus. Felicia, dachte sie, was mache ich nur mit diesen Kindern. Das läuft mir aus dem Ruder.

»Liliana!« Die Marchesa ging zu ihrer Enkelin, die auf dem Bett saß und die Hände vor das Gesicht hielt. »Wir müssen dringend reden.«

Liliana nahm die Hände vom Gesicht. Tränen standen in ihren Augen. Sie war blass und müde.

»Großmutter, ich habe Angst.«

Die Marchesa setzte sich neben sie und legte den Arm um ihre Schulter. Gina setzte sich auf die andere Seite.

»Angst ist nicht gut.«

»Es ist nicht so, wie du denkst. Ich habe Angst vor dem, was ich machen könnte.«

»Vertraue auf dein Herz!«, sagte Gina. So stand es in den Büchern, die sie gelesen hatte. Es ging dort zwar um Liebe, aber das galt doch sicher in jeder Situation.

»Damit hast du ausnahmsweise recht, Gina. Trotzdem können wir nicht wahllos nach allen Seiten schießen, in der Hoffnung jemanden zu treffen.«

»Salvatore!«
»Was ist mit Salvatore, Liliana?«
»Ich hatte ihn vergessen.«
Jetzt liefen ihre Tränen ungehemmt.

## Kapitel 9

Der Goldfinch Pond war gefüllt mit dem schweren Gold der untergehenden Sonne. Frösche quakten. In der Ferne zankten sich Hunde um eine Beute. Simon stand von der Bank auf, als Gina den Weg vom Küchengarten herunterkam. Sie sah nicht aus wie eine Zofe. Das schlichte, dunkelblaue Kleid und der breite Hut mit dem Schleier ließ sie wie eine Dame von Welt erscheinen, die mit derselben Selbstverständlichkeit zu einem heimlichen Stelldichein ging wie zu einem Nachmittagstee mit ihren Freundinnen. Das Parfum, das ihr voraus schwebte wie ein Schatten aus Lavendel, und ihre magnetische körperliche Nähe überwältigten ihn so, dass er die Verankerung verlor, die ihn in der physischen Welt festhielt. Er hatte keinen Halt mehr, keine Orientierung. Er war nur noch Fühlen, das sich in der Flamme des Verlangens selbst verzehrte.

Gina bemerkte, was in ihm vorging. Sie setzte sich auf die Bank und wartete. Er stand vor ihr und sagte kein Wort. Im Haus war Lachen zu hören. Eine Tür schlug zu. Der Wind rauschte im Gipfel der Weide.

»Ich liebe dich!«, keuchte er und fiel vor ihr auf die Knie. Er griff nach ihren Händen wie ein Ertrinkender. »Gina, meine Gina! Du bist die Frau meines Lebens, meine Göttin, mein Abendstern und Morgenstern, mein Mond und meine Sonne!«

Gina wusste, dass sie es hier mit Wahnsinn im fortgeschrittenen Stadium zu tun hatte. Da hieß es vorsichtig sein, um den Kranken nicht in eine schwere Krise zu stürzen.

Sie zog ein Spitzentaschentuch aus dem Ärmel.

»Simon, könntest du mir einen Gefallen tun? Geh an den Teich und mache das Tuch schön nass!«

»Alles, was du willst, meine Göttin!«

Er riss ihr das Tuch aus der Hand und lief zum Goldfinch Pond. Mit dem tropfnassen Taschentuch kam er zurück.

»Jetzt, Simon, legst du dich hier auf die Bank.«

Sie stand auf. Simon streckte sich widerstandslos auf der Bank aus. Gina legte ihm das nasse Tuch auf die Stirn. Sie setzte sich halb auf die Vorderkante der Bank und sah in seine fiebrigen Augen. Langsam atmete er ruhiger, das Gesicht verlor die Röte, der Blick fand seinen Fokus zurück.

»Wenn du bereit bist, Simon Fraggles, dann werden wir uns nebeneinander auf diese Bank setzen, in den Abendhimmel blicken und miteinander reden wie Freunde. Du erinnerst dich, dass das meine Bedingung war? Wenn du das nicht kannst, dann muss ich dich leider verlassen.«

»Du bist grausam.«

»Grausam nennst du das? Ich will darüber hinwegsehen, dass du nur im Kopf hast, über mich herzufallen wie ein wildes Tier. Denn etwas anderes kannst du nicht begehren als meinen Körper. Den Rest, meine Seele, meinen Verstand, meine Wünsche, meine Vergangenheit, meine Interessen, kurz alles, was mich zu einem Menschen macht, das kennst du nicht.«

»Aber ich fühle, wer du bist.«

»Unsinn! Das ist alles Einbildung. Was immer du dir auch ausdenkst, ich will damit nichts zu tun haben. Ich habe dir die Chance geboten, mich kennenzulernen. Zum letzten Mal frage ich dich, wollen wir Freunde sein?«

»Ja!«, flüsterte er und richtete sich auf. »Wenn du es so willst, dann wollen wir es so machen.«

»Gut!«

Sie setzten sich auf die Bank. Es war genügend Platz zwischen ihnen, damit keiner den andern aus Versehen berühren konnte.

»Ich hatte es eigentlich nicht vor«, sagte Gina, »aber ich habe mich entschlossen, dir etwas von mir zu erzählen, genauer, von meiner Vergangenheit. Vielleicht wird dich das kurieren.«

»Bin ich denn krank?«

»Das möchte ich jetzt nicht näher erörtern. Du müsstest dein Medizinstudium bereits abgeschlossen haben, um das zu verstehen. Bist du an meiner Geschichte interessiert?«

»Gina, wie kannst du nur fragen? Freundin!«

»Ich traue dir nicht, Freundchen! Warum lasse ich mich überhaupt mit so etwas wie dir ein?«

»Vielleicht ...«

»Genug! Du kennst die Toskana?«

»Nein, ich war noch nie im Ausland.«

»Die Toskana ist ein Paradiesgarten, den Gott angelegt hat, um die Menschen ständig daran zu erinnern, was sie aufgegeben haben, als sie den Garten Eden verließen. Ja, dort bin ich geboren. Nur dass es kein Paradies war, die Hölle auch nicht, aber etwas dazwischen. Meine Mutter arbeitete als Dienstmagd im Haus des angesehenen Anwalts Savantini in Florenz. Sie hatten einen Sohn, jung und begabt, Student der Juristerei. Es ist immer die alte Geschichte. Sie verliebten sich ineinander. Die junge Frau wurde schwanger. Die rechtschaffenen Eltern warfen die liederliche Person aus dem Haus. Was sie nicht wussten, ihr einziger Sohn war der Vater und der dachte gar nicht daran, auf seine Liebe und sein Kind zu verzichten. Sie verließen Florenz ohne einen Pfennig Geld auf der Suche nach einem Platz zum Schlafen und nach Arbeit. Ausgehungert kamen sie schließlich nach Salamandra. Dort wurde gerade ein Häuschen frei und die Stelle eines Sekretärs bei dem Conte von Salamandra. War das kein Glück? Dort wurde ihre Tochter geboren, in derselben Stunde, in derselben Sekunde, als auf dem feinen Schloss die Contessa von Salamandra ihre siebte Tochter zur Welt brachte, die sie Liliana nannte. Das war ein großes Ereignis. Das andere Mädchen, das unbedeutende, wurde Gina genannt. Mutter arbeitete in den Weinbergen, half in den Ställen, wusch die Wäsche im großen Schloss und was es sonst noch zu tun gab, immer ein kleines Bündel auf dem Rücken, das zu den ungelegensten Zeiten schrie und etwas zu essen haben wollte. Als ich laufen konnte, half ich überall mit. Ich glaube, ich habe meine Mutter keinen Augenblick aus den Augen gelassen. Mein Vater machte Karriere. Er wurde zum persönlichen Sekretär des Conte und begleitete ihn nach Florenz und auf allen Dienstreisen. Der Conte war in der Politik tätig und eine sehr einflussreiche Person, vor der so mancher zitterte. Mein Vater erkannte bald, dass der Conte ein gewissenloser Ausbeuter war und rücksichtslos seine Ziele verfolgte. Er trat der Opposition bei und war dort schnell hoch angesehen. Der Conte forderte ihn deshalb auf, sein Haus zu räumen und Salamandra zu verlassen. Das war eine Katastrophe, denn mein Vater war zwar ein vielgefragter Redner, aber mittellos. Aber so weit kam es nicht. Der Conte trieb es auf die Spitze. Ein besonders niederträchtiges Projekt, das die Vertreibung hunderter Familien vorsah, um einen fragwürdigen Staudamm zu errichten, sollte im Parlament entschieden werden. Der Conte hielt eine infame Rede. Da trat ein Mann vor ihn und zog einen Revolver. Er drückte ab … und traf meinen Vater, der sich vor den

Conte geworfen hatte. Eine Heldentat! Der Held und seine Familie konnten natürlich nicht mehr von Salamandra vertrieben werden. Nur, dass mein Vater nun ein Krüppel war, querschnittsgelähmt, der sich ein Leben lang nie verzieh, diese spontane Dummheit begangen zu haben. Nur, dass der Conte meinem Vater nie verzieh, dass dieser ihm das Leben gerettet hatte und er ihm deshalb für immer dankbar sein musste. Vater sprach mit niemandem mehr. Er wurde schwermütig und bösartig. Meine Mutter pflegte ihn, so gut sie konnte. Aber den Verfall ihres geliebten Gatten mit anzusehen, verkraftete sie nicht. Eine Grippe nahm sie von uns. So war ich mit einem Vater allein, der ein einziger stummer Vorwurf war an das Schicksal – und an mich. Die einfachen Frauen auf Salamandra nahmen sich meiner an. Bald war ich überall, nur nicht zu Hause – wie Contessina Liliana. Wir wurden unzertrennlich. Das Leben war wieder schön und voller herrlicher Abenteuer. Eines Tages entdeckte ich unter dem Dach Koffer voller Bücher. Sie stammten von den Leuten, die vorher dort gewohnt hatten. Es waren spannende Bücher über Abenteuer, Intrigen, Duelle und romantische Liebe. Ich las sie alle. Das wollte ich auch, solche Abenteuer erleben und darüber schreiben. Contessina Liliana lachte mich aus. Sie war ganz anders als ich. Sie interessierte sich für Dinge, die man anfassen konnte oder noch besser, ausrechnen und messen konnte wie Brücken, Mauern, verlassene Gebäude, Keller, solche Sachen. Mein Vater starb. Der Conte verfügte, das Haus müsse sofort geräumt werden. Ich sollte in ein Waisenhaus. Contessina Liliana brachte mich zu ihrer Großmutter, der Marchesa Montecorno di Capirosso. Sie sorgte dafür, dass ich dort im Kloster aufgenommen wurde. Die Nonnen betrieben eine Schule und ein Mädcheninternat. Dort habe ich alles gelernt, gemeinsam mit Contessina Liliana, die niemals zu Hause war, wenn sie es vermeiden konnte. Sie war sowieso ein Nachkömmling und der Familie Salamandra lästig. Du siehst, Simon Fraggles, diese Gina Savantini ist eine gewöhnliche Person, ohne Vermögen und ohne Familie, ein Waisenkind. Im Grunde entspringe ich einem schlechten Roman.«

»Meine Mutter ist auch gestorben.«

»Das war der Grund, warum ich dir meine Geschichte erzählt habe. Es gibt also durchaus Themen, über die wir sprechen könnten – wie Freunde.«

»Du hast recht. Ich bin dankbar, dass du mir von dir erzählt hast. Wenn es aber deine Absicht war, mich loszuwerden, hast du das genaue Gegenteil erreicht. Ich mag dich immer mehr.«

»Ich muss jetzt gehen, Simon Fraggles. Eine arme Zofe und Waisenkind obendrein muss sich nach seinen Herrschaften richten. Sonst steht sie eines Tages brotlos auf der Straße. In der ausgezehrten Hand hält sie einen zerbeulten Blechbecher und bittet um Almosen, nur um eine Flasche Absinth erwerben zu können. Ein solches Los wünschst du mir doch sicher nicht?«

»Du hast schon einen merkwürdigen Humor. Oder meinst du das ernst? Ich würde für dich sorgen.«

»Gute Nacht!«, sagte Gina und stand auf.

»Wann sehen wir uns wieder?«

»Ich werde es Sie wissen lassen, Ritter Simon!«

# Kapitel 10

»Flieg, Paglierino, flieg!«

Liliana und Gina standen am Fenster und sahen dem kleinen gelben Vogel nach, wie er nach Everweard Castle flog. An einem Bein hatten sie ihm einen winzigen Zettel angebunden.

»Wird er es auch wirklich zu Salvatore bringen?« Gina war immer noch skeptisch. »Es ist ja nur ein dummer Vogel, nicht einmal eine Brieftaube und die müssen auch erst abgerichtet werden.«

»Vielleicht bringt er eine Nachricht zurück?«

Liliana war immer noch erschüttert, dass sie einen ganzen Tag nicht an Salvatore gedacht hatte. Eine Nachricht von ihm, das würde bedeuten, er hat ihr verziehen.

»Ich werde heute nur an Salvatore denken!«

Liliana ging zurück ins Bett und zog die Decke über den Kopf.

Großmutter kam herein.

»Ihr seid noch nicht auf?«

Gina hielt einen Finger vor den Mund.

»Pst! Liliana hält einen Salvatore Gedenktag.«

»Ist er gestorben?«

Gina tippte sich mit dem Zeigefinger an die Stirn.

Die Marchesa war eine humorvolle, gutmütige, verständnisvolle, rücksichtsvolle, sanfte, einfühlsame, hilfsbereite Person. Sie riss das Laken weg.

»Mach, dass du aus dem Bett kommst! Aber sofort! Für solche Kindereien haben wir keine Zeit.«

Liliana sprang aus dem Bett, schlug die Hacken zusammen und grüßte militärisch.

»Zu Befehl, Feldwebelin!«

»Zu Befehl, Admiralin, heißt das, du gemeine Soldatin. Zwanzig Kniebeugen!«

»Aber …«

»Fünfundzwanzig!«

»Zofe, übernimm das für mich!«

»Ich habe ein Herzleiden, einen kaputten Rücken und Gelenkrheuma. Das kommt alles von den Sklavendiensten, die ich für meine Herrschaft verrichten musste.«

»Dann bleibt mir nichts anderes übrig.«

Liliana ging in die Knie und richtete sich wieder auf. Sie schaute Großmutter an. Die streckte einen Finger der rechten Hand nach oben. Liliana machte die nächste Kniebeuge. Zwei Finger. Nach der zehnten Kniebeuge fand sie die Sache nicht mehr so lustig. Nach der zwanzigsten Kniebeuge beschloss sie, nie wieder mit Großmutter zu reden. Die letzte Kniebeuge schaffte sie gerade noch. Völlig erschöpft ließ sie sich aufs Bett fallen.

»Diese verweichlichte Jugend!«, sagte Großmutter. Dann machte sie selbst fünfundzwanzig Kniebeugen. Das ging wie am Gummiband, ohne die geringste Anstrengung.

»Jetzt bist du dran, Gina.«

»Jawohl, Admiralin!«

Gina begann so schnell wie die Marchesa, wurde aber von Kniebeuge zur nächsten immer langsamer. Am Schluss schaffte sie es nur, weil sie mit den Händen nachhalf.

»Gefrühstückt wird bei mir«, sagte die Marchesa im Hinausgehen. »In zehn Minuten habt ihr euch gewaschen, die Zähne geputzt und ordentlich angezogen.«

»Wer war das?«, fragte Gina, als die Tür zuknallte.

»Das war Großmutter – vor dem Frühstück.«

Während des Frühstücks wurde ausgiebig geschwiegen. Liliana dachte darüber nach, wie sie mehr über Zauberei herausfinden könnte. Gina schwankte, ob sie Simon sofort oder erst vor ihrer Abreise den Laufpass geben sollte – oder doch nicht. Die Marchesa hatte die Nase voll von Monleirdon und von Everweard Castle und überlegte, ob sie nicht einen Capirosso Gedenktag einlegen sollte, im Bett, die Decke über dem Kopf.

»Ruth!«! Die Marchesa behandelte Ruth so, als wäre nie etwas vorgefallen. »Erkundige dich doch bei Martha, was sich Lady Monleirdon heute für uns ausgedacht hat.«

Ruth stand auf und ging hinaus.

»Warum darf die mit uns frühstücken?«

»Wenn wir ihr das nicht erlaubten, könnte man auf den Gedanken kommen, Gina sei vielleicht doch etwas mehr als deine Zofe.«

Paglierino kam durch das offene Fenster hereingeflogen und setzte sich auf Lilianas Schulter.

»Da ist ein Zettel!« Liliana löste ihn von Paglierinos Bein.

»Ach! Wie lange ist das her!«

»Was steht auf dem Zettel?«, fragte Großmutter.

Liliana gab ihn ihr.

»Gare du Nord?«

»Gare du Nord«, sagte Liliana in Erinnerungen versunken, »das war in Paris. Erinnerst du dich nicht mehr? Ein junger Mann kam in unser Abteil.«

»Was wohl aus ihm geworden ist?«, sagte die Marchesa mit ernstem Gesicht.

»Er hat mich nicht vergessen.«

»Was bedeutet das: Gare du Nord? Ist das ein Geheimcode?«

»Das bedeutet: Ich denke an dich! Und noch viel, viel mehr, – was ihr alle nicht verstehen könnt.«

Liliana nahm den winzigen Zettel und trug ihn in ihr Zimmer.

Es klopfte an der Tür. Martha kam herein, hinter ihr Ruth.

Liliana kehrte zurück an den Tisch. Sie lächelte, die Welt war wieder in Ordnung.

»Martha, setz dich zu uns! Es ist noch Kaffee da.«

»Danke, Marchesa!«

Martha setzte sich auf Ruths Platz. Ruth brachte ein neues Gedeck.

»Lady Monleirdon hat mich gebeten, dezent herauszufinden, wie Sie Ihre Tage verbringen möchten. Sie will, dass Sie sich bei uns wohl fühlen.«

»Sag Lady Monleirdon, sie sei die wunderbarste Gastgeberin, die wir uns nur wünschen könnten. Wenn der Duke zurück ist, werden wir keine Minute Ruhe mehr haben vor lauter Bällen, Gesellschaften und Hochzeitsvorbereitungen. Daher fühlen wir uns hier wie im Urlaub, den wir in vollen Zügen genießen wollen.«

»Das wird sie gern hören«, sagte Martha. »Was können wir für Sie tun, damit Sie sich so entspannen können, wie Sie es sich vorstellen?«

»Ich kann nur für mich sprechen. Unter einem Sonnenschirm in eurem schönen Garten sitzen und ein Buch lesen, Stöbern in der Bibliothek und zwischendrin Plaudern mit Lady Monleirdon und mit dir, Martha, das sind meine bescheidenen Wünsche.«

»Wenn Lady Monleirdon noch einen Beweis gebraucht hätte, Sie zurecht für vollkommen exzentrisch zu halten, Marchesa Montecorno, dann haben Sie ihn eben geliefert. Und Sie, Contessina Liliana, was sind Ihre Vorstellungen?«

»Rosemary und mir wird schon etwas einfallen. Es wäre nicht schlecht, wenn sie für diese Zeit von langweiligen Unterrichtsstunden befreit würde. Ist das zu viel verlangt?«

»Pfarrer Fraggles hat mit Lady Monleirdon ein streng vertrauliches Gespräch geführt. Das war heute in der Frühe. Etwas hat ihn nicht schlafen lassen. Lady Monleirdon war anschließend sehr ... wie soll ich es ausdrücken? Sie stand vor einem Nervenzusammenbruch. Ich musste mit Engelszungen auf sie einreden, bis sie mir schließlich den Inhalt der Unterredung mitteilte. Es ging um nichts Geringeres als um das Seelenheil von Miss Fitzgerald. Ewige Verdammnis sei ihr unausweichliches Schicksal, sollte sie noch länger dem verderblichen Einfluss einer gewissen Person ausgesetzt werden.«

Die Marchesa stand auf.

»Wir werden Monleirdon auf der Stelle verlassen. Martha, sorge dafür, dass eine Kutsche für uns bereitgestellt wird!«

Liliana und Gina gingen in ihr Zimmer. Ruth hielt Martha die Tür auf und konnte ein schadenfrohes Grinsen nicht unterdrücken.

»Ist das dein Ernst, Großmutter?«

»Mein voller Ernst! Wir sind die Montecornos, wobei ich dich, Liliana, dazuzähle. Unser Ruf und unsere Ehre sind unantastbar. Fangt an, zu packen!«

Ruth erschien im Türrahmen.

»Ruth, hast du damit etwas zu tun?«

»Nein, Marchesa Montecorno, ich schwöre!«

»Dann ist es gut. Pack deine Sachen!«

»Sofort, Marchesa!«

Als Ruth gegangen war, fragte Liliana.

»Zurück nach Everweard Castle?«

Die Marchesa setzte sich auf das Bett und dachte nach.

»Wir könnten natürlich auch in ein Hotel ziehen oder einen Gasthof. Ich habe keine Ahnung, in welchem Jahrhundert sich hierzulande die Gastronomie befindet. Nein, wir müssen zurück nach Everweard Castle. Es geht nämlich auch um die Ehre des Duke. Sie darf uns nicht gleichgültig sein. Wir haben ein Ziel, das wir nicht aus den Augen verlieren dürfen.«

Sie hatten gerade Paglierino mit Mühe eingefangen und in den Käfig gesteckt, als es an der Tür klopfte. Gina öffnete.

Es war Martha.

»Marchesa, entschuldigen Sie bitte! Kann ich Sie kurz unter vier Augen sprechen?«

»Aber natürlich, Martha! Für dich habe ich immer Zeit. Gehen wir nach nebenan. Liliana, Gina, ihr rührt euch nicht vom Fleck!«

Die Marchesa führte Martha in das Zimmer, das bisher ihr Schlafzimmer war. Sie setzten sich vor das offene Fenster.

»Verehrte Marchesa, ich habe mich von Anfang an in Ihrer Nähe wohlgefühlt und Sie bewundert. Deshalb habe ich auch unbedacht meine Grenzen überschritten, als ich Ihnen erzählte, was mir Lady Monleirdon anvertraut hat. Das lässt sich jetzt nicht mehr rückgängig machen, es ist geschehen.«

»Das Schlimme an der menschlichen Gesellschaft ist, dass wir alle Rollen spielen müssen wie im Theater. Sobald wir nur wir selbst sind und auf unsere innere Stimme hören, dann begeben wir uns in Gefahr, ausgestoßen zu werden. Du hast auf die Stimme der Freundschaft gehört, die du mir gegenüber empfindest – und die ich erwidere. Dafür danke ich dir. Weißt du, Martha, ich stehe schon längst über solchen kleinen Kreaturen wie diesem Pfarrer. Solche Leute können mich nicht kränken. Aber die Marchesa Montecorno di Capirosso darf nicht den geringsten Makel an der Ehre ihrer Enkelin aufkommen lassen. Contessina Liliana ist ein ganz besonderer Mensch. Sie ist dabei, ihr Lebensglück zu opfern, um das anderer zu retten. Wenn das nicht christlich ist, möchte ich wissen, was der ehrenwerte Pfarrer darunter versteht! Nein, ich möchte es nicht wissen, ich weiß es.«

»Die Contessina hat in der kurzen Zeit, seit sie hier ist, etwas Erstaunliches bewirkt, etwas, was ich nie für möglich gehalten hätte«, sagte Martha. »Es ist ihr gelungen, Rosemary aus ihrer Verbitterung und Selbstverachtung herauszuholen. Ich machte mir ständig Sorgen, sie könnte etwas Unbedachtes tun. Jetzt hat sie wieder Freude am Leben. Mir geht das Herz auf, wenn ich sehe, wie sie lächelt und ihre

Augen strahlen. Marchesa Montecorno, ich bitte Sie inständig, bleiben Sie! Ich habe Angst, Rosemary zieht sich wieder zurück in die dunkle Höhle in ihrem Herzen.«

»Ob wir bleiben, hängt allein von Lady Monleirdon ab.«

Martha schwieg. Sie sah auf ihre Hände, dann ging ihr Blick hinaus in die Landschaft, die ihr selbstverständlich geworden war und sie deshalb schon lange nicht mehr wahrgenommen hatte. In diesem Zustand seelischer Erregung schmerzte es in ihrem Herzen, wie grün die Wiesen leuchteten im Sonnenschein, wie sanft sich die Wipfel der Bäume in den Wind schmiegten und der Himmel sich öffnete in eine blaue Unendlichkeit.

»Ich erzähle Ihnen von Lady Monleirdon. Elizabeth und ich sind zusammen aufgewachsen und in die Schule gegangen, auch auf dem Internat waren wir zusammen. Ihr Vater war ein Bauer, ein erfolgreicher Landwirt und Pferdezüchter, der sich eine Menge Ländereien zusammengekauft und gepachtet hatte. Elizabeth wuchs mit dem Vieh auf und musste schon in frühen Jahren mithelfen in den Stallungen, bei der Ernte und allem, was eben auf dem Lande für Arbeiten gemacht werden müssen. Das war ihre Welt, nur das, was man mit den Händen greifen und mit den eigenen Augen sehen kann. Das ist der Horizont ihres Denkens und ist es auch geblieben, trotz Internat und Lord Monleirdon. Der Baron ist ein geschäftstüchtiger Mann, um es freundlich auszudrücken. Floyd Fitzgerald war vollkommen mittellos, wollte aber Fabriken bauen und hatte tolle Ideen, wie er in kürzester Zeit viel Geld machen konnte. So heiratete er die Erbin dieses Landes, ließ ein prunkvolles Gebäude errichten und über den Hügeln da vorn eine Fabrik neben der anderen. Elizabeth musste plötzlich große Dame spielen und repräsentieren. Sie musste Bildung, Kultur und Geschmack verkörpern, was sie nicht hatte. Sie ist das ärmste Wesen, das ich kenne. Ihr Mann ist fast nie zu Hause und wenn er es ist, wäre es besser, er wäre es nicht. Es gibt keine Liebe in ihrem Leben, nur Forderungen, denen sie nicht gewachsen ist. Ich bin der einzige Mensch, der sie noch mit dem verbindet, was sie einmal war. Dann kam der schwerste Schicksalsschlag. Vor fünf Jahren verschwand ihr über alles geliebter Sohn Martin auf ungeklärte Weise. Der Baron weiß sicher Bescheid. Er sprach aber niemals mit ihr darüber. Er unternahm auch nicht den Versuch, Martin zu finden. Was für mich der

Beweis ist, er steckt hinter der rätselhaften Geschichte. Seitdem ist sie eigentlich nur noch ein Wrack. Dieses Ereignis hat Rosemary ebenfalls aus der Bahn geworfen. Es ist eine Tragödie. Ich kann ihnen nicht helfen, nur versuchen, ihnen ein einigermaßen normales Leben zu ermöglichen.«

»Das ist alles sehr unerfreulich, was du mir da berichtest. Es ist überall das Gleiche, wo Menschen etwas anderes sein wollen oder sein müssen, als sie in Wirklichkeit sind. Ihr Leben wird zur Farce oder zur Tragödie.«

Sie dachte nach. Marchesa zu sein, hatte ihr nie etwas bedeutet. Ihre soziale Position war eine Rolle, die ihr zugegebenerweise viele Vorteile brachte. Sie hatte aber auch immer gewusst, es ist ein Spiel und nicht mehr.

»Was macht sie jetzt?«

»Sie hat Weinkrämpfe. Sie ist außer Sinnen. Diesen Konflikt kann sie nicht lösen: die sittliche Gefährdung ihrer Tochter auf der einen Seite und die Verpflichtung dem Duke gegenüber auf der anderen. Ihr Mann wird sie zur Rechenschaft ziehen. Wenn sie sich für die eine Seite entscheidet, verstößt sie gegen die andere.«

Die Marchesa stand entschlossen auf.

»Führe mich zu ihr!«

Lady Monleirdon wollte die Marchesa auf keinen Fall empfangen. Es blieb an Martha, noch einmal mit ihr zu sprechen. Die Marchesa wartete inzwischen in der kleinen Bibliothek und stellte fest, dass nichts Lesenswertes hinter den glänzenden Ledereinbänden und den Seiten mit Goldschnitt zu finden war. Eigentlich hätten leere Einbände genügt, um den Eindruck eines gebildeten Haushalts zu vermitteln.

So setzte sie sich in einen Sessel und schloss die Augen. Bald war sie eingeschlafen.

»Marchesa!«

Martha war ins Zimmer gekommen und versuchte, sie zu wecken.

»Marchesa Montecorno!«

»Was ist los?« Langsam kehrte die Marchesa aus Capirosso zurück, wo sie sich immer aufhielt in ihren Träumen.

Sie stand auf.

»Sie ist bereit, Sie zu empfangen.« Martha sah man die Erleichterung an und den schweren Kampf, der dieser Entscheidung vorausgegangen sein musste.

»Gehen wir!«

Lady Monleirdon hatte reichlich Make-up aufgetragen, besonders um die Augen. Sie sah aus wie eine Schwerkranke, die ihre Besucher nicht mit ihrem wahren Antlitz erschrecken wollte.

»Marchesa Montecorno!«

»Lady Monleirdon, wir werden jetzt einmal miteinander reden – von Frau zu Frau – und nicht von Marchesa zu Baronin.«

Lady Monleirdon hielt eine Hand über die andere, um ihr Zittern zu verbergen. Sie sah Martha ratsuchend an.

Unbeirrt fuhr die Marchesa fort: »Kommen Sie, wir gehen in Ihren schönen Garten! Dort gibt es die bequeme Bank am Brunnen. Dieser Garten, müssen Sie wissen, der hat mich sofort verzaubert. Ich glaube, dieser Garten, das sind Sie!«

Wider Willen musste Lady Monleirdon lächeln.

Wortlos gingen die drei Frauen in den Küchengarten. Kieselsteine knirschten unter ihren Füßen. Es war angenehm warm, ein sanfter Wind streichelte sie. Bienen summten, Vögel zwitscherten.

»Ich lasse euch jetzt allein«, sagte Martha, »und sorge dafür, dass euch niemand stört.«

»Mein Name ist Sophia«, sagte die Marchesa.

»Elizabeth ... ich heiße Elizabeth.«

»Erzähle mir von diesem Garten, Elizabeth! Warum ist er so ganz anders als das Haus dort drüben?«

»Der Garten, das war mein Garten, mein Reich, meine Insel. Ich durfte damit machen, was ich wollte. Vater schenkte mir dieses Feld zu meinem zwölften Geburtstag, es war für ihn nur ein nutzloses Stück Land. Vielleicht hatte er mich doch ein bisschen gemocht. Ich werde es wohl nie mehr erfahren.«

»Hattest du Geschwister?«

»Nein ... doch, es gab einen Bruder, den ich nie gesehen habe. Er war zur Armee gegangen und aus einem Einsatz in Indien nicht mehr zurückgekommen. Ich war somit der einzige Erbe, ein unbedeutendes Mädchen.«

»Warum unbedeutend?«

»Eben eine Frau ...«

»Sind Frauen im Allgemeinen unbedeutend oder nur in deinem speziellen Fall?«

»Sophia, das sind alles Fragen, die ich mir nie gestellt habe. Erst seit du da bist und deine Enkelin, ertappe ich mich dabei, über das eine oder andere nachzudenken. Ich wollte immer nur die brave Tochter sein und die fürsorgende Mutter und Ehefrau. Das ist anstrengend genug!«

Die Marchesa stand auf und ging zum Brunnen. Sie zog den Eimer hoch. Sie tauchte einen Zinnbecher hinein. Das Wasser war klar und kalt.

»Elizabeth, für dich!«

Lady Monleirdon sah unschlüssig auf den Becher, dann nahm sie ihn, als habe sie sich entschlossen, etwas unerhört Mutiges zu tun.

»Danke!« Sie trank den Becher in einem Zug leer.

»Wann hast du den Garten angelegt?«

»Lange, bevor das Haus gebaut wurde. Später habe ich nur dafür gesorgt, dass er so erhalten blieb. Lewis, mein Gärtner, hat nicht viel Arbeit damit. Das meiste mache ich immer noch selbst. Aber es kommt immer wieder vor, dass ich dafür keine Zeit habe. Dann ist er mir eine Hilfe. In den Ferien hilft Simon. So kann er sich etwas Geld verdienen und in der Nähe seines Vaters sein.«

»Womit wir bei dem Herrn Pfarrer sind.«

»Martha hätte das nicht erzählen dürfen.«

»Du weißt, dass Martha dich gernhat? Sie hat nur dein Wohl im Sinn, im Gegensatz zu – und jetzt sage ich es gerade heraus – im Gegensatz zu diesem Pfarrer Fraggles!«

»Wie kannst du so etwas sagen? Joshua ist ein Heiliger!«

»Elizabeth, Elizabeth, wie kann man nur so naiv sein. Menschen sind keine Heilige, sie sind Menschen, nichts mehr und nichts weniger.«

»Joshua ist ganz gewiss die Ausnahme.«

»Joshua hat den Tod seiner Frau auf dem Gewissen.«

»Das kann ich niemals glauben. Er hatte also doch recht!«

»Frag seinen Sohn Simon! Er wird dir berichten, dass Pfarrer Joshua Fraggles sich geweigert hatte, einen Arzt zu seiner kranken Frau zu holen. Beten und fromme Sprüche waren alles, was er für sie übrighatte. Als Simon sah, dass es immer schlimmer wurde, holte er gegen den Willen seines Vaters einen Arzt. Aber dann war es bereits zu spät.«

Elizabeth weinte. Sophia legte den Arm um ihre Schulter.

»Wir sind alle Menschen. Keiner sollte sich über den andern stellen. Wir machen Fehler, für die wir büßen müssen.«

»Er war der Einzige, der ...«

»Nein! Da sind Martha, deine Tochter und du selbst. Du bist du. Niemand weiß, was für dich gut ist, außer du selbst!«

»Er hatte mich vor euch gewarnt.«

»Zu Recht, meine liebe Elizabeth! Ich und Liliana, wir hassen Heuchelei und leere Phrasen.«

»Ich habe niemanden.«

»Das ist doch nicht wahr! Martha ist eine Freundin, wie du sie dir nur wünschen kannst. Deine Tochter wartet nur darauf, dass du mit ihr über das sprichst, was sie bedrückt. Und du selbst ... Kehr in deinen Garten zurück!«

»Ach, Sophia, wenn das alles so einfach wäre.«

»Nichts ist einfach, was wert ist, dafür sein Leben einzusetzen.«

»Ich mache mir Sorgen um Rosemary.«

»Rosemary kann schon für sich allein sorgen. Gönne ihr das bisschen Urlaub mit Liliana, die bald auch nicht mehr so unbeschwert wird leben können. Und mit Marthas Hilfe werden wir beide dieses protzige Haus zu einem menschlichen Ort machen. Was sagst du dazu?«

»Das heißt, ihr bleibt?«

»Wenn du es wünschst.«

Elizabeth fiel der Marchesa um den Hals.

»Danke!«

## Kapitel 11

Lady Monleirdon war damit einverstanden, diese Woche den Unterricht ihrer Tochter auszusetzen, bestand aber darauf, dass die beiden Damen anstandsgemäß immer von ihren Zofen begleitet wurden. Die Marchesa verlieh in einer kleinen Zeremonie den beiden Zofen den Titel Lady's Companion, wobei Ann in Tränen ausbrach und Gina ihre Tränen, nämlich die des Lachens, kaum zurückhalten konnte.

Liliana band ein dunkelrotes Tuch um den Kopf. »Wir sind Piraten«, sagte sie. Die anderen wollten ihr nicht nachstehen, so wickelte sich jedes der Mädchen ein grellbuntes Tuch um den Kopf. Jede wollte die Piratenkönigin sein, sogar die Begleiterinnen. Gina behauptete, Piraten seien gesetzlos, deshalb spielten Gesellschaftsklassen keine Rolle. Es sei ja sogar so, dass gerade die unterdrückten Schichten den größten Grund hätten, sich aufzulehnen, um dem Weg zu Ruhm, Ehre und einer Truhe voller Gold und Edelsteinen außerhalb der Gesetze zu folgen. Erst als die gefürchtete Piratin Rosa Maria die aufmüpfige Gina zu einem Duell mit scharfer Klinge herausforderte, sah diese ihre Unterlegenheit ein und nahm den Anspruch zurück.

»Wie weit ist es?«

»Zu Pferde eine halbe Stunde. Nicht wahr, Ann?«

»Wenn wir querfeldein reiten, schaffen wir es in der Hälfte der Zeit.«

»Dann los!«

Liliana und Rosemary ritten voraus, Gina und Ann folgten.

Es war ein trüber Tag. Die Wolken hingen tief und legten einen grauen Schleier über die Landschaft. In unregelmäßigen Abständen rieselte ein dünner Sprühregen auf die Reiterinnen. Aber keine störte das, sie waren eine verschworene Gruppe wagemutiger Abenteuerinnen, die sich von solchen Kleinigkeiten nicht davon abbringen ließen, den Tag zu genießen.

Rosemary war also die Führerin der Truppe. Ann Fraggles kannte aber den Weg am besten. So ritt sie voraus, die anderen folgten ihr.

Die Pferde waren ebenfalls in bester Laune. Lady Monleirdon wachte streng darüber, dass sie gut behandelt wurden. Sie hatte ein weites Gebiet ihres Landes abzäunen lassen. Darin konnten die Pferde ungestört leben, fast wie Wildpferde. Täglich kam sie, um die Herde zu begrüßen, von denen sie jedes Tier mit Namen kannte, und überprüfte, ob es gesund und gut versorgt war.

Liliana ritt einen Schimmel, der seine Ungeduld immer wieder durch Schütteln der fülligen Mähne ausdrückte. Sie hätte gern die Zügel losgelassen, ihre Arme um seinen Hals gelegt und die Energie, die sie in ihm spürte, freigelassen, sodass er wie der Blizzard, nach dem er benannt war, davonschießen konnte und sie sich mit ihm dem Rausch der Geschwindigkeit und der unbändigen Lebensfreude hingeben konnte. Der Geruch von Gras, Blumen, Erde und dem feuchten Fell des Pferdes unter ihr war überwältigend. Sie erkannte, es gibt keinen Zauber außer dem Augenblick, in dem man sich gehen lässt, um ein Teil dieser herrlichen Welt zu sein.

Der Weg führte durch Felder mit hohem Gras und Getreide, durch kleine Bäche, über Zäune und durch kleine Wäldchen. Kühe drehten neugierig den Kopf nach ihnen, Schafe wichen erschreckt zur Seite.

Sie hielten auf einem Hügel und blickten die Wiese hinunter. Die Wolkendecke riss auf und ließ die Sonne einen Blick auf das Schloss werfen, auf dessen Dach der Wetterhahn kurz aufblitzte wie ein Signal, das die Ankunft der Gäste ankündigte.

Die Wolken schlossen sich wieder. Es wurde dunkel und kalt. Prasselnder Regen begleitete die Reiterinnen den Hang hinunter, sodass sie pitschnass vor dem Portal des Schlosses absprangen und sich unter den Türbogen drängten. Sie klopften an die schwere Eichentür, begleitet von Donnerschlägen und Blitzen.

Die Tür wurde geöffnet. Die Mädchen rannten hinein. Erst als die Tür sich hinter ihnen wieder schloss, wurde ihnen bewusst, dass sie nicht gegrüßt hatten.

Eine ältere Frau kam auf sie zu. Sie trug ein schwarzes Kleid.

»Wie kann man nur so unvernünftig sein, bei solch einem Wetter auszureiten!«

»Lady Barton, entschuldigen Sie, dass wir Sie so unangemeldet überfallen!«, sagte Rosemary.

»Du bist es, Rosemary?« Lady Barton kam näher. »Dass du uns einmal besuchst! Ich freue mich. Aber zuerst müssen du und die jungen Damen aus den nassen Sachen. Du kannst sie mir später vorstellen.«

Eine alte Dame trat hinzu. Lady Barton wandte sich an sie.

»Henrietta, kümmere dich um die jungen Leute! Ich werde in der Zwischenzeit dafür sorgen, dass das Feuer im Kamin brennt.«

Henrietta führte die jungen Frauen in ein Gästezimmer. Sie brachte einen Stapel Kleidungsstücke und Handtücher. Mehrfach mussten die Kleider getauscht werden, bis jede etwas in ihrer Größe gefunden hatte. Glücklicherweise war nur die Oberbekleidung nass und die Haare. So konnten sie in kurzer Zeit hinunter in den Salon, wo das Feuer im Kamin sie begrüßte. Sie stellten sich in einer Reihe davor auf und hielten die Hände den Flammen entgegen.

»Meine Damen!«

Sie drehten sich um. Henrietta hielt ihnen ein Tablett mit vier Gläsern dampfenden Punsch entgegen. Liliana nippte nur, aber es genügte, um einen wohligen Schauer der Wärme durch ihren Körper zu senden.

Lady Barton führte einen alten Mann herein. Sie musste ihn stützen, während er sich mithilfe eines Stocks langsam vorwärtsbewegte.

»Lord Barton, ich hoffe, wir kommen nicht ungelegen.« Rosemary umarmte ihn und gab ihm einen Kuss auf die Wange. »Ich hätte schon viel früher kommen sollen.«

Lord Barton war gerührt. Er lächelte.

»Rosemary, jetzt bist du ja da. Das freut mich sehr. Wen hast du uns denn mitgebracht?«

Rosemary half Lady Barton, ihren Gatten zu einem Sessel neben dem Kamin zu führen. Nachdem er sich gesetzt hatte, ließ er seinen Blick über die Gäste schweifen. Er wurde blass.

»Wo ist meine Brille, Maureen?«

»Hier!« Lady Barton nahm eine Brille vom Bücherbord und gab sie ihm. Er setzte sie mit zitternden Händen auf.

»Komm her, mein Kind!« sagte er zu Liliana.

Jetzt erst nahm Lady Barton Liliana wahr. Sie sank auf einen Sessel und hielt für einen Augenblick die Hände vor das Gesicht. Dann stand sie auf und stellte sich neben ihren Mann. Sie legte eine Hand auf seine Schulter, als könnte sie ihn dadurch schützen.

»Wie heißt du?«

»Contessina Liliana di Salamandra.«

»Liliana? Wo kommst du her?«

»Aus der Toskana.«

»Wer ist dein Vater?«

»Mein Vater ist Conte Adriano di Salamandra.«

»Was führt dich nach Everweard?«

»Ich werde die Frau des Duke of Everweard.«

»Nein!«, schrien Lord und Lady Barton gleichzeitig. »Nein!«

»Die Contessina ist zur Zeit unser Gast auf Monleirdon«, sagte Rosemary.

Liliana reichte Lord Barton ihr Glas Punsch. Er nahm es und trank es aus. Sie ging vor ihm in die Knie und nahm seine Hände.

»Erzählen Sie mir von Nerissa!«

»Ich kann nicht! Ich kann nicht von ihr sprechen. Verlange das nicht von mir!« Tränen liefen ihm die Wangen hinab. Er war ein Greis, jetzt konnte man es sehen.

»Komm, George, ich bringe dich ins Bett. Es ist ja alles gut!«

Lady Barton half ihrem Mann aus dem Sessel und führte ihn aus dem Zimmer.

Liliana setzte sich auf einen Hocker. Sie war blass – und wütend.

»Was hat man diesen Menschen angetan?«

»Niemand hat ihnen etwas getan«, sagte Rosemary. »Sie sind alt. Das Schicksal hat ihnen vor fünf Jahren die Tochter genommen. Das war hart.«

Rosemary dachte daran, dass sie damals ihren geliebten Bruder verlor. Schuld daran, davon war sie felsenfest überzeugt, war Lady Nerissa.

Gina kannte Liliana wie sich selbst. Sie wusste, dass sie mit sich rang, die alten Leute in Ruhe zu lassen.

»Liliana«, sagte sie. »Wir müssen die Wahrheit erfahren.«

»Ja, das müssen wir, Gina.«

»Lady Barton ist fast zwanzig Jahre jünger als ihr Mann«, sagte Ann. »Sie wird sicher eher bereit sein, Ihnen Auskunft zu geben, Contessina Liliana.«

Lady Barton kam zurück. Sie setzte sich in den Sessel und winkte Liliana zu sich.

»Das ist nicht gut, den Duke zu heiraten. Wenn ich dir einen guten Rat geben darf, pack sofort deine Sachen und geh zurück zu deinen Eltern, solange er in London ist.«

»Ich habe keine Wahl.« Liliana zog einen Hocker herbei. »Es geht nicht nur um mich.«

Draußen tobte ein Sturm. Donner und Blitze folgten in immer kürzeren Abständen.

»Die Pferde!« Liliana schnellte hoch.

»Für sie ist gesorgt. Wir führen zwar nur einen kleinen Haushalt, aber einen Stallmeister haben wir immer noch, aus sentimentalen Gründen und weil er uns einfach nicht verlassen will.«

»Edward?«, fragte Rosemary.

Lady Barton nickte.

»Das war doch der Einzige, der Nerissas Pferde anfassen durfte.«

»Ja ... Nerissa ... Sprechen wir von Nerissa!« Lady Barton sah Liliana zärtlich an. »Contessina, Sie erinnern mich an meine Tochter. Sie sehen ihr aber nicht wirklich ähnlich. Es ist der Charakter, der innere Kern eines Menschen, der das Äußere prägt, die Haltung und die Gesichtszüge. Wir verwöhnten Nerissa viel zu sehr. Sie kam wie ein Geschenk des Himmels zu uns, da wir schon lange die Hoffnung aufgegeben hatten, ein Kind zu bekommen. Wir liebten und vergötterten sie über alles, selbst dann noch, als wir einsehen mussten, dass sie kein guter Mensch war.«

Rosemary räusperte sich.

»Ja, Rosemary, ich weiß! Sie war in schlechte Gesellschaft geraten. Als sie aus dem Internat zurückkam, war sie eine andere. Im Herzen habe ich die alte Nerissa bewahrt, meine Nerissa.«

»Ihre Tochter und der Duke wollten heiraten?«, fragte Liliana.

»Nein!«

»Aber ...«

»Der Duke wollte sie heiraten. Er war besessen von diesem Gedanken. Sie konnte ihn nicht ausstehen. Es schmeichelte ihr, von dem Duke of Everweard umworben zu werden. Sie spielte mit ihm wie mit all den andern. Deinen Bruder Martin, Rosemary, den hätte sie geheiratet, wenn er sie gewollt hätte.«

Rosemary sagte heftig: »Er wollte nichts von ihr wissen!«

»Ja, er liebte eine andere. Das wusste niemand, nicht einmal seine Familie. Eines Tages kam er zu uns, meinem Mann und mir, und bat uns verzweifelt, Nerissa dazu zu bewegen, ihn endlich in Ruhe zu lassen. Sein Herz sei schon lange vergeben.«

»An wen?« Rosemary sah einen Hoffnungsschimmer. »Vielleicht ist er mit ihr durchgebrannt.«

»Rosemary, ich muss dich enttäuschen. Wir wissen nicht, was aus Martin geworden ist. Seine große Liebe, die ließ er zurück.«

»Wer ist sie?«

»Es ist Floriana.«

»Floriana!« Liliana lächelte. »Rosemary, du musst dieses Geheimnis für dich behalten. Du auch, Ann!« Sie wandte sich wieder an Lady Barton. »Haben Sie nicht eine wichtige Person vergessen?«

»Woher wissen Sie?« Lady Barton zuckte zusammen. Ein Blitz war in der Nähe eingeschlagen. »Diese wichtige Person wird während Ihrer Hochzeit, Contessina, bei uns wohnen. Wir sind zu alt und hilflos, uns gegen ihn zu wehren.«

»Sie müssen mir von dem Fürsten erzählen. Es ist sehr wichtig für mich.«

»Nero Borden nennt er sich jetzt.«

»Ein Nero Borden hat meinen Vater in den Ruin getrieben.«

»Es ist offensichtlich, dass wir von demselben Mann sprechen. Er ist der Teufel in der Verkleidung eines Engels.« Sie blickte von Liliana zu Rosemary, dann von Gina zu Ann. »Wir sollten unter vier Augen sprechen, Contessina!«

Liliana beugte sich vor und sagte leise: »Ich muss alles wagen! Nur die Wahrheit kann mir helfen.« Dann fuhr sie laut fort: »Gina und ich, wir gehören zusammen. Rosemary muss das alles wissen, um die richtigen Entscheidungen für ihr Leben treffen zu können.«

»Ich vertraue Ann, Lady Barton«, sagte Rosemary. Ann sah sie erstaunt an. Das hatte sie nicht erwartet. Sie fühlte sich unwohl bei dem Gedanken, Miss Fitzgerald verpflichtet zu sein.

»Ihr seid doch alle noch Kinder!«

»Sie irren, Lady Barton! Wir sind schon lange keine Kinder mehr. Das hat man uns ausgetrieben. Deshalb sind wir hier. Vielleicht sind wir Kinder, weil wir glauben, wir könnten selbst unser Schicksal in die Hand nehmen?«

»Nein, Sie haben recht, Contessina. Ich komme mir nur alt vor, unendlich alt, nachdem ich alles verloren habe, woran mein Herz hing.«

»Die Marchesa, meine Großmutter, sagt immer: Entscheidend ist der jetzige Augenblick. Er ist das Einzige, was wir haben. Für alles andere müssen wir dankbar sein, dass wir es erleben durften, oder dankbar, dass es vorbei ist.«

»Sie ist eine weise Frau, Ihre Großmutter. Aber ich bin nicht weise. Ich lebe in der Vergangenheit und erlebe und erleide sie immer wieder.«

»Sie müssen sie gehen lassen, Ihre Nerissa!«

»Ich weiß!« Lady Barton schluchzte. »Es ist, als müsste ich mich selbst aufgeben, so sehr ist sie ein Teil von mir.«

»Halten Sie sie nicht fest, denn hier kann sie nur eins sein: tot. Wenn Sie sie loslassen, dann kann sie leben – in einer anderen Welt. Ich bin davon überzeugt, dass unsere Reise mit dem Tod nicht endet.«

Lady Barton brach in Tränen aus. Sie zitterte am ganzen Körper. Liliana stand auf und legte die Arme um sie.

»Niemand weiß, was nach dem Tode kommt«, sagte Liliana. »Aber schau dir die Blumen an, atme den Duft der wilden Rose und spüre die streichelnde Hand des Windes, dann weißt du, dass wir nicht verloren sind, sondern geliebt werden in alle Ewigkeit.«

Lady Barton streichelte Lilianas Hand. Sie stand auf und ging hinaus.

Rosemary konnte nicht fassen, was geschehen war. Liliana war doch genauso alt wie sie, woher konnte sie das alles wissen und die Worte finden, es auszudrücken? Sie hat die Marchesa zur Lehrmeisterin und nicht einen unerfahrenen Jüngling wie ich, – das wird es sein. Aber da war noch mehr, von Liliana ging eine Ausstrahlung aus, ein Zauber.

»Liliana«, sagte Rosemary leise, »werden wir Martin finden?« Plötzlich glaubte sie, alles wird möglich, Martin kommt zurück, nimmt sie in die Arme und sagt, wie sehr er seine kleine Schwester vermisst hat.

»Ach, Rosemary! Wie gern würde ich dir helfen … Ich werde dir helfen, ihn zu finden. Wir werden ihn gemeinsam finden!«

»Wenn du es sagst, dann glaube ich daran.«

Liliana ging zum Fenster und schaute hinaus. Es regnete immer noch in Strömen. Das Gewitter war weitergezogen. Sie sah Blitze über Monleirdon. Nach dem Gespräch mit Lady Barton fühlte sie sich leer und ausgelaugt. Sie fror und war müde, so müde.

Lady Barton kam zurück. Sie trug ein Kleid aus strahlendblauem Samt. Das Haar hatte sie heruntergelassen. Sie war gar nicht so alt, nein, sie war eine Frau in den besten Jahren. Liliana freute sich über ihren Anblick.

»Lady Barton, Sie sehen bezaubernd aus!«

»Danke, Contessina! Bringen wir unser Gespräch zum Abschluss. Das Gewitter hat nachgelassen. Ich möchte die Damen nicht in unseren dunklen Gemäuern festhalten, wenn draußen die Sonne scheint.«

Sie setzte sich in den Sessel am Kamin. Ein paar Minuten schaute sie in die Flammen. Dann blickte sie auf. In ruhigem und sachlichem Ton begann sie zu erzählen.

»Everweard Castle war so etwas wie ein verwunschenes Schloss. Wir wussten, dass dort ein Duke lebt, niemand bekam ihn aber jemals zu Gesicht. Als Nerissa aus dem Internat in Oxford zurückkam, war sie in Begleitung des Fürsten. Wir hatten ihn vor vielen Jahren kennengelernt. Damals hatte er uns einen großen Dienst erwiesen. Immer wenn er in Everweard ist, wohnt er bei uns. Wir waren voller Freude, unsere Tochter nach den Jahren, in denen wir sie nur in den Ferien sehen konnten, endlich wieder zu Hause zu haben. Aber wir stellten schnell fest, dass sie sich verändert hatte. Es war, als wäre sie eine andere Person. Der Fürst unternahm lange Ausritte. Eines Tages teilte er uns mit, dass er nach Everweard Castle ziehen werde. Der Duke sei ein intelligenter Mann, mit dem er sich vortrefflich verstehe. So zog er nach Everweard Castle. Es gab eine Menge Gerüchte. Von geheimnisvollen Ritualen und von schwarzer Magie war die Rede. Nerissa nannte sich jetzt Lady Nerissa. Sie hatte sich in den Kopf gesetzt, die Herzen aller jungen Männer zu brechen. Das tat sie dann auch. Eines Tages traf sie den Duke in Begleitung des Fürsten auf einem ihrer Ausritte. Der Duke verliebte sich sofort in sie. In Everweard Castle wurden wieder Feste gefeiert und Bälle gegeben. Nerissa wurde jedes Mal eingeladen. Sie ging hin, nicht um den Duke zu sehen, sondern wegen der anderen Gäste. Nerissa wollte Martin erobern. Aber, wie schon gesagt, er wollte sie nicht. Eines Tages verschwand Martin. Niemand wusste, was mit ihm geschehen war. Der Duke kam zu uns und bat um die Hand unserer Tochter. Wir sagten ihm, dass die Entscheidung allein bei ihr liege. Wenige Tage später kam Nerissa ums Leben. Sie war offensichtlich vom Pferd gefallen und hatte sich den Hals gebrochen. Dazu möchte ich mich nicht äußern. Der Fürst verließ Everweard Castle. Dort kehrte die alte Düsternis zurück. Vor zwei Jahren kam er zurück, nicht zu uns, sondern zum Duke. Dort herrschte bald reges Leben. Es wurde Personal eingestellt, alle Räume neu eingerichtet, der Wintergarten angebaut und vieles mehr. Dann erfuhren wir, dass es demnächst eine Hochzeit geben werde. Während der Feierlichkeiten wird der Fürst unser Gast sein.«

Lady Barton machte eine Pause. Dabei sah sie Liliana eindringlich an.

»Die zukünftige Duchess hat eine nicht zu leugnende Ähnlichkeit mit Nerissa. Sie wird also nicht um ihrer selbst willen geheiratet. Was immer man auch über unsere Tochter sagen mag, darin hatte sie einen untrüglichen Instinkt, den Duke nicht zu heiraten. Dasselbe rate ich auch Ihnen!«

Liliana nickte.

»Danke, Lady Barton, für Ihren Rat! Aber ich bin nicht frei in meiner Entscheidung – wie die meisten Frauen unseres Standes. Eine Frage drängt sich mir auf nach allem, was ich bisher erfahren habe. Wer steckt hinter all diesen verschlungenen Intrigen und Manipulationen? Ist es der Duke oder Nero Borden, der Fürst?«

Lady Barton stand auf.

»Seht, die Sonne scheint wieder! Eure Sachen werden trocken sein. Macht, dass ihr wieder auf die Pferde kommt und diesen schönen Tag noch genießt!«

Liliana gab sie die Hand. Sie streichelte sie sanft.

»Contessina, Sie kennen die Antwort bereits. Sie wollten meine Bestätigung, die haben Sie jetzt. Ich kann Ihnen nicht sagen, wie dankbar ich bin, Sie kennengelernt zu haben. Wenn ich Sie so anschaue und in Ihre Augen sehe, dann bin ich davon überzeugt, dass Sie diese Prüfung bestehen und an ihr wachsen werden. Von ganzem Herzen wünsche ich Ihnen Glück!«

»Lady Barton, ich werde wiederkommen, wenn alles überstanden ist. Grüßen Sie Ihren Gatten von mir!«

## Kapitel 12

Es waren noch drei Frauen ausgeritten an diesem Nachmittag. Sie hielten oben auf dem Hügel, der den Mittelpunkt des Pferdegeheges bildete. Es regnete immer noch. In der Ferne näherten sich bedrohlich tiefschwarze Gewitterwolken.

»Dort unten ist es!«, sagte Lady Monleirdon.

Dort unten war nicht viel zu sehen. Man konnte nur erahnen, dass dort ein Gebäude stand mit einem Garten drumherum, umzäunt von einer niedrigen Mauer.

Sie stiegen von den Pferden und führten sie vorsichtig den glitschigen Hang hinunter.

»Dort hinten ist der alte Stall.«

Nachdem die Pferde untergebracht waren, liefen sie hinüber zum Haus. Es war ein großes altes Bauernhaus, mit weit herabreichendem Dach und einem hohen, breiten Schornstein. Die Fensterläden waren geschlossen bis auf einen, der in dem immer heftiger werdenden Wind wild um sich schlug.

Das Haus lag im Dornröschenschlaf. Durch die Fensterspalten fielen schmale Streifen Licht in den Raum wie in das Innere einer Kathedrale. Die Streichhölzer lagen an ihrem Platz. Elizabeth zündete eine alte Zeitung an, die sie auf das Holz warf, das aufgeschichtet im Kamin bereitlag. Das Feuer ließ den Raum in warmen, goldbraunen Tönen aufleuchten. Elizabeth lief in den Nebenraum. Man hörte, wie sie das Fenster öffnete und dem Wind den Fensterladen entriss, den sie wieder an den Haken legte.

»Warst du schon einmal hier, Martha?«, fragte die Marchesa.

»Das ist schon lange her, Sophia. Für Kinder, die zu Besuch kamen, gab es … Warte!«

Sie stieg auf die Sitzbank neben dem hohen Küchenschrank und griff nach oben.

»Ha!« Mit einem Glas Bonbons kam sie zurück. Es waren kleine silberne Kostbarkeiten in der Form von Kissen. Rote, blaue, gelbe und grüne Streifen überzogen sie.

»Ob man die noch essen kann?«

»Das ist Zucker. Er wird auch zum Konservieren verwendet«, sagte die Marchesa und griff in das Glas.

»Oh, wo habt ihr die her?« Elizabeth freute sich wie ein Kind. »Mutter machte sie selbst. Kann man sie noch essen?«

Die Marchesa gab das Bonbon an sie weiter und holte sich ein neues aus dem Glas. »Hm, köstlich!«

Auf das Dach trommelte der Regen. In der Ferne donnerte es.

»Setzen wir uns!« Elizabeth ging zu dem großen Tisch, der vor dem Fenster stand und setzte sich dahinter auf die Bank. Die Marchesa und Martha setzten sich neben sie.

Der Raum war groß. An der Decke liefen Balken, die Wände waren ebenfalls aus Holz. Die Sitzecke, der Küchenschrank, Regale, der Kamin und ein gusseiserner Herd, darüber hingen die Töpfe, das war die gesamte Einrichtung.

Elizabeth betrachtete ihr altes Zuhause mit neuen Augen. Sie hatte ja seit damals so viel über Inneneinrichtung und Dekoration gelesen und sich beraten lassen. Warum ist es hier so gemütlich? Da war zum einen der Geist ihrer Mutter, den konnte sie spüren in den kleinen Dingen, zum Beispiel in der Art und Weise, wie die Töpfe angeordnet waren. Sie glänzten stolz und wussten, dass ihre Arbeit geschätzt wurde.

»Sie ist so jung gestorben«, sagte Elizabeth mehr zu sich selbst. »Danach war nichts mehr wie zuvor. Es gab nur noch Arbeit, nicht etwa, weil man etwas erschaffen wollte, nein, weil es die Bestimmung des Menschen ist, ein Leben lang zu büßen und zu schuften im Schweiße seines Angesichts. Die einzige Rechtfertigung des Menschen ist Geld. Davon war Vater überzeugt. Ehe ich es vergesse, er hat das alles gemacht für mich. Ich hatte ihn nicht darum gebeten.«

»Was wurde aus diesem Haus?«, fragte die Marchesa.

»Nach dem Tod meiner Mutter zogen wir in ein neues Haus. Das war größer, wir waren ja auch in der Zwischenzeit reiche Leute. Personal war da, es war immer alles blitzblank sauber wie in einem Krankenhaus. Das Schuften ging trotzdem weiter. Aber ich war froh, nicht nachdenken zu müssen. Wenn ich von morgens bis abends auf dem Feld war oder bei den Tieren, später über den Geschäftspapieren saß, da kam ich nicht dazu, zu schreien und zu toben. Ich war immer ein braves Mädchen.«

Der Wind rüttelte an den Fensterläden.

»Als Mutter noch lebte ...« Elizabeth seufzte. »Ich verkläre diese

Zeit. Sie ist so schön in meiner Erinnerung, weil es ein Traum ist, den ich mir zurechtgesponnen habe. Ich darf nicht näher nachdenken, sonst fällt selbst dieser kleine Winkel Glück zusammen wie ein Kartenhaus.«

Martha streichelte ihre Hand.

»Es ist vorbei!«

»Es ist vorbei. Wie traurig! Das bedeutet, es gibt keine Chance mehr für mich, die Zärtlichkeiten einzufordern, die mir verwehrt wurden. Und später bekam ich sie auch nicht ... Du hast gesagt, ich soll in meinen Garten zurückkehren, Sophia. Das war keine gute Idee. Der Garten meiner Kindheit ist verwelkt und ausgedorrt. Nichts ist nachgewachsen, nichts!«

»Was ist mit deinem Mann und deinen Kindern?«

»Ach, Sophia, wie kannst du fragen? Habe ich einen Mann, habe ich Kinder? Es sind Fremde, die mit mir in einem fremden Haus wohnen. Ich gehöre dort nicht hin. Ich gehöre nirgendwohin. Wäre ich nur als Pferd auf die Welt gekommen!«

»In Capirosso besitze ich ein überdimensionales Schloss«, sagte die Marchesa. »Dort habe ich mich nie wohlgefühlt. Sinnlose Verschwendung von Raum macht mich aggressiv. Ich habe mir ein kleineres Gebäude eingerichtet, mit einem Gemüsegarten und einem Obstgarten. Dort lebe ich. Alles ist überschaubar und gleich an Ort und Stelle, wo ich es brauche. Außerdem bin ich dort die Herrin und nicht die altehrwürdige Einrichtung und die hohen, weiten Räume, in denen sich jeder klein und unbedeutend fühlen muss.«

»Du meinst, ich soll hierher ziehen?« fragte Elizabeth ungläubig. Es war ihr nie der Gedanke gekommen, etwas nur für sich selbst zu tun. Außerdem war die Idee absurd. Sie musste sich ja um Rosemary kümmern, die sich auf Monleirdon auch nie wohlgefühlt hatte. Dann war da noch das Personal – und Floyd. Es war ihre Aufgabe, dafür zu sorgen, dass er sich nicht blamierte, wenn er mit wichtigen Gästen kam, um mit seinen Besitztümern anzugeben. Eines dieser Besitztümer bin ich, dachte sie unwillkürlich.

»Das wäre sicher das beste für dich und deine Tochter«, sagte die Marchesa. »Aber ich weiß wohl, dass das nicht geht. Ich meinte etwas anderes. Richte dir hier einen Ort ein, auf den du dich zurückziehen kannst, wenn dir alles zu viel wird, wenn du Urlaub brauchst oder wenn du wichtige Entscheidungen treffen musst. Jede Seele braucht ein Zuhause. Dies ist deines. Gib es nicht auf!«

Das Gewitter war jetzt über dem Haus. Der Donner dröhnte, Blitze warfen grelles Licht die Wände entlang. Trotzdem fühlten die drei Frauen, dass ihnen hier nichts passieren konnte, das Haus würde gut auf sie aufpassen.

Martha nahm Elizabeths Hand. »Es ist das erste Mal nach jetzt schon sechsundzwanzig Jahren, dass wir beide entspannt und wie alte Freundinnen nebeneinandersitzen. Stell dir das einmal vor: sechsundzwanzig Jahre!«

»Wo wohl mein Martin jetzt ist?«

»Ach, Elizabeth! Hast du deinen Mann gefragt?«

»Er antwortet auf diese Frage nicht.«

»Wer braucht solche Männer?«, sagte die Marchesa. »Meinen bin ich, dem Himmel sei dank, rechtzeitig losgeworden. So kann ich jetzt mein eigenes Leben führen.«

»Was ist mit Liebe?«

»Das will ich dir sagen, Elizabeth.« Die Marchesa kam sich plötzlich alt vor. »Liebe ist das Wichtigste.«

»Ich dachte, du hast etwas gegen Männer.«

»Ich habe etwas gegen solche Männer wie deinen Floyd oder meinen Emilio, Männer, die nur sich für wichtig halten, als wäre die Welt nur dazu da, ihre Heldentaten und ihre Schlauheit zu bewundern. Wahre Liebe ist selten. Ich will dir sagen, was das ist, das man normalerweise als Liebe bezeichnet. Eine Sklavin himmelt ihren Herrn an, weil er ihr ab und zu einen Knochen zum Abnagen zuwirft und der Sklavenhalter sentimentale Gefühle bekommt, wenn er sieht, wie das Weibchen seine Stiefel leckt.«

»Marchesa, Marchesa!« Martha musste lachen. »Gut, dass die Kinder das nicht hören. Übertreibst du nicht maßlos?«

»Ja!« Die Marchesa lachte laut. »Ich kann nichts dafür. Wenn ich mich über etwas aufrege, dann laufen mir die Worte davon. Ich bin dann selbst überrascht, zu welch geistreichen Formulierungen ich gekommen bin. Ich wollte nur sagen, Liebe setzt zwei selbstbewusste und selbstbestimmte Menschen voraus, die einander achten. Das ist meine Idealvorstellung.«

Das Gewitter zog weiter. Der Regen ließ nach.

Die Marchesa und Martha sahen Lady Monleirdon an. Es lag nun an ihr, eine Entscheidung zu treffen.

»Martha, hilfst du mir?«

»Ich war doch immer für dich da, Elizabeth.«

»Ja, das warst du. Es wird mir erst jetzt bewusst, wie wichtig es mir ist und dass es nicht selbstverständlich ist. Wo hatte ich nur all die Jahre meinen Kopf! Wir werden dieses Haus wiederbeleben. Ich werde mich in Mutters Zimmer einrichten. Rosemary kann in mein altes Zimmer, wenn sie will. Martha, für dich ist auch genügend Platz. Einiges werden wir ändern müssen, nicht viel. Es soll so werden, wie Mutter es gewollt hätte. Ist das nicht lustig? Ich hoffe immer noch darauf, dass sie mich in die Arme nimmt.«

## Kapitel 13

Liliana saß im Schneidersitz auf dem Bett. Die Augen hatte sie geschlossen. Paglierino thronte auf dem Bettpfosten. Gina stand am Fenster und schaute hinaus. Ihre Gedanken waren bei diesem Jüngling. Wie sollte das weitergehen? Wie wollte sie, dass es weitergeht? Darauf wusste sie keine Antwort. Viel wichtiger war es, Liliana zu retten.

Großmutter kam herein und ging hinüber in ihr Zimmer. Sie trug Reitkleidung. Ruth folgte ihr.

Ginas Haare richteten sich senkrecht nach oben.

»Lass das, Liliana! Spiel mit etwas anderem.«

Die Haare fielen wieder herab. Die Gardine schlug Gina ins Gesicht und wickelte sich um ihren Kopf.

»Liliana!«

»Du hast ja recht! Es macht ja auch nicht wirklich Spaß.«

Ruth kam aus dem Zimmer der Marchesa, wortlos schlug sie die Tür hinter sich zu.

»Wie wäre es mit der? Die könnte mal eine Abreibung gebrauchen.«

»Großmutter hat es verboten.«

»Sie ist eine Spielverderberin.«

»Das habe ich gehört.« Die Marchesa kam herein und setzte sich neben Liliana auf das Bett. »Wie war euer Tag?«

»Traurig! Alles ist traurig, trüb, deprimierend, melancholisch, tragisch, niederdrückend, schicksalsschwanger, düster ...«

»Halt! Ich habe verstanden. Wenn du deinen Wortschatz üben willst, dann benutze mal das Wort hoffnungsvoll!«

»Dazu fällt mir nichts ein.«

»Soso, Launen hat meine Lieblingsenkelin«, sie kitzelte Liliana in den Rippen, »noch werfen wir die Flinte nicht ins Korn.«

Liliana sprang aus dem Bett.

»Niemand versteht mich.«

»Verstehst du dich selbst?«

»Nein! Das ist doch die Tragödie. Ich bin mir ein Rätsel. Ich schaue in den Spiegel und denke, wer ist das denn eigentlich, sind wir uns schon einmal vorgestellt worden? Keine Antwort. Die Schlussfolgerung: mich gibt es überhaupt nicht.«

»Das ist absolut logisch. Wenn es dich nicht gibt, dann kannst du dich genauso gut neben mich setzen und ein wenig mit mir plaudern.«

»Ay, ay, Sire!«

»Erstatten Sie Bericht, Leutnant!«

»Feind ausgemacht! Sein Name ist Nero Borden alias Fürst.«

»Zweifel?«

»Letzte Zweifel heute beseitigt, Sir!«

»Danke, Leutnant! Abtreten!«

»Sir!«

Liliana ließ sich wieder auf das Bett fallen.

»Da ich soeben meine Verstandesstärke demonstriert habe und damit bewiesen ist, dass ich heute auf der Höhe meiner rationalen Fähigkeiten bin, bitte ich dich, Marchesa und große Philosophin in einer Person, mit mir eine existenzielle Sinnfrage zu diskutieren.«

»Wie lautet das Thema?«

»Folgende These: ›Zauberei widerspricht den Naturgesetzen und ist deshalb nicht möglich. Sogenannte Manifestationen von Zauberei finden nicht in der realen Welt statt, sondern nur in der Vorstellungskraft eines leichtgläubigen Subjekts, es sind Halluzinationen. Wenn jemand behauptet, es gäbe Zauberei, dann muss er dies im Rahmen naturwissenschaftlicher Argumentation begründen.‹ Das ist das Thema, das ich für unser heutiges philosophisches Seminar vorschlage.«

Ruth erschien in der Tür.

»Gut, dass du kommst, Ruth!«, sagte die Marchesa. »Besorge uns eine große Kanne Kaffee und einen Stapel belegter Brote. Wenn du das erledigt hast, kannst du für den Rest des Abends machen, was du willst.«

Ruth schlug die Tür hinter sich zu.

»Sie hat doch eine Lektion verdient!«, sagte Gina.

»Darauf kannst du wetten!«, sagte die Marchesa. »Das mache ich auf meine Weise.«

»Ich wollte es ja nur einmal gesagt haben!«

»Gut, dass du mitdenkst, aber überlass das den Veteranen der Züchtigung unbotmäßiger Dienstboten.«

»Ich fange an,« sagte Liliana. »Zauber bedeutet Illusion. Zauberei das Erzeugen solcher Illusionen.«

Die Marchesa erwiderte:

»Zauberei bedeutet Magie anwenden, um Macht über Menschen

oder die Natur auszuüben. Mit Magie ausüben oder magische Handlungen ausführen, ist zu verstehen, sich übersinnliche Kräfte dienstbar zu machen.«

»Der Begriff übersinnliche Kräfte ist mir nicht geläufig. Was soll das sein?«, sagte Liliana.

»Übersinnlich heißt: über das Erfahrbare hinausgehend.«

»Ha! Da haben wir's. Wenn es über das Erfahrbare hinausgeht, dann kann man dazu auch keine Aussage machen.«

»Übersinnliche Kräfte sind Phänomene, die außerhalb unserer Sinneserfahrung wirksam sind«, sagte die Marchesa.

»Also kann ich sie nicht wahrnehmen und niemals erfahren. Ein Beweis ist nicht möglich!«

Ruth trug ein Tablett herein mit einer großen Kanne und drei Tassen. Beth folgte ihr. Sie stellte einen Korb mit belegten Broten und Äpfeln auf den Tisch. Sie machte einen Knicks vor der Marchesa.

»Wenn Sie noch etwas wünschen, Marchesa Montecorno, Sie brauchen mich nur zu rufen. Ich tu alles für Sie!«

»Das ist lieb von dir, Beth. Im Augenblick möchten wir etwas tratschen, wie wir Frauen das so gerne tun. Morgen werde ich mich in den Garten setzen und gar nichts tun. Wenn du willst, kannst du mich dort besuchen. Dann unterhalten wir uns.«

Beth strahlte. »Danke, Marchesa Montecorno, ich werde kommen!«

Ruth schlug die Tür besonders heftig zu.

Gina deckte den Tisch. Die Brote rochen gut. Sie waren belegt mit geräucherter Wurst und Käse. Dazwischen lagen Gurkenscheiben.

»Geht nicht eine Magie von diesen Broten aus? Der herrliche Geruch von Wurst, Käse und Kaffee, regen sie nicht die Magensäfte an?« Die Marchesa griff nach einem Wurstbrot.

»Das ist keine Magie, das sind sinnlich fassbare Phänomene. Wurst, Käse, Kaffee sondern Ausdünstungen aus, die unser Geruchssinn wahrnimmt. Er sendet Signale an das Gehirn: Aufgepasst, da kommt gleich etwas zu essen! Das Gehirn sagt dem Magen: Bereite dich mal darauf vor, du bekommst Arbeit!« Liliana hatte immer einen Heidenspaß an solchen Streitgesprächen mit Großmutter. Am lustigsten war es, wenn Äbtissin Felicia daran teilnahm. Sie konnte sich so richtig empören über ihre Argumentationen. Großmutter und Liliana spielten sich dann die Bälle zu.

»Liliana hat den Kamm nur mit ihrer Vorstellungskraft durch die Luft bewegt«, sagte Gina.

»Du lenkst vom Thema ab! Das tut jetzt nichts zur Sache«, sagte Liliana.

»Ich dachte, es geht um Zauberei und Magie?«

»Wir müssen erst die Frage nach dem Wesen der Zauberei beantworten, bevor wir uns mit solchen Nebensächlichkeiten beschäftigen.«

Bei solchen Gesprächen fühlte sich Gina immer ausgeschlossen. Ihr Verstand lag in ihrem Herzen und ihren Gefühlen.

»Meine letzte Aussage«, sagte Liliana, »verehrte Marchesa, war, dass nicht bewiesen werden kann, ob es übersinnliche Phänomene gibt. Wenn also von solchen Erscheinungen gesprochen wird, müssen wir annehmen, dass ihr Ursprung eine geistige Verwirrung ist, möglicherweise eine schwere Schädigung des Gehirns.«

»Ich stimme dir zu.«

»Was?«, fragte Gina. »Ich habe doch mit meinen eigenen Augen gesehen …«

»Eine Halluzination, eine Sinnestäuschung!«

»Aber du hast es doch auch gesehen, Marchesa, und du auch, Liliana!«

»Eine Massenhypnose!«

»Wer hat wen hypnotisiert?«

»Eine Massenautosuggestion!«

»Aha! Was ist das?«

»Wir haben uns das gegenseitig eingeredet. Wir wollten eben daran glauben.«

»Es gibt eine naturwissenschaftliche Methode«, sagte Großmutter, »die als Beweis für die Richtigkeit einer Aussage herangezogen werden kann.«

»Ich höre!«

»Die Wiederholung eines Experiments. Wenn unter den gleichen Bedingungen immer wieder dasselbe Ergebnis herauskommt, darf man annehmen, dass die These bewiesen ist.«

Liliana legte das angebrochene Stück Brot zurück auf den Teller.

»Das passt mir gar nicht. Wenn ich zehntausend Kämme durch die Luft bewege, weiß ich immer noch nicht, wieso das so ist.«

»Dann liegt das nicht an dem Phänomen an sich, sondern an deinem mangelnden Denkvermögen.«

»Ich soll also etwas ohne Begründung akzeptieren, nur weil ich es sehe?«, sagte Liliana.

»Ja, eine andere Möglichkeit haben wir nicht. Wir müssen unseren Sinnen vertrauen, sonst könnten wir in dieser Welt nicht existieren.«

»Dazu gehören aber auch Empfindungen und Gefühle!«, sagte Gina energisch. »Ich möchte nicht wissen, wie ihr beide Liebe erklärt.«

»Ganz richtig, Gina«, sagte die Marchesa, »wir Menschen haben noch mehr Sinne, die wir aber im Laufe der Entwicklung verkümmern ließen. Wir haben die natürliche Beziehung zu den Dingen verloren, deshalb vertrauen wir uns selbst nicht mehr. Das ist so. Es bedeutet aber auch, dass wir gar keine andere Wahl haben als ganz naiv, ohne vorgefertigte Meinung die Frage zu stellen: Was ist das Ding da vor meinen Augen? Was ist Freiheit? Was ist Zauberei? Wenn wir darauf eine Antwort gefunden haben, folgen natürlich weitere Fragen wie: Was kann ich mit dem Ding anfangen? Gibt es verschiedene Formen von Freiheit? Wie wende ich Zauberei an?«

»Warum müsst ihr alles so kompliziert machen?« fragte Gina genervt.

»Weißt du das nicht?«

»Nein!«

»Weil es uns Spaß macht!« Die Marchesa streichelte Gina die Wange.

Liliana zog die Stirn in Falten.

»Wie schön, dass ihr euch alle liebhabt. Das löst mein Problem nicht!«

»Trink noch eine Tasse Kaffee!« Großmutter füllte Lilianas Tasse. »Es ist nicht immer gut, wenn man zu viel nachdenkt. Aber so sind wir eben. Wir sollten eine Entscheidung treffen, eine vorläufige Arbeitsthese, von der aus wir zur Tat schreiten.«

»Danke!« Liliana trank den Kaffee. Er war etwas bitter und enthielt Kaffeesatz. »Gut, gehen wir von folgender These aus: Contessina Liliana di Salamandra kann Gegenstände nur mit Gedankenkraft durch die Luft bewegen. Daraus schließen wir, dass sie zaubern kann. Unter Zaubern verstehen wir, dass sie übersinnliche Kräfte hat.«

»Trefflich formuliert!«

»Aber was in Gottes Namen soll ich damit anfangen?«

»Zaubern!«

»Ach, Großmutter, ich weiß doch überhaupt nicht, was das bedeutet! Kann ich Berge versetzen? Kann ich den Mörtel aus den Mauern rieseln lassen wie Magali? Kann ich Menschen zwingen, etwas zu tun, was sie nicht wollen? Kann ich fliegen? Kann ich mit Tieren sprechen? Kann ich Feuerbälle in die Gegend schleudern? Kann ich ein Kaninchen aus einem Zylinder hervorzaubern, wo vorher keins drin war? Und vor allem: Warum sollte ich so etwas tun?«

Gina spürte, dass Liliana verzweifelt war. Sie stand auf und legte die Arme um sie.

»Du bist doch nicht allein!«

»Ach, Gina, wenn ich dich nicht hätte – und dich, Großmutter! Nur wegen euch bin ich nicht in der Lage zu verzweifeln.«

Großmutter lächelte.

»Liliana, mein Kind, du bist doch gar nicht fähig, etwas Böses zu tun. Du wirst niemals deine Fähigkeiten missbrauchen. Sie sind ein Geschenk Gottes. Nutze sie!«

»Aber wie?«, fragte Liliana leise.

»Es ist nichts anderes, als eine neue Sprache zu lernen. Denk an unseren Byron. Bei ihm haben wir nicht nur die Wörter und die Grammatik gelernt, nein, wir haben vor allem die Freude an der Sprache gelernt, die Freude, uns ausdrücken und anderen mitteilen zu können. Genauso musst du lernen, zu zaubern. Mit Freude am Neuen und der Lust, Meisterschaft in einem Handwerk zu erlangen. Du kannst das!«

»Der Kaffee schmeckt nicht mehr.«

»Dann gehen wir runter in die Küche zu Helmi und lassen uns einen schönen Rotwein geben. Ist das keine gute Idee?«

»Kann es auch Wasser sein?«

Die Marchesa stand auf.

»Nicht für mich! Es gibt Augenblicke, da muss es ein Glas Wein sein!«

## Kapitel 14

Um Marchesa Montecorno einen gemütlichen Tag im Liegestuhl zu ermöglichen, schien die Sonne den ganzen Tag. Keine Wolke wagte sich an den Himmel, sogar der Wind hielt den Atem an. Die Marchesa las ein schon ziemlich ramponiertes Exemplar von Edward Bulwer-Lyttons The Last Days of Pompeji. Es war Rosemarys Lieblingsbuch.

Sie saß in einer mit wildem Wein umrankten Laube. Auf dem Tisch neben dem Liegestuhl standen eine Karaffe Wasser und eine Schale mit Äpfeln, Birnen und Stachelbeeren. Ihre Füße ruhten auf einem Sofakissen mit goldenen Borden und Quasten.

Die Marchesa hatte einen guten Blick über den Küchengarten. Auf der anderen Seite stand der Brunnen, dahinter führte der Weg zum Goldfinch Pond. Rechts von ihr konnte sie auf den Dienstboteneingang von Monleirdon blicken. Dort wurden schon seit Stunden Wagen beladen mit Kisten, kleineren Möbelstücken und Krimskrams. Jedes Mal, wenn Lady Monleirdon herauskam, um Anweisungen zu geben, winkte sie der Marchesa zu.

Beth musste tüchtig zupacken. Sie war ständig in Bewegung. Manchmal sah sie zur Marchesa herüber und zuckte mit den Schultern. Sie sah aus wie vierzehn, war aber wahrscheinlich älter. Wie war das im Vereinigten Königreich geregelt mit Kinderarbeit? Das war auf dem Kontinent auch nicht anders, Mädchen mussten immer mithelfen, damit sie nicht auf dumme Gedanken kommen konnten.

Paglierino kam angeflogen. Er setzte sich auf die Obstschale und pickte an einer Stachelbeere. Die Marchesa kannte sich mit Vögeln nicht aus, die im Käfig gehalten wurden wie Kanarienvögel oder Wellensittiche. Aber so viel wusste sie, dass Paglierino kein typischer Vertreter seiner Gattung war.

»Willst du mir etwas vorsingen?«

Der kleine, gelbe Vogel hob den Kopf, als habe er in der Ferne etwas Interessantes gehört, und flog davon.

Die Marchesa las weiter in dem Buch. Es war zwar recht unterhaltend, trotzdem hoffte sie, dass bald der Vesuv ausbreche und recht viele der unsympathischen Personen, darunter zählte sie auch die zum rechten Glauben Bekehrten, unter sich begrabe.

Liliana kam. Sie trug ein Reitkostüm, das ihr etwas zu weit war.

»Ich begleite Rosemary und ihre Mutter zu einem geheimnisvollen Ort. Es soll dort ja so schön sein. Du wüsstest Bescheid.«

»Weiß ich auch!«

»Aha, du willst mir nichts verraten, damit die Überraschung für mich umso größer wird. Welch eine verständnisvolle Großmutter ich doch habe! Du weißt, dass ich Überraschungen hasse?«

»Was macht Gina? Kommt sie mit?«

»Nein, ich glaube, sie ist ganz froh, mich mal einen Tag lang nicht sehen zu müssen. Mein Verdacht ist, sie sucht eine Gelegenheit, den Sohn des Pfarrers in den Beichtstuhl zu zerren. Du solltest dir diesen Simon einmal näher ansehen. Man weiß nie.«

»Traust du ihm nicht?«

»Ich kenne ihn doch nicht, nur das, was Gina über ihn erzählt. Und das ist nicht besonders aufschlussreich, höchstens über ihren Gemütszustand.«

»Und wie ist der?«

»Das kann ich dir nicht beschreiben, dazu müsste ich schon ein Dichter sein wie ...« Liliana schaute auf das Deckblatt von Großmutters Lektüre. »Bulwer-Lytton.«

»Da bricht ein Vulkan aus und begräbt eine ganze Stadt unter sich.«

»So was schaue ich mir lieber mit eigenen Augen an.«

»Und die armen Menschen?«

»Wie ich diesen Autoren kenne, haben die Menschen es nicht besser verdient.«

»Rosemary winkt.«

»Viel Spaß noch, Großmutter, und denke immer daran: der Herr da oben, der rettet die Gerechten! Darüber sollten wir mal reden. Andererseits ist die Expertin für solche Sachen lieber zu Hause geblieben. Dann macht es keinen Spaß.«

»Mach, dass du fortkommst, du Heidin!«

Pferde wurden vorgespannt. Sie zogen die vollgeladenen Wagen fort und mit ihnen einen ganzen Tross Reiterinnen und Fußvolk. Die Marchesa atmete auf. Jetzt konnte sie ungestört ihre Lektüre fortsetzen.

»Marchesa?«

Gina trug ein luftiges, erdbeerrotes Sommerkleid. Heiter wirkte auch der Strohhut auf dem Kopf mit der roten Schleife. Die Hände steckten in weißen Glacéhandschuhen. Die roten Lackschuhe glänzten. Sogar Lippenstift hatte sie aufgetragen und einen rosigen Teint auf die Wangen. Ihre Erscheinung war zugleich erotisch und auf rührende Weise unschuldig.

»Gina!« Die Marchesa musste lächeln.

»Liliana wollte mich nicht mitnehmen. Sicher ist sie froh, mich einen Tag nicht sehen zu müssen.«

»Und jetzt weißt du nicht, was du mit dir anfangen sollst?«

»Ich dachte, ich mische mich unters Personal. Wir wollten ja möglichst viel über den Duke erfahren. Das hatten wir doch so besprochen!«

»Da hast du vollkommen recht, Gina. Es freut mich, dass du diese Aufgabe so ernst nimmst. Du machst das schon richtig. Mir alten Frau müsst ihr schon einmal einen freien Tag gönnen. Wenn es gut geht, gelingt es mir vielleicht doch noch zu erfahren, ob sie zusammenkommen.«

»Wer?«

»Na, Glaucus und Ione! Wer denn sonst?«

»Dann gehe ich mal ...«

»Ja, ja, Gina, viel Glück!«

*Glaucus hatte gerade die blinde Sklavin Nydia bösen Buben abgekauft* – als die Aufmerksamkeit der Marchesa auf Simon gelenkt wurde, der sich den Küchengarten hindurch langsam auf sie zubewegte. Er tat so, als interessiere er sich für den Reifegrad eines Kohlkopfes, für den Duft eines Hollunderstrauchs und für die Dichte des Mooses über einer kleinen Mauer. Auf diese Weise kam er immer näher, sodass er plötzlich erstaunt sein konnte, sich direkt vor der Marchesa zu befinden.

»Marchesa! Entschuldigen Sie bitte! Ich wollte Sie nicht in Ihrer Lektüre stören.«

Die Marchesa nahm an, dass er das sagte, genau wusste sie es nicht, denn der junge Mann hatte so leise gesprochen und das noch in einem Atemzug, als wäre es sein letzter.

»Gut, dass du da bist, Simon. Besorge mir einen Gartenstuhl!«

»Sofort, Marchesa!«

Es war die Erlösung für ihn. Seine Kühnheit wurde auf diese Weise gerechtfertigt. Eilig lief er davon.

Kurze Zeit später kam er mit einem Gartenstuhl zurück.

»Stell ihn hier neben den Tisch! Ich habe den Verdacht, dass ich heute noch öfter Besuch bekomme. Und ich schaue nicht gerne zu den Menschen hinauf, mit denen ich rede.«

Simon errötete. Er stellte den Stuhl ab.

»Setz dich, Simon! Reden wir ein wenig. Vielleicht kannst du mich besser unterhalten als dieses Buch.«

Aber sie hätte wissen müssen, dass das nicht so einfach werden würde. Der junge Mann sagte nichts, er sah sie nicht an, sein Blick war auf eine Birne geheftet, die er jetzt wohl zum Überleben brauchte.

»Greif ruhig zu! Die gelbe Birne da sieht aus, als müsste sie sofort gegessen werden.«

»Danke!« Simon nahm die Birne. Jetzt, wo er sie hatte, wusste er nicht, was er damit anfangen sollte.

»Essen!«, befahl die Marchesa.

Simon zuckte zusammen. Er stopfte die Birne in sich hinein.

»Deinen Herrn Vater haben wir bereits kennengelernt. Er hat keine gute Meinung von der Contessina und mir. Vielleicht wäre es besser, wenn du unsere Gesellschaft meidest?«

»Ich bin erwachsen!«, sagte er trotzig.

»Außerdem studierst du Medizin in London.«

»Ja, ich bin mein eigener Herr, fast. Das schaffe ich noch!«

»Davon bin ich überzeugt. Mit Medizin habe ich mich noch nicht beschäftigt. Merkwürdig! Bei uns in der Toskana, da kennt man Kräuter, Heilpflanzen, Tees und Salben, die gegen bestimmte Krankheiten helfen. Das Wissen darüber wurde im Laufe der Zeit zusammengetragen und von Generation zu Generation weitergegeben, meistens von den Frauen. Nur in schweren Fällen, bei einem Unfall oder wenn alle Mittel versagen, wird der Kranke zu einem Arzt oder in ein Krankenhaus gebracht. Die Leute werden recht alt bei uns. Vielleicht liegt es daran, dass sie besser auf sich aufpassen müssen, weil sie sich keinen Arzt leisten können.«

»Ich möchte in die medizinische Forschung.«

»Das klingt interessant. Unter Forschung verstehst du das Hantieren mit Reagenzgläsern, das Anlegen von Bakterienkulturen und Versuchsreihen mit Tieren?«

»Ja! Marchesa Montecorno, Sie kennen sich doch aus.«

»Ich weiß aber auch, Mediziner sind ein Eliteklub, in den man nicht so leicht aufgenommen wird. Hast du denn Verbindungen?«

Simon blickte unter sich. »Nein!«

»Dein Vater, kennt der niemanden?«

»Der interessiert sich nicht dafür, was aus mir wird, nur dass ich ihm keine Schande mache. Ich muss es allein schaffen.«

»Da hilft nur eine reiche Ehefrau.«

»Ich werde eine mittellose Waise heiraten.«

»So so! Wann ist die Hochzeit?«

»Ich habe sie noch nicht gefragt.«

»Bist du sicher, dass sie ja sagen wird?«

»Aber ich liebe sie doch!«

»Normalerweise gehören zur Liebe mindestens zwei. Liebt sie dich denn?«

»Selbstverständlich!«

»Kenne ich die betreffende Dame?«

Simon wurde wieder rot. Jetzt würde er gerne wegrennen, dachte die Marchesa. Aber so leicht lasse ich dich nicht von der Angel!

»Es ist die Zofe der Contessina Liliana. Es ist Gina.«

»Hat sie dir Hoffnungen gemacht?«

»Nein … eher im Gegenteil. Sie spricht von Freundschaft. Das ist absoluter Quatsch. So etwas gibt es nicht zwischen Männern und Frauen. Wenn sie von Freundschaft spricht, will sie mich nur hinhalten. Darin sind alle Frauen gleich!«

»Du bist Experte auf diesem Gebiet?«

»Das weiß doch jeder! Außerdem habe ich eine Schwester, die macht das genauso.«

»Ann?«

Simon nickte. Er hielt es nicht mehr auf dem Stuhl aus. Er sprang auf und ging vor dem Tisch auf und ab.

»Wie wäre es, wenn du dein Studium abschließt, einen Beruf ergreifst, Geld verdienst und sie dann noch einmal fragst?«

»Das dauert doch alles zu lange!«

»Um was geht es dir eigentlich? Willst du eine echte Gefährtin fürs Leben oder nur mit ihr ins Bett?«

Simon blieb stehen. Schockiert sah er die Marchesa an. Mit hochrotem Kopf lief er davon.

*Nydia entwendet Julia den vermeintlichen Liebestrank für Glaucus.* Das kann nur böse enden! Ich sollte lieber stricken oder ein Nickerchen machen. Beth kam den mittleren Weg durch den Küchengarten herauf.

»Geschafft!« Außer Atem ließ sie sich auf den Gartenstuhl fallen. Gleich stand sie wieder auf und machte einen Knicks. »Entschuldigen Sie, Marchesa Montecorno, darf ich Ihnen ein wenig Gesellschaft leisten?«

»Ich habe dich doch eingeladen. Schenk dir ein Glas Wasser ein und gib mir auch eins!«

Beth füllte zuerst der Marchesa ein Glas, dann nahm sie sich ein Glas Wasser. Sie war ein hübsches Mädchen, mit dunkelgrünen Augen, einer frechen Nase und langen dunkelblonden Haaren. Um ihre Lippen spielte ein amüsiertes Lächeln. Ihr Blick war offen und direkt. Dahinter steckte ein lebendiges Persönchen, das wusste, was es will.

»Wie alt bist du, Beth?«

»Sechzehn ... Ende des Jahres.«

»Dir geht es gut in Monleirdon?«

»Hier ist es langweilig. Es war langweilig ... aber dann sind Sie gekommen.«

»Wir werden wieder abreisen.«

»Ich weiß!« Jetzt kam es darauf an. »Kann ich mit Ihnen kommen, Marchesa Montecorno, bitte?«

»Nach Everweard Castle?«

»Nach Italien! Ich muss hier raus! Ich bin noch jung. Trotzdem weiß ich, was mich hier erwartet. Ich werde einen dummen Bauern, einen braven Schulmeister oder einen Schuster heiraten oder werde mit einem verheiratet, schufte von morgens bis nachts auf dem Acker oder in der Werkstatt, ziehe ein Kind nach dem anderen groß und falle eines Tages erschöpft ins Grab, ohne etwas vom Leben gehabt zu haben.«

»Geht es uns nicht allen so?«

»Kann sein ... aber ich möchte selbst entscheiden, wie mein Leben verlaufen soll. Hier habe ich dazu keine Chance.«

»Was sagen deine Eltern dazu?«

»Ich habe keine Eltern.«

»Noch ein Waisenkind! Wer kümmert sich dann um dich?«

»Lady Monleirdon und Pfarrer Fraggles.«

»Wieso der Pfarrer?«

»Ich bin in dem Waisenhaus aufgewachsen, das er leitete. Er brachte mich hierher. Lady Monleirdon ist sehr lieb zu mir. So geht es mir schon gut auf Monleirdon. Ich kann mich nicht beschweren und bin auch für alles dankbar.«

»Aber du glaubst, auf der anderen Seite des Hügels ist das Gras grüner und es fliegen dir gebratene Tauben in den Mund.«

»Nein, so naiv bin ich nicht. Ich will mein eigenes Leben leben, meine eigenen Fehler machen, wenn es sein muss ... Marchesa, es ist schwer, das auszudrücken ... Ich möchte Ich sein! Ist das zu viel verlangt?«

»Nein, Beth, das ist nicht zu viel verlangt. Das ist das Mindeste, was einem Menschen zusteht.«

»Darf ich mit Ihnen kommen?«

»Pfarrer Fraggles hätte ganz bestimmt etwas dagegen. Wenn er dein Vormund ist, wird er niemals seine Zustimmung geben.«

»Lady Monleirdon ist mein Vormund. Ich habe ihr gegenüber auch ein schlechtes Gewissen. Aber ich kann nicht anders!«

Die Marchesa sah sich bereits in Felicia ein neues Küken in Obhut geben. Aber, aber ...

»Beth, ich will offen zu dir sein. Zu einem selbstbestimmten Leben gehört auch, sich den Realitäten zu stellen. Ich kann jetzt keine Entscheidung treffen. Am wichtigsten ist die Hochzeit meiner Enkelin. Das ist eine schwere Last auf meiner Seele. Ich werde mit Lady Monleirdon sprechen und mich danach richten, was sie entscheidet. Sie trägt die Verantwortung für dich bis zu deiner Volljährigkeit.« Sie sah in die hoffnungsvollen Augen des Mädchens. »Du könntest ja zunächst einmal auf Urlaub zu mir kommen. Dann würdest du sehen, auf was du dich einlässt. Also, ich spreche mit Lady Monleirdon. Mehr kann ich nicht versprechen.«

Beth sprang auf und fiel der Marchesa um den Hals und gab ihr einen Kuss auf die Wange.

»Danke!«

*Glaucus ist zum Tode verurteilt worden.* Die Marchesa hatte einige Seiten schnell überflogen. Was man alles durchstehen muss, bis man einen Vulkanausbruch erleben darf!

Die Sonne stand über dem Horizont. Es wurde allmählich kühler. Paglierino kam auf einen Kurzbesuch. Er sah nach, ob die angepickte Stachelbeere noch da lag, dann flog er wieder davon.

Gina kam. Die Glacéhandschuhe hatte sie ausgezogen, die trug sie in der Hand, ansonsten sah sie noch genauso adrett aus wie zuvor. Sie setzte sich auf den Stuhl und schlug die Beine übereinander. Ihre Gesichtszüge verrieten nichts, das heißt, einem beliebigen Betrachter, aber der Marchesa alles.

»Da bist du ja wieder, Gina. Ich glaube, es ist noch Wasser da.«

»Wasser?«

»Das ist eine durchsichtige Flüssigkeit, die sich in diesem speziellen Fall in der Karaffe vor deinen Augen befindet.«

»Du meinst Wasser!«

»Genau! Dort steht noch ein unbenutztes Glas. Trink einen kräftigen Schluck! Dann reden wir weiter.«

Gina füllte ein Glas mit Wasser und kippte es auf einmal hinunter.

»Marchesa, wir müssen über Liliana sprechen.«

»Unbedingt!«

»Das geht nicht, dass sie diesen Duke heiratet. Den kennt sie überhaupt nicht. Wenn man jemanden heiratet, sollte man zumindest einmal miteinander gesprochen haben.«

»Darin stimme ich dir zu.«

»Was da so im Kopf eines Mannes vorgeht, das muss man erst einmal begreifen. Ungeheuerlich! Wir Frauen, wir sind doch keine Tiere!«

»Das ist wahr.«

»Wobei ich mir bei Männern nicht ganz sicher bin.«

»Worüber?«

»Na, dass Männer keine Tiere sind.«

»Sind sie nicht.«

»Was?«

»Männer sind keine Tiere, sie sind Männer.«

»Marchesa, was sind dann wir?«

»Frauen sind Frauen – und keine ist wie die andere. So wie kein Mann wie der andere ist. Frau, Mann, das sind sinnlose Wörter. Jeder Mensch ist er selbst, egal ob Mann oder Frau. Nur die Gesellschaft macht Unterschiede.«

Gina wischte eine Träne aus dem Auge.

»Es geht um Liliana.«

»Das habe ich schon begriffen.«

»Um ihre Gefühle hat er sich überhaupt nicht gekümmert, dieser ehrenwerte Duke. Das ist ihm vollkommen egal! Hauptsache, er hat ein hübsches Weibchen, mit dem er vor seinen Freunden angeben kann. Das ist noch wie in der Steinzeit. Jagdbeute sind wir, sonst nichts!«

»So ganz hilflos sind wir nicht.«

»Darauf kannst du wetten! Das lassen wir uns nicht gefallen. Der Duke wird sich noch wundern.«

»Das ist die richtige Einstellung!«

»Überhaupt ... was soll das mit dem Heiraten? Liliana kommt auch so gut zurecht, sogar noch viel besser.«

»Manchmal kommt es vor, dass sich zwei Menschen wirklich lieben, zueinander gehören und ihr Leben ohne den anderen unerträglich wäre.«

»Das ist hier nicht der Fall, Marchesa. Da bin ich mir absolut sicher!«

»Vielleicht findet sie eines Tages den Richtigen.«

»Wer?«

»Liliana, von der sprechen wir doch, oder?«

»Ja, der Duke ist es aber auf keinen Fall. Jetzt will ich aber nicht mehr darüber reden. Warum fängst du überhaupt solch ein Gespräch an, Marchesa? Du weißt, dass mich dieses Thema fürchterlich aufregt.«

»Entschuldige, Gina! Kannst du mir noch einmal verzeihen?«

Gina liefen die Tränen die Wangen hinunter.

»Würde es dir etwas ausmachen, wenn ich heute früher ins Bett gehe? Das englische Wetter schlägt mir aufs Gemüt, ich möchte nur noch schlafen.«

»Dann mach das, Gina. Schlaf gut und träume etwas Schönes!«

Gina war aufgestanden, setzte sich aber wieder.

»Das mit dem Träumen ist ein Problem. Kann man da etwas machen?«

»Was sollte man da machen können?«

»Na, dass man von bestimmten Sachen nicht träumt.«

»Du meinst, von Dukes?«

»Genau!«

»Da kann ich dir nicht helfen. Träume haben ihre Funktion. Wenn du ein Problem nicht gelöst hast, dann wird es dich auch im Schlaf beschäftigen.«

»Zu dumm!«

»Überhaupt nicht dumm! Sehr oft kamen mir im Schlaf die besten Ideen. Denk an etwas Schönes, vielleicht kannst du dich so überlisten.«

»Ich werde von Capirosso träumen. Ja, das mache ich. Und wenn irgendwelche Dukes erscheinen, rufe ich Fra Diavolo!«

»Das ist eine treffliche Idee. Schlaf gut!«

*Glaucus schreibt an Sallust, dass er den christlichen Glauben angenommen habe.* Selbst der Untergang Pompejis hatte ihn nicht davon abbringen können. Was soll man von solchen Romanhelden halten! Die Marchesa schloss das Buch mit einem Seufzer der Erleichterung. Es war durchgestanden. Sie hatte nur einen gemütlichen Tag verbringen wollen, doch sie fühlte sich nach der Lektüre erschöpft und musste sich eingestehen, den Tag sinnlos verbracht zu haben.

Liliana war bereits umgezogen. Sie trug ein einfaches schwarzes Kleid. Auf dem Kopf trug sie den gelben Strohhut, auf dem Paglierino saß.

»Du hast einen Vogel.«

Liliana nahm den Hut ab und legte ihn auf den Tisch. Paglierino blieb sitzen.

»Ich glaube, das ist kein Vogel«, sagte Liliana.

»Was vermutest du?«

»Es ist ein verwunschener Prinz, der erst erlöst wird, wenn ihn eine Jungfrau mit treuem Herzen küsst. Ich habe es probiert, ohne Erfolg. Mir mangelt es offensichtlich am treuen Herzen.«

»Wenn er so pingelig ist, kann er ewig auf die Erlösung warten!«

»Was ist mit Gina los? Sie liegt schon im Bett. Ich vermute sogar, sie hat geweint.«

»Das ist sehr gut möglich.«

»Ich möchte nicht, dass sie weint!«

»Manchmal ist es gut zu weinen.«

Liliana wurde nachdenklich. Großmutter würde so etwas nicht sagen, wenn sie es nicht so meinte. Die Sache war also ernst.

»Ist es eine Enttäuschung, eine Erniedrigung?«

»Das hast du richtig erkannt, Liliana. Sie ist eine starke Frau. Wir können stolz auf sie sein.«

»Kann ich ihr helfen?«
»Sie schafft das allein. Wie war dein Tag?«
»Ich habe ein wenig geübt, wenn ich allein war.«
»Geübt?«
»Du weißt schon ... Simsalabim und so.«
»Bist du weitergekommen?«
»Noch nicht so richtig. Es ist alles so kindisch, Blätter durch die Luft wirbeln, Vögel vom Himmel rufen, Zäune umkippen und solche Sachen. Spaß macht es mir auch nicht. Ich komme mir vor wie eine Missgeburt.«
»Vielleicht kannst du Kranke heilen oder Brände löschen. Ich weiß es ja auch nicht. Der Zauber muss zu dir passen, Liliana. Du hast niemals jemandem einen üblen Streich gespielt oder mutwilligen Schabernack getrieben. Dein Zauber muss also woanders liegen. Du wolltest immer allen helfen, die in Not waren. Das passt zu dir. Denke darüber nach!«
»Ich bin kein Engel, Großmutter. Ich habe auch manchmal Lust, jemanden den Hals umzudrehen.«
Die Marchesa lachte. »Jetzt kannst du es ja!«
»Großmutter!«
»Ich vertraue dir. Was ist mit Lady Monleirdon?«
»Das hätte ich beinahe vergessen. Wir sind eingeladen zu einem Aperitif ... im Rosa Salon ... jetzt gleich!«
»Warum hast du das nicht sofort gesagt?«
»Es sollte eine Überraschung sein.«

## Kapitel 15

Im Rosa Salon wartete niemand. Der Tisch war nicht gedeckt, der Raum nicht beheizt.

»Merkwürdig«, sagte Liliana. »Lady Monleirdon hatte ausdrücklich Rosa Salon gesagt.«

Ann kam außer Atem herbeigeeilt.

»Marchesa Montecorno, Contessina Liliana, bitte kommen Sie!«

»Was ist geschehen?«

»Lord Monleirdon ist zurück. Alle sollen in die Große Bibliothek kommen. Er wird etwas Wichtiges bekanntgeben.«

»Seit wann ist er zurück?«

»Er ist gerade eingetroffen. Mit der Lady wollte er nicht sprechen, bevor er allen seine Neuigkeit verkündet hat.«

»Das schenken wir uns, Liliana. Wir gehören nicht zum Haus Monleirdon.«

»Aber, Marchesa!« Ann war sehr aufgeregt. »Lady Monleirdon hat mir extra aufgetragen, Sie zu holen. Ich glaube, sie hat Angst.«

Die Marchesa und Liliana folgten Ann in die große Bibliothek.

Das gesamte Personal war da. Alle standen dicht gedrängt in einer Ecke wie eine zusammengetriebene Schafherde. Lady Monleirdon, Rosemary und Martha saßen in der Sitzecke vor dem hohen Mittelfenster. Elizabeth war erleichtert, als die Marchesa sich neben sie setzte.

»Danke, dass du gekommen bist, Sophia. Floyd führt etwas im Schilde. Das fühle ich.«

»Elizabeth, beruhige dich! Hören wir uns erst einmal an, was dein Gatte zu sagen hat. Danach sehen wir weiter.«

Rosemary nahm Lilianas Hand. Liliana spürte die Erregung, die durch Rosemarys Körper lief.

»Ruhig, Rosa Maria!«

»Halt meine Hand, Liliana, sonst stehe ich das nicht durch.«

Liliana ließ Rosemarys Hand nicht los. Gina und Ann traten ein und stellten sich neben die Tür. Die Stimmung im Raum war gedrückt. Keiner sprach.

Die Tür wurde aufgerissen, herein stürmte Lord Monleirdon. Er warf einen kurzen Blick auf seine Familie und ihre Gäste, dann blieb er in der Mitte des Raumes stehen und musterte das Personal.

Lord Monleirdon war kein großer Mann. Sein Körper war kurz und gedrungen wie ein Baumstumpf, dessen Wurzeln sich in der Erde festkrallen. Hals und Kopf bildeten mit dem Oberkörper eine feste Einheit. Wenn er in eine Richtung schaute, drehte sich der ganze Leib mit. So entlarvte sich Stärke als Unbeweglichkeit.

»Ich gebe euch Gelegenheit zu beweisen, dass ihr euer Geld wert seid. Bisher habe ich euch viel zu viel durchgehen lassen. Das ist jetzt ein für alle Mal vorbei! Wenn mich einer von euch blamiert, garantiere ich ihm, er wird sich wünschen, nie geboren worden zu sein. Martha, komm her!«

Martha erhob sich und trat vor.

»Lord Monleirdon?«

»Ich erwarte über hundert Gäste, nicht irgendwelche, sondern aus den höchsten Kreisen. Hast du gehört? Aus den höchsten Kreisen!«

»Lord Monleirdon?«

»Wir werden noch Personal brauchen. Und Spitzenköche ..., um die kümmere ich mich selbst. Es darf nichts schiefgehen! Monleirdon hat mich eine schöne Stange Geld gekostet. Das soll man ruhig bewundern. Glänzen und funkeln muss es wie ein Schatzkästlein. Kein einziges Staubkorn darf zu sehen sein. Auf der Feier muss alles wie am Schnürchen laufen. Ich fasse zusammen, Martha, falls es in deinem Provinzschädel noch nicht angekommen ist. In Monleirdon wird die prächtigste Feier des Königreichs stattfinden.«

»Wann?«

»Am letzten Wochenende dieses Monats.«

»Sie sprachen von einer Feier, Lord Monleirdon. Es würde die Vorarbeiten erheblich vereinfachen, wenn Sie mir einen Hinweis auf die Art und den Anlass der Feier gäben.«

»Es ist eine Hochzeit.«

Rosemary stieß ein Geräusch aus, das sich nach dem letzten Quietschen einer zerdrückten Maus anhörte.

Unbeirrt fuhr der Herr des Hauses fort: »Das Haus Monleirdon wird sich mit dem Königshaus verbinden.«

Das hatte er ganz langsam gesagt und wie so nebenbei. In dem Blick, den er seiner Gattin zuwarf, lag Triumph und noch etwas anderes:

Verachtung. Lady Monleirdon zeigte keine Regung. Rosemarys Welt wurde in einen dunklen Malstrom gesogen, der alles mit sich riss, Vergangenheit und Zukunft. Noch hielt Lilianas Hand sie vor dem Versinken zurück.

»Lady Aurelia Brandor-Highston wird die Gemahlin meines Sohnes Martin. Lord Joseph, der Earl of Brandor-Highston, gehört dem Königshaus an.«

Inzwischen war es so still im Raum, als hätten alle aufgehört zu atmen. Lord Monleirdon sah in verständnislose Augen. Er presste die Lippen zu einem schneidenden Lächeln zusammen und genoss es, die Folter, wie es seine Gattin empfinden musste, durch Schweigen zu verlängern.

Martha ging zurück zu Lady Monleirdon, die sich die ganze Zeit nicht vom Fleck gerührt hatte.

Lord Monleirdon ging zur Tür und ließ einen jungen Mann herein.

»Martin!« Lady Monleirdon schrie auf. Rosemary sah und spürte nichts mehr, nur Lilianas Hand.

Martin war schlank, hochgewachsen, kräftig in den Schultern, das Gesicht braungebrannt und ausdruckslos. Er sah niemanden an, ja er schien nicht wirklich da zu sein.

»Nachdem ich die notwendigen Maßnahmen ergriffen hatte, erfüllte Martin alle meine Erwartungen. Es müssen sich eben Männer um die Erziehung von Männern kümmern! Monleirdon hat in ihm einen würdigen Erben.«

Martin verzog keine Miene. Seine Haltung war beherrscht und selbstsicher. Lady Monleirdon erhob sich und verließ durch den Nebeneingang die Bibliothek. Rosemary, Martha, die Marchesa und Liliana folgten ihr.

Lord Monleirdon grinste geringschätzig.

»Helmi!«

Die Köchin trat vor. Sie war kreidebleich.

»Morgen Abend geben wir eine Feier im kleinen Kreis. Überlege dir, was wir anbieten können. Ein Tipp, nur das Allerfeinste! Lord Joseph und Lady Aurelia geben uns die Ehre. Sie werden natürlich in Begleitung sein. Muss ich das extra sagen? Es handelt sich auch um kein gewöhnliches Treffen. Wir werden den Ehevertrag unterzeichnen. Alles klar?«

Helmi nickte.

»Beth!«

Beth machte einen Knicks, blieb aber, wo sie war.

»Schaff mir Martha herbei! Sie soll auf der Stelle in mein Arbeitszimmer kommen! Wenn sie nicht begreifen will, wer der Herr des Hauses Monleirdon ist, sollte sie besser gleich die Koffer packen. Das gilt für euch alle! Habt ihr das verstanden?«

Beth ging an Gina und Ann vorbei nach draußen. Die beiden folgten ihr. Sie liefen die Treppen hinauf, zwei Stufen auf einmal.

Richtig! Als Gina das Zimmer betrat, waren die Marchesa und Liliana bereits am Packen. Sie lief gleich in die kleine Kammer und holte ihre Sachen.

»Wo geht es hin?«

»Wir sind eingeladen – aufs Land«, sagte die Marchesa.

Simon erschien in der Tür.

»Simon!« Die Marchesa zeigte auf die Koffer in der Mitte des Zimmers. »Das muss alles runter in den Wagen, der neben dem Hintereingang steht.«

Gina sah aus dem Fenster. Drei Frauen ritten über die Wiesen davon. Neben der Tür stand ein Wagen, vor dem ein Pferd angespannt war.

Es klopfte an der Tür. Beth platzte herein.

»Marchesa Montecorno, kann ich mitkommen?«

Simon verließ schwer beladen das Zimmer.

Die Marchesa nahm Beths Hände.

»Meine liebe Beth! Ich habe mit Lady Monleirdon gesprochen. Sie hat nichts dagegen, wenn du mich nach Italien begleitest. Du kannst jederzeit zurück zu ihr, das hat sie versichert. Aber jetzt brauche ich dich in Monleirdon. Du wirst Martin im Auge behalten und genau aufpassen, was hier passiert. Ich vertraue dir!«

Beth nickte eifrig. Sie strahlte.

»Marchesa Montecorno, Sie können sich auf mich verlassen. Und danke!«

»Jetzt geh!«

Beth rannte hinaus und stieß in der Tür mit Ruth zusammen.

»Pass doch auf, du dumme Gans!«, schrie Ruth.

»Ah, Ruth!«, sagte die Marchesa. »Du wirst hierbleiben. Wie du weißt, fehlt es dem Lord an Personal. Das macht dir bestimmt Spaß, wenn man bedenkt, für welch hohe Gäste du tätig sein darfst.«

Ruth drehte sich um und schlug die Tür hinter sich zu.

* * *

Martha stand vor dem Haus.

»Ich habe sehnlichst auf euch gewartet. Ich kann es nicht mehr mit ansehen. Vielleicht ist es gut, wenn die beiden sich ausheulen?« Dabei standen ihr selbst die Tränen in den Augen.

»Martha, wir müssen Ihnen Halt geben, bis sie sich wieder gefangen haben. Das bedeutet, wir dürfen keine Gefühle zeigen. Zunächst kann ich nur sagen: Hochachtung! Elizabeth hat Haltung gezeigt. So lässt man nicht mit sich umgehen!«

»Ich war auch erstaunt über ihre entschlossene Reaktion. Das hätte ich ihr nicht zugetraut. Aber das ist ohne Zweifel dein Einfluss, Sophia.«

»Sorge zuerst einmal für ein gutes Essen, Martha. Du wirst sehen, welche Wunder einfache Dinge bewirken können.«

Die Marchesa betrat das Bauernhaus, in dem Lady Monleirdon aufgewachsen war. Überall standen noch Kisten. Möbelstücke waren wahllos aufgestellt. Gestern erst waren die Sachen hergebracht worden. Niemand hätte gedacht, dass das Haus so schnell bewohnt werden würde.

»Wo sind Sie?«

»In Elizabeths Schlafzimmer.«

»Das ihrer Mutter?«

»Ja.«

Die Marchesa wandte sich an Gina.

»Hilf Martha in der Küche. Gebt euch Mühe! Es ist wichtig.«

Die Marchesa stieg die Treppe hinauf. Liliana folgte ihr.

Liliana hatte seit dem Vorfall in der Großen Bibliothek kein Wort gesprochen. Sie war blass. Ihr Blick war nach innen gerichtet. Rosemary hatte aufgeschrien, als sie ihren Bruder sah. Liliana hatte in ihrer Hand gespürt, dass das Herz für einen Augenblick aus dem Rhythmus kam. Sie hatte sich vor ihrem geistigen Auge eine Rosemary vorgestellt, die ruhig und majestätisch über der Situation steht. Dieses Bild hatte sie ihr über die Hand weitergegeben. Tatsächlich war Rosemary ruhig geworden und sofort erhobenen Hauptes aufgestanden, als ihre Mutter den Raum verließ. Das alles hatte Liliana keinerlei Kraft abgefordert, es war eher wie der Austausch einer Zärtlichkeit. Woran Liliana mit Entsetzen dachte, war die Wut, die in ihr hochgestiegen war und mit ihr der Impuls, wie ein Racheengel die beiden Männer mit einem Blitz niederzustrecken. Es war gut, dass Rosemary ihre ganze Aufmerksamkeit erfordert hatte.

»Großmutter, du musst mir helfen.«

»Liliana, was fragst du nur! Um was geht es?«

»Um Zauberei – und um die Wut, die ich kaum beherrschen kann.«

»Wir reden später! Du weißt, Wut, Rache und Hass sind keine guten Ratgeber?«

»Trotzdem sind sie hier drinnen«, Liliana klopfte sich auf die Brust.

»Wie gut ich das weiß! Meinst du, mir geht es anders? Wir Frauen aus der Toskana, wir haben eben heißes Blut. Das kocht schon einmal. Wir haben aber auch gelernt, mit anderen weiblichen Fähigkeiten weiterzukommen.«

»Ein richtiger Vulkanausbruch ist nicht zu verachten.«

»Das lass mal vorläufig sein, liebe Enkelin! Du bist die brave, naive Contessina, die keiner Fliege etwas zuleide tun kann. Vergiss das nicht!«

»Jawohl, weise Marchesa!«

Die Marchesa klopfte an die Tür und trat ein.

Elizabeth und Rosemary saßen auf dem Bett. Sie hatten alle ihre Tränen geweint. Jetzt waren sie erschöpft und leer.

Marchesa und Liliana setzten sich zu ihnen.

»Martha und Gina werden uns etwas Feines zu essen machen. Dann richten wir uns erst einmal gemütlich ein«, sagte die Marchesa im Plauderton. »Ich hoffe, du hast einen guten Rotwein?«

»Ich weiß nicht ...« murmelte Elizabeth. »Ich weiß überhaupt nichts mehr!« und wollte wieder anfangen, zu weinen.

»Am liebsten sind mir die süßen Weine«, fuhr die Marchesa unbeirrt fort, »die sind etwas schwerer, dafür schmecken sie auch. Trockene Rotweine trinken die Herren der Schöpfung, um zu beweisen, dass sie keine Kinder mehr sind. Etwas, das immer wieder bewiesen werden muss, meistens vergeblich.«

Sie schwiegen. Unten in der Küche klirrte Geschirr. Die Eingangstür schlug zu. Weit weg in der Ferne bellten Hunde. Schritte kamen die Treppe herauf.

Es klopfte an der Tür. Ann trat ein.

»Es ist jetzt alles da, Lady Monleirdon.«

»Danke, Ann!«

»Contessina Liliana«, sagte Ann, »diese Schafherde mit den Ziegen ... also, die haben sich auch auf den Weg hierher gemacht. Der komische gelbe Vogel, der ist in Richtung Everweard Castle geflogen. Ob er merkt, dass Sie jetzt hier sind? Schließlich ist es schon dunkel draußen.«

»Paglierino weiß, was er tut. Das nehme ich jedenfalls an. Wenn nicht, muss er für sich selbst sorgen.«

»Ann, hilf in der Küche!«, sagte die Marchesa.

»Viele Köche ...« sagte Liliana.

»... können nichts falsch machen«, unterbrach sie die Marchesa, »solange einer das Sagen hat.«

Ann ging.

»Martin, Martin ...« flüsterte Lady Monleirdon. »Wie konnte er mir das antun? Kein Wort, nichts ...«

»Elizabeth, wir reden nach dem Essen darüber. Noch wissen wir nicht, was wirklich geschehen ist.«

»Es tut so weh!«

»Bevor du nicht mit Martin persönlich gesprochen hast, kannst du nur sagen, dass er lebt. Das ist doch schon eine Menge mehr, als du vorher wusstest. Ist das nicht ein Grund zur Freude?«

»Er lebt.« Lady Monleirdon lächelte unter Tränen. »Aber ist er noch mein Sohn, ist er noch mein Martin? Ich erkannte ihn kaum wieder, so fremd erschien er mir.«

»Das war nicht mein Bruder!«, sagte Rosemary.

»Ach, Rosemary! Es war schon Martin, aber nicht der, den wir kannten. Fünf lange Jahre der Ungewissheit, der Vorwürfe, der Angst und der Verzweiflung sind vorübergegangen. Wir müssen mit ihm sprechen.«

»Er muss zu uns kommen«, sagte Rosemary trotzig.

»Ja, dieser Schritt muss von ihm ausgehen. Nicht ein einziges Mal hat er uns angesehen.«

»Ihr habt das Wesentliche nicht ausgesprochen«, sagte die Marchesa.

»Du meinst Floyd? Neulich hast du gesagt: Wer braucht solche

Männer? Ich jedenfalls nicht! Die Frage lautet, – lach mich nicht aus! – soll ich ihn verlassen oder vergiften?«

»Das Ergebnis ist dasselbe.«

»Mit einem kleinen Unterschied, Sophia. Wirklich frei fühle ich mich erst, wenn er vollkommen aus meinem Leben verschwunden ist, wenn er ausradiert wurde, als hätte es ihn nie gegeben.«

»Nur, dass du das nie könntest! Die alten Griechen und Römer glaubten an Nemesis, an eine ausgleichende Gerechtigkeit. Daran glaube ich auch, bin aber der Meinung, dass man dieser Nemesis auf die Sprünge helfen muss.«

»An was denkst du?«

»Das bereden wir nach dem Essen. Hoffentlich sind sie bald soweit in der Küche. Ich könnte jetzt sooo eine Pizza essen.«

»Pizza? Was ist das?«

»Das verrate ich nicht. Um das herauszubekommen, musst du mich schon in der Toskana besuchen. Dort backe ich dir mit meinen eigenen Händen eine Pizza, belegt mit Tomaten, Paprika, Peperoni, Auberginen, Oliven und Zwiebeln, alles selbst angebaut und geerntet.«

Es klopfte an der Tür. Gina kam herein. Sie hatte eine Schürze umgebunden.

»Entschuldigen Sie die Störung, Lady Monleirdon!«

»Ist das Essen fertig?«, fragte die Marchesa.

»Es dauert nicht mehr lange. Mir ist nur etwas eingefallen. Sie waren ja schon weg und können das nicht wissen.«

»Mach es nicht so spannend!«

»Lord Monleirdon sagte, morgen komme hoher Besuch, Lord Joseph, Earl of Brandor-Highston und seine Tochter Lady Aurelia. Es geht um den Ehevertrag. Der soll dann unterzeichnet werden. Das wollte ich den Herrschaften mitteilen.«

»Danke!«

Gina ging wieder hinaus.

»In Italien wäre es undenkbar, dass Brautvater und Braut zum Bräutigam kommen, um einen Ehevertrag zu schließen«, sagte die Marchesa.

»In England auch!« Elizabeth lachte bitter. »Das hat er sich ja fein ausgedacht, der hohe Lord Monleirdon! Brandor-Highston ist ruiniert, er besitzt keinen einzigen Penny. Der feine Earl hat nämlich sein gesamtes Vermögen am Roulette-Tisch verspielt. Das Königshaus half ihm oft genug aus der Patsche. Jetzt sagt man ihm: Rien ne va plus! Seine einzige Chance ist, in die Kolonien zu gehen, möglichst weit weg, wo ihn niemand kennt.«

»Gehört er zum Königshaus?«

»Sehr, sehr weitläufig! So weitläufig, dass es peinlich ist, wenn er seine Zugehörigkeit zum Königshaus in jedem zweiten Satz betont. Von seiner Tochter weiß ich nichts.«

»Sie soll sehr schön sein – und dumm wie Bohnenstroh«, sagte Rosemary. »Männer mögen das.«

Gina kam zurück.

»Das Essen war doch schon fertig. Ich war mit den Gedanken ganz woanders. Entschuldigen Sie bitte, Lady Monleirdon!«

Es gab Irish Stew und Brot in dicken Scheiben, dazu für jeden ein Glas Wasser aus dem Brunnen hinter dem Haus.

Liliana sprang plötzlich auf.

»Gina, hilf mir! Lady Monleirdon, wo können die Schafe und Ziegen weiden?«

»Welche Schafe?«

»Na, Sie wissen schon!«

»Martha, zeige der Contessina die Wiese am Birkenhein. Es gibt aber keine Zäune.«

»Das ist nicht nötig.«

Liliana ging hinaus, Gina und Martha folgten ihr. Ann stand auf und lief ebenfalls hinaus.

»Sophia, klär mich auf!«, fragte Lady Monleirdon. »Welche Bewandtnis hat es mit diesen Schafen und dem merkwürdigen Kanarienvogel?«

»Ich weiß es nicht. Eigenartiges Viehzeug fühlt sich von meiner Enkelin magisch angezogen. Da hättest du erst Fra Diavolo sehen sollen! Besser nicht, du bist ja eine Ästhetin.«

»Du meinst wegen der Möbel, die ich auf Monleirdon gehortet habe?«

»Jedes einzelne Stück ist hervorragend verarbeitet und formvollendet.«

»Aber?«

»Die Fülle erschlägt einen.«

»Du hast ja recht. Floyd war begeistert. Das sah alles teuer aus und war es auch. Nur was viel kostet, kann wertvoll sein. Alle Räume sind jetzt voll, da würde eine Gattin nur Platz wegnehmen.«

Die Marchesa tätschelte Lady Monleirdons Hand.

»Schau nach vorne!«

Die Tür ging auf. Liliana kam herein. Auf ihrer Schulter saß ein kleiner gelber Vogel. Die anderen Frauen folgten lachend.

»Will noch jemand Irish Stew?«, fragte Martha gleich an der Tür. Sie ging zum Herd und trug den schweren Topf herüber zum Esstisch. »Das gibt noch einen vollen Teller für jeden.«

»Also, mir hat es geschmeckt«, sagte Gina und hielt den Teller hoch. Keiner widersprach. Der Topf wurde geleert.

»Martha, hast du einen Rotwein gefunden in dem ganzen Durcheinander?«, fragte die Marchesa.

»Nein, aber einen alten Sherry.«

»Dann sind wir gerettet. Mit einem Sherry lassen sich Probleme noch einmal so schnell lösen.«

»Alte toskanische Weisheit?«

»Phönizisch.«

»Dann muss es ja wahr sein.«

Der Tisch wurde abgeräumt. Der Sherry musste aus Wassergläsern getrunken werden. Die Weingläser befanden sich noch in einer der Kisten. Liliana trank Wasser.

»Für einen Moment dachte ich, man verheiratet mich mit einem Menschen, den ich nicht kenne.«

»Wir alle, Rosemary!« Lady Monleirdon streichelte Rosemarys Wange. »Es war eine unwürdige, demütigende Situation.«

»Warum müsst ihr uns eigentlich verheiraten?« Liliana stellte mit einem Knall das Glas auf den Tisch. »Als wenn wir keine Gefühle hätten! Als wüssten Eltern, was für ihre Kinder das Richtige ist. Ihr wollt wohl eine neue Rasse von Schafen züchten, die beim Abschlachten nicht einmal mehr mäh sagen kann!«

Martha lachte. »Sophia, deine Enkelin ist ja genauso hitzig wie du. Dabei würde man das bei ihr nie vermuten, so brav sieht sie aus.«

Die Marchesa stand auf und lief zwischen Tisch und Kamin auf und ab.

»Sophia … « fing Lady Monleirdon an.

»Pst!«, sagten Liliana und Gina gleichzeitig. »Die Marchesa denkt.«

Hoch oben auf dem Küchenschrank saß regungslos ein kleines gelbes Etwas. Draußen rüttelte der Wind an den Fensterläden. Ann rutschte nervös auf dem Stuhl herum.

Die Marchesa kam zurück und setzte sich wieder.

»Wenn es genehm ist, hätte ich gern noch ein Glas von dieser vortrefflich süßen und klebrigen Flüssigkeit.«

»Wie es konveniert, hochedle Marchesa Montecorno«. Martha füllte das Glas der Marchesa nach. »Salute!«

»Danke!«

Die Marchesa nippte kurz an dem Sherry, stellte das Glas aber gleich wieder hin.

»Also!«

»Wir hören.«

»Unterbrich mich nicht, Liliana! Du weißt, ich bin leicht abzulenken. Jetzt wollen wir uns aber konzentrieren.«

Die Marchesa legte beide Hände mit den Handflächen nach unten auf den Tisch.

»Mein Gatte war Admiral. Aber eigentlich wäre ich dafür viel besser geeignet gewesen. Denn ich habe von Natur aus ein herrisches Wesen und mische mich gern in Dinge ein, die mich nichts angehen, nur weil ich glaube, ich könnte sie besser lösen als irgendein anderer. So sind in meinem Kopf und in meinem Bauch, liebe Elizabeth, deine Probleme zu den meinen geworden.«

»Ich danke dir, Sophia. Nie hätte ich nur im Traum daran gedacht, in dir eine Freundin zu finden. Weißt du, zuerst hatte ich Angst vor dir.«

»Bin ich nicht zum Fürchten?« Die Marchesa sah Liliana und Gina eindringlich an. »Mit mir ist auch nicht zu spaßen, wenn man einem meiner Lieben etwas Böses tun will.«

»Wir sind doch nur Frauen«, sagte Elizabeth kleinlaut.

Die Marchesa sah sie streng an. »Darüber müssen wir uns einmal unterhalten, Elizabeth. Jetzt nicht! Jetzt reden wir über dich.«

»Mich? Es geht doch um Martin.«

»Zuerst reden wir über dich!«, wiederholte die Marchesa mit Nachdruck. »Die Hauptfrage lautet nämlich: Was willst du? Willst du deinen Mann verlassen? Willst du ihm einfach alles überlassen und weggehen? Willst du eine Scheidung und deinen Anteil am Vermögen einfordern? Willst du, dass euer Sohn Martin eine zwar arrangierte, aber vielleicht vorteilhafte Verbindung eingeht? Bist du bereit, um dies zu ermöglichen, dich auf das Spiel einzulassen und so zu tun, als wäre alles in Ordnung? Wie soll die Zukunft deiner Tochter aussehen? Das sind die Fragen, die nur du allein beantworten kannst.«

»Rosemary, sei mir nicht böse!«, sagte Lady Monleirdon. »Ich kann nicht mehr zurück zu deinem Vater. Ihr müsst wissen, das war heute nichts Besonderes, nur ein neuer Höhepunkt. Unsere Ehe bestand nur aus Demütigungen. Ich hatte geglaubt, es müsste so sein. Bis du mir die Augen geöffnet hast, Sophia! Wie es weitergehen soll, darüber nachzudenken bin ich im Augenblick nicht in der Lage.«

»Mama!« Rosemary fiel ihrer Mutter um den Hals. »Wenn ich nur bei dir sein kann!«

»Mein gutes Kind, verzeih mir, ich hatte mich so wenig um dich gekümmert. Ich war ja so dumm!«

Die beiden Frauen weinten. Die Marchesa schaute auf ihre Hände. Sie waren hässlich. Blaue Äderchen überwucherten sie wie Luftwurzeln. Bräunliche Flecke besprenkelten sie. Das waren gewiss keine Sommersprossen. Bin ich das? dachte sie, so alt fühle ich mich doch gar nicht. Wenn ich so aussähe, wie ich mich im Innern fühle, dann wäre hier die zarte, rosige Haut eines Säuglings. Verstohlen sah sie zu Liliana hinüber, von der sie glaubte, sie könne ihre Gedanken lesen.

»Großmutter«, sagte Liliana schmunzelnd, »wir warten auf den zweiten Akt!«

Die Tür flog auf.

Martin trat ein. Er trug einen langen Mantel und Reitstiefel. Von seinem Hut tropfte das Wasser herunter. Der Wind blies den Regen in das Zimmer. Wie eine Gewitterwolke war Martin hereingeweht worden. Eine elektrische Spannung füllte auf einmal den Raum, die sich entladen musste.

Ann stand auf und schloss die Tür.

Martin blieb unbeweglich stehen und schaute auf seine weinende Mutter und Schwester. Sein Gesicht zeigte keine Regung.

»Alle anderen, raus!«, brüllte er plötzlich.

Die Marchesa blieb sitzen und gab ein Zeichen, dass alle bleiben sollten. Ann setzte sich wieder an den Tisch.

Liliana stand auf, stellte sich vor Martin und sah ihn wortlos an.

»Nein! Das kann nicht sein!« Martin wurde bleich. Seine Hände zitterten.

»Nerissa ist tot«, sagte Liliana. »Seit fünf Jahren!«

Martin hatte fiebrige Augen. Er bebte am ganzen Körper.

»Fünf Jahre! Warum hast du mich nicht zurückgeholt, Mutter?«

Lady Monleirdon sah ihn verständnislos an. Rosemary wimmerte.

Martha sagte: »Wir wussten nicht, was aus Ihnen geworden ist, Mr. Fitzgerald. Sie waren plötzlich verschwunden. Keiner konnte uns sagen, wo Sie waren. Wir mussten annehmen, dass Sie tot sind.«

»Was! Was!« Martin rang nach Worten. »Dir war doch völlig gleichgültig, was aus mir wird, Mutter!«

»Ach, Martin, wie können Sie so etwas von Ihrer Mutter annehmen?« Martha wurde wütend. »Seit damals ist sie nicht mehr dieselbe. Sie haben ihr Leben zerstört! Und das ihrer Schwester!«

Martin setzte sich an den Kamin. Regentropfen fielen zischend in die Flammen. Regungslos starrte er ins Feuer.

Martha reichte ihm ein Glas Sherry. Er kippte es in einem Zug hinunter.

»Junger Mann«, sagte die Marchesa mit lauter klarer Stimme. »Kommen Sie hierher an den Tisch! Wir wollen die Sache so klären, wie sie Erwachsenen würdig ist.«

Martin stand auf und setzte sich an das andere Ende des Tischs.

»Was haben Sie hier zu sagen?«

»Ich bin die Marchesa Montecorno di Capirosso und diese junge Dame hier ist meine Enkelin Contessina Liliana di Salamandra. Sie wird in wenigen Tagen den Duke of Everweard heiraten.«

»Nein!«

»Ihr Entsetzen zeigt mir, dass wir durchaus berechtigtes Interesse an Ihrem Schicksal haben. Nicht wahr?«

Martin blickte unter sich.

»Wo waren Sie die letzten fünf Jahre, Martin, und unter welchen Umständen sind Sie damals verschwunden? Diese Frage können nur Sie beantworten.«

Gina stand auf und gab Ann ein Zeichen, mitzukommen. Sie gingen hinauf, die Schlafzimmer herzurichten.

»In der Hölle war ich! Wo sonst?«

»Hat die Hölle einen Namen?«

»Krishnanagar im Nadia Distrikt, West Bengalen.«

»Was gibt es dort?«

»Indigo.«

»Ich verstehe. Wieso ist das die Hölle für einen jungen Mann, der schnell zu sehr viel Geld kommen will und dafür rücksichtslos eine blühende Kultur zerstört, die Arbeitskraft von Männern, Frauen und Kindern bis zu deren Erschöpfung ausbeutet und gnadenlos über Berge von Leichen steigt, nur um sich hier im ruhmreichen Vaterland goldene Wasserhähne kaufen zu können? Waren Sie nicht eher im Paradies?«

»Sophia!« Elizabeth war entsetzt.

»Ja, Marchesa Montecorno, ja! Sie haben recht mit jedem Wort. Weil ich das alles gesehen habe und nicht ertragen konnte, war es die Hölle.«

»Warum sind Sie nach Indien gegangen?«

»Ich wurde verschleppt.«

»Jetzt erzählen Sie doch endlich von Anfang an. Das ist doch kein Verhör!«

Elizabeth und Rosemary saßen nebeneinander. Sie hatten die Arme umeinander gelegt, ihre Köpfe lehnten aneinander. Sie weinten hilflose Tränen. Martin saß regungslos da. Sein Blick war leer. Der steinerne Gast, dachte Liliana wie in Mozarts Oper Don Giovanni. Er war nur gekommen, um seine Mutter für alles verantwortlich zu machen, was ihm geschehen war, und sie mitzunehmen in die Hölle, in die er wieder zurückkehren musste. Diese Hölle ist seine eigene Seele. Aber seine Mutter war ebenso Opfer wie er. Seiner Wut ist das Ziel genommen, sie kann sich nur noch gegen ihn selbst richten.

»Großmutter«, sagte Liliana tonlos, »ich will nicht wissen, was dieser Mensch zu erzählen hat, egal, ob es eine herzzerreißend traurige Geschichte ist oder die Heldentat eines mutigen Mannes. Das ist bedeutungslos. Schau dir seine Mutter an und seine Schwester, meine cara Rosa Maria! Fünf Jahre lang dachten sie nur an ihn. Die Welt war für sie untergegangen und sie konnten nicht die Kraft finden, eine neue aufzubauen. Ihrem Leben war der Glanz genommen. Was übrigblieb, war nur Traurigkeit und Hoffnungslosigkeit.« Liliana stand auf und fuhr mit lauter Stimme fort: »Hier sitzt er und hat kein Wort der

Begrüßung übrig, keine Träne der Freude über ihr Wiedersehen, kein Interesse daran zu erfahren, wie es ihnen ergangen ist. Er denkt nur an sich. Mag ihm Unrecht widerfahren sein, die Welt ist voller Unrecht und Gemeinheit, so beurteilen wir doch einen Menschen danach, in welchem Maße er selbst Unrecht tut oder fähig ist, zu verzeihen und zu lieben.«

Gina war heruntergekommen. Sie legte stumm den Arm um Liliana.

Martin sprang auf, der Stuhl fiel zu Boden, und er rannte hinaus. Die Tür blieb offen. Ein eisiger Wind wehte herein und ließ die Flammen im Kamin auflodern. Zuckende Schatten irrten an der Decke hin und her.

Martha stand auf, um die Tür zu schließen.

Martin kam zurück. Sein Gesicht war feucht vom Regen oder von Tränen. Er ging auf seine Mutter und seine Schwester zu und nahm beide in die Arme. Sie sagten kein Wort, sie drückten sich aneinander und fühlten die Wahrhaftigkeit ihres Beisammenseins. So standen sie zusammen, küssten sich und weinten Tränen der Erleichterung.

Martha nahm Lilianas Hand und streichelte sie.

»Sophia«, sagte sie zur Marchesa, »lass nicht zu, dass deine Enkelin den Duke heiratet! Sie sollte nur die Liebe leben, die in ihrem Herzen ist.«

»Lassen wir die drei allein! Sie haben sich viel zu erzählen«, sagte die Marchesa.

## Kapitel 16

Das Schlafzimmer war kalt.

Die Marchesa, Liliana und Gina kuschelten sich eng aneinander. Bald war es wohlig warm unter der Decke.

»Wo ist Paglierino?«, fragte Gina.

»Ich glaube, er sitzt immer noch auf dem Küchenschrank. Er ist halt sehr neugierig.«

»Oder es ist in der Küche wärmer als hier.«

»Da hast du recht! Großmutter, komm, wir legen uns alle auf den Schrank in der Küche.«

»Gute Idee! Wer verlässt als erste das Bett?«

Niemand rührte sich. Der Wind rüttelte an den Fensterläden. Regen prasselte auf das Dach.

»Der Regen in England ist unfreundlich, direkt feindlich«, sagte Liliana. »Bei uns in der Toskana ist er ein Geschenk Gottes, hier fast eine Bestrafung.«

»Na, na!« Großmutter wühlte in Lilianas Haaren. »Du hast heute deinen dramatischen Tag, Contessina. Wir sollten schlafen. Morgen wird es bestimmt anstrengend.«

»Ohne Gute-Nacht-Geschichte können wir nicht einschlafen, nicht wahr, Gina?«

»Quälgeister!« Großmutter liebte es, Geschichten zu erzählen. Außerdem hätte sie jetzt doch nicht einschlafen können. »Was wollt ihr denn hören?«

»Wie wär's denn mit einer Geschichte, die du uns noch nicht erzählt hast? Da wir jetzt erwachsene Frauen sind, brauchst du dir keine moralischen Hemmungen aufzuerlegen.«

»Erwachsene Frauen? Dass ich nicht lache! Unanständige Wörter kommen mir nicht über die Lippen, so interessant sind sie auch nicht.«

»Das werden wir selbst entscheiden.«

»Na gut, weil es dunkel ist und uns niemand sieht, erzähle ich einer Legende von Magali, die nicht so sehr bekannt ist.«

»Magali, das ist meine Ur-Ur-Ur-Ur-Großmutter?«, fragte Liliana.

»Ja! Also hört ...«

## Magali und ihre drei Ehemänner

War es gestern oder ist es morgen, da lebte in einer kleinen Hütte am Fuße des Rotwalds das schönste Mädchen der Welt. Sie hatte keine Eltern mehr. Ein alter schwarzer Kater, eine Ziege und ein Ziegenbock waren ihre Gefährten. Um die Hütte herum war ein Garten, und um den Garten ein Zaun. Einen Brunnen gab es und einen Teich, in dem zwei Karpfen schwammen. Den Apfelbaum teilte sich eine Amselfamilie mit einem Bienenstock und ihren emsigen Bewohnern. Magali, so hieß das Mädchen, war zufrieden mit ihrem Leben, obwohl sie noch nichts von der Welt gesehen hatte, und sang und pfiff den ganzen Tag. Das passte dem Kater nicht, denn er war in ein Alter gekommen, wo man seine Ruhe haben möchte und an allem etwas auszusetzen hat. Das lag natürlich daran, dass seine nächtlichen Serenaden keine Katzendame mehr hinter dem Ofen hervorlockten.

»Du dummes Ding, du weißt gar nicht, was dir fehlt zum wahren Glück!«

»Dann verrate es mir doch, alter Griesgram!«

»Das weiß doch jeder! Eine Frau braucht einen Mann.«

»Einen Mann?« Daran hatte Magali wirklich noch nicht gedacht. Aber wenn es sein musste, dann musste es sein.

Sie verwandelte sich in einen Adler und flog hinaus in die Welt. Lange flog sie von Dorf zu Dorf. Die Männer waren alle hässlich und bohrten mit dem Finger in der Nase. So etwas wollte sie nicht. Schließlich sah sie einen Schäfer, der in der Sonne schlief, den Hut im Gesicht. Sie schwebte herab, verwandelte sich zurück und wartete. Als er aufwachte und den Strohhut nach oben schob, konnte sie in seine hellblauen Augen schauen.

»Willst du mein Mann sein?«, fragte sie.

»Ja!«, sagte der Schäfer.

So packte sie ihn am Schopf und flog mit ihm zurück zur Hütte.

Der Kater sagte nur: »Na ja!«

Das Bett war zwar schmal, aber für die Hochzeitsnacht breit genug. Der junge Mann war eifrig, Magali aber konnte keinen Gefallen an ihm finden. Außerdem roch er nach Schafen, was ihr jetzt erst auffiel. Sie stieß ihn aus dem Bett.

»Soll ich dich zurückbringen oder willst du hierbleiben?«, fragte sie.

»Ich will bei dir bleiben, oh Liebe meines Lebens!«

»So soll es sein!«, sagte Magali und verwandelte ihn in ein Schaf. Das führte sie zu den Ziegen. »Seid nett zu ihm, er ist mein Ehemann!«

Der Kater betrachtete seine linke Pfote, als sie zurückkam.

»Das war wohl nichts.«

»Bist du sicher, dass ich einen Mann brauche?«

»Die Ziege hat einen Ziegenbock, das Karpfenweibchen hat einen Karpfen und die Amsel gleich eine ganze Familie!«

»Na gut, dann muss ich mich wieder auf die Suche machen.«

Als Adler schwang sie sich in die Lüfte. Sie flog von Dorf zu Dorf, von Gehöft zu Gehöft, aber die Männer, nein, was für ungehobelte Klotze das waren! Ich nehme einfach den nächsten Besten, denn sie sind alle gleich, dachte sie. Der Nächste, das war ein Jäger. Er saß auf einem Baumstamm und rauchte Pfeife.

Magali verwandelte sich zurück und setzte sich neben ihn. Als er sie sah, fiel ihm die Pfeife aus dem Mund.

»Willst du mein Mann sein?«, fragte sie.

»Ja!«, sagte der Jäger.

So packte sie ihn am Wams und flog mit ihm zurück in die Hütte.

Der Kater sagte nur: »Hm!«

Dann kam die Hochzeitsnacht. Der Jägersmann war gut ausgestattet und kaum zu bändigen. Es tat weh. Außerdem roch er nach Tabak, was ihr jetzt erst auffiel. Da stieß ihn Magali aus dem Bett.

»Soll ich dich zurückbringen oder willst du hierbleiben?«, fragte sie.

»Ich will bei dir bleiben, oh Liebe, meines Lebens!«

»So soll es sein!«, sagte Magali und verwandelte ihn in ein Schwein. Das führte sie zu den Ziegen und dem Schaf. »Seid nett zu ihm, er ist mein Ehemann!«

Der Kater betrachtete seine rechte Pfote, als sie zurückkam.

»Das war wohl wieder nichts!«

»Bist du ganz sicher, dass ich einen Mann brauche?«

»Es ist gegen die Natur, wenn eine Frau allein lebt.«

»Na gut, dann muss ich mich wieder auf die Suche machen. Aber nicht gleich!«

Der Kater ließ ihr keine Ruhe.

»Mach, dass du fortkommst, dummes Weib! Du wirst von Tag zu Tag nicht jünger.«

Magali verwandelte sich in einen Adler und flog davon. Diesmal wollte sie sich mehr Zeit lassen und genauer prüfen. So kam sie eines Tages in ein fernes Land, wo alle Menschen schwarz waren. Die Männer hatten eine hohe Gestalt und bewegten sich mit Grazie.

»Hier muss ich doch den Richtigen finden!«

Sie verwandelte sich zurück und setzte sich an den Brunnen, wo die Frauen Wasser holten in hohen bauchigen Krügen, die sie auf dem Kopf zurück ins Dorf trugen.

»Sagt mir, wer ist der schönste Mann weit und breit?«

Sie glaubte nämlich, dass ein Mann vor allem schön sein müsse.

»Der Sohn des Königs, der ist der Schönste. Keine Frau hat ihm bisher gefallen.«

Magali trat vor den Königssohn. Ja, er sah wirklich gut aus mit seinem schwarzen, gekräuselten Haar und den dunklen Augen.

»Willst du mein Mann sein?«, fragte sie.

»Ja!«, sagte der Königssohn.

So packte sie ihn an der goldenen Gürtelschnalle und flog mit ihm zurück in ihre Hütte.

Der Kater sagte nur: »Oh!«

Die Hochzeitsnacht ging vorüber und die nächste Nacht und die nächste. Da gab es nichts auszusetzen.

Aber ein Königssohn ist ein Königssohn. Er lag den ganzen Tag in der Sonne und ließ sich bedienen. Einmal wollte er Trauben, dann einen Gänsebraten, dazu einen Tokayer und alles musste schnell gehen. Ein Königssohn wartet nicht. Unterhalten konnte sie sich auch nicht mit ihn. Denn schnell war das Thema erschöpft, in dem er sich auskannte, er interessierte sich nur für sich selbst. Nachdem er sie am Tage langweilte, konnte sie auch in der Nacht nicht mehr die rechte Freude an ihm finden. Sie stieß ihn aus dem Bett.

»Soll ich dich zurückbringen oder willst du hierbleiben?«, fragte sie.

»Ich will bei dir bleiben, oh Liebe meines Lebens!«

»So soll es sein!«, sagte Magali und verwandelte ihn in ein Pferd. Das führte sie zu den Ziegen, dem Schaf und dem Schwein. »Seid nett zu ihm, er ist mein Ehemann!«

Der Kater putzte seine Pfoten, als sie zurückkam.

Bevor er etwas sagen konnte, sagte Magali:

»Hätte ich nur nicht auf dich gehört, du dummes Vieh!«

Sie verwandelte den Kater in eine Frau.

»So, geh und kümmere dich um meine drei Ehemänner! Du kannst sie gerne haben.«

Es war letztendlich gleichgültig, welche Gestalt der Kater hatte. Eines hatte sich nicht verändert, er beklagte sich den ganzen Tag und hatte an allem etwas auszusetzen. Aber jetzt hatte er ja die drei Männer Magalis, an denen er seine üble Laune auslassen konnte.

Wie Magali doch noch zu einem liebevollen Ehemann kam, mit dem sie auch reden konnte, das ist eine ganz andere Geschichte.

*

»War das unmoralisch genug für euch, ihr Küken?«, beendete Großmutter die Erzählung.

»Im Gegenteil, die Geschichte war sehr moralisch. Man soll keinen Mann heiraten, der nicht zu einem passt. Ich werde es mir zu Herzen nehmen. Gina, jetzt haben wir wieder etwas dazugelernt.«

»Man muss aber zuerst seine Erfahrungen sammeln«, sagte Gina. »Gut, wenn man dann auf einfache Weise die Fehlversuche loswerden kann.«

»Überlass das ruhig mir, Tantchen! Im Nu hast du einen ganzen Schweinestall von Verehrern.«

»Die soll ich dann wohl noch füttern und ausmisten?«

»Das ist wahr! Großmutter, wie kann man dieses Problem lösen?«

Die Marchesa war aber schon eingeschlafen. Ihr Mund stand halb offen, gleich würde sie mit ihrem nächtlichen Schnarchkonzert beginnen.

## Kapitel 17

Der Frühstückstisch war festlich gedeckt mit einem blütenweißen Damasttischtuch, feinem Porzellan und Silberbesteck. Die Marchesa bekam einen extrastarken Kaffee. Brot, Butter, Wurst, Käse und Marmelade mussten rationiert werden. So weit war der Aufbau einer neuen Hauswirtschaft noch nicht gediehen. Es schmeckte trotzdem.

»Wo ist dein Sohn?« fragte die Marchesa.

»Er muss einen dringenden Besuch machen. Wohin, weiß ich nicht.«

Liliana blinzelte zu Rosemary hinüber, die grinsen musste.

»Ihr wisst etwas?«

»Nein, nein, Mutter! Er wird seine Geheimnisse haben.«

»Er hat ausschließlich Geheimnisse.«

»Hat er euch einige davon enthüllt gestern Nacht?«

»Ja, Sophia! Er hat mir erlaubt, euch das Wesentlichste mitzuteilen.«

»Schade!«, die Marchesa schüttelte den Kopf. »Wo ich doch so gerne lange und handlungsreiche Geschichten höre, besonders wenn sie zudem noch wahr sind.«

»Du musst verstehen ...«

»Das ist schon in Ordnung, Elizabeth. Du musst nicht alles ernst nehmen, was ich sage. Wehe, wenn du mich nicht ernst nimmst!«

Elizabeth sah ratlos zu Martha hinüber.

»Elizabeth«, lachte Martha, »das nennt man Humor. Das ist etwas, was du noch lernen musst. Wenn man das überhaupt lernen kann?«

»Es kommt auf die Einstellung zum Leben an.« Die Marchesa musste zur Kenntnis nehmen, dass kein Kaffee mehr da war. »In dieser Beziehung hast du schon große Fortschritte gemacht. Du wirst sehen, Elizabeth, dann kommt der Humor von allein. Er hilft einem gegebenenfalls darüber hinweg, dass man sein morgendliches Gift nicht in ausreichenden Mengen bekommen kann.«

»Das tut mir leid!« Elizabeth sprang auf, als wollte sie nach Monleirdon laufen, um der Marchesa frischen Kaffee zu besorgen.

»Andererseits fängt mein Herz an zu flattern und meine Hände zu zittern, wenn ich zu viel Kaffee trinke. Das hast du als perfekte Gastgeberin zu verhindern gewusst.«

Elizabeth ließ sich erleichtert wieder auf dem Stuhl nieder. So sehr sie die Marchesa schätzen gelernt hatte, blieb sie ihr doch ein Rätsel.

»Jetzt spanne uns nicht länger auf die Folter! Was ist vor fünf Jahren geschehen?«, sagte die Marchesa.

»Ihr wisst, dass Lady Nerissa hinter Martin her war? Er wollte sie aber nicht. Dafür war der Duke ganz versessen darauf, Lady Nerissa zu heiraten. Sie konnte ihn nicht ausstehen. Der Duke war davon überzeugt, dass sie ihre Meinung ändern würde, wenn Martin aus dem Weg ist. Martin war ebenfalls daran interessiert, möglichst viel Abstand zwischen sich und Lady Nerissa zu bringen. Er sprach mit Floyd und äußerte den Wunsch, Musik zu studieren. Sein Vater sagte nichts dazu, besprach sich aber mit dem Fürsten. Von dem Fürsten habt ihr schon gehört?« Die Marchesa nickte. »Der Fürst versprach Martin, ihm einen Studienplatz in Boston zu besorgen, dort kenne er den Dekan der Musikfakultät. Er müsse nur sofort und auf der Stelle mit ihm abreisen. Martin wollte noch von uns Abschied nehmen. Das redete ihm der Fürst aus. Das gehe nicht, Lady Nerissa sei gerade eingetroffen und würde mit mir sprechen. Außerdem wüsste ich Bescheid. Es sei meine ausdrückliche Anweisung, ohne weiteren Verzug Monleirdon zu verlassen. So fuhren sie ab.«

Martha erinnerte sich. »Lady Nerissa war an jenem Abend nicht bei uns. Wir sahen sie auch nicht mehr wieder.«

»Der Fürst und Martin fuhren also über London nach Plymouth, wo ein Schiff auf sie wartete. Martin betrat das Schiff und wurde von hinten niedergeschlagen. Als er wieder zu sich kam, lag er gefesselt in einer Kajüte. Die Fahrt ging nicht nach Boston, sondern nach Kalkutta. Der Fürst hatte beste Beziehungen in die Kolonien und überhaupt zu jedermann. Der Duke und Floyd investierten gemeinsam in ein Projekt in Indien, Anbau, Herstellung und Vertrieb von Indigo. Floyd konnte so den Farbstoff billig in seiner Textilproduktion verwenden, und der Duke hatte eine gute Kapitalanlage. Martin war betrogen worden. Und wisst ihr, wer hinter allem steckte? Niemand anders als seine eigene Mutter!«

»Du hast ja doch Humor, Elizabeth!«, sagte die Marchesa.

»Ich hatte ihm nämlich einen Brief geschrieben, in dem ich mein Entsetzen darüber zum Ausdruck brachte, dass er leichtfertig alles aufs Spiel setze, was sein aufopfernder Vater in langer mühevoller Arbeit aufgebaut habe. Er sei undankbar, auch seiner Schwester gegenüber, der es durch sein Verhalten unmöglich gemacht werde, standesgemäß zu heiraten. Ich verlangte von ihm, dass er sich seiner Pflicht so verantwortungsvoll stelle, wie man es von einem Lord Monleirdon erwarte. Sobald die Sache mit Lady Nerissa geklärt sei, würde ich mich freuen, ihn zu Weihnachtsurlauben in die Arme nehmen zu können, um von den Fortschritten zu hören, die er zum Ruhme Monleirdons gemacht habe. Sollte er aber meine Erwartungen enttäuschen, so wäre es besser, wenn er nicht zurückkäme. Die List, die ich hatte anwenden müssen, sei nur zu seinem Besten.«

»Er hat das geglaubt?«

»Ja, ja und nochmals ja!« Lady Monleirdon schlug die Augen nieder. »Martin ging mir damals aus dem Weg. Wir sprachen kaum noch miteinander. Ich wollte keinen Streit mit Floyd, deshalb hatte ich meinen Sohn immer wieder gebeten, nachzugeben und sich anzupassen. Martha, du weiß es, ich war ein dummes, verängstigtes Frauchen. Ich hatte panische Angst vor jedem lautgesprochenen Wort. Harmonie wollte ich – um jeden Preis.«

»Meine liebe Elizabeth«, sagte die Marchesa, »es ehrt dich, dass du das erkannt hast. Wir kommen nicht als vollkommene Engel auf die Welt – das werden wir erst später. Wir machen Fehler, auch schwere Fehler. Das Entscheidende ist, dass wir uns weiterentwickeln und aus unseren Fehlern lernen. Mach dir keine Vorwürfe! Du konntest damals nicht anders handeln. Jetzt bist du ein anderer Mensch. Was du jetzt tust, das ist entscheidend. Verrate mir aber ganz schnell, bevor ich vor Neugierde zerplatze, wer hat diesen Brief gefälscht?«

»Darüber sind wir uns nicht im Klaren, entweder Floyd oder der Fürst. Ich kann mir aber beim besten Willen nicht vorstellen, welchen Vorteil der Fürst davon haben konnte.«

»Dieser Fürst«, sagte Liliana, »hat unter dem Namen Nero Borden meinen Vater ruiniert. Das ist der Grund, warum ich den Duke heiraten werde. Ich verdanke das diesem Fürsten. Mich würde es brennend interessieren, welche Ziele er damit verfolgt.«

»Ihre flüchtige Ähnlichkeit mit Lady Nerissa ist mir schon aufgefallen. Es ist seltsam. Hängt das alles zusammen?«

»Wir wissen es nicht. Ich möchte es aber herausfinden, bevor ich wirklich die Gattin des Duke werde. Meine Hoffnung ist, die Hochzeit zu verhindern, und trotzdem meine Familie zu retten.«

»Ach, Liliana!« Rosemary stand auf und legte den Arm um Liliana. »Wie gern würde ich dir helfen!«

»Danke, Rosa Maria! Noch ist es nicht zu spät.«

Die Marchesa betrachtete nachdenklich die leere Tasse. Wie konnte es so weit kommen, dass das Fehlen einer heißen, bitter schmeckenden Flüssigkeit ihr Tapferkeit abverlangte?

»Was ist mit dieser königlichen Hochzeit? Was hat dein Sohn darüber gesagt?«

»Nur durch die Einwilligung in diese Eheschließung konnte er seinem Martyrium entkommen. Er war für die Arbeiter und die Kolonialverwaltung der reiche Baron und der große Boss, in Wirklichkeit aber war er ein Gefangener. Das muss ein Albtraum gewesen sein für Martin, der ein empfindsamer Geistesmensch ist.«

»Eine Zusage, die unter Zwang und Vorspiegelung falscher Tatsachen entstand, ist nichtig«, sagte die Marchesa.

»Was ist mit Monleirdon?«

»Elizabeth«, die Marchesa nahm ihre Hände und schaute ihr fest in die Augen. »Monleirdon ist eine Illusion! Es ist Nichts, ein Gehirngespinst deines Gatten. Vergiss es! Du hast dein Land, es gehört dir. Wirf den Baron hinaus, samt seinen Fabriken. Bewirtschafte es selbst. Das hast du doch gelernt und verstehst eine Menge davon. Was kümmern dich die feinen Pinkel in London oder sonst wo? Hier ist deine Heimat. Das Land, die Wälder, das Vieh und die Menschen, das ist deine Welt. Kümmere dich darum!«

»Meinst du wirklich?«

»Ich helfe dir!«, sagte Martha.

»Mama, müssen wir dann nicht mehr zurück in dieses schreckliche Haus?«

Lady Monleirdon schwieg. Jeder sah, dass sie das nicht bewältigen konnte. Noch war sie nicht so weit.

»Heute bereits soll der Ehevertrag unterschrieben werden«, sagte Gina.

»Ich weiß!«, flüsterte Elizabeth. »Wie soll das alles nur weitergehen?«

»Das kommt auf deinen Sohn an. Was immer er entscheidet, diesmal stehst du ohne Wenn und Aber hinter ihm! Wir lassen dich nicht im Stich, Elizabeth. Wir werden nicht eher nach Everweard Castle oder nach Italien zurückkehren, bis wir sicher sein können, dass es dir, Rosemary und Martin gut geht.«

Lady Monleirdon kamen die Tränen.

»Ihr seid alle so lieb zu mir! Warum tut ihr das? Ich bin doch niemand!«

»Elizabeth!« Martha konnte es nicht mehr hören. »Das hat dir Floyd eingeredet und vorher dein Vater. Du bist nicht niemand, du bist Du. Und dich kann man nur gernhaben!«

Elizabeth stand auf und lief weinend die Treppe hinauf. Rosemary folgte ihr.

»Martha, wie ist die finanzielle und rechtliche Lage Elizabeths?«

»Es gibt einen Ehevertrag. Ihr Vater hatte darauf bestanden, dass das Land im alleinigen Besitz seiner Tochter und ihrer Kinder verbleibt. Floyd Fitzgerald, der seine ehrgeizigen Pläne, sonst aber keinen Penny in die Ehe mitbrachte, hat nur die Nutzungsrechte. Sie enden im Falle einer Scheidung. Deshalb hat er Elizabeth eingeredet, sie sei dumm und unfähig. Nur durch Terror und Angst konnte er sicher sein, dass sie sich ihm unterwarf. Als dann Martin verschwand, hatte sie erst recht das Gefühl, versagt zu haben. Das wurde von Jahr zu Jahr schlimmer. Die größte Grausamkeit war, ihr nicht zu sagen, wo ihr Sohn sich aufhielt und dass er noch lebt. Sie ist das typische Opferlamm, mit dem man alles machen kann. Wenn sie nur wütend werden könnte!«

»Ich muss mir etwas die Beine vertreten. Gehen wir ein wenig spazieren! Oder regnet es immer noch?«

»Nein! Wir sehen einmal nach, was die Schafe der Contessina treiben.« Martha hielt der Marchesa und Liliana die Tür auf.

Die Marchesa blieb stehen.

»Gina, sei so gut und hole unsre leichten Mäntel. Es ist mir doch noch zu kühl. Und du kommst mit! Du bist bereits so blass wie eine Engländerin.«

## Kapitel 18

Schafe und Ziegen warteten schon auf sie. Liliana kraulte jedes hinterm Ohr und flüsterte ihm etwas zu.

Die Marchesa sah das zum ersten Mal. Sie wurde nachdenklich.

»Es gibt eine alte Legende«, sagte sie zu Gina, »in der ist auch von Schafen und Ziegen die Rede. Mir fällt sie im Moment nicht ein. Ich werde darüber nachdenken. Besser nicht! Wenn man an etwas nicht bewusst denkt, dann fällt es einem unverhofft wieder ein. Liliana, es reicht! Ich möchte wissen, was es von dort oben aus zu sehen gibt.«

Martha wusste es. Sie war auf die Reaktion der Marchesa gespannt.

Sie spazierten einen gewundenen Pfad den Hügel hinauf. Oben angekommen, hatten sie einen weiten Blick über Fabrikhallen aus Stahl und verrußtem Glas. Durch die offenen Türen drangen das Stampfen und Dröhnen von Maschinen. Beizender Dampf wehte herauf. Auf dem Kanal wurden Frachtkähne beladen. Die hohen Kräne ragten wie Galgen über dem schwarzen, öligen Wasser. Hinter den Halden aus Schrott und Kohlen erhob sich ein Hügel. Auf ihm drängte sich eine schäbige Bretterbehausung neben die andere.

»Das ist Sheepdale,«, sagte Martha, »Lord Monleirdons Quelle der Macht.«

Die Marchesa drehte sie sich um und ging entschlossenen Schrittes zurück, schnurstracks über die Wiesen, ohne auf den zeitraubenden Pfad zu achten.

Im Haus angekommen, rief sie mit donnernder Stimme:

»Elizabeth, komm sofort hierher!«

Elizabeth und Rosemary eilten die Treppe herunter.

»Ist etwas geschehen?«

»Wir machen einen kleinen Ausflug.«

»Aber …«

»Kein Aber!«

So gingen sie alle zügig hinaus, den Weg zurück und wortlos den Hügel hinauf.

Lady Monleirdon schaute auf ihr Land. Ja, sie hatte das alles schon gesehen. Das war vor langer Zeit. Sie hatte immer Gründe gefunden, nicht mehr hierher zu gehen. Jetzt wusste sie wieder, warum.

»Es wird immer schlimmer.«

»Das muss ein Ende haben!«

Der Marchesa konnte man den Zorn ansehen.

Liliana legte den Arm um Rosemary, die ihre Hände vor das Gesicht hielt.

»Ja«, sagte Elizabeth, »du hast recht, Sophia. Das Land, das bin ich. Man hat mich vergewaltigt, mich entehrt und verhöhnt. Es ist genug!«

Sie drehte sich um und lief zurück zum Haus. Die anderen folgten ihr.

»Was bleibt übrig, wenn der Boden und das Wasser zerstört sind?«, fragte Rosemary.

»Geld!« Liliana hatte so etwas auch noch nicht gesehen, nur darüber gelesen. »Geld, das man dazu verwendet, woanders das Gleiche zu tun.«

Elizabeth war wie umgewandelt. Ihre Augen blitzten zornig. Sie lief vor dem Haus auf und ab. Dann blieb sie vor dem Wassertrog stehen, schöpfte eine Handvoll Wasser und trank. Sie ging zu einer Birke, legte den Kopf an den Stamm und roch an der weißen Rinde. Ihre Augen waren feucht, es kamen aber keine Tränen.

»Ann!«

»Ja, Lady Monleirdon?«

»Nimm dir Morgenstern und reite hinüber nach Monleirdon. Beth soll dir helfen. Ihr sprecht jeden einzeln an, Helmi, Lewis, Kieran, Cameron, Abbie und alle, die auf meiner Seite sind, sie sollen sofort alles liegen lassen und hierherkommen. Beeile dich!«

Ann strahlte. »Ich bin schon unterwegs!«

»Martha, mit wem können wir noch rechnen?«

»Nur mit den Leuten, die schon bei deinem Vater gearbeitet haben.«

»Lord Barton?«

»Vielleicht ... Er ist alt.«

»Lady Barton wird Ihnen helfen«, sagte Liliana, »wenn ich sie darum bitte. Gina, könntest du ...?«

»Selbstverständlich, Contessina! Rosemary, hast du Lust auf ein Wettrennen zu Pferde?«

»Du ahnst nicht, auf was du dich einlässt, freche Piratin!«

Gina und Rosemary rannten zu den Ställen.

Vor dem Haus hielten zwei Reiter. Martin sprang von dem einem

Pferd und half galant, einer jungen Frau vom anderen abzusteigen. Sie trug ein gelbes Kleid mit zartrosa Blumenmuster, auf dem Kopf einen Sonnenhut, dessen breiter Rand das Gesicht verdeckte.

Liliana erkannte sie sofort und nahm sie in die Arme. »Lady Barton hat mir alles erzählt.«

»Contessina Liliana, ich bin ja so glücklich!«

Martin trat vor seine Mutter.

»Ich möchte dir meine Braut vorstellen. Ihr Name ist Floriana Pritchett. Ich habe sie schon immer geliebt. Sie ist Köchin und nicht standesgemäß. Ich werde niemand anders heiraten.«

Elizabeth betrachtete Floriana und lächelte.

»Sei willkommen, Floriana! Mein Name ist Elizabeth Margaret Murphy. Schluss mit Lady und Schluss mit Monleirdon! Ich werde in diesem Haus wohnen und mein Land bestellen. Eine Bäuerin bin ich, sonst nichts! Wenn du mich trotzdem zur Schwiegermutter haben möchtest?«

»Lady … Miss Murphy …«

»Elizabeth würde mir am besten gefallen.«

»Elizabeth, es ist ein Wunder! Nach so langer Zeit …« Sie brach in Tränen aus. »Ich hatte mir vorgenommen, auf der ganzen Welt nach Martin zu suchen. In meinem Herzen wusste ich, dass er noch lebt.«

»Floriana ist nicht irgendeine Köchin«, sagte Liliana. »Sie ist die größte Kochkünstlerin der Welt. Es ist ein Verbrechen, sie uns wegzunehmen, damit sie nur noch für einen Ehemann kocht, der sich die Geschmacksnerven schon längst durch die scharfen indischen Gewürze abgetötet hat.«

Floriana sagte zu Liliana mit glitzernden Augen: »Ich werde für ihre Hochzeit kochen, Contessina Liliana, wenn sie den anderen heiraten, und nicht den Duke.«

»Wenn ich den anderen heiraten könnte, würde ich sogar zu meiner Hochzeit fasten.«

»Wenn, wenn, wenn!« Die Marchesa hatte Durst. »Gehen wir ins Haus. Das muss gefeiert werden – mit einem Glas guten Rotwein.«

»Den Rotwein haben wir immer noch nicht gefunden. Wir müssen mit Sherry anstoßen oder Portwein«, sagte Martha und ging voraus.

»Auf dein Wohl, Martin, mein verlorener Sohn, und auf dich, Floriana, die ihn mir gleich wieder wegnimmt!«, sagte Elizabeth.

»Das waren jetzt genug rosa Wolken«, sagte die Marchesa. »Kehren wir auf die Erde zurück! Wie soll es weitergehen, Elizabeth?«

»Es kommt auf Martin an.« Elizabeth wandte sich an ihren Sohn. »Keine königliche Hochzeit?«

Martin schüttelte den Kopf.

»Dein Vater wird dich verstoßen, enterben und was weiß ich noch.«

Martin nickte.

»Nein!«, sagte Elizabeth. »Wir machen es umgekehrt. Ich verstoße ihn, nehme ihm seine Fabriken weg und was mir sonst noch alles einfällt. Klingt das nicht besser?«

»Mutter, so kenne ich dich gar nicht.«

»Hör mal, ich bin eine Murphy!«

Die Marchesa lachte. »Nicht nur eine Murphy, du bist Elizabeth Margaret Murphy. Das ist noch viel mehr!«

»Du willst darauf verzichten, Lord Monleirdon zu werden?«

»Ab sofort nenne ich mich Martin Murphy, Komponist.«

»Komponist?« sagten Elizabeth und Floriana gleichzeitig.

»Floriana, du weißt, dass ich Opernsänger werden wollte. Das hat mein Vater verhindert. Aber die Musik konnte er mir nicht nehmen. In Indien lernte ich einen alten Meister der Sitar kennen. Er wurde mein Guru. Bei ihm lernte ich nicht nur die Beherrschung seines Instruments, sondern auch das Wesen der Musik. Die indische Musik hat mir die Ohren geöffnet für unsere abendländische Musik. Ich habe etliche Kompositionen mitgebracht. Mutter, ich kann nicht hierbleiben. Floriana, wir müssen nach London, Berlin, New York, Paris ...«

»... Florenz!«, sagte Liliana.

»... wohin du willst!« sagte Floriana.

»Wenn du alles erreicht hast, dann komm zurück!«, sagte Martha.

»Martin Fitzgerald oder Martin Murphy, wie immer du dich auch nennst«, die Marchesa klopfte auf den Tisch, »es wird nicht davongelaufen! Du bleibst solange hier, bis deine Mutter ihr eigenes Leben leben kann.«

»Aber ...« Elizabeth kamen schon wieder die Tränen.

»Elizabeth«, Floriana nahm ihre Hand, »wir lassen dich nicht im Stich. Da ist noch eine Rechnung offen. Die muss bezahlt werden. Nicht wahr, Martin?«

Martin nickte. »Man hat die Ehre der Murphys in den Dreck gezogen. Das kann ich nicht dulden. Wo ist Rosemary?«

»Sie holt Lady Barton«, sagte Liliana.

»Warum?«

»Ann holt Beth, Helmi, Lewis, Kieran, Cameron, Abbie und die anderen.«

»Ist das eine Revolution?«

»Les aristocrates à la lanterne!« Liliana grinste Großmutter an und machte die Handbewegung Kopf ab!

Die Marchesa musste natürlich etwas dazu sagen.

»Es geht hier nicht um Adel. Lord Monleirdon mag ja alles haben, bestimmt aber keinen Adel. Wirklicher Adel, der kommt von innen.«

Liliana klatschte in die Hände. »Bravo, Marchesa! Sie stimmen mir aber zu, wenn ich behaupte, am besten ist es, wenn der Adel von innen kommt – und von außen?«

Martha schmunzelte. Dann wurde sie ernst.

»Sophia, dir ist doch klar, dass ich nicht mit dir nach Italien kommen kann?«

»Aber ja doch, Martha! Dafür müsst ihr mir beide feierlich schwören, mich so oft es euch möglich ist, auf Capirosso zu besuchen.«

Martin war ungeduldig.

»Mutter, was hast du vor?«

Die Tür ging auf. Rosemary und Gina begleiteten Lady Barton herein. Sie trug ein helles Reitkostüm, das sie wie eine junge Jägerin aussehen ließ.

»Lady Monleirdon ...«

»Nur Elizabeth!«

»Elizabeth? Contessina Liliana, schön Sie wiederzusehen. Martin! Ist das eine Freude, dich wiederzusehen! Floriana, Martha! Sie müssen Marchesa Montecorno sein.«

»Setzen Sie sich zu mir, Lady Barton! Meine Enkelin hat so begeistert von Ihnen gesprochen, dass ich es kaum erwarten kann, mit Ihnen zu plaudern.«

Rosemary umarmte Floriana. Beide weinten.

Es klopfte an der Tür.

Ein älterer Mann kam herein. Die Mütze hielt er in der Hand.

»Lady Monleirdon!«

»Ah, Cameron! Bist du der erste?« Er nickte. »Hast du Satan mitgebracht?« Er nickte. »Gut, kümmere dich bitte um die Pferde. Wir werden uns hier einrichten. Danke!«

Cameron war schon Stallmeister bei Elizabeths Vater gewesen. Er war kein Mann vieler Worte. Man konnte sich immer auf ihn verlassen, auch ohne präzise Anweisungen gegeben zu haben.

»Cameron ist hier?«, fragte Lady Barton und sah Liliana an. »Was hat das zu bedeuten?«

»Wir feiern eine Verlobung.« Liliana gab Lady Barton ein Glas Portwein. »So kommt eine alte Geschichte zum Abschluss und eine neue beginnt. Wir wissen jetzt, dass Lord Monleirdon seinen eigenen Sohn verschleppen ließ. Hinter allem steckt der Fürst. Er wollte jedes Hindernis aus dem Weg räumen, damit der Duke Ihre Tochter heiraten konnte.«

»Vergebens!«

»Hm ... scheint so ...« Liliana wurde nachdenklich. »Vielleicht hatte er ganz andere Ziele, – Pläne, die weit in die Zukunft reichen, genauer gesagt, fünf Jahre weiter?«

»Und Nerissa war nur eine Figur in seinem Spiel. Sie wurde geopfert, nachdem sie ihren Zweck erfüllt hatte?«

»Aber Lady Barton«, sagte Elizabeth, »wie können Sie das annehmen? Der Duke war doch ganz versessen auf Nerissa.«

»Schauen Sie sich Contessina Liliana an! Ihre Ähnlichkeit mit Nerissa kann kein Zufall sein.«

»Wozu das alles?« Elizabeth wandte sich an die Marchesa. »Diese komplizierten Spielchen und Intrigen, Floyd, der Duke, der Fürst und ihre Kumpanen, ich habe sie nie verstanden und will sie auch nicht verstehen. Es war nie meine Welt.«

»Ich weiß, meine liebe Elizabeth.«

»Lady Barton«, sagte Liliana. »Lady Monleirdon hat sich dazu entschlossen, wieder Elizabeth Murphy zu sein. Sie wird ihr Land selbst verwalten und bewirtschaften. Deshalb wird sie in diesem Haus wohnen, in dem sie aufgewachsen ist. Lord Monleirdon will sie zum Teufel schicken und seine Fabriken und den Dreck, den er hinterlassen hat. Meine Bitte ist, wenn es Ihnen möglich ist, Ihr zu helfen, damit es wahr werden kann.«

»An was haben Sie dabei gedacht, Contessina?«

»Was sie vor allem braucht, sind Freunde, die sie bei diesem mutigen Schritt unterstützen.«

»Wir sind Nachbarn, ich helfe gern.«

»Ich habe den Verdacht«, fuhr Liliana fort, »Elizabeth Murphy hat nicht all zu viel Ahnung von juristischen und verwaltungstechnischen Dingen. Sie braucht einen Scheidungsanwalt und Rechtsanwälte, die sich in Erbrecht und Vermögensrecht auskennen. Da Sie die einzige Person in England sind, zu der ich Vertrauen habe, wage ich es, Sie um Ihren Rat und gegebenenfalls um Vermittlung zu bitten. Ich mache mir nämlich Sorgen um meine liebe Rosa Maria. Was soll aus ihr werden?«

Lady Barton war gerührt. Sie streichelte Lilianas Hand. Dann trat sie zu Elizabeth.

»Elizabeth!« Sie reichte ihr die Hand. »Ich bin Maureen! Du bist eine mutige Frau. Ich kann dich nur bewundern. In den nächsten Tagen wird der Fürst bei uns zu Gast sein. Er will an der Hochzeit auf Everweard Castle teilnehmen. Gegen ihn sind mein alter Mann und ich machtlos. Wenn er da ist, kann ich nichts für dich tun. Ich brauche eine Begleitung. Dann würde ich gleich losreiten. Ich kenne jemanden, der mir und meinem Mann immer ein guter Freund war. Sir Ronald ist Richter im Ruhestand und kann uns bestimmt weiterhelfen.«

»Ich komme mit Ihnen, Lady Barton!, sagte Gina. Die Marchesa nickte.

»Ich bin dabei!«, rief Rosemary.

Die drei Frauen gingen hinaus.

»Danke, Contessina Liliana!«, sagte Elizabeth. »Maureen tut das nur Ihnen zuliebe. Sie war mir nie besonders zugetan.«

»Das wird sich ändern.«

»Du willst dich scheiden lassen?« Martin begann erst jetzt zu begreifen, welche tiefgreifenden Veränderungen bevorstanden. »Ich kann es nicht glauben. Du wolltest doch immer, dass ich alles tue, was er verlangt.«

»Ja, ich war eine Idiotin. Du brauchst es mir nicht ständig unter die Nase zu reiben. Ich hatte Angst vor ihm, das kann ich nicht leugnen, aber jetzt ist es Zorn.« Tonlos fügte sie hinzu: »Ich werde ihn vernichten!«

»Zorn ist kein guter Ratgeber«, sagte die Marchesa.

Liliana lächelte, wie gut sie doch Großmutter kannte. Aber hatte sie nicht recht?

»Wie wäre es mit kaltem Zorn? Seine Rache auf kleiner Flamme genießen ... dagegen lässt sich doch nichts sagen, Großmutter?«

Draußen waren Stimmen zu hören.

Martha ging zur Tür.

»Elizabeth, dein Personal ist gekommen!«

Elizabeth stand auf und trat vor die Tür.

Helmi die Köchin, war da, Beth, Lewis der Gärtner, Kieran der alte Kutscher, Abbie, Simon, eigentlich alle bis auf Ruth. Sogar Dylan war gekommen mit einem Stapel Bücher unter dem Arm. Elizabeth war erleichtert.

»Danke, dass ihr gekommen seid. Ihr seid entlassen!«

Alle hielten den Atem an.

»Ab sofort gibt es keine Lady Monleirdon mehr. Ich heiße Elizabeth Murphy und werde dort weitermachen, wo mein Vater aufgehört hatte. Wer dabei mitmachen möchte, der wende sich bitte an Martha. Es gibt neue Verträge, Verträge mit mir. Überlegt es euch gut. Sehr viel Arbeit steht uns bevor!«

Sie drehte sich um und ging zurück ins Haus.

Dylan stand im Türrahmen und klopfte an den Pfosten.

»Darf ich eintreten?«

»Was willst du, Dylan?«, sagte Lady Monleirdon.

»Ich muss mit Contessina Liliana sprechen.«

Liliana stand auf und führte ihn an den Tisch.

»Es ist etwas heikel.« Er schaute die Anwesenden an. Er wollte mit der Contessina allein sein.

»Dylan, die Zeit der Geheimnisse ist vorbei. Sprechen Sie offen, Sie sind unter Freunden.«

Rosemarys Privatlehrer legte die Bücher auf den Tisch.

»Ich werde wohl jetzt nicht mehr gebraucht, Lady Monleirdon?«

»Warum nicht?«, sagte die Marchesa. In diesem Punkt war sie sehr empfindlich. »Glauben Sie, dass dumme Bauernmädchen keine Bildung brauchen?«

»Bleiben Sie, Dylan!«, sagte Elizabeth. »Wir brauchen Sie jetzt mehr als zuvor.«

Dylan war erleichtert. Es wäre ihm sehr schwer gefallen, Rosemary zu verlassen.

»Danke! Contessina Liliana, ich habe alle Chroniken durchsucht nach dem Duke of Everweard. Ich habe versagt. Ich kann nur einen einzigen Walter Everweard, Duke of Everweard, finden und der kam vor einhundertundein Jahren zur Welt – und ist nicht gestorben. Es tut mir leid, dass ich Sie enttäuschen muss.«

Liliana schwieg. Die Marchesa drehte das Glas Sherry im Kreis. Elizabeth verstand nichts von dem, was Dylan sagte.

Floriana sagte: »Wenn es nicht gegen die Natur wäre, dann würde ich sagen, es handelt sich um unseren Duke. Seit die Contessina weg ist, hat sich das Schloss sehr verändert. Es ist wie eine Gruft. Keiner vom Personal verlässt mehr die Küche. Miss Heather und Peter, der Handlanger des Duke, die sind mir sowieso nicht geheuer. Der Einzige, der mir wirklich leidtut, ist dieser Restaurator, den der Duke engagiert hat. Wenn das so weitergeht, wird aus ihm auch noch ein Geist, obwohl er sich besser hält, als ich ihm zugetraut hatte. Seit dieser Zirkus da ist … Ich rede zu viel! Es war nur meine Meinung.«

»Das klingt alles nicht gut für meine Enkelin«, sagte die Marchesa. »Wer ist dieser Fürst? Dylan, ich engagiere Sie! Finden Sie alles heraus, was sie über den Fürsten alias Nero Borden herausfinden können. Scheuen Sie keine Kosten! Ich komme für alles auf. Sie haben eine Woche Zeit.«

»Wo soll ich anfangen?«

»Kehren Sie noch einmal nach Monleirdon zurück. Von dort aus folgen Sie jeder Spur, die sie finden können. Und lassen Sie sich nicht von rationalen Gründen leiten! Sie sind Ire. Also gebe ich Ihnen den Auftrag: Catch a Leprachaun!«

Die Marchesa stand auf.

»Kommen Sie mit! Ich gebe Ihnen genug Geld für eine Weltreise und ein Empfehlungsschreiben an einen alten Freund meines Mannes, Admiral Harold Grossuth. Er kann Ihnen bestimmt weiterhelfen.«

Dylan folgte der Marchesa nach oben.

Floriana stand auf. Zu Martin sagte sie: »Du bleibst hier und sprichst mit deiner Mutter!« Sie gab Liliana ein Zeichen, ihr zu folgen, und ging hinaus.

»Wie geht es ihm?«, fragte Liliana.

»Schwer zu sagen! Er hat sich sehr verändert. Zuerst dachte ich, er schafft es nicht. Er wurde immer blasser und nervöser. Er ist ein sensibler Mensch. Ich mag ihn sehr. Aber dann von einem Tag zum andern war er wie umgedreht. Vielleicht hat er etwas herausgefunden, was euch weiterhilft.«

»Floriana, wir sind Schachfiguren in einem Spiel, das der Fürst schon vor langer Zeit aufgestellt hat. Dessen bin ich mir jetzt absolut sicher.«

»Bei einem unserer letzten Gespräche sagte er: ›Wenn es darauf ankommt, werde ich die Hand sein, die alle Figuren vom Schachbrett fegt, um die Dame zu retten.‹ Er sieht es also genauso wie Sie, Contessina Liliana.«

»Das macht mich ganz nervös, wenn du von Contessina sprichst! Kannst du nicht einfach Liliana sagen?«

»Liliana, das klingt auch gleich viel schöner.«

»Sichst du!«

Paglierino kam angeflogen. Er setzte sich auf Lilianas Schulter.

»Da ist ein Zettel«, sagte Floriana. Sie nahm das Stückchen Papier und gab es Liliana.

»Der Duke kommt heute zurück!«

»Müsst ihr jetzt wieder nach Everweard Castle?«

»Sprechen wir mit der Marchesa!«

Elizabeth wurde ganz aufgeregt, als sie hörte, dass der Duke zurückkam.

»Beruhige dich doch, Elizabeth!«, sagte die Marchesa. »Ich habe dir doch versprochen, solange hierzubleiben, bis deine Angelegenheiten geregelt sind. Der Duke muss eben warten. Vielleicht ist es ihm auch lieber so.«

»Danke, Sophia! Ich wüsste nicht, wie ich das alles ohne dich durchstehen könnte.«

»Du bist stärker, als du denkst. Martin ist auch da und deine zukünftige Schwiegertochter. Sie ist eine tüchtige Frau, auf die du dich verlassen kannst. Nicht wahr, Floriana?«

Floriana flüsterte Elizabeth ins Ohr:

»Vergiss nicht, dass dein Mann auch mir fünf Jahre meines Lebens gestohlen hat.«

Paglierino saß noch immer auf Lilianas Schulter. Er putzte sich das Gefieder, ab und zu knabberte er an Lilianas Ohrläppchen.

»Tut das nicht weh?«, fragte Martin.

»I wo! Das regt die Durchblutung an.«

Martha kam herein.

»Es haben alle unterschrieben.«

Sie gab Elizabeth die Arbeitsverträge.

»Was machen wir jetzt mit Ihnen? Es gibt nicht genügend Platz, um all die unterzubringen, die auf Monleirdon wohnen. Sollen sie zurück?«

Liliana sah Großmutter verschmitzt an und sagte:

»Ich hätte große Lust, mir diesen Lord Monleirdon näher anzusehen. Besonders, wenn ich dazu noch einen leibhaftigen Earl zu Gesicht bekomme und die Verkörperung der Schönheit auf Erden.«

Die Marchesa verschränkte die Arme vor der Brust. Sie dachte nach.

»Martin«, sagte sie schließlich. »Wie hast du dir das gedacht? Wolltest du einfach mit Floriana verschwinden oder wolltest du deinen Vater zur Rede stellen? Das interessiert mich doch sehr.«

Martin rieb sich die Stirn.

»Marchesa Montecorno, daran hatte ich nicht mehr gedacht. Ich war so froh, meine Floriana wiederzuhaben und ein neues Leben beginnen zu können. Ich muss mich dem stellen. Das ist klar. Sonst könnte ich mein Leben lang nicht mehr in den Spiegel schauen.«

Er ging zur Tür.

»Helmi, komm doch bitte herein!«

Die dicke Köchin mit den blonden Haaren betrat den Raum.

»Helmi, wie weit sind denn die Vorbereitungen für das Festessen heute Abend?«

»Es ist alles fertig! Die Tafel ist gedeckt, die Zimmer sind gerichtet. Wir haben uns mächtig angestrengt für die hohen Gäste.«

»Gut! Ich möchte, dass ihr jetzt alle wieder zurückgeht nach Monleirdon. Cameron soll Pferde vor die Wagen spannen. Wo ist mein Vater?«

»Lord Monleirdon ließ es sich nicht nehmen, die Gäste persönlich abzuholen. Sie müssen aber bald eintreffen.«

»Dann muss es schnell gehen. Floriana, bleibst du bitte bei Mutter?«

»Ja, mein Held!«

»Liliana und ich werden dich begleiten, Martin«, sagte die Marchesa. »Martha kommt natürlich mit. Sie ist schließlich der Feldwebel, der das Personal antreibt. Habe ich jemanden vergessen? Rosemary, Gina und Ann werden auch bei dir bleiben, Elizabeth. Ihr könnt Skat spielen. Dann geht die Zeit schneller vorbei.«

»Ich kann nicht Skat spielen.«

»Gina wird es euch beibringen. Du musst nur aufpassen, dass sie euch nicht über den Tisch zieht. Sie hat flinke Finger.«

»Sophia! Du redest wie ein Kutscher. Ich werde keine ruhige Minute haben, bis ihr wieder zurück seid«, sagte Elizabeth.

»Mach dir keine Sorgen! Liliana und ich, wir kennen auch ein paar Tricks. Komm, Enkelin, tragen wir unsere Kriegsbemalung auf!«

## Kapitel 19

Monleirdon
In Monleirdon warteten alle auf die Gäste. Ruth musste in der Küche bleiben und sollte sie nicht verlassen.

»Martin, was müssen wir über Lord Joseph und seine Tochter wissen? Uns ist nur bekannt, dass er in finanziellen Schwierigkeiten steckt.«

»Finanzielle Schwierigkeiten, Marchesa Montecorno, das ist die Untertreibung des Jahres! Es geht um seinen Kopf. Der steht nämlich in Gefahr, vom restlichen Körper getrennt zu werden. Er hat sich mit einer in Italien sehr bekannten Familie angelegt. Wenn er ihnen bis heute um Mitternacht keinen gedeckten Scheck überreicht, wird es einen öffentlichen Prozess geben, bei dem auch gewisse Dokumente eine Rolle spielen. Es ist die Rede von Opium, Mädchenhandel, Erpressung und Mord. Mein Vater hat sich das so gedacht: Der Earl unterschreibt einen Ehevertrag, dafür erhält er einen Scheck und Bargeld. Den Scheck übergibt der Earl sofort einem anwesenden Notar der erwähnten Familie. Anschließend verlässt er ohne Aufsehen England. Zurück bleibt seine Tochter, die meine Gemahlin wird. Die Hochzeit wird besonders prunkvoll werden, schließlich soll ganz England erfahren, dass Monleirdon nun zu den höchsten Kreisen gehört.«

Die Marchesa, Liliana, Martin und Martha traten hinaus, um die Gäste zu begrüßen.

Lord Joseph trug einen dunkelvioletten Samtsmoking, seine Tochter ein weißes Abendkleid, auf dem Haupt eine dezente Perlenkrone. In der zweiten Kutsche saßen vier Männer in schwarzen Anzügen. Lord Monleirdon zog die Augenbrauen hoch, als er die Marchesa und Liliana sah.

Martha ging die Treppe hinunter, um Lady Aurelia aus der Kutsche zu helfen. Lord Monleirdon flüsterte sie zu:

»Ihre Gattin und ihre Tochter werden nicht kommen. Sie haben Monleirdon für immer verlassen. Martin bat diese beiden Damen, ihre Rollen zu übernehmen. Er möchte, dass alles reibungslos abläuft. Es ist ihm sehr wichtig.«

Lord Monleirdon war gar nicht erfreut. Sein Magen begann zu brennen. Schließlich war dieser Abend der alles entscheidende Schachzug, der ihm endlich den Zugang in die höchsten Kreise ermöglichte. Gut, dass Martin den Ernst der Lager erkannt hatte.

»Lord Joseph, Lady Aurelia, darf ich Ihnen meine Familie vorstellen? Elizabeth, meine Gattin, Rosemary, unsere Tochter, und die Hauptperson, Martin!«

Es wurde artig geknickst, Handküsse vergeben und gelächelt.

Lady Aurelia war eine Schönheit. Würdevoll schwebte sie durch die endlosen Säulenhallen. Das lange Kleid ließ keinen Blick zu auf ihre wahrscheinlich ebenso wohlgeformten Füßchen. Liliana stampfte neben ihr her, dass jeder ihrer Schritte von der Decke widerhallte. Das war ein Spaß! Die Marchesa hakte sich bei dem Earl unter und verwickelte ihn in ein Gespräch über Windhundrennen.

Lord Monleirdon folgte an der Seite seines Sohnes.

»Bist du sicher«, flüsterte er, »das geht gut? Wo hast du die aufgetrieben? Dass sie uns bloß nicht blamieren!«

»Sei ganz beruhigt, Vater! Das sind zwei hervorragende Schauspielerinnen. Sie gehören zu dem Zirkus, den der Duke zur Unterhaltung seiner Hochzeitsgäste engagiert hat.«

Lord Monleirdon war nicht überzeugt. Aber jetzt war es zu spät. Wo war dieses Weib, wenn man es braucht? Von wegen kommt nicht mehr zurück! Das werden wir noch sehen, Elizabeth.

Die Tafel war festlich gedeckt. Die Gläser funkelten, das Besteck glänzte, die Teller spiegelten den Kronleuchter wider, alles war perfekt.

Beth, Ann, Abbie und Freda trugen als Hausmädchen mit weißen Häubchen den ersten Gang auf. Martha selbst schenkte den Wein in die Gläser. Es roch köstlich. Helmi hatte einen ganzen Ochsen schlachten lassen, der in saftigen Scheiben mit dicker, brauner Soße übergossen serviert wurde. Daneben lagen geröstete Kartoffeln und gedünstete Karotten.

Der hohe Gast hatte schon das Besteck in den Händen, als überraschenderweise die Inkarnation der Hausherrin die Hände zum Gebet faltete. Lord Monleirdon zuckte zusammen, als sie mit lauter Stimme deklamierte:

»Himmlischer Vater, wir danken dir, dass wir heute hier zusammen sein können, um diese Gaben aus deinem reichgedeckten Garten genießen zu können. Wir nehmen sie freudig in Empfang und wollen auch derer gedenken, die nicht in der Lage sind, an unserer Tafel teilzunehmen ...« Jetzt folgte eine nicht endenwollende Aufzählung unterprivilegierter Bevölkerungsgruppen wie Bergarbeiter, Obdachlose, Krankenschwestern, Soldaten in Schützengräben unter Trommelfeuer und den Armen in Feuerland, Rumänien, Malaysia und so weiter, wobei sie auch die Mandschurei nicht vergaß. Sie endete mit einem Amen.

Doch bevor der Earl den schon nicht mehr so warmen Braten zuschneiden konnte, sagte die Verkörperung der Tochter des Hauses:

»Liebste Mutter, darf ich in unser Gebet einen besonderen Wunsch einschließen, der mir sehr am Herzen liegt?«

»Nur zu, mein gottesfürchtiges Töchterlein!«

»Segensreiche Mutter Maria, ich bitte dich, nimm dich besonders der armen Menschen in Sizilien an. Die Armut zwingt sie, ihre Heimat zu verlassen, um in der weiten Welt ein kärgliches Leben zu fristen, das sie oft dazu verführt, vom rechten Pfad abzukommen. Amen!«

»Das gute Kind!«, sagte die Marchesa. »Ihr geht das immer so zu Herzen, was sie in der London Times liest.«

Der Earl wagte erst sein Messer zu benutzen, als die Marchesa den ersten Bissen hinuntergeschluckt hatte.

Lady Aurelia verhielt sich während der ganzen Zeit vorbildlich. Sie rührte sich nicht und sah aus wie eine Puppe, die man vergessen hatte, aufzuziehen.

»Wenn ich an all das Elend auf der Welt denke, liebe Mutter«, fuhr die Tochter des Hauses fort, »dann mag ich gar nicht mehr essen. Brot und Wasser möchte ich zu mir nehmen, solange es noch Armut und Ausbeutung gibt.«

»Du hast vollkommen recht, Rosemary. Wie gedankenlos von uns! Martha, lassen Sie alles abräumen und in der Küche unter den armen Mädchen und Burschen verteilen. Uns bringt ihr Brot und Wasser! Wenn ich daran denke, dass wir uns beinahe versündigt hätten ...«

»Das geht entschieden zu weit!«, empörte sich der Hausherr.

»Verstell dich nicht so, Floyd! Wir alle kennen dein gutes Herz. Du kannst es ruhig einmal vor aller Welt zeigen. Nicht wahr, Lord Joseph?«

Der Earl wagte nicht, die Marchesa direkt anzublicken. Messer und Gabel hatte er vorsichtigerweise zurückgelegt.

»Siehst du, Floyd, der Earl ist derselben Meinung wie jeder Mensch mit Herzensbildung. Martha, lassen Sie abräumen!«

Die Marchesa war eine Person mit natürlicher Autorität. Sie war kein verängstigtes Hausweibchen. Lord Monleirdon zog es vor, lieber nichts mehr zu sagen.

In Windeseile war der Tisch leergeräumt. Martha und den Mädchen gelang es, dabei eine ernste Miene zu behalten.

Dunkles Brot in Scheiben und Krüge mit klarem Wasser wurden serviert. Liliana griff zu und biss herzhaft in eine Scheibe Brot.

»Ah, Mama, es schmeckt gleich noch einmal so gut, wenn man kein schlechtes Gewissen haben muss.«

Martin beobachte Lady Aurelia. Sie hatte keinerlei Regung gezeigt. Ihr war alles gleichgültig.

»Lady Monleirdon, soll ich den zweiten Gang servieren lassen?«, fragte Martha.

»Was gibt es denn?«

»Mousse au Chocolat, Crème des fraises congelées, Gooseberry Fool und Salade de fruits flambés.«

Die Marchesa ließ den Klang dieser Worte langsam ausklingen, dann sagte sie:

»Lassen Sie einen Korb Äpfel bringen!«

Der Aperitif wurde im Rauchersalon serviert. Es gab vonseiten der tugendsamen Damen keine Bedenken gegen den Verzehr von schottischem Whisky. Liliana blieb aber bei Wasser.

Die Flammen knisterten im Kamin. Martha schickte die Hausmädchen hinaus und ging dann ebenfalls, wobei sie darauf achtete, sanft die Tür zu schließen.

Jetzt waren sie sich selbst überlassen. Wer würde als erster etwas sagen? Lord Joseph sah immer wieder auf seine goldene Taschenuhr, wobei er sich so drehte, dass niemand es bemerken sollte. Lord Monleirdon überlegte, ob er nicht noch mehr Profit aus dem Geschäft schlagen konnte. Schließlich hatte er den Earl in der Hand, so in der Hand, dass er den letzten Tropfen aus ihm herausquetschen konnte. Martin hatte keine Ahnung, wie er sich verhalten sollte. Er war zwar entschlossen, seinem Vater die Stirn zu bieten, hatte aber zugleich Angst vor ihm. Liliana betrachtete aufmerksam Lady Aurelia, die bisher noch keinerlei Regung gezeigt hatte. Stand sie unter Drogen? Die Marchesa ließ den Whisky auf der Zunge zergehen und genoss die peinliche Stille.

»Sie haben die Papiere vorbereitet?« sagte schließlich der Earl. Die Zeit lief ihm davon.

»Ja, es fehlen nur noch die Unterschriften«, antwortete Lord Monleirdon.

Lord Joseph entspannte sich zusehends. Er goss sich eigenhändig einen Whisky nach.

Die Marchesa sah, dass Martin die Sache beenden wollte. Sie hatte aber andere Pläne.

»Aurelia, mein Kind«, sagte sie in mütterlichem Ton, »kannst du stricken?«

Lady Aurelia rührte sich nicht.

»Also nicht ... Kannst du sticken oder häkeln?«

Keine Antwort.

»Das ist sehr bedauerlich! Ich weiß gar nicht, wie wir zusammen die langen Abende auf Monleirdon verbringen sollen? Du musst wissen, Rosemary und ich, wir nutzen unsere freie Zeit damit, Deckchen zu häkeln, Pullover, Handschuhe, Strümpfe und Ohrwärmer zu stricken, solche Sachen eben. Die geben wir dann dem Herrn Pfarrer, der sie in der Gemeinde unter den Bedürftigen verteilt. Während unserer gemeinsamen Abendstunden liest uns Martha aus der Heiligen Schrift oder wir singen das eine oder andere Kirchenlied. Es ist eine solch beglückende Freude, am sonntäglichen Gottesdienst in das strahlende Gesicht eines Kindes zu blicken, das voller Dankbarkeit einen von uns gestrickten Schal um den Hals gebunden trägt, der ihn vor den bitterkalten Winden schützt, denen wir hier oben in Everweard im Übermaße ausgesetzt sind.«

Das Gesicht Lady Aurelias war ausdruckslos gewesen, jetzt verlor es auch noch die Farbe.

»Keine Angst!« polterte Lord Monleirdon. »Ihr werdet nicht hierbleiben. Nach der Hochzeit geht es gleich zurück nach Indien. Dort kann Lady Aurelia wie eine Maharani leben. Geld sollt ihr machen, Geld und noch einmal Geld, keine Spitzendeckchen! Ha, ha!«

Jetzt hatte er es dieser unmöglichen Person gezeigt!

Aber die Marchesa war noch nicht zu Ende.

»Na gut, Stricken und Häkeln, das können wir dir beibringen. Wie steht es mit Kochen, Backen, Einkochen, Waschen, Bügeln und Nähen?«

Lady Aurelia blieb stumm. Lord Monleirdon bekam einen roten Kopf.

»Hast du nicht gehört, was ich eben gesagt habe? Martin und seine Frau bleiben nicht hier, sie gehen nach Indien! Hast du das jetzt verstanden?«

Die Marchesa sah Lord Monleirdon nachdenklich in die Augen. Mit Freuden sah sie darin die aufkochende Wut. Sie wandte sich wieder der jungen Lady zu.

»Helmi hat eine Engelsgeduld. Sie kann dir zeigen, wie man ein anständiges Essen zubereitet und auf den Tisch bringt. Mein guter Freund, Pfarrer Joshua Fraggles, hat sicher nichts dagegen, wenn du in die zweimal jede Woche stattfindende Frauengruppe kommst, wo du viele Fertigkeiten erlernen kannst, die einmal dazu gehören, wenn man eine Familie gründet.«

Lord Josephs Hände begannen zu zittern, in denen er jetzt offen die Taschenuhr hielt. Lord Monleirdon ballte die Hände zur Faust. Er konnte sich kaum zurückhalten.

»Begreif doch endlich, du dummes Weib, Martin und Lady Aurelia bleiben nicht hier!«

Die Marchesa hatte so ein eigenartiges Lächeln auf den Lippen, das ihn zur Weißglut trieb.

»Dann kann ich dieser Ehe nicht zustimmen«, sagte die Marchesa ungerührt. »Lady Aurelia mag ja ein reizendes Geschöpf sein, aber wir kennen sie nicht. Martin ist mein einziger Sohn, den ich fünf lange Jahre nicht gesehen habe. Ich will schon wissen, mit wem er den Rest seines Lebens zusammen sein wird.«

Lady Aurelia zeigte zum ersten Mal eine Reaktion. Sie betrachtete die Marchesa näher.

Lord Joseph sagte tonlos:

»Monleirdon, es spricht doch nichts dagegen, dass das junge Paar die erste Zeit im Kreise der Familie verbringt.«

»Ich ...!« sagte Lord Monleirdon. Schweiß trat auf seine Stirn.

»Martin, mein Bruder!« schrie Liliana auf und fiel Martin mit Tränen um den Hals. »Du wirst mich doch nicht gleich wieder verlassen. So herzlos kannst du doch nicht sein!«

»Ich ...!« sagte Lord Monleirdon. Sein Gesicht war nicht mehr rot, sondern aschfahl.

»Sie sind ein Herz und eine Seele, die Kinder. Da kommen einem Mutterherzen Tränen der Rührung, wenn es sieht, wie sehr die beiden sich lieben. Nein, mein Entschluss steht fest. Martin und die Duchess müssen hier wohnen. Genug Platz haben wir ja.«

»Ha!« Lord Monleirdon sprang auf. Äderchen bildeten sich auf den Schläfen. Seine Mundwinkel zuckten.

Die Marchesa gab Martin ein Zeichen.

Martin stand auf und kniete vor Lady Aurelia. Er nahm ihre zarten Hände.

»Lady Aurelia, ich kann Sie nicht heiraten. Ich liebe eine andere. Ich liebe sie seit vielen, vielen Jahren. Es tut mir leid, wenn ich Ihnen damit wehtue. Aber ich kann nicht anders!«

Lady Aurelia beugte sich vor und gab ihm einen Kuss auf die Stirn.

»Danke!«

Lord Joseph sprang auf, wobei er den Whisky vom Tisch warf.

»Wir haben ein Abkommen!« schrie er Lord Monleirdon an. Er packte ihn am Kragen und würgte ihn. Dann schlug er ihm mit der Faust in den Magen. Lord Monleirdon rang nach Luft. Mit beiden Händen griff er sich an den Hals. Er öffnete weit den Mund wie ein Fisch, der an Land geworfen war. Dann sackte er zusammen, dem Earl in die Arme.

Lord Joseph ließ ihn einfach zu Boden fallen. Als Lord Monleirdon sich nicht mehr rührte, kniete er sich nieder und fühlte den Puls. Dann legte er den Kopf auf die Brust Lord Monleirdons. Schließlich stand er auf.

»Der Schuft ist tot«, sagte er tonlos.

Liliana hatte die ganze Zeit mit äußerster Konzentration Lord Monleirdon beobachtet.

Die Marchesa öffnete die Tür. Martha kam herein.

»Martha, geleiten Sie Lord Joseph hinaus.« Mit scharfer Stimme fuhr sie fort: »Lady Aurelia bleibt bei uns!«

Würdevoll schritt der Earl mit Martha zur Tür, dann begann er zu rennen.

Martin kniete neben seinem Vater. Er hatte Tränen in den Augen.

»Er war immer ein Fremder für mich, bis es sich herausstellte, dass er mein Feind war. Ich hatte nie einen Vater. Warum weine ich dann?«

»Weil er ebenso ein Vater hätte sein können«, sagte Liliana. »Aber dazu war er nicht intelligent genug.«

Lady Aurelia kam zur Marchesa und gab ihr die Hand.

»Danke! Wer sind Sie?«

»Du bist ein kluges Kind, gar nicht so dumm, wie man dich schildert. Ich bin Marchesa Montecorno di Capirosso, und das hier ist meine Enkelin Contessina Liliana di Salamandra. Wir mischen uns gern in Angelegenheiten, die uns nichts angehen.«

Die Marchesa stand auf.

»Lady Aurelia, du kommst jetzt mit mir und Liliana. Wir machen uns aus den Staub. Martin, du sorgst dafür, dass nichts geschieht, bevor deine Mutter da ist.«

Martin nickte.

Martha kam zurück.

»Sophia, am Eingang zum Küchengarten wartet Cameron mit drei Pferden.«

»Danke, Martha! Lady Aurelia, bist du bereit?«

»Ja, Marchesa Montecorno!«

## Kapitel 20

Monleirdon, das alte Haus

Auf dem Tisch standen drei leere Sherryflaschen. Die Damen saßen beim Skat. Gina verteilte gerade die Karten. Alle hatten einen glasigen Blick, bis auf Lady Barton, vor der ein Stapel Knöpfe lag.

Die Marchesa kam gleich zur Sache.

»Elizabeth, dein Mann hatte einen Herzanfall. Er ist tot!«

Elizabeth schaute ungläubig, dann begann sie zu lachen, schrill zu lachen, schließlich weinte sie. Rosemary umarmte sie. Sie selbst hatte keine Tränen.

»Du hast einen Gast. Darf ich dir Lady Aurelia vorstellen?«

Elizabeth wischte sich die Tränen ab und gab Lady Aurelia die Hand.

»Ich habe heute keinen Nerv für Formalitäten. Sei willkommen, Aurelia! Ich bin Elizabeth. Das hier ist meine Tochter Rosemary, Martins Schwester. Die anderen sind Gina und Ann. Diese reizende Dame ist Floriana. Sie und Martin werden heiraten.«

»Mein Beileid, Elizabeth, zum Tod Ihres Gatten! Marchesa Montecorno war so freundlich, mich einzuladen.«

»Jetzt fragst du dich, ob die Marchesa dazu berechtigt ist. Ist sie! Sei willkommen! Ihr habt mich vor dem Ruin gerettet. Eine halbe Stunde später und Maureen wäre in den Besitz aller meiner Knöpfe gekommen.«

Lady Barton zog Aurelia neben sich auf die Sitzbank.

»Wo ist dein Vater?«

»Sie meinen den Earl of Brandor-Highston? Er hat sich aus dem Staub gemacht.«

»Und hat dich einfach zurückgelassen?«

»Marchesa Montecorno hat darauf bestanden, dass ich bei ihr bleibe.«

»Marchesa, wie können Sie nur!«

»Ich hatte so einen Verdacht …«, sagte die Marchesa.

»Sie haben ganz recht, Marchesa«, sagte Aurelia, »der Earl ist nicht mein Vater. Er hatte mich … wie sagt man dazu? Er hatte mich adoptiert. Wenn man es genau nimmt, er hatte mich gekauft, als ich noch ein Kind war. Ich wurde darauf abgerichtet, eines Tages gewinnbringend verheiratet zu werden.«

Maureen wurde blass.

»Wo stammst du her?«

»Das weiß ich nicht. Ich bin in einem Waisenhaus aufgewachsen. Ich war immer ein auffallend hübsches Kind. Onkel Nero hat mich da herausgeholt. Lord Joseph tat ihm dafür einen Gefallen.«

»Onkel Nero?«, sagte Liliana. »Nero Borden, auch der Fürst genannt?«

»Sie kennen ihn, Contessina Liliana?«

»Nicht persönlich! Ich werde ihn sicher in wenigen Tagen kennenlernen, auf meiner Hochzeit.«

»Sie heiraten?«

»Den Duke of Everweard.«

»Das kann nicht sein!« Lady Aurelia lächelte mitleidig. »Der Duke muss jetzt schon über hundert Jahre alt sein. Das ist unmöglich!«

»Ich bin extra mit meiner altersschwachen Großmutter und meiner weltfremden Zofe von Italien heraufgekommen, um dieses Wunder zu vollbringen. Sie sind hiermit zu meiner Hochzeit eingeladen, Lady Aurelia!«

»Ich bin wahrscheinlich keine Lady. Ob der Earl mich rechtlich adoptiert hat, weiß ich nicht. Inzwischen wäre es mir lieber, wenn er es nicht getan hat. Dann könnte ich ein neues Leben beginnen. Ich hatte nämlich bisher noch kein eigenes.«

Die Marchesa streichelte Aurelias Wange.

»Du bist jetzt bei uns. Wir kümmern uns um dich. Habt ihr noch etwas zu trinken für uns übriggelassenen, Gina?«

Gina nickte.

»Ich habe eine Flasche beiseitegestellt, Marchesa.«

»Du bist doch die ideale Zofe! Nicht wahr, Liliana?«

»Ohne Gina müssten wir jetzt verdursten. Du und Aurelia, ihr bekämt keinen Sherry und ich müsste Wasser trinken. Was aber noch viel schlimmer ist, das ist der köstliche Geruch des Ochsenbratens in meiner Nase. Es ist eine Sünde, so etwas wildfremden Menschen zu überlassen, die ihn bestimmt nicht so zu würdigen wissen wie ich.«

»Wie wäre es mit kaltem Schinken, Contessina?«, sagte Gina gehässig. »Es sind auch noch ein paar Schwarzwurzeln da. Man muss sie nur schälen und zerreiben.«

Maureen schob Elizabeth den Stapel Knöpfe zu.

»Ich kaufe mir dafür ein Bett für die Nacht. Es ist schon zu spät, um nach Hause zu reiten. Mein Mann wird auch einmal ohne mich auskommen. Wie geht es jetzt überhaupt weiter? Sir Ronald kann dich auf jeden Fall beraten. Eine Scheidung brauchst du ja nicht mehr. Es gibt aber sicher eine Menge juristischer Dinge zu regeln.«

»Ich bin dir so dankbar, Maureen! Du weißt, ich kenne mich in solchen Sachen nicht aus. Floyd hatte sich um alles gekümmert. Ich weiß nicht einmal, wie viel Geld ich auf der Bank habe.«

»Sir Ronald wird das regeln. Er ist ein alter Hase. Er kennt jeden Paragraphen und jede Anmerkung zu jedem Paragraphen. Sein Name allein wird dir alle Hindernisse aus dem Weg räumen.«

»Danke, Maureen!«

»Das tu ich doch gern für dich, Nachbarin Elizabeth!«

Floriana kam zur Marchesa und flüsterte ihr etwas ins Ohr.

»Nein, Floriana! Du bleibst hier, bis alles erledigt ist. Außerdem, wenn du nicht bei Martin bist, wird er sich um so mehr anstrengen, alles schnell abzuwickeln, um zu dir kommen zu können.«

»Was macht man, wenn der Mann gestorben ist?«, sagte Elizabeth. »Soll ich eine Kerze ins Fenster stellen?«

»Damit seine Seele den Weg hierher findet? Auf keinen Fall!« Die Marchesa sagte sanft: »Du und Rosemary, ihr geht jetzt zurück nach Monleirdon. Du musst einen Arzt kommen lassen. Du bist völlig erschüttert über den Tod deines Gatten. Rosemary und Martin werden sich große Sorgen um deine Gesundheit machen, denn dein Mann ging dir über alles. Es kann schon sein, dass der Doktor dir ein Beruhigungsmittel gibt, so sehr bist du am Ende deiner Nerven. Am besten, Ann holt deinen alten Freund Pfarrer Joshua Fraggles. Seelischer Beistand ist jetzt auf jeden Fall angebracht. Wenn du ihm genügend vorheulst, wird er dir alle Formalitäten abnehmen, darin ist er ja Experte.«

»Wie ich das hasse! Ob ich das kann?«

»Ein paar Tränen, gerührt Kondolenzen entgegennehmen, mit Würde ein schwarzes Kleid tragen, das ist alles, was von dir verlangt wird. Ich bin schon lange Witwe, ich weiß Bescheid.«

»Wenn ihr jungen Dinger nichts dagegen habt«, Lady Barton stand auf, »dann wäre ich sehr dankbar, wenn mir jemand zeigt, wo ich die Nacht verbringen kann.«

Das war das Zeichen, ins Bett zu gehen.

Elizabeth, Rosemary und Ann ritten zurück nach Monleirdon.

Die drei Damen aus der Toskana mussten sich ein Bett teilen.

Liliana war gerade am Einschlafen, als die Marchesa sagte:

»Liliana, hast du etwas nachgeholfen?«

»Großmutter, wie kannst du so etwas annehmen!«

»Hast du oder hast du nicht?«

»Es war nicht notwendig.«

* * *

Floriana hatte ein englisches Frühstück zubereitet. Es gab gebackene Eier mit Speck, in der Pfanne geröstetes Brot, gegrillte Tomaten und Champignons, dazu Black Pudding. Floriana und Aurelia tranken Tee, die Marchesa, Liliana und Gina schwarzen Kaffee. Maureen war gleich nach Tagesanbruch nach Hause geritten.

»Müssen wir auf deine Künste verzichten, wenn wir wieder auf Everweard Castle sind?«, fragte die Marchesa.

»Aus einer schnellen Hochzeit wird jetzt nichts, nachdem Lord Monleirdon verstorben ist. Martin und ich müssen das alles noch mit Elizabeth besprechen. Vielleicht ist es besser, ich mache erst einmal so weiter wie bisher.«

Liliana knabberte am Brot und trank ein wenig Kaffee. Sie sah heute Morgen besonders blass aus. Plötzlich stand sie auf und lief die Treppen hoch. Gina folgte ihr.

»Ich möchte aber auch die Contessina nicht in Stich lassen«, sagte Floriana. »Wenn ich nicht für sie koche, vielleicht isst sie dann überhaupt nichts mehr.«

»Meine Enkelin ist zäher, als es den Anschein hat. Wie ich hörte, gibt es einen Landsmann von uns, um den man sich mehr Sorgen machen sollte?«

»Sie meinen Maître Brava? Ja, das ist wahr. Wenn die Contessina wieder ...«

»Maître Brava war unser Reisegefährte, nicht mehr! Habe ich mich deutlich genug ausgedrückt?«

»Selbstverständlich, Marchesa!«, sagte Floriana. »Ich wollte nur zum Ausdruck bringen, welch positiven Einfluss Contessina Liliana auf alle Menschen ausübt, die sie näher kennenlernen dürfen.«

»Wenn man von Ausnahmen absieht.«

»Sie ist eine sehr gute Schauspielerin«, sagte Lady Aurelia.

»Das auch.« Die Marchesa nickte. »Was machen wir heute? Nach Monleirdon gehen wir besser nicht. Wir gehören nicht zur Familie.«

»Ich habe es mir überlegt. Nach Everweard Castle gehe ich nicht, solange die Contessina hier ist«, sagte Floriana.

»Sehr weise! Lady Aurelia, wir müssen miteinander reden.«

»Ich habe keine Ahnung, was jetzt aus mir werden soll.«

Liliana und Gina kamen die Treppe herunter. Sie trugen Hosen, Hemd, Jacke und Reitstiefel. Auf dem Kopf verdeckten Tweedmützen ihre Haare. Sie sahen aus wie junge Burschen.

»Ich muss nachdenken – allein!«, sagte Liliana.

Sie gab Großmutter einen Kuss auf die Wange.

»Was hast du vor?«

»Ich mache einen kleinen Spazierritt – oder einen längeren. Warte nicht auf mich!«

Liliana und Gina gingen hinaus.

»Sie sagte, sie wolle allein nachdenken«, wunderte sich Lady Aurelia. »Wieso nimmt sie dann ihre Zofe mit?«

»Zofen zählen nicht. Das müsstest du doch wissen!«

»Meine Zofen blieben immer im Haus. Unmöglich, dass ich sie irgendwohin mitgenommen hätte!«

»Ist es immer noch dein Ziel, dir einen reichen Mann zu angeln?«

»Wenn Sie mich so direkt fragen, Marchesa Montecorno, ja! Was sollte ich sonst tun? Ich habe nichts anderes gelernt.«

»Mal sehen, was ich für dich tun kann. Du erinnerst mich an Mina, meine Tochter.«

## Kapitel 21

Liliana und Gina waren den Hügel hinaufgeritten und blickten auf Sheepdale. Kein Rauch kam aus den Schornsteinen, die Maschinen schwiegen, die Schleppkähne waren am Ufer vertäut. Die Fabrikgebäude lagen unten im Tal wie riesige Insekten, die alles Lebendige weggefressen hatten und darauf lauerten, dass sich etwas bewegte.

»Was würde geschehen, wenn ich mit einem mächtigen Zauberspruch dies alles verschwinden ließe? Ich reiße die hässliche Maske weg. Das Tal erscheint wieder so, wie es früher war: klare Luft, reines Wasser, fruchtbare Felder, gesundes Vieh auf den Weiden und zufriedene Menschen …« Liliana legte den Kopf auf Blizzards Hals.

»Das wäre herrlich!«, sagte Gina. »Wenn ich zaubern könnte, würde ich es sofort tun.«

»Dann würde morgen die Armee das Land besetzen und es zu einer militärischen Sperrzone erklären. Niemand darf es betreten, bis auf eine handverlesene Zahl von Wissenschaftlern. Sie werden jeden Zentimeter Erde umgraben, jedes Sandkorn und jeden Halm Hunderten von Tests unterziehen. Alles wird man tun, um herauszufinden, welche unbekannte Macht hier wirksam gewesen war. Lässt sich damit Geld machen? Liegt hier die Quelle für eine neue Waffe, mit der wir noch mehr Menschen umbringen können? Das sind die Fragen, die man sich stellen wird.«

»Du siehst alles zu schwarz, Liliana. Die Menschen würden sich freuen. Die Vögel würden zurückkehren, die Bienen und die Schmetterlinge.«

»Wen interessiert es schon, ob die Menschen glücklich sind? Kann man daran etwas verdienen? Nein! Man kann nur verdienen, wenn sie unzufrieden sind, wenn sie Dinge haben wollen, von denen sie noch nie gehört haben und die sie bestimmt nicht brauchen.«

»Das nennt man Fortschritt, Contessina.«

»Außerdem kann ich nicht einfach in die Hände klatschen und alles verändern. Ich müsste schon wissen, was ich tue. Nehmen wir den Fluss. Was mache ich mit dem Gift? Wo soll es hin? Die Dinge verschwinden nicht einfach, sie verwandeln sich, gehen in einen anderen Aggregatzustand über. Das sind chemische Prozesse, physikalische und biologische. Habe ich davon eine Ahnung? Nein! Wenn ich mit so etwas herumspiele, mache ich es bestimmt noch schlimmer. Deshalb werde ich gar nichts tun.«

»Erinnere dich, was die Marchesa sagte. Zaubern bedeutet, sich übersinnliche Kräfte dienstbar machen. Du kümmerst dich nicht um Chemie, Biologie und Physik, sondern rufst übersinnliche Kräfte herbei wie Erdgeister und Elementarkräfte.«

Liliana lachte.

»Gina, so etwas gibt es nicht!«

»Das hast du schon einmal gesagt.« Gina zeigte auf ein verkohltes Feld ganz in ihrer Nähe. »Versuche es einfach, schaden kann es nicht! Es ist ja nur ein kleines Stückchen Land.«

Liliana betrachtete diese Wunde in der Erde, dann schloss sie die Augen und stellte sich vor, wie der Wind die verkohlte Asche davonweht, wie das Gras langsam emporwächst, wie Blumen hervorsprießen und ihre Blüten sich der Sonne entgegenstrecken.

Der Duft von Kamille stieg ihr in die Nase. Sie öffnete die Augen.

Es war alles so, wie sie es sich vorgestellt hatte. Eine saftige Wiese war dort, wo vorher nur verkohlte Erde war. Kamillen blühten. Schmetterlinge flatterten von Blüte zu Blüte.

»Wie ist das möglich?«, flüsterte sie.

»Musst du denn immer alles genau wissen, Liliana? Gibt es nicht Dinge, die wir niemals begreifen werden – mit unserem Verstand?«

»An mir ist die Zauberei verschwendet! Besser wäre es, du könntest zaubern, Gina. Du hast so viel mehr Phantasie als ich.«

»Es ist schon gut so, wie es ist. Du hast nämlich nicht unrecht mit dem, was du vorhin sagtest. Zaubern muss gründlich überlegt werden, sonst richtet man Schaden an, wo man nur Gutes wollte. Ich bin froh, dass du diese Kräfte hast. Bei dir sind sie in sicheren Händen.«

Ein kleiner, gelber Vogel kam herbeigeflogen. Er setzte sich vor Liliana auf den Sattel.

»Keine Lust mehr zu fliegen?«

Paglierino steckte den Kopf in das Gefieder und schien ein Nickerchen machen zu wollen.

Sie ritten den Hügelweg entlang, über Wiesen und Felder, durch helle, freundliche Laubwälder, vorbei an klaren Bachläufen und über Brücken aus groben Steinen. Hinter einer schroffen Felswand öffnete sich ihnen der Blick auf ein weites Tal. Oben strahlte ein tiefblauer Himmel, an dem sich kein Wölkchen bewegte, unten ein tiefblauer See so glatt wie eine Schiefertafel.

Liliana und Gina sprangen von den Pferden. Sie legten sich bäuchlings auf die Wiese und schauten hinunter. Kein Mensch war zu sehen, kein Tier, kein Schmetterling, kein Vogel. Paglierino verließ seinen Platz auf Blizzards Sattel nicht.

»Ein verwunschenes Tal, in dem die Zeit stehengeblieben ist«, sagte Gina. »Wenn wir diesen Grenzstein da vorne überschreiten, den grauen, der aussieht wie eine in die Erde gestoßene Keule, dann sind wir gefangen und können nicht mehr zurück. Nur der Kuss eines Königssohns, der in wahrer Liebe zu uns entbrennt, kann uns erlösen.«

»Der würde uns in unserer Verkleidung nicht als die Prinzessinnen erkennen, die wir sind. Sollte er uns trotzdem küssen, dann hätte ich doch schwere Bedenken.«

»Findet wahre Liebe nicht den andern unter jeder Verkleidung?«

»Du meinst, ich sehe eine hässliche Natter vor meinen Füßen und erkenne tief in meinem Innern Salvatore in ihr?«

»Du meinst, Salvatore hat etwas Natterhaftes?«

»Gina!« Liliana drehte sich auf den Rücken. »An Salvatore wollte ich nicht denken. Jetzt kann ich nicht anders. Was ist eigentlich mit diesem Simon?«

»Reden wir nicht davon! Da ist es umgekehrt. In einem einigermaßen hübschen Burschen steckt eine Natter. Schlangen hypnotisieren bekanntlich ihre Opfer. Eine kalte Dusche bringt einen schnell wieder zur Besinnung.«

Liliana gab ihr einen Kuss auf die Wange.

»Da ist ein Schwan!«, rief Gina.

Auf dem See schwamm ein weißer Schwan. Gänse liefen schnatternd mit geöffneten Flügeln ins Wasser. Eine Schar Spatzen flog aus einem Gebüsch hervor. Ein Hund bellte. Die Luft zitterte unter dem Summen der Bienen. Paglierino flog herbei und zwickte Liliana ins Ohrläppchen.

»Wo kommen die alle plötzlich her?«, fragte Gina.

»Ich habe sie geweckt.«

»Was heißt das?«

»Es ist Mittag, die Sonne hat ihren höchsten Stand am Himmel, die Luft steht in dem Talkessel, die Tiere hatten ein Mittagsschläfchen gehalten. Ich musste sie nur aus dem Unterholz und den Büschen hervorscheuchen.«

»Woher wusstest du, dass sie da sind?«

»Ich liege auf der Erde und bin die Erde. Meine Sinne breiten sich aus wie ein weitverzweigtes Nervensystem. Jede Pflanze, jedes Tier, jeder Mensch ist ein Teil von mir. Ich muss aufpassen, dass ich mich nicht verliere. Das ist die Gefahr: mehr sein zu wollen als der eigene begrenzte Körper und Geist.«

»Bin ich auch ein Teil von dir?«

»Cara, Gina! Das warst du doch schon immer! Spürst du es nicht?«

»Ja, Liliana! Als Kind hatte ich oft gedacht, wir seien Zwillinge. Ich hatte immer gewusst, wo du bist und was du machst. Das erschien mir selbstverständlich. Es war ja mein Leben und ich kannte es nicht anders. Jetzt frage ich mich aber, wie das möglich ist. Warst du daran schuld?«

»Ich weiß nur, dass ich dich immer geliebt habe. Vielleicht genügt das schon, die Welt zu verzaubern?«

Sie küssten sich auf den Mund.

»Was wird sein, wenn ...« sagte Gina leise.

»Das wird nie geschehen! Nichts kann uns trennen. Komm, gehen wir ans Wasser!«

Liliana stand auf und lief den Hang hinunter. Gina folgte ihr.

Der See war nicht groß, das hatte er nur vorgespielt. In Wirklichkeit war es ein recht harmloses Gewässer. Auf der anderen Seite stand ein Haus. Sie spazierten langsam in seine Richtung, wobei sie immer wieder Pausen machten, um mit den Enten zu schnattern und zu versuchen, einen der Fische zu berühren, die im klaren Wasser hin und her schwammen.

Dann kamen sie vor dem Haus an. Ein Schild über der Tür verkündete warme Speisen zu jeder Tageszeit und frischgezapftes Bier. So traten sie ein. Der Raum war kühl. Hinter der Theke stand ein Mann mit einem stattlichen Schnurrbart. Er sah nur kurz auf, denn er war gerade damit beschäftigt, eine Taschenuhr auseinanderzunehmen. Es gab keine weiteren Gäste.

»Sue!«, rief er.

Eine Frau trat aus dem Dunkel der Kellertreppe und kam auf sie zu.

»Seid willkommen, edle Herren!«

»Zum Gruße, werte Dame!«, sagte Gina mit tiefer Stimme. »Wir würden gerne draußen essen. Geht das?«

»Kein Problem! Ich bringe sofort einen Tisch und Stühle hinaus.«

»Wir helfen!«, sagte Liliana. Sie und Gina trugen den Tisch, Sue die Stühle. Ein Tischtuch gab es nicht.

Sue brachte unaufgefordert zwei Krüge Bier.

»Zum Wohl!«

»Danke, gute Wirtin, was gibt es denn zu essen?«

»Stew, natürlich! Was sonst?«

»Das ist gut! Wir können es kaum erwarten.«

Ein zottliger Irischer Wolfhund kam hinter dem Haus hervor und ließ sich vor Liliana niederplumpsen. Er legte den Kopf auf ihre Füße.

»Brutus! Mach, dass du fortkommst! Entschuldigen Sie, mein Herr, das ist eigentlich nicht seine Art.«

»Lassen Sie ihn nur. Es stört mich nicht. Bringen Sie ihm einen Knochen oder ein Stück Wurst. Ich lade ihn ein.«

»Wie Sie wünschen!«

Brutus bekam ein Stück Wurst, was ihn dazu veranlasste, jede Bewegung Lilianas interessiert mit den Augen zu verfolgen.

Zwei rote Kätzchen sprangen auf den Tisch und reckten ihre Hälse in die Höhe. Liliana kraulte sie. Als sie genug hatten, sprangen sie davon.

Eine Gänsemutter stellte Liliana ihre Jungen vor.

»Da ist ja eines schöner als das andere, Mutter Gans!«

Zufrieden zog die Gänseschar weiter.

Sue brachte zwei Suppenteller, ein Körbchen mit Brot und zwei Löffel, anschließend eine Schüssel mit dem Stew.

Mit dem großen Schöpflöffel füllte sie die Teller.

»Guten Appetit!«

»Danke! Es riecht köstlich.«

Der Eintopf bestand vor allem aus Gemüse, mit einem Hauch von Fleisch. Er war aber gut gewürzt.

»Bringen Sie mir ein Glas Wasser, Wirtin!«

»Wasser?«

»Diese durchsichtige Flüssigkeit ohne Alkohol.«

»Wasser!«

Sue brachte Liliana ein Glas Wasser. Jetzt betrachtete sie ihre Gäste etwas genauer, dann lächelte sie.

»Möchten Sie auch lieber Wasser?«, fragte sie Gina.

»Das wäre nett.«

»Kommt gleich!«

»Du hast uns verraten, Liliana. Männer trinken kein Wasser. Das weiß doch jeder.«

»Ich werde das nächste Mal daran denken und auf meine leidende Leber hinweisen.«

Die Wirtin kam mit einem zweiten Glas Wasser.

»Gibt es ein Boot, mit dem man auf den See hinausfahren kann?«, fragte Liliana.

»Ja, da vorne am Steg liegt ein altes Boot mit zwei Rudern. Wenn James nichts dagegen hat ... Kennen Sie sich denn aus mit Booten?«

»Ist das schwierig?«

»Na, ein bisschen Ahnung sollte man schon haben. Können Sie wenigstens schwimmen?«

»Aber, natürlich!« Liliana öffnete ihre Geldbörse. »Wie viel kostet es, das Boot für eine Stunde zu mieten?«

»Da muss ich mit meinem Mann reden.«

Sue ging zurück ins Haus.

Ein Falke kreiste über dem See. Er hatte weißes Gefieder, die Spitzen seiner weiten Flügel waren schwarz.

Sue kam zurück.

»Kennt sich jemand der ... Herren mit Uhren aus?«

»Uhren sind mein Steckenpferd«, sagte Liliana.

Auf der Theke lagen unsortiert die Innereien der Uhr, Hemmungsrad, Spiralfeder, Spannrad, Federhaus, Sperrstift, Aufzugsrad, Antriebswerk und Ankerrad.

»So kann sie natürlich nicht funktionieren!«, sagte Liliana.

»Es ist ein Erbstück.« James strich sich über den Bart.

»Was ist mit dem Boot?«

»Hm, eigentlich ...«

»Boot gegen Uhr! Abgemacht?«

James nickte.

Liliana setzte die Uhr wieder zusammen. Ihre Finger waren dabei so schnell, dass niemand ihren Bewegungen folgen konnte. Sie klappte die Uhr zusammen und übergab sie dem Wirt.

»Das Boot?«

James kratzte sich am Kopf. Etwas kannte er sich schon aus mit Uhren. Was er aber soeben gesehen hatte, überschritt sein Auffassungsvermögen. Schließlich brachte er doch noch ein »Danke« hervor.

In der Mitte des Sees angekommen, legten sie sich mit dem Rücken in das Boot und schauten dem Falken zu, der sich nicht für sie zu interessieren schien.

»Es ist in Everweard auch recht schön. Findest du nicht, Liliana?«

»Nicht schlecht für einen kurzen Urlaub.«

Sie schwiegen. Die Sonne war angenehm warm. Ein leichtes Lüftchen kräuselte die Wasseroberfläche. Die Gänsefamilie kam zu Besuch. Bald kamen Enten herbei und der weiße Schwan, der noch eine Gefährtin mitbrachte.

Der Falke war verschwunden.

»Was sagst du dazu, dass ich eine Marchesina bin?«, fragte Gina.

»Das geschieht dir recht!«

»Müssen wir uns jetzt siezen?«

»Auf jeden Fall, verehrte Marchesina Gina!«

»Tante Marchesina Gina!«

»Das ist zu viel! Entweder Tante Gina oder Marchesina Gina. Sie müssen sich schon entscheiden, Ihro Hochwohlgeboren!«

»Was genießt mehr Ansehen?«

»Tante natürlich! Marchesinas gibt es wie Sand am Meer, Tanten habe ich nur eine.«

»Also, sagen Sie Tante Gina zu mir!«

»Eine Tante siezt man doch nicht.«

»Dann bleiben wir doch lieber bei Marchesina.«

»Ich bin hier der Kapitän. Du bist nichts weiter als ein Maat, du Rotzlümmel.«

Der kleine, gelbe Vogel kam dicht über dem Wasser auf sie zugeflattert. Mit letzter Anstrengung hüpfte er vom Bootsrand auf Lilianas Bauch.

»Du bist ein Schauspieler, Paglierino. Ich habe dich durchschaut! Wer bist du in Wirklichkeit?«

Paglierino begann zu singen, erst leise, ein paar kurze Zwitscher, dann legte er richtig los. Die Hänge gaben seinen Gesang verstärkt zurück. Gänse, Enten und Schwäne schimpften laut und schwammen fluchtartig zurück ans Ufer. Liliana und Gina hielten sich die Ohren zu. Sue und James traten vor das Haus.

Dann, mitten in der lautesten Phrase, hörte er abrupt auf. Die plötzliche Stille war noch schmerzhafter als der Gesang.

»Jetzt wissen wir auch, warum Paglierino immer noch Junggeselle ist. Das hält auch das wohlwollendste Kanarienvogelweibchen nicht aus.« Liliana hauchte dem Vogel einen Kuss auf den Kopf. Sie legte beide Arme um Ginas Hals. »Ich bin froh, dass dich Großmutter adoptiert hat. Capirosso ist unsere Heimat, ja, auch Salamandra. Sollte ich hierbleiben müssen, ist es mir ein Trost, dass du dich dort um alles kümmern wirst.«

»Als wenn ich dich hier zurücklassen würde!«

»Ja, das ist wahr. Das heißt, wir müssen beide zurück.«

»Warum verschwenden wir eigentlich diesen Tag, Liliana? Wir könnten in Archiven stöbern, Leute ausfragen oder überlegen, wie wir deine Zauberkräfte einsetzen können, um den Duke zu besiegen.«

Liliana fuhr mit der Fingerspitze Ginas Stirn hinunter, den Nasenrücken entlang, dann die Lippen oben und unten.

»Wir haben heute sehr viel gelernt.«

»Was?«

»Dass wir unzertrennlich sind.«

»Das wussten wir schon.«

»Dass Zauberei ihre Grenzen hat.«

»Nur wenn man sich zu viele Gedanken macht wie du.«

»Dass Zaubern ganz einfach ist.«

»Das ist neu. Erläutere das näher!«

»Gut, Gina! Was ich tue, ist nicht Zaubern. Es ist etwas anderes. Es ist ... wie soll ich es ausdrücken? Es ist Liebe! Ich empfinde die Dinge als einen Teil von mir. So wie ich dir einen Kuss gebe, gebe ich den Dingen etwas von mir, vielleicht die Vorstellung, die Kraft, das zu werden, was in ihnen steckt, was ihnen möglich ist. Ich erzwinge nichts, ich wecke nur den Wunsch, eine schönere Welt zu schaffen. Entscheidend ist meine Überzeugung, dass das möglich ist. Das ist, was ich heute gelernt habe.«

»Liliana, dazu kann ich nur sagen: Das überrascht mich nicht. So warst du schon immer, auch ohne Magie.«

Die Pferde standen am Ufer. Liliana und Gina stiegen auf.

»Wie heißt der See?«, fragte Liliana.

»Es ist Der Tarn, der seinen Namen vergessen hat«, sagte Sue.

»Dann müsst ihr ihm einen geben!«

»Hat dieser komische Vogel einen Namen?«

»Das ist Paglierino.«

»So soll der See heißen: Der singende Tarn!«

»Das ist ein guter Name! Lebt wohl!«

Liliana und Gina ritten zurück.

Der Himmel färbte sich allmählich golden. Vögel zwitscherten. Gräser und Ähren schmiegten sich im Wind. Der Wald flüsterte voller Erwartung auf morgen.

# Teil IV

## Die Hochzeit

## Kapitel 1

Everweard Castle

Draußen schien die Sonne von einem strahlend blauen Himmel. In Everweard Castle aber war es eisig kalt. Salvatore hätte am liebsten das warme Bett nicht verlassen. Seit Tagen war es ihm nicht mehr gelungen, den Raum zu beheizen, egal, wie viel Holz er in den Kamin warf. Das Feuer verzehrte sich selbst, ohne Wärme abzugeben.

Salvatore zog sich schnell an und ging hinunter in die Küche. Es gab kein Personal mehr im Schloss. Diener, Mädchen, sogar die Wachen waren nach und nach weggeblieben. Selbst Floriana war fort, ohne sich von ihm zu verabschieden. Miss Heather und Peter hatte er auch seit zwei Tagen nicht mehr gesehen. Salvatore Brava war der einzige Bewohner auf Everweard Castle.

Das Schloss selbst zerfiel allmählich. An den Decken bildeten sich feine Risse, auf dem Boden lag dünner Staub. Sessel, Vorhänge und Betten rochen nach Moder und Schimmel. Spinnen spannen ihre Netze.

Salvatore kochte sich Kaffee. Das war das Einzige, was an Vorräten noch vorhanden war. Er öffnete die Tür zum Hof, um Wärme hereinzulassen. Die Kälte wollte nicht aus seinem Körper. Dabei war es so einfach. Er nahm nur ein paar Veränderungen vor und schon fror er nicht mehr. Von außen konnte man nichts sehen, aber die Fettschicht seiner Haut war jetzt kompakter und sein Herz pumpte das Blut langsamer durch die Adern. Das konnte er alles, dachte aber selten daran, so sehr versuchte er verzweifelt, der alte Salvatore zu bleiben, in den sich Liliana verliebt hatte. Es erschien ihm wie ein Verrat an ihrer Liebe, wenn er sich von der Person entfernte, die er damals war. So sehr ihn seine Fähigkeiten bereichert hatten, nichts vermochten sie gegen den Schmerz und die Sehnsucht zu tun, die von Tag zu Tag unerträglicher wurden, je länger Liliana weg war.

Ein kleiner, gelber Vogel kam hereingeflogen und setzte sich vor ihn auf den Tisch.

»Paglierino! Wie geht es ihr? Denkt sie an mich?«

Der Vogel putzte sich.

»Wenn ich ein Vöglein 'wär und auch zwei Flüglein hätt', flög ich zu ihr ...« Er lachte. »Warum nicht?«

Paglierino begann, leise zu zwitschern, wurde immer lauter, bis ein Höllenlärm den Raum füllte. Salvatore musste sich die Ohren zuhalten.

»Es ist ja gut! Ich habe verstanden.«

Der Vogel beendete seinen Gesang.

»Du bist auch ein Gestaltwandler! Habe ich recht?«

Der Vogel flog hinaus.

»Weil's aber nicht kann sein, bleib ich allhier ...«

Die Familie Fantasmagoria wartete schon auf ihn mit dem Frühstück. Salvatore war wie immer ein schweigender Gast.

»Lorenzo, hast du es schon gehört? Lord Monleirdon ist gestern Nacht verstorben.« Fernanda sah ihren Mann vielsagend an. Salvatore schien nicht zuzuhören.

»Ich dachte, er sei noch in London«, sagte Lorenzo.

»Er ist gestern zurückgekommen mit seinem Sohn Martin ...«

»Was?« Salvatore stieß fast eine Tasse um. »Der verlorene Sohn?«

»Genau der! Man erzählt, Martin werde die Tochter eines Earl aus der königlichen Linie heiraten«, sagte Fernanda.

Arme Floriana, dachte Salvatore, ist sie deshalb verschwunden?

»Herzversagen!«

»Wer? Was?«

»Lord Monleirdon ist an Herzversagen gestorben. Das ist die amtliche Diagnose. Doktor Winslow hat ihn untersucht. Lady Monleirdon wird jetzt eine Menge auf dem Hals haben und für jede weitere Hilfe dankbar sein.«

»Mit Hilfe meinen Sie die Marchesa?«

»Das ist doch anzunehmen. Finden Sie nicht auch, Maître?«

»Ach!«

»Sie vermissen die Marchesa?«

»Ich habe mich immer gern mit ihr unterhalten. Jetzt gibt es niemanden mehr, mit dem ich reden könnte. Um ehrlich zu sein, werde ich tausend ›Ave Maria‹ beten, wenn ich meine Arbeit beendet habe, und weit, weit fort von hier bin.«

»Sie könnten sich mit uns unterhalten!«, sagte Antonella schnippisch.

»Ja ...« Salvatore war sich bewusst, dass es keine Freude sein konnte, ihn zum Gast zu haben. »Ich muss mich wohl entschuldigen. Sie haben sich immer rührend um mich gekümmert. Dafür danke ich Ihnen. Ich war wohl unerträglich?«

Antonella nickte.

»Maître, machen Sie sich darüber keine Gedanken«, sagte Fernanda. »Es liegt an Ihrer schweren Arbeit. Das können wir doch verstehen. Aber wenn Sie nicht auf sich aufpassen, werden Sie noch krank.«

»Domenico erzählt Ihnen alles?«

»Wir sind eine Familie.«

»Dann können Sie mich ja in Ihren Zirkus aufnehmen. Antonella fand mich auch recht komisch!«

»Ihre Welt ist etwas ins Wanken geraten.« Lorenzo kramte seine Pfeife hervor. »Sie haben eine Aufgabe. Erfüllen Sie sie!«

»Mir graut davor.«

»Sie müssen sie zu Ende führen.«

»Was bedeutet das Ihnen, Herr Zirkusdirektor?«

»Nichts!« Die Alte trat an den Tisch. Sie sah Lorenzo durchdringend an.

»Ich meinte ja nur, eine Aufgabe, die man angefangen hat, sollte man auch zu Ende führen«, brummte Lorenzo.

»Das klingt schon besser«, sagte die Alte. »Maître, wir müssen miteinander reden. Folge mir!«

Sie verließen das Lager und spazierten entlang der Schlossmauer. Auf einem Stück Mauer nahmen sie Platz. Unten strömte der Fluss träge dahin.

»Ich sitze gern hier«, sagte die Alte. »Es ist so beruhigend, dem Verrinnen der Zeit zuzuschauen.«

»Warum klingt alles, was Sie sagen, wie eine düstere Prophezeiung?«

»Das liegt an dir. Ich sage nur, was ich weiß. Du kommst wohl mit einfachen Sätzen nicht zurecht.«

»Warum ist es wichtig, dass ich die Arbeit an der Ouroboros-Schlange beende?«

»Es gibt viele Gründe. Einen Einzigen nenne ich dir. Wenn du es nicht tust, wirst du dich nicht finden.«

»Das ist vielleicht für mich wichtig, wie Sie sagen. Aber zu viele

Personen haben ein Interesse an dem, was ich tu, ein ungesundes Interesse, wie mir scheint. Warum ist es für Sie wichtig, Signora?«

»Ich habe dir einen Dolch gegeben. Trägst du den immer bei dir?«

Salvatore nickte.

»Du bist ein gescheiter Bursche, Maître. Daran habe ich nie gezweifelt. Du lässt dir nicht so leicht etwas vormachen. Inzwischen hast du herausgefunden, dass es um mehr geht als um einen Raum, eine Schlange oder um eine Hochzeit.«

»Sind Sie auch eine Veel'zi, eine Gestaltwandlerin wie Domenico und Antonella?«

»Ich gehöre nicht zur Familie Fantasmagoria.«

»Aber …«

»Das tut jetzt nichts zur Sache. Niemand darf erfahren, was du weißt. Der Duke nicht, niemand, vor allem nicht der Fürst!«

»Ist er mein leiblicher Vater?«

»Ja.«

»Woher wissen Sie das?«

»Du hast eine Aufgabe übernommen. Führe sie zu Ende!«

»Warum muss ich sie zu Ende führen?«

»Mehr sage ich nicht.«

»Warum können Sie mir nicht einfach sagen, was ich wissen will?«

»Ich sage dir, was du wissen musst. Das ist viel wichtiger als das, was du wissen willst.«

»Ich komme mir vor wie eine unbedeutende Figur in einem Spiel, das schon vor langer Zeit begonnen hat und dessen Regeln ich nicht kenne.«

»Das hast du richtig erkannt.«

»Ist alles vorherbestimmt? Habe ich keine Wahl?«

La Vecchia hatte die Augen geschlossen. Sie sah aus wie eine Echse, die sich in der Sonne wärmte, ein Reptil aus grauer Vorzeit.

»Nichts ist vorherbestimmt!«

»Diese Antwort überrascht mich sehr! Alles, was Sie sagen, klingt, als könnten Sie in die Zukunft sehen, ja, als hätten Sie selbst die Fäden des Schicksals in der Hand.«

»Das liegt vielleicht daran, dass ich jetzt schon zu lange mit dem Zirkus umherziehe.« Die Alte lachte. »Nichts ist vorherbestimmt, aber es geschieht auch nichts rein zufällig. Wenn ich von hier oben einen Stein werfe, wird er im Fluss landen. Das heißt nicht, dem Stein war es vorherbestimmt, im Fluss zu landen. Dass es dazu kommen kann, bedarf es mehrerer Umstände. Ich muss hier stehen, den Wunsch haben und den Willen, den Stein aufzuheben und ihn zu werfen. Der Stein muss dort liegen, damit ich ihn aufheben und werfen kann. Das Gefälle muss da sein und der Fluss, damit gemäß den Naturgesetzen der Stein auf einer geometrischen Wurflinie der Schwerkraft folgend nach unten fliegt. Der Fluss besteht aus einer Substanz, die es dem Stein ermöglicht, seine Oberfläche zu durchdringen. Es ist nicht vorherbestimmt, es lässt sich aber mit größter Gewissheit sagen, dass der Stein im Flussbett landen wird, wenn ich ihn von hier oben hinunterwerfe.«

»Sie wollen damit sagen, Sie kennen die Spieler und die Regeln und können deshalb voraussagen, wie das Spiel ausgehen wird?«

»Nein, ich weiß nicht, wie das Spiel ausgehen wird. Aber ich weiß, dass es von ungeheurer Bedeutung ist, wer das Spiel gewinnt.«

»Können Sie es nicht beeinflussen?«

»Ich mische mich niemals ein! Aber du, Maître, du könntest den Ausgang entscheiden, wenn niemand mit dir rechnet und wenn du dich nicht verrätst. Deshalb sage ich dir nur so viel, wie du unbedingt wissen musst.«

»Dann ist es ebenso gut möglich, dass ich die falsche Entscheidung treffe – oder mich überhaupt nicht entscheide.«

»Ja.«

»Sie wissen, um was es mir geht und was mir wichtig ist?«, fragte Salvatore.

»Ja! Das vor allem darf niemand erfahren. Niemand!«

»Dann geht es letztendlich um ...«

»Pst! Kein Wort! Ich werde auch mit ihr sprechen müssen«, sagte die Alte.

»Wenn Sie meine Geheimnisse kennen, dann werden sie den anderen ebenfalls bekannt sein.«

»Nein. Der eine meint dies zu wissen, der andere das. Niemand weiß tatsächlich etwas. Noch eins, Maître, hüte dich vor der Familie Fantasmagoria!«

»Haben Sie nicht Domenico zu mir geschickt?«

»Er ist ein Veel'zi. Nur er konnte dir helfen. Wohl war mir dabei nicht. Konzentriere dich auf deine Arbeit, erzähle nichts Persönliches. Das ist mein Rat.«

»Domenico redet sowieso nichts.«

»Lass dich nicht täuschen. Er ist gefährlich.« Sie stand auf. »Gib einer alten Frau deinen Arm! Wir müssen zurück.«

Schon von weitem sah Salvatore die Pferdewagen, die im Schlosshof vorfuhren. Männer und Frauen stiegen aus. Obwohl es über hundert waren, blieb es totenstill. Miss Heather stand auf der Treppe und gab Anweisungen. Ruth stand neben ihr. Salvatore sah in die stumpfen Gesichter von Menschen, die alles verloren hatten und die nur die Fortsetzung ihrer Leiden erwarteten.

»Maître!«, sagte Miss Heather, als Salvatore die Treppe hinaufstieg. »Wir haben neues Personal. Die laufen uns nicht weg!«

»Miss Heather!«

»Sie werden sehen, in ein, zwei Tagen sieht das Schloss prächtiger aus als je zuvor. Wir wollen ja schließlich eine prunkvolle Hochzeit halten.«

»Woher kommen die Leute?«

»Das braucht Sie nicht zu interessieren, Maître. Machen Sie Ihre Arbeit, ich mache meine.«

»Dann wünsche ich Ihnen einen schönen Tag!« Zu Ruth sagte er: »Wenn Sie hier sind, Ruth, dann müssen die Marchesa Montecorno und Contessina Liliana ebenfalls zurück sein aus Monleirdon.«

»So? Das würde mich doch sehr überraschen.«

Salvatore ging hinauf auf sein Zimmer. Vom Fenster aus konnte er die Brücke sehen. Kräftige Gäule zogen zwei lange Wagen. Sie waren vollgeladen mit Kisten. Danach folgte eine berittene Truppe mit Gewehren auf dem Rücken. Neue Wachen, es wurde ernst.

Er setzte sich an den Arbeitstisch und las noch einmal sorgfältig seine Aufzeichnungen.

z'Lar, z'Veel, das waren die Namen, auf die es ankam. Mit denen werde ich es zu tun bekommen, wenn meine Vermutungen stimmen. Da ich keine anderen Anhaltspunkte habe, werde ich davon ausgehen, dass die alten Legenden wahr sind und das Ouroboros-Zimmer das Portal in die anderen Welten ist – oder dass der Duke annimmt, es sei so. Und ich helfe mit, es zu öffnen! Welche Rolle spielt Liliana dabei?

Können wir uns nicht einfach aus dem Staub machen? Wenn es sich wirklich um Götter handelt, welche Chancen haben wir gegen sie?

Er stand auf und entzündete Feuer im Kamin. Er nahm die Aufzeichnungen und warf Blatt für Blatt in die Flammen. Den Dolch trug er jetzt immer bei sich. Er steckte in dem Futteral, das ihn unsichtbar machte.

Salvatore war allein im Ouroboros-Zimmer. Die Alte hatte Domenico befohlen, im Zirkus zu bleiben. Neue Aufgaben kämen jetzt auf ihn zu.

Salvatore warf einen kurzen Blick auf die Schlange. Langsam näherte sich die Arbeit dem Ende. Er ging zur Wand zu, streckte beide Arme aus und verschmolz mit der Rosenhecke.

Allmählich wurde die Welt auf der anderen Seite sichtbar. Er sah auf ein gewaltiges Heerlager. Dunkelgrüne Zelte erstreckten sich, soweit er blicken konnte. Er sah bedrohliche Maschinen mit langen Kanonenrohren, breite Wagen mit Rädern, die auf Metallbändern liefen, Soldaten, die stumm auf dem Boden kauerten und Gewehre trugen, wie er sie noch nie gesehen hatte. Den Himmel verdunkelten riesige stählerne Vögel und Libellen. Von ihnen ging ein unheilvolles Dröhnen aus. Auf dem Boden herrschte die tödliche Stille wie vor einem Orkan.

Erschrocken zog sich Salvatore zurück und nahm wieder seine menschliche Gestalt an. Das Dröhnen war immer noch in seinen Ohren. Es wurde lauter und zog sich zusammen zu einem hohen schrillen Pfeifton. Es drehte sich alles um ihn. Er fiel zu Boden. Dort blieb er liegen und versuchte sich unter Kontrolle zu bringen. Erst als er sich in eine Schlange verwandelte, fand er seine Ruhe wieder.

Es gab für ihn keinen Zweifel, was er soeben gesehen hatte, war keine Halluzination. Unsere Welt sollte erobert werden.

Salvatore nahm seine Gestalt wieder an und ging hinaus. Er lief an unbekannten Menschen vorbei, die in das Schloss strömten und an Peter vorbei, der ihm erbost nachsah. Sein Weg führte den Hügel hinauf in die kleine Kapelle. Dort setzte er sich auf eine verrottete Kirchenbank und atmetet ruhig durch. Er konnte in der Ferne die Schornsteine von Monleirdon sehen.

*›Ich muss Liliana warnen! Wenn das Portal erst einmal geöffnet ist, gibt es kein Entrinnen mehr, dann sind wir alle verloren.‹*

Salvatore verwandelte sich in einen Falken. Er spannte die Flügel und schwang sich hinauf in den Himmel. Der Wind trug ihn hinüber nach Monleirdon. Seinen scharfen Augen entging nichts. Aber nirgendwo konnte er Liliana sehen. Er flog höher hinauf. Weiter weg lag ein kleiner See, auf dem See schwamm ein Boot, in dem Boot saßen zwei Frauen. Er flog darauf zu. Ein kleiner, gelber Vogel stürzte sich wütend auf ihn. Salvatore drehte ab und schwebte in einem großen Bogen um den See. Das waren Liliana und Gina dort unten. Endlich hatte er sie gefunden. Er flog auf sie zu. Paglierino kam zurück und drängte ihn ab, flog dann hinunter und setzte sich auf Lilianas Bauch. Sogleich begann er mit seinem Gesang, der das gesamte Tal erfüllte. Falkenohren konnten das nicht ertragen. Salvatore gab auf und flog zurück nach Everweard Castle.

* * *

Treppen wurden gekehrt, Wände tapeziert, Decken gestrichen. Es wurde geputzt, gefegt, gesägt, gehämmert und genäht. Das geschah alles, ohne dass ein Wort gesprochen wurde. Ein menschliches Ameisenheer war über das Schloss hergefallen. Miss Heather war sehr zufrieden.

»Maître, Sie brauchen nicht mehr in der Küche zu essen. Ab sofort werden Ihnen die Mahlzeiten im Wintergarten serviert.«

»Was ist mit Floriana?«

»Die brauchen wir nicht mehr.«

»Danke für die Auskunft, Miss Heather. Einen schönen Tag!«

Salvatore ging zur großen Bibliothek. Davor standen zwei Wachen.

»Maître Brava!«, grüßten sie und ließen ihn eintreten.

Er ging in seine Arbeitsnische. Die geheime Kammer blieb jetzt für ihn unerreichbar. Er blätterte in einem Buch, ohne zu lesen. In Gedanken versunken breitete er die Skizzen der Schlangenschuppen vor sich aus. Das war alles nutzlose Zeitverschwendung. Er musste sich eingestehen, dass er Angst hatte, zurück in das Ouroboros-Zimmer zu gehen und mit dem Fortschreiten seiner Arbeit dem alles entscheidenden Zeitpunkt näher zu kommen. Ihn herbeizuführen, war seine Aufgabe. La Vecchia hatte es ihm zu verstehen gegeben und – hält man es für möglich! – Paglierino. Ein harmloser, putziger Kanarienvogel hatte ihm verwehrt, mit Liliana zu sprechen.

Peter kam herein und setzte sich zu ihm.

»Maître Brava!«

»Peter, was kann ich für Sie tun?«

Peter trug eine schwarze Lederjacke. Am Gürtel hing eine zusammengerollte Reitpeitsche. Die Spitzen und Hacken der Lederstiefel waren mit Metall versehen.

»Der Duke wird in den nächsten Tagen zurückkommen. Er bringt eine Menge Gäste mit. Bis dahin wird hier alles wieder blitzblank sein. Die Wachen sind zu ihrer Sicherheit da. Das neue Personal ist zwar sehr zuverlässig, aber nur, wenn man es ständig im Auge behält. Betrachten Sie es bitte nicht als eine Beeinträchtigung Ihrer Arbeit.«

»Ich danke Ihnen, Peter. Sie und Miss Heather machen das alles ganz wunderbar. Der Duke muss sehr zufrieden mit Ihnen sein.«

»Wir tun nur unsere Pflicht.«

»Dann kann die Hochzeit bald stattfinden?«

»Es steht dem nichts im Wege. Wenn Sie mit Ihrer Arbeit soweit sind ...«

»Ich bin in einer Woche fertig.«

»Sie sind wahrlich ein Meister. Der Duke hält sehr viel von Ihnen.«

»Ich bin dem Duke auch sehr dankbar, dass er mir diese ehrenvolle Arbeit anvertraut hat. Es ist gewiss der Höhepunkt meiner Laufbahn.«

»Es war mir eine Freude, mit Ihnen zu plaudern, Maître! Dann will ich Sie nicht länger von Ihrer Arbeit abhalten.«

Zurück im Ouroboros-Zimmer setzte sich Salvatore auf die Kiste, auf der Domenico immer gesessen hatte. Das Portal musste zerstört werden, das war klar. Aber was genau war das Portal? Die Ouroboros-Schlange war nur ein Teil des Portals, der sichtbare Teil. Den Legenden zufolge öffnet sich das Portal zu einem präzisen Zeitpunkt, wenn ein ausgeklügelter Mechanismus ausgelöst wird und das richtige Menschenopfer gebracht wird. Die genauen Bedingungen kannten nur z'Lar und z'Veen – und die Person, die auf dieser Seite alles im Gang vorbereitete. Diese Person war mit größter Gewissheit der Fürst.

Wenn es all dieser komplizierten Voraussetzungen bedurfte, das Portal zu öffnen, dann konnte seine endgültige Schließung nicht einfach sein. Ein solch ausgetüfteltes Szenarium sah sicher auch vor, was zu geschehen hatte, wenn etwas nicht nach Plan verlaufen sollte.

Es half nichts, Salvatore musste darauf vertrauen, dass ihm im letzten Augenblick die richtige Eingebung kommen würde.

## Kapitel 2

Monleirdon

Die Tafel war festlich geschmückt. Die Kristallgläser glänzten. Das allerfeinste Geschirr stand auf dem Tisch. Aber niemand war gekommen, um an dem Mahl zum Gedenken des Verstorbenen teilzunehmen. Die Herren aus London, Manchester und Liverpool hatten es alle sehr eilig gehabt, wieder zu ihren Geschäften zurückzukehren.

Pfarrer Joshua Fraggles war untröstlich.

»Lady Monleirdon, ich verstehe das nicht. Ihr hochverehrter Gatte war eine Stütze der Gesellschaft. Dass keiner seiner Freunde der Familie die letzte Referenz erweisen möchte, daran sieht man, wie sehr unsere Zeit sich vom rechten Glauben entfernt hat.«

Lady Monleirdon strahlte die Würde aus, die man von einer Dame ihres Standes in einer solchen Situation erwartete. Das mit Diamanten besetzte Kreuz hob sich eindrucksvoll und zugleich schlicht von dem schwarzen Seidenkleid ab. Sie griff immer wieder danach, um sich dort den Halt zu suchen, den sie jetzt brauchte.

Der Pfarrer konnte gar nicht die Augen von ihr lassen, so sehr war er von ihrer Erscheinung beeindruckt. Überhaupt strahlten Frauen in Trauer eine innere Schönheit aus, die in ihm angenehme Gefühle erweckten.

Miss Fitzgerald sah sehr blass und leidend aus in dem schwarzen Samtkleid mit den weißen Borden an Hals und Ärmeln. Sie trug noch die fingerlosen Spitzenhandschuhe. Die Hände hatte sie über das Gesangbuch gefaltet, das in ihrem Schoß lag.

»Man sollte meinen, sie müssten ein Interesse daran haben, den jungen Lord kennenzulernen, der doch sicher in die Fußstapfen des erfolgreichen Vaters treten wird.«

Dem Sohn Lord Monleirdons, der so überraschend zurückgekehrt war, sah man die schwere Last an, die der Herrgott ihm auferlegt hatte. Statt Hochzeit zu feiern, musste er seinen geliebten Vater begraben. Die zukünftige Braut war nicht zur Beerdigung gekommen. Sie stammte aus königlichem Geblüt und besaß sicher eine empfindsame Seele.

»Ich hoffe, Lady Aurelia Brandor-Highston gibt sich möglichst bald die Ehre, nach Monleirdon zu kommen. Wir sind alle sehr gespannt darauf, sie begrüßen zu dürfen. Sie soll ja eine Schönheit sein. Da kann ich nur gratulieren!«

Marchesa Montecorno di Capirosso hatte ihren Kopf etwas zur Seite geneigt. Ihre Augen waren geschlossen, der Mund leicht geöffnet. Ein leises gurgelndes Geräusch kam aus ihrer Kehle. War das ein Schnarchen? Die Enkelin, Contessina Liliana di Salamandra, gab ihr einen Tritt gegen die Fußknöchel wie ein Bauernmädchen aus der Provinz. Diese Barbaren wussten sich wirklich nicht zu benehmen. Zumindest weckte das die alte Ketzerin. Sie schlug die Augen auf.

»Elizabeth, wenn ich mir einen Vorschlag erlauben dürfte? In Anbetracht der fortgeschrittenen Stunde ...« Es war kurz vor Mittag. »... sollten wir nicht länger warten. Der Kaffee wird kalt, wenn wir ihn nicht bald trinken.«

»Du hast recht, Sophia. Martha, lassen Sie servieren!«

Dic Haushälterin nickte und gab den Mädchen Anweisungen, die im Hintergrund gewartet hatten. Ja, Martha war eine gute Seele. Aber wieso gab Lady Monleirdon die Befehle? War das nicht die Aufgabe des neuen Herrn von Monleirdon? Er betrachtete das sicher als Frauensache, wie er es in den Kolonien gewohnt war.

Pfarrer Fraggles war zufrieden. Der Tod des Gatten hatte ihn wieder Lady Monleirdon nähergebracht. Auch die Tochter wusste er zu trösten. Es bewahrheitete sich wieder einmal, wenn es um die wichtigen Dinge des Lebens ging, halfen keine philosophischen Spitzfindigkeiten. Gut, dass dieses italienische Gift sich als harmlos erwiesen hatte.

Es wurde serviert, Kaffee, Tee ... und Desserts!

»Wenn ich mir eine Frage erlauben dürfte?« Bei niemandem klang eine Frage so wenig nach einer Frage wie bei Pfarrer Fraggles. »Sie servieren die Nachspeise zuerst?«

»Einen kleinen Imbiss konnte ich meinen Gästen nicht verwehren«, sagte Lady Monleirdon. »Eigentlich ist mir mehr zum Fasten zumute.«

Contessina Liliana und Miss Fitzgerald verzehrten bereits eine Erdbeersahnecreme. Pfarrer Fraggles sagte sogleich:

»Dann will ich mich Ihnen anschließen und ebenfalls davon Abstand nehmen, durch süßes Blendwerk das asketische Gleichgewicht meiner Sinne in Verwirrung zu bringen.«

Dieser Satz ließ die Contessina aufhorchen. Sogleich ließ sie sich ein zweites Dessert servieren, einen Mandelpudding mit Vanillesoße. Eine der Mädchen beobachtete sie dabei mit einem wohlwollenden Lächeln.

»Bist du nicht Floriana?« Jetzt erkannte er sie wieder. »Du bist doch Köchin bei dem Duke of Everweard.«

»Nicht mehr, Herr Pfarrer.«

Lady Monleirdon nickte.

»Unser Haushalt wird sich vergrößern, wie Sie wissen. Deshalb muss ich das Personal erweitern. Die Tochter unseres treuen Schullehrers Pritchett und seiner Gattin, die so viel für unsere Gemeinde geleistet haben, wollte ich auf jeden Fall für Monleirdon gewinnen.«

»Die Schäfchen einer Gemeinde müssen zusammengehalten werden. Da haben Sie recht«, sagte Pfarrer Fraggles. »Der Duke, das muss ich leider anmerken, war nie in einem meiner Gottesdienste. Auf der anderen Seite kann ich immer mit ihm rechnen, wenn es sich um eine großzügige Spende handelt. Deshalb bin ich mir sicher, verehrte Contessina Liliana, dass ihr zukünftiger Gatte ein gottesfürchtiger Mann ist.«

Die Contessina schien das nicht zu interessieren. Sie war damit beschäftigt, eine Karamelleiscreme Kreation langsam auf der Zunge zergehen zu lassen.

»Ich muss Sie jetzt leider verlassen.«

Pfarrer Fraggles erhob sich. »Die Familie möchte sicher in stillem Gebet des Verblichenen gedenken.« Dabei schaute er die Marchesa triumphierend an.

»Ich empfehle mich!«

»Ich danke Ihnen für alles, was Sie für mich getan haben, mein guter Joshua!« Lady Monleirdon drückte fest seine Hände. »Ohne Ihren seelischen Beistand ... Ich glaube, ich hätte das Ganze nicht überstehen können.« Eine Träne lief ihr die Wange hinunter.

»Sie sind eine tapfere Frau, Lady Monleirdon!« Er machte eine kleine Verbeugung. »Miss Fitzgerald! Martin, wir sollten bald einmal miteinander reden. Marchesa Montecorno! Contessina Liliana!«

Es war herrlich still, als Pfarrer Joshua Fraggles den Raum verlassen hatte. Es herrschte eine echte Sonntagsstille.

Contessina Liliana seufzte erleichtert.

»Endlich ist das asketische Gleichgewicht meiner Sinne wiederhergestellt.«

*

»Floriana, mein Schatz«, sagte Martin, »zieh deine Schürze aus und setz dich zu mir!«

»Nein!« Die Marchesa stand auf und nahm Florianas Hände. »Du ziehst deine Schürze aus und begibst dich in das alte Haus. Dort wirst du die nächste Zeit wohnen und Aurelia Gesellschaft leisten.«

Martin war erbost. Nur mit Mühe konnte er seinen Zorn zurückhalten.

»Marchesa Montecorno! Ich ersuche Sie, sich nicht mehr in unsere Familienangelegenheiten einzumischen!«

Elizabeth erschrak. Sie erkannte in Martin den Jähzorn und die Selbstherrlichkeit seines Vaters. Ihre Hände begannen zu zittern.

Liliana bemerkte es. Sie legte beruhigend die Hand auf Elizabeths Arm.

»Der Marchesa«, sagte Liliana, »sind Ihre Familienangelegenheiten völlig gleichgültig, Martin Fitzgerald. Nicht gleichgültig ist ihr Florianas Ruf. Wir haben sie schätzen gelernt und in unser Herz geschlossen. Soll es denn heißen, ein raffiniertes Weib vom Küchenpersonal hat sich den reichen Baron gekapert, als er von der hochgeborenen Lady Aurelia eine Abfuhr bekam?«

Martin stand auf und verließ den Raum.

Floriana fiel in die Arme der Marchesa und weinte.

»Ich habe diese Welt nicht erfunden«, sagte die Marchesa. »Damit wir unser eigenes Leben führen können, müssen wir uns an die Regeln der Gesellschaft halten. Frauen werden wie unmündige Kinder behandelt. Wir haben nur eine Chance, wenn wir zusammenhalten. Ich sage es noch einmal, damit es alle begreifen. Die Liebe, ja, das ist eine wunderbare Sache. Sie ist das Schönste, was uns auf Erden zuteilwerden kann. Aber die wahre Liebe ist nur dort von Bestand, wo zwei Menschen einander achten und sich fördern. Niemals sollte die Frau die Sklavin des Mannes sein oder sein Zeitvertreib. Es bleibt uns nichts anderes übrig, als ein doppeltes Spiel zu spielen. Auf der einen Seite müssen wir uns streng an die Konventionen halten, auf der anderen müssen wir beharrlich unsere Unabhängigkeit bewahren oder erkämpfen.«

»Mein Leben hat doch nur einen Sinn, wenn ich mit Martin zusammen sein kann!«

»Wer ist Martin?« Die Marchesa tupfte Floriana die Tränen weg. »Fünf Jahre war er, wie er sagt, in der Hölle. Vergiss das nicht! Das verändert jeden Menschen. Es kann ihn zerstören oder ihn stärker machen. Finde heraus, was diese Jahre aus ihm gemacht haben. Und mache ihm vor allem klar, wer du bist und was du vom Leben erwartest. Den alten Martin, den gibt es nicht mehr. Kannst du den neuen Martin lieben? Habe den Mut, eine erwachsene Frau zu sein!«

Floriana nickte. Sie zog die Schürze aus und ging zu Elizabeth.

»Sag deinem Sohn, dass ich im alten Haus bin. Wir müssen einen neuen Anfang machen. Wenn er mich will, dann muss er sich Mühe geben. Ich nehme nicht jeden zum Mann.«

Elizabeth lächelte.

»Ich werde bald zu dir kommen.«

Floriana gab Liliana einen Kuss auf die Stirn und flüsterte: »Halte dich an das, was deine Großmutter eben gesagt hat!« Sie wurde dabei rot im Gesicht. Schnell verließ sie den Raum.

Die Marchesa setzte sich wieder. Martha schenkte ihr einen Kaffee ein.

»Elizabeth, Rosemary, Liliana und ich, wir sitzen bequem am Tisch«, sagte die Marchesa. »Martha, Ann, Beth und Gina, ihr steht euch die Beine in den Bauch. Man sieht sofort, wer die besseren Menschen sind. Jede ist an dem Platz, den ihr Gott zugeteilt hat. Ist das nicht tröstlich?«

Rosemary musste an Dylan denken. Das geschah immer öfter, seit er nicht mehr da war.

»Marchesa«, sagte Rosemary, »was ist mit uns Frauen, die nicht so hübsch sind wie die Contessina oder so klug wie Sie? Uns bleibt doch nichts anderes übrig, als jeden zu heiraten, der uns haben will.«

»Das glaubst du doch nicht wirklich?«

Liliana streichelte Rosemarys Wange.

»Rosa Maria, du bist schön und du bist klug. Das sieht man daran, dass ich gern mit dir zusammen bin und mich wunderbar mit dir unterhalten kann. Zumindest eine Person kenne ich, die genauso denkt wie ich.«

Rosemary blickte verlegen auf ihre Hände. Sie seufzte.

»Dabei hat er abstehende Ohren.«

»Von wem sprecht ihr eigentlich?«, fragte Elizabeth.

»Nur so allgemein, Mutter.«

Die Tür ging auf. Martin kam herein.

»Der Duke of Everweard möchte sein Beileid aussprechen.«

Der Duke betrat das Zimmer. Er trug noch Reisekleidung. Er verbeugte sich vor Lady Monleirdon und gab ihr einen Handkuss.

»Ich ließ sofort alles stehen und liegen, als ich vom Tod Ihres Gatten erfuhr. Mein tiefstes Mitgefühl! Ich kann es noch gar nicht fassen. Er war so voller Tatendrang. Schade, dass er die Erfüllung seiner Träume nicht mehr erleben durfte, Martins Hochzeit.«

»Ich danke Ihnen für Ihre Anteilnahme, Duke! Sie waren ein guter Freund meines Mannes«, sagte Elizabeth.

»Wir verstanden uns ausgezeichnet. Die Geschäfte, die wir gemeinsam unternahmen, waren die erfolgreichsten.«

Er gab Rosemary einen Handkuss.

»Ihr Vater wird uns allen immer in Erinnerung bleiben!«

Er kam um den Tisch herum und verbeugte sich vor der Marchesa.

»Marchesa Montecorno, meine Ehrerbietung!«

Die Marchesa nickte.

»Meine geliebte Contessina Liliana!«

Seine grünen Augen erstrahlten, als habe er soeben einen seltenen Diamanten oder ein vierblättriges Kleeblatt gefunden. Er nahm Lilianas Hand und hauchte einen Kuss auf den Handrücken.

»Endlich sehen wir uns wieder! Die menschliche Sprache reicht nicht aus, die Pein zu beschreiben, die mich Tag und Nacht quälte, von Ihnen, geliebtes Wesen, getrennt zu sein und nicht in Ihr bezauberndes Antlitz blicken zu können. Sie wohlbehalten wiederzufinden, zerreißt mit einem Schlag die düstere Wolke, die sich um mein wundes Herz zusammengezogen hatte. Bald werden wir für immer und ewig vereint sein!«

»Ihre Angelegenheiten in London sind somit erledigt?«, fragte die Marchesa.

»Ja, ja, ich bin zurück. Mein Freund, der Fürst, geleitet unsere Gäste nach Everweard Castle. Ich war sofort aufgebrochen, als ich von dem Unglück erfuhr. Zurzeit wird das Schloss neu eingerichtet. Es wäre für mich eine große Erleichterung, Lady Monleirdon, wenn meine Braut und Marchesa Montecorno noch ein paar Tage bei Ihnen verweilen könnten. Zurzeit herrscht sehr viel Unruhe auf Everweard Castle.«

»Es ist mir eine große Freude.«

»Wir werden hierbleiben bis zum Tag der Hochzeit«, sagte die Marchesa.

»Aber ...« Der Duke rang nach Worten.

»So wird es gemacht! Niemand darf an der Ehrbarkeit der Contessina zweifeln. Unser Aufenthalt auf Monleirdon ist deshalb auch in Ihrem Interesse, Duke of Everweard.«

»Ja, Sie haben recht! Sie sind eine kluge Frau, Marchesa.«

»Darüber sind wir uns alle einig«, sagte die Marchesa, »Haben Sie Informationen über die Cassone der Contessina?«

»Sie ist auf dem Weg nach Everweard Castle. Soll ich sie hierher bringen lassen, wenn sie angekommen ist?«

»Liliana?«

»Darin befindet sich mein Brautkleid. Lassen Sie die Brauttruhe bringen!«

»Ganz, wie Sie wünschen! Ich habe viele reizende Gäste mitgebracht, auch aus Italien. Sie wollen sicher die zukünftige Duchess kennenlernen.«

»Das werden Sie auch ... nach der Hochzeit.«

»Kann ich Sie nicht umstimmen? Es werden Bälle stattfinden, Teegesellschaften, musikalische Darbietungen, sogar ein Zirkus ist aus Italien angereist. Alles zu Ihren Ehren, Contessina!«

»Ich freue mich darauf ... nach der Hochzeit.«

»Ihr letztes Wort?«

»Mein letztes Wort zu dieser Sache!«

Der Duke trat neben Martin, der missgestimmt am Fenster stand.

»Wann wird die Hochzeit stattfinden mit Lady Aurelia?«

»Daran ist nicht zu denken.«

»Wie meinen Sie das? Sie haben doch mit Lord Joseph einen Ehevertrag geschlossen.«

»Dazu kam es nicht. Mein Vater war zuvor gestorben.«

»Das ist doch kein Hinderungsgrund. Es war schließlich der ausdrückliche Wunsch Ihres Vaters. Das ist Ihre große Chance, junger Mann!«

»Lord Joseph ist verschwunden.«

»Und Lady Aurelia?«

»Ebenfalls!«

»Ich werde mit dem Fürsten sprechen. Er wird alles regeln. Lassen Sie den Mut nicht sinken!«

»Ich glaube nicht, dass daraus etwas wird.«

»Es wird alles in Ordnung kommen. Der Fürst wird sich um Sie kümmern, wie er es immer getan hat.«

»Ich erinnere mich noch gut daran.« Der Fürst hatte ihn vor fünf Jahren nach Indien verschleppen lassen.

»Vergessen Sie es nicht!«

Der Duke verabschiedete sich.

»Setz dich zu mir, Martin!«, sagte Elizabeth. »Ich möchte dir etwas sagen.«

Martin nahm einen Stuhl und setzte sich neben seine Mutter.

»Diese Leute hier, müssen die alles wissen?«

»Diese Leute kenne ich besser als dich. Ich möchte dir auch nicht meine Seele enthüllen – die geht dich nichts an. Wir werden dich in Zukunft in Ruhe lassen.«

»Was soll das heißen?«

»Das bedeutet, dass ich und Rosemary ins alte Haus ziehen werden. Martha wird mich begleiten. Unsere lieben Gäste aus Italien kommen mit uns. So kannst du hier in aller Ruhe über alles nachdenken.«

»Willst du mich wieder loswerden?«

»Du bist deinem Martyrium entkommen. Kein Vater kann dir Vorschriften machen und dich zu etwas zwingen, was du nicht möchtest. Du hast deine alte Jugendliebe wiedergefunden. Du bist frei! Es liegt ganz allein an dir, was du mit deinem Leben anfangen möchtest. Wolltest du nicht komponieren?«

»Was wird aus Monleirdon?«

»Darüber brauchst du dir keine Gedanken zu machen. Es ist mein Land, es gehört mir. Du hast damit nichts zu tun.«

»Vaters Erbe?«

»Dein Vater war nie der Besitzer. Er war nur Nutznießer zu Lebzeiten. Ich werde die Fabriken abreißen lassen und wieder Landwirtschaft betreiben.«

»Das heißt, ich habe kein Vermögen?«

»Du bist mein Sohn.«

»Ich dachte, ich bin Vaters Nachfolger.«

»Ihm soll niemand nachfolgen! Lebe dein eigenes Leben. Ich werde dich dabei unterstützen.«

»Das Haus?«

»Ich weiß noch nicht. Wahrscheinlich werde ich es ebenfalls abreißen lassen. Wer möchte schon freiwillig in so einem Kasten wohnen?«

»Ich vielleicht.«

»Dann hast du Pech gehabt. Das Monleirdon deines Vaters wird es nicht mehr geben. Bleib bei uns und werde Bauer oder gehe in die Welt und werde Komponist, Musiker, was immer du willst!«

»Was geschieht mit den Leuten, die hier arbeiten?«

»Sie haben sich alle bereit erklärt, mit mir neu anzufangen.«

»Du lässt mir keine Wahl.«

»Es ist nicht meine Aufgabe, dir eine Wahl zu geben. Du musst deinen eigenen Weg finden.«

Martin schwieg.

»Martha«, sagte Elizabeth, »leite bitte alles in die Wege, damit wir Monleirdon verlassen können!«

»Gern, Elizabeth! Willst du heute schon ausziehen?«

»Sofort, auf der Stelle!«

»Ein klein bisschen wird es noch dauern. Ich verspreche dir aber, heute Abend werden wir im alten Haus schlafen.«

»Wie kommt diese Person dazu, dich zu duzen?« Martin sah seine Mutter verächtlich an.

»Diese Person, wie du sie nennst, ist meine beste Freundin.« Sie stand auf. »Das ist alles, was ich dir sagen wollte. Was Floriana dir ausrichten lässt, gilt auch für Rosemary und mich. Wir müssen einen neuen Anfang machen. Wenn dir etwas an uns liegt, dann musst du dir schon Mühe geben, unsere Herzen zu erobern. Du weißt, wo du uns finden kannst.«

## Kapitel 3

Everweard Castle

Es klopfte an der Tür.

Salvatore sprang aus dem Bett, zog einen Morgenmantel über und öffnete. Ruth trat ein mit einem Tablett.

»Guten Morgen, Maître, ich bringe Ihr Frühstück.«

»Guten Morgen, Ruth! Stellen Sie es hier auf den Tisch. Ich dachte, Sie seien die Zofe der Marchesa Montecorno.«

Ruth stellte das Tablett etwas heftiger ab, als sie es beabsichtigt hatte. Kaffee schwappte aus der Kanne.

»Miss Heather braucht mich. Mit Nachdruck hat sie mir aufgetragen, dafür zu sorgen, dass Sie, Maître, immer etwas zu essen haben und nicht auf fremde Hilfe angewiesen sind. Für Ihre Verpflegung ist das Haus Everweard verantwortlich! Wenn Sie etwas brauchen, wenden Sie sich bitte in Zukunft an mich.«

Ruth hatte feuerrotes Haar. Sie sah Salvatore herausfordernd an.

»Werden Sie mir beim Frühstück Gesellschaft leisten?«, fragte Salvatore.

»Ich hole das Tablett später wieder ab.«

»Das heißt, Sie wollen mich jetzt mutterseelenallein dem gewöhnungsbedürftigen englischen Frühstück überlassen?«

»Sie sind ein erwachsener Mann.«

»Trotzdem, so ganz allein sein Mahl verzehren zu müssen, das ist schon ein trauriges Los für einen Mann in der Fremde. Das Mittagessen werden Sie mir womöglich in einer Kerkerzelle servieren?«

»Das entscheidet Miss Heather. Sie sollten jetzt lieber essen, bevor der Kaffee kalt wird.«

»Sagen Sie Miss Heather, dass ich kein Mönch bin und Wert auf zivilisierten Umgang lege. Die Familie Fantasmagoria weiß, was echte Gastlichkeit ist!«

Ruth schlug die Tür hinter sich zu.

Salvatore zog sich an und verließ das Zimmer, ohne das Frühstück anzurühren.

Fernanda war sehr überrascht, als Salvatore an ihren wie immer festlich geschmückten Tisch trat.

»Maître? Welch eine Überraschung!«

Salvatore ließ sich auf einen Stuhl sinken und warf jedem Mitglied der Familie Fantasmagoria einen kurzen Blick zu.

»So schnell werden Sie mich nicht los! Oder habe ich Sie zu sehr gelangweilt?«

»Wie können Sie nur so etwas sagen! Sie waren uns immer ein lieber Gast – und sind es jetzt natürlich auch. Antonella, hole noch ein Gedeck für den Maître!«

»Miss Heather war gestern hier«, sagte Lorenzo.

»Das war nett von ihr. Ich hatte den Eindruck, es wäre ihr am liebsten, ihr würdet gleich wieder weiterziehen«, sagte Salvatore.

»Sie war nicht nett!«, sagte Antonella, als sie für Salvatore ein Gedeck auf den Tisch stellte.

»Wir sind hier im Auftrag des Duke und nicht seiner Haushälterin.« Lorenzo zog seine Pfeife aus der Tasche. Er warf einen Blick darauf, dann steckte er sie wieder weg. »So wie Sie, Maître!«

»Genau! Wenn Sie nicht mit Schwierigkeiten rechnen müssen, würde ich gerne weiterhin ihre Gastfreundschaft in Anspruch nehmen. Signora Fernanda, bin ich noch willkommen?«

Fernanda lächelte. Sie stand auf und kam um den Tisch herum.

»Maître, Ihre Haare sind viel zu lang! Wenn Sie gefrühstückt haben, werden ich und Antonella Ihnen eine Frisur verpassen, mit der Sie sogar in die Pariser Oper gehen können. Sie müssen sich dann nur noch darüber Gedanken machen, wie Sie sich dem Ansturm verzückter Verehrerinnen erwehren können.«

* * *

Übergroße Orchideen in zartem Violett und die neuen Tapeten in der Eingangshalle des Schlosses bereiteten den Besucher auf den Aufenthalt in einem ganz besonderen Gewächshaus vor. Die beiden Sphinxe neben der großen Marmortreppe trugen jetzt bauchige Vasen, aus denen Efeu hervorquoll, der sich das Treppengeländer hinaufschlängelte.

Salvatore stieg die Treppe hinunter zum Ouroboros-Zimmer. Hier lag noch der Staub von Jahren. Er schloss die Tür auf und trat ein. Für einen Augenaufschlag sah die Rosenhecke aus wie ein lebendiges Wesen, das sich totstellte.

Er verschloss die Tür zum ersten Mal hinter sich. Niemand sollte ihn stören. Salvatore trat an die Wand und streckte seine Arme aus. Er schloss die Augen und verschmolz mit der Rosenhecke.

Als er die Augen öffnete, sah er in das Innere eines Zeltes. Kostbar verzierte Kisten standen an den Wänden, runde Sitzkissen aus dunkelrotem Leder und Teppiche aus Schafsfell lagen um ein großes Bett, das mit mehreren Schichten Decken aus feinster Seide bedeckt war. Auf dem Bett saß mit einem großen Damastkissen im Rücken Blanche. Sie trug einen rosa Hauch von Négligé. In der Hand hielt sie ein Kristallglas mit rotem Wein, das sie zu ihren blutroten Lippen führte.

»Hallo, geliebter Bruder!«

»Du siehst mich?«

»Aber ja! Wir sind Bruder und Schwester … und Veel'zi. Komm her zu mir!«

»Wie soll das gehen?«

»Es ist ein Traum. Träume deine Gestalt und komme zu mir!«

Salvatore fiel es nicht schwer, sich vorzustellen, in einem Traum zu sein. Alles war so unwirklich! Wie ein Geist glitt er durch den Raum. Er fühlte sich an zwei Orten gleichzeitig, denn die wirkliche Welt hielt ihn fest mit eisernem Griff.

Blanche fuhr ihm mit dem Zeigefinger über die Lippen. Er fühlte nichts.

»Als ich dich zuletzt sah, warst du eine Gefangene, verwundet und dem Tode nahe«, sagte Salvatore.

»Ja, das ist die Wahrheit.«

»Als ich gestern hier war, sah ich eine riesige Armee, die darauf wartete, meine Welt zu erobern.«

»Ja, das ist die Wahrheit.«

»Jetzt sehe ich, dass es dir gut geht und dass du eine Prinzessin bist oder eine Königin.«

»Ja, das ist die Wahrheit.«

Salvatores Gestalt setzte sich auf das Bett. Blanche war eine Schönheit. Sie hatte schwarze Augen, in denen Ironie funkelte wie Lichtreflexe in einem Diamanten. Am liebsten hätte er sich auf dem Bett ausgestreckt und die Nähe genossen der Frau, die seine Schwester war. Oder war sie doch nicht seine Schwester?

»Habe ich noch mehr Schwestern und Brüder?«

»Nein, wir beide sind die einzigen Kinder des Fürsten.«

»Wie alt bist du?«

»Ich weiß es nicht. Ich fühle mich wie zwanzig, zweihundert, zweitausend Jahre alt. Wie alt bist du?«

»Ich bin vierundzwanzig.«

»Verheiratet?«

»Weißt du das nicht? Ich hatte den Eindruck, du wüsstest alles von mir.«

»Ich weiß alles von dir – und weiß nichts von dir.«

»Meine liebe Blanche, das war eine sehr aufschlussreiche Antwort. Jetzt ist mir alles klar.«

Blanche lachte. Ihr wohlgeformter Busen drückte sich gegen das durchsichtige Etwas, das sie als Nachtgewand trug.

»Salvatore, es ist mir verboten, mit dir zu sprechen. Ich mache es trotzdem, weil du mein Anker bist in diesem Universum des Wahnsinns.«

»Der Fürst?«

»Er bedeutet mir nichts. Dich kenne ich aus deinen Träumen. Dort müsstest du mich gesehen haben.«

»Ist das jetzt kein Traum?«

»Es ist beides, Traum und Wirklichkeit. Von deinen Träumen im Mutterleib an bis heute habe ich mit dir dein Leben verbracht. Dafür liebe ich dich!«

»Dann kennst du meine geheimsten Wünsche?«

»Contessina Liliana di Salamandra!«

»Ach! Dann weißt du auch, dass sie für mich unerreichbar ist.«

»Nicht in deinen Träumen, Salvatore. Aber vergiss nicht, Träume brauchen einen Körper, um lebendig zu werden!«

»Ich bin davon überzeugt, dass der Fürst sie opfern will, um dieses Portal zu öffnen.«

»Wenn sie stirbt, werde ich frei sein. Wir alle, die wir hier gefangen sind, können zurück in unsere Heimat. Das ist die ganze Wahrheit.«

Blanche sah ihn abwartend an, ohne eine Gefühlsregung zu zeigen.

»Es gibt für mich nur einen Weg«, flüsterte Salvatore.

»Ich weiß!«

»Kann nur die Ermordung Lilianas dich retten?«

»Ja!«

»Wer hat sich so etwas ausgedacht?«

»Auch das weißt du bereits.«

»Wenn ich mit Liliana einfach abreisen?«

»Es würde misslingen. Die Hochzeitsnacht wird stattfinden. Das ist unausweichlich. Salvatore, du bist ein winziger Wurm im Vergleich zu den Kräften, gegen die du kämpfen müsstest.«

»Kannst du ...?«

»Du verlangst von mir, dass ich auf alles verzichten soll, auf das ich ein endlos bitteres Martyrium lang gehofft habe?«

»Nein, dazu habe ich kein Recht. Ich möchte dir helfen und zugleich Liliana retten. Gibt es keinen Ausweg?«

»Nein! Aber ich werde darüber nachdenken. Komm morgen wieder!«

»Wirst du hier sein?«

»Wahrscheinlich nicht. Aber du wirst mich immer und überall finden, Bruder.«

Sie gab Salvatore einen Kuss auf den Mund, den er nicht spürte und sie nicht spürte und der doch wahrhaftig war.

* * *

Der Mittagstisch war abgeräumt. Domenico spielte auf dem Akkordeon. Fernanda sang dazu. Sie hatte eine anrührend warme Stimme, bei der auch die hohen Töne noch weich klangen. Salvatore schloss die Augen und wippte mit dem Stuhl leicht nach hinten. Es war eine kleine Heimat, die er hier gefunden hatte im Zirkus Fantasmagoria. Er wollte nicht daran glauben, dass diese Leute ihm gefährlich werden könnten, wie ihn die Alte gewarnt hatte. Da er von Natur aus zurückhaltend war und selten im Leben etwas von sich erzählte, war er zuversichtlich, auch hier die rechte Balance zwischen Freundlichkeit und Unverbindlichkeit eingehalten zu haben.

»Der Duke!«

Salvatore öffnete die Augen. Der Duke ritt ins Lager, begleitet von zwei Wachen. Er sprang vom Pferd wie ein jugendlicher Haudegen.

»Gut, dass ich euch alle zusammen antreffe!«

Er begrüßte die Familie Fantasmagoria herzlich, dann setzte er sich neben Salvatore. Antonella reichte ihm ein Glas Limonade.

»Danke, Antonella! Maître Brava, ich habe gerade Ihr Meisterwerk bewundert. Meine Hochachtung, Sie haben ein wahres Wunder vollbracht. Peter berichtete mir, dass Sie noch mit einer Woche Arbeit rechnen?«

»Mehr oder weniger! Ich will mich nicht festlegen, denn ich weiß aus Erfahrung, dass es immer unvorhergesehene Schwierigkeiten geben kann. Aber ich rechne nicht damit. Dann wird die Hochzeit bald stattfinden?«

»Ja! Das ist auch Ihr Verdienst.«

Salvatore lauschte dem Akkordeon, das Domenico jetzt leise und wie in Gedanken versunken spielte. Es war eine melancholische Melodie. Sie öffnete den inneren Blick aufs offene Meer. Ein Schiff war gerade am Horizont verschwunden und hatte die Geliebte unwiederbringlich mit sich genommen.

»Ich habe eine Bitte, Maître.«

»Wenn ich Ihnen helfen kann.«

»Sie wissen, dass sich meine Braut, Contessina Liliana di Salamandra, und ihre Großmutter, Marchesa Montecorno di Capirosso, zurzeit in Monleirdon aufhalten. Lord Monleirdons tragischer Tod hat nun ihr mitfühlendes Herz dazu veranlasst, seiner Witwe und ihren Kindern noch länger Beistand zu gewähren. Sie werden erst zur Hochzeitsfeier nach Everweard Castle zurückkommen. Andererseits erwarte ich in den nächsten Tagen wichtige Gäste, denen ich die Contessina gern vorstellen möchte. Sie will aber davon nichts wissen. Es liegt sicher daran, dass ich die italienische Etikette nicht ausreichend kenne. Oder dass ich die Bedeutung meines Anliegens nicht mit genügender Deutlichkeit zum Ausdruck bringen konnte. Contessina Liliana ist ja noch sehr jung. Ich musste leider zu der Überzeugung gelangen, dass sie nicht die geistige Reife besitzt, meinen Ausführungen folgen zu können. Sie versteht wohl nur die einfachsten Sachverhalte. Dazu kommt wahrscheinlich ein mangelndes Verständnis des Englischen.«

Die Alte trat an den Tisch. Der Duke erhob sich und gab ihr einen Handkuss. Sie sagte kein Wort und setzte sich neben Salvatore.

»Signora, helfen Sie mir! Ich wollte gerade den Maître darum bitten, mit Contessina Liliana zu sprechen. Ihr Platz ist auch in der Vorbereitungszeit an der Seite ihres zukünftigen Gatten.«

»Sie irren, Duke of Everweard! Die Marchesa hat vollkommen recht. Es ist nicht gut für die Ehre Ihrer zukünftigen Braut, vor der Eheschließung mit Ihnen unter einem Dach zu verbringen.«

»Ich wollte ja nur, dass Sie zu bestimmten Veranstaltungen herüberkommt. Danach kann sie ja wieder nach Monleirdon zurück. Ich möchte sie dem italienischen Konsul vorstellen, bedeutenden Persönlichkeiten und meinem alten Freund, dem Fürst.«

La Vecchia schwieg einen Augenblick, dann sagte sie:

»Versuchen Sie es! Sie wird aber nicht kommen.«

»Können Sie reiten, Maître?« Der Duke stand auf.

»Ja!«

»Dann nehmen Sie mein Pferd! Versuchen Sie, die Contessina umzustimmen! Und reden Sie Italienisch mit ihr, damit sie Sie versteht.«

Salvatore stieg auf das Pferd und ritt los. Überrascht stellte er fest, dass ihm niemand folgte.

## Kapitel 4

Monleirdon

Monleirdon schien unbewohnt zu sein. Niemand kam, um sich des Pferdes anzunehmen, so band Salvatore es an einem Pfosten an.

Die Eingangstür war nicht verschlossen.

»Ist jemand hier?«,

rief er in das Treppenhaus. Es kam keine Antwort. Er lief die Flure entlang und stieg ins zweite Stockwerk hinauf. An jeder Tür klopfte er laut. Wenn keine Antwort kam, öffnete er sie. Nirgends konnte er einen Menschen finden.

Er betrat die Bibliothek. Vor dem Fenster saß ein junger Mann. Er hielt ein Glas Whiskey in der Hand und starrte nach draußen.

Salvatore räusperte sich.

»Entschuldigen Sie ...«

Der junge Mann sprang auf und packte Salvatore am Kragen. Sein Atem roch nach Alkohol, die Augen hatten einen glasigen Blick.

»Was willst du, Bursche? Mit mir ist nicht zu spaßen!«

»Ich möchte Marchesa Montecorno di Capirosso meine Aufwartung machen.«

»Noch so ein verdammter Italiener!«

»Salvatore Brava ist mein Name. Mit wem habe ich die Ehre?«

»Woher soll ich das wissen?«

Der junge Mann ließ Salvatore los und torkelte zurück ans Fenster.

»Ich bin nicht betrunken. Das habe ich in den Kolonien gelernt, wie man säuft, ohne dass die anderen etwas bemerken ... Die waren ja auch alle besoffen. Ha, ha, ha!«

»Ich nehme an, Sie sind der junge Lord Monleirdon?«

»So, bin ich das? Ich glaube nicht, dass ich der Lord von irgendwas bin. Vielleicht weißt du etwas, was ich nicht weiß?«

»Wo ist die Küche?«

»Unten! Küchen sind immer unten, wo sie hingehören und wo die Köchinnen hingehören, unten.«

Salvatore packte den jungen Mann am Arm und zog ihn fort.

»Zeigen Sie mir den Weg!«

»Ich denke nicht daran!«

»Mach keine Schwierigkeiten, du Ausbeuter! Wir Proletarier können auch anders.«

Wortlos gingen sie hinunter in die Küche. Dort stieß Salvatore den jungen Mann auf einen Stuhl. Auf Anhieb fand er den Kaffee, eine Kanne und Tassen. Es sah sehr nach Florianas Ordnung aus.

Nachdem der Kaffee gekocht hatte, flößte er dem einzigen Bewohner Monleirdons Tasse für Tasse ein. Allmählich wurde der Blick des jungen Mannes wieder klarer. Im gleichen Maße, wie die Wirkung des Alkohols schwächer wurde, verstärkte sich der grimmige Ausdruck in seinem Gesicht.

»Ich werde dich zum Duell herausfordern müssen, Spaghettifresser!«

»Du bist doch der Typ, der Floriana sitzen ließ.«

»Was weißt du schon darüber, Makkaroni?«

»Einiges! Was ich auf den ersten Blick erkenne, das ist ein Feigling. Da ist Floriana ohne dich besser dran!«

»Das geht dich alles nichts an, du unverschämter Bursche!«

»Von einer Lady aus der königlichen Linie erzählt man, die den hochnoblen Sohn des Hauses heiraten wird. Zu so viel Geschäftssinn muss man doch gratulieren!«

»Das geht dich alles nichts an«, wiederholte der junge Mann schwach. Er wurde plötzlich weiß im Gesicht und rannte hinaus.

Salvatore schenkte sich einen Kaffee ein. Er war wütend und ermahnte sich, diplomatischer zu sein, schließlich wollte er Liliana finden.

Der junge Mann kam zurück. Er ließ sich auf den Stuhl fallen. Lange sah er Salvatore an.

»Ich bin Martin Murphy und werde keine Lady heiraten und auch nicht Lord spielen. Floriana hatte ich nicht verlassen, ich wurde gegen meinen Willen verschleppt. Jetzt bin ich wieder zu Hause und muss feststellen, dass es nicht mehr mein zu Hause ist. Ich bin so heruntergekommen, dass ich sogar mit unverschämten Einbrechern spreche.«

»Wo kann ich die Marchesa finden?«

»Die Marchesa, die sich immer in alles einmischt?«

»Sie ist eine sehr kluge Frau.«

»Gott schütze uns vor gescheiten Frauen!«

»Es gibt ja auch nur wenige davon. Dafür haben wir Männer ja gesorgt.«

»Rüpel, Einbrecher und noch Frauenrechtler dazu. Das passt zusammen.«

»Hältst du dich für gescheit, Martin Murphy?«

»Die Marchesa ist im alten Haus und alle anderen auch. Mich haben sie hier allein zurückgelassen.«

»Wie finde ich dieses alte Haus?«

Martin machte eine flüchtige Handbewegung.

»Da hinter dem Pferdegehege und noch etwas weiter! Das musst du schon alleine finden.«

»Sehr gastfreundlich!«

»Ich habe dich nicht eingeladen.«

»Wo ich doch jetzt gerade einmal hier bin ...«

»Nichts da! Du bist schuld, dass ich wieder nüchtern bin. Dabei war ich so herrlich besoffen. Das war gar nicht einfach, in diesen Zustand zu gelangen. Ich bin nämlich aus der Übung.«

»Ist das nicht die beste Gelegenheit, es sich wieder abzugewöhnen?«

»Wen kümmert es, wie es mir geht?«

»Floriana vielleicht?«

»Sie hört lieber auf die Marchesa als auf mich.«

»Die Marchesa ist eine kluge Frau.«

»Du wiederholst dich.«

»Geht nicht alles nach Ihrem Kopf, Hochwohlgeboren?«

Martin füllte ein großes Glas mit Wasser. Er trank es in einem Zug leer. Bedächtig stellte er es auf der Spüle ab. Die Sonne funkelte darin. In der Ferne bellten Hunde.

»Salvatore heißt du, nicht wahr? Ich bringe dich ins alte Haus. Das alte Haus, Mutter sollte sich einen neuen Namen dafür ausdenken.«

Er ging hinaus. Salvatore folgte ihm.

Vom Hügel aus konnten sie das alte Bauerngehöft mit den Stallungen und Scheunen sehen. Es herrschte reges Leben. Teppiche wurden geklopft, Betten ausgeschüttelt, auf dem Dach wurden Ziegeln erneuert, der Weg von der Tür zum Brunnen wurde gekehrt und es wurde laut gesprochen und gelacht. Das alte Haus war zum Leben erwacht.

»Mach's gut, Garibaldi!« Martin ritt zurück.

Salvatore ritt den Hügel hinunter. Hunde kamen auf ihn zu und bellten laut. Eine ältere Dame trat vor die Tür und sah nach, was der Lärm zu bedeuten hatte. Salvatore sprang vom Pferd. Sofort kam ein Junge herbeigeeilt und führte es weg.

»Mein Name ist Salvatore Brava. Ich komme im Auftrag des Duke of Everweard. Ist es möglich, Marchesa Montecorno zu sprechen?«

»Ich habe schon von Ihnen gehört, Maître. Es freut mich, Sie kennenzulernen. Ich bin Elizabeth Murphy und heiße Sie willkommen. Die Marchesa ist irgendwo da drinnen. Wir werden sie schon finden.«

Elizabeth führte Salvatore in die große Wohnküche. Am Herd stand Floriana. Als sie ihn sah, ließ sie den Deckel auf den Topf fallen und eilte auf ihn zu. Sie umarmte ihn und gab ihm einen Kuss auf die Wange.

»Weißt du noch, was wir uns geschworen haben, Salvatore?«

»Niemals werden wir aufgeben! Wir werden immer Herr unseres Schicksals sein!«

»Du hast es nicht vergessen.«

Floriana hielt Salvatore immer noch fest. Tränen liefen ihr die Wange herunter. Sie fing an zu schluchzen. Salvatore hielt sie fest und klopfte ihr beruhigend auf den Rücken. Elizabeth fasste Floriana um die Schultern und führte sie weg.

»Es wird alles gut! Es wird alles gut!«

»Ach, Elizabeth! Es ist so schwer!«

»Besuch?« Die Marchesa kam die Treppe heruntergepoltert. »Was weinst du, Floriana? Das ist doch nur unser alter Freund, Maître Brava.«

Sie blickte Salvatore missbilligend an.

»Warum bist du hier, Maître?«

»Der Duke schickt mich. Ich soll Contessina Liliana ins Gewissen reden, nach Everweard Castle zu kommen.«

»Da schickt er ausgerechnet dich?«

»Er meinte, die Contessina verstehe die englische Sprache nicht gut genug. Deshalb beauftragte er mich, sein Anliegen in Italienisch vorzubringen.«

»Wie hast du den Weg zu uns gefunden?«

»Martin brachte mich her.«

»Was!« Floriana schluchzte erneut auf. »Wo ist er jetzt?«

»Er ist wieder zurück nach Monleirdon.«

»Wie geht es ihm?«

»Man sollte ihm den Hintern versohlen!«, platzte Salvatore heraus. »Oh, entschuldigen Sie, Miss Murphy! Ich habe kein Recht, so über Ihren Sohn zu sprechen.«

»Den Hintern versohlen, ist keine Lösung, Maître. Bestraft wurde er wahrlich genug! Was er braucht, ist Mut zum Leben«, sagte Elizabeth.

»Den findet er nicht in einer Whiskyflasche.«

»So weit ist es schon gekommen?«

»Ja!«

»Sophia, was machen wir da?«

»Es ist dein Sohn, Elizabeth.«

»Sophia, bitte!«

»Na gut! Es gibt nur eine Person, die helfen kann.«

»Floriana?«

»Nein, Floriana ist der Preis, den er erringen muss. Ich dachte an meine Enkelin.«

»Liliana, dieses kleine Persönchen? Was könnte die schon vollbringen?«

»Wunder!«

»Ist das dein Ernst, Sophia?«

»Mein voller Ernst!«

Elizabeth sah Floriana nachdenklich an, die inzwischen aufgehört hatte zu weinen.

»Was meinst du dazu?«

Floriana lächelte.

»Contessina Liliana ist ein Sonnenschein. Sie brachte Licht in mein trübes Herz. Ich liebe sie!«

Elizabeth schüttelte verwundert den Kopf.

»Wo ist sie jetzt?«

»Sie ist bei den Schafen.«

»Na gut, dann muss ich wohl mit ihr reden.«

Die Marchesa klatschte in die Hände und rief:

»Gina, wo bist du? Komm sofort hierher!«

»Jawohl, Marchesa!«, erklang es aus dem oberen Stockwerk.

Gina hatte sich sehr verändert. Salvatores Herz schlug höher. Sie hatte gar nichts mehr von einem Bauernmädchen an sich. Sie war eine elegante, selbstsichere, junge Frau, deren Gesicht aufstrahlte, als sie ihn sah.

»Maître! Welche Freude!«

»Gina, wie geht es dir?«

»Jetzt, wo ich Sie so vor mir sehe, mit rosigen Wangen und dieser eleganten Frisur, da fällt mir eine große Last von der Seele. In meinem Gedächtnis da gibt es noch dieses blasse, kranke Gespenst eines Mannes.«

»Es geht mir gut«, sagte Salvatore. Gina sah sofort, dass es ihm ganz und gar nicht gut ging. In seinen Augen brannte ein Schmerz, der früher nicht vorhanden war.

»Gina«, sagte die Marchesa, »höre auf zu turteln! Bring Salvatore zu Liliana. Du weißt ja, wo sie ist. Der Maître muss ihr eine Botschaft des Duke übermitteln. Du bleibst in der Nähe. Wir wollen doch, dass der Anstand gewahrt bleibt, nicht wahr?«

»Sagen Sie der Contessina, dass ich sie um etwas bitten möchte«, sagte Elizabeth. Sie glaubte nicht an die Sache, wusste aber auch keinen anderen Rat.

Umringt von Schafen, ein Zicklein im Schoß, das ihr das Kinn schleckte, so sah Salvatore nach ach so langer Zeit Liliana wieder. Sie trug das gelbe Sommerkleid und den breitrandigen Strohhut auf dem Kopf. Als sie Salvatore sah, wurde sie ernst. Eine Träne verfing sich in ihren Wimpern und funkelte wie eine Perle.

Die Schafe wichen zur Seite und ließen Salvatore und Gina durch. Dann schloss sich wieder der Ring um sie.

»Liliana!«

»Salvatore!«

Es durfte keine Umarmung geben und keine Küsse, kein Lachen und kein Weinen vor Glückseligkeit.

*›Ich liebe Dich!‹*

*›In alle Ewigkeit!‹*

Diese Worte wurden nicht gesprochen. Sie waren in ihren Herzen.

»Ich bin im Auftrag des Duke hier. Er möchte, dass du Leute kennenlernst. Den Fürst zum Beispiel …«

»Salvatore, sage mir Dinge, die wichtig sind. Der Duke ist unwichtig.«

»Du hast recht! Bist du bereit, die ganze Wahrheit zu erfahren?«

»Ja! Gina, bist du es auch?«

Gina legte den Arm um Liliana. »Liliana, dein Schicksal ist mein Schicksal.«

Auf einem Zaunpfosten saß ein kleiner, gelber Vogel. Er interessierte sich nur für die richtige Anordnung seiner Federn.

»Es gibt neben unserer Welt noch Myriaden anderer Welten. Wenn zu einem bestimmten Zeitpunkt unter genau festgelegten Bedingungen ein Portal geöffnet wird, kann man von unserer Welt in eine andere gelangen.«

Die Schafe rückten dichter zusammen.

»Vor langer Zeit verließen zwei Götter mit ihren Anhängern unsere Welt durch ein solches Portal. Zurück ließen sie einen Menschen, dem sie Unsterblichkeit verliehen, damit er für sie eines Tages ein Portal öffnet, durch das sie zurückkehren können. Habt ihr das so weit verstanden?«

Liliana presste die Lippen zusammen. Gina nickte.

»Diese Götter sind üble Burschen. Sie kennen nur Ausbeutung, Verwüstung und ihr eigenes menschenverachtendes Vergnügen.«

»Und die Person, die sie zurückließen, ist der Fürst, auch bekannt in unseren Zeiten als Nero Borden«, sagte Liliana.

»So ist es! Kontakt zwischen den Göttern und dem Fürsten findet über Träume statt. So wussten sie immer, was hier geschieht.«

»Jetzt wollen sie wieder zurück? Zu Hause ist es doch am schönsten!« Gina begann zu zittern. Liliana streichelte ihren Arm.

»Um das Portal zu öffnen, bedarf es eines Opfers. Es muss ein ganz besonderer Mensch sein.«

»Die siebte Tochter der siebten Generation, wie wäre es damit?«

»Ach, Liliana! Das Hochzeitsbett ist das Portal, die Hochzeitsnacht der Zeitpunkt und dein Tod der Schlüssel.«

Gina umklammerte Liliana und schüttelte heftig den Kopf. »Wir müssen fliehen! Sofort!«

»Es ist zu spät!«, sagte Liliana tonlos. »Es war schon immer zu spät.«

»Liliana, Liliana!«. schluchzte Gina.

»Gina, meine Liebste, lass den Mut nicht sinken. Denk an Magali!«

»Wer ist Magali?« Diesen Namen kannte Salvatore nicht.

»Magali ist meine Urururgroßmutter. Sie hatte vor langer Zeit dem Bösen einen Strich durch die Rechnung gemacht. Dieser Böse war möglicherweise der Fürst.«

»Dann gibt es Hoffnung?«

»Es gibt Hoffnung, solange wir sie nicht aufgeben.«

»Daran will ich mich festhalten, meine Liebste. Das Hochzeitsbett ist ein Bett aus Rosen und Dornen, um das sich eine sich selbst verzehrende Schlange windet. Diese Schlange restauriere ich, indem ich ihr die ursprünglichen Farben zurückgebe. Das ist mein Beitrag zu deinem Tod.«

»Verdammt noch mal!« Gina wurde wütend. »Was können wir tun? Es muss doch einen Ausweg geben!«

»Uns bleibt noch eine Woche Zeit«, sagte Salvatore. »Bis dahin müssen wir eine Lösung finden oder darauf vertrauen, im entscheidenden Augenblick das Richtige zu tun.«

»Das klingt nicht gut.« Gina verschränkte die Arme. »Welche Rolle spielt eigentlich der Duke?«

»Der Duke ist ein Werkzeug des Fürsten.« Liliana stellte das Zicklein auf die Beine. »Ich habe so eine dunkle Ahnung. Das werde ich herausfinden. Ich bin gespannt, was Großmutter dazu sagt. Danke, Salvatore, dass du mir die Wahrheit gesagt hast. Jetzt wissen wir endlich, mit was und mit wem wir es zu tun haben. Haben diese Götter Namen?«

»z'Lar mit den großen Augen, auch Eule genannt und z'Veel mit dem schmalen Mund, auch Schlange genannt.«

»Sind das keine lustigen Namen, Gina! Irgendjemand hatte genügend Humor, sie so zu nennen.«

Rosemary und Ann kamen über den Hügel geritten. Sie sprengten auf die Schafherde zu, die aber nicht zur Seite wich.

»Liliana, Gina, lasst die dummen Schafe in Ruhe! Kommt, wir reiten um die Wette!«, rief Rosemary. »Wer ist dieser gutaussehende junge Mann? Er kann mit uns reiten.«

»Mein Name ist Salvatore Brava. Mrs. Murphy bat mich, Contessina Liliana auszurichten, dass sie sie unbedingt sprechen möchte.«

»Maître, warum haben sie das nicht gleich gesagt?« Liliana war empört. »Stattdessen halten Sie mich mit törichtem Geschwätz auf!«

Ein kleiner, gelber Vogel flatterte davon.

*

»Contessina!«, Lady Monleirdon nahm Lilianas Hände. »Sophia hatte die verrückte Idee, Sie könnten mir helfen. Ich möchte Sie aber auf keinen Fall mit meinen Problemen belästigen.«

»Und meinen!«, rief Floriana vom Küchenherd.

Liliana ging sofort zu Floriana und sah ihr direkt in die Augen.

»Martin?«

»Ja!«

»Wie kann ich dir helfen?«

Die Marchesa hatte sofort gespürt, dass etwas nicht in Ordnung war. Sie nahm Salvatore zur Seite.

»Maître, was ist geschehen?«

»Ich habe die Wahrheit herausgefunden.«

»So schlimm?«

»Lilianas Tod!«

Die Marchesa setzte sich. Das Gewicht der ganzen Erde drückte auf ihren Schultern.

»Ich habe mir so etwas gedacht.«

»Unser Schutz ist, Unwissenheit vorzutäuschen.«

»Ja, natürlich! Danke, Salvatore!« Laut sagte sie: »Maître, ist es dir möglich, die Contessina nach Monleirdon zu begleiten? Ich möchte, dass sie mit Martin spricht. Vielleicht gelingt es ihr, ihn auf den rechten Weg zu bringen.«

»Es ist mir eine Ehre, Marchesa!«

»Wir gehen alle!«

Liliana nahm Rosemarys Hand. »Es ist dein geliebter Bruder. Wir wollten sowieso ein kleines Wettrennen machen. Ich glaube nicht, dass Maître Brava mithalten kann.«

Sie rannte hinaus. Gina, Rosemary und Ann liefen ihr nach. Salvatore schüttelte lachend den Kopf.

»Weiber!«

»Diesmal habe ich Verstärkung mitgebracht!«, sagte Salvatore, als er die Bibliothek betrat. Martin saß wieder am Fenster. Er trank, aber keinen Whiskey. Auf dem Tisch vor ihm stand ein Krug Wasser.

»Garibaldi, was willst du?«

Liliana, Gina, Rosemary und Ann betraten den Raum. Sie holten sich auf ein Zeichen Lilianas Stühle und setzten sich um Martin herum.

»Ein Stamm männerfressender Amazonen! Das hat mir gerade noch gefehlt.«

»Dann überlasse ich dich deinem Schicksal«, sagte Salvatore.

»Contessina, ich warte draußen bei den Pferden.«

»Danke, Maître!«, sagte Liliana.

Salvatore wäre gerne geblieben, aber Liliana hatte es ihm ausdrücklich untersagt.

»Wollen Sie wieder mit mir schimpfen, Contessina?«

Liliana sagte nichts. Lange betrachtete sie Martin, dem unter ihrem Blick unbehaglich wurde. Er versuchte zu grinsen, aber es misslang. Seine Mundwinkel zitterten.

»Ich möchte Ihnen etwas zeigen, Martin. Folgen Sie mir!«

Martin wollte sich auf keinen Fall vom Fleck bewegen, aber seine Beine gehorchten der Contessina. Stumm folgte er ihr und den jungen Frauen. Der Weg war nicht weit.

Liliana öffnete die Tür zu Rosemarys Zimmer.

Der Raum war halbdunkel und muffig. Liliana zog die Vorhänge beiseite und öffnete die Fenster. Frische Luft wehte herein und brachte einen Hauch von Flieder und Rosen. Die Sonne betrachtete sich im Spiegel des Waschtischs. Bürsten lagen darauf und ein silberner Kamm. Auf dem Bett lag noch ein hellblaues Nachthemd. Unter dem Bett schauten schwarzglänzende Schuhe hervor. Auf dem Nachttisch lag die Bibel, auf ihr fingerlose Spitzenhandschuhe. Ein silberner Bilderrahmen stand neben der Bibel. Auf dem Photo war ein Junge zu sehen, der unverschämt in die Kamera grinste.

Liliana verließ das Zimmer. Draußen warteten die anderen.

Martin setzte sich auf die Bettkante. Da war die Bibel. Er hatte Rosemary damit zum Lachen gebracht, indem er die Sätze rückwärts las. Mit diesem Kamm hatte sie seine widerspenstigen Haare zu phantasievollen Frisuren geformt. ›*Jetzt bist du ein Pirat! Oh, ich bekomme Angst vor dir! Schnell weg damit! Ja, jetzt ist es besser! Pfarrer Fraggles sieht genauso aus. Hm, das ist doch nicht so gut! Wenn ich sie hier in diese Richtung kämme … ja, jetzt bist du ein Künstler. Warte, ich hole dir eine Baskenmütze!*‹ Dieses Nachthemd trug sie, als sie sich zum letzten Mal sahen. Von Floriana wollte er ihr erzählen, aber sie hatte sich in den Schlaf geweint, weil der alte Sed gestorben war, diese aus dem Maul stinkende Dogge mit dem treuen Blick. Die Handschuhe, eine vornehme Dame war sie damit. Er musste ihr jedes Mal einen Handkuss geben, wenn sie sie anzog. Es roch immer noch nach ihr, es roch immer noch nach Heimat. Und dort, jetzt konnte er die Tränen nicht mehr zurückhalten, dort stand der Stolz seiner Kindheit, Pegasus, das edle Ross, das ihn durch Feuer, durch Wasser, durch alle Albträume und Widernisse getragen hatte. Kein Feind hatte sie jemals einholen können. Sie waren unbesiegbar. Pegasus lachte, der bunte Lack glänzte, als wäre keine Zeit vergangen, als habe Zeit keine Bedeutung, als sei Leben dazu da, daran seine Freude zu haben.

Es dauerte lange, bis er sich ausgeweint hatte.

Er ging hinaus und nahm Rosemary in die Arme.

»Rosemary, geliebte Schwester, ich hatte dich so sehr vermisst!«

Bruder und Schwester fielen sich in die Arme und weinten und lachten.

Salvatore wartete bei den Pferden. Er war erstaunt, als er Martin sah. Etwas war anders. Es war da ein ganz anderer Mensch, ein lebendiger Mensch.

»Mal sehen, bandito, ob du mich einholen kannst!«

Martin sprang auf sein Pferd und ritt los. Rosemary folgte ihm. Es wurde eine wilde Jagd zum alten Haus. Tatsächlich konnte niemand Martin einholen. Er ritt wie der Teufel.

Martin betrat die Wohnküche.

Er umarmte seine Mutter.

»Es ist schön, wieder zu Hause zu sein. Ich habe dich lieb, Mutter!«

»Martin, mein Martin!«

Martin trat vor Floriana. Er wollte etwas sagen, aber die Stimme versagte ihm. Sie nahm ihn in die Arme und streichelte sein Haar.

»Habe ich dich wieder, Martin mit den Lavendelaugen?«

»Heirate mich! Ich konnte nicht leben ohne dich, es hat mich um den Verstand gebracht. Keinen Tag möchte ich mehr ohne dich verbringen!«

»Ich hatte so sehr auf dich gewartet, dass es wehtat. Ich liebe dich!«

»Ich liebe dich!«

Salvatore ritt zurück nach Everweard Castle. Dem Duke würde er keine positive Nachricht bringen. Nachdem er Liliana wiedergesehen hatte, fiel es ihm noch schwerer, an die kommenden Tage zu denken. Liliana war das Messer in seiner Brust. Wenn man es herauszöge, würde er sterben.

## Kapitel 5

Monleirdon, das alte Haus

Die Marchesa, Liliana und Gina hatten sich früh zurückgezogen. Sie lagen eng zusammengerückt in einem der drei Betten. Unten konnte man Stimmen hören. Fünf Jahre mussten erzählt werden.

»Simon Fraggles ist jetzt unter die Künstler gegangen«, sagte Gina, um etwas zu sagen und nicht von dem zu sprechen, was in ihren Herzen vorging.

»Es ist schon rührend, wie er unermüdlich versucht, ein und dasselbe Motiv zu zeichnen, Lady Aurelia Brandor-Highston«, Liliana fuhr Gina durchs Haar. »Bis jetzt ist ihm noch keine Ähnlichkeit gelungen.« Sie drehte sich um zur Großmutter. »Was hast du mit ihr vor? Willst du sie auch adoptieren?«

»Gott bewahre! Sie erinnert mich zu sehr an meine eigene Tochter. Das könnte ich nicht noch einmal durchstehen. Außerdem bin ich mir noch nicht im Klaren, ob wir ihr vertrauen können. Vielleicht ist sie so etwas wie ein trojanisches Pferd, ein Geschenk des Fürsten.«

»Simon hat da keine Bedenken.«

»Gina, meine Tochter, die beiden würden gut zusammenpassen. Er hat keinen Verstand, sie keine Gefühle. Manchmal ist es gut, wenn einem beides fehlt.«

»Warum können wir nicht zurück nach Italien?«, brach es aus Gina hervor. »Wir spielen einfach nicht mit!«

»Was sagst du dazu, Liliana?«, fragte Großmutter.

»Ich war dazu bereit, einen Mann zu heiraten, den ich nicht liebe, um meine Familie und Salamandra zu retten. Wie es jetzt aussieht, wird noch mehr verlangt von mir, viel mehr. Das Schicksal unserer Welt liegt plötzlich in meiner Hand. Wie ist es da hineingekommen? Ich wollte es ganz sicher nicht!«

»Ihr müsst mir endlich erzählen, was Salvatore herausgefunden hat«, sagte Großmutter.

»Salvatore hat mir nicht alles gesagt. Ich spüre, es gibt noch ein Geheimnis, das mit ihm selbst zusammenhängt.«

»Liliana!«

»Es gibt neben unserer Welt noch Myriaden anderer Welten ...«

Liliana gab Wort für Wort wieder, was Salvatore gesagt hatte. »Diese Götter, die nach meinem Blut lechzen, haben lustige Namen: z'Lar mit den großen Augen, auch Eule genannt und z'Veel mit dem schmalen Mund, auch Schlange genannt.«

»Dann ist der alte Mythos doch wahr«, sagte Großmutter.

»Du hast davon gehört?«

»Ich hatte ihn vergessen. Da gibt es einen Vatermord, einen Brudermord und wenn ich mich nicht irre, sogar eine Schwester, von der niemand etwas weiß. In der Fachwelt wird dieser Mythenkreis in seltener Einigkeit mit Spott und Geringschätzung behandelt. Wenn wir auf die Wissenschaftler hören, brauchen wir uns keine Gedanken zu machen. Es gibt nichts zu befürchten, das sind alles Hirngespinste.«

»Da bin ich ja beruhigt. Du meinst, Salvatore hat sich das alles ausgedacht, damit ich nicht den Duke, sondern ihn heirate?«

»Ja, so muss es sein!« Gina setzte sich auf. »Du heiratest Salvatore. Nachdem er soviel Phantasie bewiesen hat, ist er der richtige Mann für dich.«

»Und meine Mutter, meine Schwestern, mein Vater und Salamandra?«

»Sollen sie doch in der Hölle schmoren! Jeder ist nur für sein eigenes Schicksal verantwortlich.«

»Wie könnte ich da weiterleben?«

»Ach, Liliana!«

»Gina, was soll ich nur tun? Ich kann nicht anders, ich muss mich der Herausforderung stellen. Meine Selbstachtung verlangt es. Du würdest an meiner Stelle nicht anders handeln und Großmutter auch nicht. Wir packen den Teufel bei den Hörnern, wenn es sein muss!«

Großmutter sagte nichts. Sie konnte nicht denken. Man hatte sie in eine tiefe dunkle Schlucht geworfen. Nirgends konnte sie sich festhalten, der Aufprall auf einer Felsspitze oder dem steinigen Grund war unausweichlich. Wenn sie nur vorher den Verstand verlieren könnte!

»Großmutter!« Liliana schüttelte sie. »Noch ist nichts geschehen.«

Großmutter legte die Arme um Liliana und wiegte sie wie ein Kind, nicht um es zu trösten, sondern um sich selbst zu beruhigen.

»Magali!«

»Was ist mit Magali, Großmutter?«

»Magali muss etwas Ähnliches erlebt haben. Ihr erinnert euch noch an die Legende, in der von einer Pforte die Rede war?«

»Magali hatte den Fürsten überlistet.«

»Ja, richtig, Liliana! Du bist die siebte Generation nach Magali und außerdem eine siebte Tochter. Die Öffnung des Portals kann nur mit dir gelingen. Der Duke hält dich für ein dummes, unschuldiges Kind, der Fürst wahrscheinlich ebenso. Keiner weiß, dass du eine Zauberin bist. Ihre Geringschätzung ist unsere Stärke.«

»Es gibt so vieles, was wir nicht wissen. Weiß der Duke Bescheid? Welche Rolle spielte Lady Nerissa? Was ist mit der Ouroboros-Schlange, die Salvatore restauriert? Was ist mit dem Zirkus Fantasmagoria? Und, und, und! Wir brauchen Unwissenheit nicht vorzutäuschen, wir wissen nichts!«

»Nicht ganz! Wir wissen, das entscheidende Ereignis wird in deiner Hochzeitsnacht stattfinden. Außerdem wissen wir, dass Magali den Fürsten überlistet hat.«

»Das ist eine Legende, Großmutter. War es wirklich so?«

»Unsere Welt besteht aus Legenden, Märchen, Mythen und Träumen. Die Wirklichkeit entsteht in unserem Kopf. Wenn viele dasselbe träumen, dann wird es wahr.«

»Ich bin nicht Magali.«

»Nein, du bist unsere Liliana.«

»Ich weiß, wir müssen alle sterben. Es soll aber mein eigener Tod sein und nicht der Gewinn eines anderen, für den ich nur Mittel zum Zweck bin.«

Großmutter hielt Liliana in den Armen und streichelte ihr Haar.

»Wir wollen jetzt schlafen. Zuvor erzähle ich euch eine Gutenachtgeschichte. Es ist die Legende von Magali und dem Tod.«

### Magali und der Tod

Zu jedem kommt der Tod in einer anderen Gestalt.

Zu jener Zeit lebte Magali in einem Dorf. Das lag mitten im Wald. Rehe und Bären kamen an den Brunnen, um zu trinken. Kinder spielten und tanzten im Ringelrein. Ein Mädchen war das wildeste von allen. Simona hieß es und hatte pechschwarze Augen, die einen ansahen, als könnten sie direkt in die Seele schauen. Magali liebte sie über alle Maßen, denn sie war ihre einzige Tochter, die sie unter großen Schmerzen geboren hatte. Immer wenn sie Simona ansah, spürte sie, dass der Himmel ihr nicht nur eine Tochter geschenkt hatte, sondern auch noch einmal ihr eigenes Leben.

Magali sammelte Kräuter, mischte Salben und Pulver. Von weit her kamen Kranke und Gebrechliche, denn es war bekannt, dass sie jedem helfen konnte. Sie hat magische Hände, sagten die Menschen und verehrten sie wie eine Heilige.

Eines Tages kam eine alte Frau ins Dorf. Sie tunkte ihr Kopftuch in den Brunnen, um die Stirn zu kühlen. Es war sehr heiß in diesem Sommer, selten hatte es geregnet. Die Alte setzte sich auf eine Bank im Schatten und sah zu, wie Menschen und Tiere kamen, um Wasser zu trinken. Alle wurden krank, viele starben, denn die alte Frau, das war der Tod. Aber die, auf die sie gewartet hatte, war nicht gekommen. So stand sie ächzend auf und machte sich auf den Weg zu Magali.

Simona öffnete der Alten die Tür.

»Du bist der Tod!«, sagte sie und rannte zu ihrer Mutter. Magali nahm sie fest in den Arm und küsste ihr die Tränen weg.

»Alte Frau, sei uns willkommen! Setz dich hier in den Sessel mit den weichen Kissen, damit du es bequem hast. Du hast eine weite Reise hinter dir. Ruhe dich ein wenig aus!«

»Das ist sehr freundlich von dir, Magali.«

Die Alte ließ sich in den Sessel sinken. Magali schob ihr eine Fußbank unter die Beine, damit sie die Füße hochlegen konnte.

»Ein Glas kalter Apfelwein wäre jetzt genau das Richtige für deine trockene Kehle.«

Aus dem bauchigen Krug mit der blauen Glasur goss sie Apfelwein in ein Glas, das in der Sonne funkelte, als wäre es mit Gold gefüllt.

»Das tat gut!«, sagte die Alte und wischte sich den Mund ab. Sie schloss die Augen und genoss es, wie der Wein fröhlich in ihrem Bauch kribbelte. Es war angenehm kühl in Magalis Hütte. Die Kräuter brachten die Erinnerung an weite, wogende Felder, über die ein sanfter Wind sein Wiegenlied sang. Stühle, Tisch, Bett und Schrank rochen nach Wald und waren stolz darauf, der Herrin des Hauses dienen zu dürfen. Selbst die Schatten in den Winkeln und Ecken waren freundlich. Wir ruhen uns hier nur aus, flüsterten sie, habe keine Angst vor uns.

»Dein Nacken ist ja ganz verspannt.«

Magali legte die Hände auf die Halswirbel der Alten und knetete sie mit den Daumen in gleichmäßigem Rhythmus. Allmählich lösten sich die Verhärtung und der ständige Schmerz, die Teil der Last waren, die sie zu ertragen gelernt hatte. Der Kopf war gar nicht mehr so schwer, es war eine Lust nach rechts zu schauen und nach links.

»Du hast so schönes weißes Haar!«

Magali gab der Alten einen Spiegel in die Hand. Mit einer Bürste strich sie das Haar glatt, löste die Verknotungen und die Haarstränge. Bald flossen die Haare locker und leicht über die Schultern herab wie ein silberner Wasserfall. Die Alte erblickte in dem Spiegel die junge Frau, die sie einmal gewesen war vor langer, langer Zeit. Sie konnte nicht anders, sie musste sie anlächeln.

»Und jetzt wollen wir tanzen!«, sagte Magali. Sie nahm die Hand der Alten, zog sie hoch und umfasste ihre Taille wie ein Verehrer. Ein Akkordeon spielte eine heitere Melodie und es war doch kein Akkordeon zu sehen. Eins, zwei links, drei rechts ... so tanzten sie in der Mitte der Stube. Simona klatschte in die Hände und summte dazu. Gläser klirrten im Schrank, Lavendelbüschel, die an einer Schnur quer durch den Raum hingen, bewegten sich im Rhythmus. So lebendig hatte sich die Alte schon eine Ewigkeit nicht mehr gefühlt. Voller Dankbarkeit und Liebe schaute sie in Magalis Augen.

Mit einer wohligen Erschöpfung blieb die Alte stehen. Sie drückte stumm Magalis Hand.

»Ich muss jetzt gehen, Magali. Danke!«

Sie ging hinaus in die glühende Sonne. Simona sah, wie sie sich entfernte und schließlich eins wurde mit dem Flimmern des Lichts.

»Müssen wir sterben, Mutter?«

»Ja, mein Kind, wir müssen sterben. Aber nicht jetzt! Wir wollen uns an jeder Sekunde erfreuen, die wir geschenkt bekamen.«

*

»Den Tod besiegen? Du verlangst viel von mir, Großmutter.«

»Den Tod besiegen, meine liebe Liliana, ist das Geringste. Den Tod besiegen wir, indem wir leben.«

## Kapitel 6

Die Marchesa hatte Kopfschmerzen. Der Kaffee, den Floriana zubereitet hatte, schmeckte wirklich vorzüglich. Er war aber für medizinische Zwecke ungeeignet. Es half nichts, Gina musste ihr die Lazarus Mischung kochen, die geeignet war, Tode zu wecken.

Liliana hatte von den Azteken geträumt. Sie sollte Huitzilopochtli zu Ehren in einen bodenlosen Schacht geworfen werden. Dies war daran gescheitert, weil es ihr nicht gelang, den Namen des Gottes korrekt auszusprechen.

Beth kam die Treppe herunter.

»Wir haben nicht genug Bettzeug, Lady Monleirdon.«

»Lass Kieran einen Wagen richten. Dann fährst du nach Monleirdon und holst, so viel wir brauchen. Ann soll dir dabei helfen. Noch etwas, Beth, ich möchte nicht mehr mit Lady angesprochen werden. Mein Name ist Murphy.«

»Ganz wie Sie wünschen, gnädige Frau!«

Sie machte einen Knicks und ging hinaus.

»Elizabeth«, brummte die Marchesa mürrisch, »ich muss ein ernstes Wort mit dir reden.«

»Was habe ich jetzt wieder falsch gemacht?«

»Lassen Sie bloß meine Mutter in Ruhe! Wir brauchen keine Ratschläge von Fremden.«

Martin stand auf und fuchtelte mit dem Buttermesser in der Luft. Rosemary zog ihn energisch zurück auf den Stuhl.

»Großer Bruder, sei kein Esel!«

Die Marchesa beachtete den hitzköpfigen jungen Mann nicht weiter.

»Dieser Unsinn muss aufhören, Elizabeth!«

»Ich verstehe nicht, was du meinst.«

»Wir haben alle nicht genug geschlafen, wenn überhaupt, dann miserabel. Darauf kann ich keine Rücksicht nehmen. Bevor die Sache noch mehr eskaliert, ist es meine Pflicht als deine Freundin, dich auf Verschiedenes hinzuweisen.«

»Welch eine Anmaßung!«, rief Martin entrüstet.

Martha nahm ihm das Besteck weg.

»Mit Freuden haben wir alle erlebt, wie du wieder du selbst wurdest, Elizabeth. Martha und ich haben mit größter Bewunderung beobachtet, wie du in den letzten Tagen alle Schwierigkeiten mit Mut und Entschlossenheit bewältigtigtest. Da können Sie von Ihrer Mutter lernen, junger Mann! Dass du das Land wieder bewirtschaften willst, ist der richtige Weg. Dass du wieder die alte Elizabeth Murphy sein möchtest, ehrt dich. Aber du bist es nicht!«

»Was willst du damit sagen, Sophia? Manchmal fällt es mir schwer, dich zu begreifen.«

»Aber ich verstehe sie«, sagte Martha. Sie nahm Elizabeths Hände. »Du bist nicht mehr die Person, die du früher warst. Du hast viel erlebt und viel erdulden müssen. Das Leben hat dich enttäuscht, aber auch reifer gemacht. Im Grunde bist du ein neuer Mensch.«

»Danke, Martha! Das habe ich schon verstanden. Mache ich denn nicht bereits alles, was notwendig ist?«

»Ich dulde nicht, dass Sie so mit meiner Mutter reden!« Martin sprang wieder auf. Sein Stuhl fiel nach hinten auf den Boden. Floriana eilte herbei. Sie nahm Martin am Arm und zog ihn vom Tisch weg.

»Ich ...«

Floriana legte eine Hand über seinen Mund.

»Martin!« Elizabeth wurde jetzt auch böse. »Sophia ist meine Freundin. Sie kann mir alles sagen. Du hast ja keine Ahnung, wie dankbar ich ihr bin für alles, was sie für mich getan hat. Ich brauche keinen Sohn, der plötzlich auftaucht und glaubt, mein Leben regeln zu müssen. Ich bin eine erwachsene Frau und weiß selbst, was ich zu tun habe. Und im Augenblick bin ich dabei, mir anzuhören, was Marchesa Montecorno di Capirosso, eine Dame des italienischen Hochadels und eine angesehene Philosophin, mir zu sagen hat. Ich wünsche keine weitere Einmischung von deiner Seite!«

Martin wollte nach draußen rennen. Floriana hielt ihn aber zurück. Sie stieß ihn auf einen Küchenschemel und setzte sich auf seinen Schoß, sodass er nicht aufstehen konnte.

»Die Marchesa ist wahrlich keine Diplomatin«, sagte Liliana lächelnd. »Sie sagt immer geradeheraus, was sie denkt. Es tut manchmal weh, was sie sagt. Aber es ist immer aufrichtig und hilfreich. Als Philosophin betrachtet sie die Welt aus verschiedenen Blickwinkeln. Die eine Wahrheit gibt es nicht. Wir müssen hinter den äußeren Schein blicken, um eine Ahnung vom Wesen der Dinge zu bekommen. Eine ihrer Eigenschaften macht die Marchesa den meisten Menschen unerträglich, nämlich ihr Hang, das, was sie erkannt hat, in die Tat umzusetzen. Wenn sie glaubt, jemand müsse unbedingt schwimmen, dann kann es schon vorkommen, dass sie ihn einfach ins Wasser stupst. Das war jetzt nicht nur bildlich gemeint!«

Lilianas Stimme hatte Martin beruhigt. Er legte die Arme um Floriana und küsste ihren Hals.

»Meine Enkelin liebe ich über alles, obwohl sie manchmal sehr vorwitzig ist. Also, meine liebe Elizabeth, ich will dir sagen, was in meinem Kopf vorgeht. Das betrifft auch dich, Rosemary, und den aufbrausenden jungen Mann da hinten! Elizabeth, du hast die Verantwortung übernommen für dein Leben und das für die Menschen, die für dich arbeiten. Das wird nicht immer leicht werden. Probleme werden sich einstellen. Missernten und Politik werden Mühlsteine um deinen Hals legen.«

»Ich weiß.«

»Du könntest dir alles etwas leichter machen.«

»Wie meinst du das?«

»Nun, du hattest einen Mann, der ausschließlich an seine Karriere dachte und dich vernachlässigte. Martin hatte einen Vater, der ihn als Werkzeug zu seinem eigenen Erfolg missbrauchte. Rosemary hatte überhaupt keinen Vater.«

»Das möchte ich alles vergessen.«

»Das solltest du nicht vergessen. Er ist euch noch etwas schuldig.«

»Er ist, dem Himmel sei Dank, tot und begraben.«

»Trotzdem hat er etwas erreicht. Das solltest du nicht einfach wegwerfen. Es gehört euch dreien!«

»Was meinst du damit? Ach, Sophia, manchmal verstehe ich dich überhaupt nicht!«

»Denke nach!«

Die Marchesa ging zu Florianas Kaffee über. Er machte sie weniger aggressiv. Elizabeth rührte Zucker in den Tee. Obwohl sie angestrengt nachdachte, blieben ihr die Worte der Marchesa rätselhaft. Rosemary musste wieder einmal an Dylan denken. Er sollte doch in ein paar Tagen zurückkommen. Martin knabberte an Florianas Ohrläppchen. Er wollte nicht darüber nachdenken, was diese herrische Person gesagt hatte. Was wusste die schon, eine Frau und noch nicht einmal Engländerin!

Elizabeth sah Martha hilfesuchend an.

»Die Marchesa hat vollkommen recht«, sagte Martha. »Noch können wir es anders machen.«

»Jetzt sprichst du auch noch in Rätseln.«

»Was hat dein Mann erreicht?«

»Na, er hat Geschäfte gemacht und hatte wohl auch Einfluss in Finanzkreisen. Davon weiß ich aber nichts. Er sprach nie mit mir darüber.«

»Denke weiter nach!«

»Monleirdon?«

»Genau!«

»Damit will ich nichts zu tun haben. Ich hasse es!«

»Ich meine nicht das Haus.«

»Nicht das Haus?«

»Der Titel, Elizabeth, Lady Monleirdon! Du bist eine Baroness. Das könnte dir und deinen Kindern sehr hilfreich sein, wenn du darauf nicht verzichtest.«

Elizabeth schwieg. Das war doch ihre große befreiende Entscheidung gewesen, auf den Titel zu verzichten und wieder einfach Miss Murphy zu sein. Sollte das so weitergehen mit dem ganzen falschen Getue, das nichts mit ihr zu tun hatte?

»Das könnt ihr nicht von mir verlangen!«

»Elizabeth, denke in Ruhe darüber nach! Deinen Mann gibt es nicht mehr. Du bist die Baroness, niemand kann dir Vorschriften machen.«

»Sophia, war denn alles umsonst?«

»Du sollst alles genauso machen, wie du es dir vorgenommen hast«, sagte die Marchesa. »Niemand liebt dieses Land und seine Leute so sehr wie du. Wer hätte ein größeres Recht, sich Lady Monleirdon zu nennen? Wenn du den Titel und die damit verbundenen Rechte behältst, kannst du viel mehr erreichen. Ich gehe einen Schritt weiter. Als Lady Monleirdon bekennst du dich zu deiner Verantwortung.«

»Ich bin doch nur ein Bauernmädchen, als Lady habe ich mich nie empfunden.«

»Das mag so gewesen sein. Jetzt aber bist du eine Lady, wie sie sein sollte. Die feine Gesellschaft kann dir gleichgültig sein, die können dir nicht das Wasser reichen. Denken die vielleicht an die Menschen, die ihnen ein Leben in Saus und Braus ermöglichen? Nein, sie beuten sie aus und verspotten sie deshalb. Elizabeth Murphy, jetzt bist du wirklich Lady Monleirdon!«

»Martha, was meinst du dazu?«

»Hör auf die Marchesa! Es wäre auch nicht schlecht für Rosemary und Martin. Türen öffnen sich leichter, wenn man in den richtigen Kreisen verkehrt.«

Rosemary betrachtete Liliana. Sie wusste, dass sie niemals so gewandt und geistreich sein würde wie Contessina Liliana. Aber sie wollte es versuchen.

Martin schämte sich. Er hatte der Marchesa unrecht getan – und Contessina Liliana. Auf einmal wurde ihm bewusst, welche Wunder diese beiden Frauen vollbracht hatten. Ohne sie hätte er niemals zu sich selbst gefunden. Seine Mutter war endlich die Mutter geworden, die er sich gewünscht hatte. Sie war kein verängstigtes Wesen mehr, das es jedermann recht machen wollte. Er hob Floriana von seinem Schoß und ging zur Marchesa.

»Marchesa, ich muss mich bei Ihnen entschuldigen. Verzeihen Sie mein übereiltes Verhalten. Danke für alles, was Sie für uns getan haben!«

Die Marchesa sah dem jungen Mann fest in die Augen. Da gab es noch viel, was zu verbessern war. Aber das war nicht ihre Aufgabe.

»Sei Floriana ein echter Lebensgefährte! Dann brauchst du dir keine Sorgen um die Zukunft zu machen.«

Das war schon wieder so eine Einmischung. Martin nickte stumm und ging zurück zu Floriana.

»Was ist mit dem Haus? Ich kann dort nicht mehr wohnen.« Elizabeth nickte entschlossen. »Ich lasse es abreißen.«

»Das ist die eine Möglichkeit«, sagte die Marchesa. »Ich habe dir von Capirosso erzählt. Du könntest es so machen wie ich. Das Gebäude eignet sich gut für ein Gymnasium. Wenn du ein Mädcheninternat daraus machst, wirst du Schülerinnen aus ganz England bekommen, vielleicht sogar aus den Kolonien. Einen zwar noch sehr jungen, aber begabten jungen Mann habt ihr bereits, den könnt ihr zum Schulleiter heranbilden. Außerdem wäre das Internat auch eine Lebensaufgabe für Miss Fitzgerald.«

»Welcher junge Mann?«

Rosemary errötete. Sie räusperte sich.

»Dylan«, flüsterte sie.

»Dylan O'Donnesey?«

Rosemary bekam keine Luft. Sie hauchte: »Ja!«

Elizabeth fiel das merkwürdige Verhalten ihrer Tochter auf. Sie sah auch, dass Contessina Liliana lächelte.

»Würde dir das Spaß machen, was die Marchesa eben vorgeschlagen hat? Du müsstest dann mit Dylan zusammenarbeiten. Das kann niemand von dir verlangen. Ich weiß doch, wie sehr du ihn verabscheust.«

»Ich verabscheue ihn nicht ...« Rosemary bekam einen glühenden Kopf. Sie wäre am liebsten davongerannt.

»Was meinst du dazu, Martin? Und du, Floriana?«

»Es ist ein repräsentatives Gebäude und würde sich gut dafür eignen. Du musst aber bedenken, Mutter, dass ein Internat mindestens so viel Arbeit macht wie ein Hotel.«

»Das würde mir Freude machen«, sagte Floriana. »Das Personal hätte ich auch schon zusammen. Ja, das wäre eine Aufgabe für mich!«

Elizabeth stand auf.

»Martha, komm, wir reiten aus! Wir müssen das in Ruhe besprechen.«

Elizabeth und Martha gingen hinaus.

»Warum muss sie das mit Martha besprechen?« Martin wurde schon wieder wütend. »Sollte sie das nicht mit uns Kindern tun?«

Floriana strich durch Martins Haare.

»Dummkopf! Deine Mutter trifft ihre Entscheidungen allein. Wir Frauen denken, indem wir mit unserer besten Freundin darüber reden oder in seltenen Fällen mit unserem Mann. Was meinst du, wer die meiste Arbeit haben wird? Martha!«

* * *

Liliana saß auf einem umgestürzten Baumstamm. Die Schafe und Ziegen hielten Abstand. Sie spürten, dass sie in Ruhe nachdenken wollte. Unten am Bach wuschen Mädchen die Wäsche. Gina war bei ihnen. Sie schaute immer wieder zu Liliana herüber.

Ein kleiner, gelber Vogel kam herbeigeflogen. Er setzte sich neben Liliana.

»Paglierino! Jetzt sind wir schon so lange zusammen und du hast mir immer noch nicht gesagt, wer du bist. Das ist ungerecht. Inzwischen kennst du meine dunkelsten Geheimnisse. Ja, vielleicht weißt du Dinge, von denen ich keine Ahnung habe, aber unbedingt wissen müsste.«

Paglierino legte den Kopf schief, als überlege er, ob er etwas sagen sollte. Ein Vogel ist ein Vogel. Was hätte er sagen können?

»Ich könnte dich verzaubern ... in einen sprechenden Papagei zum Beispiel, eine Robbe, die einen großen bunten Ball auf der Nase balanciert oder einen schmucken Prinzen mit lockigem Haar. Was hältst du davon? Hast du einen Wunsch? Jetzt hast du die letzte Gelegenheit, dich zu äußern!«

Paglierino gab einen leisen Piepser von sich und sprang auf Lilianas Schoß.

»Du kennst mich besser als ich mich selbst. Nie würde ich dir etwas gegen deinen Willen antun! Aber wie soll ich zaubern lernen, wenn niemand erfahren darf, dass ich es kann? Überraschungsangriffe sind ja sicher ganz toll, aber man sollte das schon geübt haben, damit sie gelingen. Diese beiden Götterbrüder sind vielleicht gar nicht so übel ...«

Paglierino stieß einen schrillen Ton aus, der in den Ohren schmerzte.

»So, das weißt du besser? Dann muss verhindert werden, dass sie zurückkommen. Wenn der Fürst ihr Verbündeter ist, der soviel Unheil angerichtet hat, dann sind diese Brüder bestimmt keine Menschenfreunde. Das ist gewiss! Aber warum soll das meine Aufgabe sein? Ist das nicht Männersache? Männer sind doch dafür geschaffen, sich zu prügeln und sich den Schädel einzuschlagen. Das ist schließlich Tradition.«

Die Sonne schien. Eine einzelne, weiße Wolke schwebte über dem Wäldchen. Bienen summten. Der süße Duft von Blumen und Blüten erfüllte die Luft. Welch eine friedliche Welt!

»Mein verschwiegener Freund, ich will dir etwas anvertrauen. Niemand ahnt etwas davon. Ich habe Angst. Ich möchte schreien und wegrennen bis ans Ende der Welt und darüber hinaus.«

Paglierino flog auf Lilianas Schulter. Er rieb den Schnabel an ihrem Ohrläppchen.

»Ist ja gut, ich lasse dich nicht im Stich! Der Fürst hat mich in die

Falle getrieben. Der Duke missbraucht mein Vertrauen. Genau in dem Augenblick, in dem sich Mann und Frau zum ersten Mal vereinen, soll der Verrat geschehen. Es gibt keine größere Niedertracht! Ich habe Angst, aber noch mehr fühle ich Zorn. Nein, ich werde nicht weglaufen, ich werde mich rächen! Meine Ehre bedeutet ihnen nichts, nicht mein Recht auf Leben. Sie sehen in mir einen Gegenstand, den sie für ihre Zwecke missbrauchen können. Ich glaube nicht, dass ich so sanft sein werde wie Magali.«

## Kapitel 7

Everweard Castle

Salvatore blickte von der kleinen Kapelle hinab auf das Treiben in Everweard Castle. Aus dem Wintergarten wehte Musik herauf. Ein Kammerorchester probte die Ouvertüre zur Diebischen Elster von Rossini. Alle Fenster des Schlosses standen offen. Mädchen in weißen Schürzen und Kopftüchern bezogen Betten, klopften Decken aus, putzten Scheiben, schrubbten und bohnerten die Böden. Möbelstücke wurden die Treppen hinaufgetragen. Im Schlosshof errichteten Zimmerleute eine Tanzbühne. Festzelte wurden aufgestellt. Palmen in großen Blumenkübeln markierten den Weg von der Auffahrt zum Eingangsportal.

Über die Brücke kam eine vornehme Kutsche, gezogen von vier Pferden. Sie verschwand hinter dem Hügel. Es dauerte eine Weile, dann tauchte sie auf der anderen Seite des Schlosses wieder auf. Trompeten begrüßten die neuen Gäste.

Salvatore setzte sich auf eine Bank. Hier oben wehte immer ein kühler Wind. Die kleine, verfallene Kapelle war eine Insel für ihn. Hier war er allem entrückt, niemand würde ihn stören.

Der Duke war nicht überrascht gewesen, dass Salvatores Mission misslungen war, aber er hatte nur mühsam seine Wut unterdrücken können. Auf dem Tisch hatte ein Buch gelegen, das er schnell weglegte, als Salvatore das Zimmer betrat. Es war ein Buch über Metempsychosis. War das von Bedeutung? Warum interessierte sich der Duke für Seelenwanderung? Bei den Griechen gab es die Vorstellung, dass die Seele eines Menschen nach dem Tod in einer anderen Gestalt wiedergeboren wird, das nannten sie Reinkarnation. Die Buddhisten glaubten etwas Ähnliches. Es gab aber noch einen anderen Begriff, der mit Seelenwanderung zusammenhing, die Inkorporation. Das war die esoterische Vorstellung, die Seele eines Menschen könne den Körper eines anderen Menschen in Besitz nehmen. War das wirklich möglich?

Salvatore war so in Gedanken versunken, dass er die vier Soldaten erst bemerkte, als sie direkt vor ihm standen.

»Sie sind Maître Brava?«

»Ja! Was gibt es?«

»Der Duke möchte Sie einem Gast vorstellen.«

»Danke für die Nachricht!«

»Wir richten hier oben einen Wachposten ein. Die Kapelle darf ab sofort nicht mehr von Unbefugten betreten werden.«

»Dann möchte ich Sie nicht aufhalten, meine Herren.«

Ruth kam ihm entgegen, als er die Eingangshalle betrat.

»Der Duke erwartet Sie in der Bibliothek, Maître.«

»Wer ist der hohe Gast?«

»So etwas interessiert mich nicht.«

»Das soll ich Ihnen glauben, Ruth?«

»Er wurde mir nicht vorgestellt.«

»Sie wissen es aber trotzdem. Nicht wahr?«

»Kann sein! Je mehr Sie sich beeilen, desto früher werden Sie es erfahren.«

»Sehr liebenswürdig!«

Zwei Wachen öffneten die Tür zur Bibliothek.

Der Duke stand mit einem korpulenten Herrn am Fenster.

»Maître, schön Sie zu sehen! Ich möchte Sie einem teuren Gast vorstellen.«

Der teure Gast trug einen teuren Maßanzug, ein eierschalenfarbiges Seidenhemd, protzige Ringe an jedem Finger und einen roten Schal um den Hals. Die schwarzen Haare schimmerten, als wären sie gerade frisch lackiert worden. Das rosige Ballongesicht darunter lächelte gönnerhaft.

»Das ist er also, darf ich vorstellen: Maître Salvatore Brava. Maître, darf ich vorstellen: Konsul Visconte Arsenio Mercurio. Nicht dass Sie mir jetzt in Ihre Muttersprache verfallen, meine Herren! Berücksichtigen Sie meine geringen Kenntnisse der italienischen Sprache.«

»Es ist mir eine Ehre, Console!«, sagte Salvatore.

»Meinerseits, meinerseits, junger Mann! Wie blass Sie sind und rappeldürr! Geben Sie Ihren Gästen nichts zu essen, Duke?«

»Machen Sie sich nichts daraus, Maître! Der Konsul ist für seine Späße bekannt.«

»Mir wurde ja schon viel nachgesagt, aber als Spaßvogel hat mich noch niemand bezeichnet. Sie wollen nur davon ablenken, dass ich schwerwiegende Missstände im britischen Empire aufgedeckt habe. Und wenn es wie in dem vorliegenden Fall einen Landsmann betrifft, dann gebietet es mein Amt, auf der Stelle einzuschreiten und für die Abschaffung dieser Verstöße gegen die Menschenrechte zu sorgen. Schließlich möchte ich ja nicht das gleiche Schicksal erleiden.«

»Wir haben eine ausgezeichnete Küche auf Everweard Castle.«

»Miss Floriana Pritchett«, sagte Salvatore, »ist nicht mehr hier.«

»Ich habe einen Chefkoch aus London engagiert. Er kommt mit seinem gesamten Team. Das ist eine ganz andere Klasse von Kochkunst als diese Provinzköchin!«

»Wie heißt dieser berühmte Chefkoch, mein lieber Duke?«

»Es handelt sich um niemand Geringeren als LeDuc!«

»Ah! Nicht schlecht, nicht schlecht! Aber Neues werden da meine verwöhnten Gaumen kaum zu schmecken bekommen. Es ist wirklich ein Jammer, immer auf dieselben Leute zu treffen, die einem ihren ewig gleichen Geschmack die Kehle hinunterstopfen wie einer Gans, die sie mästen wollen … um möglichst viel Geld aus ihr herauszuholen.«

»Arsenio, ich bitte dich! Du weißt, ich tu mein Bestes.«

»Eine Woche werde ich durchstehen. Gott sei Dank habe ich schon vorgesorgt.« Dabei klopfte er auf seinen Bauch. »Maître Brava, es freut mich, Sie endlich kennenzulernen. Sie müssen wissen, Ihr Vater und ich, wir haben zusammen die Schulbank gedrückt. Das ist schon etwas her, damals gab es Sie noch gar nicht. Wir liefen denselben Mädchen hinterher und hatten so manchen Faustkampf miteinander. Das ging so lange, bis ich auf ein Gymnasium kam. Das war extra für so feine Pinkel wie mich. Aus Ihrem Vater ist ja doch noch etwas geworden, Baumeister in diesem frommen Schuppen. Na ja, so weit habe ich es nicht gebracht, dafür kann ich in der ganzen Welt herumreisen und mich wichtig machen. Ist doch auch nicht schlecht?«

»Console Mercurio, ich bin in Vaters Fußstapfen getreten und beschäftige mich mit alten Steinen, Gräbern und solchen Sachen. Aber ich möchte dabei auch etwas von der Welt sehen.«

»Das ehrt Sie, junger Mann! An Ihrem Ernst erkenne ich Leopoldo wieder, obwohl Sie sonst keine Ähnlichkeit mit ihm haben.«

»Ich habe wohl mehr Ähnlichkeit mit meiner Mutter.«

»Wie ist der Mädchenname Ihrer werten Frau Mutter?«

»Malvina Rilloni!«

»Malvina ... ja, sie war die Hübscheste von allen. So, so, Malvina hat also Leopoldo geheiratet ... Na, so etwas! Das hätte ich nicht gedacht ... Entschuldigen Sie, junger Mann, in meinem Alter fällt man hin und wieder in vergangene Zeiten zurück. Ich will Sie nicht länger von Ihrer Arbeit abhalten. Die ist ja so geheim, dass selbst ich als alter Freund des Hausherrn nicht einmal andeutungsweise ins Vertrauen gezogen werde. Ich hoffe, wir sehen uns zu den Mahlzeiten?«

»Selbstverständlich!« Der Duke fasste Salvatore am Arm und führte ihn zur Tür. »Der Konsul ist ein alter Freund. Sehen Sie es ihm nach, sollte er Sie verletzt haben. Er meint es nicht so.«

* * *

Zwei weiße Pferde jagten über die Ebene. Der Himmel war so nah. Das Licht einer fernen, kalten Sonne wollte die bleierne Wolkendecke zerreißen. Ein Blitz brannte eine grelle Spur in den schwarzen Himmel wie das Feuer einer Zündschnur. Doch kein Donner folgte, keine Explosion.

Blanche stand auf einem Felsen. Ihre Haare wehten im Wind. Sie trug ein enganliegendes Kostüm aus weinrotem Leder. Beide Arme streckte sie in die Höhe, als dirigiere sie die Bahn der Blitze und die Richtung der Winde.

Salvatore träumte sich an ihre Seite.

Blanche ließ die Arme sinken und legte sie um seinen Hals. Er spürte keine Berührung. Die schwarzen Augen funkelten ihn an, der weiche, rote Mund lächelte rätselhaft, einladend, spöttisch. Nie hätte er gedacht, dass Nähe so wehtun kann.

»Salvatore!«, hauchte sie.

»Blanche!« Seine Kehle war trocken. »Wo sind wir hier?«

»Ich werde es dir sagen. Aber jetzt wollen wir reiten!«

Sie legte zwei Finger an die Lippen und pfiff. Die beiden Pferde drehten um und kamen herbei.

Blanche schwang sich auf ein Pferd. Salvatore hatte etwas Mühe, auf das andere Pferd aufzusteigen, denn es stand niemals still. Doch schließlich gelang es ihm, sich an seinem Hals hochzuziehen.

»Du hast es immer noch nicht begriffen, kleiner Bruder, deine Vorstellung erschafft die Realität. In deinem Kopf, in deinem Traum bist du Gott.«

Die Hufe trommelten über die Ebene. Der Wind bog Gräser und Büsche und zerrte in Blanches Haar, aber Salvatore spürte ihn nicht. Über ihnen zuckten Blitze am Himmel, als suchten sie jemanden. Sie rasten nebeneinander im wilden Ritt, ohne langsamer zu werden.

»Also, reden wir!«, sagte Blanche. Ihre Lippen bewegten sich nicht. Ihre Stimme erklang in seinem Kopf, als wären es seine eigenen Gedanken. »Aber sprich kein Wort!«

»Pst! Sprich mit mir wie im Traum!«

Das war nicht schwer. Wo konnte er anders sein als in einem Traum?

»Wo sind wir hier?«

»Das ist meine Zuflucht. Hierher konnten sie mir nicht folgen.«

»Wer verfolgt dich?«

»z'Lar und z'Veel! Wer sonst?«

»Wie?«

»Erzähle mir von ihnen! Sind wir in einer dieser Myriaden von Welten, die sie erobern wollten?«

»Ha! Myriaden von Welten, dass ich nicht lache!«

»Gibt es sie nicht?«

»Es gibt Myriaden von Myriaden von Welten – und es ist doch nur ein und dieselbe Welt.«

»Dann war alles vergebens?«

»Es ist nicht so einfach, es zu erklären. Ich will es versuchen.«

Die Pferde sprangen über eine tiefe Spalte, die plötzlich vor ihnen aufklaffte. Risse öffneten sich in Zickzacklinien in der Erde. Sie schlossen sich und brachen an anderer Stelle wieder auf.

»Keine Angst, Salvatore, dir kann nichts passieren!«

»Und dir?«

»Ich hatte viel Zeit, die beiden Brüder kennenzulernen. Sei gewiss, ich kenne sie besser als sie sich selbst.«

Die Pferde berührten den Boden nicht mehr mit ihren Hufen, sie schwebten.

»Man erzählte mir, ein Adler habe mich gebracht. In seinen gewaltigen Krallen trug er ein kleines Bündel. Das legte er z'Lar und z'Veel zu Füßen. Dann verschwand er wieder, bevor sich das Portal hinter ihm schloss. Sie öffneten das Bündel und fanden ein Baby. Von nun an kümmerten sich die beiden Brüder um mich. Ich war der Liebling der Götter. Ein Schicksal, das niemandem zu wünschen ist.«

Die Risse in den Erdspalten füllten sich mit glühender Lava.

»Wir haben nicht mehr viel Zeit, Salvatore. Ich fasse mich kurz. Welten aus flüssigem Gestein, Welten aus Ozeanen und Städte unter Wasser, Welten aus Sand, Welten wie ein einziger Wald, Welten ..., Welten ohne Zahl, das alles habe ich gesehen. Und mehr! Überall gab es Wesen wie wir, grausam, heimtückisch, verschlagen, voller Gier. Alle unsere Reisen führten zu Schlachten, gemeinen Morden und Verbrechen. Wir wurden verstümmelt, erdrosselt, gefoltert, verbrannt und gequält. Wir starben in jeder Welt in immer neuen Variationen auf grausame Weise. Ja, Salvatore, ich bin tot! Ich bin gestorben, nicht einmal, sondern viele tausend Mal.«

»Wenn du tot bist, was bist du dann?«

»Ich war die Hohe Priesterin. Um mich wurden Kriege geführt, in meinem Namen wurde Menschen das Herz aus dem Leib gerissen, wurden sie bei lebendigem Leib verbrannt oder ertränkt. In jeder Welt begann das Spiel aufs Neue. Ich war der Mittelpunkt unendlichen Leides – und war doch nur ein wehrloses Spielzeug. Irgendwann erkannte ich, was geschah. Gleichgültig, wo wir sind, wir tragen unsere eigene Welt mit uns. Wir werden sie deshalb überall wiederfinden oder neu entstehen lassen. z'Lar und z'Veel, Götter, die sie sind, sie können nur das hervorbringen, was in ihnen ist. Sie sind Wesen ohne Gefühl, sie kennen nur ihr Vergnügen, ein Vergnügen, das aus dem Leid der anderen besteht. Deshalb wurden Myriaden von Welten immer nur zu der Welt, die in ihrem Innern ist.«

»Und jetzt wollen sie zurück?«

»Das höchste aller Vergnügen, die Zerstörung einer Welt, die nicht ihre Schöpfung ist und die schon vor ihnen bestand. Der wahre Vatermord, Muttermord, das Niederreißen des Elternhauses, die Entweihung der Wiege!«

»Und dann?«

»Dann werden sie sich gegenseitig vernichten.«

»Das ist doch alles sinnlos!«

»Woher willst du das wissen? Bist du ein Gott?«

»Wenn ihr alle tot seid ...«

»Nicht ganz ... Wir haben keinen Körper. Wenn das Portal geöffnet ist, dann ...«

»... dann übernehmt ihr die Körper lebender Menschen.«

»Ja, ist das nicht genial? Sie sind doch schlaue Burschen, diese Brüder!«

»Blanche, wie kommt es, dass du mir das alles erzählst? Möchtest du nicht ein neues Leben beginnen?«

Die Wolkendecke riss auf. Kaltes, grelles Licht überflutete das Land.

»Du musst zurück, Salvatore, sofort!«

»Blanche!«

Salvatore erwachte auf dem Boden neben der Ouroboros-Schlange. Es hämmerte gegen die Tür. Er stand auf und öffnete.

Es war der Duke.

»Maître, ich klopfe schon eine ganze Weile. Was ist geschehen?«

»Entschuldigen Sie! Ich muss eingeschlafen sein. Wie Sie wissen, ist die Luft in diesem Raum nicht gerade gesund.«

»Es ist bald durchgestanden!«

»Wollten Sie sich nach dem Stand der Arbeiten erkundigen?«

»Nein, ich vertraue da ganz auf Sie. Ich möchte Sie einladen, heute Abend mein Gast zu sein. Es ist mir eine große Freude, Sie endlich meinem alten Freund Nero Borden, dem Fürsten, vorzustellen. Er interessiert sich sehr für Ihre Arbeit. Mit ihm können Sie Fachgespräche führen. Er ist ein Experte in den alten Künsten. Geben Sie uns die Ehre?«

»Ich freue mich darauf.«

»Gut! Ruth wird Ihnen Bescheid geben. Bis heute Abend, Maître!«

## Kapitel 8

Monleirdon, das alte Haus

Hinter dem Alten Haus hatte ein verfallener Geräteschuppen einer Pergola weichen müssen. Sie war zwar noch nicht fertig, – Blumenkübel, Steine, Holzbalken und Werkzeuge lagen herum, Gartenstühle lehnten übereinandergestapelt an der Wand sowie eine Sandkarre, – aber das nackte Gerüst stand schon. An einem runden Jugendstiltisch saßen Liliana und Gina und spielten Schach. Jedenfalls sah es so aus. In Wirklichkeit übte Liliana, jeden Zug Ginas vorauszuahnen. Es gelang ihr immer, selbst wenn Gina in letzter Sekunde die Taktik änderte. Die Marchesa, Elizabeth, Lady Aurelia und Martha waren nach Monleirdon geritten. Floriana wartete schon ungeduldig auf ihre Rückkehr. Sie hatte ein kompliziertes Festtagsmahl zubereitet, das, wie sie immer wieder betonte, unbedingt zum richtigen Zeitpunkt verzehrt werden müsse. Martin ging ihr zur Hand, das heißt, war ihr im Weg. Schließlich schickte sie ihn los, die Damen von Monleirdon abzuholen.

»Zwei Herren sind vorgefahren!« Floriana überreichte Liliana eine Visitenkarte mit der schwer leserlichen, aber kunstvoll verzierten Aufschrift Console Visconte Arsenio Mercurio.

»Sag dem Konsul, ich könne ihn erst sprechen, wenn Marchesa Montecorno di Capirosso zugegen ist. Solange möge er geruhen, in der Kutsche zu verweilen oder auf der kleinen Wiese zu weiden.«

»Contessina! Das kann ich doch nicht sagen.«

»Als zukünftige Ehefrau musst du in der Lage sein, auf charmante Weise Leute zum Teufel zu jagen. Lass dir etwas einfallen! Störe mich nicht weiter, du siehst, ich muss mich konzentrieren.«

»Wenn mich der hohe Herr ob meiner Impertinenz mit seiner scharfen Klinge durchbohrt?«

»Dann werde ich dich selbstverständlich rächen. Das versteht sich doch von selbst!«

»Jetzt bin ich beruhigt.« Floriana ging weg.

Gina blies eine Spinne weg, die sich an einem Faden vor ihrem Gesicht herunterließ.

»Müssen Contessina sich jetzt umziehen?«

»Aber nein, Gina! Wir sind hier ganz inoffiziell, à l'aise, wie wir Französinnen sagen. Wir haben den Konsul nicht eingeladen. Und wage nicht, das Brett zufällig vom Tisch zu stoßen!«

»Spielverderberin! Wo sind die beiden Herren jetzt?«

Liliana konzentrierte sich.

»Der Konsul ist fett. Er schwitzt und läuft unruhig hin und her. Ich glaube, er möchte dem Ruf der Natur folgen.«

»Das heißt?«

»Du weißt doch! Na, hör mal! Er möchte dahin, wo selbst der König allein ...«

»Schon gut!«

»Den anderen Herrn kennen wir. Es ist dieser Sekretär, aus dessen Mund wir die frohe Botschaft zum ersten Mal vernehmen durften, der hochedle Duke of Everweard habe mich dazu auserkoren, seine Gattin zu werden.«

»Dottore ...?«

»Dottore Emiliano Scaltroni, so heißt er. Floriana bittet die beiden Herren, im Garten Platz zu nehmen. Gleich müssen sie da vorn um die Ecke kommen.«

Sie kamen um die Ecke. Floriana führte den Konsul und seinen Begleiter in den Garten. Dort nahmen sie in der Laube Platz. Floriana entfernte sich wieder.

»Was reden sie?«

Liliana schloss die Augen.

»Der Konsul sagt, wie unangenehm ihm diese Angelegenheit sei. Der Dottore weist ihn auf das nicht geringe Entgelt hin, das geeignet sei, endlich seine Gehaltsforderungen auszugleichen. Der Konsul schweigt, er denkt ... Er denkt an Champagner, gebratenen Fasan und Trüffel.«

»Ist das nicht eine sehr praktische Begabung, die Gedanken anderer lesen zu können?«

»Viel wichtiger für mich ist die Begabung, die Gedanken der anderen ausschalten zu können! Du musst wissen, meine liebe Gina, was in unserem Kopf vorgeht, das ist ein unaufhörlicher Strom von Bilderfetzen, Tönen, Düften, angefangenen Sätzen, ein Stammeln, Stottern und Herumtasten. Ist ein Eindruck fertig, wird schon am nächsten herumgebastelt. Das alles ist so nervig und unappetitlich, dass es mir gleichgültig ist, ob am Ende ein vernünftiger Gedanke oder ein klarformulierter Satz herauskommt.«

»Was denke ich gerade?«

»Gina, gib mir einen Kuss!«

Gina gab Liliana einen Kuss auf den Mund.

Der Konsul hatte die Contessina entdeckt. Er stand auf und verneigte sich. Liliana nickte ihm zu.

»Er wird doch nicht herüberkommen?«

»Er überlegt noch. Der Dottore zieht ihn zurück auf den Stuhl und ermahnt ihn, unter allen Umständen die Form zu wahren, insbesondere in Anbetracht des delikaten Gegenstands ihres Anliegens. An diesen Formulierungen, cara Gina, kannst du erkennen, welch vornehme Herren das sind.«

»Wollen die uns auch umbringen?«, brach es aus Gina hervor.

»Niemand wird uns umbringen!«

»Wie kannst du so ruhig sein, bei allem, was wir wissen?«

»Ich bin so ruhig wie das Auge eines Hurrikans.«

Die Damen kehrten unter Martins Geleit von Monleirdon zurück. Lady Monleirdon und Martha traten in die Gartenlaube und begrüßten die Gäste.

Die Marchesa setzte sich zu Liliana und Gina. Sie griff nach der schwarzen Dame.

»Wenn das dein Ernst ist, Marchesa, ziehe ich den Läufer auf B6.«

»Es macht wirklich keinen Spaß mehr, mit dir Schach zu spielen, Contessina.«

»Was meinst du, wie schön es für mich war, immer gegen dich zu verlieren.«

»Lady Aurelia hat sich zurückgezogen. Ihre Anwesenheit muss nicht unbedingt bekannt werden. Gina, du kümmerst dich um sie! Elizabeth ist der Meinung, wir könnten in der Gartenlaube am ungestörtesten reden, das Haus sei dafür noch nicht geeignet. Oder möchtest du dieses wichtige Gespräch auf Monleirdon führen?«

»Ich möchte das wichtige Gespräch überhaupt nicht führen.«

»Vielleicht erfahren wir etwas Neues.«

»Wir werden in der Gartenlaube mit dem Konsul reden. Aber vorher muss ich etwas Anständiges essen!«

Sie standen auf und gingen ins Haus.

Zeichnete es einen Großmeister der Kochkunst aus, immer raffiniertere und kompliziertere Kreationen zu komponieren, so bestand Florianas Meisterschaft in der Einfachheit der Zubereitung und Zusammenstellung der Mahlzeiten. Eine Kartoffel war eine Kartoffel, nicht ein irgendwie nach exotischen Gewürzen schmeckendes Türmchen, das mit in Cointreau getränkter Petersilie geschmückt war. Die Art und Dauer der Zubereitung einer gewöhnlichen Karotte verschaffte ungeahnte Gaumenerlebnisse, wie eine Karotte schmecken konnte. Blieb jede einzelne Zutat ihrer eigenen Natur treu, so erweckte die Zusammenstellung aller Zutaten das geschmackliche Bild einer Landschaft zu einer bestimmten Jahreszeit. Florianas Gerichte waren Reisen der Erinnerung an Orte und Zeiten, die man vergessen hatte oder finden wollte. Sie waren Träume vom wahrhaftigen Leben.

Der Konsul war wie in Trance. Sein ganzes Leben hatte er wiedergeschmeckt. Er rang mit den Tränen, so sehr war er erschüttert von der unerwarteten Kraft der Gefühle, die in ihm geweckt worden waren.

»Miss Pritchett«, flüsterte er schließlich, »Sie müssen mit mir nach Italien kommen! Ich kann nichts mehr essen, wenn Sie es nicht zubereitet haben.«

»Um in den Genuss von Florianas Kochkunst zu kommen«, sagte Liliana, »muss man sie schon heiraten!«

»Miss Pritchett, ich bitte Sie, meine Frau zu werden. Alle Anwesenden sind Zeugen, dass es mein Ernst ist. Sagen Sie nicht Nein!«

Floriana drückte den heftig aufstehenden Martin wieder auf den Stuhl zurück und machte vor dem Konsul einen Knicks.

»Das war das schönste Kompliment, das ich je erhalten habe. So sehr ich mich auch freue, wenn anderen mein Essen schmeckt, im Grunde koche ich nur für mich. Wie alle Künstlerinnen bin ich Egoistin und bestrebt, frei zu sein. Was Sie gegessen haben, Herr Konsul, war ich selbst. Vor einem Feinschmecker wie Ihnen könnte ich keine Geheimnisse haben. Deshalb werde ich Martins Frau, für den eine Mahlzeit nur dazu dient, satt zu werden, und wenn sie dabei auch noch gut schmeckt, ist es ein angenehmer Nebeneffekt.«

»Sie brechen mir das Herz. Ich wünsche Ihnen alles Gute! Sollten

Sie mit Ihrem Ehemann nicht zufrieden sein, zögern Sie nicht, kommen Sie zu mir. Bei mir werden Sie immer willkommen sein.«

»Danke!«

Die Marchesa erhob sich.

»Visconte, es ist Zeit für einen kleinen Verdauungsspaziergang. Meine Enkelin wird uns begleiten. Ihr wird etwas Bewegung auch guttun. Wir können uns anschließend in der kleinen Gartenlaube ausruhen. Martha, sorgen Sie doch bitte dafür, dass wir dort eine Karaffe Ihrer köstlichen Apfellimonade vorfinden werden. Wenn ich es mir recht überlege, ein wenig Gebäck würde ausgezeichnet dazu passen. Ist das möglich?«

»Aber selbstverständlich, Marchesa Montecorno! Ich werde mich um alles kümmern.«

Die Apfellimonade war angenehm kühl nach dem Spaziergang.

Der Konsul hatte nicht nur den Körperbau eines Riesenbabys, die funkelnden Steine in den Ringen, die er an jedem Finger trug, der weich schimmernde Seidenanzug und die glänzenden Schnallenschuhe ließen das verwöhnte Bübchen erkennen, das nicht erwachsen werden wollte. Der grellrote Schal, den er keck um den Hals geworfen hatte, sollte zeigen, dass er über den Konventionen der gängigen Mode stand.

Sein Sekretär trug einen schlichten schwarzen Anzug, dazu ein Hemd mit Stehkragen. Er war schlank und hochgewachsen. Ruhige Gelassenheit ging von ihm aus und eine vornehme Schüchternheit, sodass man oft vergaß, dass er anwesend war. Um so überraschender war seine tiefe, warme Stimme, die ihn sofort in den Mittelpunkt eines jeden Gesprächs stellte.

»Contessina Liliana di Salamandra!« Dottore Emiliano Scaltroni zog einen Stapel Papiere aus seiner schwarzen Ledertasche und legte ihn auf den Tisch. Seine Hände waren schlank und blass wie Frauenhände. »Ich hatte schon das Vergnügen, Sie kennenzulernen. Schon damals fiel mir auf, dass Sie gern direkt zur Sache kommen und sachlich zu argumentieren verstehen. Das ist eine sehr seltene Gabe. Sie bei einer jungen Frau wie Ihnen vorzufinden, ist erstaunlich.«

»Es geht um den Ehevertrag, Dottore?«

»Ja, ich habe hier den Ehevertrag. Außerdem müssen wir uns über die andere Angelegenheit unterhalten.«

»Nämlich, wie das Versprechen des Duke rechtsverbindlich eingelöst und das Unheil von Salamandra abgewendet werden kann. Das ist für mich der wichtigere Teil, wie Sie sich denken können«, sagte Liliana.

»Der Duke of Everweard ist ein Mann von Ehre«, sagte der Konsul von oben herab. »Er würde niemals sein Wort brechen.«

»Ehre, was ist das?« Die Marchesa ließ solche Worte niemals durchgehen, wusste sie doch, dass hinter diesen hehren Begriffen meist nur heiße Luft war.

»Ihr Ruf als unerbittliche Philosophin ist auch zu mir vorgedrungen, Marchesa.« Der Konsul war sich der eigenen Überlegenheit bewusst. »Deshalb werde ich mich auf keine Diskussion mit Ihnen einlassen. In diesem Fall besteht die Ehre des Duke darin, sein Wort zu halten, nicht mehr und nicht weniger.«

»Dafür bürgen Sie?«

»Bei meiner Ehre!«

»Ha! Dann müssen wir den Wert des Abkommens an dem messen, was Sie unter Ihrer Ehre verstehen.«

»Wenn ich hier eingreifen darf?« Der Sekretär des Konsuls klopfte auf die Papiere. »Der Konsul wollte Sie beruhigen. Er meint es gut. Aber Sie haben recht, Marchesa Montecorno, mit Ehre hat das Ganze nichts zu tun. Es handelt sich um ein Geschäft – und nach meiner unmaßgeblichen Meinung um ein ganz und gar nicht ehrenhaftes Geschäft. Um so wichtiger ist es mir, dass Sie, Contessina Liliana, in vollem Umfang das von dem Duke of Everweard erhalten, was er Ihnen zugesichert hat. Dazu dienen diese Papiere.«

»Emiliano, du besitzt überhaupt kein Zartgefühl den Damen gegenüber!«, sagte der Konsul.

»Dafür danke ich Ihnen, Dottore!«, sagte Liliana. »Gefühle sind hier völlig unangebracht. Sie sind Jurist. Bleiben Sie es auch weiterhin während unseres Gesprächs!«

»Ich werde Ihnen zunächst die gegenwärtige Lage Ihrer Familie darlegen. Ihr Herr Vater, Conte Adriano di Salamandra, sitzt in Untersuchungshaft. Es mangelt ihm an nichts. Ihre Frau Mutter und Ihre Schwestern halten sich auf Salamandra auf. Es ist ihnen untersagt, das Land zu verlassen. Schloss, Anwesen, Land, Werkstätten, Fabriken und so weiter sowie Bankkonten und Wertpapiere sind gepfändet und werden von einem staatlichen Treuhänder verwaltet. Der landwirtschaftliche Betrieb und alle Geschäftstätigkeiten des Hauses von Salamandra laufen weiter wie bisher. Den politischen Parteien käme ein öffentlicher Fall Salamandra höchst ungelegen. Ein Skandal würde Dinge ans Licht bringen, die vielen äußerst unangenehm wären. Köpfe würden rollen derer, die im Augenblick die Nase sehr hochtragen. So zittert ganz Italien, um es pathetisch auszudrücken, ob es Ihrem Vater gelingt, seine Weste weißzuwaschen. Ich habe mir das Material angesehen. Es besteht kein Zweifel, es entlastet Conte Adriano in allen Punkten. So betrachtet wird Ihre Eheschließung mit dem Duke of Everweard tatsächlich Ihre Familie und Salamandra retten.«

»Großmutter, ich bitte dich, schau dir das Material genau an. Du kennst dich da besser aus als ich. Ich bitte die Herren, mich für einen Augenblick zu entschuldigen.«

Liliana stand auf und ging ins Haus.

Gina hatte auf sie gewartet.

»Schon alles besprochen?«

»Nein. Großmutter liest die Papiere. Ich muss noch einmal nachdenken. Gehen wir auf unser Zimmer!«

Oben angekommen, schloss Liliana als erstes die Fenster. Dann legte sie sich auf das Bett. Gina legte sich neben sie und nahm ihre Hand.

»Stimmt etwas nicht? Davon abgesehen, dass überhaupt nichts in Ordnung ist?«

»Der Dottore ist sehr korrekt. Meine Angelegenheit ist bei ihm in den besten Händen. Salamandra wird gerettet, mein Vater kommt aus dem Gefängnis. Ist das nicht wunderbar?«

»Wenn du dem Duke das Jawort gibst!«

»Ja, das ist die Voraussetzung.«

»Das wussten wir alles bereits.«

»Jetzt habe ich die Gewissheit.«

»Aber es geht nicht mehr um Salamandra. Das ist ein Nebenkriegsschauplatz.«

»Ja, cara Gina! Welche Bedeutung hat dann mein Opfer überhaupt noch?«

»Sag es mir!«

»Ohne dich könnte ich das alles nicht durchstehen.«

Gina drückte Lilianas Hand fester.

»Musst du wirklich die Welt retten? Vielleicht sind das alles nur Hirngespinste.«

»Nein, es ist bitterer Ernst. Es ist klar, was der Fürst möchte. Er will die Pforte öffnen, um die beiden Götterbrüder hereinzulassen mit ihrer Meute. Was ich nicht verstehe, warum will der Duke unbedingt mich heiraten? Er hatte mich doch noch nie zuvor gesehen.«

»Lady Nerissa!«

»Lady Nerissa?«, fragte Liliana.

»Er war ganz versessen auf sie und wollte sie heiraten. Es gibt eine äußerliche Ähnlichkeit zwischen euch beiden. Wusste er das? Woher wusste er das? Vom Fürsten natürlich! Der Fürst spielt ein finsteres Spiel mit ihm.«

»Dann ist der Duke auch ein Opfer?«

»Möglich ... Du hast doch vor, den Duke hereinzulegen. Nicht wahr?«

»Darauf kannst du wetten!«

»Wenn du den Vertrag brichst, ist er dann nicht ungültig und alles umsonst gewesen?«

»Ich werde den Vertrag nicht brechen. Der Duke wird ihn brechen.«

»Wie soll das geschehen? Dumm ist er bestimmt nicht!«

»Das weiß ich noch nicht genau. Vielleicht fällt dir etwas ein?«

»Du wirst vor Zeugen dein Jawort geben. Du und der Duke, ihr werdet Mann und Frau. In der Hochzeitsnacht wird er dich den Göttern opfern, das heißt, er wird dich ermorden, wenn ich es richtig verstanden habe. Danach willst du ihn hereinlegen. Wie soll dieses Wunder geschehen?«

»Vielleicht weiß der Duke nicht, was in der Hochzeitsnacht geschehen soll. Wie auch immer, niemand wird mich ermorden.«

»Liliana! Das Böse ist heimtückisch und kennt keine Skrupel. Du liebst die Menschen viel zu sehr, um zu erkennen, wenn sie dir übelwollen.«

»Weil ich dich liebe, Gina, werde ich alles tun, um zu verhindern, dass dir ein Leid geschieht.«

Die Marchesa hatte die Dokumente sorgfältig geprüft.

»Großmutter, was hältst du davon?« Liliana setzte sich neben sie.

»Die Papiere entlasten deinen Vater, erklären aber nicht, wie es zu dem Betrug gekommen ist. Tausende von Menschen haben viel Geld, manche ihr gesamtes Vermögen verloren. Sie werden Antworten haben wollen.«

»Die müssen sie eben woanders suchen! Dottore, werden die Beweise für Vaters Unschuld einer strengen Untersuchung standhalten?«

»Ja! Es werden sogar Entschädigungszahlungen geleistet werden.«

»Von wem?«

»Ein unbekannter Wohltäter ...«

»Es gibt keine Wohltäter! Kennen Sie Nero Borden, den sogenannten Fürsten?«

»Sie haben einen messerscharfen Verstand, Contessina.«

»Der Fürst ist ein Mann von Ehre!« Der Konsul wollte diese leidige Angelegenheit möglichst schnell beenden.

»Sie haben einen begrenzten Wortschatz, Visconte«, sagte die Marchesa. »Wir haben Grund zu der Annahme, dass der Fürst das genaue Gegenteil eines Mannes von Ehre ist. Aber darüber wollen wir uns jetzt nicht unterhalten. Dottore, schildern Sie uns doch bitte, wie Sie sich die Abwicklung und Erfüllung des Vertrages vorstellen.«

»Es gibt noch einen delikaten Passus. Über den müssen wir zuerst reden.«

»Delikat im Sinne von heikel oder schlüpfrig?«, fragte die Marchesa.

»Es ist mir peinlich.«

»Emiliano, reiße dich zusammen! Der Duke stellt bestimmt keine unmoralischen Forderungen.«

»Der Duke, mein lieber Arsenio, verlangt, dass die Contessina als Jungfrau vor den Altar tritt.«

»Ach!« Der Konsul war jetzt doch verlegen. »Das ist sicher nur eine Formsache, alte Familientradition oder so ...«

»Er verlangt eine eidesstattliche Erklärung der Contessina ... und von Ihnen, Marchesa. Es tut mir leid.«

»Er soll sie haben!«, sagte Liliana entschlossen. Die Marchesa nickte, sagte aber kein Wort dazu.

»Gut! Dann will ich fortfahren. Die Trauung wird von Pfarrer Joshua Fraggles vollzogen. Er erklärt Sie zu Mann und Frau. Sie setzen Ihre Unterschrift auf die Heiratsurkunde. Ab diesem Zeitpunkt sind Sie die Duchess of Everweard. Das Abkommen wird rechtsgültig, die Dokumente gehen in Ihren Besitz über. Ich werde danach sofort nach

London aufbrechen, um diesen Tatbestand nach Florenz zu telegraphieren. Dottore Simonitis, ein Kollege, der mein volles Vertrauen hat, wird die Originalpapiere, das hier sind Abschriften, zur Staatsanwaltschaft bringen. Dort ist alles schon darauf vorbereitet, Conte Adriano aus dem Gefängnis zu entlassen. Alles Übrige, die Aufhebung der Anklage und die Rücknahme der Pfändung, wird dann zügig in die Wege geleitet.«

»Wie erfahren wir, ob alles so abgelaufen ist, wie Sie es eben beschrieben haben?«

»Mein Kollege wird mir zurücktelegraphieren. Ein Mitglied Ihrer Familie, Contessina Liliana, wird sich auf die Reise machen, um Ihnen alles zu berichten und Ihnen eine Kopie der höchstrichterlichen Verfügung zu überbringen. Haben Sie noch Fragen?«

»Großmutter?«

»Wir danken Ihnen, Dottore Scaltroni! Ich bin sehr beruhigt, diese Angelegenheit in Ihren fähigen Händen zu wissen. Ich möchte aber noch etwas klarstellen. Wie Sie wissen, verfüge ich nicht nur über einen klaren Verstand, sondern auch über ein recht beträchtliches Vermögen. Letzteres verschafft mir natürlich in der Gesellschaft ein höheres Ansehen als das erstere. Meine Enkelin ist meine Alleinerbin. Sie ist von dem Missgeschick ihrer Familie in keiner Weise betroffen. Trotzdem will sie alles tun, um Salamandra zu retten. In ihrem Fall kann man wirklich von einer Frau von Ehre sprechen! Stimmen Sie mir zu, Console Visconte Arsenio Mercurio?«

»Ich möchte die Contessina nicht herabsetzen. Aber von Ehre zu sprechen, halte ich für reichlich übertrieben. Schließlich tut sie nur, was die Pflicht einer Tochter gegenüber ihrem Vater verlangt.«

»Sie meinen, die Erfüllung einer Pflicht schließt den Begriff der Ehre aus?«

»Seine Pflicht zu erfüllen, ist eine Selbstverständlichkeit, die kein besonderes Verdienst darstellt.«

»Und doch reden Sie von einem jungen Mann, der seiner vaterländischen Pflicht nachkam, er sei auf dem Feld der Ehre gefallen.«

»Das kann man nicht vergleichen!«

»Sie wollen sagen, Sie lassen Ehre nur dort gelten, wo es Ihren politischen Zielen dient. Oder sprechen Sie Frauen grundsätzlich Ehre ab?«

»Marchesa …«

»Arsenio, sei still!«, sagte Dottore Scaltroni. »Du machst es mit jedem Satz schlimmer. Marchesa Montecorno di Capirosso, ich habe den höchsten Respekt vor der selbstlosen Tat Ihrer Enkelin. Ihre Ehre ist über jeden Zweifel erhaben. Ich gehe gar soweit zu sagen, – besonders da mir Conte Adriano di Salamandra nicht unbekannt ist, – sie sollte auf die Ehre pfeifen und an sich selbst denken! Entschuldigen Sie, dass ich das so geradeheraus sage.«

»Danke, Dottore Scaltroni! Sie sind ein Mann nach meinem Herzen. Sie können mich jederzeit auf Capirosso besuchen.«

»Danke! Ich werde darauf zurückkommen.«

Der Konsul stand auf. Er war gekränkt, dass seine geistreichen Äußerungen nicht gewürdigt worden waren.

»Wenn alles besprochen ist, wollen wir nicht länger Ihre Zeit in Anspruch nehmen, meine Damen.«

»Es war uns ein Vergnügen, Visconte!« Die Marchesa erhob sich und bot dem Konsul ihren Arm. »Wir begleiten Sie zu Ihrer Kutsche.«

Der Konsul war überrascht, hakte sich aber bei der Marchesa unter.

»Sie sind gut untergebracht auf Everweard Castle?«, fragte die Marchesa.

»Sie und die Contessina werden es nicht wiedererkennen. Der Duke hat weder Mühen noch Kosten gescheut. Das Schloss wurde in kürzester Zeit prachtvoll herausgeputzt. Die Hochzeit wird sicher in die Geschichte Englands eingehen als eine der prunkvollsten. Daran können Sie sehen, dass ihm sehr viel an Ihrer Enkelin liegt. Ich kenne ihn ja schon lange. Er ist nicht mehr der alte Eigenbrötler, jetzt ist er ein junger Mann in den ersten Frühlingstagen. Bewundernswert!«

»Ja, das klingt sehr erfreulich.«

»Täglich werden neue Gäste eintreffen, Geselligkeiten werden stattfinden, Bälle werden abgehalten … sogar ein Zirkus aus Italien hat sein Zelt geöffnet. Wollen Sie das wirklich versäumen?«

»Meine Enkelin möchte sich in stillem Gebet und friedlicher Andacht, ganz Jungfrau, die sie ist, auf den wichtigsten Tag ihres Lebens vorbereiten. Das muss ich respektieren.«

»Selbstverständlich! Sie ist ja eigentlich noch ein unschuldiges Mädchen. Dennoch werden sich gerade die Gäste aus Italien nicht davon abhalten lassen, Sie hier zu besuchen, Marchesa.«

»Sie sollen mir willkommen sein. Sie müssen aber auch respektieren, dass Contessina Liliana vor der Hochzeit für niemanden zu sprechen sein wird.«

»Es ist ja nicht mehr so lange. Im Vertrauen, Marchesa, würde ich ja lieber hier bei Ihnen bleiben.«

»Sie meinen, Florianas Kochkunst zuliebe?«

»Sie haben mich durchschaut. Miss Pritchett hatte noch bis vor kurzem für den Duke gearbeitet?«

»Ja! Sie ist eigentlich keine gewöhnliche Köchin.

»Das können Sie laut sagen!«

»Sie hatte auf Martins Rückkehr gewartet, mit dem sie schon lange verlobt ist. Martin ist der einzige Sohn des erst kürzlich auf tragische Weise verstorbenen Lord Monleirdons. Ihr Beruf wird es sein, an der Seite ihres Gatten zu stehen und für die nachwachsende Generation zu sorgen. Das ist ja wohl das gottgewollte Schicksal jeder Frau.«

»Ja, natürlich ... Schade ist es trotzdem!«

Lady Monleirdon kam ihnen entgegen.

»Herr Konsul, kann ich Sie dazu überreden, zum Abendessen zu bleiben?«

»Hm ...« Der Konsul blieb abrupt stehen. »Emiliano, was meinst du? Eigentlich ...«

Dottore Scaltroni verbeugte sich vor Liliana und gab ihr einen Handkuss.

»Contessina Liliana, es war mir eine große Freude! Der Konsul und ich werden Sie jetzt verlassen. Sie haben sicher das Bedürfnis, alles noch einmal in Ruhe mit Ihrer Großmutter zu besprechen. Wir sehen uns in Everweard Castle wieder!«

»Ich danke Ihnen, Dottore Scaltroni!« Sie zog ihn ein wenig zur Seite und flüsterte ihm zu: »Wenn Sie in London alles geregelt haben, kommen Sie sofort zurück!«

»Mit Vergnügen!«

# Kapitel 9

Everweard Castle

»Die Herren warten im kleinen Rauchsalon.«

Ruth ging voran.

Es war für Salvatore wie der Gang zu einer mündlichen Prüfung, nur dass er diesmal den dummen Studenten spielen musste, der seine Lektionen nicht gelernt und von nichts eine Ahnung hatte. Um dies glaubhafter zu machen, hatte er leicht sein Äußeres verändert. Das Gesicht war blass. Die Augen lagen tiefer in den Augenhöhlen und waren ohne Glanz. Sein Schritt war schleppend, der Rücken leicht gekrümmt. Der Atem ging flach und keuchend.

»Da sind wir!«

Ruth klopfte. Der Duke öffnete die Tür.

»Maître, seien Sie uns willkommen!«

»Ich danke für die Einladung!«

Der Rauchsalon war düster. Eine dunkle Gestalt versperrte das Licht des offenen Kamins und füllte mit ihrem Schatten den Raum. Als sie sich auf Salvatore zubewegte, loderten hinter ihr befreit die Flammen empor. Die dunkelblauen Tapeten schimmerten golden, als würden sie von Feuer zerfressen.

»Ich darf vorstellen, Maître Salvatore Brava! Maître, das ist mein Freund Nero Borden.«

»Junger Mann, ich habe schon viel von Ihnen gehört.«

Da war er also, Nero Borden, genannt Der Fürst! Weißes Haar, farblose Lippen, hervorstehende Wangenknochen, hellgraue Augen, in ihnen ein kaltes Feuer, – hier war ein Wesen, das darauf lauerte, dir alles zu nehmen, was dich zum Menschen macht. Salvatore musste an die weiße Dornenhecke des Ouroboros-Zimmers denken. Die Hand des Fürsten war knochig und kalt.

»Mister Borden? Wie soll ich Sie ansprechen? Fürst Nero?«

»Setzen wir uns!« Der Fürst ließ Salvatores Hand erst los, nachdem er ihn zum Kamin geführt hatte. Drei Sessel standen um einen runden Tisch, auf ihm Gläser und eine Karaffe roten Wein.

»Nennen Sie mich einfach Fürst! Was bedeuten schon Namen? Wie geht es Ihren Eltern?«

Das kam doch etwas plötzlich. Der Duke lachte.

»Maître Brava, Sie dürfen sich nicht wundern. Manchmal denke ich, der Fürst kennt Gott und die Welt. Fürst, kennen Sie etwa auch Maître Bravas Eltern?«

»Leopoldo Brava ist der Meister der Bauhütte des Doms Santa Maria del Fiore in Florenz. Er ist ein berühmter Mann. Ich habe ihn oft besucht. In jener Zeit war Salvatore noch ein Kind. Ich konnte ihn beobachten, wie er in stummer Entschlossenheit kleine Arbeiten erledigte, die ihm sein Vater anvertraut hatte. Schon damals konnte ich erkennen, zu welchen Leistungen er fähig sein würde. Ich habe mich nicht getäuscht.«

»Nein, ganz und gar nicht! Ich wüsste niemanden, der unser kleines Projekt so meisterlich ausführen könnte«, sagte der Duke.

»Ein Projekt, dessen Zweck sich meiner Kenntnis entzieht«, sagte Salvatore.

Der Fürst klopfte an den Rand seines leeren Glases. Der Duke goss sogleich Wein in alle Gläser.

»Der Duke hat sich eine Überraschung ausgedacht für seine Braut. Sie wird sicher entzückt sein. So etwas sieht man nicht alle Tage. Stimmen Sie mir zu, Salvatore?«

»Contessina Liliana muss schon außergewöhnlich sein. Die Frauen, die ich kenne, würden beim Anblick der Riesenschlange in Ohnmacht fallen oder schreiend hinauslaufen.«

»Sie haben Humor, junger Mann! Vergessen Sie nicht, dass die Contessina aus einer alten Adelsdynastie stammt. Wenn der Duke ihr eine Freude machen will, dann muss es etwas sein, das sie noch nicht hundertmal gesehen hat.«

»Sie haben sicher recht, ich kenne mich in diesen Kreisen nicht aus. Meine Neugierde ist rein egoistisch. Die Ouroboros-Schlange ist ein altes Symbol, das mir vertraut ist. Überraschend ist für mich, sie mitten in einem Raum vorzufinden, der eine riesige Rosenhecke darstellt – und das Ganze noch in dem Zwischengeschoß eines Schlosses. Ich gestehe, Ausbildung und Erfahrung haben mich auf so etwas nicht vorbereitet.«

»Auch Sie müssen sich gedulden, Maître Brava. In ein paar Tagen werden alle Ihre Fragen beantwortet werden. Sie haben Contessina Liliana auf der Reise kennengelernt?«

»Kennenlernen ist zu viel gesagt. Wir leben in verschiedenen Welten. Ich bin nur ein einfacher Handwerker.«

»Stellen Sie Ihr Licht nicht unter den Scheffel, Maître! Sie sind ein Meister Ihres Fachs und können stolz darauf sein.« Der Duke wandte sich an den Fürsten. »Meine zukünftige Gattin ist noch sehr jung – nicht nur an Jahren. Ich musste feststellen, dass Sie geistig nicht sehr fortgeschritten ist.«

»Ah?« Der Fürst lächelte. »Dann liegt es ganz allein an dir, sie zu genau der Duchess of Everweard zu machen, die du dir vorstellst.«

»Ja!« Der Duke nickte. Ein Strahlen ging über sein Gesicht. »Ja!«

Salvatore fröstelte. Hinter diesen Worten verbarg sich Lilianas Schicksal.

»Sie müssen aber zugeben, Maître Brava«, fuhr der Fürst fort, »dass die Contessina eine Schönheit ist!«

»Das lässt sich nicht leugnen.«

»Sie nutzten sicher die Gelegenheit, mit ihr näher bekannt zu werden. Schließlich sind Sie ein feuriger Italiener.«

»Ich sehe, Sie kennen Marchesa Montecorno di Capirosso nicht. Es war völlig unmöglich, ein Gespräch unter vier Augen zu führen. Die Reise erschien mir besonders anstrengend. Es gab kaum Gesprächsstoff zwischen den Damen und mir. Das einzig Verbindende ist die Toskana. Darüber lässt sich viel reden, aber es bleibt dennoch gequälte Langeweile.«

»Sie lebten doch lange in Paris. Die Damenwelt dürfte Ihnen nicht fremd sein.«

»Über solche Dinge spreche ich nicht. Wenn Sie Wirtshausgespräche führen möchten, dann bitte ich mich zu entschuldigen«, sagte Salvatore und stand auf.

»Aber, aber, Maître!« Der Fürst zog ein silbernes Zigarrenetui aus der Jackentasche. »Rauchen wir eine Friedenszigarre! Ich wollte Sie nicht in Verlegenheit bringen. Sie müssen verstehen, mein Freund, der Duke kann nicht genug hören von seiner wunderschönen Braut. Er wollte auch nur die Bestätigung, dass sie das erlesenste Wesen unter dem Himmel ist.«

Salvatore setzte sich wieder. Er nahm eine Zigarre, deren Spitze der Fürst zuvor kupiert hatte. Der Duke reichte ihm einen brennenden Fidibus.

»Duke, ich danke Ihnen für die ehrenvolle Aufgabe, die Sie mir anvertraut haben! Sie beherrscht alle meine Gedanken. Selten bekommt ein junger Akademiker die Chance, mit einer solch sensationellen Entdeckung anerkannt und berühmt zu werden. Ich muss gestehen, Ihre Hochzeit, die Braut und alles Drumherum sind für mich zweitrangig. Sollte Sie meine Offenheit verletzen, bitte ich um Nachsicht!«

»Maître, Sie sind ganz der Mann, für den ich Sie gehalten habe. Eine Professur wird man Ihnen wohl nicht abschlagen können.«

»Nichts anderes strebe ich an. Dafür würde ich so ziemlich alles tun.«

»Vorläufig genügt es, die Arbeit an der Ouroboros-Schlange zu Ende zu bringen.« Der Fürst erhob sich. »Meine Herren, führen wir das Gespräch ein anderes Mal fort. Maître Brava, ich wünsche Ihnen eine gute Nacht!«

* * *

Es war still im Ouroboros-Zimmer. Kein Raunen, Rascheln und Flüstern waren zu hören. Salvatore hatte nach der Begegnung mit dem Fürsten keinen Schlaf finden können. So war er hierhergekommen, um Antworten zu finden. Aber alles sah genauso trostlos aus wie immer. Was hatte er sich nur dabei gedacht?

Er wollte schon wieder gehen, als sich die Tür öffnete und der Fürst eintrat.

»Ich habe mit Domenico gesprochen.«

Salvatore schwieg. War das die Stunde der Wahrheit?

Der Fürst betrachtete eingehend den letzten Abschnitt der Schlange.

»Beeindruckend!«

Er setzte sich auf die Kiste, auf der Domenico immer gesessen hatte.

»Du bist ein Gestaltwandler.«

Salvatore hatte dieses Gespräch befürchtet. Ein Schicksal war ihm aufgebürdet worden, das er nicht wollte. Er war immer noch nicht bereit, es zu akzeptieren.

»Ich kann verstehen, dass das ein Schock für dich war. Antonella berichtete mir, wie gut du damit fertig geworden bist. Schließlich ist Gestaltwandeln keine Krankheit, sondern eine Gnade.«

Salvatore schwieg.

»Ich muss es ja wissen, denn ich bin selbst ein Gestaltwandler. Du hast nichts dazu zu sagen?«

»Es wird niemand davon erfahren. Ich will damit nichts zu tun haben. Ich bin ein Mensch und gedenke es zu bleiben!«

»Was nützt es, sich vor den Tatsachen zu drücken?«

»Ich stelle mich durchaus den Tatsachen, habe aber meine Wahl getroffen.«

»Warum wehrst du dich so dagegen? Sag mir ja nicht, es hätte dir keinen Spaß gemacht, dich zu verwandeln!«

»Es ist eine große Versuchung, ich kann es nicht leugnen. Wichtiger ist mir aber, meine Menschlichkeit nicht zu verlieren.«

»Diese Menschlichkeit ist nur ein kleiner Teil von dir. Du kannst nur Du sein, wenn du dein Erbe als Gestaltwandler annimmst.«

»Ich weiß. Dann werde ich wohl immer ein Krüppel sein.«

»Ach, Salvatore, warum machst du dir es so schwer! So viele Möglichkeiten öffnen sich dir. Aber es ist allein deine Angelegenheit. Ich will dich zu nichts überreden. Bedenke, dass sich die eigene Natur nicht unterdrücken lässt. Glaube mir, es ist besser, sie anzunehmen.«

»Warum habe ich diesen Auftrag bekommen?«

Der Fürst sah Salvatore überrascht an.

»Der Duke ...«

»Warum bekam ICH diesen Auftrag?«

»Du bist mein Sohn.«

»Ha!« Salvatore lachte laut. »Leopoldo Brava ist mein Vater!«

»Er hat dich großgezogen und sich um dich gekümmert. Das hat er gut gemacht. Trotzdem bin ich dein leiblicher Vater. Dass du ein Gestaltwandler bist, verdankst du mir.«

Ohne es zu bemerken, hatten sich Salvatores Hände in Pranken verwandelt. Die Schultern wurden breiter, die Muskeln fester und angespannt.

»Ich sage es nur einmal, Sie sind nicht mein Vater! Es ist mir gleichgültig, ob Sie mit meiner Mutter ins Bett gegangen sind. So wie Väter ihre unehelichen Kinder nicht anerkennen, so erkenne ich Sie nicht als meinen Vater an. Leopoldo Brava ist mein Vater und wird es immer bleiben.«

»Dennoch gäbe es dich nicht ohne mich. Ich bin dein leiblicher Vater. Wieder willst du dich den Tatsachen entziehen. Dass ich dein Vater bin, setzt doch Leopoldo Brava nicht herab. Du hast eben zwei Väter!«

»Ich habe nur einen Vater. Sie spielen keine Rolle in meinem Leben.

Was wollen Sie von mir? Sie wollen mich doch nicht offiziell als Ihren legitimen Sohn anerkennen – mit allen damit verbundenen Konsequenzen?«

»Das möchtest du doch Leopoldo Brava nicht antun und deiner Mutter?«

»Gut, dass Sie wenigstens das verstehen! Was wollen Sie also von mir? Sie haben sich doch nicht ohne Grund dazu entschlossen – nach all den Jahren – mir diese gänzlich unwichtige Mitteilung zu machen.«

Der Fürst stand auf. Er sah aus, als wäre er ein Teil der Wand, genauso weiß, so kalt und so gierig, Leben aufzusaugen.

»Du weißt es jetzt. Du bist mein Sohn. Ich werde dich als solchen behandeln. Gute Nacht, Salvatore!«

Der Fürst lächelte, dann verließ er den Raum.

»War das soeben eine Drohung?«, fragte Salvatore sich selbst.

»Bravo!«

Blanche stand neben ihm. Sie trug ein langes, weißes Gewand, das bis auf den Boden reichte. Ein Kranz aus bunten Frühlingsblumen krönte ihr Haar.

»Blanche! Wo bist du jetzt?«

»Das siehst du doch, Dummerchen!«

»Du bist nicht wirklich hier.«

»Nein! Wir tun aber so, als wäre ich bei dir.«

»Ich kann bald nicht mehr unterscheiden, was Wirklichkeit ist und was Traum. Das nennt man Wahnsinn.«

»Komm mit mir, das hier ist kein angenehmer Ort!«

Eine grüne Hügellandschaft, eine Hütte mit tief herabhängendem Strohdach, ein Brunnen, zwei Schafe, eine Bank vor rotgestrichenen Fenstern und eine einsame weiße Wolke am blauen Himmel – es war, als beträten sie ein unfertiges Gemälde.

Der Geruch von Kaffee wehte durch die offene Tür.

»Wir essen draußen!«, sagte Blanche. Sie lief in die Hütte und kam zurück mit einem Tablett. Kaffee gab es, Butterhörnchen und eine Schüssel goldener Trauben. Es gab zwei Gedecke, obwohl Salvatore natürlich nichts anfassen konnte.

»Hattest du Besuch erwartet?«

»Salvatore, warum willst du das nicht begreifen? Diesen Ort gab es nicht, bevor ich ihn entstehen ließ. Wenn du es genau wissen willst, diesen Ort kenne ich aus deinen Träumen. Deine Tante Serena lebte in solch einer Hütte, mit zwei Schafen und einem hässlichen Hund. Den habe ich weggelassen. Du warst drei Jahre alt. Dein Vater setzte dich vor sich aufs Pferd und ritt mit dir hierher. Serena verwöhnte dich mit Butterhörnchen und Trauben. Davon wurde dir schlecht. Daraufhin untersagte dir deine Mutter, diese unvernünftige Tante je wieder zu besuchen.«

»Ich kann mich nicht mehr daran erinnern.«

»Dafür kann ich mich an alles erinnern, jedenfalls an alle deine Träume.«

»Dann hatte ich das vielleicht nur geträumt und nicht wirklich erlebt?«

»Träume bestehen aus dem, was wir erleben. Sie sind aber viel mehr, weil sie das hinzufügen, was wir befürchten oder uns wünschen. Kann es nicht sein, dass in den Träumen die tiefere Wahrheit zu finden ist, der Kern eines Menschen?«

»Ach, Blanche, ich bin heute nicht in der Lage, klar zu denken. Können wir nicht den Augenblick genießen? Es ist so friedlich hier!«

In Blanches Gesicht erstrahlte ein Lächeln. Sie setzte sich im Schneidersitz auf die Bank und verschränkte die Hände hinter dem Kopf.

»Denke ich nichts,
Dann fühle ich Dich.
Höre ich nichts,
Flüsterst Du in mein Ohr.
Schmecke ich nichts,
Spüre ich Deinen Kuss.
Sehe ich nichts,
So stehst Du vor mir.
Bin ich gestorben,
Lebe ich in Dir.«

»Ein Gedicht?«

»Ja, es ist für dich, Salvatore.«

»Danke! Es ist schön – und traurig.«

»Nicht traurig ... vielleicht doch ... Es sind meine Gefühle.«

»Wirst du noch verfolgt?«

»Ja, aber jetzt wollen wir nicht daran denken.«

Eine Schar Spatzen ließ sich schwatzend auf dem Dach nieder. Hinter dem Brunnen erhob sich auf einmal ein Obstgarten. Auf der Wiese daneben flogen Bienen von Blüte zu Blüte. In dem gurgelnden Bach schwammen silberne Fische. Der Weg über die Brücke führte in Serpentinen den Hügel hinauf. Neben ihm erhoben sich Bäume. Bald war der Hügel überdeckt von einem Kastanienwald. Der Bach verbreiterte sich zu einem Fluss. Enten schwammen darin und Schwäne. Im Ufergras stolzierten Reiher.

»Hast du das soeben alles geschaffen?«

»Nein! Ab einem bestimmten Zeitpunkt macht sich eine Schöpfung selbstständig. Es ist, als brauche der Hügel einen Wald, um sich vor der Sonne zu schützen, oder die Wiese einen Bach, um sich darin zu bewundern. Darüber habe ich keine Kontrolle. Es bedeutet, dass diese Welt mein Geschenk des Lebens angenommen hat.«

»Tante Serenas Welt?«

»Ein schöner Gedanke ... aber so einfach ist es nicht. Bald kommen die Schatten und der ewige Kampf beginnt auch hier. Es gibt kein Paradies.«

Salvatore wurde bewusst, dass er in Blanche wirklich seine Schwester sah – sogar mehr. In ihrer Nähe fühlte er sich wohl. Es war wie die Heimkehr in eine Familie, die er nie gekannt hatte. Er streckte ihr die Hand entgegen. Sie griff danach, als wäre sie wirklich da.

»Habe ich von dir geträumt, Schwester?«

»Erst seit wir uns kennen.«

»Wenn wir gemeinsam träumten, könnten wir uns dann berühren?«

»Du vergisst, dass ich keinen Körper habe.«

»Kennst du auch die Träume des Fürsten?«

»Sie interessieren mich schon lange nicht mehr! z'Veel und z'Lar haben ihn nicht umsonst ausgesucht, er passt zu ihnen. Auch er denkt nur an Macht. Seine Träume unterscheiden sich nicht viel von den Welten, in denen ich gelebt habe. Perversion, Grausamkeit, Hass und Gier, kein Lachen, keine Hoffnung, keine Liebe, das war mein Leben, bis ich zum ersten Mal dem Pochen eines Herzens lauschte, nach den sanften Lichtreflexen tastete, die in den Ozean herab schimmerten, in dem ich schwamm und atmete wie ein Fisch – und Wärme spürte, die Wärme der Geborgenheit, des Geliebtwerdens. Ja, Salvatore, mit deinem Leben begann mein Leben!«

»Auch mein Leben war nicht nur Freude und Sonnenschein.«

»Was redest du da! Die Schatten gibt es überall, sie gehören dazu. Dein Leben ist ein volles Leben. Und jetzt hast du die Liebe gefunden! Was willst du noch mehr?«

»Eine Zukunft!«

Auf dem Brunnenrand landete ein großer, schwarzer Rabe. Im Kirschbaum stritten sich Krähen. Ein kalter Wind rüttelte an den Fensterläden. Wolken tauchten auf am Horizont und überzogen den Himmel mit einer grauen Decke.

»Ich habe darüber nachgedacht, mein geliebter Bruder. z'Veel und z'Lar sind skrupellose Burschen. Sie besitzen unbegrenzte Macht. Aber ihre Intelligenz ist begrenzt. Sie denken nur an sich selbst. Es muss also möglich sein, sie zu überlisten, durch etwas, womit sie nicht rechnen, weil es nicht in ihrer Vorstellungskraft liegt.«

»Was könnte das sein?«

»Salvatore, erinnere dich daran, was dir die Alte vom Zirkus Fantasmagoria riet.«

»Dass ich mich selbst finden müsse? Wer bin ich denn anderes als der, der ich bin?«

»Wenn es so ist, dann ist das auch die Antwort.«

»Inzwischen bist du auch ein Teil von mir, Blanche. Du gehörst zu mir, damit ich wirklich Ich sein kann.«

»Manchmal muss man sich von einem Bein trennen, das unheilbar krank ist, um überleben zu können.«

»Nein! Daran wollen wir nicht denken. Ich liebe Liliana. Ich möchte ihr meine Schwester vorstellen, auf die ich so stolz bin.«

Der Himmel war eine dichte, schwarze Decke. Regen stürzte herab. Hagel zerfetzte das Strohdach und explodierte in den Tassen und Tellern. Der Fluss trat über die Ufer und schwemmte Äste und dunkelbraune Erde herauf.

»Leb wohl, Salvatore!«

## Kapitel 10

Monleirdon, das alte Haus

Adagio mezzopiano fiel der Regen gegen die Fensterscheiben. Liliana war im Bett geblieben. Seit dem Aufwachen regnete es schon. Was sollte sie schon von solch einem Tag erwarten?

»Bist du krank?« Großmutter kam herein.

»Guten Morgen, liebe Großmutter! Hast du gut geschlafen?«

»Wird das wieder ein Salvatore Gedenktag?«

»Du bist zu streng mit mir! Die Ereignisse der letzten Tage haben meine zarte Psyche erschüttert. Ich brauche mindestens einen Tag Schonung. Außerdem, meine Migräne, du weißt schon ...«

»Du hattest noch nie Migräne.«

»Es ist ja auch eine symbolische Migräne. Auf die muss man mindestens genauso Rücksicht nehmen. Darüber hinaus muss ich das üben, wenn ich eine echte Duchess of Everweard werden will. Was rede ich nur, mein ganzes Leben wird dann nur eine einzige Migräne sein! Migräne gehört zu einer Jungfrau wie das Amen in der Kirche.«

»Ist es der Regen?«

Liliana nickte.

Gina kam mit dem Frühstück herein. Sie stellte es auf den Nachttisch.

»Soll ich Sie füttern, Contessina?«

»Ich weiß nicht, ob ich überhaupt etwas herunterbekomme. Ein Schlückchen Kaffee vielleicht?«

Gina goss etwas Kaffee in die Tasse. Langsam flößte sie ihn Liliana ein.

»Soll ich Ihnen das Brot in kleine Häppchen schneiden? Dann müssen Sie nicht so viel kauen.«

»Du bist ein Engel, Gina! Das heben wir uns für ein anderes Mal auf. Setz dich zu mir!«

Liliana und Gina vertilgten in kürzester Zeit das Frühstück.

Die Marchesa stand am Fenster. Es sah aus, als wollte es heute nicht mehr hell werden. Sie dachte an die Sonne, die über ihrer geliebten Toskana schien, als wollte sie nirgendwo anders scheinen. Und an Felicia musste sie denken, die sie voller Bangen und Ungewissheit in Capirosso zurückgelassen hatte.

Es klopfte an der Tür. Rosemary steckte vorsichtig den Kopf herein.

»Liliana, was fehlt dir? Kann ich etwas für dich tun?«

Als sie die Marchesa sah, wurde sie rot. Das heißt, das Gesicht wurde blasser, sodass die Sommersprossen dunkler wurden. Sie machte einen Knicks.

»Marchesa Montecorno!«

»Rosemary, verrücktes Huhn!« Die Marchesa strich über Rosemarys Haar. »Wir sind doch alle Freundinnen! Erzähle uns lieber, wie ihr mit dem ewigen Regen fertig werdet. Gibt es da einen Trick?«

»Den Regen nehme ich gar nicht mehr wahr. Es ist am besten, ihn einfach zu ignorieren.«

»Dazu bedarf es wohl lebenslanger Übung. Ich lasse euch junge Damen jetzt allein. Liliana, ich werde mit Elizabeth und Martha nach Monleirdon reiten ... im Regen, brrr ... Jemand sollte Lady Aurelia Gesellschaft leisten. Ich werde mit Beth sprechen.«

Die Marchesa streichelte Lilianas Wange.

»Ruhe dich aus! Gina, du achtest darauf, dass Liliana nicht schwermütig wird. In vier Tagen ist die Hochzeit. Müssen da nicht noch ein paar Vorbereitungen getroffen werden? Frisur, Make-up, Hochzeitskleid, Ablauf der Zeremonie, solche Abartigkeiten eben.«

Liliana hielt den Handrücken vor die Augen.

»Ach, diese fürchterliche Migräne!«

Großmutter gab Liliana einen Kuss auf die Stirn.

»Sei stark!«

Die Marchesa verließ den Raum. Rosemary setzte sich auf den Stuhl auf der anderen Seite des Bettes.

»Du hast Migräne?«

»Nein, ich übe Migräne!«

»Wozu ist das gut?«

»Miss Fitzgerald Monleirdon-Fitzgerald-Murphy, wie immer Sie sich jetzt auch bezeichnen, – solche komplizierten Familienverhältnisse sind immer verdächtig! – Migräne ist das Hoheitszeichen einer adligen Dame. Migräne ist das Wundmal, das jedermann zeigt, wie aufopferungsvoll eine Frau für den Gatten und die eventuell vorhandenen Kinder leidet. Ohne diese verzehrenden Schmerzen würde man ihre Selbstverleugnung nicht zur Kenntnis nehmen. Deshalb ist es die Pflicht einer Gattin, der die Familienehre etwas bedeutet, auf dem

Höhepunkt einer gesellschaftlichen Veranstaltung einen Migräneanfall zu bekommen. Das zeigt allen sofort, dass sie nicht so ein leichtfertiges Ding ist, dem das Eheleben Vergnügen bereitet.«

»Was du nur immer sagst! Woher hast du all diese Ideen?«

»Das sind keine Ideen, das sind Tatsachen. Man muss nur die Augen offenhalten, dann kann man sie sehen.«

Liliana saß im Bett. Mehrere Kissen im Rücken hielten sie kerzengerade aufrecht. Die eine Hand gab sie Gina, die andere Rosemary.

»Wir werden heute alle im Bett bleiben. Wenn wir etwas brauchen, soll Ann es uns bringen. Miss Rotschopf, würden Sie freundlicherweise Ihre Dienerin unterrichten?«

»Jawohl, gnädige Contessina!«

Rosemary eilte hinaus.

»Was hast du vor?« Gina traute Lilianas guter Laune nicht.

»Ich will ein Problem lösen. Das gelingt mir am besten, indem ich nicht daran denke.«

»Ah! Kann ich dir dabei helfen?«

»Ohne dich könnte ich das doch gar nicht. Komm zu mir ins Bett! Wir wollen miteinander palavern wie in den alten Zeiten, als wir noch jung und naiv waren.«

»Auch ich habe mich verändert!«

»Verändere dich, soviel du willst, du bleibst immer meine geliebte Gina!«

»Liliana!«

Gina schlüpfte zu Liliana unter die Decke.

Rosemary kam herein. Verlegen stand sie vor dem Bett. Sie wusste nicht, wie sie sich verhalten sollte.

»Ich habe Ann Bescheid gesagt. Sie wird öfter vorbeischauen. Ich sagte, wir hätten alle drei Migräne. Das hat sie mächtig beeindruckt.«

»Zier dich nicht, Rosa Maria! Hier ist noch genug Platz.«

Rosemary zog das Kleid aus und kam ins Bett. Beide Arme presste sie fest um ihren Oberkörper.

»Wir machen uns einen faulen Tag, Rosa Maria. Was ist gegen etwas Gemütlichkeit zu sagen, gegen etwas dolce far niente?«

»Was heißt das?«

»Süßes Nichtstun! Ist das Sünde bei euch strengen Sittenwächtern?«

»Ja!«

»Dann behaupte, ich hätte dich dazu gezwungen.«

Sie schwiegen und lauschten dem Regen, der immer noch seine eintönige Melodie auf den Scheiben und dem Dach spielte.

Es klopfte. Floriana kam herein. Sie lächelte, als sie die drei im Bett sah. Da keine Lampe angezündet war, lag das Zimmer im Halbdunkel. Durch das Fenster fiel nur fahles Dämmerlicht.

»Eine Migräneepidemie! Da hilft nur absolute Ruhe. Ich werde dafür sorgen, dass euch niemand belästigt.«

»Danke, Floriana! Hilft dir Martin wieder in der Küche?«

»Das ist ein ernstes Problem. Er glaubt tatsächlich, alles besser zu wissen. Was fange ich nur mit ihm an?«

»Gib ihm eine echt männliche Beschäftigung … wie Holzhacken!«

»Danke, Contessina, das werde ich tun! Hast du auf etwas besonders Appetit?«

»Hmm ….« Liliana legte die Stirn in Falten. Das tat sie nur bei sehr schwierigen Problemen. »Ich habe entschieden, heute ist der Tag der Nachspeisen. Unser Leiden gestattet uns nur, leichte Kost zu uns zu nehmen.«

»Wie Apple Dumplings, Mince Pies, Custard Tarts, Plum Puddings, Syllabub, Walnusseis …?«

»Das klingt sehr verführerisch. Ich vertraue dir, Floriana. Hauptsache, die Sachen sind schön süß!«

»Das sind sie! Zuerst wird Ann einen Krug Apfellimonade bringen. Ja, das gehört unbedingt dazu!«

Floriana ging hinaus.

»Ist das nicht ungesund?«, fragte Rosemary.

»Wenn man sowieso nicht gesund ist, dann spielt das doch keine Rolle mehr. Das ist doch logisch.«

»Ich weiß nicht …«

»Ein einziger Tag, an dem man nur das macht, was einem Freude bereitet, ist das auch nicht erlaubt?«

»Man muss immer auf der Hut sein. Der Teufel nutzt die kleinste Schwäche, um einen zum Laster zu treiben und in die ewige Verdammnis.«

»Wer behauptet denn so etwas?«, fragte Liliana.

»So wurde ich erzogen.«

»Dann müssen wir sofort eine Umerziehung vornehmen! Meinst du nicht auch, Gina?«

»Auf jeden Fall! Hoffentlich ist es nicht schon zu spät. Ich fühle den Puls der Kranken, du untersuchst die Pupillen!«

Gina fühlte Rosemarys Puls. Liliana schob Rosemarys Augenbraue hoch und betrachtete eingehend ihre Pupille.

»Was meinen Sie, Kollegin? Besteht noch Hoffnung?«

Gina ließ Rosemarys Arm sinken. Sie schüttelte den Kopf.

»Ein Wunder müsste geschehen! Die medizinische Wissenschaft steht hier an ihren Grenzen. Ein Gebet ...?«

»Nein, das kommt erst, nachdem der Patient ... Das wollen wir jetzt nicht aussprechen. Aber ein Wunder, das könnten wir schon hinkriegen.«

»Jetzt bin ich aber neugierig, Kollegin.«

»Im Vertrauen ...« Liliana flüsterte Gina ins Ohr, laut genug, dass Rosemary es verstehen konnte. »Ich wüsste da einen heiligen Mann aus Irland ... mit abstehenden Ohren ...«

Rosemary brach in Tränen aus.

»Aber, aber, cara Rosa Maria!« Liliana nahm sie in den Arm. »Das wird schon werden!«

»Ich konnte ihn nie ausstehen. Er war immer so weise, so von oben herab.« Rosemary wischte sich die Tränen aus den Augen. »Aber jetzt, wo er weg ist, vermisse ich ihn. Ist das nicht sonderbar?«

»Höchst sonderbar, fürwahr! Was mag wohl die Ursache dieser Geistesverwirrung sein?«

Ann brachte die Apfellimonade. Sie lief schnell wieder hinaus. Was sie sah, war ihr nicht geheuer.

»Ich lasse euch jetzt allein, ihr beiden.« Rosemary stieg aus dem Bett und zog das Kleid wieder an. »Es war nett bei euch.«

»Du kannst uns jederzeit wieder besuchen.«

Rosemary lächelte, als sie die Tür hinter sich schloss.

»Wir hatten sie etwas vernachlässigt in den letzten Tagen«, sagte Liliana.

»Sie hat ihren Bruder wieder.«

»Was hältst du von ihm, Gina?«

»Floriana muss ihn noch zähmen, damit sie mit ihm in der Öffentlichkeit auftreten kann.«

»Was ist mit Simon Fraggles? Du musst ihn ja jeden Tag sehen«, sagte Liliana.

»Das ernüchtert! Ich war geschmeichelt und neugierig auf die Spezies Mann. Ich wollte ihm eine Chance geben, aber er hat sie verspielt. Dylan, Martin, Simon, haben wir jetzt alle Männer durch? Was ist mit Salvatore?«

»Ist das nicht tragisch? Die einzig wahre Liebe ist eine unmögliche Liebe.«

»Unmöglich für eine Zauberin?«

»Ich bin eine Anfängerin im Zaubern – und in der Liebe.«

Gina nahm Lilianas Hand. Wie blass sie war und so zart! Ihre Hand war dagegen plump und hatte die Farbe von Erde.

»Haben wir denn überhaupt eine Zukunft?«

»Wir haben solange eine Zukunft, wie wir eine Gegenwart haben«, sagte Liliana.

Gina drückte Lilianas Hand gegen ihre Lippen. Sie war so weich und roch wie eine Lilienblüte im Morgentau ... wie ein Rosenblatt ... wie Babyhaut ... wie Liliana.

»Ich kann mir ein Leben ohne dich nicht vorstellen, Liliana.«

»Willst du mich verlassen?«

»Nein, aber du wirst mich verlassen.«

»Wie kommst du darauf?«

»Du wirst heiraten, den Duke of Everweard oder Maître Salvatore Brava.«

»Und?«

»Oder du wirst sterben.«

»Wir alle müssen sterben.«

»Du weißt, was ich meine.«

»Wenn ich den Duke heirate, wird sich nichts ändern. Es wird kein Ehebett geben! Davon steht nichts in dem Vertrag. Sollte ich Salvatore heiraten ... Darüber habe ich noch nicht nachgedacht. Siehst du, es war wichtig, einen Tag der Besinnung einzulegen.«

»Du musst doch wissen, wen du liebst!«

»Dich, Gina! Das weißt du doch.«

»Und Salvatore?«

»Ich liebe ihn.«

»Und möchtest immer mit ihm zusammen sein?«

»Wir sind füreinander bestimmt. Es war Liebe auf den ersten Blick und ist Liebe bis in alle Ewigkeit.«

»Siehst du!«

»Was? Ach ... das meinst du! Ich liebe euch beide. Gut, dass wir das geklärt haben. Jetzt gib mir schon einen Kuss!«

Sie küssten sich.

»Was geschieht in Everweard Castle?«

Die letzten Stunden hatte Liliana damit verbracht, ihre magischen Kräfte auszuloten. Sie brauchte sich nur zu konzentrieren, schon sah sie Aurelia, die vor dem Spiegel saß und eine Locke vor die Stirn fallen ließ, sie dann aber unzufrieden mit einer Silberspange befestigte. Liliana wusste auch, was Aurelia fühlte, – sie langweilte sich zu Tode, – und dachte, – sie dachte an einen prächtigen Ball auf Schloss Windsor, dessen Mittelpunkt sie war. Martin hackte Holz hinter dem Haus. Floriana betrachtete ihn heimlich vom Küchenfenster aus. Wie wütend er ist! Beth stand vor Aurelias Tür und hoffte, nicht von ihr gerufen zu werden. Elizabeth saß auf dem großen Bett in dem Schlafzimmer auf Monleirdon, das sie daran erinnerte, wie sie jede Nacht auf einen Mann gewartet hatte, für den sie unwichtig war, und wie sie sich bald gewünscht hatte, dass er nicht käme. Martha trug jedes Möbelstück in ein Kontorbuch ein. Die Marchesa ging ungeduldig auf und ab. Sie dachte an ihre Enkelin und fühlte sich hilflos.

»Ach, Großmutter!«

»Was geschieht in Everweard Castle?«, wiederholte Gina.

»Das ist sonderbar. Wenn ich in Gedanken in Richtung Everweard Castle gehe, komme ich nicht weiter als bis zu der Schafherde. Sie blockiert meinen Weg. Sie wollen nicht, dass ich weitergehe.«

»Das sind doch nur dumme Schafe.«

»Nein, nein, es sind keine dummen Schafe ... Merkwürdig ... Sie lieben mich über alles ... und wollen mich schützen vor ... einer dunklen Macht. Das ist, was ich fühle.«

»Wie können Schafe dich schützen? Kannst du mit ihnen sprechen?«

»Sie sprechen nicht unsere Sprache. Ich kann nur fühlen, was sie empfinden. Ich habe doch auch keine Ahnung, was ich gerade mache! Aber die Botschaft ist klar. Liliana, mach nicht aufmerksam auf dich!

In Everweard Castle lauert jemand, der nichts von deinen Fähigkeiten wissen darf.«

»Magische Schafe! Jetzt sind meine letzten Zweifel beseitigt. Die Welt wird untergehen.«

»Wann hast du Paglierino zuletzt gesehen, Gina?«

»Finde heraus, wo er ist, große Zauberin!«

Liliana stellte sich Paglierino vor und rief ihn in Gedanken herbei. Es war vergeblich!

»Er ist vielleicht auf Everweard Castle.«

»Er wird schon wiederauftauchen. Warum fragst du nach ihm?«, fragte Gina.

»Da gibt es noch ein Geheimnis.«

»Dass er verrückt ist, ist kein Geheimnis. Er ist der merkwürdigste Kanarienvogel aller Zeiten.«

»Eben!«

»Ein magischer Kanarienvogel? Das ist zu viel! Wir fahren zurück in die Toskana. Wenn schon alles zugrunde geht, will ich wenigstens zu Hause sterben.«

Liliana legte den Kopf an Ginas Schultern.

»Weißt du noch, Gina mia, wie wir in den alten Gemäuern auf Salamandra nach Geheimtüren suchten, nach vergrabenen Schätzen und verborgenen Kammern?«

»Und Fra Diavolo, diese vierbeinige Katastrophe, die wir davor schützen musste, in seinem Ungestüm durch morsche Böden zu stürzen und sich das Genick zu brechen. Wir waren ein unschlagbares Team.«

»Wir sind ein unschlagbares Team. Es ist wie damals, alte Gemäuer, Geheimtüren, vergilbte Karten, auf denen der entscheidende Teil fehlt, kettenrasselnde Gespenster, tragische Liebesgeschichten, Entführungen, Morde, Erpressungen. Das hattest du damals gesehen in den Schatten und gehört im Ächzen der Dielen. Daran erinnerst du dich noch, meine phantasievolle Gina?«

»Ich hatte all diese Romane gelesen. Ich war ein dummes, junges Kind vom Lande …«

»Gina!«

»Ich folgte dir überallhin.«

»Ohne dich wäre ich niemals überallhin gegangen.«

»Es war eine schöne Zeit.«

»Diese Geschichte ist nicht anders. Wir erschrecken vor jedem Geräusch, ein Schauer läuft uns den Rücken hinunter, wenn der Wind die Vorhänge bewegt, fühlen uns verloren, wenn wir plötzlich vor einer Mauer stehen und uns der Ausgang aus einem unterirdischen Gewölbe versperrt, vermuten hinter jeder Unebenheit eine Falle ... Es ist wie damals, ein Abenteuer, das wir bestehen müssen.«

»Nur, dass es diesmal die Wirklichkeit ist und ich dir nicht helfen kann.«

»Das ist nicht wahr, Gina! Was bedeutet mir diese Welt, wenn ich sie nicht mit dir teilen kann? Wenn du nicht wärst, hätte ich keine Hoffnung und nicht den Mut, es mit allen aufzunehmen, – mit Gott und der Welt, wenn es sein muss!«

»Liliana!« Gina wischte sich Tränen aus den Augen. »Genug geweint! Wir haben uns noch vor keinem Kampf gedrückt. Ich bin Ihr Mann, Contessina!«

## Kapitel 11

Everweard Castle

Salvatore folgte einer Gruppe junger Damen in den Wintergarten. Sie trugen weiße Kleider und dufteten wie eine Fliederhecke. Es war sehr laut unter der gläsernen Kuppel. Im Hintergrund spielte ein Streicheresemble Kaffeehausmusik.

»Kommen Sie zu mir, Maître!«

Im Wintergarten wurde das Frühstück serviert. Jeder Stuhl war besetzt. Nur am Tisch des Konsuls war noch einer frei.

»Danke, Herr Konsul! Das ist doch sicher der Platz Ihres Sekretärs.«

Konsul Visconte Arsenio Mercurio winkte ein Mädchen herbei.

Küchenhilfen, Serviererinnen, Zimmermädchen, das gesamte Personal trug die gleiche Kleidung. Es war eine Art Uniform in dunkelgrauen Tönen.

»Wenn Sie uns noch ein italienisches Frühstück bringen könnten, junge Dame, wäre ich Ihnen sehr verbunden.«

Das Mädchen nickte und verschwand.

»Ich habe all mein diplomatisches Geschick in der Küche aufbringen müssen. Nur eine Kriegsdrohung meinerseits konnte die Küchenchefin dazu bewegen, ihr Standardfrühstück soweit zu variieren, dass es auch für kultivierte Menschen genießbar ist.«

Das Mädchen brachte eine Kanne Kaffee und ein Körbchen mit Weißbrotscheiben, Marmelade, Käse und Butter.

»Mein Sekretär ist ein sehr sensibler Mensch. ›Tu mir das nicht an, Arsenio‹, sagte er zu mir gesagt, ›bei so vielen Leuten und dem ganzen Lärm, da bekomme ich keinen Bissen hinunter.‹ So sitzt er allein auf dem Zimmer und genießt in aller Ruhe sein Frühstück. Er ist zu beneiden. Als Konsul kann ich mir solche Freiheiten nicht erlauben.«

»Andererseits entgeht Ihrem Dottore Scaltroni der Anblick all dieser reizenden Damen – und die dezente Musik«, sagte Salvatore.

»Die Damenwelt kann ihn offenbar nicht mehr reizen. Unter uns gesagt, Maître, ich glaube, er hat sich in die Contessina verknallt. Verstehe das, wer will! Ich jedenfalls kann an dieser blassen Person nichts Anziehendes finden. Sie sei dem Duke gegönnt! Werden Sie nach der Hochzeit abreisen?«

»Nicht sofort, Herr Konsul. Ich muss fähige Leute finden und schulen. Sie sollen die Arbeit zu Ende führen, die ich begonnen habe. So interessant das alles ist, freue ich mich darauf, wieder auf den Kontinent zurückzukehren.«

»Bella Italia ... Ich sage Ihnen etwas, Maître Brava, es kann uns hier sowieso niemand verstehen, Italien ist Provinz. Gehen Sie nach London, von dort wird die Welt gelenkt. Dort ist das wirkliche Geld! Und was viel wichtiger ist, dort ist der Wille, mit diesem Geld die Welt zu verändern. Was ist Italien dagegen? Italien ist nur mit sich selbst beschäftigt.«

»Ich dachte an Paris.«

»Paris ist in Ordnung. Dagegen lässt sich nichts sagen. Mein Rat ist, lassen Sie sich London nicht entgehen. Begabten jungen Menschen wie Ihnen steht dort die Welt offen.«

»Wenn sie aus dem richtigen Stall kommen.«

»Ja, das ist wahr. Probieren Sie es trotzdem!«

Salvatore hatte seinen Kaffee getrunken und eine Scheibe Brot mit Butter gegessen. Er stand auf und wollte so schnell wie möglich dem Lärm entkommen.

»Leisten Sie mir noch ein wenig Gesellschaft, Maître!«

Salvatore nahm wieder Platz. Er nahm noch eine Tasse Kaffee.

»Sie kannten meine Eltern, Herr Konsul?«

»Ja, das war noch in Florenz. Ihr Vater und ich hatten die beiden ersten Schuljahre zusammen verbracht. Dann trennten sich unsere Wege. Später trafen wir uns wieder auf der Universität. Leopoldo bekam ein Stipendium. Er war sehr begabt. Ich hatte keinerlei Begabung, dafür Geld und wusste, wie man es eindrucksvoll ausgibt. Ihre Mutter war eine bildhübsche junge Frau. Ich weiß nicht mehr, was sie studierte. Das Studium hatte mich ja auch nicht interessiert, nur das Studentenleben. Malvina kam vom Lande. Sie war sehr naiv. Es war mir ein Leichtes, sie mit meiner Lebensart zu beeindrucken. Ich nahm sie überall mit hin, ins Theater, auf Bälle, auf Soirées und Matinées, zu den Rennen, nur nicht dahin, wo meine Familie etwas davon erfahren konnte. Ich war ja noch jung und wollte das Leben genießen. Leopoldo schloss sich uns eines Tages an. Er war ganz anders als ich, ernst und verantwortungsvoll. Er machte Malvina den Hof. Sie wollte aber nichts von ihm wissen.«

»Wie alt war sie damals?«

»Sie war achtzehn, neunzehn, zwanzig. Ich weiß es deshalb, weil wir am selben Tag Geburtstag haben. Das gab jedes Mal ein besonders ausgelassenes Fest. Der gute Leopoldo, er hat wahrlich gelitten! So manchen Spott musste er über sich ergehen lassen. Seine letzten Hoffnungen wurden zunichte, als Nero Borden auftauchte. Er war geheimnisumwittert, vermögend, hatte irgendeine tragische Vergangenheit, sah verwegen aus, war sehr intelligent und kannte keine Skrupel. Kurzum, er war der Typ, auf den die Weiber fliegen. Malvina glaubte ihm jedes Wort. Er konnte sie an der Nase herumführen, wie er wollte, Hauptsache, er kam zu ihr zurück. Leopoldo war verzweifelt, sah er doch, dass der Fürst, so nannte sich Nero Borden, um Eindruck zu schinden, mit Malvina ein grausames Spiel spielte, er dagegen liebte sie wirklich. Dann waren sie auf einmal verschwunden, Malvina und der Fürst. Wir dachten, er hat sie jetzt doch geheiratet. Das hatte sie uns immer wieder versichert, dass er sie seiner Familie vorstellen wolle. Nach zwei Wochen kam sie zurück. Ich erkannte sie zuerst nicht wieder. Sie war nur noch der Schatten ihrer selbst, abgemagert ... leerer Blick ... ohne eigenen Willen ... eine gebrochene Frau. Trotz meiner leichtfertigen Lebensauffassung war ich zutiefst erschüttert. Der Fürst hatte sie wohl verlassen. Niemand erfuhr, was geschehen war. Sie sprach niemals darüber. Das war zu der Zeit, als mein Vater den Entschluss fasste, aus mir ein wertvolles Mitglied der Gesellschaft zu machen und mich nach Rom schickte. Dort gab es ein Gefängnis, das als Eliteschule getarnt war. Malvina, Leopoldo und den Fürsten hatte ich bald vergessen. Jetzt habe ich von Ihnen erfahren, junger Mann, Malvina hat doch ihr Glück gefunden – mit Leopoldo Brava. Es freut mich, dass es – wider Erwarten – ein glückliches Ende zu dieser Geschichte gibt.«

»Herr Konsul, entschuldigen Sie, ich muss zurück an meine Arbeit. Ich danke Ihnen, dass Sie mir von meinen Eltern erzählt haben.«

»Ich bin ein altes Plappermaul, Maître Brava! Wieso ich in eine diplomatische Laufbahn gesteckt wurde, entzieht sich meiner Kenntnis. Auf jeden Fall habe ich noch keinen politischen Konflikt ausgelöst. Irgendetwas muss ich wohl richtig machen. Wir sehen uns zum Mittagessen!«

»Ich wünsche Ihnen einen angenehmen Tag, Herr Konsul!«

* * *

Es war vollbracht. Der letzten Tupfer Gold war aufgetragen. Die Ouroboros-Schlange schien das einzig Lebendige zu sein in dem farblosen Raum. Während der Arbeit war sie immer mehr zu Salvatores Feind geworden, jetzt hatte sie endgültig gesiegt. Salvatore wusste, dass er jetzt nicht mehr viel Zeit hatte. Er ging auf die Wand zu, streckte beide Arme aus und verschmolz mit der Rosenhecke.

Der graue Himmel drückte herab auf eine weite Ebene. Bajonette blitzten auf. So weit das Auge reichte, standen Reihe für Reihe Soldaten in schweigender Bedrohlichkeit. Ab und zu fielen Raben schreiend aus den schwarzen Wolken herab, flogen über ihre Köpfe hinweg und verschwanden im Nirgendwo.

Auf einer Bodenerhebung stand ein Altar. Ein Frauenkörper lag auf ihm, leblos und weiß wie Marmor. Blut quoll hervor und floss langsam hinab zur Erde, die so kalt und hart war, dass sie es nicht aufnehmen konnte. Vor dem Altar stand ein Krieger, hünenhaft und wild. Auf dem Kopf trug er einen Helm mit Hörnern. Mit beiden Händen hielt er einen Speer in die Höhe. Auf seiner Spitze ragte ein blutendes Herz. Ein zweiter Krieger sprang auf den Altar und streckte ein Schwert gegen den Himmel. Die Wolkendecke riss einen Spalt auf. Ein Sonnenstrahl ließ die Spitze des Schwertes aufleuchten wie einen kalten Stern. Der Krieger zeigte damit auf das Herz und schrie mit gewaltiger Stimme:

»In diesem Zeichen werden wir siegen!«

Darauf brach er in ein brüllendes Lachen aus. Durch das endlose Heer der Soldaten verlief ein Zittern.

z'Lar und z'Veen, schoss es durch Salvatores Kopf ... und das Opfer ist Blanche. Jetzt konnte er ihr lebloses Gesicht erkennen.

Einer der beiden Krieger blickte ihn direkt an.

»Jetzt brauchen wir ihn nicht mehr.«

»Wir haben keine Macht über ihn.«

»Das lässt sich ändern, z'Veen. Drücke ihm dein Zeichen auf die Stirn!«

z'Veen sprang vom Altar. Er stieß das Schwert in den leblosen Körper Blanches. Er ließ sich viel Zeit, gemächlich und grinsend auf Salvatore zuzugehen. Salvatore war vor Furcht gelähmt. Er konnte sich nicht bewegen. Er hörte auf zu atmen. z'Veen hielt eine Hand vor Salvatores Gesicht, öffnete sie langsam und schob sie genießerisch triumphierend auf ihn zu.

Ein schneidender Schmerz in den Ohren ließ Salvatore die Augen zusammenpressen. Als er sie wieder öffnete, lag er auf dem Boden des Ouroboros-Zimmers. Ein kleiner, gelber Vogel füllte den Raum mit seinen Schreien. Aufgeregt flatterte er umher, als wollte er den Ausgang finden. Schließlich fiel er zu Boden.

Salvatore stand auf und hob ihn auf. Zärtlich schloss er ihn in seine Hände und trug ihn hinaus. Vor der Tür stand die Alte. Sie nahm ihm den Vogel ab. Mit schnellen Schritten trug sie den Vogel die Treppen hinauf.

Salvatore ließ sich erschöpft auf den Boden sinken. Die Schlange hatte gesiegt, das Böse hatte gesiegt. Blanche war tot. Ein Heer gieriger Seelen wartete darauf, diese Welt zu erobern. Ein winziger, harmloser Vogel hatte ihn in allerletzter Sekunde gerettet vor einem Schicksal schlimmer als der Tod. Das fühlte er, das wusste er mit jeder Faser seines Seins. Er zitterte am ganzen Körper. Tränen traten in seine Augen. Wie klein und hilflos ich doch bin! Gegen Götter habe ich keine Chance, alles ist sinnlos. Am besten, ich nehme mir selbst das Leben, bevor das Grauen über uns kommt, das keine Gnade kennt, dessen einzige Freude es ist, zu quälen und zu zerstören. Er fühlte, wie sein Blut langsamer floss und das Herz immer schwächer wurde.

Kalt war es, eisig kalt. Es flossen keine Tränen mehr. Nichts hatte mehr Bedeutung. Wozu all die Mühen auf sich nehmen? Am Ende stand immer der Tod!

Salvatore schloss die Augen.

Es war ein Traum. War es ein Traum? Der Dom von Florenz, Vaters Bauhütte, das gedämpfte Lachen der Gesellen, kühl war es, angenehm kühl. So klein waren meine Hände! Sie zeichneten das Ornament einer Wandfliese nach, die vor ihm auf der Werkbank lag. Von den gleichmäßigen Bewegungen seiner Hand ging Ruhe aus, Frieden, Zufriedenheit … und Kraft, die Kraft, die darin liegt, aus Nichts etwas zu schaffen und wenn es nur eine geschwungene Linie ist, die sich mit dir freut, wenn sie wie auf einer Achterbahn hinauf und hinabgeführt wird.

»Glaubst du, mit solchen Erinnerungen könnte ich sterben?«

Ein Mädchen saß ihm gegenüber in einem duftigen gelben Kleidchen.

»Blanche!«

»Pst, ich möchte nur zuschauen, kleiner Bruder!«

Glücklich wandte er sich wieder seiner Arbeit zu. Alles war wieder in Ordnung. Vielleicht wartet sie später auf mich. Dann laufen wir Hand in Hand hinunter zum Arno. Es ist noch lange Sommer.

* * *

»Maître Brava, das ist wirklich eine erfreuliche Nachricht, die sie uns da bringen!«

Der Duke zog aus der Schublade des Schreibtischs einen Umschlag. Das Siegel hatte die Form der Ouroboros-Schlange.

»Nehmen Sie das als meinen zusätzlichen Dank! Die Anweisung an meine Bank werde ich sobald als möglich erteilen.«

Der Fürst erhob sich aus dem Sessel.

»Um so schneller kann an die vollständige Wiederherstellung des Ouroboros-Zimmers gedacht werden. Das ist sehr gut!«

»Maître Brava, der Fürst und ich haben eine große Bitte an Sie. Ich weiß, Sie haben sich einen Urlaub verdient nach der schweren Arbeit.«

»Das schließt sich doch nicht aus!«, sagte der Fürst. »Der Maître macht eine Reise nach London. Dort gibt es genug Gelegenheiten, sich zu erholen und neue Eindrücke zu sammeln.«

»Also, Maître Brava, wir möchten, dass Sie sofort nach London aufbrechen, Fachkräfte anwerben und sich um die notwendigen Materialien kümmern. Wenn Sie alles beisammen haben, können Sie hier auf Everweard Castle mit der Schulung der Leute beginnen. Je schneller Sie damit fertig sind, desto eher können Sie mit Ihren Erfolgen an die Öffentlichkeit treten. Das ist doch ganz in Ihrem Sinn, wenn ich Sie recht verstanden habe?«

»Ja, selbstverständlich! Die Hochzeit?«

»Wir heben Ihnen ein Stück von der Hochzeitstorte auf.« Der Duke lachte über seinen Scherz. »Wunderbar! Darauf stoßen wir jetzt an!«

Salvatore bekam ein Glas Sherry in die Hand gedrückt.

»Auf Ihren Erfolg!«

* * *

Salvatore packte seine wenigen Sachen in die Ledertasche. Er warf noch einen letzten Blick hinauf zur kleinen Kapelle, die jetzt als Wachstation diente. Der Fürst wollte ihn während der kommenden Ereignisse aus dem Weg haben. Das war klar. Wollte er Salvatores Eingreifen verhindern oder ihn schonen?

Eine Kutsche wartete auf ihn. Niemand winkte ihm nach, als sie das Hoftor hinausfuhr.

Der Weg führte durch das Dorf, das wohl auch Everweard hieß, er hatte nie danach gefragt, einen steilen Hang hinauf und auf der anderen Seite hinunter in den Ort an der steilen Felswand. Dort hatte Liliana in seinen Armen geweint. Dort war er zum letzten Mal glücklich gewesen.

Salvatore stieg aus. Die Kutsche fuhr zurück. In der Postkutschenstation wartete ein einziger Gast.

Es war Simon Fraggles.

# Kapitel 12

Monleirdon, das alte Haus

Plötzlich war er da. Salvatore erschien in Lilianas Bewusstsein wie ein heller Stern. Er war auf dem Weg zu ihr. Schnell sprang sie aus dem Bett, zog sich an und lief vor das Haus.

»Großmutter, Großmutter!«, rief sie aufgeregt.

Die Marchesa saß auf der Bank und machte ein Nickerchen. Beth saß neben ihr und passte auf, dass sie nicht nach vorn kippte.

»Sie schläft fest, Contessina.«

»Jetzt ist keine Zeit zum Schlafen. Großmutter, wach auf!«

Gina eilte die Treppe herunter. Floriana steckte den Kopf aus dem Fenster. Hunde bellten.

»Fra Diavolo!«

Die Marchesa riss die Augen auf.

»Was?«

»Hallo, Großmütterchen! Ich muss mit dir reden – unter vier Augen – sofort!«

»Kann man denn nicht ...«

»Nein!«

Liliana packte die Marchesa am Arm und riss sie hoch. Sie hakte sich unter und führte sie hinunter zur Wiese, wo die Schafherde weidete.

»Was wollen wir hier?«

»Hier ist ein recht bequemer Baumstumpf. Nehmen Sie Platz, Marchesa!«

Gina kam. Sie brachte eine Flasche Limonade.

»Trink aus der Flasche, Marchesa, für Gläser war keine Zeit. Was ist los, Liliana?«

»Salvatore kommt hierher!«

»Woher willst du das wissen?« Die Marchesa leerte die Flasche in einem Zug.

»Ich weiß es. Er ist fertig mit dieser Schlange. Der Duke und der Fürst wollen ihn aus dem Weg haben. Deshalb schicken sie ihn nach London. Dort will er aber nicht hin, er kommt lieber zu mir. Und das darf er nicht.«

»Ist er denn von Sinnen!«

»Ja, Großmutter, er ist von Sinnen – und ich bin von Sinnen. So ist das, wenn man liebt. Ich habe aber noch so viel Verstand, dich um Hilfe zu bitten. Wo können wir Salvatore verstecken?«

»Lass mich nachdenken.«

»Er wird bald hier sein.«

»Dränge mich nicht! Er ist nicht dumm, dein Salvatore. Er wird nicht einfach hier hereinplatzen. Kannst du mit ihm sprechen, in deinen Gedanken oder so?«

»Ich habe es noch nicht probiert.«

»Dann wäre dies der richtige Zeitpunkt.«

»Es muss einen anderen Weg geben.«

»Er soll nicht wissen, dass du eine Zauberin bist?«

»Niemand soll es wissen.«

»Das ist vernünftig, kompliziert aber die Sache.« Die Marchesa kam zu einem Entschluss. »Drüben in Monleirdon ist niemand außer Martin. Die beiden kennen sich ja. Salvatore soll ihn um Hilfe bitten.«

»Martin? Das ist doch ein unberechenbarer Hitzkopf!«, sagte Gina.

»Es kommt nur Monleirdon in Frage. Ich werde Salvatore ein paar Zeilen schreiben. Beth kann ihm entgegenreiten. Du weißt, wo er jetzt ist?«

Liliana nickte. Salvatore ritt einen bewaldeten Bergrücken hinauf. Jetzt blickte er auf das Tal und das Dorf. Everweard Castle mit seinen Türmen war auf der anderen Seite zu sehen. Er würde einen weiten Bogen um Everweard reiten müssen, um nicht gesehen zu werden.

»Danke, Großmutter! Es wird alles gut. Wird alles gut?«

»Wir werden nichts unversucht lassen. Jetzt sag mir endlich, was es mit diesem Viehzeug auf sich hat.«

»Die Schafe, das sind meine Freunde. Sie bilden einen Schild und sorgen dafür, dass niemand meine Gedanken lesen kann. Der Nachteil ist, dass ich nicht weiß, was in Everweard Castle geschieht.«

»Gute Schäfchen! Die merkwürdigsten Sachen passieren – und wir denken uns nichts mehr dabei. Ist die Welt jetzt völlig aus den Fugen?«

* * *

Monleirdon

Die kleine Bibliothek war jetzt Martins Arbeitszimmer. Von hier aus organisierte er die Umwandlung Monleirdons in ein Mädcheninternat. Er sah nur kurz auf, als Salvatore den Raum betrat.

»Ah, Garibaldi! Ist das wieder ein Überfall?«

»Ja!«

»Dann setz dich in die Ecke und warte, bis ich fertig bin.«

Salvatore durchsuchte die Bücherregale, fand aber genauso wenig etwas Lesbares wie vor ihm die Marchesa. Schließlich gab er es auf und stellte sich ans offene Fenster. Den Hügel hinauf, das Pferderevier hinunter, dort war Liliana. Die Marchesa hatte ihm untersagt, auch nur in die Nähe ihrer Enkelin zu kommen.

»Garibaldi!« Martin legte eine Pistole mit Schnapphahn und Perlmuttgriff vor sich auf die Akten.

Salvatore schob einen Stuhl vor den Schreibtisch. Er setzte sich und schlug die Beine übereinander.

»Der Duke und der Fürst haben mich nach London geschickt. Ich möchte aber die Hochzeit auf keinen Fall versäumen. Jetzt habe ich das Problem, einen Aufenthaltsort zu finden, der mich vor der Neugier gewisser Leute in Everweard Castle schützt.«

»Hier kannst du nicht bleiben. Das ist ein Mädcheninternat.«

»Ich bin als Pädagoge ausgebildet.«

»Papiere?«

Salvatore zog aus der Tasche eine Mappe mit Dokumenten. Er suchte eines aus und reichte es Martin.

»Das ist ja in Französisch.«

»Université de Paris, da steht es.«

»Das britische Empire erkennt ausschließlich Diplome an, die es selbst erstellt hat.«

Salvatore legte ein anderes Blatt auf den Tisch.

»Hm, School of Arts, London ... immerhin. Da steht aber nichts drin von Lehrerausbildung.«

»Meine handwerkliche und künstlerische Ausbildung gibt es auf Italienisch, Deutsch, Französisch und Englisch, die pädagogische auf Französisch.«

»Es gibt strenge Vorschriften.«

Salvatore steckte die beiden Diplome zurück in die Tasche. Er sah Martin unverwandt an.

»Eine Hausmeisterstelle ... Wie wäre es damit, Mister Brava? Eine

Karriere vom Abflussreiniger zum Blitzableiterputzer, klingt das nicht verlockend? Gehalt wird verrechnet mit Kost und Logis, keine Kündigungsfrist, keine soziale Absicherung. Im Krankheitsfall wirst du ohne viel Federlesens vor die Tür gesetzt. Das sind paradiesische Arbeitsbedingungen. In unserer glorreichen Kronkolonie habe ich noch ganz andere kennengelernt.«

»Wann kann ich anfangen?«

»So schnell geht das nicht! Als Ausländer müssen zwei britische Staatsbürger für dich bürgen. Außerdem brauchst du einen gültigen Pass – und am besten gibst du mir unter dem Tisch ein paar Scheine, als Kaution sozusagen und für meine Mühe, dich auszubeuten.«

»Ich verstehe nicht, warum ihr Briten so wenig beliebt seid.«

»Dass man uns liebt, darauf legen wir keinen Wert. Wir können uns ja selbst nicht ausstehen. Kannst du kochen?«

»Als Junggeselle in bescheidenen Verhältnissen bin ich dazu gezwungen. Bis jetzt hat es mich am Leben erhalten.«

Martin legte die Pistole zurück in die Schublade. Er stand auf und holte aus dem Sekretär eine Flasche Whiskey und zwei Gläser. Er trug alles an den kleinen runden Tisch am Fenster.

»Der Fürst weilt also auf Everweard Castle?«

»Es sieht eher so aus, als habe er die Herrschaft an sich gerissen.«

»Ich dachte, er wohnt bei Lord und Lady Barton?«

»Wahrscheinlich schläft er da, – warum auch immer.«

»Den Fürsten verstehen zu wollen, habe ich schon lange aufgegeben. Eines ist gewiss, was immer er tut, wird anderen schaden. Alla salute!« Martin erhob sein Glas.

»Cheers!« Salvatore kippte den Whiskey hinunter.

Sie setzten sich.

Martin war unrasiert, sein Gesicht blass. Er sah übernächtigt aus.

»Warum ein Mädcheninternat?«, fragte Salvatore.

»Diese Flausen hat die Marchesa meiner Mutter in den Kopf gesetzt. Ich habe den Verdacht, die Marchesa bereitet eine Revolution vor. Frauen werden im Geheimen ausgebildet, damit sie so schlau werden wie Männer oder noch intelligenter. Zusätzlich werden sie abgerichtet im Neinsagen und trainiert für den Widerstand gegen die gottgewollte Rolle der Frau. Eines Tages werden wir Männer dazu gezwungen, die Kinder zu kriegen.«

»Das lassen sie sich nicht nehmen! Kinder sind doch das größte Machtmittel, das sie besitzen.«

»Ich sehe, wir verstehen uns, Salvatore. Da ich ein braver Sohn bin und ein zukünftiger treuer Ehemann, bleibt mir nichts anderes übrig, als ihren Wünschen Folge zu leisten.«

Martin sah Salvatore etwas verlegen an.

»Du bist ein gebildeter Mensch, Salvatore, ein Akademiker. Mich hat man um eine Ausbildung betrogen. Geld scheffeln kann das nicht ersetzen.«

»Das kannst du ändern.«

»Das werde ich auch. Zuerst will ich aber das Internat aufbauen. Ich muss mir das alles mühsam erarbeiten. Wenn du mir in den nächsten Tagen dabei etwas helfen könntest?«

»Gern!«

»Und mir auch ein klein wenig beim Kochen behilflich sein könntest? In Indien musste ich mich um solche Sachen nicht kümmern«, sagte Martin.

»Ein Junggesellenhaushalt? Das bin ich gewohnt. Schickt dir Floriana nichts herüber?«

»Ich will sie damit nicht belästigen. Dort drüben passieren so aufregende Dinge, dass man mich wahrscheinlich schon längst vergessen hat.«

»Na, na! Du bist ungerecht«, sagte Salvatore.

»Wenn nur erst die Hochzeit auf Everweard Castle vorbei wäre!«

»In vier Tagen ist es so weit. In vier Tagen ...!«

»Warum interessiert dich die Hochzeit?«

»Es ist ein wichtiges gesellschaftliches Ereignis.«

»Salvatore!«

»Entschuldige, ich möchte nicht darüber sprechen.«

»Gut, ein Geheimnis, das verstehe ich. Du kannst dir aussuchen, wo du schlafen möchtest. Das Haus ist groß genug. Es wohnt hier niemand außer uns. Weiß die Marchesa Bescheid?«

Salvatore nickte.

»Es sollte aber niemand sonst erfahren.«

»Kein Problem! Es verirrt sich niemand hierher. Floriana kommt mich ab und zu besuchen, wenn sie ein paar Minuten übrig hat.«

»Floriana ist verschwiegen. Ich vertraue ihr.«

»Na, gut! Willkommen auf Monleirdon, Salvatore Brava! Noch einen Whiskey?«

* * *

Monleirdon, altes Haus

»Es will Sie jemand sprechen, Contessina Liliana.«

Beth stand in der Tür.

Liliana saß am Fenster und blätterte in dem Buch, das ihr Rosemary geliehen hatte, The Women of England, Their Social Duties, and Domestic Habits von einer Sarah Stickney Ellis.

»Ich bin für niemand zu sprechen. Ich bereite mich gerade auf meine Rolle als Ehesklavin vor.«

»Es ist eine Wahrsagerin. Sie bringt Ihren Vogel zurück.«

»Dann hat sie ihn gestohlen und will Lösegeld.«

Sie stand auf und lehnte sich aus dem Fenster. Vor dem Haus wartete eine schwarzgekleidete Gestalt auf einem Pferd. Vor sich hatte sie einen Käfig mit einem gelben Vogel.

»Wo ist die Marchesa?«

»Die gnädigen Damen sind nach Monleirdon geritten«, sagte Beth.

»Die gnädigen Damen? Du meinst, die durchlauchtigsten Hoheiten?«

»Genau die! Was soll ich der Besucherin sagen? Ich glaube, sie gibt den Vogel erst wieder her, wenn Sie mit ihr gesprochen haben.«

»Wo ist meine Zofe?«

»Gina und Rosemary versuchen, Lady Aurelia zu besänftigen. Contessina wissen ja, die Nerven!«

Liliana war völlig überrascht von der Besucherin. Sie konnte die geheimnisvolle Dame weder fühlen noch ihre Gedanken lesen, dort war nur ein leerer Fleck.

»Sag der Fremden, ich komme herunter!«

»Sie sagte, sie müsse unter vier Augen mit Ihnen sprechen. Sie wolle bei den Schafen auf Sie warten.«

Liliana zuckte zusammen. Sie hatte plötzlich Angst.

»Beth, sage der Dame, ich werde dorthin kommen. Dann schwingst du dich auf ein Pferd und reitest wie der Teufel nach Monleirdon. Die Marchesa muss sofort zurück!«

»Sie können sich auf mich verlassen, Contessina.«

Liliana erkannte La Vecchia sofort wieder. Paglierino war nicht in dem Käfig, er saß oben drauf. Die Schafe waren aufgeregt. Sie blieben nicht ruhig stehen, wie es ihre Art war. Sie waren in ständiger Bewegung, als wollten sie fliehen, wurden aber durch eine unsichtbare Macht festgehalten. Erst als Liliana in ihre Mitte trat, beruhigten sie sich.

»Contessina Liliana!«

Die Alte sah noch genauso aus, wie Liliana sie in Erinnerung hatte, alt und hart. Ihre Augen kannten kein Erbarmen.

»Buon giorno! Ich hoffe, Paglierino hat keinen Schaden angerichtet?«, sagte Liliana.

»Paglierino? Es ist ein weiblicher Vogel.«

»Ich bin keine Expertin in Kanarienvögeln. So will ich Ihnen glauben. Danke für die Aufklärung!«

Die Alte setzte sich auf den Baumstumpf. Unten am Bach stand ihr Pferd und trank Wasser.

»Das Perlencollier darfst du nicht anziehen!«

Liliana wusste gleich, um welches Collier es sich handelte.

»Das Collier mit der Schlange und dem Rubin. Es war mir gleich unheimlich. Woher wissen Sie von ihm?«

»Liliana, wir haben keine Zeit für Spielchen! Weiß Salvatore, dass du eine Zauberin bist?«

Liliana schüttelte den Kopf. Was wusste die Alte nicht?

»Gut! Hat er von sich erzählt?«

»Nein! Die Ouroboros-Schlange ist jetzt fertig.«

»Niemand darf von deinen Fähigkeiten erfahren!«

Liliana nickte. Was waren das für Fähigkeiten, wenn sie bei der Alten versagten?

»Wer sind Sie und warum sagen Sie mir das alles?«

»Es ist gut, dass du das nicht weißt. Überhaupt ist Unwissenheit dein bester Schutz.«

»Ich kann nicht glauben, dass es mir von Nutzen sein kann, blindlings in mein Verderben zu rennen.«

»Das, was du wissen musst, weißt du. Alles andere ist nebensächlich. Man unterschätzt dich gewaltig, das ist gut so.«

Liliana legte die Arme um den Hals eines Schafes.

»Warum ich?«

Es sah zunächst aus, als wollte die Alte nicht antworten. Paglierino hüpfte auf Lilianas Schulter.

»Es ist besser, du weißt es nicht.«

»Danke, dass Sie gekommen sind, mir nichts zu sagen, mir zu bestätigen, dass ich keine Ahnung habe und mich darin zu bestärken, auch weiterhin unwissend zu bleiben!«

»Gern geschehen!«

»Ist das Zirkusleben noch so lustig wie früher? Macht es noch genauso viel Spaß, kleinen Mädchen einen Schrecken einzujagen? Was hat den Zirkus Fantasmagoria aus dem sonnigen Italien vertrieben? Wird es eine Festvorstellung geben nach meinem vorzeitigen Ableben?«

Die Alte stand auf.

»Mehr gibt es nicht zu sagen.«

Das Pferd kam vom Bach herauf. Die Alte stieg vom Baumstumpf in den Sattel. Die Schafe wichen zur Seite.

Sie war kaum über dem Hügel verschwunden, da kamen die Marchesa, Elizabeth und Martha angeritten.

»Liliana, ist alles in Ordnung?«

Liliana hielt die Hände vor das Gesicht und weinte.

»Was ist denn los?«

»Paglierino ist wieder da.«

»Das sehe ich.«

»Er ist gar kein Männchen, es ist ein Weibchen.«

»Deshalb brauchst du doch nicht zu heulen.«

»Findest du?«

»Ein Männchen würde auch gar nicht zu unserer Weiberwirtschaft passen.«

»Das stimmt.«

Liliana wischte sich die Tränen aus den Augen. Sie stand auf.

Der Vogel flog in das Geäst eines Kastanienbaums.

»Geht es ihm gut?«, fragte Liliana.

»Er ist gut untergebracht.«

»Vielleicht sieht man sich gelegentlich?«

»Ich glaube kaum, Contessina«, sagte die Marchesa.
»Bei schlechten Nachrichten bin ich Contessina?«
»Ein Titel federt Unannehmlichkeiten ab!«
»Ich bin ein Glückspilz!«

## Kapitel 13

Eine Kutsche fuhr vor.

Ein Schiff mit vollen Segeln, auf dem Mast ein Greif mit ausgebreiteten Flügeln, das war das Wappen, das auf der Tür prangte. Der Kutscher trug mit sichtbarem Unbehagen einen Zylinder auf dem Kopf.

Dylan O'Donnesey sprang heraus und öffnete einem älteren Herrn die Tür.

Martha empfing die beiden.

»Seien Sie gegrüßt!«

»Seien Sie zurückgegrüßt, schöne Maid!«

»Darf ich vorstellen«, sagte Dylan, »Martha, Lady Monleirdons Hausdame.«

»Martha, ich bin am Verdursten!«

»Treten Sie ein!«

Dylan ging voraus. Er rief in die Wohnstube:

»Admiral Grossuth gibt sich die Ehre!«

Elizabeth sah die Marchesa fragend an. Die rückte ihre Frisur zurecht.

Der Admiral war ein hochgewachsener, breitschultriger Riese von Mann. Er hatte blaue Augen, eine etwas breite Nase und dichtes, blondes Haar. Der doppelreihige Gehrock verriet einen Menschen, der nicht gewillt war, von der Kultur seiner Jugend Abschied zu nehmen.

Ohne die anderen zu beachten, trat er auf die Marchesa zu.

»Sophia! Als ich hörte, du bist in England, konnten mich keine zehn Pferde zurückhalten. Ich musste kommen.«

Die Marchesa reichte ihm die Hand zum Gruß. Der Admiral gab ihr einen Handkuss. Er strahlte wie ein kleiner Junge.

»Harold, du bist noch immer so ungestüm wie früher. Haben dich die Jahre keine Mäßigung gelehrt?«

»Wenn es sich um dich handelt, kenne ich keine Zurückhaltung.«

»Erlaubst du, dass ich dir meine Freunde vorstelle?«

Martha gab ihm ein Glas. Er trank einen Schluck und spuckte ihn gleich wieder aus.

»Wollen Sie mich vergiften? Was ist das?«

»Wasser.«

»Martha, geben Sie dem Admiral einen Brandy. Danke!«, sagte die Marchesa.

»Du hast es nicht vergessen.«

»Ich darf also vorstellen …«, sagte die Marchesa. »Harold, hör zu! Lady Monleirdon, unsere Gastgeberin, Rosemary, ihre Tochter, Martha hast du bereits kennengelernt, Floriana, sie wird den Sohn des Hauses heiraten … und das ist sie, meine Enkelin, Contessina Liliana di Salamandra!«

Der Admiral nickte jovial bei jedem Namen.

»Contessina Liliana, Ihre Eltern und Ihre liebreizenden Schwestern kenne ich gut. Wieso kenne ich Sie nicht? Sie hat man wohl vor mir versteckt.«

»Man war besorgt, ich könnte dem Charme eines älteren Herrn nicht gewachsen sein.«

»Liliana!«

»Lass nur gut sein, Sophia! Daran erkenne ich die scharfe Zunge ihrer Großmutter.«

»Darf ich Ihnen ein Essen zubereiten?«, fragte Floriana.

»Sie können Gedanken lesen. Machen Sie sich ja nicht viel Arbeit. Es ist ja bekannt, wie kläglich es um die ländliche Küche bestellt ist.«

»Ganz, wie Sie wünschen, Herr Admiral! Wie wäre es mit Körnerbrot und Wurstzipfeln, dazu einen spritzigen Apfelwein?«

»Brr! Ich glaube, ich habe noch eine Dose Kekse dabei.«

»Harold, sei kein Widerling und vor allem beleidige nicht unsere Floriana! Setz dich endlich an den Tisch, du verdunkelst den Raum.«

Der Admiral ließ sich auf den Stuhl neben der Marchesa fallen.

»Wer ist dieses holde Kind?«

»Das ist Gina, Lilianas Zofe. Um die machst du besser einen Bogen. Sie ist sehr flink mit dem Messer.«

»Was du wieder denkst, Sophiechen!«

»Ich kenne dich! Und wie man weiß, werden Laster mit dem Alter immer schlimmer.«

»Von welchem Alter sprichst du?«

»Nur so allgemein …«

»Dann ist es gut. Wir beide sind doch noch jung und knackig. Mein Angebot gilt immer noch. Was gibt es da viel zu überlegen?«

»Es gibt nichts zu überlegen.«

»Du bist grausam.«

»Schön, dass du unseren Dylan zurückgebracht hast«, sagte die Marchesa.

»Das war doch selbstverständlich. Ich reise nicht gern allein, wie du weißt.«

Dylan betrachtete Rosemary. Warum sah sie so anders aus? Auf einmal war sie eine Dame. Nicht ein einziges Mal hatte sie ihn angesehen. Er war ja nur ein Lehrer. Dass er das immer vergaß! Er hatte es kaum erwarten können, endlich wieder in Monleirdon zu sein. Doch jetzt fühlte er einen Schmerz in seinem Herzen. Es war eigentlich kein Schmerz. Was war es nur?

Rosemary wagte nicht, Dylan anzuschauen. Sie befürchtete, er könnte ihr an den Augen ablesen, was sie empfand. Er verachtet mich sicher, weil ich nicht so gescheit bin wie er. Das Herz tat ihr weh. Verzweifelt sah sie Liliana an.

Liliana lächelte. Sie drückte Rosemarys Hand.

»Dylan O'Donnesey«, sagte sie,

»können Sie uns etwas berichten?«

»Ja, ja, Contessina! Nicht viel ... Das ist alles sehr rätselhaft!«

Der Admiral lachte schallend.

»Da ist nichts rätselhaft! Nero Borden ist ein Hochstapler und Betrüger, der sich in Geheimnisse hüllt wie gewisse Damen in Parfümwolken.«

»Aber die Urkunden ...«

»Junger Mann, was sind schon Dokumente, Urkunden, Registereinträge und Stammbücher? Das ist alles Papier! Ein Paar Silberstücke und schon steht alles drauf, was ich haben will. Dieser sogenannte Fürst ist ein Meister seines Fachs! Das muss ich zugeben.«

»War also alles umsonst?« sagte Liliana.

»Aber nein!« Der Admiral strahlte. »Ich bin hier.«

»Du kannst hier nicht bleiben.« Die Marchesa warf Elizabeth einen energischen Blick zu, die widersprechen wollte. »Wir haben kein freies Zimmer mehr. Außerdem sind wir noch nicht vollständig eingerichtet.«

»Und wenn ich auf dem Bärenfell vor deinem Bett meine müden Glieder ausstrecke?«

»Du kennst ja den Weg zurück.«

»Warum bist du nur so grausam zu mir? Ich habe vernommen, es gäbe demnächst eine Hochzeit.«

»Für geladene Gäste!«

»Laden Sie mich ein, Contessina Liliana! Bitte! Ich werde Ihnen auch ein schönes Geschenk machen. Mal sehen ... Wie wär's mit einem Zweimastschoner, windschnittig und ozeanfest?«

»Sie sind eingeladen.«

»Liliana!«

»Großmutter, ich wollte schon immer einen Zweimastschoner. Eine solche Gelegenheit lasse ich mir nicht entgehen. Admiral Grossuth und Diener können sich ja auf Monleirdon einquartieren.«

»Na gut! Wir müssen aber mit Martin sprechen, ob er einverstanden ist.«

Der Admiral streckte die Beine unter den Tisch und kippte den Stuhl leicht nach hinten.

»Ich bin bereit für die Wurstzipfel!«

* * *

Monleirdon

Wie viel sich doch in kurzer Zeit verändern konnte! Salvatore hatte Tage zuvor Simon Fraggles in der Postkutschenstation getroffen. Dieser war im Auftrag von Lady Monleirdon auf dem Weg nach London. Die Versuchung war groß gewesen, die Gestalt des jungen Mannes anzunehmen. Damit hätte er alle Probleme lösen können. Aber hätte er sich dann nicht auf dieselbe Stufe gestellt wie der Fürst, für den die Ehre und die Persönlichkeit eines Menschen nichts bedeuteten? Außerdem hatte er sich vorgenommen, niemals mehr der Versuchung nachzugeben, mehr sein zu wollen als ein Mensch. So hatte er sich entschlossen, sich nicht zu verstecken und zu seiner Entscheidung zu stehen. Normale Vorsicht musste genügen.

Jetzt kamen ihm aber Zweifel, ob er klug gehandelt hatte. Auf Monleirdon war wieder Betriebsamkeit eingekehrt. Der Admiral und sein Diener hatten Zimmer bezogen. Helmi und zwei Mädchen waren zurückgekehrt, um den Küchenbetrieb wieder aufzunehmen. Der Admiral legte Wert auf regelmäßige und ausreichende Verpflegung.

Für Martin war die Anwesenheit des Admirals ein Segen. Admiral

Harold Grossuth war nach seinem aktiven Dienst auf den Weltmeeren über ein Jahrzehnt Leiter der Marineakademie in Plymouth gewesen. Er war mit allen Wassern gewaschen, was man von einer Wasserratte auch erwarten konnte. Er kannte sich mit den Fallstricken bürokratischer Verordnungen aus und wusste, welche Leute man ansprechen musste, um zügig die Stempel auf den notwendigen Dokumenten zu bekommen. Nicht nur das, er war ein außerordentliches Organisationstalent, was den Aufbau und die Strukturierung einer Schule betraf. Kompetentes Personal? Kein Problem! Aufbau eines Lehrplans, Ferienplans, Stundenplans, Verteilung der Räume, Werbung, Öffentlichkeitsarbeit – alles erledigte er mit der linken Hand. Als er hörte, Geld spiele keine Rolle, Lord Monleirdon hatte ein riesiges Vermögen zusammengerafft, legte er sich noch mehr ins Zeug. Er ernannte sich kurzerhand selbst zum Direktor und Verwalter. Martin wagte nicht, ihm zu widersprechen.

Salvatore wurde mit der Inneneinrichtung betraut. Jeder sollte sich nützlich machen. Martin wurde nur gebraucht für die Unterschriften. Ja, der Admiral war in seinem Element.

»Meine Herren, die Schule braucht einen Namen. Vorschläge?«

»Das ist nicht so einfach ...« Martin fühlte sich überfordert.

»Maître?«

Als Salvatore nicht gleich antwortete, schrieb der Admiral einen Namen auf ein Stück Papier.

»Das Einfachste ist immer das Beste. Der Name des Mädcheninternats ist Monleirdon College. Einverstanden? Dann haben wir auch das geklärt.«

Es klopfte an der Tür.

Ann trat ein. Sie war verlegen.

»Also, ich soll sagen ... Lady Aurelia Brandor-Highston wünscht, Admiral Harold Grossuth zu sprechen.« Man hörte am Ende des Satzes ein großes Fragezeichen.

Der Admiral sprang auf und riss die Tür auf.

»Aurelia!«

»Admiral!«

»Nichts da mit Admiral! Bin ich nicht mehr dein Onkel Harold?«

»Onkel Harold!«

»Den Onkel lassen wir jetzt auch weg! Wir sind hier auf neutralem

Boden. Aurelia, Aurelia, welche Freude, dich wiederzusehen! Ist dieses Scheusal auch in der Nähe?«

»Lord Joseph ist mit unbekanntem Ziel aus meinem Leben entflohen.«

»Endlich! Wann heiraten wir?«

»Wann immer du willst!«

Der Admiral drückte die junge Frau in die Arme. Er wusste vor lauter Freude nicht, was er machen sollte, mal wirbelte er sie herum, dann bedeckte er sie mit Küssen, schließlich ließ er sich auf einen Sessel fallen und ließ den Tränen freien Lauf.

Aurelia setzte sich auf seinen Schoß. Sie nahm ein Spitzentaschentuch und tupfte ihm die Tränen weg.

»Siehst du, es ist doch alles so gekommen, wie wir es ersehnt hatten. Ich hatte dir versprochen, dass ich niemandem mein Jawort gebe außer dir, was auch immer mein sogenannter Vater und der Fürst anstellen werden.«

»Du bist doch so ein zartes Mädchen! Ich dachte, du befolgst alles, was die beiden dir einflüstern.«

»Jetzt hast du schon so viel erlebt in deinem Leben … Du hattest sicher in jedem Hafen eine Braut.«

Der Admiral schüttelte heftig den Kopf.

»Aber ja doch, du alter Seebär!«, sagte Aurelia. »Und doch kennst du die Frauen nicht. Wenn wir einen Mann wollen, dann bekommen wir ihn auch. Du siehst, du hattest keine Chance, mir zu entkommen.«

»Bin ich dein Gefangener?«

»Lebenslänglich!«

Die beiden küssten sich.

Salvatore und Martin schlichen zur Tür.

»Halt, meine Herren!«, rief der Admiral. »Es gibt noch Arbeit.«

»Was machst du eigentlich hier?«, fragte Aurelia.

»Ich gründe ein Mädcheninternat, das Monleirdon College.«

»Wunderbar! Du weißt, nach London kann ich nicht mehr zurück. Ich werde dich unterstützen.«

»Du meinst, wir sollten hierbleiben?«

»Ja, ich werde unterrichten. Mein Leben lang wurde ich damit gequält, die Etikette zu lernen, Stammbäume vorwärts und rückwärts aufzusagen, wie man sich wie zu welcher Gelegenheit anzuziehen hat und das ganze Brimborium. Das kann ich weitergeben. Warum sollte es der nachfolgenden Generation besser gehen als mir?«

»Du bist engagiert! Über das Gehalt sprechen wir später.«

Der Admiral wurde ernst. Er stand auf und legte den Arm um Martins Schulter.

»Ich muss mit Ihrer Mutter sprechen, natürlich auch mit der Marchesa. Seien Sie so freundlich und bitten Sie die Damen, zu einem Gespräch herüberzukommen.«

»Wie Sie wünschen, Herr Admiral!«

»Danke!«

Man traf sich im Rosa Salon, da war mehr Platz als in der kleinen Bibliothek.

Martins überraschende Nachricht machte alle Damen neugierig. So kamen nicht nur Lady Monleirdon und die Marchesa. Martha, Rosemary, Floriana und Liliana ließen sich nicht davon abhalten mitzukommen. Contessina Liliana kam in Begleitung ihrer Zofe Gina. Miss Fitzgerald ließ nicht locker, bis Dylan O'Donnesey sie begleitete.

Der Admiral begrüßte alle mit einem kleinen Lächeln. Im Augenblick war er nicht der alte Haudegen, den nichts erschüttern konnte, er war ein junger Bursche, der etwas ausgefressen hatte und es jetzt beichten musste.

Lady Aurelia stand an seiner Seite. Sie war eine andere Person. War sie die ganze Zeit eine verwöhnte Gans, der nichts gut genug war, so war sie jetzt eine Frau, die genau wusste, was sie wollte. Sie ging auf Elizabeth zu und drückte ihre Hände.

»Lady Monleirdon, ich möchte mich herzlich dafür bedanken, dass Sie mich, eine völlig Fremde, so selbstlos aufgenommen haben. Meine unsichere gesellschaftliche Stellung hatte es mir nicht erlaubt, Sie ins Vertrauen zu ziehen. Mein Leben war aus den Gleisen gesprungen, ich wusste nicht mehr, wie es weitergehen sollte.«

»Sie waren und sind mir ein lieber Gast.«

Die Marchesa räusperte sich. »Bevor wir weiterreden, möchte ich alle bitten, mit niemandem über die Anwesenheit Maître Bravas auf Monleirdon zu sprechen.«

Alle nahmen Platz. Floriana wollte gleich in die Küche stürzen. Martin hielt sie zurück.

»Ann, bitten Sie Helmi, uns Getränke und einen kleinen Imbiss zu servieren!«

»Harold«, sagte die Marchesa, »mach es nicht so spannend! Was hast du ausgefressen?«

Der Admiral warf Aurelia einen Blick zu. Dann lächelte er.

»Aurelia und ich werden heiraten!«

Dylan war entsetzt. Dieser Altersunterschied! Rosemary wurde rot. Elizabeth sah die Marchesa ratlos an. Sollte sie gratulieren?

»Das freut mich für euch.« Die Marchesa umarmte Lady Aurelia herzlich. »Da hast du dir einen guten Mann ausgesucht. Er ist so jung geblieben, weil er das Leben zu genießen versteht. Das ist eine seltene Gabe. Und du, Harold, bekommst eine kluge Frau, genau das, was du dringend nötig hast.«

»Sophia! Da du mich nicht haben wolltest ...«

»Wir waren gute Freunde und werden es bleiben.«

Ann kam zurück und brachte ein Tablett mit Gläsern und einer Flasche Brandy.

Schnell waren die Gläser gefüllt. Man stieß auf das junge Paar an.

Elizabeth konnte es immer noch nicht fassen. Hilfesuchend sah sie nach Martha. Martha stieß mit der Marchesa an.

»Drei Hochzeiten, davon zumindest zwei glückliche!«

»Warum nur zwei?« fragte der Admiral.

»Hast du das nicht begriffen? Meine Enkelin wird den Duke of Everweard heiraten. Als Heiratsvermittler hat im Hintergrund niemand geringerer die Fäden gesponnen als der Fürst.«

Aurelia sah Liliana überrascht an.

»Contessina, ich flehe Sie an, tun Sie das nicht!«

»Ich habe keine Wahl.«

»Ach, wie ich ihn hasse!«, sagte Aurelia voller Wut. »Harold, kannst du ihn nicht erschießen, erdolchen, vierteilen, erdrosseln, vergiften, zerstückeln ...«

»Aurelia, beruhige dich doch! Von wem redest du denn?«

»Vom Teufel!«

»Na!«

»Vom Fürsten! Er hat nur Unheil über alle gebracht.«

»Die Contessina heiratet den Duke, nicht den Fürsten.«

»Wenn der Fürst dahintersteckt, kann das nichts Gutes bedeuten.«

»Was ist mit euch beiden?«, fragte die Marchesa. »Kennt ihr euch schon lange?«

»Ja, Sophia! Wir lieben uns schon lange. Ich werde es dir in Ruhe erzählen. Jetzt aber habe ich einen Wunsch ... einen Vorschlag an Lady Monleirdon.«

Elizabeth blickte wenig erwartungsvoll hoch.

»Ich bewerbe mich hiermit um die Stelle des Leiters des Monleirdon College. Meine zukünftige Gattin möchte ebenfalls hier tätig werden.«

Die Marchesa stand auf und klatschte in die Hände.

»Wunderbar! Besser hätte es nicht kommen können! Meine liebe Elizabeth, mit einem Schlag hast du eine Eliteschule gegründet. Harold, du bist ein Schatz!«

Elizabeth wusste immer noch nicht, wie sie reagieren sollte. Zögernd stand sie auf.

Martin legte den Arm um sie.

»Mutter, der Admiral ist ein Genie. Du könntest keinen Besseren finden. Zu deiner Information, der Admiral war lange Zeit Direktor der Marineakademie in Plymouth, der angesehensten Militärschule im Königreich.«

»Es handelt sich doch um ein Mädcheninternat.«

»Ah, ich sehe«, sagte Harold, »Sie wollten sich blindlings in ein Abenteuer stürzen, das Ihnen sicher meine alte Freundin Sophia ins Ohr geflüstert hat. Es ist eine ausgezeichnete Idee. Das Gebäude und das Gelände eignen sich bestens für ein Internat. Schließen Sie bitte die Augen! Stellen Sie sich diesen riesigen Kasten mit all den vielen Zimmern vor – und darin Hunderte von halbwüchsigen Mädchen und das tagein, tagaus. Hören Sie das Getuschel, das Kichern, das Lachen, Heulen, Fluchen, Sticheln, Gezänk? Denken Sie an die Intrigen, Eifersüchteleien, Freundschaften, Todfeindschaften, an Schadenfreude, Neid, Ehrgeiz, Wut und ...« Er machte eine bedeutungsvolle Pause. »Glauben Sie mir, eine Militärakademie ist dagegen ein Erholungsheim!«

Elizabeth musste jetzt doch lächeln.

»Herr Admiral, Sie haben recht. Ich dachte nur an Bildung, an Musikabende und Federballspiele, Kunst und Kultur. Was denkst du, Martin?«

»Mutter, zögere nicht lange!«

»Admiral Harold Grossuth, ich nehme Ihre Bewerbung mit Freude an! Auch Sie, Aurelia, sind uns willkommen! Aber das wissen Sie ja längst.«

Floriana drückte Martins Hand, dann sagte sie laut:

»Ich werde den hauswirtschaftlichen Teil übernehmen, Verpflegung und Pension. Helmi wird die Küche leiten. Das Personal habe ich schon zusammen. Ich kenne die Mädchen von Everweard Castle her. Sie sind zuverlässig. Wir sind ein eingespieltes Team. Herr Admiral, einverstanden?«

»Wie könnte ich da Nein sagen? Willkommen, Partnerin!«

Sie gaben sich die Hand.

Jetzt oder nie, Dylan stand zögernd auf und wurde knallrot.

»Ich bin Lehrer ...«

»Dylan«, sagte Lady Monleirdon. »Ich kann doch mit Ihnen rechnen?«

Er konnte nur nicken, dann setzte er sich wieder und wagte es nicht, Rosemary anzuschauen.

Salvatore hielt sich im Hintergrund. Schmerzlich wurde ihm bewusst, dass er nicht mehr zu ihnen gehörte. Er war kein Mensch mehr, sondern ein Ungeheuer, das seine wahre Natur verstecken musste.

Liliana konnte Salvatores Gedanken lesen und in sein Inneres sehen. Jetzt kannte sie sein Geheimnis.

Armer, armer Salvatore!

## Kapitel 14

Monleirdon, das alte Haus
Es war zwei Tage vor der Hochzeit. Contessina Liliana di Salamandra wollte nicht aufstehen, nichts essen, nichts trinken und mit niemandem sprechen. Die Fensterläden mussten geschlossen bleiben.

»Hat die Contessina wieder Migräne?«, fragte Rosemary mitfühlend.

Die Marchesa schüttelte nur den Kopf. Sie saß am großen Küchentisch und hielt eine Tasse Kaffee in den Händen, ohne zu trinken. Das tat sie schon seit einer Stunde.

Gina und Floriana schälten Kartoffeln und behielten dabei die Marchesa im Auge. Gina stand auf und führte Rosemary zu dem Hocker neben sich. Sie gab ihr eine Schüssel Kartoffeln und drückte ihr ein Messer in die Hand. Rosemary nahm eine Kartoffel und begann sie zu schälen. Plötzlich hielt sie inne.

»Wie komme ich dazu, Kartoffeln zu schälen? Gehöre ich jetzt zum Küchenpersonal? Gina, das geht zu weit!«

»Hast du etwas Besseres zu tun?«

»Ich könnte ein rosa Band in mein Haar flechten oder ein Brevier lesen.«

»Das Band stecke ich dir später mit meinen eigenen Händen ins Haar. Und die Leviten kann ich dir jederzeit lesen. Dazu brauche ich kein frommes Buch.«

»Martin hat überhaupt keine Zeit mehr für mich!« Floriana stieß wütend das Messer in eine besonders dicke Kartoffel. »Jetzt könnte er einmal etwas Vernünftiges tun.«

»Kartoffeln schälen?«

»Ich hasse Kartoffeln!«, sagte Floriana heftig. »Man sollte sie in der Erde lassen, bis sie verfaulen. Wenn die Baroness nicht einmal die Kartoffeln schälen will, die ihr persönlich gehören, welches Interesse sollte ich daran haben? Die Marchesa will meinen Kaffee auch nicht trinken.«

»Mach dir keine Gedanken um Martin! Aurelia kümmert sich gewiss um ihn.« Vor dem Fenster hielt ein Pferdewagen. »Hört es denn niemals auf zu regnen?«

»Regen ist gut für die Kartoffeln.« Floriana nahm Rosemary das

Messer aus der Hand. »Wenn die Contessina nichts essen will, dann fasten wir eben alle.«

Es klopfte heftig an der Tür.

»Kommen Sie schon herein!«, rief Floriana unwirsch.

Ein breitschultriger Bursche trat ein, die Wollmütze in der Hand.

»Ich soll eine Kiste abliefern.«

»Dann bringen Sie sie doch herein!«

»Sie ist ziemlich schwer. Da bräuchte ich schon Hilfe.«

»Beth!«, rief Floriana.

Beth kam die Treppe herunter.

»Hole ein paar kräftige Burschen, die in der Lage sind, eine Kiste ins Haus zu tragen. Was ist das überhaupt für eine Kiste? Ich habe nichts bestellt.«

»Sie ist für Contessina Liliana di Salamandra.«

Eine Tasse zerbrach. Die Marchesa war aus ihren Gedanken erwacht. Sie stand auf und ging vor die Tür. Gina lief ihr schnell nach.

»Es ist die Cassone!«

Auf der Kutsche stand eine dunkelbraune Truhe. Filigrane Intarsien glitzerten im Regen.

»Warum hast du keine Decke darübergelegt, du Dummkopf?« Die Marchesa ging wütend auf den Kutscher zu.

»Das hat mir niemand gesagt! Ich kann doch nicht einfach eine Decke nehmen ...«

»Wenn es eine Kiste Schnaps wäre, hättest du keine Bedenken.«

Der Kutscher grinste.

Beth brachte vier junge Männer. Sie hoben die Truhe vom Wagen und trugen sie ins Haus.

»Wo soll sie hin, Marchesa Montecorno?«

»Stellt sie erst einmal ab! Ihr bleibt hier, ich sage euch dann, wo sie hinsoll. Gina, es hilft nichts. Sag Liliana, dass ihre Hochzeitstruhe gekommen ist!«

Gina ging die Treppen hinauf. Kurze Zeit später kam sie zurück.

»Sie will sie nicht mehr.«

»Ah!« Die Marchesa klopfte in die Hände. »Los geht's, meine Herren! Die Truhe muss nach oben. Folgen Sie mir!«

Die Marchesa stieg energisch die Treppen hinauf. Mit lautem Knall stieß sie die Tür zu Lilianas Zimmer auf. Die Fensterläden waren geschlossen, keine einzige Lampe brannte. Direkt vor dem Fenster war es ein wenig hell.

»Stellt sie hier ab!«

Die Männer setzten die Truhe vor dem Fenster ab und gingen kopfschüttelnd wieder hinaus.

Die Marchesa legte ein Kissen auf die Truhe und setzte sich darauf.

»Du kannst wieder unter der Bettdecke hervorkommen!«

Lilianas Kopf erschien langsam am Fußende des Bettes.

»Ich habe dich gar nicht klopfen gehört, Großmutter.«

»Ich war auch besonders leise. Sieh mal, was ich dir mitgebracht habe!«

»Oh, wie allerliebst!« Liliana zog sich wieder die Bettdecke über den Kopf. »Ich hoffe, es hat dir nicht zu viel Mühe bereitet?«

»Ganz und gar nicht! Für meine Enkelin ist mir keine Arbeit zu viel. Besonders, wenn ich sehe, wie sehr sie sich darüber freut.«

»Unaussprechlich ist meine Freude! Wenn du nicht schon einen Ehrenplatz in meinem Herzen hättest, würde ich dir hurtig ein Piedestal darin errichten.«

»Ist dir schon aufgefallen, mit welcher Kunst diese Truhe angefertigt wurde? Welche Liebe zum Detail! Die feinziselierten, der orientalischen Ornamentik entlehnten Intarsien aus Elfenbein und edelsten Hölzern ... Die Certosina Technik ... Wer kann das heute noch? Niemand! Da hast du eine wahre Kostbarkeit, ein Juwel unter Juwelen.«

»Ich schenke sie dir.«

»Und wenn man sie erst öffnet ...«

»Großmutter!«

Gina kam herein und sagte:

»Alle wollen die Hochzeitstruhe sehen.«

»Die Versteigerung findet am Abend statt!« Liliana zog die Decke vom Kopf. Sie sprang aus dem Bett und zog einen Morgenmantel über. »Macht denn keiner Licht? Ist jemand krank?«

Gina öffnete die Fensterläden. Rosemary, Floriana und Beth betraten vorsichtig den Raum.

»Wie geht es dir, Liliana?«, fragte Rosemary besorgt.

»Kräftig genug, um eine Truhe zu öffnen«, antwortete Liliana.

Großmutter saß immer noch auf der Truhe. »Meine Damen!«, sagte sie. »Die Hochzeit ist das wichtigste Ereignis im Leben einer Frau.«

»Musst du uns jeden Spaß verderben?« Liliana setzte sich neben die Marchesa. »Wir sollten jetzt einmal nachsehen, ob in der Kiste immer noch dasselbe drin ist wie das letzte Mal, als Gina und ich Braut und Bräutigam spielten.«

»Frevlerinnen!«

Die Marchesa stand auf. Sie klappte den Deckel der Truhe nach oben. Der Duft von Lavendel entströmte.

Liliana beugte sich nach vorne. »Gina, hol du es heraus! Ich will es nicht anfassen.«

Gina griff in die Truhe und holte das Hochzeitskleid heraus. Zärtlich breitete sie es auf der Bettdecke aus. Den Brautschleier legte sie auf das Kopfkissen.

»Das ist nicht richtig«, sagte Liliana. Sie nahm die beiden langen Ärmel und legte sie in der Mitte des Kleides übereinander. »Ruhe sanft, süße Braut!«

Das Hochzeitskleid war weiß, dennoch schimmerte es grünlich, gelblich, bläulich oder rötlich, je nachdem, aus welchem Winkel das Licht auf es fiel. Feinste Lagen aus Moiré ließen an das Gewand einer Wasserfee denken.

»So etwas Schönes habe ich noch nie gesehen«, hauchte Rosemary.

»Trugen Sie das Kleid zu Ihrer Hochzeit, Marchesa Montecorno?«, fragte Floriana, der bewusst wurde, dass es dieses Kleid nur einmal gab und dass, was sie auch immer zu ihrer eigenen Hochzeit tragen würde, sie diesen Traum von einem Hochzeitskleid immer vor Augen haben würde.

»Nein!«

»Contessina Lilianas Mutter?«

»Nein!«

»Wer hat es dann getragen?«

»Vielleicht Magali, wer weiß? Es sollte nur getragen werden, wenn zwei sich wirklich lieben. Dieses harte Los wurde uns nicht zuteil. Ich habe von niemandem gehört, der es getragen hatte.«

»Schade!«

Liliana klatschte in die Hände.

»Zurück in die Kiste damit! Beth, ich muss dich um etwas bitten.«

»Zu Ihren Diensten, Contessina!«

»Das gefällt mir: Zu Ihren Diensten! Hast du das gehört, Gina?«

»Jeden einzelnen Buchstaben!«

»Also, meine liebe Beth, du reitest nach Everweard Castle. Zwei Aufträge: Du bittest Miss Wedgeworth sofort hierher. Sie muss mir innerhalb von zwei Tagen ein Hochzeitskleid nähen. Vielleicht hat sie noch eins in der Mottenkiste, das sie nur umändern muss. Ich bin nicht wählerisch. Die zweite dringende Bitte geht an Dottore Scaltroni. Ich habe noch eine Frage zu den Verträgen. Den Konsul brauchen wir dazu nicht. Bitte ihn, mich morgen zu besuchen. Tust du das für mich?«

»Ich bin schon unterwegs, Contessina!«

Beth eilte aus dem Zimmer.

Gina legte Hochzeitskleid und Schleier wieder behutsam in die Truhe.

Liliana schloss den Deckel.

»Vorstellung beendet!«

»Ach, wird das Kleid denn niemals getragen werden? Es ist ein Traum!«

»Ja, Floriana, solange Liebe ein Traum ist, wollen wir uns diesen Traum bewahren.«

* * *

Gegen Mittag trafen drei Kutschen ein, beladen mit schnatternden Frauen. Lady Monleirdon bat Miss Wedgeworth und Lydia ins Haus, die übrigen Damen sollten noch ein wenig Geduld haben. Das störte die Näherinnen und Schneiderinnen nicht, standen sie doch im Mittelpunkt des Interesses. Das ganze Personal war herbeigeeilt. Jeder wollte wissen, was auf Everweard Castle vor sich gehe, ob schon viele Gäste angekommen seien und wo die Feierlichkeiten stattfänden. Mit Genugtuung nahm man die Mitteilung auf, dass es ein Fest für alle geben werde mit Musik, Tanz, Akrobatik, einem Zirkus – sowie Braten, Wein und Bier für jedermann. So musste eine Hochzeit sein!

Beth ging hinauf und meldete Contessina Liliana die Ankunft der Gäste.

»Hast du auch mit dem Dottore gesprochen?«

»Er kommt morgen nach dem Frühstück.« Beth übergab Liliana einen Umschlag. »Das hat mir Pfarrer Fraggles für Sie gegeben. Leider sei er zu beschäftigt, persönlich bei Ihnen vorbeizuschauen. Er hatte aber Zeit, in aller Ruhe mit einigen älteren Damen Tee zu trinken.«

»Der gute Pfarrer weiß eben, wo er noch beeindrucken kann.« Gina stand am Fenster und sah hinunter auf bunte Federn, Blüten aus Taft und schwankende Obstschalen. »Welcher Hut gefällt euch am besten?«

Liliana und Beth traten ans Fenster.

»Einen Blumentopf auf dem Kopf zu tragen ... na, ich weiß nicht ...« Beth wollte nicht für provinziell gehalten werden. »Trägt man so etwas in Italien?«

»Nein, bei uns regnet es nicht so oft. Da würden ja die Blumen eingehen! Ich frage mich nur, braucht man so viele Leute, um ein simples Hochzeitskleid zu nähen?«

»Miss Wedgeworth macht keine simplen Kleider. Alles, was sie kreiert, ist Haute Couture.« Beth ging zur Tür. »Das sagt sie jedem, auch denen, die es nicht hören wollen.«

»Danke, Beth! Sag der großen Modeschöpferin, ich werde sie nicht lange warten lassen.«

Liliana öffnete den Umschlag. Vier Bogen Papier breitete sie nebeneinander auf dem Tisch aus.

»Sind es Moses Gesetzestafeln oder ist es eine Einkaufsliste?« Gina schaute Liliana über die Schulter.

»Es handelt sich um das amtliche Zeremobrimborium, das notwendig ist, um höchst offiziell mit Zustimmung von Vater Staat und Mutter Kirche, entjungfert werden zu können.«

»Braucht man dazu eine Genehmigung?«

»Ungenehmigte Entjungferungen gelten als nicht geschehen oder als strafbare Handlungen, je nach Standpunkt. Notfalls können sie im Nachhinein legalisiert werden, sollten finanzielle Erwägungen das für opportun erachten. Das hier, meine liebe Gina, ist die minutiöse Anleitung zu einem Kapitalverbrechen. Raffiniert, raffiniert! An dieser Stelle soll das Opfer der schnöden Tat sogar noch seine Zustimmung geben. Hör zu, ich zitiere wörtlich: Pfarrer: ›Sind Sie beide bereit, die Kinder anzunehmen, die Gott Ihnen schenken will, und sie im Geist Christi und seiner Kirche zu erziehen?‹ Der Bräutigam nickt eifrig, schließlich ging es ihm sowieso nur um das Eine. Die arme Braut aber muss das ein Leben lang büßen. Wir wissen ja inzwischen, dass der liebe Gott die Kinder nicht einfach so verschenkt. Zuvor muss der Tatbestand der Entjungferung stattfinden. Quod erat demonstrandum!«

»Ach, Liliana!« Gina legte den Arm um Lilianas Schultern. Sie drückte sie fest an sich. »Mir will immer noch nicht in den Kopf, dass wir nicht einfach verschwinden können.«

»Darüber sprachen wir schon. Du weißt, es geht nicht um eine Hochzeit, es geht um viel mehr. Dem kann und will ich mich nicht entziehen. Gib mir die Kraft dazu!«

Gina gab ihr einen Kuss auf den Mund.

»Gehen wir, große Künstlerinnen darf man nicht warten lassen!«

»Ah, Contessina Liliana!« Miss Wedgeworth kam Liliana entgegen, nahm ihre Hand und zog sie in die Mitte des Raumes. Dabei hüpfte ihr Dekolleté auf und ab. »Schau sie dir an, Lydia! Mir scheint, sie ist noch dürrer geworden – und ernster. Was meinst du?«

Lydia war Miss Wedgeworths Partnerin und Mädchen-für-alles. Sie war hochgewachsen. Das dunkelblaue Samtkleid hing an ihr wie an einer Kleiderstange.

»Das liegt am Licht. Wir brauchen Lampen. Lady Monleirdon?«

»Beth, kümmere dich darum!«

»Das ist ja wirklich eine Tragödie, die Sache mit Ihrem Hochzeitskleid!« Miss Wedgeworth ging um Liliana herum und betrachtete sie eingehend von oben nach unten. »Die Marchesa hat uns alles erzählt. Es ist eine Katastrophe! Solch ein Unglück! Wie müssen Sie leiden, Contessina!«

Miss Wedgeworth sprach jeden Satz mit einem hörbaren Ausrufezeichen. Alles war unendlich wichtig.

»Können Sie mir helfen, verehrte Miss Wedgeworth? Sie wissen, viel Zeit ist nicht mehr.«

»Es ist unmöglich! Ein Brautkleid ... Wir sprechen von einem Brautkleid! Wenn es ein einfaches Ballkleid wäre ... selbst dann wäre es unmöglich. Es geht um ein Kleid für Sie! Das kann nicht irgendein Kleid sein, es muss das Kleid der Contessina Liliana di Salamandra sein! Lydia, sage du der Contessina, dass wir keine Wunder vollbringen können!«

»Contessina«, sagte Lydia, »wir können keine Wunder vollbringen. Aber ein Brautkleid? Das wäre doch gelacht!«

»Meinst du wirklich, Lydia? Nicht, dass wir uns blamieren.«

»Es kann das Erbstück Ihrer Familie natürlich nicht ersetzen, Contessina«, sagte Lydia. »Aber Sie werden sich nicht schämen, wenn Sie vor den Traualtar treten.«

Die Marchesa stellte die Tasse Kaffee ab und stand auf. Sie trank in letzter Zeit viel zu viel Kaffee. Das war nicht gut für ihre Nerven. Sie wusste selbst, dass sie immer aggressiver wurde. Aber wahrscheinlich würde sie das auch ohne Kaffee.

»Da das Brautkleid nicht in deiner Hochzeitstruhe war, Liliana, haben wir leider keine Vorlage. Welche Vorstellung hast du denn?«, fragte die Marchesa.

»Bevor Sie antworten, Contessina Liliana«, sagte Lydia schnell, »möchte ich Ihnen einen Vorschlag machen, der in der Kürze, der uns zur Verfügung stehenden Zeit, machbar wäre. Erlauben Sie?«

Liliana nickte.

»Wir sind nicht unvorbereitet gekommen. Wir haben Stoffe mitgebracht, Knöpfe, Borden, Futter … alles, was man zu einem Brautkleid braucht. Aber hierin muss ich Miss Wedgeworth recht geben, es ist in etwas mehr als einem Tag kaum zu schaffen.«

»Was schlagen Sie vor?«

»Es fällt mir nicht leicht, einer so jungen Braut diesen Vorschlag zu machen. Es ist wirklich eine Verzweiflungslösung.«

»Ich höre!«

»Wir haben ein Brautkleid mitgebracht. Es wurde nie getragen. Wir könnten es nach Ihren Wünschen ändern.«

»Das ist doch wunderbar!«

»Das Brautkleid brachte nur Unglück!«, sagte Miss Wedgeworth. »Lydia, wir hätten es niemals mitbringen sollen. Sie müssen wissen, Contessina, dieses Kleid hatten wir für eine junge Braut angefertigt. Doch vor der Hochzeit wählte sie den Freitod. Sie wollte lieber sterben, als einen reichen, alten Mann heiraten, den sie nicht wollte. Sie sehen, das Kleid brachte nur Leid.«

Rosemary presste die Hand ans Herz. Das war ihre heimliche Angst, mit einem Fremden verheiratet zu werden. Selbst der Tod ihres Vaters hatte dies nicht geändert. Sie schwor sich, lieber zu sterben, als einen Mann zu heiraten, den sie nicht liebte.

»Nicht das Brautkleid brachte Unglück über die junge Frau«, sagte

Liliana, »sondern die Umstände, unter denen sie es tragen sollte. Ich möchte es sehen!«

Beth stellte Lampen auf den Tisch.

»Warum schalten wir nicht einfach das Licht ein?«

»Danke, Beth! Das machen wir auch. Trotzdem brauchen wir die Lampen. Es muss hier so hell sein wie in einer Schneiderwerkstatt.«

Nach und nach kamen die Damen mit den modischen Hüten herein. Sie legten Stoffballen, Bänder und Körbe mit Nähutensilien auf den großen Küchentisch. Zwei Mädchen schleppten eine Nähmaschine herein, dann gingen sie hinaus und holten eine zweite.

»Meine Damen, Sie können die Hüte jetzt absetzen. Aber vorsichtig!« Miss Wedgeworth wandte sich an Lady Monleirdon. »Sie müssen wissen, wir veranstalteten gerade eine kleine Modenschau in Everweard Castle, – die Hüte habe alle ich entworfen! – als uns der Hilferuf der Contessina erreichte. Der Duke zeigte großes Verständnis dafür, dass wir uns sofort auf den Weg machten. Da fällt mir ein … Lydia, wo habe ich nur meinen Kopf!«

»Ich bin ja da! Hier ist die Schatulle.«

Lydia reichte Miss Wedgeworth ein Kästchen. Es war in weinroter Seide eingeschlagen. Die Marchesa sah Liliana fragend an.

»Es ist das Perlencollier. Ich hatte es wohl verlegt«, sagte Liliana.

»Ruth hat es gefunden«, sagte Miss Wedgeworth, »und brachte es dem Duke. Er bittet Sie inständig, es auf jeden Fall zur Trauung zu tragen. Es liegt ihm sehr viel daran.«

»Die gute Ruth! Ich möchte, dass es alle sehen.«

Liliana öffnete die Schatulle. Sie holte das Perlencollier heraus und hielt es in die Höhe. Die Perlen schimmerten fahl. Der Verschluss hatte die Form einer sich selbst verschlingenden Schlange. In der Mitte der Perlen aber hing ein Rubin, der alle Blicke auf sich zog. Er war dunkelrot wie geronnenes Blut.

Alle waren wie erstarrt. Als Liliana das Collier wieder in der Schatulle verschloss, ging ein Aufatmen durch den Raum.

»Das Kleid! Wo ist denn das Brautkleid?« Miss Wedgeworth ging zum Tisch und strich die Stoffe glatt. Sie hatte das Bedürfnis, etwas Vertrautes anzufassen.

Zwei Mädchen brachten einen rechteckigen Bastkorb herein und stellten ihn auf zwei Stühlen ab.

»Wir brauchen einen großen Spiegel.« Miss Wedgeworth hatte sich wieder gefasst. »Lady Monleirdon?«

»Drüben auf Monleirdon habe ich einen großen Spiegel. Der ist aber in die Wand eingelassen. Hier im Haus gibt es nur den Spiegel an der Tür meines Kleiderschranks. Man müsste die Tür aushängen. Genügt das?«

»Die Contessina muss beurteilen können, ob ihr das Kleid steht und sie sich darin gefällt.«

»Beth, hole zwei kräftige Männer! Darin hast du ja jetzt Übung.«

»Lady Monleirdon!«, sagte Floriana. Da Martha auf Monleirdon gebraucht wurde, hatte sie hier ihre Aufgabe als Haushälterin übernommen. »Wir müssen ein paar praktische Fragen klären. Wo werden unsere Gäste die Nacht verbringen? Nur auf Monleirdon ist genügend Platz. Hier müssten die jungen Damen auf dem Boden schlafen.«

»Wir werden heute Nacht mit größter Wahrscheinlichkeit überhaupt nicht schlafen.« Miss Wedgeworth betrachtete das Zimmer genauer. Es war ein riesiger Raum, an einem Ende lag die Küche, der Rest wurde beherrscht von einem breiten, langen Tisch mit Stühlen. An den Wänden lief eine Sitzbank entlang, Mittelpunkt war der Kaminofen mit seinen holländischen Fliesen. Regale waren gefüllt mit Geschirr, Vasen und Büchern. »Ein paar warme Decken genügen. Dann kann sich, wer gerade nicht gebraucht wird, etwas ausruhen. Es wäre nicht das erste Mal.«

Floriana nickte. »Darf ich die Damen zu einem herzhaften Mittagessen einladen? Es ist schon alles vorbereitet.«

Miss Wedgeworth zögerte.

»Ich bestehe darauf!« Floriana wurde energisch. »Wir sind jetzt für Sie verantwortlich. Kaffee und Tee sind schon heiß. Sie werden sehen, nach einem guten Essen geht die Arbeit noch einmal so schnell von Hand.«

Miss Wedgeworth nickte resigniert. Sie empfand Essen immer als etwas Lästiges, ein notwendiges Übel, das man nicht unbedingt öffentlich zelebrieren sollte.

Der hintere Teil des Tischs wurde leergeräumt, eine Tischdecke darübergelegt, Gedecke und Besteck aufgetragen und Servietten in Serviettenringen aus Silber. Vor jedes Gedeck legte Gina eine Rose. Als alle Platz genommen hatten, brachten Floriana und Gina die Schüsseln mit Kartoffeln, Salaten, Braten und die Terrinen mit Soße.

Dieser Geruch! Sogar Miss Wedgeworth musste sich eingestehen, dass ihr ein kleiner Imbiss nicht schaden konnte.

Beth kam mit zwei kräftigen Burschen.

»Guten Appetit, die Damen!«

Sie gingen in das obere Stockwerk hinauf. Nach einiger Zeit kamen sie mit der Spiegeltür zurück.

»Wo sollen wir sie abstellen, Lady Monleirdon?«

»Auf der Sitzbank neben dem Kamin!«

Die beiden jungen Männer stellten die Spiegeltür auf die Sitzbank und stellten eine kleine Kiste davor, damit sie nicht wegrutschen konnte.

»Pfarrer Fraggles besucht dich nicht. Der Duke scheint auch nicht den Weg hierher zu finden, sonst hätte er dein Collier persönlich gebracht.«

Rosemary sprach leise, damit nur Liliana sie hören konnte. Ihr wurde immer deutlicher bewusst, was es bedeutete, wenn zwei Menschen heiraten, zwischen denen es keine Liebe gab.

»Es bringt Unglück, wenn der Bräutigam die Braut vor der Hochzeit sieht«, sagte Liliana. »Das ist eine altbewährte Volksweisheit. Am sichersten ist es, wenn er sie noch nie zuvor gesehen hat. Daraus ergibt sich, dass es am allersichersten wäre, wenn er sie auch nach der Hochzeit nicht zu sehen bekommt.«

»So möchte ich nicht heiraten!«

»Ich auch nicht, Rosa Maria. Findest du nicht, Floriana hat sich wieder übertroffen? Der Braten ist ein Gedicht – und erst die feinabgeschmeckten Soßen!«

»Du nimmst mich nicht ernst!« Rosemary ging das alles sehr nahe. Immerzu stellte sie sich vor, sie wäre an Lilianas Stelle.

»Hör zu, Rosa Maria! Übermorgen werde ich die Duchess of Everweard. Das heißt, wir sind Nachbarn. Glaube ja nicht, ich würde nicht gut auf dich aufpassen! Du sollst diesen Dylan heiraten oder wen immer du auch gerade haben willst, dafür werde ich sorgen. Dir wird nicht dasselbe passieren wie mir.«

Rosemary musste lächeln. Liliana verstand es immer, ihr Mut zu geben. »Wenn du das sagst, dann kann ich nicht anders. Ich muss dir einfach glauben.«

Nach dem Essen standen alle erwartungsvoll um den Korb, in dem sich das Brautkleid befand. Davor stand ein Schemel. Auf ihm saß Miss Wedgeworth starr wie eine Statue und hielt die Hand vor die Augen.

Keiner sprach. Die Näherinnen und Schneiderinnen kannten das Ritual und wagten nicht zu atmen.

Schließlich zog sie die Hand vom Gesicht und faltete sie mit der anderen Hand wie zum Gebet. Sie legte das Kinn darauf, öffnete nach einer Weile die Augen und hauchte: »Lydia, das kann nicht gutgehen! Ich spüre es ganz deutlich, das Kleid passt nicht zur Contessina. Wir hätten es nie mitbringen sollen.«

Lydia kniete sich vor Miss Wedgeworth nieder. Sie ergriff ihre Hände und sprach ruhig, wie man zu einem Kind spricht.

»Miss Wedgeworth, du hast vollkommen recht. Wir konnten uns immer auf dein Einfühlungsvermögen verlassen. Aber, bedenke, die Contessina braucht uns. Nur wir können ihr helfen. Was hältst du davon? Die Contessina zieht das Kleid an und du lässt deinem schöpferischen Geist freien Lauf. Ich würde mich nicht wundern, wenn es dein Meisterwerk wird. Gerade die schwierigsten Herausforderungen hatten dich zu Hochleistungen angestachelt.«

»Danke, Lydia!« Miss Wedgeworth lächelte zaghaft. »Wenn du meinst ... Es wird nicht leicht.« Sie stand auf. »Meine Damen, machen wir uns ans Werk!«

Liliana betrachtete sich in der Spiegeltür. Nein, sie trug kein Brautkleid, das Kleid hatte ihr nur erlaubt, den Kopf herauszustrecken. Es war wie auf einem Jahrmarkt. In dem lebensgroßen Photo eines Bären war an der Stelle ein Loch, wo der Kopf des Tieres sein sollte. Der Jahrmarktbesucher steckte dort seinen Kopf hindurch. Der Photograph machte ein Photo. Darauf war ein Bär zu sehen mit dem Kopf eines Menschen. Lustig!

Das Kleid bestand aus weißer Seide und das gleich in unzähligen Schichten. Gepolsterte Schulterstücke, zartrosa Rüschen, Bänder, Borden und feine Rosenmuster aus Goldfäden überzogen das Kleid wie Moos und Schlingpflanzen einen Marmorengel in einer Familiengruft. Genauso beengend war es auch, denn in das Kleid war zweckmäßigerweise gleich das Korsett eingenäht. Als Liliana den Schleier auf den Kopf steckte, verschwand sie ganz und gar.

Keiner sagte ein Wort. Liliana drehte sich langsam herum und verfing sich prompt in der Schleppe. Gina konnte sie gerade noch auffangen.

»Es ist unmöglich, Lydia! Schau dir das an! Wo soll man da anfangen? Nein, nein, nein, da stimmt überhaupt nichts!«

»Wenn ich einen Vorschlag machen dürfte?«, sagte Liliana.

»Contessina, bilden Sie sich ein, etwas von Mode zu verstehen?«

»Ganz und gar nicht, verehrte Miss Wedgeworth. Mir gehen da nur ein paar Ideen durch den Kopf.«

»Hör dir doch an, was die Contessina zu sagen hat. Sie bringt vielleicht einen neuen Gesichtspunkt. Wir sind sicher zu befangen, das Kleid noch objektiv betrachten zu können.« Lydia nahm Liliana den Schleier vom Kopf und gab ihm eines der Mädchen.

»Na gut«, sagte Miss Wedgeworth, auf alles gefasst. »Contessina?«

»Also! Der Schnitt und die Verarbeitung der Materialien sind einfach meisterhaft. Selten habe ich so etwas Schönes gesehen. Ich bin zutiefst betrübt, dass ich nicht die Persönlichkeit besitze, dieses Kleid so zu beleben, wie es erforderlich ist.«

»Contessina, so dürfen Sie nicht denken! Ein Kleid soll die Figur und die Person der Trägerin hervorheben. Deshalb hatte ich mich so gewehrt, Ihnen ein Kleid anzubieten, das für eine andere Braut maßgeschneidert worden war.«

»Wie Sie sicher schon festgestellt haben«, fuhr Liliana fort, »bin ich eine eher unscheinbare Person, mehr eine Margerite als eine Orchidee. Deshalb meine Bitte: Denken Sie an eine schlichte Wiesenblume, die in einer einfachen schmucklosen Vase durchaus, wenn nicht schön, so doch anmutig wirken kann.«

Miss Wedgeworth sah Liliana überrascht an. Noch nie war ihr eine Frau begegnet, die nicht der festen Überzeugung war, die schönste und begehrenswerteste Frau der Welt zu sein, besonders wenn ein Mann sie gerade auserwählt hatte, der Mittelpunkt seines Lebens zu werden. Überhaupt, wie hatte sie die Contessina so falsch einschätzen können! Jetzt erst wurde ihr bewusst, welche sympathische Noblesse von dieser jungen Frau ausging.

»Contessina Liliana, Sie sind ja noch so jung. Trotzdem sind sie gescheiter als alle meine älteren Kunden. Sie, Contessina, wollen sich nicht verstellen, Sie wollen Sie selbst sein. Das ist eine ganz neue Herausforderung für mich.«

Liliana lächelte. »Ich vertraue Ihnen!«

Miss Wedgeworth war auf einmal voller Tatendrang. Sie ging um Liliana herum und betrachtete sie aus allen Blickwinkeln. Dabei murmelte sie vor sich hin. Zwischendrin setzte sie sich auf den Schemel und schloss die Augen, um im nächsten Moment wieder aufzuspringen und sich den einen Ärmel näher anzusehen oder den Saum des Rockes. Schließlich klatschte sie in die Hände.

»Meine Damen, hört alle her! Für die Contessina kommt nur ein neues Kleid in Frage. Hatte ich es doch geahnt! Das bedeutet, wir müssen die Nacht durcharbeiten.«

Sie nahm einen großen Zeichenblock und zeichnete die Umrisse eines Kleides. Während sie die Details ausfüllte, sagte sie:

»Wie Sie sehen, Contessina, wird es ein einfaches, elegantes Kleid, ohne hervorgehobene Schultern, ohne Rüschen, Borden, Fransen und sonstiges Beiwerk – und ohne Korsett. Es wird bodenlang und aus feinster weißer Seide, wie es sich für ein Brautkleid gebührt. Wenn ich mir einen Scherz erlauben darf? Bei jeder anderen Person sähe es wie ein Büßerhemd aus, bei Ihnen aber, wird es das Gewand einer Göttin, die über allen irdischen Tand erhaben ist. Keine Schleppe! Der Schleier wird nur angedeutet, er ist nur noch ein Haarschmuck. Ist das zu gewagt, Contessina?«

»Sie sind ein Genie, Miss Wedgeworth! Es ist Ihnen gelungen, das Gestalt werden zu lassen, was ich noch nicht einmal in Worte fassen konnte.«

»Man wird mich dafür steinigen!«

# Kapitel 15

»Vielleicht freut es Sie zu hören, der Duke scheut keine Kosten, Everweard Castle festlich schmücken zu lassen. Eine Wagenladung mit Möbeln, Vorhängen, Teppichen und was weiß ich noch allem löst die andere ab. Ständig kommen neue Gäste, die unterhalten werden wollen. Konzerte finden statt, Bälle, Zirkusaufführungen, Spiele im Freien und Darbietungen künstlerischer und weniger künstlerischer Art in verschiedenen Sälen gleichzeitig. Gestern traf endlich der Meisterkoch aus London mit seiner Truppe ein. Der Konsul ist der festen Überzeugung, – Sie erinnern sich an den Konsul? – es sei seine Aufgabe, Sie zu vertreten, Contessina Liliana. Die Hochzeit sei schließlich eine völkerverbindende Staatsaffäre. Die Überzahl der Engländer macht er mühelos wett, denn Theaterdonner ist seine Spezialität. Da ihn niemand ernst nimmt, richtet er nicht allzu viel Schaden an«, berichtete Dottore Scaltroni.

»Für Unterhaltung ist also gesorgt. Niemand würde es auffallen, wenn die Braut zur Hochzeit nicht erschiene. Da sie keine Kartentricks kennt und vom Fingerhakeln auch keine Ahnung hat, wäre sie nur lästig.«

»Die Briten müssten Sie eine ›Sophicated Lady‹ nennen, wenn sie in der Lage wären, wahren Humor von skurillen Scherzen zu unterscheiden.«

Liliana und Dottore Emiliano Scaltroni schlenderten gemächlich die Wiesen entlang. Gina folgte in gebührendem Abstand. Das Gras war noch feucht, war es doch noch früh am Morgen. Oben am Hügel grasten Schafe und Ziegen.

»Aber Dottore Scaltroni, seien Sie nicht zu streng! Jedes Volk hat seine ihm eigene Art, über die Derbheiten und Unwägbarkeiten des Lebens zu scherzen. Denken Sie nur an unsere Commedia del'Arte! Von anspruchsvoller Komik kann da bestimmt nicht die Rede sein.«

»Manchmal tut es auch gut, ungerecht zu sein. Im Augenblick muss ich damit klarkommen, dass ich Sie, Contessina Liliana, nicht vor Tod und Teufel schützen kann, so gern ich das auch täte. Bei Ihnen gelingt es mir zum ersten Mal nicht, die professionelle Distanz aufrecht zu erhalten, die für einen Juristen notwendig ist, um nicht emotional in einen Fall verstrickt zu werden. Besonders weil ich schon längst den Glauben an Gerechtigkeit verloren habe. Von Vertrauen in eine höhere Gerechtigkeit will ich erst gar nicht sprechen.«

»Ach, Dottore!«

»Contessina, Sie nennen mich Dottore. Leider kann ich das nicht mehr für Sie sein. Schicken Sie mich weg oder akzeptieren Sie mich als einen Freund, der Ihnen gern mit all seinem juristischen Wissen und seiner Erfahrung zur Verfügung steht. Nennen Sie mich Emiliano! ... Verzeihen Sie meine Kühnheit!«

Liliana blieb stehen. Sie nahm die schlanken Hände des Dottore in die ihren und sah ihm in die Augen. Dank ihrer erwachten Zauberkräfte – oder ihrer weiblichen Einfühlungsgabe? – wusste sie, was im Innern eines anderen Menschen vor sich ging, musste aber so tun, als wäre die der Gesellschaft gezeigte Seite seine einzig wahre.

»Wie könnte ich Sie abweisen! Aber bedenken Sie, Sie kennen mich nicht. Trotzdem wollen Sie mein Freund sein? Wenn Sie sich in mir täuschen und ich nichts weiter bin als eines dieser Mädchen, das nur ein einfaches, zufriedenes Leben führen möchte?«

»Darf ich Liliana zu Ihnen sagen?«

Liliana ließ seine Hände los.

»Es gibt da eine wichtige Klausel, Herr Jurist, die zu beachten ist. Es ist eine conditio sine qua non.«

»Welche unabdingbare Voraussetzung?«

»Sie dürfen sich nicht in mich verlieben!«

Er schloss kurz die Augen. »Ich verspreche es.«

»Wollen Sie auf dieser Lüge eine Freundschaft gründen?«

»Ja, ja, ja! Ich liebe Sie, das ist wahr. Ich liebe Sie, wie Sie sind, Contessina. Das heißt, ich möchte Sie nicht verändern. Ihre Persönlichkeit, Ihr Charakter ziehen mich an. Sehen Sie in mir Ihren Paladin, den Ritter, der Ihnen treu ergeben ist und für Sie in die Schlacht zieht.«

»Ein Freund genügt mir. Meine Schlachten fechte ich allein.« Liliana nahm wieder seine Hand. »Ich möchte nicht Ihre Gefühle verletzen. Auch ich liebe Sie, wie Sie sind. Unsere Beziehung kann nur eine Beziehung auf Distanz und gegenseitiger Wertschätzung sein. Vergessen wir, dass wir über Liebe gesprochen haben, dann können wir Freunde sein.«

»Wenn Sie nicht in mein Herz geschaut hätten, – womit ich hätte rechnen müssen, – dann hätten wir nur von Freundschaft gesprochen. Deshalb bitte ich Sie, lassen Sie mir mein Geheimnis. Wir wollen nie wieder darüber sprechen. Meine Liebe zu Ihnen hat die Gestalt der Freundschaft.«

»Sei mein Freund, Emiliano!«

»Liliana!« Er drehte ihre Hand um, die immer noch die seine hielt, und gab ihr einen Handkuss.

Stumm gingen sie weiter.

»Was kann ich für dich tun, Liliana?«

»Etwas geht mir nicht mehr aus dem Kopf, seit wir über die Verträge sprachen. Je mehr ich darüber nachdenke, desto wütender werde ich.«

»Es gibt da vieles, was mich wütend macht, im Grunde alles. Was regt dich besonders auf?«

»Dass mein Vater ungeschoren davonkommt, ja, dass er genauso weitermachen kann wie bisher.«

»Conte Adriano di Salamandra ist ein Sonntagskind. Nicht nur wird er für seine Verbrechen nicht bestraft, – er ist in allen Punkten der Anklage schuldig, das ist gewiss, – nein, er darf das arme Opferlamm spielen und sogar noch von seinen Opfern Genugtuung verlangen. Aber das wissen wir schon lange, es gibt keine Gerechtigkeit.«

»Es sei denn, wir schaffen sie.«

»Wie soll das geschehen?«

»Wenn ich den Duke nicht heirate, dann muss mein Vater im Gefängnis verfaulen.«

»Und deine Mutter, deine Schwestern ...?«

»Ich dachte, du zauberst eine Lösung, einen juristischen Kniff aus den Gesetzbüchern hervor.«

Emiliano lachte. Dann wurde er ernst.

»Es ist viel schlimmer, als du denkst, Liliana. Ich habe dir nämlich eine Kleinigkeit verschwiegen.« Emiliano zog einen Umschlag aus der Jackentasche. »Du weißt, die Originalverträge sind in Florenz. Hier ist der Teil des Vertrags, den du nicht kennst.«

»Muss ich den nicht unterschreiben?«

»Es ist ein Vertrag zwischen Conte Adriano di Salamandra und dem Duke of Everweard. Wenn man es genau nimmt, ist es ein Kaufvertrag. Der Conte verkauft seine jüngste Tochter dem Duke für bestimmte Papiere. Da diese Tochter minderjährig ist, kann er frei über sie verfügen. Ihre Zustimmung braucht er nicht. Ja, er kann sie sogar dazu zwingen, seinen Willen zu erfüllen. Um den Schein nach außen zu wahren, wurde alles getan, die freie Entscheidung der Tochter zu betonen. Notwendig ist sie nicht!«

»Kann ich eine Bedingung stellen, die meinen guten Willen auch weiterhin gewährleistet?«

»An was denkst du?«

»Mein Vater tritt die Verwaltung Salamandras an eine noch zu gründende Verwaltungsgesellschaft ab. Ich möchte verhindern, dass er weiterhin unkontrolliert seine dunklen Geschäfte betreiben kann.«

»Was bekommt dein Vater dafür? Er hat alle Trümpfe in der Hand.«

»Noch nicht! Erst wenn die Papiere an die Justiz übergeben wurden. Ich gebe ihm die Bestätigung, dass ich den Duke aus freiem Willen heirate.«

»Dein freier Wille ist ein Hirngespinst! Du bist bereits verkauft! Du bist im gesetzlichen Sinne völlig rechtlos – unmündig. Um es ganz unmissverständlich zu sagen, Frauen sind in unserer Gesellschaft nichts mehr als Sklavinnen. Du hast zu tun, was dir dein Vater befiehlt. Du wirst dem Folge zu leisten haben, was dein Ehegemahl von dir fordert. Was in den Liebesromanen steht, ist alles Lug und Trug. Das sind romantische Wahnvorstellungen. Frauen sind nichts! Sie sind dazu da, für Nachkommen zu sorgen – wie das Vieh!« Emiliano zitterte vor Zorn. »Lass dich nicht täuschen, ja, es gibt glückliche Familien, ja, es gibt Väter, die ihre Töchter lieben und alles für sie tun, ja, es gibt Männer, die ihre Frauen auf Händen tragen. Aber! Den wahren Kern einer Gesellschaft findest du in ihren Gesetzen. Und dort hat die Frau keine Rechte!«

»Welche Chancen haben wir Frauen?«

»Die einzige Frau, die über sich selbst bestimmen kann, ist eine Witwe. Und das auch nur, wenn sie durch das Testament ihres verstorbenen Gatten abgesichert ist oder eigenes Vermögen besitzt, über das sie uneingeschränkte Verfügungsgewalt hat.«

»Das ist ein düsteres Bild.«

Liliana legte die Hand auf Emilianos Arm. Langsam wurde er ruhiger. Ein innerer Friede kam über ihn. Es war so gut, in Lilianas Nähe zu sein!

»Das ist das ungeschminkte Gesicht unserer Gesellschaft in seiner ganzen Erbärmlichkeit. Aber natürlich sind Frauen keine einfältigen Kinder. Seit Beginn der Menschheit verstanden sie es, ihren Willen durchzusetzen. Und die Männer, sie lieben die Frauen. Sie lieben sie so sehr, dass sie Angst vor ihnen haben. Männer machen Gesetze, Verordnungen und Vorschriften. Doch Frauen sorgen dafür, dass trotz aller Gesetze das Leben lebenswert ist. Denn es gibt – das weiß ich erst, seit ich dich kenne, Liliana, – es gibt die Gesetze des Herzens, der Liebe, und die werden von Frauen geschrieben.«

»Du bist ein Poet, Emiliano. Ich bin stolz, dich zum Freund zu haben.«

Der Pfad führte nicht mehr weiter. Sie kehrten um und gingen den Weg zurück zum alten Haus. Gina blieb stehen, bis sie an ihr vorbei waren, dann folgte sie ihnen. Liliana hatte gelächelt.

»Was rätst du mir als Jurist und als Freund?«

»Als Jurist sage ich Ihnen Folgendes: Durch die Heirat entziehen Sie sich der Gewalt Ihres Vaters. Als Duchess nehmen sie eine hohe gesellschaftliche Position ein. Sie könnten Einfluss darauf nehmen, wie sich die Dinge auf Salamandra entwickeln. Ihr zukünftiger Gatte ist alt. Sie werden folglich noch in den Genuss einer Witwenschaft kommen. Als Freund sage ich dir: Diese bittere Pille musst du schlucken! Heirate den Duke und lebe so, wie du es möchtest. Dank deiner Großmutter bist du ja finanziell unabhängig. Wenn du es so willst, kannst du nach der Hochzeit ein freies Leben führen.«

»Was mir also bleibt, ist Freiheit aus zweiter Hand?«

»Juristisch gesehen hast du recht. In Wirklichkeit aber bist du der freieste Geist, den ich kenne. Diese Freiheit erlangen die wenigsten. Was das andere betrifft, weißt du, du kannst immer auf mich rechnen.«

»Danke, Emiliano!« Sie waren am Haus angekommen. »Dafür sollst du jetzt auch ein kräftiges Frühstück bekommen. Aber zuerst möchte ich dir meine geliebte Gina vorstellen.«

Liliana nahm Gina an der Hand.

»Das ist Gina Savantini! Sie hat im Augenblick die undankbare Aufgabe, vor der Welt meine Zofe spielen zu müssen. Das macht sie sehr gut. Nach der Hochzeit werden wir ihre wahre Identität nicht länger geheim halten.«

Gina hatte sich sehr verändert. Seit die Marchesa ihr mitgeteilt hatte, dass sie, das mittellose Waisenkind, schon lange Marchesina und Miterbin von Capirosso sei, war sie nicht nur innerlich zur Ruhe gekommen, dieses Selbstbewusstsein fand auch seinen Ausdruck in ihrer äußeren Erscheinung. Sie war jetzt die Schönheit, die sie nicht gewagt hatte zu sein.

Emiliano gab ihr die Hand.

»Signorina Savantini, ich habe der Contessina meine Freundschaft angeboten.«

»Und ich habe sie mit Freude angenommen«, sagte Liliana »Ich möchte aber hinzufügen, eine Freundschaft mit mir ist nur möglich, wenn sie Gina einschließt. Noch mehr! Ich möchte, dass du Gina genauso Freund und Berater sein wirst wie mir.«

»Ein Diener zweier Herren, warum nicht? Signorina Savantini, ich werde mich der Bitte der Contessina nicht verschließen. Nach der Hochzeit sollten wir uns die Zeit nehmen, uns näher kennenzulernen. Ist das auch Ihr Wunsch?«

Dottore Emiliano Scaltroni war ein schlanker, hochgewachsener Mann um die dreißig. Er wirkte vornehm und schüchtern zugleich. Die tiefe, warme Stimme und das freundliche Lächeln in seinen dunkelbraunen Augen zogen Gina in den Bann. Sie wagte nicht zu sprechen, so nickte sie nur kurz.

Lilianas neuer Freund Emiliano vergaß, Ginas Hand loszulassen. Auch er war in einen Raum eingetreten, der in diesem Augenblick die ganze Welt war.

»Contessina! Miss Wedgeworth ist völlig verzweifelt. Der linke Ärmel … Ohne Sie geht es nicht weiter!«, sagte ein aufgeregtes Hausmädchen.

»Danke, Suzanne! Ich bin ja jetzt da.«

Liliana folgte der jungen Schneiderin ins Haus. Emiliano und Gina bemerkten es nicht. Sie mussten all ihre Kräfte aufbieten, sich einander nicht wahrzunehmen.

* * *

Es war Abend. Das Brautkleid war fertig. Miss Wedgeworth, Lydia und ihr Tross waren nach Everweard Castle abgefahren. Sie hatten ihre Betriebsamkeit mitgenommen und eine Stille hinterlassen, der man noch nicht so recht vertraute.

Auf dem Bettpfosten saß Paglierino, seelenruhig, als wäre er nie weg gewesen.

»Du heißt jetzt Paglierina!«

Liliana saß im Schneidersitz auf dem Bett. Sie grübelte darüber nach, ob das wirklich einen so großen Unterschied ausmacht, Männchen – Weibchen. So ohne Weiteres und ohne Kenntnisse der anatomischen Beschaffenheit von Kanarienvögeln war das nicht zu erkennen.

*»Ich hätte genauer hinschauen sollen! Auf die Idee war ich nicht gekommen, das war Nebensache. Bei uns Menschen scheint es das wichtigste Unterscheidungsmerkmal überhaupt zu sein. ›Die guten ins Töpfchen, die schlechten ins Kröpfchen.‹ Wie konnte ich nur so einfältig sein!«*

»Kannst du nicht schlafen? Du warst doch so müde.«

Gina setzte sich auf und legte die Arme um Lilianas Hals. Sie berührte Lilianas Nase mit der ihren. Das hatten sie als Kinder gern gemacht, die Nasen aneinander gerieben wie die Eskimos.

»Du schläfst ja auch nicht.«

»Bei mir ist das etwas anderes«, sagte Gina. »Ich werde morgen nicht heiraten. Ich kann mir einen gemütlichen Tag machen, kann ausschlafen, mich in die Sonne legen oder etwas ausreiten.«

»Wir tauschen!«

»Wie soll das gehen?«

»Du ziehst das Brautkleid dieses unglücklichen Mädchens an. Unter dem riesigen Schleier wird dich niemand erkennen. Dem Duke ist nur wichtig, dass die Braut das Perlenkollier trägt. Daran erkennt er sie wieder. Das schenke ich dir zur Belohnung obendrein. Ist das kein gutes Geschäft? Ein Perlencollier mit Rubin, bestimmt ein Vermögen wert, dazu einen Duke mit Schloss, Ländereien und Kolonialbesitz gebe ich dir dafür, dass du mich morgen ausschlafen lässt. Knall die Tür nicht so zu, wenn du gehst!«

Gina biss in Lilianas Nase. Sie ließ sich auf die Bettdecke fallen und sah Liliana verlegen an.

»Was ist eigentlich ein Freund?«

»Amico oder Amante?«

»In das ganze Chaos, das wir durchmachen, bringst du jetzt noch einen Freund. Ich kann mir darunter nichts vorstellen. Es ist doch ein Mann!«

»Das ist dir auch schon aufgefallen?«

»Liliana, bitte! Ich meine es ernst.«

»Stimmt, einen Freund hatten wir noch nicht. Wir können also nicht auf unsere Erfahrung zurückgreifen. Das bedeutet, wir können die Frage nur analytisch behandeln. Lass mich nachdenken!«

»Wenn du mir jemanden als deinen Freund vorstellst, dann musst du doch wissen, was du damit meinst.«

»Lenk mich nicht ab! Das müssen wir ganz sachlich angehen. Eine Frage an dich, Gina. Bist du meine Freundin?«

»Nein!«

»Nein?«

»Nein!«

»Dann haben wir das geklärt.« Liliana gab Gina einen Kuss auf die Nase. »Zuneigung, Vertrauen und gegenseitige Wertschätzung sind die Merkmale der Freundschaft. Es kann sie nur zwischen freien Menschen geben, die den andern so schätzen, wie er ist. Es ist so etwas wie Liebe, aber doch nicht.«

»Das bedeutet?«

»Kannst du dir das nicht denken?«

»Du meinst, das findet alles im Kopf statt?«

»Du hast es erfasst.«

»Für was ist das dann gut?«

»Der Körper verdirbt alles. Er fordert, ist zufrieden oder enttäuscht, schaltet den Verstand aus und so weiter. Schrecklich, schrecklich, das würde keine Freundschaft aushalten! Da fällt mir ein, ich werde heute Nacht nicht hier sein.«

»Warum überrascht mich das nicht?«

»Weil du das auch so machen würdest?«

»Ich sage dir gleich, dieser Dottore und ich, wir werden nie Freunde.«

»Warum überrascht mich das nicht, cara Gina?«

Liliana legte den Kopf auf Ginas Brust. Paglierina thronte immer noch auf dem Bettpfosten und putzte ihr Gefieder.

»Ich würde sehr gern nicht an morgen denken, besonders nicht an morgen Nacht. Auf die ganze Welt könnte ich verzichten, wenn wir nur immer zusammen sein könnten.«

Gina streichelte Lilianas Kopf. Liliana sagte:

»Vor morgen gibt es noch heute Nacht!«

## Kapitel 16

Liliana fuhr hoch.

»Lady Barton! Sie kommt hierher. Es muss etwas passiert sein.«

Schnell zogen sie sich etwas über und liefen hinunter.

Die Marchesa, Elizabeth und Martha saßen neben dem Kaminofen und tranken Punsch. Sie blickten erstaunt auf, als Liliana schnurstracks auf die Tür zulief und sie öffnete.

»Lady Barton, was ist geschehen?«

»Contessina, Contessina, Sie müssen sofort fliehen! Schnell, bevor es zu spät ist!«

Lady Barton stürmte auf die Marchesa zu.

»Sophia, Ihr seid in höchster Lebensgefahr!«

Sie ließ sich erschöpft auf die Ofenbank sinken. Ihre Haare waren wild zerzaust, aus den Augen starrte die Erinnerung an das Schreckliche, das sie gesehen hatten. Zuerst zitterten die Hände, bald ihr ganzer Körper.

»Trink!« Die Marchesa flößte ihr ein Glas Punsch ein.

Lady Barton trank, ohne zu wissen, was sie tat. Liliana setzte sich neben sie und hielt ihre Hand. Sie streichelte sie beruhigend.

»Lady Barton, was ist geschehen? Kann ich Ihnen helfen?«

Verwundert sah sie Liliana an. Sie war doch gekommen, der Contessina zu helfen. Jetzt war es so, dass die Contessina ihr den Seelenfrieden zurückgab.

Rosemary kam die Treppe heruntergerannt.

»Draußen sind Soldaten! Sie haben das Haus umstellt.«

Elizabeth ging zur Tür und öffnete sie. Ein Reiter kam auf sie zu und hielt.

»Lady Monleirdon, meine Ehrerbietung! Colonel Harrison zu Ihren Diensten!«

»Colonel, Sie befinden sich auf meinem Land.«

»Ich bitte Sie, dies zu verzeihen. Wir werden sofort weiterziehen. Der Duke of Everweard hat uns gebeten, für den Schutz seiner Braut zu sorgen.«

»Die Contessina ist wohlauf und bei mir bestens aufgehoben.«

»Daran besteht kein Zweifel, Lady Monleirdon. Gewisse Ereignisse machen es notwendig, Vorsichtsmaßnahmen zu ergreifen. Es ist zu ihrer aller Schutz. Wir werden sie nicht weiter belästigen. Ich möchte Ihnen nur mitteilen, dass wir die Nacht Patrouillen reiten werden entlang den Grenzen von Everweard und Monleirdon.«

»Was ist denn passiert, Colonel?«

»Dazu darf ich Ihnen leider nichts sagen, Lady Monleirdon. Wir sorgen dafür, dass nichts geschieht.«

»Colonel Harrison, obwohl ich mir jetzt bestimmt die ganze Nacht Gedanken machen werde, bin ich beruhigt, dass Sie für unsere Sicherheit sorgen. Trotz allem wünsche ich Ihnen eine ereignislose Nacht!«

»Das hoffen wir alle, Lady Monleirdon. Ich wünsche den Damen eine gute Nacht!«

Er entfernte sich. Andere Reiter schlossen zu ihm auf. Die Truppe ritt den Wald hinauf in Richtung Monleirdon.

»Ich bin zu spät gekommen«, sagte Lady Barton. Jetzt flossen die Tränen, die sie in der Anspannung und der Angst nicht hatte weinen können.

Liliana streichelte ihre Hand. Sie schloss dabei die Augen.

Rosemary saß neben Gina und weinte ebenfalls, obwohl sie nicht wusste, warum. Sie fühlte, ihre kleine Welt war bedroht, die nach so vielen dunklen Jahren wieder Heimat geworden war.

»Ich würde ja gerne mitheulen, wenn ich wüsste, um was es geht.« Die Marchesa lief im Zimmer auf und auf. So wie man den Motor dieser neuen Automobile ankurbelte, so lud sie sich durch Gehen auf mit neuer Energie. »Maureen, fasse dich! Gerade in solchen Situationen muss man einen kühlen Kopf bewahren. Was ist geschehen?«

Lady Barton richtete sich auf.

»Ach, Contessina, es tut mir leid, ich konnte nicht früher da sein!«

»Lady Barton, vor was Sie mich auch immer warnen wollten, ich kann nicht gehen. In dieser Entscheidung bin ich nicht frei.«

»Das haben Sie mir schon einmal gesagt, so muss ich es Ihnen glauben. Ich erzähle Ihnen, was geschehen ist. Dann werden Sie Ihre Meinung ändern.«

Gina brachte ein Tablett mit Tassen und einer Kanne Tee, für die Marchesa und Liliana Gläser mit Wasser.

»Contessina Liliana, Sie haben meinen George gesehen, Lord Barton. Er ist ein alter Mann, der kaum noch gehen kann. Die zwei Jahrzehnte, die er älter ist als ich, die wurden erst bedeutsam, nachdem Nerissa von uns gegangen war. Mit ihrer Jugend, ihrer Lebensfreude erlosch auch das Feuer in seinem Herzen. Sie, Contessina, haben mir die Kraft gegeben, endgültig von ihr Abschied nehmen zu können. In mir war all diese Liebe, die ich ihr nicht mehr geben konnte. In George aber war das Gefühl der Ohnmacht, ja des Versagens, dass er sie nicht hatte schützen können. Verantwortung, Rechtschaffenheit, Ehre, das sind bei ihm keine leeren Worte, sie bedeuten ihm alles. Im Grunde seiner Seele war er immer der edle Ritter. Jetzt im hohen Alter ist er leider nur der Ritter von der traurigen Gestalt.«

Lady Barton drückte fest Lilianas Hand. Sie kämpfte wieder mit den Tränen.

»Die letzten Jahre beherrschte ihn nur ein Gedanke, Rache. Er war der festen Überzeugung, dass Nerissas Tod kein Unfall war. Als er Sie sah, Contessina, wusste er, er hatte recht. Die Ähnlichkeit zwischen Nerissa und Ihnen ist nicht zu übersehen. Er kam zu demselben Schluss wie Sie, nämlich dass niemand anders verantwortlich sein konnte als der Fürst.«

»Obwohl es dafür keine Beweise gibt.«

»Es gibt die Beweise des Herzens. George las Nerissas Tagebücher immer wieder. Sie war mit Begeisterung ins Internat gegangen. Neue Welten gab es dort zu entdecken und Mädchen in ihrem Alter kennenzulernen, mit denen sie schnell Freundschaft schloss. Das war neu für sie und aufregend. Sie war ja leider ein Einzelkind. Dann trat der Fürst in ihr Leben. Er verdarb sie, er machte aus ihr ein Wesen, das andere verachtet, ausnutzt und nur an den eigenen Vorteil denkt und an Vergnügen. Das war der eigentliche Mord an Nerissa. Sie kam zurück. Aber die Tochter, die wir über alles geliebt hatten, gab es nicht mehr. Sie brachte uns nur noch Kummer und Beschämung. Der Fürst spielte sein Spiel mit Nerissa. Wir waren machtlos. Das Spiel endete mit ihrem Tod. Für uns gab es nie einen Zweifel, wer die Verantwortung dafür trug. Aber es war noch nicht zu Ende. Der Fürst verhöhnte uns, indem er sich immer wieder bei uns einquartierte und Ehrerbietung und Gastfreundschaft forderte. Das letzte Fragezeichen wischte Ihr Besuch weg, Contessina. Seit der Fürst vor einigen Tagen bei uns einzog, ließ er uns noch etwas anderes spüren, nämlich seinen Triumph. Das war für George nicht mehr zu ertragen. Er zog seine strahlende Rüstung an und zog in den Kampf.«

Lady Barton stand auf und ging zum Fenster. Rosemary drückte sich an ihre Mutter. Sie konnte das Leid anderer Menschen nicht ertragen. In ihrer Phantasie sah sie alles vor sich und litt, als geschähe es ihr selbst. Nach einiger Zeit kehrte die Baroness zurück. Sie sah gefasst aus, so als habe sie eine Entscheidung getroffen.

»Sophia, Elizabeth, Martha ... ihr kennt das Leben, die Höhen und Tiefen, ihr wisst, was man erwarten kann und was nicht. Wir lassen uns so leicht nicht täuschen.«

Sie trank einen Schluck Tee. Ihre Kehle war trocken, als wollte sie verhindern, dass sie weitersprach.

»Unsere Bibliothek ist zweigeschössig. Eine Wendeltreppe führt auf eine Empore. Das Fenster ist immer geöffnet, wenn ich dort sitze und stricke. Unten sitzt George in dem Ohrensessel seines Großvaters, liest und raucht die Zigarren, die er nicht mehr verträgt. Es ist der Qualm, der mich vertreibt, aber doch möchte ich in seiner Nähe sein. Es geschah heute Nachmittag. Ich war eingenickt, wurde aber geweckt durch heftige Worte. Der Fürst saß unten bei meinem Mann. George stellte ihn zur Rede. Seine Stimme war klar und tragend. Er nannte den Fürst einen Mörder. Dieser lachte nur. George verlangte Genugtuung. Der Fürst erwiderte, er habe uns Nerissa geschenkt, deshalb habe er auch das Recht, sie uns wieder zu nehmen. Ich war wie versteinert. Schon längst hatte ich vergessen, dass ich Nerissa nicht selbst geboren habe, so sehr war sie zu meinem eigenen Fleisch und Blut geworden. Der Fürst stand auf. Mein Mann schlug die Decke zur Seite, die auf seinem Schoß lag, ergriff einen Revolver, den er dort versteckt hatte, und schoss auf den Fürst sechs gezielte Schüsse in die Brust. Er ist ein ausgezeichneter Schütze. Der Fürst brach zu Boden. George stand auf, nahm einen zweiten Revolver und schoss sechs Schüsse in den Kopf des Fürsten. Es war eine Hinrichtung.«

»Gut so!«, sagte die Marchesa.

»Ich lief nach unten. Überall war Blut, Blut, wohin ich auch schaute. Das Gesicht des Fürsten war nicht mehr zu erkennen. Das Gesinde kam herbeigeeilt. Ich ließ Edward holen, unseren Stallmeister. Ich überlegte, wie ich Spuren verwischen, eine Leiche verschwinden und George retten konnte. Georges Hände zitterten. Er murmelte immer wieder: ›Ich musste es tun!‹ Ich setzte mich zu ihm auf die Armlehne und streichelte seine Wange. Da sah ich etwas, was ich nicht glauben wollte. Das Blut auf der Brust des Fürsten wurde blasser. Auch das Blut in seinem Gesicht löste sich auf, sehr langsam zwar, aber sichtbar. Edward kam herein. Ich befahl ihm, sofort mit dem Baron wegzureiten. Er wusste wohin, es gibt einen Zufluchtsort, den außer uns niemand kennt. Aber George rührte sich nicht vom Fleck. Ich sagte ihm, der Fürst sei es nicht wert, dass er dafür an den Galgen käme. Umsonst! Edward musste ihn schließlich mit Gewalt hinausschaffen. Ich lief auf mein Zimmer, zog schnell meine Reitkleidung an und steckte die wichtigsten Papiere in eine Tasche. Bevor ich das Schloss verließ, warf ich noch einen Blick in die Bibliothek. Der Fürst zog sich gerade an einem Sessel hoch. Er sah mich nicht, denn er hatte keine Augen mehr. Aber ich konnte sehen, dass sein Gesicht zum Teil wiederhergestellt war. Der Fürst ist kein Mensch! Der Fürst, das ist der Teufel!«

Es war kalt in dem Raum. Die Frauen rückten zusammen, hielten sich an den Händen und schwiegen. Keine zweifelte an den Worten Lady Bartons.

»Wie konnte der Duke so schnell davon erfahren?« Elizabeth dachte an die Soldaten, die irgendwo da draußen waren und jede Flucht unmöglich machten.

»Ach was, der Duke!«, sagte Lady Barton. »Es kann nur der Fürst selbst gewesen sein, der seine Truppen ausschickte, George zu fassen – und mich. Der Duke ist nur eine Schachfigur.«

»Wir müssen dich verstecken«, sagte Elizabeth.

»Ich muss zu George. Welche Rechtfertigung er sich auch immer gibt, er wird mit dieser Tat nicht fertig werden. Er glaubt, einen Mord begangen zu haben, einen Mord aus niederen Motiven, wie das Gesetz sagt, nämlich aus Rache. Ich habe Nerissa verloren, ich möchte nicht George auch noch verlieren.«

»Wird er dir glauben?«

»Nein! Aber ich werde bei ihm sein.«

»Was willst du machen? Du kannst jetzt unmöglich gehen.«

»Ich muss es versuchen. Diese Gegend kenne ich besser als Colonel Harrison und seine Männer.«

»In welche Richtung müssen Sie reiten, Lady Barton?« Liliana hatte bisher geschwiegen.

»Wenn ich erst einmal über Monleirdon hinaus bin, droht keine

Gefahr mehr. Contessina Liliana, ich bitte Sie noch einmal inständig: Fliehen Sie!«

Liliana stand auf.

»Großmutter, ich muss mit dir reden. Lady Barton, unternehmen Sie nichts, bis ich wieder zurück bin! Gina?«

Die Marchesa, Liliana und Gina gingen nach oben.

»Salvatore hat also recht. Es gibt keinen Zweifel mehr. Der Fürst ist der Auserwählte der Götter. Er ist unsterblich.«

»Und du bist das Opfer, das morgen Nacht geschlachtet werden soll!« Um ihre Erregung nicht zu zeigen, ging Gina zum Fenster. »Ich kann von hier aus die Soldaten sehen. Lady Barton schafft es unmöglich nach Monleirdon. Dort werden noch mehr Soldaten auf sie warten.«

»Dann muss sie eben hierbleiben.« Die Marchesa war auch ans Fenster getreten. »Außerdem ist Vollmond, man kann jede Bewegung erkennen.«

»Ich werde Sie sicher auf die andere Seite bringen.«

»Liliana, was ist das wieder für eine Narretei? Hast du jetzt den Verstand verloren?«

Liliana legte einen Arm um Großmutter, den anderen um Gina.

»Habt ihr vergessen, dass ich eine Zauberin bin?«

»Eine unerprobte Anfängerin!« Die Marchesa hatte Angst. Im Geheimen hatte sie immer noch gehofft, die Geschichte um ein Portal, um Götter und Liliana als Menschenopfer entpuppe sich als Hirngespinst. Das konnte sie jetzt nicht mehr. Sie musste dagegen ankämpfen, nicht in Panik zu geraten. Ihre Aufgabe war es doch, den Kindern das Gefühl zu geben, es könne alles gut ausgehen – auch wenn sie selbst daran zweifelte.

»Magali ist mit ihm fertig geworden«, sagte Liliana.

»Das ist eine Legende.«

»Ich weiß – und wir sind keine Kinder mehr. Wir sollen nicht mehr glauben an den Weihnachtsmann, an das Christkind, an Engel und Feen, aber an das Böse und den Teufel, daran sollen wir glauben.« Liliana legte den Kopf an Großmutters Schulter. »Es sieht so aus, als hätte ich keine Wahl. Das ist aber nicht wahr. Ich habe meine Wahl getroffen. Ich werde die Herausforderung annehmen und werde die

Pläne dieser ach so schlauen Übermenschen zunichte machen. Es kann sein, dass es mir nicht gelingt, aber ich werde es versuchen.«

»Wenn du tot bist, hast du auch nichts davon.«

»Du vergisst, wenn ich tot bin, ist das Portal geöffnet. Was dann geschehen wird, möchte ich mir nicht in meinen schlimmsten Albträumen ausmalen.«

»Liliana, Liliana, das haben wir alles deinem Vater zu verdanken. Ich werde ihn mit meinen eigenen Händen in Stücke zerreißen!«

»Ich helfe dir dabei!« Gina dachte, sie wollte auf alles verzichten, auf den Titel Marchesina, auf Capirosso, auf alles, was es auf der Welt gab, wenn ihr nur Liliana erhalten bliebe.

»Ich habe Gina bereits gesagt, ich habe nicht die Absicht, die heutige Nacht hier zu verbringen.«

Die Marchesa verstand sofort.

»Du hast einen Vertrag unterschrieben – und ich auch.«

»Papier! würde dein Freund, der Admiral sagen.« Liliana musste an Emiliano denken. Das Recht war für ihn eine Religion, Gesetze die Heilige Schrift und Verträge hatten nur Gültigkeit, wenn ein Hohepriester der Göttin Justitia sein Siegel darunter drückte. »Noch nie etwas von einem Polterabend gehört? Vor der Hochzeit nimmt die Braut ausgelassen Abschied von ihrem Junggesellinnendasein. Es ist ein alter Brauch, auf den ich auf keinen Fall verzichten möchte.«

»Mir ist nicht ganz klar, wie du ohne Poltern nach Monleirdon kommen willst.«

»Niemand wird uns sehen. Der Fürst ist angeschlagen. Er braucht alle seine Kräfte, um den alten Zustand wiederherzustellen. Deshalb kann ich es riskieren, ein wenig Magie anzuwenden.«

Gina stieß die beiden Fensterflügel auf, um Luft hereinzulassen. Ein kleiner, gelber Vogel landete auf Lilianas Schulter, dann flog er hinaus in die Nacht.

»Jetzt hält sie sich noch für eine Eule!« Die Marchesa schüttelte den Kopf. »Liliana, ich kann dich nicht von deinem gefährlichen Leichtsinn zurückhalten. Du kannst dir denken, dass wir uns Sorgen machen. Gina und ich, wir lieben dich doch! Deshalb möchte ich dir etwas mit aller Deutlichkeit sagen. Was immer auch auf dich zukommen wird, wir sind fest davon überzeugt, dass du es schaffen wirst.«

»Ohne euch beide hätte ich schon längst aufgegeben.«

Liliana trug Hosen und Hemd, darüber ein dunkles Cape.

»Wo ist ihr Pferd, Lady Barton?«

»Sindbad ist oben in der Nähe der Koppel. Wenn ich pfeife, kommt er sofort.«

»Ist er bereit, zwei Reiter zu tragen?«

»Aber ja doch! Außerdem wiegen Sie kaum etwas, Contessina. Ich freue mich, dass Sie sich doch entschlossen haben, meinem Rat zu folgen.«

»Ich werde Sie nach Monleirdon begleiten, nicht weiter. Rosa Maria, ich habe eine Bitte an dich. Wenn der Morgen anbricht, schick mir Blizzard! Du brauchst ihm nur einen Klaps auf das Hinterteil zu geben und ihn freizulassen. Er findet mich, wo immer ich auch sein werde.«

»Ist das der Abschied? Sehen wir uns nie wieder?«

Rosemary umklammerte Liliana. Wie hatte sie die Contessina gehasst, als sie, – wie lange ist das eigentlich her? – nach Monleirdon kam! So viel war seither geschehen. Ihr geliebter Bruder war zurückgekehrt, der Vater, der sie nicht beachtet hatte, war gestorben, Mutter hatte sich in eine bewundernswerte Frau verwandelt, sie waren aus dem verhassten Haus ausgezogen und schmerzlich schöne Gefühle für Dylan waren in ihr erwacht. Aber all das, davon war sie fest überzeugt, wäre nie geschehen, wenn Liliana sie nicht damals aus ihrem dunklen Zimmer in die sonnige Welt hinausgeführt hätte. Sie hatte Angst, alles werde wie ein Kartenhaus zusammenfallen, wenn Liliana nicht mehr da ist.

»Cara Rosa Maria!« flüsterte ihr Liliana zu. »Ich komme doch wieder! Du weißt doch, wir werden Nachbarinnen.«

»Und der Fürst?«

»Wir wissen jetzt, mit wem wir es zu tun haben.«

»Du wirst nicht fliehen?«

»Wir werden uns morgen wiedersehen.«

Rosemary ließ Liliana los und sagte laut:

»Ich werde dir sofort bei Tagesanbruch Blizzard schicken.«

Gina stand am Fenster. »Ich sehe niemanden. Es ist aber anzunehmen, dass das Haus bewacht wird. Gibt es einen geheimen Ausgang, Lady Monleirdon?«

»Ja!« Elizabeth öffnete eine Klappe, die im Boden eingelassen war.

»Hier geht es in den Keller. Ein unterirdischer Gang führt zu einer Hecke, dort wo Ihre Schafe weiden, Contessina. Martha zeigt euch den Weg. Grüß mir deinen Mann, Maureen!«

Martha zündete eine Lampe an und führte Lady Barton und Liliana durch den Keller. Sie schob einen alten Küchenschrank zur Seite. Dahinter lag der geheime Gang ins Freie. Martha gab Liliana die Lampe.

»Viel Glück, ihr beiden!«

Sie traten durch die Hecke ins Freie. Der Mond schien hell, die Umrisse der Bäume und Felsen waren deutlich zu erkennen. Lady Barton stieß einen kurzen Pfiff aus. Kurze Zeit später kam ein schwarzes Pferd über den Hügel herunter getrabt.

»Gut gemacht, Sindbad ! Wir haben einen Gast.«

Lady Barton hielt die Zügel und streichelte Sindbads Hals, während Liliana aufstieg. Dann sprang auch sie in den Sattel.

Sie hielten sich von den Pfaden und Wegen fern und ritten durch hohes Gras und schließlich durch das Unterholz des Waldes.

Kaum hatten sie die Lichtung vor Monleirdon erreicht, stürmte ein Trupp Soldaten direkt auf sie zu.

Lady Barton hätte beinahe vor Schreck aufgeschrien, wenn ihr nicht Liliana eine Hand über den Mund gelegt hätte.

»Pst!«

Die Soldaten ritten auf sie zu – ganz dicht an ihnen vorbei – und verschwanden im Wald.

»Wie ist das möglich? Sie müssen uns doch gesehen haben!«

»Das Glück ist auf unserer Seite.«

Liliana war erleichtert. Es hatte funktioniert.

»Ich werde Sie hier verlassen, Lady Barton. Reiten Sie den Waldrand entlang, dann wird Sie niemand sehen. Geben Sie Ihrem Mann einen Kuss von mir!«

»Kommen Sie mit mir! Ich flehe Sie an!«

»Ich kann nicht.« Liliana stieg ab. »Leben Sie wohl, Lady Barton!«

»Möge Ihnen der Himmel beistehen, Contessina Liliana!«

## Kapitel 17

Monleirdon

Salvatore stand am Fenster. Er erschrak, als Liliana unerwartet das Zimmer betrat.

»Was tust du hier? Da draußen wimmelt es von Soldaten!« Er eilte auf sie zu und drückte sie an sich. »Ich könnte nicht ertragen, wenn dir etwas passiert.«

Liliana schob ihn weg.

»Dann ist es besser, wenn ich gleich wieder gehe, Maître.«

»Ich werde dich die Nacht über hier verstecken müssen.«

»Damit mir heute kein Leid geschieht, sondern erst morgen?«

Salvatore nahm ihr das Cape ab und legte es über die Stuhllehne. Liliana löschte die kleine Lampe auf dem Tisch. Jetzt fiel nur der Mondschein in das Zimmer.

»Warum hast du dir ausgerechnet diese Zimmer ausgesucht?«

»Es waren die einzigen Räume, in denen ich mich wohlfühle.«

»Schwebt der goldene Amor immer noch an seiner weinroten Kordel?«

»Es war dein Zimmer!«

»Ja, mein Liebster. Solch ein Amor ist doch ziemlich lästig, wenn es kein geeignetes Opfer für seine Pfeile gibt.«

»Mich hat er schon längst ins Herz getroffen.«

»Ach? Lass mich in deine Augen schauen!« Sie legte die Hände auf beide Seiten seines Kopfes. »Ich lese: Doralice, Josephine, Magda, Abigail, Isabella, Afroditi, Gretchen, Mina, Anastasia, Brunella, Leonore, Gabriella und Gabrielle, Hilde, Carmencita, Dolores, Veronica ... Soll ich fortfahren? ... und Florence!«

Er zog ihren Kopf heran. Ihre Lippen berührten sich. Sie ließ los und setzte sich ans Fenster.

»Müssen wir darüber sprechen?« Salvatore legte eine Hand auf ihre Schulter und gab ihr einen Kuss aufs Haar.

»Natürlich nicht! Wenn du nicht über Liebe sprechen möchtest ...«

Er setzte sich in den Sessel gegenüber. Ihre Knie berührten sich. Salvatores Gesicht war blass. Lag das am Mondschein? In den dunkelbraunen Augen glitzerten kleine helle Flecken wie Sternenstaub.

»Über Liebe möchte ich schon sprechen, aber nur über meine Liebe zu dir.«

»Ich kann da nicht mitreden, Maître Brava. Mit der Liebe habe ich so gar keine Erfahrung. Es wird viel davon gesprochen. Wenn man aber näher hinschaut, handelt es sich um die Abfolge gymnastischer Übungen, wobei der jeweilige Partner von keiner besonderen Bedeutung zu sein scheint, sonst wäre er nicht ohne Weiteres austauschbar.«

»Das ist nicht Liebe. Was du nur für Vorstellungen hast! Liebe ist etwas anderes.«

»Aber gerade diese körperlichen Aktivitäten beschäftigen meine Phantasie. Ich kann mir darunter nichts Genaues vorstellen. Es sei denn, es handelt sich um die Dinge, die man auf einem Bauernhof täglich sieht. Sie werden doch nicht mit Ernst sagen wollen, verehrter Maître, dass es genau das ist, um das so viel Aufhebens gemacht wird?«

»Liebe ist so viel mehr.«

»Sie sind Experte? Dann muss ich ja dankbar sein, dass ich mich ausgerechnet in einen in Liebesdingen so außerordentlich erfahrenen, jungalten Mann verliebt habe.«

»Ach, Liliana!«

»Du willst mich in Unwissenheit lassen?«

»Nein ... Ich kann das schlecht erklären ...«

»Ich sehe, Reflexion gehört nicht zu deinen Stärken. Du bist eben ein Mann der Tat. Deshalb mein Vorschlag: Wenn du mich in die Praxis einführtest, könnte ich versuchen, das Mysterium Liebe analytisch zu durchdringen. Selbstverständlich nur, wenn es dir keine größeren Umstände bereitet.«

»Machst du dich lustig über mich?«

»Das ist durchaus mein Ernst. Wäre ich sonst in finsterer Nacht, verfolgt von mordgierigen Gesellen, begleitet vom Heulen der Wölfe hierhergekommen?«

»Ach, Liliana!«

»Das hast du schon einmal gesagt.«

»Ich liebe dich, Liliana!«

»Ich liebe dich, Salvatore!«

»Morgen ...«

»Von morgen reden wir morgen.«

Salvatore reichte ihr die Hände. Sie ergriff sie und hielt sie fest. Ihre Handflächen berührten sich wie Lippen zum Kuss. Eine Träne lief ihr die Wange hinunter. Sie glitzerte im Licht des Mondes wie ein silberner Faden.

»Du weinst?«

»Um glücklich sein zu können, muss ich alles andere vergessen, die Welt da draußen und vor allem die Zeit. Die Zeit ist gefräßig. Sie gönnt mir das bisschen Glück nicht. Ich möchte Ewigkeit, wo es nur den Augenblick gibt.«

»Sollen wir uns den Amor einmal näher ansehen?«

»Meinst du, das hilft?«

Salvatore stand auf, ohne ihre Hände loszulassen. Er zog sie hoch. Wieder standen sie Mund an Mund. Die Lippen berührten sich. War es sein Herz, das so laut schlug oder war es ihres?

Liliana legte den Kopf auf seine Schulter. Er ließ ihre Hände los und umfasste ihre Taille. Wie schmal sie ist, wie kostbar! Er wagte nicht, sie fest an sich heranzuziehen, so ließ er die Hände ruhen auf ihrem Rücken, wie man einen Säugling hält aus Angst, man könnte ihm wehtun oder ihn fallen lassen.

»Du hast mir einen Amor versprochen«, sagte Liliana.

»Komm!«

Er nahm ihre Hand und führte sie in das Zimmer mit dem großen Bett. Der Amor schwebte darüber mit gezücktem Pfeil.

»Was ist das für ein unnützer Amor, zu dem man die Pärchen bringen muss!«, sagte Liliana.

»Es gibt Liebespaare, die sind einander vorherbestimmt seit Beginn der Zeiten. Sie finden sich auch ohne sein Zutun.«

»Hänge ihn ab, wir brauchen ihn nicht!«

Salvatore zog die Schuhe aus. Er stieg auf das Bett und holte den Amor herunter.

»Wohin mit ihm? Meinst du nicht, dass ihn andere noch brauchen?«

»Willst du Liebesfallen aufstellen?«

Salvatore trug den Amor in den Nebenraum.

Liliana zog die Schuhe aus, dann setzte sie sich im Lotussitz auf das Bett. Salvatore kam zurück und wollte auf das Bett springen.

»Halt! Hast du die Türen verschlossen?«

»Wer sollte uns stören?«

»Ich weiß nicht. Helmi, Beth, Ann, Suzanne …«

»Liliana!« Er ging von Tür zu Tür und schloss jede laut hörbar ab. »Soll ich noch einen Stuhl davorstellen? Nur so aus Sicherheit?«

»Das überlasse ich dir. Du bist mit dem örtlichen Aufkommen von Weiblichkeit vertraut.«

Salvatore stellte Sessel schräg mit den Lehnen gegen die Türklinken. Er kehrte zum Bett zurück und blieb davorstehen. »Das Fenster? Es könnte jemand einsteigen …« sagte er mit einem Grinsen.

»Das Fenster bleibt offen! Einen Fluchtweg brauche ich.«

»Flucht vor wem?«

»Wenn du nicht zu viele Wellen machst, kannst du jetzt zu mir ins Boot steigen.«

Salvatore legte sich mit dem Rücken auf das Bett. Er schaute hinauf in Lilianas Gesicht.

»Wer ist der Kapitän?«

»Mein Großvater war Admiral.« Sie war ernst und konzentriert. »Ich übertrage dir hiermit die Befehlsgewalt über dieses Schiff. Bedenke aber, dass du dich letztendlich mir, der hohen Admiralität, gegenüber zu verantworten hast, Capitano!«

»Solange wir auf dem Schiff sind, – wie heißt es eigentlich? – habe ich das Sagen. Ist das klar?«

»Das Schiff heißt schlicht Amore. Ich stelle mir aber bereits die Frage, was habe ich mir nur damit eingebrockt? Vielleicht sollte ich schon vor der Abfahrt an Meuterei denken.«

»Zu spät! Die Planken sind eingeholt. Wir haben den Hafen verlassen. Die Luft ist klar, fast windstill. Doch halt, was geschieht? Es kommt Fahrtwind auf. Wir werden hinaus auf die offene See getrieben. Auf, Matrose, Segel hissen!«

Liliana zog die Augenbrauen hoch.

»Segel hissen?«

Salvatore setzte sich auf. Er nahm Lilianas Hände.

»Meinst du nicht, wir sollten uns ausziehen?«

»Ich weiß nicht …? Dein Hemd mit dem steifen Kragen, der sich so anhänglich an deinen Hals schmiegt, die elegante Hose aus feingeripptem Cord, der Ledergürtel mit der prunkvollen Schnalle in Form eines Löwenkopfes, das gefällt mir sehr gut. Wenn ich mir es recht überlege, hatte ich mich in deine Kleidung verliebt. Als du im Gare du Nord unser Abteil betratest, trugst du diese vornehme Reisetracht. Da war es um mich geschehen.«

»Du müsstest erst einmal sehen, was ich darunter trage!«

»Meinst du wirklich? Es ist aber ungerecht. Wie du siehst, habe ich nicht gerade meine schönsten Kleider an. Es lohnt sich gar nicht, diese Sachen auszuziehen.«

Sie verschränkte beide Arme vor dem Oberkörper, als wollte sie den Blick auf ihren Busen verhindern.

Salvatore zog sein Hemd aus. Darunter trug er ein Unterhemd mit kurzen Ärmeln und einer Knopfleiste. Die Knöpfe waren aus Perlmutt, der obere war zerbrochen.

»Das ist keine Verbesserung!«

Beide zogen sich aus.

»Capitano ...«

»Pst, lass mich dich anschauen!«

Ihre Haut war blass und weiß wie Elfenbein, der Busen klein, schüchtern, der Körper zierlich, von innerer Majestät. Die Augen, groß und schwarz, er war hilflos, er fiel in sie hinein und die Welt hörte auf zu sein.

Liliana hielt Salvatore in den Armen. Seine Tränen liefen ihren Busen hinunter. Ist das Liebe, dass man nicht mehr Herr seiner selbst ist? Sie fühlte die Wonnen und den Schmerz, die seinen Körper durchliefen. Habe ich das angerichtet? Seine Haut auf der ihren zu spüren, war ein wunderbares Gefühl. Sie spürte keine Erregung, sie spürte Frieden, ein Zuhausesein.

Langsam wurde er ruhiger. Er richtete sich auf.

»Ich habe mich so nach dir gesehnt, meine Liebste!«

Sie legte sich auf den Rücken. Er öffnete ihre Beine, öffnete ihre Scham und sie wurden eins.

Sie waren eins für einen Augenblick, einen winzigen Augenblick der Ewigkeit, die uns verwehrt bleibt. Ein Bund wurde geschlossen, mit Blut besiegelt. Aber es war nur ihr Blut, nicht seines. Konnte ein solcher Bund Gültigkeit haben?

Der Orkan legte sich, die Wellen wurden sanfter und schliefen ein. Aber es war kein Schlaf – eher ein Dahintreiben in einer Welt ohne Konturen, bis die Seele den eigenen Körper wiedergefunden hatte und das Verlangen erwachte, sich wieder zu verlieren in dem Anderen.

Aber der Andere ist ein Lügner und ich auch, dachte Liliana.

Salvatore spürte, Liliana war wach – und entfernte sich von ihm.

»Liebste!«

»Liebster!«

Er setzte sich auf. Liliana legte den Kopf auf seine Brust.

»Hat dein analytischer Verstand jetzt erfasst, was Liebe ist?«, fragte Salvatore.

Ach, wie überzeugt er von sich war!

Als sie schwieg, wurde er unsicher. Er streichelte ihr Haar, die Wangen, legte die Hand auf ihre Brust. Sie schmiegte sich enger an ihn. Es war doch alles gut. Oder nicht?

»Es war wohl das, was Mann und Frau zusammentun.«

»Du willst mehr, Liliana? Wie sollte das geschehen?«

»Wenn wir uns nicht mehr belügen!«

Er erschrak. Hatte er sich verraten? Wie war das möglich?

»Liliana ...«

»Sag nichts! Ich liebe dich und ich weiß, du liebst mich. Aber du bist nicht Du und ich bin nicht Ich. Wir spielen uns vor, wir wären, wer wir einmal waren.«

»Liliana ...«

»Mehr können wir jetzt nicht erwarten.«

»Ach, Liliana!«

Sie küsste ihn auf den Mund. Er ließ sie nicht mehr los. Bald waren sie wieder dort, wo sich die Körper vereinen und die Seelen leiden, weil sie nicht zueinanderfinden können.

Das erste, schwache Tageslicht fiel auf das Bett, in dem die beiden eng umschlungen lagen.

Vögel zwitscherten.

Ein Pferd wieherte.

Liliana fuhr hoch. Sie rüttelte Salvatore wach.

»Ich muss gehen.«

»Geh nicht!«

Sie sprang aus dem Bett und zog sich an.

»Bist du wach?«

Salvatore stand auf und schlüpfte noch schlaftrunken in seine Kleider.

»Gestern ist etwas geschehen. Hör zu! Lord Barton hat den Fürsten erschossen und das zwölf Mal.«

Salvatore wurde hellwach. Gab es wider Erwarten eine Hoffnung?

»Seine Brust wurde zerfetzt, die Hälfte seines Kopfes weggeblasen. Trotzdem ist er nicht tot, sein Körper heilte sich selbst.«

»Er ist unsterblich!«, sagte Salvatore tonlos.

»Alles, was du herausgefunden hast, ist die Wahrheit. Das heißt, ich soll heute Nacht sterben.«

»Die Soldaten?«

»Sie sollen mich an der Flucht hindern. Aber ich hatte nie die Absicht zu fliehen. Ich werde kämpfen!«

»Gegen Unsterbliche, gegen Götter?«

»Es kann gegen solche Gegner keinen Kriegsplan geben. Ich vertraue darauf, dass mir im entscheidenden Augenblick das Unerwartete einfällt.«

»Wenn nicht?«

»Dann werde ich im Kampf untergehen und nicht vor Angst zittern wie ein Opferlamm.«

Salvatore umarmte Liliana. Sie küssten sich.

»Leb wohl, Liebste! Wir sehen uns wieder!«

»Leb wohl, Liebster!«

## Kapitel 18

Monleirdon, das alte Haus

Liliana öffnete die Klapptür, die vom Keller in die Wohnküche des alten Hauses führte. Es war noch sehr früh am Morgen, niemand war auf. Sie stieg leise die Treppe hinauf und öffnete vorsichtig die Tür, um Gina nicht zu wecken.

Gina war wach. Sie sah aus, als habe sie nicht geschlafen. Ihre Augen waren verweint, die Haare zerzaust. Sie saß in sich zusammengesunken auf einem Stuhl vor dem Bett, sprang aber sofort auf, als Liliana das Zimmer betrat.

»Da bist du ja!«

Liliana ging auf sie zu und wollte sie in die Arme nehmen. Gina stieß sie von sich.

»Bleib mir vom Leib! Wir müssen reden!«

Die Marchesa kam ins Zimmer.

»Gut, dass ihr schon wach seid! Wir haben noch viel zu tun bis zur Trauung um zwölf.«

»Mutter«, sagte Gina laut und entschieden, »ich schließe die Tür hinter dir ab. Es kommt hier niemand rein oder raus, bevor ich nicht mit deiner Enkelin ein ernstes Wort gesprochen habe!«

Die Marchesa umarmte Liliana kurz, dann ging sie zur Tür.

»Um was geht es, Tochter?«

»Um die Hochzeit!«

»Ja, ja, tu das!«

Gina drehte den Schlüssel zweimal herum. Sie zog ihn aus dem Schloss und legte ihn in eine Schublade der Waschkommode.

»Gina ...« Liliana wollte Gina umarmen.

Sie wurde aber wieder weggeschoben. Mit einem Seufzer setzte sie sich auf das Bett. Gina stand vor ihr, die Stirn in Falten.

»Ich hatte heute Nacht viel Zeit, über alles nachzudenken. Wenn du bei mir bist, glaube ich tatsächlich, die Welt wäre in Ordnung. Ich konnte nicht schlafen und wälzte mich unruhig im Bett hin und her. Dabei ging mir plötzlich auf, dass gar nichts in Ordnung ist. Ich könnte nur noch schreien, wenn ich daran denke!«

»Aber, Gina ...«

»Nichts aber! Ich liebe dich so sehr, dass ich alles tun werde, damit dir nichts geschieht. Ich liebe dich so sehr, dass ich sogar in Kauf nehme, dass du mich hassen wirst!«

Gina lief auf und ab. Sie war gereizt und voller Anspannung, wie Liliana es nur von Großmutter kannte, wenn sie ihre Wut auflud. Es war dann jeder Versuch völlig zwecklos, sie beruhigen zu wollen. Wer wollte auch einen Vulkan daran hindern auszubrechen? So schwieg sie.

»Du sagst nichts? Was nicht in deine rosarote Welt passt, das nimmst du nicht zur Kenntnis. Das ist ja so einfach. Dass ich dabei vor die Hunde gehe, ist dir vollkommen gleichgültig. Werde endlich erwachsen und schau den Tatsachen ins Gesicht!«

»Welchen Tatsachen?«

»Dass man dich umbringen will! Will denn das nicht in deinen Kopf hinein? Man will dich abschlachten, dir den Bauch aufschlitzen, den Schädel zertrümmern, dich foltern, quälen, in kleine Stücke zerhacken ... was weiß ich! Die Methoden sind vielfältig, das Ergebnis dasselbe: Du wirst sterben!«

Liliana wollte Gina die Hand reichen. Sie beachtete sie nicht.

»Einen Ritualmord nennt man das, der Begriff ist mir wieder eingefallen. Ich hatte viel Zeit, mir in allen Einzelheiten vorzustellen, wie das zarte, leichtgläubige und offensichtlich geistig minderbemittelte Contesschen geopfert wird. Es gibt ja Leute, die an so etwas ihren Spaß haben. Die Geschichte der Menschheit ist ein einziges Beispiel dafür.«

»Noch lebe ich!«

»Ha! Da haben wir es wieder! Deine Naivität ist nicht zu überbieten! Dein Kopf liegt bereits auf dem Richtblock. Der Henker hat das Schwert gehoben, du kannst es über dir blitzen sehen – aber du lebst noch. Bravo! Und ich schaue zu und soll mich wohl mit dir freuen, dass du noch lebst?«

»Gina, Geliebte!«

»Liliana!«

Gina fiel in Lilianas Arme. Ihr Körper bebte, sie weinte und schluchzte. Liliana fühlte den tiefen Schmerz und musste ebenfalls weinen. Sie hielten sich noch fest, als schon lange alle Tränen geweint waren. Gina küsste Liliana auf den Mund.

»Ich werde nicht zulassen, dass man dich umbringt – und wenn ich dich dafür selbst umbringen muss!«

»Daran sehe ich, wie ernst es dir ist.«

»So geht das nicht!« Gina sprang auf und setzte sich in den Sessel am Fenster. »Du bleibst dort, wo du bist, und fass mich nicht mehr an! Ich muss meine Gedanken zusammenhalten.«

Es klopfte an der Tür.

»Miss Wedgeworth ist gekommen für die letzte Anprobe.«

»Martha, wir wollen nicht gestört werden. Alle sollen warten. Wenn es nach mir geht, wird es keine Hochzeit geben.«

»Contessina?«

»Du hast Gina gehört.«

»Gut, ich werde dafür sorgen, dass euch niemand stört.«

»Danke!«

Schritte entfernten sich.

»Du weißt doch, Gina, dass die Hochzeit stattfinden muss. Ich habe keine andere Wahl.«

»So, weiß ich das? Und so, hast du keine andere Wahl? Wenn das alles so selbstverständlich ist, dürfte es dir ja keine Mühe machen, mir das so zu erklären, dass ich es begreifen kann. Bis jetzt verstehe ich das nämlich ganz und gar nicht!«

»Konzentrieren wir uns auf die Hochzeit. Dafür gibt es den Grund, aus dem wir hierhergereist sind: meinen Vater aus dem Gefängnis zu befreien, meine Mutter und meine Schwestern vor einer schmachvollen Zukunft zu bewahren und Salamandra zu retten.«

»Damals war der Preis auch nicht dein Leben. Obwohl das andere schon schlimm genug ist. Inzwischen wissen wir auch, dass dein Vater ein Mörder und Verbrecher ist, der es bestimmt nicht wert ist, dass irgendjemand für ihn einen Finger krümmt.«

»Er hat mich an den Duke verkauft. Emiliano, du weißt doch, Dottore Scaltroni, hat mich umfassend aufgeklärt. Mein Vater kann mich zu dieser Heirat zwingen, weil ich minderjährig, eine Frau und vollkommen rechtlos bin. So einfach ist die Welt geregelt. Wenn ich den Duke geheiratet habe, bin ich der Gewalt meines Vaters entzogen.«

»Wenn dein Vater im Gefängnis sitzt, kann er dich zu gar nichts zwingen. Wir machen uns aus dem Staub und suchen uns unter falschen Namen eine Stellung und eine Bleibe. Das dürfte uns nicht schwerfallen.«

»Und die Soldaten?«

»Da hast du leider recht.« Gina seufzte. »Das ist auch wieder so etwas, was mich auf die Palme bringt. Da bist du eine Zauberin, kannst fühlen, was viele Kilometer von hier geschieht. Aber was tust du? Du spürst dem Wind nach, den Vöglein und den Fischlein im Wasser. Welch eine schöne Welt! Dass genau daneben schmutzige Soldatenstiefel stehen, Patronen gewechselt und Messer gewetzt werden, das nimmst du nicht wahr. Die Soldaten sind schon lange da. Man hat eine Schlinge um unseren Hals gelegt.«

»Du hast ja recht!«, flüsterte Liliana. »Aber sie könnten mich nicht aufhalten. Heute Nacht habe ich es bewiesen.«

»Dann könnten wir jederzeit entkommen?«

»Ja.«

»Wir alle zusammen?«

»Ja.«

»Mir fällt ein Stein vom Herzen. Komm, packen wir unsere Sachen!«

Liliana rührte sich nicht.

»Du würdest also den Duke heiraten, um deinem Vater zu entkommen? Der Duke ist alt. In ein paar Jahren wärst du Witwe und eine freie Frau. Ist es das, was in deinem Kopf vorgeht?«

Liliana nickte.

»Jetzt hast du etwas gesagt, was ich verstehen kann. Du hast ja dein eigenes Vermögen. Aber, Contessina, das ist ein schöner Traum, der in der Hochzeitsnacht ein grausames Ende finden wird. Stellen wir uns doch dieser Tatsache! Denn als Tatsache müssen wir das betrachten, seit wir wissen, dass der Fürst wirklich ein Ungeheuer ist, grausam – unsterblich und damit unbesiegbar.«

»Du meinst, ich habe keine Chance?«

»Das steht so fest wie ein Naturgesetz.«

»Du machst mir keinen Mut.«

»Ich will dir keinen Mut machen – im Gegenteil!«

Liliana schwieg. Sie dachte an Salvatore. Er hatte niemals versucht, sie von ihrem Vorhaben abzubringen. Wieso nicht? War sie ihm gleichgültig oder wusste er, sie konnte ihrem Schicksal nicht entrinnen? Er war nicht aufrichtig.

»Gina, ich möchte in Capirosso sein, auf der alten Mauer sitzen, deine Hand halten und den Kindern zuschauen, wie sie im Bach planschen. Wir beide haben uns eine Welt geschaffen voller Harmonie und Liebe. Mir geht es genauso wie dir. Wenn du nur bei mir bist, glaube ich, die Welt ist das Paradies. Und sie ist es auch, weil wir beide sie dazu machen.«

»Liliana, Liebste!«

»Siehst du denn nicht, dass ich mich dem allen stellen muss, um unsere Welt zu retten?«

»Wenn wir uns aus dem Staub machen, können wir uns woanders niederlassen. Hauptsache, wir sind zusammen!«

»Das würde ich sofort tun, Gina, wenn ich davon überzeugt wäre, wir hätten eine Chance. Wenn das Portal geöffnet ist, wird auch unsere Welt zugrunde gehen.«

»Was macht dich so sicher?«

»Ich bin mir nicht sicher. Aber es besteht die große Wahrscheinlichkeit, dass es so kommen wird. Das darf ich nicht zulassen.«

»Wenn ich dich umbringe, Liliana, dann wird es kein Opfer geben und das Portal bleibt geschlossen.«

»Meinst du, das wäre die sicherste Methode, die Welt zu retten?«

»Natürlich nicht! Die Welt kann wegen mir in drei Teufels Namen zugrunde gehen. Es geht nicht darum, die Welt zu retten, sondern dich!«

»Du bist egoistisch.«

»Ich bin doch nicht egoistisch, wenn ich an dein Wohlergehen denke.«

»Das wollen wir nicht näher erörtern. Es ist mir wichtig, dass du mich verstehst. Deshalb will ich dir noch einmal meine Gründe darlegen.«

Es klopfte an die Tür.

»Der Konsul möchte seine Aufwartung machen, Contessina.«

»Beth?«

»Ja, Contessina!«

»Lasst uns endlich in Ruhe!«

Schritte entfernten sich hastig.

Liliana schloss die Augen und konzentrierte sich.

»Zwei Götter töteten ihren Bruder, um durch ein Portal in andere Welten einzufallen. Nero Borden, dem Fürsten, wurde Unsterblichkeit verliehen, damit er zum gewünschten Zeitpunkt dieses Portal wieder öffnen kann. Er hatte dies schon einmal versucht, nämlich vor sieben Generationen. Magali machte ihm damals einen Strich durch die Rechnung. Heute Nacht wird er den nächsten Versuch unternehmen. Dazu braucht er mich als Opfer. Ich nehme an, es geht dem Fürsten darum, sich an Magali zu rächen. Er kann aber auch andere Gründe haben. Darüber wissen wir nichts. Nehmen wir meine Person als Opfer. Es gibt zwei Möglichkeiten. Nummer Eins: Der Fürst ist sich absolut sicher, ich gehe in die Falle und kann nicht entkommen. Denk nur daran, wie viele verschlungene Intrigen er im Laufe der letzten Jahre spann, um mich in diese ausweglose Position zu bringen. Nummer Zwei: Falls ich als Opfer ausfalle, gibt es ein zweites Opfer. Dass das wahrscheinlich ist, lässt der Aufwand erkennen, der notwendig ist, das Portal zu öffnen. Deshalb muss es einen Notfallplan geben.«

»Dann ist doch alles klar. Wir machen, dass wir hier wegkommen!«

»Wir wissen, diese Götter dürfen auf keinen Fall zurückkommen. Das Ende der Menschheit ist zu befürchten. Es handelt sich nicht um Gott, der die Welt geschaffen hat, sondern um seine missratenen Söhne. Einer davon wäre schon schlimm genug, zwei sind eindeutig zu viel. Ob es nun wirklich Götter sind oder Wesen mit übernatürlichen Fähigkeiten, ist dabei nicht entscheidend. Von Bedeutung ist, dass sie uns schaden wollen.«

»Du bist keine Göttin. Was kannst du schon gegen sie ausrichten?«

»Nehmen wir einmal an, ich stehe nicht als Opfer zur Verfügung. Das bedeutet, Plan zwei tritt in Kraft. Das Ersatzopfer ... Da fällt mir ein, es müsste jemand sein, der vor Ort ist, also jemand, den wir kennen ... Wie auch immer, diese Person wüsste nichts von alledem und wüsste auch nicht, mit wem er es zu tun hat. Er hat also nicht die geringste Chance, das Unheil abzuwenden. Mit dem Ersatzopfer ist das Ende gewiss.«

»Das heißt, nur Contessina Liliana di Salamandra kann die Menschheit retten?«

»Nur mit mir hat sie eine winzige Chance, ihre einzige Chance.«

»Das hast du dir ja fein ausgedacht. Diese einzige Chance ist so winzig, weil es sie nicht gibt! Schau dir den Fürst an, der ja nur ein Lakai dieser Götter ist. Er hat Menschen ins Unheil gestürzt, getötet und ... das weißt du ja alles selbst. Das hat er getan ohne jegliche Skrupel, ja er hatte seine Freude daran, oder wie Lady Barton es ausdrückte, seinen Triumph. Ein Mensch bedeutet ihm nichts, nichts, nichts!«

»Du siehst, man muss etwas gegen ihn unternehmen.«

»Wer ist sein Gegner? Es ist eine zierliche Person weiblichen Geschlechts, die keiner Fliege etwas zuleide tun könnte, die in jedem Halunken das Gute sieht und jedes heruntergekommene Vieh, angefangen von einem alten, klapprigen Köder bis zu einem verrückten Kanarienvogel, in Obhut nimmt und mit ihm umgeht, als hätte es eine Seele. Sie ist so bescheuert, dass sie noch freundlich lächelt, wenn man ihr den Dolch an den Hals drückt.«

»Das hast du schön gesagt, Marchesina Montecorno di Capirosso.«

»Es ist die reine Wahrheit.«

»Du hast eine Kleinigkeit vergessen.«

»Dass du glaubst, die Menschen könnten mit Vernunft dazu gebracht werden, das Richtige zu tun?«

»Dass ich eine Zauberin bin!«

»Eine Zauberin, die ihre Kräfte nicht kennt.«

»Es hat sicher seinen Grund, dass ausgerechnet ich diese Fähigkeiten besitze. Vielleicht habe ich Verbündete. Soll es nicht noch eine Schwester geben?«

»Unbestätigt! Was nützen dir alle magischen Kräfte, wenn du nicht in der Lage bist, sie als Waffe einzusetzen? Du könntest niemals jemandem etwas zuleide tun!«

Das Haus war jetzt voller Geräusche. Laute Gespräche und Lachen drangen von unten herauf. Vor dem Fenster knallte eine Peitsche. Hunde bellten. Jemand lief die Treppe auf und ab.

»Haben wir alles besprochen, Gina? Zu welchem Ergebnis bist du gekommen?«

»Gib mir eine Aufgabe! Ich möchte nicht hilflos zurückbleiben, wenn du dich in die Höhle des Ungeheuers begibst. Und sollten wir untergehen, möchte ich noch im letzten Augenblick, der uns vergönnt ist, deine Hand halten.«

»Gina, Liebste!«

Liliana stand auf und setzte sich auf Ginas Schoß. Sie hielten sich fest und küssten sich.

»Ich will das alles doch nur tun, um dich zu schützen, Gina. Es ist die entscheidende Schlacht, daran gibt es keinen Zweifel. Und ich, wie konnte ich jemals etwas anderes annehmen, ich brauche dich an meiner Seite!«

* * *

Der Konsul trug einen dunkelroten Anzug, der je nach Lichteinfall schimmerte wie Rost. Im Revers trug er, wohl zur Abmilderung des Effekts, eine weiße Nelke.

»Contessina Liliana, seien Sie gegrüßt! Ich habe die Ehre, Sie zur Trauung geleiten zu dürfen. Zur Unterstützung habe ich meinen hochgeschätzten Dottore mitgebracht.«

Der Dottore zwinkerte Liliana zu. Er verbeugte sich zu einem Handkuss.

»Zu Ihrer Verfügung, Contessina Liliana!«

Dabei vermied er es krampfhaft, Gina anzuschauen. Aber Gina war mit ihren Gedanken ganz woanders und hätte ihn selbst dann nicht wahrgenommen, wenn er direkt auf ihren Füßen gestanden hätte.

»Ich danke Ihnen, meine Herren, dass Sie den beschwerlichen Weg von Everweard Castle hierher in unsere ländliche Abgeschiedenheit auf sich genommen haben und das, wie ich vernommen habe, schon zu so früher Stunde.«

Der Konsul wusste nicht, was er sagen sollte. Er sah sich nach der Meisterköchin Floriana um. Sie war aber nicht zu sehen.

»Contessina Liliana, der Konsul und ich werden einen kleinen Spaziergang machen. Wir warten in der Gartenlaube, die wir noch von unserem letzten Treffen her kennen.«

»Dottore Scaltroni, ich danke Ihnen für Ihr Feingefühl. Es sind jetzt noch einige typisch weibliche Dinge zu erledigen, die Sie nur langweilen würden. Wir sehen uns später!«

»Contessina Liliana!«

Der Konsul sah nicht ein, warum er auf ein ausgiebiges Frühstück verzichten sollte. Emiliano packte ihn am Arm und führte ihn nach draußen.

»Habt ihr euch ausgesprochen?«, fragte die Marchesa. »Findet die Hochzeit statt?«

Liliana nickte. Sie umarmte Großmutter und flüsterte ihr ins Ohr. »Hol die Admiralin aus dir hervor, Marchesa! Ich brauche alle meine Kräfte zum Überleben.«

»Darauf kannst du dich verlassen!«

Die Marchesa klatschte in die Hände.

»Alles hört auf mein Kommando! Miss Wedgeworth und Sie, Lydia, Sie begleiten die Contessina und ihre Zofe nach oben.«

Während Liliana, Gina, Miss Wedgeworth und Lydia die Treppe hinaufgingen, hörten sie, wie die Marchesa Anweisungen gab, die so knapp und schneidend waren, dass niemand auf der Welt es gewagt hätte, ihr zu widersprechen.

Gina breitete das Brautkleid auf dem Bett aus.

»Ich muss es noch einmal an Ihnen sehen, Contessina«,

sagte Miss Wedgeworth.

Gina half Liliana aus den Kleidern.

»So habe ich Miss Wedgeworth noch nie erlebt, Contessina. Sie spricht von nichts anderem mehr.«

Lydia hielt das Brautkleid in die Höhe. Gina nahm es ihr aus den Händen und half Liliana hinein.

Miss Wedgeworth setzte sich auf den Stuhl vor dem Bett. Sie sah aus, als warte sie auf ein Gottesurteil. Liliana drehte sich mit dem Kleid im Kreis. Miss Wedgeworths Gesicht entspannte sich.

»Ich kann es immer noch nicht fassen, dass ich dieses Märchen von einem Brautkleid geschaffen habe. Contessina, ich werde nur noch Kleider für Sie entwerfen! Wenn Sie sie tragen, werden alle Frauen der Gesellschaft auch so etwas tragen wollen. In kurzer Zeit werden wir die Frau befreit haben von all den entwürdigenden und einengenden Zwangsjacken, die sie heute tragen müssen.«

»Miss Wedgeworth, Sie sind eine wahre Künstlerin. Für eine Revolution bin ich immer zu haben!«

Alles laute und geschäftige Treiben verstummte mit einem Schlag, als Liliana die Treppe herunterschritt. Die Marchesa kam auf sie zu und nahm sie an der Hand.

»Einen Bräutigam, der zu dir und diesem Kleid passt, gibt es auf der ganzen Welt nicht!«

Rosemary weinte. Sie schluchzte laut, zitterte am ganzen Körper und warf sich auf den Boden. Ihre Mutter kam herbeigeeilt.

»Was hast du? Rosemary, benimm dich!«

Liliana beugte sich zu Rosemary herab und streichelte ihre Wange.

Zu Lady Monleirdon sagte sie: »Lady Monleirdon, ich muss mit Ihnen sprechen!«

»Aber, Contessina Liliana, Ihre Hochzeit! Beachten Sie nicht das kindische Verhalten meiner Tochter!«

Die Marchesa half Rosemary auf die Beine.

»Elizabeth, du hast gehört, was meine Enkelin gesagt hat. Nimm deine Tochter und geh mit ihr nach oben! Wir können warten, alle können warten. Die Braut kommt, wann sie kommt.«

Elizabeth führte unwirsch ihre Tochter nach oben. Liliana folgte ihnen.

»Was hat das alles zu bedeuten, Contessina?«

Liliana schloss die Tür und nahm Rosemary in den Arm.

»Vergessen Sie meine Hochzeit, Lady Monleirdon! Rosa Maria ist wichtiger.«

»Wie kannst du mich nur so blamieren, Rosemary! Und das vor allen Leuten! Bist du jetzt völlig übergeschnappt? Und Sie, Contessina Liliana, unterstützen Sie noch bei ihren Kindereien!«

Rosemary wurde ruhiger.

»Lass nur gut sein, Liliana! Es ist doch dein Tag heute.«

»Ein Tag, an dem meine geliebte Rosa Maria weint, ist nicht mein Tag. Lady Monleirdon, ich muss Ihnen etwas anvertrauen. Ich habe Ihre Tochter in mein Herz geschlossen wie eine Schwester. Deshalb möchte ich Sie um etwas bitten.«

Elizabeth musste daran denken, dass vor gar nicht so langer Zeit Marchesa Montecorno und Contessina Liliana in ihr Leben eingebrochen waren wie ein Tornado und alles hinweggefegt hatten, was sie bis dahin für unerschütterlich und von ewigem Bestand gehalten hatte. Mehr konnte sie wahrhaftig nicht verkraften!

»Ich höre Ihnen zu«, sagte sie resigniert.

»Sie wissen, dass es nicht meine freie Entscheidung ist, den Duke zu heiraten. Umstände, die ich nicht näher ausführen möchte, zwingen mich dazu.«

»Der Duke ist ein wohlhabender und einflussreicher Mann.«

»Wie es Ihr verstorbener Gatte war?«

»Ich verstehe, was Sie meinen. Was sollte ich sonst sagen, um Ihnen die Sache leichter zu machen?«

»Sie erinnern sich an den Augenblick, als ihr Gatte eine Hochzeit im Hause Monleirdon ankündigte?«

»Es war demütigend. Sprechen wir doch nicht ausgerechnet heute darüber!«

»Es war demütigend für Sie, Lady Monleirdon. Für Rosemary aber war es, als stoße man ihr ein Messer ins Herz.«

»Es ging doch nicht um sie, sondern um Martin.«

»Das wussten wir alle nicht. Zu diesem Zeitpunkt gab es nur Rosemary, die in Frage kam.«

»Das ist wahr! Rosemary, das ist alles vorbei. Darüber brauchst du dir keinen Kummer mehr zu machen.«

»Aber die Angst hatte sie ein Leben lang und die Angst hat sie immer noch, dass sie eines Tages wider ihren Willens verheiratet werden könnte.«

Elizabeth sah überrascht auf. Sie ging auf Rosemary zu und blieb vor ihr stehen. In den letzten fünf Jahren waren sie zu Fremden geworden. Zaghaft nahm sie ihre Hand. »Meine Rosemary!« Als diese die Hand nicht wegzog, umarmte sie ihre Tochter und drückte sie fest an sich. »Das wird niemals geschehen! Wie konntest du nur so etwas von mir denken?«

Rosemary weinte und klammerte sich an ihrer Mutter fest.

Liliana verließ leise das Zimmer.

## Kapitel 19

Monleirdon Salvatore stand am Fenster der kleinen Bibliothek und sah den Kutschen nach. Drüben in Everweard Castle würde es eine prächtige Hochzeit geben. Alle folgten der Einladung. Nur Lady Aurelia blieb zurück. Beth musste ihr Gesellschaft leisten.

»Sie gehen nicht zur Hochzeit, Maître?«

Aurelia saß an Martins Schreibtisch und schrieb Listen.

»Der Duke legt keinen Wert auf meine Anwesenheit während der Feierlichkeiten. Dem muss ich mich beugen.«

»Nicht so sehr, dass Sie wirklich nach London gereist wären.«

»Ich hatte meine Gründe.«

»Ich verstehe! Aber ob Sie hier leiden oder in Everweard Castle, macht keinen großen Unterschied.«

»Vielleicht reite ich heute Abend hinüber. Dann kann man im Freien tanzen. Es gibt dort einige Mädchen, die ganz wild darauf sind, mit mir über den Tanzboden zu fegen.«

»Zweifellos! Da Sie, wie ich sehe, so außerordentlich tapfer sind, sollten Sie auch Ihre Belohnung bekommen.«

Die letzte Kutsche war abgefahren.

»Lady Aurelia, ich weiß nicht, was Sie meinen.«

»Nennen Sie mich Aurelia! Ob ich wirklich eine Lady bin, soll Simon Fraggles herausfinden. Lady Monleirdon hat ihn nach London geschickt, um Licht in meine rechtliche Position zu bringen.«

»Ob Simon der richtige Mann dafür ist?«

»Wir gaben ihm genaue Anweisungen und die notwendigen Adressen. Wenn er sich daran hält, dürfte nichts schiefgehen.«

»Ich wundere mich, dass Sie den Admiral heiraten. Er ist doch so viel älter als Sie!«

Aurelia klopfte mit dem Bleistift auf ihre Lippen.

Schönheit ist ein Ideal. Sie ist das Verlangen nach Reinheit, die über die Vergänglichkeit irdischer Dinge hinausweist. Da sie der Phantasie entspringt und dem Begehren, ist Schönheit für jeden etwas anderes. Doch manchmal gibt es Frauen, deren Reizen sich kein Mann entziehen kann. Eine solche Frau war Aurelia – und sie wusste es.

»Mein Lebenszweck bestand darin, einen reichen Mann der obersten Gesellschaftsklasse zu angeln, um damit meinem sogenannten Vater ein Leben in Saus und Braus zu ermöglichen. Ich besuchte nur die feinsten Schulen, die besten Lehrmeister unterrichteten mich. Ich kenne alle Raffinements und Tricks, einen Mann jeglichen Alters zu umgarnen. Die Sache hat nur einen Haken. Wenn das Spiel so leicht ist und die Regeln jedes Kind sofort durchschaut, dann hat es keinen Reiz mehr. Was soll ich an einem Jüngling bewundern, der nicht weiß, was er eigentlich will? Was soll ich mit jemandem anfangen, der sich für unendlich schlau und unwiderstehlich hält, nur weil er brav alles nachplappern kann, was die Leute sagen, von denen er annimmt, dass sie es zu etwas geschafft haben? Der Admiral ist ein echter Mann. Er ist auch der Einzige, der mich je zum Lachen brachte. Glauben Sie mir, Salvatore, das ist mehr wert als eine Kreuzfahrt auf dem Nil.«

»Es war eine taktlose Frage. Verzeihen Sie, Aurelia! Trotzdem hätten Sie Martin geheiratet?«

»Ich hatte keine Familie. Lord Joseph gab sich als mein Vater aus und kümmerte sich auf seine, nicht selbstlose Weise um mich. Er verstrickte sich in dubiose Geschäfte, aus denen er nicht mehr herausfand. Doch da kam der Retter. Es war unser alter Freund Nero Borden oder der Fürst, wie er sich nennt. Ich nehme an, er hatte Lord Joseph erst in diese Schwierigkeiten gebracht. Ein neureicher Baron im idyllischen Everweard benötige dringend eine Ehefrau für seinen missratenen Sohn. Eine glorreiche Zukunft im Märchenland Indien sei garantiert. Das klang nicht verlockend. Lord Joseph zögerte. Jetzt wurden die Bluthunde auf ihn gehetzt. Nur diese Heirat konnte ihn vor einem schlimmen Ende bewahren. Außerdem hatte ihn der Fürst in der Hand. Ich sollte den Sohn Lord Monleirdons heiraten, bevor der Duke of Everweard heiratete. Das klang so, als solle ein Nebenbuhler aus dem Weg geräumt werden. Wir kamen hierher – und alles entwickelte sich ganz anders. Ich werde den Admiral heiraten. Mein Glück könnte vollkommen sein, wenn nicht der Fürst in der Nähe wäre. Ich nenne ihn Fürst der Finsternis. Welche Teufelei treibt er im Augenblick? Solange er lebt, werde ich niemals sorglos glücklich sein können.«

»Nebenbuhler? Ich verstehe das nicht. Martin kannte Contessina Liliana doch überhaupt nicht. Das ergibt doch keinen Sinn!«

»Daran habe ich mich gewöhnt, dass die Intrigen des Fürsten für uns normale Sterbliche nicht durchschaubar sind. Eines ist gewiss, sie haben immer zum Ziel, möglichst viele Menschen zu ruinieren.«

»Ist denn kein Kraut gegen ihn gewachsen?«

»Man müsste seine Absichten kennen, um sie durchkreuzen zu können. Das dürfte unmöglich sein.«

Beth hatte aufmerksam zugehört. Sie räusperte sich.

»Wenn ich etwas sagen dürfte?«

»Beth, natürlich!« Aurelia lächelte ihr ermunternd zu. »Es tut mir leid, wegen mir kannst du nicht an den Festlichkeiten teilnehmen. Lady Monleirdon hatte darauf bestanden.«

»Ich weiß, Lady Aurelia. Es macht mir auch nichts aus. Was ich sagen wollte, ist Folgendes. Vor fünf Jahren war der Duke versessen darauf, Lady Nerissa zu heiraten. Sie wollte ihn aber nicht, sondern Martin, der wiederum wollte mit ihr nichts zu tun haben, weil er, wie wir heute wissen, Floriana liebte. Martin wurde nach Indien verschleppt. Lady Nerissa wollte den Duke aber trotzdem nicht heiraten. Sie kam bei einem mysteriösen Reitunfall ums Leben. Damals hielt sich der Fürst in Everweard Castle auf – wie heute. Jetzt heiratet der Duke die Contessina Liliana. Das Merkwürdige ist nur, dass sie Lady Nerissa ähnlich sieht.«

»Was?« Für Salvatore war das alles neu. »Wer sagt das?«

»Alle Leute, die Lady Nerissa kannten. Sogar Lady Barton und ihr Mann waren erschüttert über die Ähnlichkeit. Lady Nerissa war ihre Tochter. Außerdem gibt es ein Gemälde.«

»Wo hängt das Gemälde?«

»Es befindet sich gut verpackt unten im Keller.«

»Ich muss es sehen!«

Beth hatte keinen Schlüssel und Salvatore keine Zeit zu verlieren. So zerschlug er das Schloss, das den Zugang zur Gemäldesammlung Lord Bartons versperrte. Beth führte ihn zu der Kiste, an der das Gemälde angelehnt war.

Salvatore zerriss die Verpackung. Darunter kam ein Ölgemälde zum Vorschein. Eine Brücke war darauf zu sehen, Everweard Castle im Hintergrund und auf der Brücke ein Paar in Festkleidung, als seien sie ein Brautpaar. Der Mann war unverkennbar der Duke of Everweard. Die junge Frau sah aus wie Liliana. Obwohl die Ähnlichkeit den ersten flüchtigen Blick nicht überdauerte, erschrak Salvatore zutiefst. Es war wie ein Schlag in die Magengrube.

Jetzt wusste er, was der Fürst dem Duke versprochen hatte.

## Kapitel 20

Zartrosa Rosen schmückten die Kutsche. Sie sah aus wie eine Rosenhecke auf Rädern. Zwei Schimmel waren vorgespannt. Liliana stieg ein, Großmutter und Gina nahmen ihr gegenüber Platz. Es war Hochzeitstag in Everweard, da regnete es natürlich nicht. Der Himmel war strahlend blau. Kein einziges Wölkchen störte die Idylle. Der Kutscher wartete auf das Signal zur Abfahrt. Erst nachdem Lady Monleirdon und Rosemary zu Martin, Floriana und Martha in die Kutsche hinter ihnen eingestiegen waren, nickte Liliana. Die Kutsche vor ihnen setzte sich in Bewegung. Darin saßen der Konsul und Emiliano. Der Konsul winkte huldvoll allen Gaffern, die am Weg standen, als wären sie extra gekommen, ihn zu bewundern. Aber die Leute winkten nicht zurück, sie starrten ungläubig in die zweite Kutsche. Dort saß die Braut. Sie war ja so jung! Und dieses Kleid, es war so weiß und unschuldig wie das Gewand einer Märtyrerin. Die Männer neigten den Kopf, die Frauen bekreuzigten sich.

»Wenn du noch länger diese Leidensmiene aufsetzt, befehle ich dem Kutscher umzudrehen«, sagte die Marchesa. »Du hast dich dazu entschlossen, den Duke of Everweard zu heiraten. In unserer Rollenbesetzung bist du demnach die ›Glückliche Braut‹. Entweder du spielst sie überzeugend oder ich sage die Aufführung ab.«

»Ich würde lieber die heimtückische, verschlagene Gattenmörderin spielen.«

»Gerade der darf man ihre Absichten nicht ansehen.«

»Das ist wahr. Gina, gib mir einen Spiegel!«

Gina nahm einen Spiegel aus der Tasche. Liliana hielt ihn vor das Gesicht und verzog die Mundwinkel zu einem Lächeln.

»Lächeln steht mir überhaupt nicht und schon gar nicht zu diesem Kleid. Ich sehe aus wie die Insassin einer Nervenanstalt.«

»Schwachsinn stört bei einer jungen Braut nicht. Ihre Tat wird verständlich und macht sie sympathisch.«

»Ophelia?«

»So weit wollen wir es nicht treiben. Aber die Grundidee hast du begriffen.«

»Darf ich mit dem Dolche zustoßen?«

»Nur hinter der Bühne!«

»Schade! Gerade in dieser Szene könnte ich meine tiefsten Gefühle zum Ausdruck bringen. Das Publikum würde rasen vor Begeisterung.«

Fanfaren ertönten. Sie waren auf der Brücke angekommen. Auf der anderen Seite des Flusses ragten die Mauern von Everweard Castle. Fahnen hingen müde am Mast. Es wehte kein Wind. Auf den Zinnen blitzten die Bajonette der Wachen. Kinder liefen neben den Kutschen her. Ein Hund versuchte vergeblich, zu Liliana in die Kutsche zu springen. Er gab auf und lief kläffend voraus in das Dorf. Menschen standen Spalier und genauso viele Wachen in Uniform, mit Säbeln und Gewehren. Der Konsul winkte immer noch huldvoll. Liliana lächelte. Jedenfalls glaubte sie es, weil sie einen Krampf in den Mundwinkeln hatte. Der Korso durchquerte das Dorf, die Dorfbewohner folgten ihm den Weg hinauf in das Schloss.

Festzelte standen im Schlosshof, auf der anderen Seite konnte man den Zirkus sehen. An mehreren Stellen standen Tribünen, auf denen Musikkapellen spielten. Es mussten Hunderte von Menschen sein, die vor dem Schloss auf die Ankunft der Braut warteten. Das Schloss selbst war nicht wiederzuerkennen. Girlanden in allen Farben, Wimpel und Fähnchen schmückten es, als wäre es die eigentliche Braut.

Oben auf der Treppe warteten Miss Heather und Peter. Ihre Mienen waren finster. Sie sahen aus, als wollten sie der Braut den Zutritt verwehren. Miss Heather trug das schwarze Kostüm, das ihr die Strenge gab, aus der sie ihre Autorität schöpfte. In dem dunklen Anzug und den schwarzen Lederstiefeln sah Peter eher wie ein Geschäftsmann aus als ein Verwalter. Der Rotschopf Ruths erschien ganz kurz, schon verschwand er wieder.

Die Meute der Gaffer rückte lärmend näher heran. Sie verstummte, als die Braut die Kutsche verließ, die steinernen Stufen emporstieg, und im Schloss verschwand wie ein Wesen aus der Feenwelt.

* * *

Ein Umkleideraum war die letzte Station vor dem großen Ereignis. Sie waren für kurze Zeit allein. Gina ordnete Lilianas Haar, obwohl es da nichts zu ordnen gab. Großmutter saß an der Tür. Sie fühlte sich eingesperrt. Gerade jetzt verspürte sie das Bedürfnis, ihre Beine zu bewegen und zu laufen bis zur völligen Erschöpfung. Die Braut war bleich wie ihr Kleid. Im Spiegel sah sie einen Geist, der ihr Gesicht trug. Sie streckte ihm die Zunge heraus.

»Hat jemand von euch meine Hausaufgaben gemacht?«, fragte sie.

»Sprich nicht in Rätseln! Das kann ich jetzt nicht ertragen.« Großmutter entschloss sich, die Füße hochzulegen und aufzupassen, dass sie sich nicht von allein auf den Weg machten.

»Ich spreche von dem Papier, das mir Pfarrer Fraggles in seiner Güte zukommen ließ, den Ablauf der Hochzeitszeremonie.«

»Gina?«,fragte die Marchesa.

»Ich dachte, du würdest dich darum kümmern, Mutter. Von der Braut konnte man ja nicht erwarten, dass sie sich mit solchen Nebensächlichkeiten beschäftigt.«

»Wir lassen uns überraschen, dann wird die Angelegenheit nicht ganz so langweilig.« Liliana war ganz davon angetan, wie weit sie die Zunge herausstrecken konnte.

»Es ist zwar schon etwas her«, sagte Großmutter, »aber ich habe noch von meiner Hochzeit in Erinnerung, die Braut hat nur immer Ja zu sagen. Dann sind alle zufrieden.«

»Das ist aber eine anglikanische Trauung.«

»Gina, Närrin! Darin sind sich alle Religionen einig, das Weib sei schön, ansonsten hat es gefälligst zu tun, was man ihr sagt.«

»Habt ihr gesehen, wie viele Menschen zu meiner Hinrichtung gekommen sind?«

»Ja, das ist schon beeindruckend.« Großmutter stand auf und öffnete die Tür einen kleinen Spalt, die zu dem Raum führte, in der die Trauung stattfinden sollte. »Wo hat der Duke nur all die Leute aufgetrieben?«

»Werden mir die Augen verbunden, bevor ich zum Schafott geführt werde?«

Diese Frage blieb unbeantwortet, weil in diesem Augenblick Miss Wedgeworth und Lydia hereinkamen. Ihnen folgten Miss Heather und Ruth.

»Contessina Liliana, jetzt kommt Ihr großer Auftritt!« Miss Wedgeworth war aufgeregter als bei ihrem ersten Auftrag, obwohl es sich damals um das Debütantinnenkleid für eine leibhaftige Prinzessin gehandelt hatte. »Perfekt! Ich drücke Ihnen die Daumen!«

Was sie damit meinte, war Liliana nicht klar. Sie wollte sich doch keinen Mann angeln und einen Schönheitswettbewerb gewinnen auch nicht. Wahrscheinlich ging es nur um den Erfolg des Kleides.

Miss Heather versuchte erst gar nicht, freundlich zu sein. Sie war sich absolut sicher, diese Braut würde ihre generalstabsmäßig organisierte Veranstaltung nur stören.

Ruths Augen blitzten giftig und triumphierend.

»Wo ist das Perlenkollier?«

Liliana griff sich an den Hals, als bemerke sie einen Diebstahl.

»Oh! Es ist nicht da.«

»Ha! Dachte ich es mir doch! Der Duke wird nicht begeistert sein.« Mit diesen Worten lief sie hinaus.

Miss Wedgeworth schüttelte den Kopf. An das unheimliche Kollier hatte sie nicht mehr gedacht. Es würde den Gesamteindruck des Kleides zerstören.

»Ja, der Duke hat allen seinen Freunden von dem kostbaren Familienjuwel erzählt. Es liegt ihm sehr viel daran.«

Ruth kam zurück. Sie zitterte vor Freude, als sie verkündigte:

»Der Duke besteht darauf, dass Sie das Collier tragen.«

Liliana stand auf und sagte:

»Marchesa, wir gehen!«

Sie ging zur Tür. Großmutter und Gina folgten ihr seelenruhig.

»Contessina Liliana, Marchesa Montecorno, ich bitte Sie! Warten Sie bitte einen Augenblick. Ich werde mich selbst um die Angelegenheit kümmern.«

Miss Heather warf Ruth einen tadelnden Blick zu und ging hinaus.

»Meine liebe Ruth«, sagte Liliana,

»hast du einmal darüber nachgedacht, wie sehr ich dir zugetan sein werde, wenn ich in wenigen Minuten die Duchess of Everweard bin?«

»Das Perlencollier!«

»Lappalien! Von so etwas lassen sich nur einfache Gemüter beeindrucken.«

Miss Wedgeworth nickte Lydia zu. Die Contessina war eine Frau nach ihrem Geschmack. Lydia schmunzelte.

Miss Heather kam zurück. Sie konnte nicht verstehen, was sie soeben erlebt hatte. Der Duke war empört aufgesprungen. Aber der Fürst hatte ihn zur Mäßigung ermahnt. Es war schließlich der Fürst, der ihr sagte, was zu tun sei.

»Contessina Liliana, der Duke bittet Sie, seine im ersten Augenblick unbeherrschte Reaktion zu entschuldigen. Er kann es kaum erwarten, mit Ihnen den Bund der Ehe zu schließen.«

»Miss Heather, ich danke Ihnen für Ihre Vermittlung. Es tut mir aufrichtig leid, sollte meine Vergesslichkeit den Ablauf der Festlichkeiten verzögert haben.«

»Contessina, sind Sie bereit?«

»Ich bin bereit. Zuvor möchte ich mit Dottore Scaltroni sprechen. Wenn Sie das in die Wege leiten könnten?«

Miss Heather holte tief Luft, dann schickte sie Ruth hinaus, Dottore Scaltroni zu holen.

»Es versteht sich, dass ich allein mit ihm reden möchte.«

Miss Heather nickte.

Es dauerte nicht lange, dann kam Ruth zurück. Sie drängte sich vor Dottore Scaltroni in das Zimmer.

»Der Duke ist ganz schön ungehalten!«

Miss Heather packte Ruth am Arm und ging mit ihr hinaus. Miss Wedgeworth und Lydia folgten.

»Liliana, ich wollte noch vor der Trauung mit dir sprechen«, sagte Emiliano. »Der Duke hat es mir aber untersagt.«

»Dann hat sich mein Gefühl nicht getäuscht. Was wolltest du mir sagen?«

»Der Fürst brachte den Duke in letzter Minute dazu, die Vertragsbedingungen zu ändern. Du solltest davon nichts erfahren. Da der eigentliche Vertragspartner dein Vater ist, erübrigt sich deine Zustimmung. Deine rechtliche Situation habe ich dir ja kürzlich dargelegt.«

Die Marchesa drückte Ginas Hand. Sie musste sich irgendwo festhalten. Es war ihr, als würde sie von einem wilden Strom fortgerissen, der sie unaufhaltsam auf einen Wasserfall zutrieb. Und sie war hilflos!

»Emiliano, ich muss wissen, mit was ich es zu tun habe.«

»Selbstverständlich! Juristisch gesehen ist es eine reine Formsache, da du bereits eigenhändig das entsprechende Papier unterzeichnet hast.«

»Die eidesstattliche Erklärung?«

Emiliano nickte verlegen.

»Eine Jungfrau wollte er haben, eine Jungfrau soll er bekommen!«

Gina und Großmutter blickten sie überrascht an. Wie sollte das gehen?

»Emiliano, raus mit der Sprache!«

»Der Vertrag wird erst gültig, wenn … die Ehe vollzogen ist. Der Duke wird mir morgen früh mitteilen, ob ich die Freigabe der Dokumente veranlassen darf. Es handelt sich also nur um eine kleine Terminverschiebung.«

»Mein lieber Emiliano, du bist dafür nicht verantwortlich. Wir wissen ja, mit welchem Menschenschlag wir es zu tun haben. Dass man mich wie eine Ware behandelt, verkauft, begutachtet und bei Missfallen wegwirft, lässt sich nicht mehr leugnen.«

»Liliana, es tut mir weh, an dieser unwürdigen Geschichte beteiligt zu sein.«

»Wir hätten uns sonst nie kennengelernt, Emiliano. Ich weiß, ich habe in dir einen treuen Freund gefunden. Danke!«

»Wir sehen uns später. Liliana! Marchesa Montecorno!«

Er nahm Ginas Hand und hielt sie mit beiden Händen.

»Es würde mich freuen, Gina, wenn Sie mir heute einen Tanz gewähren könnten.«

Gina sah ihn an, als habe sie seine Frage nicht verstanden. Ihre Gedanken waren bei Liliana. Es war alles vergeblich gewesen. Der Duke wird entdecken, dass seine junge Braut keine Jungfrau mehr ist, die Ehe wird gelöst, Conte Adriano di Salamandra bleibt im Gefängnis und Salamandra wird versteigert … Jetzt musste sie lächeln … und wir sind frei!

»Gina?«

»Dann können wir doch gleich nach Hause fahren!«

»Nein, Gina!«, sagte Emiliano. »Das habe ich Liliana schon erklärt, sie kann nicht über sich verfügen. Aber auch der Duke of Everweard muss seinen Vertrag erfüllen. Dafür werde ich sorgen!«

Miss Heather kam herein.

»Dottore Scaltroni?«

»Es ist alles geklärt.«

Emiliano ging hinaus. Ruth, Miss Wedgeworth und Lydia kamen herein.

»Alle warten!«, sagte Miss Heather mit schneidender Stimme.

»Einen Augenblick noch!« Miss Wedgeworth zupfte eine Falte am Saum des Brautkleides zurecht. Lydia verrückte den Haarschmuck der Braut ein wenig. Aber es gab eigentlich nichts mehr zu tun.

Miss Wedgeworth trat zurück.

»Ich wünsche Ihnen alles Glück auf Erden, Contessina Liliana!«

»Danke, Miss Wedgeworth!«

Die Marchesa gab Liliana den Arm. Gina öffnete die Tür.

* * *

Der Saal war voller Menschen. Dichtgedrängt saßen sie auf langen Bänken. Licht fiel durch hohe, schmale Fenster. In der Mitte führte ein weinroter Teppichläufer zu einem Podest. Schwere Bodenvasen, gefüllt mit weißen langstieligen Lilien, umrahmten eine Art Altar. Alle Köpfe drehten sich um. Hier kam die Braut. Ein Schweigen fiel hernieder, das den Atem anhielt. Hatte sie wirklich ein Brautkleid an?

Eine junge Frau war in den Raum getreten, ein Kind, ein Engel mit einem Heiligenschein im Haar. Weiß war ihr Gesicht, weiß war das zarte Kleid, das sich an ihren Körper schmiegte. Sie trug keine Schleppe, keinen Schleier, keinen Schmuck. Sie war die erste Blume des Frühlings, die keine Farbenpracht braucht, um schön zu sein, und deren Anblick den Winter in unseren Herzen aufbricht mit schmerzlicher Erlösung.

Liliana trat hinaus. So wie das scharfe Beil der Guillotine den Kopf vom Körper trennt, so verlor sie die Kontrolle über die Schutzmauer, die sie errichtet hatte. Eine gewaltige Sturzflut von Gefühlen und Gedanken aller Menschen im Saal fiel auf sie hernieder. Nur Großmutters Arm gab ihr Halt. Schutzlos war sie dem Bösen ausgeliefert, das gierig in ihren Geist eindringen wollte. Wie hatte sie je daran glauben können, dem Fürsten gewachsen zu sein? Ihr blieb nur ein Ausweg. Sie löschte alle Lichter in ihrem Innern. Sie dachte keinen Gedanken mehr, sie fühlte keine Regung. Ihr Körper bewegte sich mechanisch an Großmutters Seite. Sie war nur noch ein Automat, dessen Räderwerk ablief ohne Bewusstsein.

Schließlich stand sie vor dem Podest. Pfarrer Fraggles sah auf sie herab mit einem schmalen Lächeln. Neben ihr stand der Duke of

Everweard, hinter ihm der Fürst. Großmutter ließ sie los und trat zurück.

Liliana nahm nichts wahr, nur den unerträglichen Lärm in ihrem Kopf. Der Pfarrer bewegte die Lippen. Wenn er sie längere Zeit fragend anschaute, sagte sie Ja. Schließlich stand sie auf. Hatte sie gekniet? Sie schrieb ihren Namen auf ein Dokument. Dann brach alles in ihr zusammen und sie sank zu Boden.

* * *

»Wie soll das nur enden?« Die Marchesa saß auf dem Bett und hielt Lilianas Hand. »Ich hätte das niemals zulassen sollen!«

Gina weinte. »Gibt es denn keine Hoffnung?«

Der Duke betrat das Zimmer. Er warf einen Blick auf seine ohnmächtige Braut.

»In einer halben Stunde beginnt das Festbankett. Bis dahin muss sie wieder auf den Beinen sein!«

Die Tür fiel laut ins Schloss.

Es klopfte. Ein älterer Herr mit einem Arztkoffer trat ein.

»Marchesa Montecorno? Ich bin Doktor Winslow. Wie geht es ihrer Enkelin?«

Der Doktor trug einen Frack. Er lächelte freundlich, während er Lilianas Puls fühlte.

»Ich weiß nicht, was über sie gekommen ist, Herr Doktor. Passiert das öfter bei Hochzeiten?«

»Hin und wieder! Ich habe auch einmal erlebt, dass der Bräutigam, ein Bulle von Mann, einfach umkippte. Das lag aber daran, dass er sich vorher zu viel Mut angetrunken hatte. Hat sie denn etwas gegessen heute Morgen?«

»Ich kann es Ihnen nicht sagen. Es gab so viel zu tun. Gina?«

»Wenn ich darüber nachdenke ... Nein, das hatten wir vergessen!«

»Sehen Sie, Marchesa Montecorno, kleine Ursache, große Wirkung. Ich verordne ein kräftiges Frühstück mit einer Kanne Kaffee. Das wirkt Wunder.«

»Das Festbankett?«

»Das läuft nicht weg. Zu unserer Zeit war die Braut das Wichtigste. Ich werde mit dem Duke sprechen. Sie kommen, wenn sie so weit sind.« Er wurde nachdenklich. »Der Duke hat sich seit gestern sehr verändert. Ich mache mir Sorgen um ihn. Er wirkt auf einmal uralt. Sie sehen, auch an einem gestandenen Mann geht eine Hochzeit nicht ohne Spuren vorüber. Seltsam, seltsam ... Kann ich sonst noch etwas tun? Für Sie, junge Dame? Sie sehen auch nicht gerade stabil aus.«

»Ich werde auch einen Kaffee trinken. Danke!«, sagte Gina.

»Tun Sie das! Ich werde Miss Heather Bescheid sagen. Wir sehen uns noch.«

Doktor Winslow verließ das Zimmer.

Kurze Zeit später brachten Dienstmädchen ein Tablett mit Frühstück und Kaffee. Miss Heather blieb vor der Tür stehen und entfernte sich erst wieder, als sie das Zimmer verließen.

Vielleicht hatte der Doktor nicht ganz unrecht, denn der Duft des Kaffees drang in Lilianas Bewusstsein. Sie öffnete die Augen.

»Nein!«

»Nein was?«

»Habe ich Nein gesagt? Ich wollte doch immer nur Ja sagen.«

»Trink eine Tasse Kaffee! Hast du gut geschlafen, Enkelin?«

»Dann war das alles ein Traum und ich bin gar nicht verheiratet?«

»Du bist verheiratet und hast es verschlafen. Hat man so etwas schon einmal gehört!«

»Es war ein Albtraum. Das ist gewiss. Ist er zu Ende?«

»Du hattest nur nichts gegessen, Liliana. Das war alles. Komm, iss etwas!« Das sagte sie, obwohl sie ahnte, dass das nicht die Ursache für Lilianas Zusammenbruch war. »Weißt du noch, wie du im Wintergarten davon sprachst, dies alles sei ein Schauspiel, eine Komödie?«

»Ich war ja so naiv.«

»Ich möchte es wieder auf diese Ebene bringen. Die Engländer sind unschlagbare Tragöden, denke nur an Shakespeare, deshalb dürfen wir sie nicht ihr Spiel spielen lassen. Was nun die Komödie betrifft, wer kann es uns Italienern gleichtun? Niemand! Wir machen das, was wir am besten können, wir nehmen die Welt nicht ernst und spielen Commedia dell'Arte.«

Liliana und Gina beendeten das Frühstück.

»Ich spreche es ungern aus, Großmutter, aber gegen den Fürsten bin ich machtlos. Mir war es gerade noch in letzter Sekunde gelungen, mich vor ihm zu verstecken.«

»Wir müssen etwas übersehen haben.« Großmutter dachte nach. Da gab es nichts nachzudenken, es gab nur ein schwarzes Loch der Ohnmacht. »Gina, hast du eine Idee?«

»Ich bin im selben Augenblick zur Welt gekommen wie Liliana.«

»Du meinst, das war kein Zufall, keine Laune des Schicksals?«

Liliana umarmte Gina und gab ihr einen Kuss.

»Du bist ein Teil von mir!«

»Das ist es!« Großmutter sprang auf und lief im Zimmer auf und ab. »Es ist einen Versuch wert … Felicia sagte immer: ›Diese beiden verbindet ein Band, das niemand auf der Welt zerreißen kann.‹ Sie behauptete sogar allen Ernstes, ein Engel schwebe über euch.« Sie blieb stehen. »Gina, du bleibst immer bei Liliana und weichst nicht von ihrer Seite! Du sitzt neben ihr am Tisch, du begleitest sie, wo sie geht und steht. Ich weiß nicht, ob das etwas nutzt. Andererseits haben wir nichts zu verlieren.«

»Was versprichst du dir davon?«, fragte Liliana.

»Es ist ein rein wissenschaftlicher Versuch. Wenn er erfolglos bleibt, dann machen wir uns heimlich aus dem Staub.«

»Ich bin jetzt die Frau des Duke.«

»Papier! Papier!«

Ruth platzte ins Zimmer, ohne anzuklopfen.

»Der Duke …«

»Wir sind schon auf dem Weg.«

## Kapitel 21

Zunächst kam Liliana in Panik, als sie den großen Saal betrat. An langen Tischen saßen bestimmt hundert Menschen und warteten ungeduldig auf das Essen, das gerade eine Truppe Dienstmädchen hereintrug. Doch ihr Schutzschild hielt. Sie nahm neben dem Duke Platz. Es musste noch ein Stuhl herbeigeschafft werden, weil die Marchesa darauf bestand, Gina müsse neben ihrer Herrin sitzen. Im Falle eines weiteren Schwächeanfalls, womit man bei solch einer zarten Person wie Liliana rechnen müsse, könne sie ihr sofort beistehen. Der Duke nickte mürrisch, hatte aber keinen Blick übrig für seine junge Braut.

Neben ihm saß der Fürst. Er hatte weißes Haar, farblose Lippen, hervorstehende Wangenknochen und hellgraue Augen, in denen ein kaltes Feuer glühte. Mit Freude sah er diese hilflose Kreatur, geistig einfältig, körperlich schwach und hinfällig und vor allem ohne jeden Funken von Magie. Wenn er sich auf sie konzentrierte, war da nichts. Sie war ein hirnloses Weibsstück, leichte Beute für einen erfahrenen Jäger. Ja, der Fürst war zufrieden.

Liliana drückte Ginas Hand. Seit sie zusammensaßen, hatte sie wieder alle ihre Kräfte in der Gewalt. Sie konnte zwar nicht fühlen, was der Fürst dachte, da war nur Leere, aber sie konnte jede andere Person erfühlen, wenn sie es wollte.

Zu Großmutter flüsterte sie:

»Hebe den Vorhang, Großmutter! Spielen wir Komödie!«

Die Marchesa atmete auf. Also doch!

»Duke, ich frage mich, wieso Sie eine Frau brauchen. Sie begrüßten meine Enkelin nicht, noch boten sie ihr einen Stuhl an. Über ihr traumhaftes Brautkleid verloren Sie keine einzige Silbe. Außerdem befremdet es mich, dass Sie uns den Herrn neben sich nicht vorstellen, der wohl Ihr besonderer Freund ist.«

Der Duke verfärbte sich rot. Zornesadern bildeten sich auf den Schläfen. Bevor er explodieren konnte, legte der Fürst die Hand beruhigend auf seinen Arm.

»Marchesa Montecorno, ich bat den Duke, mich selbst vorstellen zu dürfen. Mein Name ist Nero Borden. Ich bezeichne mich gern als Reisenden ohne festen Wohnsitz, bin aber auf der ganzen Welt zu Hause.«

»Der Name Nero Borden ist in Salamandra nicht unbekannt.«

»Es gab ein Missverständnis, das jetzt aus der Welt geschafft wird.«

»Nicht bevor meine Enkelin ...«

»Damit habe ich nichts zu tun, Marchesa Montecorno! In Herzensangelegenheiten bin ich völlig unerfahren. Ich sehe nur, dass mein Freund eine gute Wahl getroffen hat.«

»Er scheint nicht derselben Meinung zu sein.«

»Sie täuschen sich, Marchesa Montecorno. Walter, sei doch nicht so schüchtern! Liliana ist jetzt deine Frau. Sei nett zu ihr!«

Der Duke hatte weder Falten im Gesicht noch am Hals. Auch die Hände waren straff und glatt. Aber die Augen hatten keinen Glanz. Wenn er sprach, bewegten sich kaum die Lippen. Alle seine Bewegungen waren steif und schwerfällig. Er war ein Greis, der sich als junger Mann ausgab. Er warf dem Fürsten einen erbosten Blick zu. Dann drehte er sich ruckartig zu Liliana um.

»Ich hatte ausdrücklich befohlen, du sollst das Perlenkollier tragen!«

»Ich hab's doch vergessen!«, sagte Liliana mit einem Schluchzen in der Stimme. Dabei griff sie sich an die Brust, als wolle sie das Herz davon abhalten, zu brechen.

»Walter, mäßige dich! Sie ist doch noch so jung. Habe Geduld mit ihr!«

»Ich hatte es angeordnet, ausdrücklich! Und was dieser Fetzen da mit einem Brautkleid zu tun haben soll, kann ich beim besten Willen nicht erkennen. Es ist schamlos, unwürdig ... es ist ... es ist ... es ist eine Beleidigung meiner Person. Zieh es sofort aus!«

»Wie mir scheint, sind die geistigen Kräfte des Duke nicht mehr ganz auf der Höhe.« Die Marchesa sprach über den Duke hinweg zum Fürsten. »Das würde bedeuten, seine Unterschrift besitzt keine Gültigkeit.«

Der Fürst grinste. Die Marchesa machte ihm Spaß. Kleine Scharmützel erhellten den Alltag.

»Die Unterschrift des Duke of Everweard ist wie das Siegel unter einer Gesetzestafel. Sie müssen das verstehen. Endlich ist es ihm gelungen, die Frau, die er über alles liebt, zu seiner rechtmäßigen Gattin zu machen. Jetzt benimmt er sich wie ein aufgeregter Jüngling, der jede Kleinigkeit als Angriff auf seine Ehre auffasst. Wenn ich ihn so betrachte, bin ich doch dem Himmel dankbar, niemals der Krankheit namens Liebe verfallen zu sein.«

»Sie meinen also, Herr Borden, es besteht noch Hoffnung, der Duke könnte seine guten Manieren zurückgewinnen?«

»Das höre ich mir nicht länger an!«, sagte der Duke.

Er stand auf und ging hinaus.

»Entschuldigen Sie uns für einen Augenblick, meine Damen! Er ist ein herzensguter Mensch. Ich werde von Mann zu Mann mit ihm sprechen. Wir sind gleich wieder zurück.«

Der Fürst folgte dem Duke.

Liliana nippte an ihrem Glas.

»Mein Gatte heißt also Walter. Ich verstehe immer noch nicht, warum er ausgerechnet mich heiraten wollte.«

»Du weißt es.«

»Der Fürst wollte, dass der Duke mich heiratet. Sollte ich dem Fürsten wirklich die Suppe versalzen, habe ich immer noch den alten Widerling auf dem Hals.«

»Es ist der Pantalone in unserem Stück.«

Das Essen wurde serviert.

Liliana betrachtete die melancholischen Überreste eines Rindes. Seine letzte Würde war ihm genommen worden, weil der Koch eine dunkle Brühe über es gegossen hatte, in der schwarze Pfefferkörner schwammen wie Pusteln. Sie schob den Teller weg.

»Ah, la jeune mariée!« Vor Liliana stand ein kleiner, rundlicher Mann mit eleganter Kochmütze. »Maître cuisinier LeDuc, je suis à votre service et je vous souhaite un bon appétit!«

»Vous êtes responsable pour ce massacre?«

Dass die junge Braut fließend Französisch sprach, nahm ihm den Wind aus den Segeln. Aber so einfach weggehen konnte er auch nicht.

»Probieren! Köstlich! Hmm!«

Im Englischen glaubte er im Vorteil zu sein und vermeinte, die Duchess auf die Stufe eines Kindes herabsetzen zu können.

»Da Sie schon einmal hier sind, Herr Meisterkoch, entfernen Sie doch bitte diesen Unrat, der meine Augen und meine Nase beleidigt!«

Dabei schob Sie ihm den Teller hin.

Chefkoch LeDuc nahm den Teller und ging ohne weitere hörbaren Proben seiner Sprachkunst.

»Was willst du jetzt essen?«

»Ich habe vorgesorgt.«

Floriana trug einen Picknickkorb herbei. Feierlich deckte sie den Tisch neu für Liliana. Sogar eine kleine Vase mit Margeriten hatte sie nicht vergessen. Floriana legte zwei dampfende Kartoffeln auf den Teller, daneben zarten, in Butter gedünsteten Spargel und als Krönung rohen Schinken in feinen Scheiben. Das alles ohne Soßen, starke Gewürze oder Chutneys. Dazu bekam sie ein kühles Glas Wasser.

Liliana begann zu essen. Man konnte zusehen, wie sich ihr Gesicht immer mehr aufhellte.

Duke und Fürst kamen zurück.

»Was soll denn das? Floriana, Sie sind nicht mehr meine Köchin! Ich habe den berühmtesten Koch Englands engagiert«, sagte der Duke entrüstet.

Liliana ließ sich nicht aus der Ruhe bringen. Erst nachdem sie alles ratzeputz leergegessen hatte, wandte sie sich an den Duke.

»Ich vertrage nur leichte Kost. Meine sensible Konstitution ist inkompatibel mit den Kreationen der Haute Cuisine. Danke, Floriana, du bist ein Schatz!«

Floriana packte alles wieder ein und trug den Korb weg.

»Das war ein sehr komplizierter Satz, den Sie da gerade geäußert haben, Liliana.« Der Fürst hatte selbst etwas Mühe, seinen Inhalt zu verstehen.

»Herr Borden, manchmal kommen mir Worte in den Sinn, die ich irgendwann aufgeschnappt habe, die haben so einen schönen Klang. Ich knüpfe sie dann zu einem Satz zusammen und denke mir etwas dabei. Ich jedenfalls verstehe immer, was ich sage.«

Ach, ist die einfältig! dachte der Fürst.

»Walter, du wolltest doch etwas sagen.«

»Der Meisterkoch kostet mich eine schöne Stange Geld.«

»Walter!«

Der Duke musste husten. Er hatte wohl einen trockenen Hals.

»Also ... ich habe mich bedauerlicherweise nicht ganz so benommen, wie man sich Damen gegenüber verhält. Es soll nicht wieder geschehen.«

Liliana sah ihm direkt in die Augen und sagte:

»Ich hoffe, es gibt Eis als Nachspeise.«

»Alles, was du willst, Liliana!«

Der Duke sah den Fürsten ratlos an. War damit seine Entschuldigung angenommen?

Der Fürst war zufrieden, sehr zufrieden. Es könnte gar nicht besser sein!

* * *

»Ich will den Zirkus sehen!«, sagte die junge Braut.

Pfarrer Joshua Fraggles trat an den Tisch.

»Eure Gnaden, meine Ehrerbietung! Duchess, Ihnen geht es wieder gut? Ich war doch sehr erschrocken, als sie plötzlich vor mir zu Boden sanken.«

»Haben Sie den Zirkus schon gesehen? Sogar einen Feuerschlucker soll es geben«, sagte Liliana.

»Ich sagte meiner Gattin bereits, mit diesem Kleid kann sie nirgendwo hingehen. Herr Pfarrer, Sie stimmen mir doch zu?«

»Die Frauen sprechen von nichts anderem, eure Gnaden. Wenn sie das Brautkleid ablehnen, bedeutet das für die Leute, Sie stehen nicht auf der Seite Ihrer Gattin. Das wird hier sehr genau genommen.«

»Was kümmern mich die Leute!«

»Wohl eine ganze Menge,« sagte die Marchesa, »sonst würden Sie nicht solch ein Aufhebens um ein schlichtes Kleid machen.«

»Seien Sie doch nicht so ein alter Brummbär!« Die Braut sprang auf. »Dann begleiten Sie mich, Herr Pfarrer!«

Der Pfarrer erschrak sichtlich.

»Es wäre schon besser, wenn Ihr Gatte Sie begleitet.«

»Dann gehe ich eben allein. Komm, Gina!«

»Ihr Gatte wird Sie mit Freuden begleiten!«, sagte der Fürst entschieden. »Er ist ja so stolz auf seine junge, hübsche Frau.«

Der Duke nickte ergeben. Mühsam erhob er sich. Wenn er längere Zeit gesessen hatte, brauchten seine Beine eine gewisse Zeit, die Steifheit zu verlieren. Der Fürst blieb sitzen und bat den Pfarrer um ein Gespräch.

Liliana hakte sich bei dem Duke unter und führte ihn durch den Saal. Die Marchesa und Gina folgten ihnen. Lady Monleirdon, Rosemary und Martha gesellten sich dazu.

Als sie hinaus auf die Festwiese traten, drehten sich alle Augen nach ihnen um. Zuerst herrschte Schweigen, dann aber wurde geklatscht. Die junge, unschuldige Braut hatte es allen angetan. Das Brautkleid empfand niemand als anstößig, es passte eben zur Braut. Was nicht passte, das war der Mann an ihrer Seite.

»Haben Sie den Zirkus schon gesehen, Duke?« Liliana benahm sich wie ein Mädchen, das es genoss, im Mittelpunkt zu stehen.

»Ja! Ich ließ den Zirkus extra für dich aus Italien kommen.«

»Dann ist es ein berühmter Zirkus?«

»Der Fürst hat ihn mir empfohlen.«

»Sie kennen einen Fürsten?«

»Mein Freund Nero Borden ist ein Fürst.«

»Wo ist sein Fürstentum?«

Für einen kurzen Augenblick, dachte Liliana, sie habe den Mann mit dem Moustache wiedergesehen, der ihr in Dover und im Zug aufgefallen war. Er hatte der Marchesa kurz zugenickt, dann war er in der Menge verschwunden.

»Duchess! Duke!« Der Konsul trat zu ihnen und machte eine kleine Verbeugung. »Welch ein schönes Paar! Man sieht sofort, sie sind füreinander geschaffen.«

»Wir besuchen den Zirkus, Konsul!« Liliana konnte es kaum noch erwarten. »Sie müssen mit uns kommen und der Dottore natürlich auch.«

Dottore Emiliano Scaltroni gab der Braut einen Handkuss.

»Es beruhigt mich, Sie wohlauf zu sehen, Duchess.«

»Es war nur die Freude.«

»Natürlich!«

Emiliano ging an Ginas Seite.

»Haben Sie sich entschieden, Gina? Werden Sie mir heute Abend auf dem Ball einen Tanz gewähren?«

Gina warf der Marchesa einen Blick zu. Diese tat aber so, als habe sie nichts gehört. Stattdessen wandte sie sich an Lady Monleirdon.

»Elizabeth, ich vermisse deinen Sohn und Floriana.«

»Sophia, du weißt doch, es sind junge Leute. Sie werden sicher irgendwo tanzen. Jedenfalls würde ich das an ihrer Stelle tun.«

»Und du, Rosemary, gibt es niemanden, mit dem du tanzen möchtest?«

Rosemary wurde verlegen und blickte unter sich.

»Das hat noch Zeit!«, sagte ihre Mutter energisch.

»Elizabeth, man ist nur einmal jung. Kehr nur nicht wieder die alte Baronin heraus, die konnte ich überhaupt nicht leiden!«

Elizabeth sah Martha fragend an. Martha grinste.

»Gib deinem Herzen einen Stoß! Auf deine Tochter kannst du dich verlassen. Sie hat dein Vertrauen verdient.«

»Ihr habt ja recht! Diese steife, schreckliche Hochzeit, sie erinnert mich so an meine. Rosemary, wenn du nicht mit in den Zirkus möchtest, dann kannst du … Ach, geh schon!«

Rosemary gab ihrer Mutter einen Kuss und lief davon.

»Ich werde sie bald verlieren. Zuerst wird Martin gehen, dann Rosemary. Bin ich schon so alt?«

»Das ist der Lauf der Welt, Elizabeth.« Martha hakte sich bei ihr unter. »Aber sie gehen nicht weg. Sie bleiben im Monleirdon College. Du hast es viel besser als andere Mütter. Worüber beklagst du dich eigentlich?«

»Ach, die Zeit vergeht so schnell.«

»Deshalb, meine Elizabeth«, die Marchesa hakte sich bei ihr auf der anderen Seite unter, »genießen wir den Augenblick. Das ist das einzige, auf das wir uns verlassen können.«

Die Marchesa weiß immer eine Antwort, dachte Gina. Ich kann doch nicht tanzen und Liliana allein lassen! Aber tanzen würde ich schon gerne. Wer weiß, ob wir morgen noch leben.

Liliana drehte sich um.

»Dottore Scaltroni, auf ein Wort?«

Emiliano, der immer noch auf eine Antwort hoffte, ging zu Liliana.

»Duchess?«

»Eine Hochzeit ist doch recht lang und anstrengend. Gina ist mir eine unentbehrliche Stütze. Ich möchte nicht, dass mir noch einmal so etwas Peinliches passiert wie heute Mittag.«

»Ich verstehe.«

»Um was geht es eigentlich, Emiliano?« Der Konsul war ein rechtes Tratschmaul und bemühte sich, über alles informiert zu sein, besonders wenn er etwas Delikates witterte. »Ich dachte, du müsstest sofort nach der Trauung abreisen.«

»Ich werde mich morgen gleich in der Frühe auf den Weg nach London machen. Der Duke bat mich, noch zu bleiben.«

Sie kamen vor dem Zirkuszelt an.

Liliana zupfte den Duke ganz aufgeregt am Ärmel.

»Sehen Sie, Duke, dort ist eine Wahrsagerin!«

Etwas abseits stand ein bunter Wagen mit der Aufschrift:

›Sibilla, Indovina stupenda!‹

Darunter stand etwas kleiner:

›Die Zukunft liegt in Ihrer Hand!‹

»Kommen Sie, wir lassen uns die Zukunft voraussagen!« Liliana zog den Duke in Richtung Wagen.

»Nein, das ist nichts für mich!«

»Seien Sie kein Spielverderber! Das ist doch alles nur Spaß.«

»Geh ruhig allein, Liliana! Da drüben gibt es etwas zu trinken. Wir warten dort auf dich. Aber nimm ja nicht Ernst, was dir diese Betrügerin sagen wird!«

»Keine Angst! Das ist ja alles so lustig.«

Liliana drückte dem Duke einen Kuss auf die Wange wie einem Onkel, der gerade ein großzügiges Geschenk gemacht hatte.

Gina folgte ihr in den Wagen.

Es war natürlich dunkel, das gehörte dazu. Auf einem runden Tisch stand eine Lampe. Das Licht fiel auf eine Kristallkugel.

»Nehmt Platz!«,

sagte eine bekannte Stimme.

Liliana und Gina setzten sich in tiefe Plüschsessel. Auf der anderen Seite des Tischs sahen sie das Gesicht einer uralten Frau. Das Schwarz ihrer Kleidung verschmolz mit dem Dunkel des Raums. Auf der Kristallkugel ließ sich ein kleiner, gelber Vogel nieder.

»Da bist du ja, du Ausreißerin!« Liliana streckte Paglierina den Zeigefinger hin. Der Vogel hüpfte darauf, dann flog er auf ihre Schulter und knabberte sacht an ihrem Ohrläppchen.

»Stupende Sibilla, wir sind gekommen, unsere Zukunft zu erfahren oder genauer, wir wollen wissen, ob wir eine Zukunft haben.«

»Es war klug von dir, das Perlencollier nicht zu tragen.«

»Eine Vogelfängerin gab mir den Tipp. Vielleicht erfahre ich eines Tages, welches Geheimnis sich dahinter verbirgt.«

»Es gehört dem Fürsten und dient dazu, seine Opfer gefügig zu machen.«

»Inzwischen konnte er feststellen, er braucht dazu keine Hilfsmittel.«

»Ja, das hast du gut gemacht.«

»Meine Ohnmacht war leider echt. Und die Höllenangst, die ich habe, die ist noch echter!«

»Es ist bald vorüber.«

»So oder so? Vielleicht könnten Sie einen Blick in diese Kugel werfen.«

»Das ist nur dummes Glas.«

»Verfügt nur der Fürst über magische Hilfsmittel?«

»Die wahre Magie liegt im Wesen jedes Dinges. Dazu bedarf es keiner Hilfsmittel.«

»Jetzt habe ich wieder etwas zum Nachdenken. Unsere Gespräche sind immer so lehrreich.«

Gina betrachtete das unergründliche Gesicht der Alten. Sie sah noch genauso aus, wie sie sie in Erinnerung hatte. Viele Jahre war sie die Hexe in ihren Albträumen gewesen.

»Schwebte Liliana damals zu mir herab oder wurde sie an einem Seil herabgelassen?«

»Du warst es. Du hast sie zu dir gezogen wie auf einem magischen Strahl.«

»Wie ist das möglich? Ich bin keine Zauberin.«

»Ist Liebe kein Zauber?«

»Sagen Sie mir die Wahrheit!«, flehte Gina.

»Ich sehe nur eine Zauberin.«

»Sie?«

»Ich habe zwar die eine oder andere Begabung, aber als Zauberin würde ich mich nicht bezeichnen. Aber ich wiederhole mich gerne, wenn es zum besseren Verständnis dient. Ich sehe nur eine Zauberin!«

»Sie meinen Liliana.«

»Wenn du es so auffassen willst.«

Liliana drückte Ginas Hand.

»Komm, Gina, wir gehen! Wir haben jetzt genug Rätsel.«

Paglierina flog zurück auf die Kristallkugel.

»Gibt es eine Schwester?«

»Schwester von wem?«

»Schwester dieser Brüder, die mein Leben beenden möchten.«

»z'Fla ist ihr Name. Es ist eine Legende.«

»Ich möchte jetzt doch keinen Zirkus mehr sehen, Gina. Bist du sehr enttäuscht?«

»Nein, ich bin froh, dass wir da nicht hineingehen.«

Liliana stand auf.

»Sehen wir uns wieder?«

»In diese Falle gehe ich nicht, gewitzte Liliana! Aber es würde mich freuen.«

»Das ist mir bereits ein Trost. Leben Sie wohl!«

Es stellte sich heraus, dass keiner wirklich Lust gehabt hatte, in den Zirkus zu gehen. So spazierten sie zurück zum Schloss.

»Kennst du jetzt deine Zukunft?« Der Duke lächelte mitleidig.

»Ja!«

»Tatsächlich?« Jetzt war er doch überrascht. »Du darfst solchen Leuten keinen Glauben schenken!«

»Auch wenn Sie nur Glück und Sonnenschein voraussagen?«

»In diesem Fall darfst du es glauben.«

»Geben Sie mir darauf Ihr Wort, Duke of Everweard?«

Der Duke flüsterte ihr ins Ohr.

»Gleich heute Nacht werde ich dich sehr glücklich machen.«

»Glücklicher als ich jetzt bin?«

»Ich werde dich in das große Mysterium einweihen.«

»Das ist doch hoffentlich nichts Gruseliges!«

»Was du nur denkst! Ich werde dich in den geheimen Garten führen – der Liebe.«

»Warum ist er geheim?«

»Weil ihn nur Eingeweihte betreten dürfen. Dahin werde ich dich geleiten, meine geliebte Liliana!«

»Bekomme ich vorher noch Zuckerwatte?«

Liliana war noch solch ein Kind!

»Alles, was dein Herz begehrt!«

* * *

Liliana sah interessiert dem exotischen Treiben im Ballsaal zu. Die Musik war laut und ziemlich aus dem Takt. Die Tanzpaare machten auch keinen frischen Eindruck mehr. Viele torkelten im Kreis oder blieben stehen und hielten sich fest, als wollten sie sich einander vor dem Hinfallen schützen. An den Tischen saßen die Gäste mit geschlossenen Augen oder hatten den Kopf auf die Tischplatte gelegt und schnarchten. Draußen lagen Männlein wie Weiblein querbeet übereinander oder nebeneinander, wie es gerade kam und schliefen. Nur wenige Wackere stolperten noch durch die Reihen.

Ein Paar auf der Tanzfläche tat so, als wäre es ganz allein. Dabei sahen sie sich gar nicht an. Ihre Körper berührten sich nicht, eine Hand lag in der Hand des Partners, die andere auf dessen Schulter. Beide sahen an dem anderen vorbei, den Blick auf etwas gerichtet, was niemand sehen konnte.

»Dottore Emiliano Scaltroni benimmt sich wie ein wahrer Gentleman. Findest du nicht auch, Großmutter?«, sagte Liliana.

»Das muss er auch, wenn er sich mit gewöhnlichem Dienstpersonal abgibt.«

»Das Dienstpersonal macht eine wirklich gute Figur dabei. Ich frage mich nur, warum sie diese Mühen auf sich nehmen. Spaß kann das doch nicht machen? Es sieht anstrengend aus.«

»Es ist sicher eine Pflichtkür. Wenn sie es lange genug geübt haben, sind sie bereit für freie Improvisationen.«

»Daraus wird heute nichts mehr. Sag mal, hast du schon einmal erlebt, dass so viele Menschen in kurzer Zeit so betrunken sind, dass sie nicht mehr wissen, wo sie sich befinden?«

»Es muss an dem Wein liegen, den der Duke aus Italien kommen ließ, wie er behauptet. Ich bin froh, dass ich nichts davon getrunken habe.«

»Weil ich es dir untersagt habe«, sagte Liliana.

»Ist ja schon gut! Der Wein war nicht gut ... oder man hat ihm etwas untergemischt.«

»Fragt sich nur, warum?«

»Warum was? Duchess?«

Der Fürst setzte sich neben Liliana. Der Duke hatte sich kurz zurückgezogen.

»Es sieht so aus, als würden meine Gäste gleich einschlafen, Herr Borden.«

»Es ist ja schon spät.«

»Nicht so spät! Die Sonne ist gerade erst untergegangen. Dann beginnen in Italien erst die Feste.«

»Wahrscheinlich sind wir den schweren italienischen Wein nicht gewohnt. Der Duke wollte nicht, dass englisches Bier ausgeschenkt wird. Das war ihm zu vulgär.«

Liliana hatte festgestellt, dass es keine Rolle spielt, in welcher Entfernung sich Gina aufhielt. Sie konnte die Kräfte des Fürsten blockieren, solange Gina ein Teil ihres Denkens und Fühlens war. Nachdem sie das verstanden hatte, war alles einfach.

»Der Duke sagte, Sie seien ein Fürst?«

»Was sind schon Titel? Nero Borden ist doch ein schöner Name. Finden Sie nicht auch?«

»Nero wie jener Nero, der Rom in Brand stecken ließ?«

»Nur zur Stadtsanierung! Das wurde immer missverstanden.«

»Und Sie sind auch ein solcher Wohltäter?«

»Wie gefällt Ihnen das Fest?«

»Ich gebe nie spontan Antwort auf solche Fragen. Es könnte ja sein, ich erfahre später etwas, was ich nicht wusste. Dann sähe ich ganz schön dumm aus!«

»Das war sicher eine kluge Antwort, denn ich habe sie nicht verstanden.«

Der Fürst amüsierte sich immer mehr über diese einfältige Gans. Jetzt hielt sie sich noch für klug. Das war köstlich!

»Marchesa Montecorno, Sie haben noch nichts von dem Wein getrunken? Er kommt aus der Toskana.«

»Dort gehört er auch hin! Wenn ich in einem fremden Land bin, möchte ich auch die einheimischen Spezialitäten genießen.«

»Ich besorge Ihnen sofort ein Glas Bier. Möchten Sie ein dunkles oder ein helles?«

»Wenn ich die Wahl habe ... Besorgen Sie mir ein Guinness!«

»Das stammt aus Irland.«

»Ich will es heute nicht zu genau nehmen.«

»Wie Sie wünschen! Entschuldigen Sie mich einen Augenblick, meine Damen.«

Der Fürst entfernte sich. Der Duke kam und setzte sich wieder neben seine junge Frau.

»Langweilst du dich auch nicht, Liliana?«

»Aber, nein! Es ist ja alles so aufregend! Werden noch Akrobaten kommen und schwarz geschminkte Tänzerinnen in Baströckchen?«

Der Duke neigte sich zu Lilianas Ohr und flüsterte:

»Ich dachte, wir ziehen uns bald zurück, meine Liebste!«

»Was heißt das, Zurückziehen? Sie meinen doch hoffentlich nicht, ich muss schon ins Bett! Ich bin jetzt erwachsen und möchte solange aufbleiben wie die andern.«

Dem Duke wurde auf einmal bewusst, dass er tatsächlich ein Kind geheiratet hatte. Zugegeben, sie war schon siebzehn und hatte alles, was zu einer erwachsenen Frau gehört, aber geistig war sie auf der Stufe eines Kindes geblieben. Das machte alles noch einfacher.

Der Duke winkte Peter herbei, der gerade einen Betrunkenen aus dem Raum führen wollte. Er ließ ihn fallen und kam an den Tisch. Der Duke gab ihm Anweisungen. Liliana konnte nicht verstehen, was er sagte, die Musik war zu laut. Peter nickte und ging hinaus, ohne den am Boden liegenden Betrunkenen mitzunehmen.

»Peter, ist das Ihr Butler?«

»Butler? Peter ist meine rechte Hand.«

Liliana sah ihn so rührend konzentriert an. Man sah, dass sie das nicht begriffen hatte, aber nicht unhöflich sein wollte.

»Peter sorgt für die Sicherheit im Schloss. Er fährt zum Beispiel für mich nach London, wenn ich verhindert bin oder vertritt mich hier, wenn ich auswärts bin. Er hält mir unerwünschten Besuch vom Hals, kümmert sich um die Verwaltung der Güter und vieles mehr.«

»Mezzetino würde er bei uns in Italien heißen.«

»Interessant! Was du alles weißt, Liliana!«

Liliana strahlte. Sie war gelobt worden.

»Ich gab Peter den Auftrag, für Unterhaltung zu sorgen. Schließlich bezahle ich den Leuten einen Haufen Geld.«

Der Fürst kam zurück. Ihm folgte ein Küchenmädchen. Sie trug ein Tablett mit einem Glas dunklem Bier. Sie stellte es vor der Marchesa auf den Tisch.

Die Marchesa nippte.

»Das ist ja scheußlich!«

»Das ist ein Guinness, Marchesa Montecorno.«

»Nehmen Sie es gleich wieder mit! Ich bleibe bei Wasser. Das schmeckt wenigstens nach gar nichts.«

Das Mädchen stellte das Glas Bier wieder auf das Tablett und trug es weg.

Der Fürst setzte sich und lachte.

»Bier ist für Männer, Marchesa Montecorno.«

»Männer haben nichts Besseres verdient!«

Ein Affe betrat den Raum und klatschte in die Hände. Er schwenkte einen breiten Hut, auf dem in großen, roten Buchstaben stand: Circo Fantasmagoria.

Der Zirkusdirektor trat herein, seinen Bauch vor sich herschiebend wie eine Trommel. Er wirbelte rote, grüne, blaue Keulen durch die Luft. Ihm folgte eine Zigeunerin mit rotem Halstuch, sie hatte ein langes Messer zwischen den Zähnen. Ein Bulle von einem Mann trat ein mit einer brennenden Fackel in der Hand, gefolgt von einer Dame mit roten Wangen und goldenen Ohrringen, die eine großen Scheibe hereinrollte. Zum Schluss kam ein trauriger junger Mann. Er nahm das Akkordeon von seiner Schulter.

Die Tanzfläche leerte sich. Gina kehrte an den Tisch zurück. Sie setzte sich wortlos neben Liliana. Emiliano ging hinaus.

»Junges Brautpaar, hochverehrtes Publikum! Es ist eine große Ehre für uns, die wir schon vor allen gekrönten Häuptern Europas unsere unnachahmlichen Künste dargeboten haben, heute Abend in Everweard Castle auftreten zu dürfen. Alles, was sie sehen werden, ist echt, ohne Tricks und doppelten Boden. Die Welt ist ein riesiges Zirkuszelt. Die große Trommel ertönt. Das Spiel beginnt. Doch wer ist der Clown, wer ist die schöne Verführerin, wer der starke Mann, wer die begnadete Sängerin? Welche Rolle werden wir spielen? Werden wir es wissen, wenn die Aufführung zu Ende ist?«

Das Akkordeon spielte einen langgezogenen, melancholischen Akkord. Die Zigeunerin schlug auf ein Tambour. Die Glöckchen an ihren Knöcheln warfen helle, schneidende Töne in den Raum. Ihre nackten Füße drehten sich, sprangen und tanzten. Die Sängerin erhob ihre Stimme zu einem wehmütigen Flamenco. Sie klatschte dazu in die Hände und wirbelte den Saum ihres Rocks im Rhythmus.

Die Vorstellung hatte begonnen.

## Kapitel 22

Das Ouroboros-Zimmer begrüßte Salvatore wie den verlorenen Sohn, der zurückgekommen war, um sich zu Boden zu werfen und um Vergebung zu bitten. Er spürte den kalten Hauch des Todes, wie hatte er glauben können, ihm zu entkommen? Um das Bett standen Kerzen, sie brannten bereits, und daneben ein Kübel mit Eis und einer Flasche Champagner. Auf dem Bett lag eine echte Rose, rot wie Blut, die einzig natürliche Farbe in dem Raum. Die Schlange, schwarz und golden, wand sich lauernd um das Bett. Die farblosen Wände und die Decke in Gestalt einer Rosenhecke warteten darauf, aus dem Hintergrund hervorzutreten.

Er dachte an Blanche, seine Schwester. Sie brannte wie eine tiefe Wunde in seinem Herzen. Er musste ihre Rückkehr verhindern, um Liliana zu retten.

Liliana, waren sie sich nähergekommen oder hatten sie sich voneinander entfernt? Er hatte ihr nicht die Wahrheit über sich gesagt. Deshalb mussten sie sich als Fremde begegnen. Die Erfüllung seiner Sehnsüchte hatte er sich selbst verwehrt. Sie hätte akzeptiert, dass er ein Gestaltwandler war. Sie hätte akzeptiert, was er nicht konnte, was er mit jeder Faser seines Wesens ablehnte. Er wusste es, aber es nutzte ihm nichts, er war nicht tapfer genug.

Salvatore war hierhergekommen, weil er musste. Für Liliana war er die einzige Hoffnung. Die Alte hielt es für seine Bestimmung, der er nicht entrinnen konnte. Der Fürst verhöhnte ihn. Domenico lachte ihn aus. Gina hielt ihn für einen Schwächling, der schon lange aufgegeben hatte, um Liliana zu kämpfen.

Sie hatten alle recht, er hatte Angst!

Er hatte Angst, sich zu verwandeln, ein anderer zu werden. Er hatte Angst, etwas Unmenschliches zu werden – und es zu lieben. Wie konnte er ein Erbe annehmen, dessen Preis seine Mutter gewesen war? Sollte er diese abscheuliche Tat etwa gutheißen? Nein, er musste sich dagegen wehren! Es war eine Frage des Überlebens.

*›Oh, Blanche! Mit dir hätte ich alles sein können!‹*

Dieser Gedanke erschreckte ihn zutiefst. Es war Liliana, die er liebte. War diese andere Seite in ihm schon so mächtig, dass sie sogar begann, seine Gefühle zu kontrollieren?

Salvatore Brava, welch ein Hohn! Was war schon ›bravo‹, tapfer, an ihm? Gegen Götter sollte er kämpfen, gegen einen Unsterblichen, gegen eine Legion von Seelenfressern! Mit was denn? Mit bloßen Händen? Es gab keine Hoffnung, es gab nur den letzten Rest Würde, in der Stunde ihres Todes in der Nähe Lilianas zu sein.

* * *

»Was zieht man denn so an, wenn man Göttern geopfert wird?«

Liliana saß vor der Spiegelkommode. Gina bürstete ihr Haar.

Die Marchesa saß auf dem Bett und bedauerte, sich nicht bis zur Besinnungslosigkeit betrunken zu haben. Sie wusste nicht, wie sie die Nacht überstehen sollte. Der Duke würde bald kommen und die junge Braut in sein Schlafgemach führen.

»Wird er nicht merken, dass du keine Jungfrau mehr bist?«

»Ich kenne da ein paar Tricks.«

»Woher? Du bist doch keine Kurtisane.«

»Kurtisane ... Ein schönes Wort! Ich dachte, ich könnte ein wenig zaubern.«

»Wenn das nur gutgeht!«

»Mutter,« Ginas Hände zitterten. Sie tat aber so, als wäre nichts. »Du solltest Liliana nicht noch weiter verunsichern. Es ist schon schlimm genug, wie es ist. Wir müssen ihr Mut machen.«

»Ist ja gut! Ich sage auch nichts mehr. Dass ich aber auch überhaupt nichts machen kann ...«

»Großmutter, pass gut auf meine Gina auf!«

»Das werde ich nicht! Wenn du sicher sein willst, dass ihr nichts geschieht, dann bleibe hier und kümmere dich um sie.«

Liliana stand auf und setzte sich neben die Marchesa. Sie nahm ihre Hand und streichelte sie.

»Wir wussten, dass dieser Tag kommen wird und diese Nacht. Jetzt ist es soweit. Wir werden uns dem Kampf stellen, Marchesa Montecorno di Capirosso! Es gibt niemanden, der ihn für uns führen könnte. Darüber sprachen wir lange und ausführlich. Ich bin die Siebte nach Magali. Sie soll stolz sein auf mich. Und ich möchte mir selbst ins Gesicht schauen können!«

»Liliana, das sind alles edle Worte, lobenswerte Tugenden und bewundernswerte Taten. Ich möchte aber nicht über eine Heilige Liliana in einem erbaulichen Brevier lesen. Lieber wäre es mir, du schüttetest wieder einmal zu viel Salz in meine Zwiebelsuppe oder wir suchten verzweifelt jemanden, der anatomisch so gebaut ist, dass er in einen deiner selbstgemachten Pullover passt.«

»Du bist nicht der Auffassung, ich hätte schon gewaltige Fortschritte gemacht?«

»Du meinst, dass beide Ärmel gleich lang waren? Ich kenne aber keinen Menschen, der so lange Arme hat. Ach, Liliana, ich werde auf dich warten und mit meinen Gedanken bei dir sein. Du darfst nicht glauben, ich hätte kein Vertrauen zu dir. Ich habe Vertrauen zu dir – aber nicht in das Schicksal, nicht zu Gott oder wer auch immer die Fäden zieht, wenn es überhaupt so etwas gibt, was ich bezweifle. Deshalb sage ich nur eins: Ich liebe dich!«

Liliana gab Großmutter einen Kuss. Sie sprang auf und öffnete das Fenster, um einen kleinen, gelben Vogel hereinzulassen. Paglierina ließ sich auf dem Bettpfosten nieder und fing sofort an, sich zu putzen.

»Jetzt seid ihr nicht mehr allein.«

Es klopfte an der Tür.

»Liliana, sind Sie bereit?«

Liliana wurde es schwindlig. Ihre Beine gaben nach und sie sank zu Boden. Gina musste ihr wieder hoch helfen.

»Ich komme!«

* * *

Der Duke war nicht der Duke. Das spürte Liliana sofort. Seine Schritte waren schneller und energischer als die des Duke, alle Bewegungen geschmeidiger. Den Mann, der neben ihr lief in Gestalt des Duke, konnte sie nicht erfühlen. Es konnte nur der Fürst sein.

»Ich habe eine Überraschung für Sie, Liliana!«

Der Duke hatte Sie immer geduzt wie ein kleines Mädchen. Wider Erwarten führte er sie nicht in seine Schlafgemächer. Er öffnete eine Tapetentür. Eine Wendeltreppe führte nach unten. Sie war nur spärlich beleuchtet.

»Die Treppe muss noch renoviert werden. Lassen Sie sich nicht abschrecken. Was ich Ihnen zeigen werde, wiegt jede Unannehmlichkeit auf. Vor wenigen Wochen stießen wir bei Umbauarbeiten auf eine archäologische Sensation. Es ist ein wahres Kleinod. Dort möchte ich mit Ihnen unsere erste gemeinsame Nacht verbringen.«

»Eine geheime Schatzkammer?«

»Aber, Liliana, Sie sind mein wertvollster Schatz. Weder Diamanten, Rubine, Smaragde, Gold oder Silber können sich mit Ihrer Schönheit messen.«

Die junge Braut strahlte. Welche Frau hört das nicht gern?

»Es ist ein Ort, der für Ihre Schönheit geschaffen wurde. Es ist das Gemach der Göttin der Liebe.«

»Das hört sich langweilig an. Gibt es dort etwas zu lesen?«

»Lesen in der Hochzeitsnacht? So etwas habe ich wahrlich noch nie gehört. Gibt es denn einen einzigen Funken Verstand in Ihrem hübschen Schädel?«

»Zum Lesen braucht man Verstand, sonst wäre es nicht so anstrengend.«

»Ich bin Ihr Gatte, Liliana. Haben Sie doch Vertrauen zu mir!«

»Ich vertraue Ihnen, Duke of Everweard.«

»Wir sind da.«

Sie standen vor einer leeren Wand. Der Duke/Fürst drückte auf eine nicht sichtbare Feder. Die Tür öffnete sich.

»Darf ich Sie über die Schwelle tragen?«

»Wieso? Ich bin doch nicht krank.«

»Es ist Brauch, dass der Bräutigam die Braut über die Schwelle des Schlafgemachs trägt.«

»Ich kenne Ihre Überraschung nicht, deshalb möchte ich lieber auf meinen eigenen Beinen stehen.«

»Ganz, wie Sie wollen. Es wundert mich nicht, wenn ich ehrlich bin. Für Romantik scheinen Sie auch nichts übrig zu haben.«

»Ich möchte wirklich wissen, was das mit Romantik zu tun haben soll. Ist es vielleicht romantisch, wenn man nicht mehr aus eigener Kraft ein Zimmer betreten kann?«

Der Duke/Fürst schüttelte den Kopf und betrat den Raum. Liliana folgte ihm.

Es war eine Grabkammer. An den Wänden, dem Boden und der Decke konnte Liliana Äste, Zweige, Dornen und Blüten einer den gesamten Raum umfassenden Rosenhecke erkennen. Aber alles war weiß, sogar das monströse Bett in der Mitte. Sie blieb stehen und verschränkte die Arme vor der Brust.

Der Duke/Fürst setzte sich auf das Bett und zog eine Flasche aus dem Sektkübel, der am Boden stand.

»Kommen Sie, trinken wir ein Glas Champagner!«

Liliana rührte sich nicht vom Fleck.

Um das Bett herum wand sich eine Schlange. Ihre Schuppen schimmerten im Schein der Lampen. Sie war schwarz, zum Kopf hin wurde sie immer mehr golden.

»Wo sind wir hier?«

»Ich sagte doch, es ist das Gemach der Göttin der Liebe.«

»Mit Liebe hat das nichts zu tun. Ich möchte auf der Stelle wieder gehen!«

»Ganz wie Sie wollen, Liliana. Aber ein Glas Champagner sollten wir schon zusammen trinken. Kommen Sie, tun Sie mir den Gefallen!«

»Ich bewege mich keinen Schritt in Richtung dieser Schlange.«

»Was denken Sie nur, Sie Närrin, das ist doch keine echte Schlange! Ich habe sie extra für diese Nacht restaurieren lassen. Es ist ein erlesenes Kunstwerk, das Sie erfreuen soll. Schauen Sie sich näher an, dann werden Sie sehen, dass sie sich grundlos fürchten.«

Liliana kam zaghaft näher.

»Champagner trinke ich aber keinen. Großmutter hat mir ausdrücklich verboten, Alkohol zu trinken.«

Der Duke/Fürst lachte.

»Die Marchesa hat Ihnen nichts mehr zu sagen. Sie sind jetzt eine erwachsene, verheiratete Frau. Der Einzige, der Ihnen etwas befehlen kann, bin ich. Und ich kann Ihnen nur versichern, ein Glas Champagner schadet niemandem, im Gegenteil.«

Liliana setzte sich auf das Bett. Es war weich. Tausende von Rosenblüten gaben leicht unter ihr nach. Sie spürte Salvatores Nähe. Was konnte er tun, außer Zeuge ihrer Schmach zu werden?

Sie nahm das Glas entgegen. Der Duke/Fürst füllte es bis zum Rand.

»Auf eine glückliche Zukunft, Magali!«

»Wer ist Magali?«

»Von was reden Sie?«

»Sie nannten mich soeben Magali.«

»Das habe ich bestimmt nicht getan! Sie müssen sich verhört haben. Die Akustik in diesem Raum ist nicht sehr gut. Er ist noch nicht eingerichtet.«

Er trank das Glas in einem Zug leer. Liliana nippte ein wenig. Der Champagner war kühl und viel zu süß.

»Sie können sich die Mühe sparen, mich verführen zu wollen«, sagte Liliana. »Dottore Emiliano Scaltroni hat mich darüber aufgeklärt, was sie von mir verlangen, damit mein armer Vater das Gefängnis verlassen kann und Salamandra gerettet wird. Ich sehe das so. Es ist wie beim Zahnarzt. Am liebsten wäre es mir, wenn die Sache möglichst schnell vorbei wäre.«

»Auf die Idee, dass ich Sie lieben könnte, sind Sie nicht gekommen?«

»Wollen Sie mir das jetzt etwa weismachen? Mir wäre lieber, Sie kämen endlich zur Sache.«

»Ich weiß, ich bin ein alter Mann. Meine Werbung um Sie war sicher ungewöhnlich. Aber wie hätte ich sonst Ihre Liebe gewinnen können?«

»Von Liebe war nie die Rede, nur von Hochzeit. Damit war ich einverstanden. Ich bin aus freiem Willen hier, niemand hat mich gezwungen. Jetzt vertraue ich auf Ihre Güte – und Erfahrung!«

Der Duke/Fürst nahm ihr das Glas aus der Hand und stellte es auf den Boden. Er hob Lilianas Beine und legte sie auf das Bett. Liliana trug immer noch das enganliegende Brautkleid. Er hatte etwas Mühe, den Rock so weit hochzuschieben, dass ihr Unterkörper frei war. Der Duke/Fürst legte sich auf sie. Mit einer Hand öffnete er seine Hose. Er drang in sie ein.

Triumphierend sah er, wie Blut austrat und auf das Bett tropfte …

… und nichts geschah!

»Du bist keine Jungfrau mehr. Du Hure, du hast mich betrogen!«

Er schlug Liliana ins Gesicht. Sein Körper veränderte sich. Aus dem Duke wurde der Fürst.

»Es geht auch anders. Dein Blut will ich, Magali! Noch einmal kommst du mir nicht mehr davon.«

Die Veränderung ging weiter. Ein Wolf lag auf Liliana, schwer und keuchend. Ein übelerregender Gestank ging von ihm aus. Er richtete sich mit den Vorderbeinen in die Höhe. Aus seinem aufgerissenen

Maul tropfte gelblicher Speichel. Die Augen glühten auf. Dann schnappte er mit seinen messerscharfen Zähnen nach ihrem Hals.

*

Noch bevor der Fürst ihre Beine ergreifen konnte, um sie auf das Bett zu heben, machte sich Liliana unsichtbar und trat zur Seite. Auf dem Bett ließ sie einen Avatar zurück, die Manifestation ihres Körpers. Der Fürst war so besessen von dem Triumph, endlich am Ziel seiner Bestrebungen zu sein, dass er dies nicht bemerkte. Außerdem war er der Überzeugung, Lilianas Geist sei so leer wie der Körper, den er jetzt in seiner Gewalt hatte.

Liliana setzte sich zu Boden und schloss die Augen. Sie versenkte sich in den Raum. Salvatore stand hilflos in einer Ecke. Die Rosenhecke war ohne Leben. Liliana nahm Besitz von ihr. Es bedurfte nur eines kleinen Anschubs, um sie zum Leben zu erwecken. Sie konzentrierte all ihre Gedanken und Gefühle auf den Augenblick der Geburt dieser Pflanze, die den ganzen Raum umspannte. Sie würde wachsen und immer dichter werden – und undurchdringlich.

Nein, für den Fürsten wird es kein Entrinnen geben!

*

Salvatore kauerte in einer Ecke, als der Duke mit Liliana hereinkam. Die echte Rose hatte er an sich gebracht. Warum wusste er selbst nicht. Er betrachtete die Schlange. Sie sah lebendig aus. Das war sein Meisterstück, daran gab es keinen Zweifel. Wie leicht wäre es, ihre Gestalt anzunehmen, sie zu ersetzen! Er könnte die Ouroboros-Schlange sein, den ewigen Kreislauf durchbrechen und damit das Öffnen des Portals verhindern. Dazu müsste er sich nur verwandeln, etwas werden, was er nicht war, so werden wie sein leiblicher Vater, der Fürst. Er müsste zu einem Monster werden.

Auf dem Bett, das war nicht der Duke, es war der Fürst. Sein leiblicher Vater vergewaltigte die Liebe seines Lebens! Salvatore verlor jegliche Beherrschung. Er stürzte auf das Bett und stieß den Dolch in den Nacken ... eines Wolfs. Der Wolf brach zusammen. Der Fürst starb! Blut strömte aus der Wunde und floss in Strömen. Die weißen

Rosenblätter saugten es begierig auf. Der gesamte Raum verwandelte sich in eine blutrote Hecke. Der schwere Duft von Rosen breitete sich aus.

Die Ouroboros-Schlange erwachte. Ein neuer Herr würde kommen und ihr den Befehl geben, die alte Welt zu zerstören.

Mit einem dumpfen Ausatmen öffnete sich das Portal.

*

Die Marchesa ging im Zimmer auf und ab. Sie konnte keinen klaren Gedanken fassen. Alle Wörter erschienen ihr ohne Sinn. Sie konnte die Begriffe nicht mehr finden, die unsere Welt zu einem festen Ort machten.

Gina saß mit geschlossenen Augen regungslos auf dem Stuhl. Plötzlich sprang sie auf.

»Ich muss zu ihr!«

»Gina! Kind! Bleib hier! Wir können nichts tun.«

Doch Gina rannte schon aus dem Zimmer. Paglierina flog ihr nach. Sie lief ohne Nachzudenken, sie wusste einfach, wo Liliana war. Die Tapetentür, die Wendeltreppe, der Treppenabsatz, die leere Wand … ihre Hand fand von selbst die verborgene Feder. Die Tür zum Ouroboros-Zimmer öffnete sich.

Gina sah nur das von Blut überströmte Bett. Sie stürzte darauf zu und ergriff Lilianas Hand.

*

Die Wand löste sich auf. Eisiger Wind wehte von einer anderen Welt herüber. Hinter dem Geäst der Hecke zuckten Blitze am Himmel. Donner rollte heran und erschütterte den Raum. Wie eine dunkle Sturmflut erhob sich ein gewaltiges Heer.

Das Blut des Fürsten floss in die leere Hülle der Rosenhecke. Liliana verwandelte sie zu Leben, zu einem weitverzweigten Gewächs ineinander verschlungener Äste und Zweige, voller Dornen und Blüten, die einen erdrückenden Duft verbreiteten. Sie verschloss die offene Wand wie ein Netz. Der Angriff erfolgte. Gewehrsalven, Handgranaten, Kanonenkugeln, Bomben und Raketen prasselten auf sie hernieder. Liliana hielt die erste Welle stand und die zweite und dritte. Es gab eine kleine Pause. Für einen Augenblick ließ ihre Konzentration nach und ein Spalt bildete sich in dem Netz. Ein kleiner, gelber Vogel flog hinüber in die andere Welt und kam sofort wieder zurück. Liliana schloss den Spalt. Die nächsten Angriffswellen wurden immer massiver. Immer mehr Risse und Spalten bildeten sich in ihrem Netz. Plötzlich spürte sie Ginas Nähe. Eine ungeahnte Kraft erfüllte sie. Sie schloss das Netz und kehrte in ihren Körper zurück.

Sie trat an das Bett. Gina hielt immer noch die Hand der anderen Liliana. Liliana legte eine Hand auf Ginas Schulter und zeigte auf den blutüberströmten Leichnam des Fürsten.

»Dies ist das Opfer. Ich weihe es z'Fla!«

Mit einem infernalischen Heulen schloss sich das Portal. Die Ouroboros-Schlange zerfiel zu Staub. Das Bett, der Fürst, die Wände, der gesamte Raum, alles begann, sich nach und nach aufzulösen.

Liliana zog Gina hoch und zerrte sie nach draußen. Salvatore folgte. Er hielt immer noch den Dolch in der Hand.

Der kleine gelbe Vogel war schon draußen, als hinter ihnen das Zimmer zusammenkrachte.

* * *

»Was ist das für ein Dolch?«

Die Marchesa konnte nicht begreifen, was geschehen war und vor allem nicht, dass nun alles, alles gut sein sollte.

»Die Alte vom Zirkus Fantasmagoria hat ihn mir vor langer Zeit gegeben«; sagte Salvatore. »Sie sagte, ich würde im richtigen Augenblick wissen, was ich zu tun habe.«

»Hast du das Richtige getan, Salvatore?«

»Ich konnte nicht anders!«

Liliana streichelte seine Wange. Er war ja so blass und unsicher.

»Ich habe das Portal geöffnet«,

sagte er verzweifelt.

»Du wolltest mich retten. Danke, Liebster!«

Die Marchesa saß auf dem Bett. Sie dachte nach über die Logik der Ereignisse. Gina hatte den Kopf auf ihren Schoß gelegt und schlief.

»Es war ein Opfer nötig, das Portal zu öffnen. Der Fürst selbst wurde das Opfer. Das habe ich verstanden. Wie konntest du es dann wieder schließen, Liliana?«

»Ein Opfer ist nicht einfach ein Opfer, in dem Sinn, dass jemand umgebracht wird und viel Blut fließt. Ein Opfer ist immer für etwas, für einen Gott, für eine Göttin. Ich habe das Opfer für z'Fla, die Schwester der Götter, in Anspruch genommen.«

»Niemand wusste, ob es diese Schwester wirklich gibt.«

»Es musste sie geben. Kein vernünftiger Schöpfer würde uns Frauen einem männlichen Gott anvertrauen.«

»Reine Spekulation!«

»Richtig, Großmutter! Manchmal muss man aufgrund exakter und nicht widerlegter, mathematischer Ergebnisse die Existenz eines Sterns annehmen, auch wenn er mit den vorhandenen technischen Mitteln für uns nicht sichtbar ist.«

»Weil das Portal geschlossen ist, willst du den Beweis geliefert haben, dass diese Göttin existiert? Dass ich nicht lache! Wo ist sie denn?«

»Ach, Großmutter, freue dich! Wir leben.«

Die Marchesa weinte.

»Aber das tue ich doch. Wie geht es weiter?«

»Ich werde mit dem Duke reden.«

»Der Duke war davon überzeugt, Lady Nerissas Seele kehre von den Toten zurück und übernähme Lilianas Körper.« Salvatore sprach tonlos. Er war so müde. »Eigentlich müsste der Duke schon lange tot sein, er ist sehr, sehr alt. Der Fürst hielt ihn mit Magie am Leben. Ich nehme an, der Duke starb im selben Augenblick wie der Fürst.«

»Großmutter, ich werde jetzt den Duke aufsuchen. Kümmere dich um Salvatore, bevor er noch im Sitzen einschläft.«

# Kapitel 23

Der Duke saß zusammengesunken im Sessel. Auf dem Boden vor dem Kamin lagen ein aufgeschlagenes Buch und Briefe. Zuerst sah Liliana seine Hand, sie umklammerte die Lehne des Sessels. Sie war gelb und voller dunkler Flecke. Liliana trat näher. Der Kopf des Duke lag wie umgeknickt auf der Brust. Der Schädel hatte nur noch wenige Haare. Die Augen saßen tief in den Augenhöhlen. Die Wangen waren eingefallen, die Backenknochen ragten hervor. Der Mund stand offen. In unregelmäßigen Abständen stieß er einen kaum hörbaren Seufzer aus.

So leicht entkommst du mir nicht!

Liliana fand den Rest Leben, ein kleines, kaltes, flackerndes Licht, und gab ihm die Sehnsucht nach Leben, den Willen, dem Tod zu trotzen. Sie füllte nach und nach seine Adern, Venen, Muskeln, Sehnen und Nervenbahnen mit neuer Energie. Seine Haut straffte sich, das Herz schlug wieder kräftig. Stück für Stück stellte sie den alten Zustand seines Körpers wieder her.

Sie warf Holz in den Kamin und schürte die Glut. Bald wurde es warm. Liliana setzte sich daneben, dem Duke gegenüber. Sie trug das dunkelblaue Seidenkleid, das sie vor so langer Zeit zum Begrüßungsball auf Everweard Castle getragen hatte.

Der Duke hob den Kopf und schlug die Augen auf. Er hatte geträumt, bei lebendigem Leib begraben zu werden. Er hob das Buch vom Boden auf, dabei sah er die junge Frau, die ihm gegenübersaß. Träumte er einen neuen Traum? Unsicher streckte er ihr die Hand entgegen, um sich zu vergewissern, dass sie wirklich da war. Sie berührte nur kurz seine Fingerspitzen, ihm war es aber, als habe er einen elektrischen Schlag erhalten.

»Nerissa? Bist du es?«

»Warum hast du mir das angetan?«

»Nerissa, geliebte Nerissa, du lebst!«

»Warum hast du mir das angetan?«

»Ich liebe dich! Jetzt sind wir endlich Mann und Frau.«

»Ich wollte niemals deine Frau werden. Lieber wollte ich sterben!«

»Alles habe ich getan, um dich zurückzubekommen. Wie Orpheus stieg ich in die Unterwelt hinab, wie Doktor Faustus beschäftigte ich mich mit schwarzer Magie und verkaufte meine Seele. Das alles tat ich, um dich in meine Arme schließen zu können.«

»Jetzt glaubst du, ich sei dir verpflichtet und müsse dich aus Dankbarkeit lieben? Du bist immer noch derselbe alte Narr.«

»Wenn ich ein Narr bin, weil ich dich liebe, bin ich gern ein Narr. Nerissa, du hast ein neues Leben bekommen. Du bist von den Toten auferstanden. Gib mir eine Chance, deine Liebe zu gewinnen!«

»Wie viele mussten leiden oder gar sterben, damit du deine Eitelkeit befriedigen konntest? Denn das ist sich gleichgeblieben. Du liebst nicht mich, du liebst nur dich. Die Welt ist nur dazu da, dich zu bewundern. Ich tat es nicht. Das konntest du nicht ertragen, du wolltest damals meine Liebe erzwingen – so wie du sie jetzt erzwingen willst. Was ist mit dem Mädchen, in dessen Körper ich gefangen bin?«

»Vergiss sie! Sie war ein Niemand, völlig unbedeutend! Sie sah dir nur ähnlich.«

»Wer ein Niemand ist, bestimmst du, wer das Recht zum Leben hat und wer nicht? Bist du Gott?«

»Wenn ich mich recht erinnere, warst du auch kein Engel. Wir sind uns ähnlich, Nerissa. Wir gehören zusammen.«

»Wie hast du dir das gedacht?«

»Wir haben heute geheiratet. Dein Name ist Liliana und bist die Duchess of Everweard, meine Gattin.«

»Liliana?«

»Daran müssen wir uns gewöhnen und dürfen uns nicht verplappern. Vor der Welt bist du Liliana. Die Familie heißt Salamandra und hat ihren Sitz in der Toskana. Du hast eine Zofe namens Gina, ein einfaches Bauernmädchen. Es dürfte dir nicht schwerfallen, sie zu täuschen. Außerdem bist du die Herrin. Lilianas Großmutter, die Marchesa Montecorno di Capirosso, ist ein Risiko. Sie ist unnatürlich intelligent für eine Frau. Ich werde sie nach Italien zurückschicken, sobald es geht.«

»Wie brachtest du dieses Kind dazu, dich alten Mann zu heiraten?«

»Der Fürst war mir ein wahrer Freund. Die Einzelheiten möchte ich dir ersparen. Ich werde morgen früh Dottore Scaltroni Anweisungen geben, dieses Kapitel zu schließen. Das Mädchen tat es, um ihre Familie vor Schmach und Ruin zu retten. Der Preis war zwar etwas höher, als sie sich gedacht hatte, war aber nicht unüblich.«

»Was bedeutet schon ein Menschenleben? Nein, du hast dich nicht verändert. Wie soll ich dich nennen?«

»Walter.«

»Gibt es noch die kleine Kapelle auf dem Hügel vor dem Schloss?«

»Ja, warum?«

»Dort werde ich mir ein Nest bauen. Ich muss über alles in Ruhe nachdenken. Dazu brauche ich Abstand. Veranlasse gleich morgen, dass die Kapelle umgebaut wird!«

»Ganz wie du willst, Nerissa!«

»Liliana!«

»Richtig, Liliana! Ich werde es noch lernen. Wo ist der Fürst?«

»Der Fürst hat sich längst aus dem Staub gemacht. Glaubst du allen Ernstes, dass er das alles dir zuliebe getan hat? Er hat seine eigenen Pläne. Ich bin jedenfalls auf der Hut vor ihm – und vor dir.« Liliana stand auf. »Ruhe dich aus, alter Mann! Ich werde die einfältige Zofe bitten, mir ein Bad zu machen. Diese Wiedergeburt war recht anstrengend. Da ich deine Gattin bin, erwarte ich von dir, in deine Geschäfte und Pläne eingeweiht zu werden. Außerdem werde ich ab sofort die Herrschaft über Everweard Castle übernehmen. Wenn ich über alles Klarheit habe, werde ich dir meine Forderungen mitteilen. Denn, mein guter Walter, ich bin zwar deine Frau, aber es kann mich niemand, – vor allem du nicht, – davon zurückhalten, meine eigenen Wege zu gehen. Einverstanden?«

Der Duke stand auf. Er griff nach Lilianas Hand und gab ihr einen Handkuss.

»Es soll alles so geschehen, wie du es wünschst, Liliana, alles! Ich bitte dich nur, verlasse mich nicht!«

»Schlaf weiter, Walter! Wir sehen uns morgen.«

* * *

Gina schlief in Großmutters Armen.

Die Marchesa war erleichtert, Liliana zu sehen.

»Ist der Duke tot?«

»Ich habe es verhindert.«

Liliana zog sich aus und legte sich zu ihnen ins Bett.

»Wo ist Salvatore?«

»Er schläft nebenan.«

»Dort kann er nicht bleiben. Wir wecken ihn später.«

»Warum hast du den Duke gerettet? Warum muss Salvatore weg? Ich verstehe jetzt gar nichts mehr! Ich dachte, du liebst ihn und nur der Duke steht eurem Glück im Weg.«

»Großmutter, ich habe dich lieb. Aber jetzt muss ich schlafen!«

Liliana drehte sich zur Seite und schlief sofort ein.

* * *

Ein beharrliches Klopfen gegen die Fensterscheibe weckte Liliana. Sie stand auf und öffnete das Fenster. Ein kleiner, gelber Vogel flog herein. Zunächst flatterte er suchend im Zimmer umher, dann ließ er sich auf der Waschkommode nieder.

»Du bist nicht Paglierina!«

»Was ist, Liliana? Kannst du nicht schlafen?«

Die Marchesa richtete sich auf. Dabei stieß sie mit dem Ellbogen gegen Ginas Kopf.

»Was ist los?« Gina sprang hoch.

»Ich habe soeben gesagt, dieses gelbe Federvieh ist nicht unsere Paglierina.«

»Sieht genauso aus! Bist du sicher?«

»Ich bin mir absolut sicher.«

Es klopfte. Salvatore steckte den Kopf durch die Tür.

»Ich habe doch gehört, dass alle wach sind. Darf ich hereinkommen, meine Damen?«

»Komm schon, Salvatore!« Die Marchesa zog sich den Morgenmantel über und fischte mit den Füßen nach den Pantoffeln. »Liliana gab uns ein Rätsel auf.«

»Nicht ich! Dieser Vogel ist das Rätsel.«

»Das ist ein Kanarienvogel«, sagte Salvatore.

Der Kanarienvogel verwandelte sich in eine Katze. Zuerst war ihr Fell gelb wie das Gefieder des Vogels, dann wurde es schwarz.

»Nein!«, schrie Salvatore.

Die Katze sprang auf den Stuhl. Sie streckte sich und wurde immer größer. Eine junge Frau erhob sich. Sie hatte langes, schwarzes Haar, einen breiten, vollen Mund, ironisch blitzende Augen und war nackt.

»Willst du mir nicht unseren Besuch vorstellen, Salvatore?«

Liliana wusste alles. Die Gedanken und Gefühle Salvatores waren so laut und intensiv – und die der Unbekannten.

»Wie ist das möglich?«, stammelte Salvatore. Gern hätte er die junge Frau umarmt und sie vor Freude herumgewirbelt. Aber da war Liliana – und Liliana war die Frau, die er liebte.

»Contessina Liliana, ich habe Sie hoffentlich nicht erschreckt?«

Die junge Frau umarmte Liliana und küsste sie auf die rechte und die linke Wange. Sie roch nach Veilchen.

»Salvatore?«, fragte Liliana.

Gina brachte einen Morgenmantel und gab ihn der Fremden. Sie zog ihn an und befühlte den einfachen Baumwollstoff, als wäre er aus edelster Seide.

»Ich verstehe nichts mehr, Liliana.« Salvatore hatte einen hochroten Kopf. »Das ist Bianca oder Blanche, wie sie sich nennt. Sie ist meine Schwester, meine Halbschwester.«

»Das hast du dir nur eingebildet. Wie könnte ich deine Schwester sein?«

»Du hast mich belogen?«

»z'Veen und z'Lar kennen nur die Lüge. Das Wort Bruder war für mich ein Fixstern, an dem ich mich orientieren konnte. Hätte ich mehr erwarten können, als in dir einen Bruder zu finden?«

»Ach, Blanche!« Salvatore umarmte sie.

Liliana fühlte die Sehnsucht in seinem Herzen. Er liebte sie beide, Liliana und Blanche. Aber da war noch das Andere, das die beiden verband – und er vor Liliana verborgen hielt. Sie nahm Ginas Hand und hielt sich an ihr fest.

Hatte sie diesen schweren Sieg errungen, nur um alles zu verlieren?

»Ist sie eine Hexe?« Gina fühlte, wie sehr Liliana litt.

»Nein, sie ist keine Hexe.«

Liliana hatte sich wieder unter Kontrolle.

»Sie ist unser Gast. Blanche, sagen Sie uns, was wir für Sie tun können.«

»Ich werde Sie es sofort wissen lassen, sollten wir uns je wiedersehen.«

Blanche verwandelte sich zurück in die Katze, sprang auf das Fensterbrett und flog als Rabe davon.

»Blanche, bleib!«, schrie Salvatore und rannte zum Fenster. Für einen Augenblick sah es so aus, als wollte er sich hinterherstürzen.

Der Marchesa war der festen Überzeugung gewesen, dass nach erfolgreichem Abschluss dieser schrecklichen Sache alles wieder so sein werde wie früher. Was war sie doch für eine Närrin! Die Welt hatte sich verändert, unwiderruflich. Nichts bleibt, wie es ist. Nichts kehrt in einen früheren Zustand zurück. Gewissheit gibt es nicht, so sehr wir uns das auch einbilden.

»Was ist da in unsere Welt gekommen?«

»Salvatore weiß es.«

Es klopfte an die Tür. La Vecchia trat ein, die Alte vom Zirkus Fantasmagoria. Sie trug ein schwarzes Spitzenkleid, über dem Kopf einen schwarzen Schleier.

»Warum habt ihr sie gehen lassen?«

»Wer sollte sie aufhalten?« Liliana stand noch am Fenster und fühlte hinaus in den anbrechenden Morgen. Blanche war nicht mehr da.

»Salvatore, natürlich!«, sagte die Alte.

»Es ging alles so schnell.« Es war ihm, als sei sein Herz zerbrochen. Wie konnte das sein? Er liebte doch Liliana!

»Ich will mich verabschieden, Liliana.« Die Alte nahm Lilianas Hände. »Vertraue auf die Stimme in deinem Herzen! Sie wird dir den Weg zeigen.«

»Ich vermisse jetzt schon unsere anregenden Gespräche voller dunkler Andeutungen und vor allem voller Nichtgesagtem. Sehen wir uns wieder?«

»Wer weiß? Salvatore, du hast etwas, was mir gehört.«

Salvatore ging in das Nebenzimmer und kam mit dem Dolch zurück. Die Alte nahm ihn entgegen.

»Wie ist es möglich, dass ich damit den Fürsten töten konnte, einen Unsterblichen?«

»Du hast den Fürsten damit getötet?« Die Alte setzte sich. »Wer hat dann verhindert, dass das Portal geöffnet wurde?«

»Das Portal öffnete sich, weil ich den Fürsten tötete – mit diesem Dolch. Wer das Portal wieder schloss, weiß ich nicht.«

»Salvatore Brava, hast du denn noch immer nicht zu dir selbst gefunden? Es wird kein Glück und keine Befriedigung für dich geben, solange du nicht der bist, der du bist.«

»Woher stammt dieser Dolch?« Liliana wollte von Salvatores Konflikt ablenken.

»z'Lar und z'Van schmiedeten ihn. Sie töteten damit ihren Bruder z'Gom, um das Portal zu öffnen, das sie in die anderen Welten führte. Anhänger z'Goms brachten den Dolch an sich und nannten ihn Il Vendicatore, den Rächer. Irgendwann gelangte er in meine Hände. Nur mit diesem Dolch ist es möglich, einen Unsterblichen zu töten. Wie konnte das Portal geschlossen werden, Liliana?«

»Ich hatte Hilfe.«

Die Alte stand auf. »Ich muss jetzt gehen. Noch eins, sie darf dort draußen nicht frei herumlaufen. Salvatore, du musst sie zurückbringen!«

»Das ist unmöglich. Wie könnte ich das?«

»Nur du kannst das.«

»z'Fla hat Blanche herübergeholt in unsere Welt«, sagte Liliana. »Sie wird sicher keinen Schaden anrichten.«

»z'Fla ist eine Göttin. Ihre unergründlichen Pläne kennen wir nicht. Wir aber bekommen ein Riesenproblem, wenn diese Dämonin nicht gebremst wird. Lebt wohl!«

Die Alte ging hinaus.

»Sie ist keine Dämonin!«, sagte Salvatore trotzig.

»Was ist sie dann?« Liliana wusste es.

»Sie ist ... Blanche!«

Er wich wieder aus.

»Wir müssen miteinander sprechen, Salvatore!«

Sie packte ihn am Arm und zog ihn in das Nebenzimmer.

*

»Endlich sind wir vereint!«

Salvatore umarmte Liliana und drückte sie an sich.

Liliana löste sich von ihm und setzte sich auf das Bett.

»Wie soll es weitergehen mit uns, Salvatore?«

»Wie kannst du nur fragen? Wir heiraten natürlich!«

»Ich bin bereits verheiratet.«

»Der Duke lebt noch?«

»Er ist noch recht munter.«

»Ich dachte … Wie ist das möglich?«

»Salvatore, das ist Nebensache. Ich liebe dich. Das weißt du. Die Frage lautet, liebst du mich?«

»Wie kannst du nur so etwas fragen?« Salvatore setzte sich neben sie und legte den Arm um sie. »Du bist mein Leben.«

Liliana legte den Kopf an seine Schulter. Sie schloss die Augen und atmete seine Nähe. Wie schön doch alles sein könnte!

»Erinnerst du dich noch an unsere Nacht, Geliebter?«

»Wie könnte ich sie vergessen?«

»Was auch immer weise Leute sagen, Körper lügen nicht. Worte lügen, Blicke, Gesten, unser Körper aber, das sind wir selbst. Er ist die äußere Gestalt unserer Seele. Weil ich dich liebe, kann ich die Sprache deines Körpers verstehen.«

»Du bist ja eine Poetin!«

»Kaum! Ich bin ein völlig unsentimentaler Mensch. Das heißt nicht, ich hätte keine leidenschaftlichen Gefühle. Es bedeutet nur, dass ich meinen Verstand benutze. Ich brauche Klarheit, reine Definitionen, korrekte Schlussfolgerungen. Kurzum, ich will mein Leben – und meine Liebe – auf ein festes Fundament bauen. Wenn sich zwei Seelen gefunden haben, die zusammengehören, ist das erst der Anfang. Die eigentliche Arbeit beginnt danach.«

»Was willst du damit sagen? Ich habe es nicht ganz verstanden. Liebst du mich nicht?«

Liliana fiel Salvatore um den Hals und küsste ihn leidenschaftlich.

»Salvatore, ich liebe dich. Ich werde dich immer lieben!«

»Ich liebe dich!«

»Salvatore, sag mir die Wahrheit! Wer ist Blanche für dich? Wer bist du? Wer willst du sein? Sage mir, wen ich lieben soll!«

Salvatore wurde aschfahl. Seine Hände zitterten.

»Liliana!«

»Du kannst mir nichts vormachen, Salvatore. Ich weiß, ich liebe dich. Ich weiß aber nicht, ob es dich überhaupt gibt. Liebe ich eine Erinnerung, eine Zukunftsvision oder eine Illusion? Nur du kannst es mir sagen.«

Salvatore fühlte, wie er den Boden unter den Füßen verlor. So nahe war er dem Glück, doch jetzt öffnete sich ein Abgrund vor ihm und das Glück lag unerreichbar auf der anderen Seite. Er schwieg.

Liliana sah ihn lange an. Ach, Salvatore, warum ist meine Liebe nicht stark genug, dir zu helfen?

Sie fasste einen Entschluss.

»Seit gestern bin ich die Duchess of Everweard, die Gemahlin des Duke of Everweard. Ich werde hierbleiben auf Everweard Castle und mein Leben in die Hand nehmen. Es gibt viele Dinge, die ich mir vorgenommen habe. Jetzt habe ich die Chance, sie zu verwirklichen. Salvatore, du bist der einzige Mann, den ich liebe und immer lieben werde. Ich gebe dich frei! Die Alte gab dir zwei Aufträge. Vielleicht ist es auch nur ein einziger. Finde dich selbst und bringe Blanche zurück! Tu das für dich. Ich werde auf dich warten, wie lange du auch immer dazu brauchst.«

»Liliana, ich liebe dich. Lass mich bei dir bleiben! Wir gehören doch zusammen.«

Liliana gab ihm einen Kuss auf die Stirn.

»Salvatore, Liebster, ich warte auf dich. Lass mich nicht zu lange warten!«

## Kapitel 24

Im großen Ballsaal war das gesamte Personal von Everweard Castle zusammengekommen. Es waren über hundert Frauen und Männer, die Wachen nicht mitgerechnet. Der Duke kannte keinen von ihnen.

Liliana dachte an die Hochzeit. Sie wusste jetzt, warum so viele Menschen eingeladen worden waren. Ihre Körper sollten von den Seelen aus den anderen Welten übernommen werden. Deshalb hatte man sie auch betrunken gemacht.

»Wo kommen die Leute her?«, flüsterte sie dem Duke zu.

»Miss Heather, was sind das für Menschen?« Der Duke nahm Miss Heather zur Seite.

»Sie haben sie gekauft.«

»Ganz gewiss nicht!«

»Der Fürst gab mir Ihren Auftrag weiter. Ich sah keine Veranlassung, daran zu zweifeln. Außerdem arbeiten die Leute schon seit Wochen hier.«

»Wo kann man Menschen kaufen?«

»Sie stammen aus Schottland. Es handelt sich um Pächter und ihre Familienangehörige von den Gütern des Count McZerlick. Sie konnten die Pacht nicht mehr bezahlen. Der Count brauchte aber dringend Geld, um Kohlebergwerke auf seinem Land zu betreiben. Der Fürst hatte ihm die Vorteile schmackhaft gemacht. Früher oder später hätten sie das Land doch verlassen müssen. Ihnen geht es hier gut. Außerdem wagt keiner von ihnen aufzumucken. Das hat seine Vorteile.«

»Das ist jetzt dein Problem, Liliana.«

Der Duke erhob die Stimme.

»Hört alle zu! Meine Gattin wird ab sofort die Verwaltung Everweards übernehmen. Das gilt für Schloss und Ländereien. Es ist ihr unwidersprochen Folge zu leisten! Sollte jemand auf die Idee kommen, er könnte sie über mich hintergehen, dann kann er gleich die Koffer packen. Sie ist uneingeschränkte Herrscherin über Everweard.«

Miss Heather wurde blass. Peter betrachtete seine Lederstiefel.

Das Personal zeigte keine Rührung. Es war ja völlig gleichgültig, wer sie schikanierte und ausbeutete.

»Duke, wenn ich dazu etwas sagen dürfte?«

Miss Heather setzte das charmanteste Lächeln auf, dessen sie fähig war.

»Miss Heather, dazu gibt es nichts mehr zu sagen. Ab sofort unterstehen Sie meiner Gattin. Wenden Sie sich in Zukunft an Sie.«

Der Duke und Liliana gingen hinaus und traten vor das Schloss.

Ein Baugerüst umgab die kleine Kapelle auf dem Hügel. Arbeiter legten neue Ziegel auf das Dach. Neben der Kapelle stapelten sich Steine, Balken und Bretter. Hämmern und Klopfen hallten weit ins Tal hinein. Die Schafe und Ziegen auf dem Hügel schienen sich davon nicht stören zu lassen.

»In ein paar Tagen sind sie so weit fertig, dass du dich dort einrichten kannst. Ist das wirklich nötig? Das Schloss ist wahrlich groß genug.«

»Walter, mein Gatte, ich will es so.«

»Ja, ja! Alles, wie du es willst!«

»Wo warten unsere Gäste?«, fragte Liliana.

»Im Wintergarten! Ich habe aber noch ein Geschenk für dich. Das möchte ich dir zuerst geben.«

Sie gingen auf die andere Seite des Schlosses. Von dort aus konnten sie den Platz sehen, wo gestern noch der Zirkus gestanden hatte. Sie betraten die Stallungen.

Ein mürrischer, älterer Herr kam auf sie zu.

»Duke! Duchess!«

»Liliana, dieser alte Menschenfeind ist Sebastian, unser Stallmeister.«

»Hallo, Sebastian! Zeigen Sie mir alles!«

»Sehr wohl, Duchess!«

Sebastian führte sie. Die meisten Boxen standen leer. Der Duke besaß nur drei Pferde. Sie sahen wohlgenährt und gut gepflegt aus, aber nicht glücklich.

»Wo ist er denn, Sebastian?«, fragte der Duke ungeduldig.

»Er wollte ums Verrecken nicht in eine Box.«

Hinter den Stallungen befand sich ein nicht sehr großes Gehege. An einem Pfosten war ein Schimmel angebunden. Blizzard! Lilianas Herz schlug höher.

»Ich habe ihn Lady Monleirdon abgekauft«, sagte der Duke. »Sie sagte, du würdest dich darüber freuen.«

»Du weißt, wie sehr ich Pferde liebe. Wie heißt er denn, Sebastian?«

»Blizzard!«

»Ein schöner Name. Er passt zu ihm.«

Blizzard zerrte an dem Seil. Er witterte Liliana und war nicht mehr zu halten. Er riss sich los und sprang über das Gatter auf sie zu.

»Vorsicht, Duchess!«, schrie Sebastian entsetzt. Er stellte sich schützend vor den Duke.

Blizzard galoppierte auf Liliana zu und erhob sich mit den Vorderbeinen in die Höhe, dann senkte er den Kopf auf Lilianas Brust. Sie streichelte seinen Hals. Als er sich beruhigt hatte, sprang sie auf seinen Rücken und raste mit ihm davon, zurück über den Schlosshof, den Hügel hinauf zur Kapelle, wieder herunter, über die Brücke, weiter in Richtung Monleirdon.

»Was war das?«, fragte Sebastian. »So etwas habe ich noch nie gesehen.«

»Das nennt man Liebe auf den ersten Blick, mein Alter. Davon können wir beide nur träumen.«

Nach einer Viertelstunde kamen Pferd und Reiterin denselben Weg zurück.

Liliana sprang lachend ab.

»Blizzard wird nicht angebunden! Er kann sich frei bewegen. Wenn ich ihn brauche, wird er zu mir kommen.«

Sie gab dem Duke einen Kuss auf die Wange.

»Danke, Walter! Jetzt wollen wir unsere Gäste nicht länger warten lassen.«

Im Wintergarten spielte ein Streichensemble.

Die Tische waren gedeckt für die Teestunde. Kannen mit Tee und feines Porzellan standen auf den Tischen. Dienstmädchen brachten Kuchen und Torten.

Der Konsul saß mit Martin und Floriana zusammen. Miss Wedgeworth und Lydia standen ehrerbietig auf, als die Herrschaften den Raum betraten. Am Tisch daneben saßen Lady Monleirdon, Rosemary und Martha. Pfarrer Fraggles setzte sich zu ihnen. Die Marchesa unterhielt sich mit Maître Brava. Er war überraschend aus London zurückgekehrt. So hatte der Duke ihn gebeten, an der kleinen Feier teilzunehmen.

Der Duke of Everweard und seine junge Gattin nahmen Platz.

»Verehrte Gäste, meine Gattin kennt ihr ja. Ich weiß inzwischen, dass sie schon längst eure Herzen gewonnen hat. Lassen Sie sich nicht von mir altem Griesgram davon abhalten, sie auch weiterhin zu besuchen. Everweard Castle wird auf ihren Wunsch zu einem offenen Haus, was immer sie sich auch darunter vorstellt. Seien Sie uns jederzeit herzlich willkommen!«

Die Gäste lächelten und klatschten verhalten.

»Maître Brava, wenn wir Sie kurz sprechen dürften?«

Salvatore stand auf und trat an den Tisch des Duke.

»Nicht so förmlich! Nehmen Sie doch Platz!«

»Danke!«

»Von unserem Unglück haben Sie schon gehört?«

»Ist wirklich alles zerstört?«

»Unwiederbringlich! Es war sicher ein Erdbeben. Das gibt es hin und wieder in dieser Gegend, allerdings äußerst selten. Leider wird es nun nichts aus Ruhm und Doktorwürden, Maître, jedenfalls nicht sofort. Bei Ihrer Begabung kann es sich nur um eine kleine Verzögerung handeln.«

»Sie sind sehr freundlich, Duke.«

»Wie gesagt, der Ruhm wird wohl jetzt länger auf Sie warten müssen, nicht aber das Geld. Dottore Scaltroni ist auf meinen Wunsch gleich heute Morgen nach London gereist, um der Bank meine Vollmachten zu geben. Sie sind jetzt ein reicher Mann.«

»Danke! Das ist äußerst großzügig. Es gibt wohl nichts mehr für mich zu tun auf Everweard Castle?«

»Nein!«, sprach Liliana energisch, bevor der Duke überraschende Großmut zeigen konnte. »Paris, Florenz, Rom, Berlin. Wien und London kennen Sie bereits. Es gibt noch viele interessante Städte, die sich ein reiselustiger, junger Mann gewiss nicht entgehen lassen möchte. Setzen Sie Ihre Reise in die große, weite Welt fort! Everweard Castle ist nur eine Randbemerkung auf der Landkarte Europas.«

»Dann werde ich sofort aufbrechen.«

»Trinken Sie erst noch den Tee mit uns, Sie stürmischer Mensch!« lachte der Duke.

»Duchess!«

Salvatore stand auf und setzte sich zurück zur Marchesa.

»Sie schickt mich weg!«, sagte er.

»Und wartet auf dich. Vergiss das nicht!«

Plötzlich trat Stille ein. Ein neuer Gast war gekommen, eine junge Frau in einem eleganten, hellblauen Kleid und einer Perlenkette um den Hals. Sie trug Spitzenhandschuhe, die bis zu den Schultern reichten. Ihr Auftreten war selbstsicher und zeugte von höchstem Adel.

Die Marchesa stand auf und nahm die junge Dame am Arm.

»Ich darf euch meine Tochter vorstellen, die Marchesina Gina Montecorno di Capirosso!«

Liliana stand auf und führte Gina zum Tisch des Duke.

»Gina, meine Liebe, das ist mein Gatte. Ich hoffe, ihr beide vertragt euch gut.«

»Da ist der Marchesa wirklich eine Überraschung gelungen!«, sagte der Duke. »Marchesina Gina, ich weiß nicht, was ich sagen soll. War diese Komödie nötig?«

»Euer Gnaden, Liliana ... – entschuldige, Liliana – ... ist ja noch solch ein Kind! Es war ein Spiel. Ich muss gestehen, es hat uns allen viel Spaß gemacht. Können Sie uns verzeihen, Duke of Everweard?«

»Die Zeit der Spiele ist jetzt vorbei, Gina« sagte Liliana. »Jetzt bin ich erwachsen und eine Duchess obendrein. Ich trage Verantwortung.«

»Wie sind Ihre weiteren Pläne, Marchesina?«, fragte der Duke.

»Die Marchesina wird bei mir bleiben«, sagte Liliana. »Wir werden in der Kapelle wohnen, sobald sie fertig ist.«

»Ist das klug? ... Ich meine, ist dort Platz genug?«

»Dafür werde ich sorgen.«

Peter erschien am Eingang zum Wintergarten. Der Duke stand auf.

»Entschuldigen Sie mich, meine Damen! Geschäftliche Dinge rufen mich.«

Er ging mit Peter hinaus.

»Ist das schwer, eine andere zu spielen, Liliana?«

»Lady Nerissa werde ich wohl nie ersetzen können, dazu muss man geboren sein. Ha, ha! Ich habe offensichtlich meinen Humor wieder.

Es ist nur wichtig, dass der Duke davon überzeugt ist. Da er Nerissa nicht wirklich kannte, er hatte ein Wunschbild von ihr, werde ich die Nerissa sein, die mir nützt.«

»Hältst du ihn mit deinen magischen Kräften am Leben?«

»Nein! Ich habe ihn vor dem Tod bewahrt, weil er noch eine Rechnung zu begleichen hat. Jetzt nimmt die Natur ihren Lauf. Wie fühlt man sich als Marchesina Gina Montecorno di Capirosso?«

»Ändert sich wirklich etwas?«

»Jetzt brauchen wir nicht mehr zu lügen.«

»Und das aus deinem Mund! Spielst du nicht gerade ein Lügenmärchen?«

»Es handelt sich dabei um hohe Schauspielkunst, Marchesina. Das Wort Lüge gehört zu den unteren Schichten der Gesellschaft.«

»Wenn du es sagst! Hast du Miss Wedgeworth schon die traurige Nachricht mitgeteilt?«

»Nein! Gina, bitte ...« Liliana klopfte sich mit dem Zeigefinger auf die Lippen. »Jetzt siehst du, was sich ändert. Ich kann dich nicht mehr beauftragen, jemanden an unseren Tisch zu bitten. Du bist ja keine Zofe mehr, sondern eine Marchesina. Wenn das kein Fortschritt ist! Aber was mache ich jetzt nur so ohne niederes Personal, das mir lästige Pflichten abnimmt?«

Miss Wedgeworth trat an den Tisch.

»Entschuldigen Sie, Duchess, Marchesina Gina! Lydia und ich möchten uns verabschieden.«

Liliana grinste Gina an.

»Nehmen Sie doch einen Augenblick Platz und bitten Sie Lydia auch zu uns.«

Miss Wedgeworth ging zurück und holte Lydia.

»Ich muss Ihnen eine wenig erfreuliche Mitteilung machen«, sagte Liliana. »Das Brautkleid ist dem Ungeschick einer Wäscherin zum Opfer gefallen.«

»Das sind die fremden Leute hier! Sie waren Bauern, wie ich gehört habe. Duchess, Sie müssen hart durchgreifen!«

»Sie haben vollkommen recht. Doch sprechen wir von etwas anderem. Die Marchesina und ich hegen nicht die Absicht, hier zu versauern. Wir werden Bälle geben, literarische Teegesellschaften, Wohltätigkeitsveranstaltungen und Opernabende organisieren, Liederabende, Theateraufführungen, alles, was eine kultivierte Gesellschaft ausmacht. Ich dachte, das könnte Sie interessieren.«

Miss Wedgeworth streckte das Rückgrat und setzte sich kerzengerade auf.

»Duchess! Was können wir für Sie tun?«

»Lady Monleirdon wird ein Mädcheninternat gründen. Sie haben sicher schon davon gehört. Admiral Grossuth wird es leiten. Auch dort werden Veranstaltungen stattfinden, zu der nur die oberste Schicht des Adels kommen wird. Zwischen Everweard Castle, Monleirdon, London und dem Kontinent wird ein reger Kontakt stattfinden. Wir sprechen von Baronessen, Gräfinnen, Prinzessinnen und ein paar armen Seelen, die nur unverschämt reich sind.«

»Duchess! Es ist ein Traum.«

»Miss Wedgeworth, Sie werden Gina und mich einkleiden. Nach und nach gewinnen wir Lady Monleirdon und ihre Tochter dazu, Lady Barton und Lady Aurelia. Danach geht alles wie von selbst. Die Schülerinnen des Monleirdon College werden nicht widerstehen können. Ich sehe, wie sich die Rädchen drehen in Ihrem Gehirn. Ja, es ist so. Ich gebe Ihnen die Gelegenheit, Ihre Revolution der Damenmode durchzuführen.«

»Duchess!«

Miss Wedgeworth schüttelte Lydias Hand. Sie war aufgeregt wie ein Schulmädchen.

»Wann soll es losgehen?« Lydia war die Praktische der beiden.

»Sofort! Ein paar Tage brauchen wir, bis die Marchesina und ich uns eingerichtet haben. Es muss hier so einiges umorganisiert werden, wie Sie bereits festgestellt haben. Ich werde erkunden, welche Ressourcen mir zur Verfügung stehen. Das bedeutet nicht, Sie könnten nicht anfangen. Machen Sie Entwürfe, entwickeln Sie Ideen! Und das möchte ich noch hinzufügen. Zwängen Sie Ihre Fantasie in kein Korsett, Miss Wedgeworth!«

Miss Wedgeworth musste lachen.

»Duchess, es ist sicher unhöflich, verzeihen Sie, es ist mir egal, ich halte es keine Sekunde mehr aus! Komm, Lydia, ich muss an meinen Zeichenblock! Duchess, Marchesina!«

Ohne sich von den anderen Gästen zu verabschieden, stürmten die beiden hinaus.

»Du hast etwas vor, Liliana. Ich kenne dich!«

»Die Rache ist mein, spricht die Herrin. So steht es bereits im Alten Testament. Das Spiel hat gerade erst begonnen!«

Ende des ersten Buches

# Anhang

Personenverzeichnis

| | |
|---|---|
| | **Liliana und ihre Familie** |
| Liliana | Contessina Liliana di Salamandra<br>Die spätere Duchess of Everweard |
| Conte Adriano di Salamandra | Lilianas Vater |
| Contessa Mina di Capirosso | Lilianas Mutter |
| Marchesa Sophia Emilia Montecorno di Capirosso | Lilianas Großmutter |
| Maria, Donna, Anna, Sara, Gloria, Alice | Lilianas Schwestern |
| Gina Savantini | Lilianas Gefährtin |

| | |
|---|---|
| | **Familie Brava** |
| Salvatore Brava | Restaurator, Architekt |
| Leopoldo Brava | sein Vater,<br>Leiter der Bauhütte des Florentiner Doms |
| Malvina Rilloni | Salvatores Mutter |

| | |
|---|---|
| | **La Famiglia Fantasmagoria / Circo Fantasmagoria** |
| Lorenzo | ›Il Misterioso‹, Zirkusdirektor |
| Fernanda | ›La Stupenda Sibilla‹, Sängerin, Tänzerin |
| Antonella | ›La Gazella‹, Reiterin, Tänzerin, Akrobatik |
| Dino | ›Il Vigoroso‹, der Starke Mann |
| Domenico | ›Il Bambino Prodogio‹, Musiker |
| Ubaldo | ›Il Mano‹, Affe |

| | |
|---|---|
| | **Capirosso (in Italien)** |
| Badessa Felicia | Äbtissin des Klosters und der Schule in Capirosso |
| Byron | Poet und Englischlehrer |

**Everweard**
**(Dukedom in England)**

| | |
|---|---|
| Walter Everweard | The Duke of Everweard<br>Der Duke und Lilianas Ehemann |
| Peter | Sein Verwalter |
| Miss Heather | Hausdame |
| Ruth | Miss Heathers rechte Hand |
| Floriana Pritchett | Köchin |
| Colonel Harrison | Leiter einer Schutztruppe |
| Console Visconte Arsenio di Mercurio | italienischer Konsul |
| Dottoro Emiliano Scaltroni | Rechtsanwalt und die rechte Hand des Konsuls |
| Cilla Wedgeworth | Schneiderin |
| Lydia | ihre Hilfe |

**Monleirdon**

| | |
|---|---|
| Floyd Fitzgerald | Baron Floyd Fitzgerald Monleirdon |
| Elizabeth Fitzgerald | geb. Murphy, seine Gattin |
| Martin | ihr Sohn |
| Rosemary | ihre Tochter |
| Martha | Die Hausdame auf Monleirdon |
| Beth | Dienstmädchen |
| Helmi | Köchin |
| Dylan O'Donnesey | Rosemarys Privatlehrer |
| Joshua Fraggles | Pfarrer |
| Simon Fraggles | sein Sohn, Medizinstudent |
| Ann Fraggles | seine Tochter, Rosemarys Dienstmädchen |
| Harold Grossuth | Admiral a. D. |
| Aurelia | Lady Aurelia |
| George Ronwick | Lord Barton |
| Maureen Ronwick | Lady Barton |
| Nerissa | Lady Nerissa, ihre Adoptivtochter |
| Henrietta | Hausdame |

**Mythologie**

| | |
|---|---|
| z'Za | Gottvater |
| Sie, die keinen Namen hat | Mutter von z'Lar, z'Vee und z'Gom |
| z'Lar, | Lar'zi, ›Eule‹, ›mit den großen Augen‹ |
| z'Veel | Vel'zi, ›Schlange‹, ›mit dem schmalen Mund‹ |
| z'Gom | Gom'zi, ›Maus‹, ›mit der gebogenen Nase‹ |
| z'Fla | Fla'zi, ›Falke‹ |
| Magali | Lilianas Ur-Ur… …Großmutter (vor sieben Generationen) |
| Blanche | Salvatores Schwester |
| Die Alte | La Vecchia, Lady Ombra |
| Der Fürst | aka Nero Borden |

und

Ein kleiner, gelber Vogel